中国学术论著精品丛刊

古典新义

闻一多 著

中国书籍出版社
China Book Press

图书在版编目（CIP）数据

古典新义 / 闻一多著. -- 北京：中国书籍出版社，2022.1
　ISBN 978-7-5068-8719-9

Ⅰ.①古… Ⅱ.①闻… Ⅲ.①中国文学—古典文学研究 Ⅳ.①I206.2

中国版本图书馆CIP数据核字(2021)第200708号

古典新义

闻一多　著

责任编辑	邓　雷　吴化强
责任印制	孙马飞　马　芝
出版发行	中国书籍出版社
地　　址	北京市丰台区三路居路97号（邮编：100073）
电　　话	（010）52257143（总编室）　（010）52257140（发行部）
电子邮箱	eo@chinabp.com.cn
经　　销	全国新华书店
印　　刷	三河市顺兴印务有限公司
开　　本	710毫米×1000毫米　1/16
字　　数	395千字
印　　张	29.5
版　　次	2022年1月第1版
印　　次	2022年1月第1次印刷
书　　号	ISBN 978-7-5068-8719-9
定　　价	88.00元

版权所有　翻印必究

中国学术论著精品丛刊编委会

总 策 划：史仲文　王　平
主　　编：史仲文　张加才　郭扶庚
编　　委：（姓氏笔画为序）
　　　　　马　勇　王文革　王向远　王清淮　王德岩　王鸿博
　　　　　邓晓芒　何光沪　曲　辉　余三定　单　纯　邵　建
　　　　　赵玉琦　赵建永　赵晓辉　夏可君　展　江　谢　泳
　　　　　解玺璋　廖　奔　颜吾芟　檀作文　魏常海
常务编委：王德岩　王鸿博　曲　辉　赵玉琦　赵晓辉
秘 书 长：曲　辉　颜吾芟

引 言

可能是惯性，民国时期学人治传统学问受清人影响很深。确切地说，受乾嘉考据学影响甚深。梁启超曾总结过乾嘉诸老的治学特点：

"清儒之治学，纯用归纳法，纯用科学精神。此法此精神，果用何种程序始能表现耶？第一步，必先留心观察事物，觑出某点某点有应特别注意之价值；第二步，既留意于一事项，则凡与此事项同类者或相关系者，皆罗列比较以研究之；第三步，比较研究的结果，立出自己一种意见；第四步，根据此意见，更从正面旁面反面博求证据，证据备则泐为定说，遇有力之反证则弃之。凡今世一切科学之成立，皆循此步骤，而清考据家之每立一说，亦必循此步骤也。"①

尽管高擎"五·四"火炬，但闻一多却折服于清儒的传统学问研究。朱自清曾经很中肯地评价闻一多的治学经历：

"他在'故纸堆内讨生活'第一步还得走正统的道路，就是语史学和历史学的道路，也就是还得从训诂和史料的考据下手。在青岛大学任教的时候，他已经开始研究唐诗；他本是个诗人，从诗到诗是很近便的路。那时工作的重心在历史的考据。后来又从唐诗扩展到《诗经》《楚辞》，也还是从诗到诗。然而他得弄语史学了。他于是读卜辞，读铜器铭文，在这些里找训诂的源头。"②

---

① 梁启超：《清代学术概论》，上海古籍出版社1989年版，第62页。
②《闻一多全集》第12卷，湖北人民出版社1993年版，第431页。

古典新义

闻一多在1933年致信游国恩，曾发自肺腑地说："清代大师札记宜多涉猎，以其披沙拣金，往往见宝也。"①

《古典新义》就是这样背景下的产物。它收集了闻一多对《周易》《诗经》《庄子》《楚辞》四大古籍的整理研究成果，是其先秦文学研究的代表著作。评论一般认为，《古典新义》集中地体现了闻一多古典文学研究有别于传统学术的新思路，是利用文化人类学理论等进行古代研究的代表作，影响深远。

但我更看重他在方法论上的继承与创新。

先说继承。乾嘉学术以考证见长，但考证的方法又以声训见长。这方面尤其以高邮二王为代表。我们今天都讥笑清儒的"一声之转"学说缺乏科学精神，即便章太炎的《成均图》也被诟病"旁转""通转"直至无所不转。但客观来说，《成均图》在古韵分部上是有继承与创获的。就声训来说，清儒在高邮二王父子之后，鲜有突破，如果比较郝懿行的《尔雅义疏》和高邮二王的《读书杂志》，虽然他们的共同点是都喜欢用"一声之转"，但高邮二王父子的"一声之转"绝大多数都能经得起推敲，《尔雅义疏》的"一声之转"却失之泛滥。从这个角度说，高邮二王父子是清儒声训学不折不扣的高峰。

闻一多的《古典新义》也很好地继承了高邮二王父子这一点，而且多数都经得起音韵学检验。

随便举个例子。《诗经通义》考证《麟之趾》中，麟与麇、麚、麌，"四名一物也"。闻一多此解本之唐兰的《获白兕考》，但唐兰偏重字形，闻一多益以字音："盖麚重文作麡，从京声，从京之字，若凉、谅、惊等皆来母，古读麡盖亦归来，故得转为麟。"②这已经逼近复辅音声母了，他的论证完全是清儒最擅长的归纳和演绎。

再比如，《离骚》中"扈江离与辟芷兮"，王逸注："扈，被也。楚人名被为扈。"前人对此的注解中鲜有从声训切入的。闻一多敏

---

① 《闻一多全集》第12卷，湖北人民出版社1993年版，第445页。
② 文中引用的内容据来源于古籍出版社《古典新义》，1956年6月版，后不赘述。

锐地觉察到王逸的注有声训的影子，但"扈"从中古开始就是喉音字，"被"是唇音字，二者实在相差很远。可能正是这个顾虑，前人注释多一笔带过未能开掘。但是闻一多举出了两个例子，《说文·糸部》："縻，履也。一曰青丝头履也。读若阡陌之陌。从糸，户声。"《国语·周语》鲁懿公名"戏"，但是《汉书古今人表》鲁懿公名作"被"。闻一多认为："此皆扈被声通之比，声通则义亦通。"我们今天知道户声和百声是可以相通的，其间不能排除复辅音声母的可能，闻氏的考证极具说服力。

从声训的角度看，闻一多的《古典新义》值得称道，这些方法可以视为闻氏很好地继承传统的表现。但是，《古典新义》重点还在于"新"，在传统土壤上有所立是为新。闻氏有哪些立呢？

首先是极大拓展了考证的文献对象。前引朱自清的评价中也谈到，闻一多为了研究《诗经》《楚辞》和《周易》，溯源而上，开始阅读大量甲骨文、金文，书中多次引用了王国维的殷商考证，前引《麟之趾》中关羽麟与麕、麐、麏的考证，首要依据就是甲金文。这是清儒所不具备的。

大凡考证文字，清儒有个不好的倾向，只要牵涉文字，总以《说文解字》为依归，似乎先秦两汉文字的去取标准就是《说文解字》，舍此以外，别无它法。但是《说文解字》产生于东汉中后期，此前文字已经有近一千年的发展，且许慎没有见到甲骨文和后世出土的大量钟鼎金文，他对文字的理解难免有失当之处。我们今天不能拿《说文解字》定于一尊，要和以历史，判定年代。闻一多的考据就具有极强的历史意识。《麟之趾》中，闻氏认为上古婚礼"盖用全鹿，后世苟简，乃变用皮耳"。他除了举证《诗经》中的《野有死麕》外，还指出了《说文解字》的"庆"字解说的失误，他的举证来自《秦公簋》铭文。① 可见闻氏已经从清儒的《说文解字》迷信中走了出来。

其次，《古典新义》表现出强烈的民俗学视野。比如《楚辞校

---

① 这一点本之郭沫若的《卜辞通纂》，但闻一多比郭沫若更进一步补充了声训条件。

补》"扈江离与辟芷兮"中,作者除了指出"离"的异文作"萬"外,还重点申说了古人佩服芳草的情形,他举了几个先秦的书证:《晏子春秋杂上篇》:"今夫兰本,三年而成,湛之苦酒,则君子不近,庶人不佩。"《荀子·劝学篇》:"兰槐之根是为芷,其渐之滫,君子不近,庶人不服。"《荀子·大略篇》:"兰茝槁本,渐于蜜醴,一佩易之。"《淮南子·人间训》:"申椒杜茞,美人之所怀服也。及渐之于滫,则不能保其芳矣。"然后断以己意:"是古人佩服芳草,必先以酒渐之。"这些书证字句清晰,叙述晓畅,具有较强说服力。但这是清儒所不会涉猎的,原因在于这些书证与文本无关。正是闻氏有鲜明的民俗学意识,始能归纳出其中的一般规律。从这个角度上说,闻氏的校释已经超出了传统的校释范围。

更明确的风俗考证来自"掷果"考释。《诗经通义·摽有梅》:"《韩诗外传》七陈饶对宋燕曰:'果园梨栗,后宫妇人以相提掷,而士曾不得一尝,是君之二过也。'此虽妇人自相提掷,然亦可证掷果为妇人之戏。妇人掷果为戏,或即古时掷果求士之变欤?""原始社会之求致食粮,每因两性体质之所宜,分工合作,男任狩猎,女任采集,故蔬果之属,相沿为女子所有。《左传·庄公二十四年》:"御孙曰'女贽不过榛栗枣修',《礼记·曲礼下》篇曰'妇人之贽,椇榛脯修枣栗',《古微书》引《春秋元命苞》曰'织女星主瓜果',此皆古俗果实属女子之证。获致肉类食料虽为男子事,庋藏之则仍女子事,故脯修亦属女子。夫果实为女所有,则女之求士,以果为贽,固宜。然疑女以果实为求偶之媒介,亦兼取其蕃殖性能之象征意义。芣苢宜子,或云其实似李,详《周南·芣苢》篇。掷人果实,即寓贻人嗣胤之意,故女欲事人者,即以果实掷之其人以表诚也。"

闻氏由上古男女分工,古俗果实属女子,进而推出掷果为女以果实求偶之遗俗。这些内容断断不可能发生在清儒身上,正如有的研究者所云,正是因为闻氏没有了传统的经学压力,诗人才性才能如此契合文献而枝繁叶茂。

至于用弗洛依德心理学结论,直指《诗经》之《国风》中凡言鱼者,

引 言

皆两性间互称对方的隐语,在当时更可谓是惊世骇俗,其实质仍可以理解为清儒校释的另一种延伸。

后世有些学者貌似沿着闻一多开创的民俗学路子接着走,但却忽略了闻氏植根于传统学术的努力,学无根柢难免昙花一现,这是今天我们重读闻氏《古典新义》所应该注意的。

赵玉琦

目录 CONTENTS

周易義證類纂 ·· 1

  一　有關經濟事類 ··· 1
    甲　器用 ··· 1
    乙　服飾 ··· 5
    丙　車駕 ··· 5
    丁　田獵 ··· 10
    戊　牧畜 ··· 12
    己　農業 ··· 14
    庚　行旅 ··· 17
  二　有關社會事類 ··· 19
    甲　婚姻 ··· 19
    乙　家庭 ··· 19
    丙　宗族 ··· 20
    丁　封建 ··· 21
    戊　聘問 ··· 21
    己　爭訟 ··· 22
    庚　刑法 ··· 23

辛　征伐 …………………………………………………… 28
　　　壬　遷邑 …………………………………………………… 30
　三　有關心靈事類 …………………………………………… 31
　　　甲　妖祥 …………………………………………………… 31
　　　乙　占候 …………………………………………………… 34
　　　丙　祭祀 …………………………………………………… 38
　　　丁　樂舞 …………………………………………………… 40
　　　戊　道德觀念 ……………………………………………… 43
　四　餘錄以下無類可入者如干條亦足補充舊注今并錄之備參覽焉 …………… 44

詩經新義 ……………………………………………………… 50

　一　好 ………………………………………………………… 50
　二　覃　誕 …………………………………………………… 51
　三　汙 ………………………………………………………… 52
　四　夭夭 ……………………………………………………… 53
　五　肅肅 ……………………………………………………… 53
　六　干　翰 …………………………………………………… 54
　七　游 ………………………………………………………… 55
　八　楚 ………………………………………………………… 56
　九　枚 ………………………………………………………… 58
　十　麟 ………………………………………………………… 58
　十一　角 ……………………………………………………… 60
　十二　素絲 …………………………………………………… 61
　十三　紽　沱　差池　柂 …………………………………… 63
　十四　縫 ……………………………………………………… 65
　十五　摽 ……………………………………………………… 65
　十六　今 ……………………………………………………… 66
　十七　墍　漑　介 …………………………………………… 67
　十八　謂 ……………………………………………………… 69

十九 抱	70
二十 命	71
二十一 汜 沚	72
二十二 處 癙 鼠	73
二十三 唐棣 帷裳 常棣 維常	75

詩經通義

周南	78
關雎	78
葛覃	83
卷耳	84
桃夭	86
兔罝	87
芣苢	92
漢廣	93
汝墳	94
麟之趾	98
召南	100
甘棠	100
行露	101
羔羊	103
摽有梅	107
小星	112
江有汜	114
野有死麕	117
何彼襛矣	118
邶風	121
柏舟	121
綠衣	124

· 3 ·

燕燕	124
日月	126
終風	130
擊鼓	131
凱風	132
匏有苦葉	138
谷風	142
旄邱	144
泉水	145
静女	146
新臺	148
二子乘舟	152

詩新臺鴻字說 154

一	154
二	155
三	156
四	157
五	159

爾雅新義 160

林烝天帝皇王后辟公侯君也〔詁〕	160
廢大也〔詁〕	161
貢賜也〔詁〕	161
黎衆也〔詁〕	162
翼敬也〔詁〕	163
漠察清也〔言〕	163
肇敏也〔言〕	164
蠲明也〔言〕	164

稱好也〔言〕……………………………… 165

師人也〔言〕……………………………… 165

宜肴也〔言〕……………………………… 166

窔閒也〔言〕……………………………… 166

對遂也〔言〕……………………………… 167

濟益也〔言〕……………………………… 167

樞達北方謂之落時落時謂之厒〔宫〕…… 168

塊謂之坫〔宫〕…………………………… 168

焚輪謂之穨〔天〕………………………… 169

芍鳧茈〔草〕……………………………… 170

萹苻止灤貫衆〔草〕……………………… 170

鄰堅中簡箷中〔草〕……………………… 171

仲無笐〔草〕……………………………… 172

龜俯者靈仰者謝前弇諸果後弇諸獵左倪不類右倪不若〔魚〕… 173

鴶天狗〔鳥〕……………………………… 175

狂瘍鳥〔鳥〕……………………………… 175

蝙蝠服翼〔鳥〕…………………………… 176

狻麑似貙貓食虎豹〔獸〕………………… 177

猱蝯善援玃父善顧〔獸〕………………… 177

莊子內篇校釋 …………………………… 178

内一　逍遥遊篇 ………………………… 178

内二　齊物論篇 ………………………… 183

内三　養生主篇 ………………………… 190

内四　人間世篇 ………………………… 191

内五　德充符篇 ………………………… 198

内六　大宗師篇 ………………………… 201

内七　應帝王篇 ………………………… 206

古典新义

莊子 ································· 209
    一 ································· 209
    二 ································· 213
    三 ································· 215
    四 ································· 217
    五 ································· 219

離騷解詁 ······························· 223

天問釋天 ······························· 237

楚辭校補 ······························· 257
    引言 ······························· 257
    凡例 ······························· 258
    校引書目板本表 ···················· 260
    離騷 ······························· 263
    九歌 ······························· 276
      東皇太一 ························ 276
      雲中君 ·························· 277
      湘君 ···························· 277
      湘夫人 ·························· 278
      大司命 ·························· 280
      少司命 ·························· 282
      東君 ···························· 283
      河伯 ···························· 285
      山鬼 ···························· 286
      國殤 ···························· 286
      禮魂 ···························· 288

天問 …………………………………… 288
九章 ……………………………………… 304
　　惜誦 …………………………………… 304
　　涉江 …………………………………… 309
　　哀郢 …………………………………… 311
　　抽思 …………………………………… 312
　　懷沙 …………………………………… 314
　　思美人 ………………………………… 317
　　惜往日 ………………………………… 319
　　橘頌 …………………………………… 320
　　悲回風 ………………………………… 320
遠遊 ……………………………………… 322
卜居 ……………………………………… 324
漁父 ……………………………………… 324
九辯 ……………………………………… 325
招魂 ……………………………………… 331
大招 ……………………………………… 335
惜誓 ……………………………………… 338
　　招隱士 ………………………………… 338
七諫 ……………………………………… 340
　　初放 …………………………………… 340
　　沈江 …………………………………… 341
　　怨世 …………………………………… 342
　　怨思 …………………………………… 342
　　自悲 …………………………………… 343
　　謬諫 …………………………………… 343
　　亂詞 …………………………………… 344
哀時命 …………………………………… 345
九懷 ……………………………………… 346

古典新义

　　匡機 …… 346
　　通路 …… 346
　　危俊 …… 346
　　昭世 …… 347
　　尊嘉 …… 347
　　陶壅 …… 348
九歎 …… 349
　　逢紛 …… 349
　　離世 …… 349
　　怨思 …… 349
　　遠逝 …… 350
　　憂苦 …… 350
　　愍命 …… 350
　　思古 …… 351
　　遠遊 …… 351
九思 …… 352
　　逢尤 …… 352
　　怨上 …… 352
　　疾世 …… 354
　　憫上 …… 354
　　遭厄 …… 356
　　悼亂 …… 356
　　傷時 …… 357
　　哀歲 …… 357
　　守志 …… 358

敦煌舊鈔本楚辭音殘卷跋　附校勘記 …… 359

釋𩇕𩇕 …… 366

補記……………………………………………………………371

　　附圖……………………………………………………………371

釋省眚　契文疏證之一……………………………………374

　　補記……………………………………………………………382

釋朱……………………………………………………………383

　　一　何謂"赤心"………………………………………………383

　　二　漢魏人及許君用"赤心"之義……………………………384

　　三　朱有刺義…………………………………………………386

　　四　朱爲何木…………………………………………………387

　　五　朱木與朱色………………………………………………388

釋爲釋豕………………………………………………………389

　　釋爲……………………………………………………………389

　　釋豕……………………………………………………………391

　　追記……………………………………………………………394

釋圂……………………………………………………………395

　　一………………………………………………………………395

　　二………………………………………………………………400

　　三………………………………………………………………402

釋齔……………………………………………………………404

釋余……………………………………………………………405

釋羔……………………………………………………………408

· 9 ·

古典新义

釋桑··········410

    附錄··········414

        釋㮈··········414

        釋噪··········414

釋黽··········415

釋"不⚘"··········417

璞堂雜識··········423

    乾··········423

    龍〔《乾》〕··········423

    輿尸〔《師》〕··········424

    素履夬履〔《履》〕··········424

    見豕負塗〔《睽》〕··········425

    或益之十朋之龜弗克違〔《損》《益》〕··········425

    據于蒺藜〔《困》〕··········426

    附□〔《易緯乾坤鑿度》〕··········426

    直方〔《坤》〕··········427

    見金夫不有躬〔《蒙》〕··········427

    光亨〔《需》〕··········428

    有言〔《需》《訟》《明夷》《震》《漸》〕··········428

    窒惕〔《訟》〕··········429

    執言〔師〕··········429

    小畜大畜··········430

    尚德載〔《小畜》〕··········431

    蔑曆··········431

    莽··········432

· 10 ·

兹古	433
雷龠	433
叔督裦淑	435
鼠 ▨▨▨▨	435
鼠	436
正	436
勇	436
退	437
復	437
後	438
朘	438
无妄	439
嘱	439

大豐殷考釋 441

禺邗王壺跋 446

周易義證類纂

以鈎稽古代社會史料之目的解《周易》，不主象數，不涉義理，計可補苴舊注者百數十事。刪汰蕪雜，僅得九十。即依社會史料性質，分類錄出，幸并世通人匡其不逮云。民國三十年四月，昆明。

一　有關經濟事類

甲　器用

包荒用馮河不遐遺　《泰》九二

案包讀爲《姤》九五"以杞包瓜"，釋文引《子夏傳》及正義并作苞，是其比。包荒即匏瓜，聲之轉。《莊子·齊物論》篇曰："注焉而不滿，酌焉而不竭，而不知其所由來，此之謂葆光，〔葆光者資（齎）糧（量）萬物者也〕。"從《淮南子·本經》篇補，《淮南》葆作瑤。葆光者，北斗之別名，《淮南》作瑤光，高注曰："瑤光謂北斗杓第七星也。"案本七星之公名，後乃爲斗柄端第七之私名。古斗以匏爲之，故北斗一名匏瓜，聲轉則爲葆光耳。瑤從名陪聲，名古讀歸重唇，故葆光一作瑤光。《九懷·思忠》曰："登華蓋兮乘陽，聊逍遥兮播光。"華蓋、播光皆星名，播光即北斗，亦匏瓜之轉。王注上句曰："上攀北斗，躡房星也。"注下句曰："且徐游戲，布文采也。"案華蓋在紫宮上，播光（北斗）在紫宮下。王似謂華蓋即北斗，又解播光爲布文采，均非。匏瓜轉爲包荒，猶轉爲葆光、播光矣。古者以匏濟渡。《詩·匏有苦葉》曰"匏有苦葉，濟有深涉"；《魯語下》曰："叔向……曰，'夫苦匏不材，於人共供濟而已，魯叔孫賦《匏有苦葉》，必將涉矣。'"《説文》匏瓠互訓，故又或言瓠。《莊子·逍遥遊》篇曰："今子有五石之瓠，何不慮絡以爲大樽而浮於江湖？"字一作壺。《淮南子·説林》篇曰"嘗抱壺而度水者，抱而蒙火，可謂不知類矣"；《鶡冠子·學問》篇曰"中流失船，一壺千金"《劉子·墮時》篇作瓠；崔豹《古今注·音樂》篇曰："有一白首狂夫，披髮提壺，亂流而渡。""包荒，用馮河"，即以匏瓜渡河。"不遐遺"者，不遐，不至也，《詩·抑》"不遐有愆"，《下武》"不遐有佐"。遺讀爲隤，墜也，言以匏瓜濟渡，則無墜溺之憂也。

以杞包瓜　《姤》九五

案《子夏傳》包作匏，句首無以字，正義曰"《子夏傳》曰作'杞匏瓜'"，案曰字衍，謂《子夏傳》作杞匏瓜也。正義亦作匏，義長。杞繫聲近，《爾雅·釋鳥》"密肌繫英"，《釋蟲》作"密肌繼英"，《詩·何彼襛矣序》"不繫其夫"，釋文曰"繫本作繼"，而《釋木》曰"杞枸檵"，《説文》亦曰"檵枸杞"。此杞繫聲近之證。疑杞當讀爲繫。《論語·陽貨》篇曰："予其匏瓜也哉？焉能繫而不食？"此匏瓜言繫之證。繫匏瓜，蓋謂絡綴之以爲樽。《莊子·逍遥遊》篇曰："今子有五石之瓠，何不慮以爲大樽？"瓠即匏瓜。司馬注曰"慮猶結綴也"，成疏曰："慮者繩絡之也。"

鼎耳革其行塞　《鼎》九三

案革讀爲靳，《檀弓下》"若疾革"，釋文曰"革本作亟"，《集韻》靳或作革，是其比。《説文》曰"靳，急也"，《方言》十曰"譅，極，吃也，……或爲之㴾"，靳與極通，緊急與澀難義近。《説文》曰："㴾，不滑也。"革亟又并與棘通，《詩·文王有聲》"匪棘其欲"，《禮器》引作革；《論語·陽貨》篇棘子成，《漢書·古今人表》作革；《莊子·逍遥遊》篇"湯之問棘也是已"，《列子·湯問》篇作革。《爾雅·釋詁》"亟，速也"，釋文曰"本或作棘"；又"亟，疾也"，釋文曰"經典亦作棘"。《莊子·逍遥遊》篇簡文帝注曰"棘，狹小也"，狹字與緊急澀難，義亦相成。行讀爲桁，貫鼎耳橫木也。《既夕記》"皆木桁"注曰"桁，所以庪苞苴筲甕甒也"；樂府古辭《東門行》曰"還視桁上無懸衣";《文選·景福殿賦》"桁,梧覆疊"注曰"桁梁上所施也",玄應《一切經音義》一引《通俗文》曰:"穿木加足曰械,大械曰桁。"凡橫木皆可謂之桁,故貫鼎耳之橫木亦謂之行。聲轉爲鼏,《説文》曰"鼏,以木橫貫鼎耳而舉之,從鼎,冖聲"古熒切,經傳皆作扃。又轉爲鉉,《説文》曰"鉉,舉鼎具也",虞氏所謂"貫鼎兩耳"者是也。鼎耳不滑利,其桁阻塞不能退出,食雖當前,無由染指,故下文曰"雉膏不食"。一説行,道也,謂中空受鉉處,"其行塞",謂不能納鉉,亦通。

利出否 《鼎》初六

案否疑讀爲陪,陪從音聲,否音古爲一字,故否可通陪。《禮》有陪鼎。《聘禮》曰"陪鼎腳臐膮";《左傳·昭五年》"飧有陪鼎",杜注曰:"陪,加也。"案《詩·蕩》"以無陪無卿"《傳》"無陪貳也",疏曰"陪貳謂副貳"。陪鼎者,爲正鼎之副貳者也。"鼎顛趾,利出陪",謂正鼎折毀,則當出陪鼎以代之。下文曰"得妾以其子"者,妾爲妻之副貳,妾之於妻,猶陪鼎之於正鼎,故出陪鼎爲得妾之象。妻無出,得妾而有子,可以代妻,猶正鼎無足而有陪鼎,則出陪以代正也。

我有好爵吾與爾靡之 《中孚》九二

案王夫之曰"爵所以獻酬者",讀爲觴爵之爵,得之。然爵而言好,殊嫌不類。《詩·巷伯》"驕人好好"《爾雅·釋訓》作旭旭,《匏有苦葉》釋文引《説文》旭讀若好,《莊子·天地》篇"頊頊然不自得"釋文曰"頊頊本又作旭旭",而頊從玉聲,是好玉古音近。此好字疑讀爲玉,"好爵"即玉爵也。靡當爲摩,隸省作麽,字一作撝,轉入微部,又變作揮。《爾雅·釋詁》曰:"揮,盝,歇,涸,竭也。"案盝與渌同,歇與瀎同,揮盝瀎涸皆水竭之名。"我有玉爵,吾與爾揮之",猶言我與爾飲而盡此玉爵之酒。《曲禮上》曰:"飲玉爵者弗揮。"蓋重爵弗揮所以防其損傷者,禮之常;快情而輕爵,遂不惜揮之者,禮之變。釋文引何承天曰:"振去餘酒曰揮。"飲而盡者,輒振爵以棄其餘瀝,快情之至也。

·3·

涣奔其机 《涣》九二

案《太玄》準涣以文，曰"文質斑斑，萬物粲然"，是讀涣爲焕。《論語·泰伯》篇曰："焕乎其有文章。"奔讀爲賁，《詩》"鶉之奔奔"《左傳·襄二十七年》《禮記·表記》《吕氏春秋·壹行》篇并引作賁，是其比。《賁卦》釋文引傅氏曰："賁，文章貌。"涣賁次疊韻連語，故二字同義。"涣賁其机"，猶言文飾其几也。《周禮·司几筵》曰"吉事變几，凶事仍几"，鄭衆注曰："變几，變更其質，謂有飾也，……仍，因也，因其質，謂無飾也。"案先鄭以變几爲有飾之几，實讀變爲賁，知之者，後鄭注《賁卦》曰"賁變也，文飾之貌"，是變賁音近義通之證。《易》曰"涣賁其机"，蓋即《周官》所謂變几。釋文曰："机音几。"宗廟設几，禮有明文，惠棟必欲易机爲杬，云"《説文》杬爲棜之重文，涣宗廟中，故設棜"，其失也迂。

井渫不食爲我心惻可用汲 《井》九三

案《漢書·王褒傳》注引張晏曰"渫，汙也"，是井渫猶初六"井泥"。心讀爲沁。《韓昌黎集》八《同宿聯句》"義泉雖至近，盜索不敢沁"，舊注曰"北人以物探水曰沁"。字一作深，《爾雅·釋言》曰"深，測也"，《商子·禁使》篇曰"深淵者知千仞之深"，上深訓測，謂測淵者也。惻讀爲測。此言井水汙渫，爲我沁測之，尚可以汲，舊説訓渫爲不停污，又讀心惻如字大繆。

失得 《晉》六五

案孟馬、鄭、荀、虞、王肅失并作矢，是也。晉，金文《格伯殷》作𥃩，《晉邦盦》《䣛羌鐘》作𥃩，卜辭同，并從二倒矢。《大射儀》"綴諸箭"注曰"古文箭爲晉"；《周禮·職方氏》"其利金錫竹箭"注曰"故書箭爲晉"；《吴越春秋》五《句踐歸國外傳》"晉竹十廋"段玉裁云即箭竹。晉箭一聲之轉，《方言》九曰："自關而東謂之矢，關西曰箭。"此爻讀晉爲箭，故曰"矢得"也。

見金夫不有躬无攸利 《蒙》六三

案"金夫"，"不有躬"，語皆無義，疑夫當爲矢，《周禮·樂師》"燕射師射夫以弓矢舞"，故書射夫爲射矢，此矢夫互訛之例。躬當爲弓，并字之誤也。

金矢即銅矢，謂銅鏃之矢，《孟子·離婁下》篇"抽矢扣輪去其金"，即去其鏃也。《噬嗑》九四曰："得金矢。"《蒙》下坎互震，上艮互離，《蒙》六三即《噬嗑》九四，故皆云金矢。"不有弓"即無有弓。有矢無弓，不能射，故占曰"无攸利"。《說卦傳》曰"坎於木爲堅多心"，謂棘也，《九家逸象》坎爲叢棘，義同。古矢以棘爲之，坎爲棘，即爲矢。《説卦》坎又爲弓，今本"爲弓輪"當作"爲弓，爲輪"。《九家》坎爲弧弧亦弓也。此易象之最著明者，惜今本爻辭訛舛，遂致文不成義，而象亦無所取證焉。

乙　服飾

素履　《履》初九　**夬履**　九五

案《呂氏春秋·離俗》篇曰"夢有壯子，白縞之冠，丹績元誤績，從畢沅改。之袧。東布之衣，新素履，墨劍室"，素履即絲履。夬讀爲葛。《詩·葛屨》《大東》并曰"糾糾葛屨，可以履霜"，《説文》曰"屨，履也"，夬履即爲屨。《周禮·屨人》曰"掌王后之服屨：赤舄，黑舄，赤繶，黃繶，青句，素履，葛履"，《易》以素履葛履列舉，猶《周官》以素履葛履連稱。絲貴葛賤，故曰"素履往无咎"，"葛履貞厲"。素以質言，不以色言，舊解胥失之。

丙　車駕

革言三就　《革》九三

案言讀爲靳。古音言與斤近，故言聲與斤聲字每通用或竟爲同字。《論語·鄉黨》篇"與上大夫言，誾誾如也"，皇疏曰："卿貴不敢和樂接之，宜以謹正相對，故誾誾如也。"《漢書·石奮傳》"僮僕訢訢如也"，注曰："訢訢讀與誾誾同，謹敬之貌也。"《楚辭·九辯》曰"猛犬狺狺而迎吠兮"，《説文》曰"狺犬吠聲也"；《玉篇》《廣韻》并狺猜同。《大師虘豆》曰"用旂多福，用匄永命"，旂即旂字。旂又見《旂鼎》，爲人名。《集韻》齗與斷同。言之通靳，猶誾之通訢，猜一作狺旂一作旂，斷一作齗矣。《説文》曰："靳，當膺也。"案一曰當胸。《齊語》注曰"纓，當胸，削革爲之"；《周禮·巾車》"錫樊纓"鄭衆注曰："纓謂當胸，《士喪禮下》篇曰'馬纓三就'，案《既夕記》文。禮家說曰：'纓，當胸，以削革爲之，三就，三匝三重也。'"是纓，靳，當膺，當胸，異名同實。《易》曰"革靳三就"，正猶《禮》言"馬纓三就"。靳削革爲之，故謂之"革靳"。金文作虢斳，即鞹靳。《吴彝》《录伯威毁》并言"椉㫃朱虢斳"，即責鞃朱鞹靳，《牧毁》《曶盨》并言"朱虢圅斳"，則謂朱鞹之鞃與靳也。《詩·韓奕》"鞹鞃淺幭"《傳》曰："鞹革也。"靳金文又或作听，《伯晨鼎》"畫听"即畫靳。又案《禮記·郊特牲》曰"大路樊纓一就，先路三就"，然則革靳三就，殆先路之類與？

大人虎變《革》九五　君子豹變 上六

案䜌變古今字，䜌圅古字通。《説文》瀾籀文作㳾，又"䜌，敗也"，圅敗同。以《牧毁》《曶盨》"朱虢圅斳"，《毛公鼎》作"朱䮦圅斳"，《番生毁》作"朱䮦圅斳"推之，知圅(䮦)與虢同義。虢經傳作鞹，《詩·載驅》"簟笰朱鞹"，即金文之"朱虢"。變與圅同，虢與鞹同，是"虎變""豹變"即虎鞹豹鞹也。《論語·顔淵》篇"虎豹之鞹"。虎鞹豹鞹謂之虎變豹變者，新出《熹平石經》變作辯。案通作辯。《禮運》"大夫死宗廟謂之變"，注曰"變當爲辯"。《管子·戒》篇"御正六氣之變"，《莊子·逍遙遊》篇"而御六氣之辯"，釋文曰"辯變也"。《孟子·告子上》篇"萬鍾則不辯禮義而受之"，《音義》引丁音曰"辯本作變"。《坤文言傳》"由辯之不早辯也"，釋文曰"苟作變"。《説文》曰"辯，駁文也"，《廣韻》辯同斑。《文選·上林賦》"被斑文"注曰"斑文，虎豹之皮也"；《七啓》"拉虎摧斑"注曰："斑，虎文也。"字一作班，春秋楚鬭穀於菟字子班，於菟虎也，《漢書·叙傳上》曰："楚人謂虎文斑。"虎變豹變，猶言虎文豹文，故《象傳》曰"其文炳"，"其文蔚"。變斑又并與賁聲近義通，《賁卦》釋文引鄭曰"賁，變也，文飾之貌"；《序卦傳》釋文又引《傳》曰："賁，古斑字。"《毛公鼎》《番生毁》并有"椉緐較"，謂椉緐與較，椉古賁字，緐與幦同，車覆笭也。疑椉辟即以虎豹之皮飾幦。《玉藻》曰："君羔幦虎犆，大夫齊車，鹿幦豹犆，朝車，士齊車，鹿幦豹犆。"

虎植豹植即虎飾豹飾，注云"植謂緣"，緣亦飾也。"大人虎變"即《玉藻》之君車以虎皮爲飾，"君子豹變"即大夫士車以豹皮爲飾，而二者金文則總謂之"苹繂"也。虎皮飾車漢世謂之皮軒，《漢書·司馬相如傳》上"前皮軒"注引文穎曰："皮軒，以虎皮飾車。"《觀》九三"革言三就"，并上六下文"小人革面"，皆斥車言，知此亦言車也。

小人革面　《革》上六

案面讀爲鞔。《爾雅·釋詁》"蠠没，勉也"，"勔，勉也"。《穀梁傳·莊三年》"舉下緬也"，緬讀爲俛。《楚語》"緬然引領南望"，讀爲晚，《說文》"晚，腎目視貌"。《周禮·巾車》注曰"革路，鞔以革而漆之，無他飾"，又曰"木路，不鞔以革，漆之而已"，又曰"棧車，不革鞔而漆之"，《考工記·輿人》注曰"飾車革鞔輿也"，又曰"（棧車）爲其無革鞔，易坼壞也"。案玄應《一切經音義》十四引《蒼頡篇》曰"鞔，覆也"，革鞔即車之以革爲覆者。革鞔車又謂之飾車者以革鞔車以爲固，亦以爲飾，故又謂之飾車。特其飾未盛，故爲小人所乘。《詩·采薇》曰"君子所依，小人所腓"，君子謂將帥，大夫也，小人謂士卒，士也。此曰"小人革面"，小人正謂士。上文"君子豹變"，據《玉藻》君子爲大夫士，彼士當謂上士，則此士乃下士。《尚書大傳·殷傳》曰"未命爲士者不得乘飾車"，《藝文類聚》七一引《白虎通》曰"大夫軒車，士飾車"，《公羊傳·昭二十五年》何注曰"《禮》大夫大車，士飾車"，與《易》義相會。鄭注《輿人》又謂"大夫以上革鞔輿"，不若伏班何說爲長。《象傳》曰"小人革面，順以從君也"者，此釋本爻"君子豹變，小人革面"二句，君即君子。君子謂大夫，小人謂士，士臣大夫，即以大夫爲其君。王引之謂君斥九五之"大人"，非是。"順以從君"者，大夫豹幦車在前，士革鞔車自後從之，所謂屬車是矣。

豐其蔀日中見斗　《豐》六二九四

案《考工記·輪人》"信其桯圍以爲部廣"鄭衆注曰："部，蓋斗也。"蓋斗者謂蓋頭之斗，一曰蓋葆。《論衡·說日》篇曰："極星在上之北，若蓋之葆矣，其下之南有若蓋之莖者，正何所乎？"又曰葆斗。《御覽》一引桓譚《新論》曰："北斗極，天樞，樞，

· 7 ·

天軸也，猶蓋有保斗矣。蓋雖轉而保斗不逐，天亦轉周匝而斗極常在。"保斗即葆斗。蓋葆一曰蓋斗，是葆即斗。"葆斗"次疊韻連語，故合言之曰葆斗（保斗），分言之曰葆，或曰斗。然本語當係蔀斗（部斗）。葆斗（保斗）即蔀斗（部斗）之轉。部斗疊韻連語，王肅部普苟反。分言之亦可曰蔀（部），或曰斗。蔀（部）即斗也，故《易》曰"豐其蔀，日中見斗"，而鄭衆注《考工》亦以斗釋部。《雜記》"執羽葆"，《周禮·鄕師》作"執蠹"，《漢書·司馬相如傳下》顏注曰："葆者即今之所謂蠹頭也。"《高帝紀》注引蔡邕說及《文選·東京賦》薛注并謂蠹形如斗，而斗蠹聲類復同，然則蠹即蓋斗之專字。蔀若葆謂之斗，猶之葆謂之蠹矣。古蓋天說以天當車蓋，二十八宿當蓋之斗，北斗當蓋之蔀，上揭《新論》《論衡》二事，即其遺說也。"日中見斗"之斗謂車蓋之蔀斗，亦謂天象之斗星，義取雙關，所謂諧讔是也。見車蓋之斗於日中盛明之時，固理之當然。若夫天象之斗，則必非日中所得而見者。今接於目者車蓋之斗，而會於心者乃天象之斗，是指車爲天，視晝爲夜。度非眩惑狂易，何以至此？故下文曰"往得疑疾"也。

豐其沛日中見沬 《豐》九三

案沛釋文本或作旆。旆沛正借字。沬當讀爲彗。《齊策三》又六及《史記·刺客列傳》曹沫，《左傳·莊九年》及《管子·大匡》篇并作曹劌，《呂氏春秋·貴信》篇作曹翽，而《詩·雲漢》"有嘒其星"，《說文·言部》引作"有諓其聲"，是沬彗音近之證。《漢書·禮樂志》注引晉灼說曰"沬古靧字"，《廣韻》靧荒內切，從彗之嘒體并呼惠切，慧胡桂切，則古讀沬彗或竟同音也。疑"見沬"即見彗星。《爾雅·釋天》曰"緇廣充幅長尋曰旐，繼旐曰旆"，孫炎注曰："帛續旐末亦長尋。"然則旆長總丈有六尺，是旗之最長者。《公羊傳·宣十二年》注曰："繼旐如燕尾曰旆。"《漢書·揚雄傳上》"被雲旖"注曰"旖，旌旗之旒，一曰燕尾"，是旖即旆，旖之言猶髾也，梢也，故一曰燕尾。《文選·子虛賦》"蜚襳垂髾"司馬彪注曰"髾，燕尾也"；《䴊白馬賦》"垂梢植髮"李注曰："梢，尾之垂也。"旆之爲旗，長而垂梢，彗星之狀似之，故彗星一曰孛星。孛旆俱從市聲，孛之爲字猶斾也。《漢書·司馬相如傳下》"曳彗星而爲髾"，注引張揖曰："髾燕尾也。"髾同斾，亦即旒，而旗之繼旐者曰斾，并詳上。是以彗爲斾，猶以彗爲斾也。《易》曰"豐其斾，日中見彗"，以斾爲彗，與賦之以彗爲斾同，蓋彗之象斾人所共見，故古今人語不謀而合。《楚辭·遠遊》"擥彗星以爲旍兮"，《九思·守志》"揚彗光兮爲旗"，《文選·羽獵賦》"曳彗星之飛旗"，注引《河圖帝通紀》"彗星者天之旗也"，并以彗擬斾，亦足資參證。古者兵車建斾。"豐其斾，日中見彗"，猶"豐其蔀，日中見斗"，蔀斾皆車服，斗彗皆星象，見斾而疑彗猶見蔀而疑斗矣。《考工記·輈人》曰："軫之方，以象地也，蓋之圜，以象天也，輪輻三十，以象日月也，蓋弓二十有八，以象星也，龍旂九斿，以象大火也，鳥旟七斿，以象鶉火也，熊旗六斿，以象伐也，龜蛇四斿，以象營室也，弧旌枉矢，以象弧也。"《考工記》之說出於蓋天家。《易》比天於車，以北斗擬蓋之葆，以彗星擬斾之斿，與《考工》說酷似，即蓋天說之所由昉。

繫于金柅　《姤》初六

案正義引馬注曰"柅者，在車之下，所以止輪令不動者也"；王注曰"柅制動之主"，說與馬同。《說文》曰"軔，礙車木也"，又曰"杒，榿杒也"，《詩·節南山箋》"氐當爲柢鐕之柢"釋文曰"柢，礙也"，杒軔同，是柅即軔。《毛公鼎》《番生殷》所言駕具有"金䡅"，即金柅。《說文》忍讀若毅，而忍忍實一字，義轉爲軔，猶忍轉爲忍也。然柅所以止車，不當云繫。繫當讀爲擊。《蒙》上九"擊蒙"，釋文引馬鄭并作繫。《漢書·游俠·陳遵傳》引揚雄《酒箴》曰："一旦䝓礙"，䝓古擊字，䝓《說文》以爲轄字。然毃當從此得聲（古歷切），擊又從毃聲，是䝓亦擊之初文。䝓礙連文，亦礙也。《齊策一》"轄擊摩車而相過"注曰："擊，閡也"，《廣雅·釋言》曰"礙，閡也"，擊礙同訓閡，是擊亦可訓礙。"擊于金柅"，謂車礙於金柅而不能行耳。《否》九五"其亡其亡，繫于苞桑"，繫亦讀爲擊，訓礙，言亡者挂礙於苞桑而卒不果亡也，《詩·伯兮》"其雨其雨，杲杲出日"，語例同。

古典新义

丁　田獵

田有禽利執言无咎　《師》六五

案言當讀爲訊，言從辛，辛辛古同字，而辛卂音同，《説文》机讀若芊，《爾雅·釋地》"東陵阢"錢大昕謂即《左傳·成二年》之芊。是古音言訊亦近。音近則義通，故訊問之訊謂之言，《爾雅·釋言》"訊，言也。"俘訊之訊亦謂之言。《虢季子白盤》"執訊五十"，《不嬰毁》《兮甲盤》"折首執訊"，《詩·出車》《采芑》"執訊獲醜"，《皇矣》"執訊連連"，"執言"猶執訊也。《兮甲盤》"折首執訊，休，亡愍"，與《易》"執言，無咎"語意詞例并同。《説文》曰："捷，獵也，軍獲得也。"古者田獵軍戰本爲一事。觀軍戰斷耳以計功，田獵亦斷耳以計功，而未獲之前，田物謂之醜，敵衆亦謂之醜；既獲之後，田物謂之禽，敵衆亦謂之禽，是古人視田時所逐之獸，與戰時所攻之敵無異。禽與敵等視，則田而獲禽，猶之戰而執訊矣。《易》言"田有禽，利執言"者，意謂田事多獲，爲軍中殺敵致果之象。正義曰："禽之犯苗，則可獵取，叛人亂國，則可誅之。此假他象以喻人事，故利執言无咎。己不直則有咎，己今得直，故可執此言往問之而无咎。"以田獵與誅叛逆并言，蓋因卦名曰師而推知之，此誠近是，餘説皆疏。其釋"執言"爲"執此言往問之"，則與《詩》《鄭箋》訓訊爲言，而釋爲言語，同爲不達言字之誼。

顯比王用三驅失前禽邑人不誡吉　《比》九五

案顯讀爲韅。《左傳·僖二十八年》"韅靭鞅靽"，《説文》曰："䩠箸㡱靲也"，韅即䩠之省。此經下文曰"王用三驅"，則顯即韅字。《檀弓下》"子顯以致命於穆公"，鄭注曰"使者公子縶也"，又引盧植説曰："古者名字相配，顯當爲韅"。案《記》以顯爲韅，例與此同。比疑讀爲紕。《禮記大傳》"五者一物紕繆"，猶言乖戾也。《周禮·大司馬》"乃設驅逆之車"注曰："驅，驅出禽獸使趨田者也；逆，逆要不得令走。"《田僕》"設驅逆之車"注曰："驅，驅禽使前趨獲，逆，衙還之使不出圍。"案《詩·騶虞傳》曰"虞人翼五豝以待公之發"，《吉日傳》曰"驅

· 10 ·

禽之左右，以安待天子"，是自後曰驅，自前曰逆，自左右曰翼。然析言，驅與逆翼異，混言之，三者皆可曰驅。此曰"三驅失前禽"，自是獸在前而自後驅之。《詩·車攻》曰"不失其馳，捨矢如（而）破"，《穀梁傳·昭八年》曰"車軌塵，<small>軌猶循也。（王念孫説）</small>馬候蹄，揜禽旅，御者不失其馳，然後射者能中"，馳猶驅也，不失其馳，即驅不失禽之謂。轡紲，則不良於御故三驅禽而射皆不中。俞樾讀誡爲駭，是也。射不中而禽逸傷人，必令邑人驚駭。今邑人不駭，是禽雖逸而未至傷人，故爲吉占。

明夷夷于左股 《明夷》六二 **入于左腹獲明夷之心于出門庭** 六四

案《詩·車攻》《毛傳》曰："一曰乾豆，二曰賓客，三曰充君之庖。故自左膘而射之，達於右腢，爲上殺；射右耳本次之；射左髀，達于右骼爲下殺。"正義曰："凡射獸，皆逐從左厢而射之。"《公羊傳·桓四年》何注曰："一者弟一之殺也，自左膘射之，達於右腢，中心死疾，鮮潔，故乾而豆之，以薦于宗廟。二者弟二之殺也，自左膘射之，達于右脾，遠心死難，故以爲賓客。三者弟三之殺也，自左脾射之，達于右骼，中腸胃污泡，死遲，故以充君之庖厨。"《毛傳》髀，釋文作脾，云"謂股外"，《説文》曰"髀，股也"，《文選·七命》注引作"股外也"，蓋對文内曰股，外曰髀，散文髀股通也。六二"明夷夷於左股"，即《毛傳》所謂"射左髀，達於右骼，爲下殺"者。《九家》及《正間》并訓下夷字爲傷。案讀爲痍，《左傳·成十三年》<small>"芟痍我農功"釋文"痍本作夷"</small>。《公羊傳·成十六年》曰："王痍者何，傷乎矢也。"矢傷謂之痍，是"夷於左股"即射於左股明甚，因知王肅股作般，姚信左作右，其謬俱不待煩言而解。《詩》釋文引《三蒼》曰："膘，小腹兩邊肉也。"《説文》曰"膘，牛脅後髀前合革肉也；讀若繇"，又曰"腴，腹下肥也"。案繇腴聲近，疑膘即腴，謂腹下肥肉，許説與《三蒼》不異。六四"入於左腹，獲明夷之心"，即《毛傳》所謂"自左腹而射之，達於右腢，爲上殺"者。獲猶中也，《鄉射禮》"獲者坐而獲"注曰："射者中，則大言'獲'！"是射中謂之獲。然則"獲明夷之心"，又即何注所謂"中心死疾"者矣。

· 11 ·

古典新义

《漢書·司馬相如傳》上"洞胸達掖,絶乎心繫",注引張揖曰"自左射之,貫胸,通右髃,中心絶系也",與何説略同。"于出門庭"于讀爲呼,《孟子·萬章上》篇"號泣于昊天,于父母",《列女傳·有虞二妃傳》于作呼。此言入腹獲心,射得上殺,獲者呼獲,聲達於門庭之外也。《車攻傳》又曰"禽雖多,擇取三十焉,其餘以與士大夫,以習射於澤宮";《穀梁傳·昭八年》曰"禽雖多,天子取三十焉,其餘與士衆以習射於射宮";《尚書大傳·周傳》曰"已祭,取餘獲陳於澤,然後卿大夫相與射",注曰"澤射宮也"。此兩爻蓋言射宮習射,門庭即射宮之門庭也。

戊　牧畜

晉康侯用錫馬番庶晝日三接 《晉》

案錫兼予求二義,此錫字當訓求。金文《郘遣毁》"用錫耇壽",《伯其父簠》"用錫眉壽萬年",《黃君殷》"用錫眉壽黃耇萬年",《買毁》"用錫黃耇眉壽",猶他器言"用旂","用匄"也。《伯家父毁》"用錫害(匄)眉壽黃耇需冬",猶他器言"用旂匄"也。晝日猶一日也。金文晝畫同字,從周,是晝之爲言猶周,一日謂之晝日,猶一年謂之周年。《乾鑿度上》總釋二十九卦數例"晉三接"下鄭注曰:"以柔進授,何不五接終日?"案樂章一成爲一終,一終亦猶一周,鄭以終日釋晝日,正讀晝爲周。王注曰"以訟受服,則終朝三禠,柔進受寵,則一晝三接也",以晝日爲終朝,義與鄭同。《説文》曰"接,交也",《廣雅·釋詁二》曰"接,合也",此言接,當即《周禮·牧師》所謂"中春通淫",《月令》所謂"合累牛騰馬遊牝於牧"之事。舊讀馬字斷句,非是,從王念孫讀。審文義,二句當倒轉,讀爲"晝日三接,用錫馬番庶",言一日三遊牝,以求馬之蕃息衆庶也。《爾雅·釋詁》曰"接捷也",《大射儀》注曰"搢捷也",晉搢古今字,是晉接義同。卦名曰晉而卦辭言接,義正相應。

白馬翰如 《賁》六四

案《爾雅·釋鳥》"鶾雉,鵫雉",注曰"今白鷳也,江東呼白雗,亦名白雉",鶾與翰同。《中次九經》"其鳥多翰鷩"注曰

"白翰赤斠"；《西山經》"鳥多白翰赤鷺"注曰："白翰，白鷳也，亦名鷳雉，又曰白雉。"翰本白色雉之名，故引申之，馬之白色者亦可謂之翰。《檀弓上》曰"夏后氏尚黑，……戎事乘驪，……殷人尚白……戎事乘翰，……周人尚赤，……戎事乘騵"，是翰爲白色馬明甚。此曰"白馬翰如"，翰亦當訓白。鄭注《檀弓》已訓翰爲"白色馬"，而注《易》乃云："翰猶幹也，見六四適初未定，欲幹而有之。"《檀弓》疏引捨近而求諸遠，此乃自來説《易》家之通蔽。

有攸往見凶羸豕孚蹢躅　《姤》初六

案"見凶"二字當乙轉，分屬上下二句讀。"有攸往，凶"與上文"繫於金柅，貞吉"爲一辭。"繫（繫）於金柅，貞吉，有攸往，凶"，上下對舉，猶言止則吉，行則凶耳。"見羸豕孚蹢躅"，別爲一辭。俞樾訓孚爲乳，近碻。案《説文》曰"羸，瘦也"，哺乳之豕無不瘦者，故云"羸豕"。蹢躅猶躑躅，豕且乳且行之狀也。姤穀聲近，《説文》曰"穀，乳也"，此爻蓋讀姤爲穀，故有乳豕之象。

羝羊觸藩羸其角　《大壯》九三　**藩決不羸**　九四

案釋文曰"羸，王肅作纍，鄭虞作縲，蜀才作累，張作累"，疑當讀爲儡，《説文》曰"儡，相敗也"，《文選·西征賦》"寮位儡其隆替"注曰："儡，敗壞貌。"字一作儽，《老子》二〇章"儽儽兮若無所歸"，傅本及陳景元所見王本并作儡，釋文曰："儡，敗也。""儡其角"即敗壞其角，"藩決不儡"，猶言藩決而角不敗壞也。初九"壯于趾"，馬虞并訓壯爲傷，是讀爲戕。戕趾與儡角，事相鄰類。董仲舒《士不遇賦》曰"努力觸藩，徒摧角矣"，摧亦敗壞也。董氏用《易》最合古義。《太玄·童》上九測曰"童麋觸犀，還自纍也"，語意與此相仿，疑所見本作儽纍與儡儽通。

莧陸夬夬中行　《夬》九五

案《説文》曰："莧，山羊細角者。"陸讀爲踛。《莊子·馬蹄》篇"翹尾而陸"司馬注曰"陸，跳也"，《文選·江賦》注引作踛。夬讀爲趹。《説文》曰："趹，踶也。"《史記·張儀傳》"探前趹後"，《索隱》曰"趹謂後足趹地"，《莊子·齊物論》篇"麋鹿見之決驟"

崔注曰"決驟疾走不顧"，抉決并與赽通。"莧陸夬夬中行"，謂羊跳赽赽然於道中也。《大壯》六五變夬，彼云"喪羊于易，无悔"，即此之"莧陸夬夬中行，无咎"。舊注多以莧陸爲草名，訓夬爲分決，虞氏訓莧爲說，陸作睦，均遠失之。王夫之朱駿聲等并知莧爲羊，而釋陸夬之義未得，殆失之眉睫乎？

臀無膚其行次且　《夬》九四　《姤》九三

案《噬嗑》六二"噬膚滅鼻"釋文引馬曰："柔脆肥美曰膚。"膚即腴也。《論衡·語增》篇引《古語》曰"桀紂之君，垂腴尺餘"，張顯《析言論》引《古諺》作"桀紂無道，肥膚三尺"，《說文》腴訓"腹下肥者"，又以膚爲臚之籀文，而《類聚》四九引《釋名》佚文曰"腹前肥者曰臚"，是膚即腴決矣。"臀無膚"者，甚言其瘠也。《夬》九四釋文次本亦作趑，且本亦作趄，引鄭王肅并作趑趄。《說文》曰："趑趄行不進也。"體瘠者力弱行遲，故曰"臀無膚，其行趑趄"，此當斥牲畜而言。《姤》初六曰"見羸豕孚蹢躅"，臀無膚即豕羸瘠之狀，趑趄蹢躅一語之轉，然則《姤》初三兩爻辭異而指同。

己　農業　雨量附

尚德載　《小畜》上九

案呂氏《音訓》引晁氏曰"德，《子夏傳》京虞作得"，當從之。載讀爲菑，《詩·載芟》"俶載南畝"《箋》曰"俶載當爲熾菑"，《良耜》"俶載南畝"《箋》曰"熾菑是南畝"，是其比。《无妄》"不菑畬"釋文引董遇曰"菑反草也"，《爾雅·釋地》"田一歲曰菑"郭注曰"今江東呼初耕反草爲菑"，《說文》曰"菑才今誤作不耕田也"，是菑即耕。"既雨既處，尚德載"者，處俞樾訓止，是也，德載讀爲得菑，言雨後尚得施耕也。凡耕必待雨，卦辭"密雲不雨"，謂初九，初九不雨，不得施耕，至上九而終得雨，故仍得耕焉。舊讀載如字，未允。近於省吾氏復讀爲哉，亦非《易》辭簡鍊，不用語尾也。

甘臨无攸利既憂之无咎　《臨》六三

案臨讀爲濫，濫與霖同，詳下。甘讀爲猒，《說文》猒從猒聲。猒從甘聲。

《詩·伯兮》"甘心首疾"《傳》"甘，厭也"。厭者足也，古稱甘雨，甘露，皆優渥霑足之謂。《呂氏春秋·季春》篇、《孟夏》篇并曰"甘雨至三旬"，雨至三旬，可謂足矣。《尸子·仁意》篇曰"甘雨時降，萬物以嘉，高者不少，下者不多，此之謂醴泉"，高者不少，下者不多，亦潤洽適足之意。《論衡·是應》篇曰"雨霽而陰曀者謂之甘雨"，則甘雨又猶《詩》所謂"陰雨"。蓋春夏之交，沈陰霢霂，一雨一止，歷久不晴，潤物之功，莫此爲大，故《詩·甫田》曰："以祈甘雨，以介（匃）我稷黍，以穀我士女。"然而足謂之厭，過足亦謂之厭。《易》曰"甘臨（灆）无攸利"，蓋就其過足者言之，故占曰"无攸利"。"既憂之，无咎"者，憂讀爲櫌。《莊子·則陽》篇郭注曰："櫌鋤也。"《管子·小匡》篇曰"深耕均種疾耰，先雨芸耨，以待時雨"，《齊語》作"深耕而疾耰之，以待時雨"。久雨本足以妨農惟既已櫌之在前，則亦不足爲害，故曰"既憂（櫌）之无咎"也。

臨……至于八月有凶　《臨》

案臨讀爲灆。灆霖古當同字。《莊子·大宗師》篇"霖雨十日"釋文曰"霖又作淋"；《趙策一》"使我逢疾風淋雨"，即霖雨；《字鏡》淋古文作灆，《廣雅·釋訓》曰"霙，雨也"。是霖淋灆（霙）一字。霖之聲轉爲隆。《詩·皇矣》"與爾臨衝"，《韓詩》作隆衝，《荀子·彊國》篇"乃在臨慮"，《漢書·地理志》河內郡作隆慮。《管子·度地》篇曰"當秋三月，山川百泉踊，降雨下，元作下雨降。山水出"，降雨即隆雨；《齊策三》曰"至歲八月，降雨下，淄水至"，《風俗通·祀典》篇正作隆雨。隆雨即霖雨也。我國雨量，率以夏秋間爲最厚。《孟子·離婁下》篇曰"七八月之間雨集，溝澮皆盈"，《莊子·秋水》篇曰"秋水時至，百川灌河"，而《管子》言秋三月隆雨下，《齊策》言八月隆雨下，尤與《易》言"臨……至於八月"，若合符節，是臨爲灆省，而灆即霖字明矣。雨及八月而百泉騰湊，川瀆皆盈，數爲民害，故曰"有凶"。《西谿易說》引《歸藏》臨作林禍，即霖禍。《周易》省灆爲臨，猶《歸藏》省霖爲林耳。

· 15 ·

至臨《臨》六四　**知臨**　六五　**敦臨**　上六

案敦訓怒《説文》，怒暴義近，"敦臨"猶暴雨；又訓大《方言》一，暴雨亦大雨也。字一作電，《玉篇》曰："電，大雨也。"聲轉爲霎，《玉篇》又曰："霎，大雨也。"再轉爲涷，《爾雅·釋天》曰："暴雨謂之涷。"《尚書大傳·周傳》曰"久矣天之無別風淮雨"，鄭注曰："淮，暴雨之名也。"郝懿行謂淮雨即涷雨。案郝說是也。淮準古當同字。金文隹有二形，後者畫鳥足形略備，即準字所從出，是隹隼本非二字，《説文》隼爲雌之重文，尚存古意。因之淮準亦非二字矣。準（淮）敦古音同，淮從隹聲（職追切）與準（之允切）爲對轉，二者古讀皆歸端母。敦（都昆切）亦或對轉讀如堆（都回切），故敦與準，敦與淮，古音皆同讀。淮雨猶敦瀶，故鄭訓淮爲暴雨。淮敦音同，淮轉爲涷猶敦轉爲涷，是淮雨即涷雨明矣。至知古讀亦并歸端與敦亦并一聲之轉，疑"至臨""知臨"亦猶"敦臨"。敦訓怒，至之言銍也，恎也，銍恎亦皆怒也。《説文》曰"銍，忿戾也"，《廣雅·釋詁三》曰"恎，很也"，忿戾與很義俱近怒。然則"至臨"亦猶暴雨矣。知智古同字，卜辭作𠤕《前》五、一七，金文作𥏼《毛公鼎》，或𥎵《蛛匕》，下從甘，《説文》作𥏼，從白爲甘之訛。《説文》疾下有籒文作𤶅，從甘，與甘同，許云從甘省從廿，非是。是籒文以智爲疾。智疾并從矢得聲，故得通用。"知臨"之知，亦當讀爲疾疾瀶亦猶暴雨也。

坎不盈祇既平无咎　《坎》九五

案于省吾氏讀祇爲災，云災既平猶言患既平，是也。此爻之坎，但指坑谷。水溢出坑谷，則氾濫爲患，今坑谷不溢而災患已平，故曰"无咎"。《孟子·離婁下》篇曰"原泉混混，不捨晝夜，盈科而後進，放乎四海"，趙注釋"盈科"爲"盈滿科坎"；《盡心上》篇曰"流水之爲物也，不盈科不行"，注曰"盈，滿也，科，坎也，流水滿坎乃行"。案坎科一聲之轉，盈科即盈坎。《太玄·從》次五"從水之科滿"，科滿亦即坎盈。孟、揚之文，并與《易》合。

庚　行旅

苦節　《節》上六　**安節**　六四　**甘節**　九五

案節謂車行之節度。《呂氏春秋·知分》篇曰："其僕將馳，晏子撫其僕之手，曰，'安之毋失節，疾不必生，徐不必死。'"《晏子春秋·雜上》篇"安之"作"徐之"，又曰"按之成節而後去"，《韓詩外傳》二作"安行成節，然後去之"。《史記·司馬相如傳》"案節未舒"，《索隱》曰："案節言頓轡也。"案按抑其轡，則馬行遲而車安，是案節即安節也。《莊子·天道》篇曰"斲輪徐則甘而不固，疾則苦而不入"，釋文引司馬注曰"甘者緩也，苦者急也"；《淮南子·目應》篇作"大疾則苦而不入，大徐則甘而固"，高注曰"苦，急意也，甘，緩意也"。"苦節"、"甘節"即疾節、緩節。行節緩則乘者安適，疾則有覆敗之虞，故曰"甘節貞吉"，而"苦節貞凶"也。

朋來　《復》**大蹇朋來**　《蹇》九五　**朋至斯孚**　《解》九四　**朋從爾思**　《咸》九四　**朋盍簪**　《豫》九四

案《復》"朋來無咎"，釋文引京作崩，《漢書·五行志》中之上引同。《蹇》九五"大蹇朋來"，《漢石經》亦作崩。崩有走義。《詩·無羊》曰"不騫不崩，畢來既升"，《說文》曰"騫，走貌"，騫蹇同，騫崩并舉，是崩亦走也。《莊子·人間世》篇曰："形就而入，且爲顛，爲滅，爲崩，爲蹶。"《說文》曰"蹶走頓也"，顛蹶通；滅讀爲越，顛越成語，《書·盤庚》"顛越不恭"，《九章·惜誦》"行不羣以顛越兮"。《公羊傳·桓十六年》何注曰"越猶走也"；《越語》韋注曰"蹶，走也"。顛越蹶皆走之類，則崩亦走也。字一作"逬"，《玉篇》曰："逬，走也。"《復》與《蹇》九五兩《崩來》并猶走來，言疾遽而來也。《解》九四"解而拇朋至斯孚"，拇謂足大指，則"朋至"猶"崩來"。《咸》九四"憧憧往來，朋從爾思"，上曰"往來"，則"朋從"亦即崩從，言即走而就之也。《豫》九四"朋盍簪"，朋疑亦當爲崩。知之者，《解》《咸》皆九四成朋，此稱朋亦在九四，則義當與彼同。

古典新义

大蹇朋來 《蹇》九五

案古字大天通用，此則當讀爲天。天蹇疊韻連語。《莊子·秋水》篇曰："何貴何賤，是謂反衍，無拘而志，與道大蹇。何少何多，是謂謝施，無一而行，與道參差。"釋文曰："本或作'與天道蹇'。"馬叙倫氏云，大即天之譌，天蹇疊韻連語，謂屈曲也，成本作"與天道蹇"者，讀者不解天蹇之義，移天於道上耳。案馬説是也。天蹇即蹎蹇，與上反衍義近，猶下文謝施，吴汝綸訓委蛇，則與參差義近也。《莊子》"反衍""天蹇"兩詞連用，與《易》符合，而天字作大，亦與《易》同，蓋即用《易》語爾。

往蹇來反 《蹇》九三

案蹇反疊韻連語，倒之則曰反蹇。字一作跰蹇，《魯語下》"踦跂畢行"韋注曰："踦跂，跰蹇也。"一作偏蹇，《方言》六曰"吴楚偏蹇曰騷"，郭注曰："行畧逴也。"一作蹁蹮。《南都賦》曰："蹴蹡蹁蹮"。又作反衍，《莊子·秋水》篇曰"何貴何賤，是謂反衍，無拘而志，與道大蹇"，衍蓋讀如愆。《説文》愆重文作㥳，"反衍"即此爻"蹇反"之倒語，猶"大蹇"即九五之"大蹇"也。亦作畔衍，叛衍，《秋水》篇釋文曰"反衍本亦作畔衍"，《文選·蜀都賦》曰"叛衍相傾"，劉注曰"叛衍猶慢衍也"。要之"蹇反"連語，舊分二字釋之，失其義矣。

往蹇來譽 《蹇》初六

案譽讀爲趣。《説文》曰"趣，安行也"，《論語·鄉黨》篇"與與如也"，皇疏曰"與與猶徐徐也"；《漢書·叙傳》"長倩懊懊"，注曰："懊懊，行步安舒也"；《説文》曰"憗，趣步憗憗也"。趣，與，憗，懊，并字異而義同。然疑此字古讀當如舉_{居許切}，蹇趣雙聲連語。《象傳》《序卦傳》并云"蹇趣難也"，行難與舒遲義相因；《管子·水地》篇"凝蹇而爲人"，尹注曰"蹇停也"，舒與停義亦近。"往蹇來趣"謂往來遲難。遲難者不利於行之謂，故《象傳》曰"宜待也"。

·18·

往來井井 《井》

案井讀爲營。《荀子·非十二子》篇宋鈃，《莊子·逍遥遊》作宋榮子，而鈃從幵爲從井之誤；金文荆從井（《說文》），荆刑異字，金文有刑無刑，是刑亦荆之誤。《五音篇海》有鉼字。《廣雅·釋地》曰"營耕也"。此并井聲與熒聲近之證。𤇾即金文熒字。《說文》從𤇾之字皆云熒省。實則熒乃從𤇾從火，當立𤇾部。《詩·青蠅》"營營青蠅"《傳》曰"營營，往來貌"；《楚辭·抽思》"魂識路（繊絡）之營營"王注曰"精靈主行，往來數也"，《廣雅·釋訓》曰"營營，往來也"。營營爲往來之貌，故曰"往來營營"。

二 有關社會事類

甲 婚姻

子克家 《蒙》九二

案《周書·謚法》篇曰"未家短折曰殤"，《離騷》曰"及少康之未家兮，留有虞之二姚"，《淮南子·齊俗》篇曰"待西施絡慕而爲配，則終身不家矣"，家并猶娶也。《蒙》九二"納婦吉，子克家"，上曰"納婦"，則下曰"子克家"，猶言子能娶矣。正義釋爲"子孫能克荷家事"，失之。

乙 家庭

幹父之蠱 《蠱》初六 九三 六五 **幹母之蠱** 九三 **裕父之蠱** 六四

王引之讀蠱爲故，引《尚書大傳》"乃命五史以書五帝之蠱事"，云蠱事即故事。案王說韙矣，惟於幹裕二字，仍無達詁。余謂幹讀爲貫。《爾雅·釋詁》曰"貫，習也"，《說文》曰"遺，習也"，貫遺字同。《廣雅·釋詁一》曰："貫，行也。"習行義近。今天謂行事曰幹事，嫻習於事者曰幹材，字均當作貫，《牧敦》曰"乃册政事，毋敢不

· 19 ·

古典新义

尹其不中不刑"，毌古貫字，毌政事猶習政事，行政事也。《漢書·谷永傳》曰"以次貫行，固執無遠"，貫行猶習行也。"幹父之蠱"即貫父之故，"幹母之蠱"即貫母之故，謂習行父若母之故事也。初六曰"幹父之蠱，有子考"，于省吾氏讀考爲孝，至確。案《論語·學而》篇曰"父在觀其志，父没觀其行，三年無改於父之道，可謂孝矣"，即此爻之義。《後漢書·光武十王傳》曰"奉承貫行"，習行與奉承義近。初六《象傳》"幹父之蠱，意承考也"，六五《象傳》"幹父用譽，承以德也"，并以承釋幹，是正讀幹爲貫。六四"裕父之蠱"，裕當讀如衮。《書·康誥》"裕乃不廢在王命"，"乃由裕民"，"乃裕民曰"，"裕乃以民寧"，《足則學隸古定本》裕皆作衮；《管子·山權數》篇"民之能樹瓜瓠葷菜百果使蕃衮元誤作衰者"亦以衮爲裕。《玉篇》《廣韻》衮亦并與裕同。然《𠂤壺》"玄衮衣"。《魏受禪碑》"襲衮龍"，又并以爲衮字，是衮裕古本一字。裕從谷，衮從㕣，㕣谷一字，（《説文》㕣古文作㕣，從谷，可證。）故衮裕亦一字。此蓋本作"裕父之蠱"，裕讀如衮，亦以音近借爲貫。今隸改書衮爲裕，注家遂訓寬，訓容，失之遠矣。

丙　宗族

匪寇婚媾《屯》六二　《賁》六四　《睽》上九　**求婚媾**《屯》六四　**婚媾有言**《震》上六

案古言婚媾猶今言親戚。《販叔多父盤》曰"使利于辟王，卿事，師尹，倗友，兄弟，諸子，婚媾，無不喜"；《克盨》曰"唯用獻于師尹，倗友，婚媾"；《𠭰卣》曰"其以父癸夙夕鄉爾百婚媾"；《𦫵伯殷》曰"好（羞）倗友雩（與）百諸婚媾"；《左傳·昭二十五年》子大叔曰"爲夫婦内外以經二物，爲父子、兄弟、姑姊、甥舅、昏媾、姻亞、以象天明"；《書·盤庚》曰"施實德于民至于婚友"，則謂婚媾爲朋友。《震》上六曰"震不于其躬，于其鄰，无咎，婚媾有言（愆）"者，"无咎"承"震不于其躬"言之，"婚媾有言"承"于其鄰"言之，是婚媾即鄰。鄰亦親也。《左傳·昭十二年》

杜注"鄰，猶親也"。《屯》六四"乘馬班如，求婚媾"，言駕四馬之車而往有所求於其親戚之家也。凡此婚媾皆名詞。因知《屯》六二、《賁》六四、《睽》上九并云"匪寇婚媾"，猶言其親非仇耳。舊謂婚媾爲嫁娶，寇爲劫掠，省動詞，近人遂據以説爲搶婚之俗，疏矣。

丁　封建

屯……利建侯　《屯》

案屯純古今字。《詩・野有死麕傳》曰："純猶包之也。"純有包義，凡物之邊緣包圍於外者皆可謂之純。《禮經》衣裳冠履緣飾皆謂之純；《書・顧命》"黼純"，《周禮・司几筵》"紛純"，謂席之緣飾也；《公羊傳・定八年》"龜青純"，謂龜甲邊緣，即𣝣也；《淮南子・墜形》篇"純方千里"，謂地之邊緣也。又笪，所以盛穀而範圍之之器也，庉，樓牆也，軘營衛之車也，義俱最近。因之屯衛、屯戍、屯田諸義，亦莫非包圍一義之引申。古者封建侯國，所以爲王都之外藩而扞蔽之，《易・屯卦》言"利建侯"，正取屯有包圍營衛之義。《書・康王之誥》曰"乃命建侯樹屏，在我後之人"，在讀爲存，存之爲言梐也。《左傳・哀八年》"梐之以棘"杜注曰"梐，擁也"；《説文》曰"梐，以柴木壅也"。"存我後之人"猶言爲我後人之屏藩而擁蔽之。屯存聲義俱近，《易》曰"屯，……利建侯"，《書》曰"建侯樹屏，存我後之人"，其義一而已矣。正義、釋文并云"屯，難也"，其説本之《彖傳》，又《序卦傳》曰"屯者盈也，屯者物之始生也"，均非經旨。

戊　聘問

惠心勿問　《益》九五　惠我德　同上

案此爻讀益爲錫，錫賜字通。《廣雅・釋言》曰："惠，賜也。"《孟子・滕文公上》篇曰："分人以財謂之惠。"《召伯虎𣪘》曰"余䵼于君（尹）氏大章（璋）"，䵼古蟪字，與惠通，言余賜尹氏以大璋也。後世專以施德於人謂之惠，《賈子新書・道德》篇曰"心省恤人謂之惠"是也。此曰"惠心"猶言"惠德"，用後起專字。問亦惠也，《雜記下》"相問也既封而退"，注曰"相問，嘗相惠遺也"，《詩·女曰雞鳴》"雜佩以問之"，與"贈之""報之"連言；《左傳·成十六年》"問之以弓"疏曰"遺人以物謂之問"；哀十一年"使問弦多以琴"疏曰"禮以物遺人謂之問"。然則惠問皆施與之謂，惟以德施曰惠，以財施曰問耳。"惠心勿問"者，以德惠人而不用財物，與《論語·堯曰》篇"君子惠而不費"同義。《說文》曰"費，散財物也"，是費猶問矣。王注曰"惠而不費，惠心者也"，此釋"惠心"之義則確，惟不知"勿問"亦即不費耳。

己 爭訟

不克訟歸而逋其邑人三百户無眚　《訟》九二

案《集解》從虞讀"歸而逋"句，"其邑人三百户无眚"句；正義從王讀"歸而逋其邑"句，"人三百户"句。荀爽曰"逋，逃也，謂逃失邑中之陽人"，是讀"歸而逋其邑人三百户"九字爲句。案句讀得之，惟解逋義未諦。訓逋爲逃，則是内動詞，内動詞不得有賓語。今觀"逋其邑"之語，逋顯係外動詞，而以"邑"爲其賓語，則荀説不攻自破。以聲求之，疑逋當讀爲賦。《論語·公冶長》篇"可使治其賦也"，《魯論》作傅，是其比。《説文》曰"賦，斂也"；《公羊傳·哀十二年》何注曰"賦者斂取其財物也"。"不克訟，歸而賦其邑人三百户，无眚"者，蓋訟不勝而有罪，乃歸而賦斂其邑人，於是財用足而得以自贖，故曰无眚也。

得金矢　《噬嗑》九四　**得黄金**　六五

案《周禮·大司寇》曰："以兩造禁民訟，入束矢於朝，然後聽之。以兩劑禁民獄，入鈞金，三日乃致于朝，然後聽之。"鄭注曰："造，至也。使訟者兩至。既兩至，使入束矢，乃治之也。不至，不入束矢，則是自服不直者也。"又曰："劑，今券書也，使獄者各齎券書。既兩券書，使入鈞金，又三日乃治之，重刑也。不券書，不入金，則是亦自服不直者也。"《管子·中匡》篇曰："無所計而訟者，成以束矢。"又《小匡》篇曰"無坐抑而訟獄者，正三禁之，而不直，則入束矢以罰之"，《齊語》作"索訟者，三禁而不可上下，坐成以束矢"。韋注曰："索，求也，求訟者之情也。三禁，禁之三日，使審實其辭也。而不可上下者，辭定不可移也。坐成，獄訟之坐已成也。……訟者坐成，以束矢於朝，乃聽其訟。兩人訟，一人入矢，一人不入，則曲，曲則服。入兩矢，乃治之。"據此，則力不能輸束矢鈞金者，即不得訟；一人能輸，一人不能，雖有訟之者坐亦不成。《詩·行露》曰"雖速我獄，室家不足"，"雖速我訟，亦不女從"，蓋謂室家不足，力不能輸矢金，故不能從汝相訟也。孫詒讓曰："據《管子》所云，蓋訟未斷之先，則令兩入束矢。既斷之後，則不直者沒入其矢以示罰，其直者則還其矢。故《淮南子·氾論訓》云，'齊桓公令訟而不勝者出一束箭'，明勝者不失矢矣。"又曰："（《大司寇》）入鈞金，三日乃致于朝，然後聽之者，此亦謂獄未斷之先，兩入鈞金，既斷之後，則不直者沒入金以示罰，直者仍還其金。故《易·噬嗑》爲獄訟之象，其九四爻辭云'得金矢'，又六五云'得黃金'即謂訟得直而歸其鈞金束矢也。"《周禮正義》案孫氏謂直者還得其金與矢，引《易》以證《禮》，殆不可易。今移其説轉以讀《易》，而《易》義亦霍然皢然。余惟《易》義之亡於象數者久矣，惟求之於禮俗如孫氏此説之爲，乃能復之，故備述之以爲治《易》之龜鑑。

庚　刑法

比之匪人　《比》六三　否之匪人　《否》　匪夷所思　《渙》六四

案《詩·何草不黃》曰"哀我征人，獨爲匪民"，匪之爲言罪也，《說文》罪從网非聲。古以有罪之人服力役，《詩》征夫即役夫，故自稱匪民。匪聲轉爲罷。罷疲古通，匪轉爲罷"猶匪轉爲彼。《周禮·大司寇》曰"以圜土聚教罷《羣書治要》引作疲民"，又曰："以嘉石平罷民。凡萬物之有罪過，而未麗於法，而害於州里者，桎梏而坐諸嘉石，役諸司空。"《司圜》曰"掌收教罷民"，鄭衆注曰："罷民，謂惡人不從化，爲百姓所患苦，而未入五刑者也。""匪人"猶匪民，罷民也。卦爻辭無民字，蓋以人爲之。《比》六三曰"比之匪人，[凶]"，從釋文引王肅本補之猶於也，親比於匪人，故凶。《否》曰"否之匪人，不利君子貞"，匪人爲有罪之小人，故不利君子貞。古字"人""夷"不分。《夷卣》"人乍《父己卣》"，又"人乍《父戊卣》"，人并讀爲夷；《般甗》"王宜人方"，《小臣俞尊》"隹王來正人方"，人方即夷方；《虘鼎》"省（眚）于人身"，即夷身，上文"王令趞戩東反尸（夷）"可證。《渙》六四"匪夷所思"，匪夷疑亦當作匪人。

介于石　《豫》六二　**困于石**　《困》六三

案《周禮·大司寇》曰："以嘉石平罷民。凡萬民之有罪過而未麗於法，而害於州里者，桎梏而坐諸嘉石，役諸司空。重罪，旬有二元誤三，從王念孫改。日坐，朞役。其次九日坐，九月役。其次七日坐，七月役。其次五日坐，五月役。其下罪，三日坐，三月役。使州里任之，則宥而捨之。"又《司救》曰："凡民之有衺惡者，三讓而罰，三罰而士加明刑，恥諸嘉石，役諸司空。"又《朝士》曰："左嘉石，平罷民焉。"《困》六三"困于石，據于蒺藜，入于其宮，不見其妻，凶"，"據于蒺藜"猶《坎》上六"寘于叢棘"狴獄之象，則"困于石"之石當即嘉石，困辱于石上，猶《司救》曰"恥諸嘉石"也。《豫》六二"介於石，不終日，貞吉"，介疑讀爲忦。《説文》曰"忦憂也"；《方言》十二曰"忦，恨也"；《漢書·陳湯傳》"百姓介然有秦民之恨"，字正作介。憂恨與困辱義相因，"忦于石"亦猶"困於石"也。然而坐石之期暫，至"不終日"，則是過小而罰輕，故又爲吉占。《周禮·司市》曰："上旌於思次以令市，市師涖焉，而聽大治大訟，胥師賈師涖於介次，而聽小治小訟。"疑介亦即忦，本刑罰之名，故引申爲牢獄之稱，謂之介次。

君子維有解　《解》六五

案維猶係也，與《隨》上六"拘係之，乃從維之"義同。解，釋也。"維有解"，即係而得釋，義至淺顯。諸家皆以維爲語詞，《集解》且改書作惟，誤甚。

習坎入于坎窞凶 《坎》初六 **險且枕入于坎窞勿用** 六三

案侵幽二部每相轉，古言坎，猶今言窖。窞釋文引王肅又作陷，感反，則讀如檻，檻聲轉爲牢。然則坎窞猶窖牢矣。坎窞疊韻連語，析言之，亦可曰坎，或曰窞；轉爲窖牢，亦然。古者拘罪人與拘牲畜同處，故繫牲之圈曰牢，繫人之獄亦曰牢。卜辭牢作🐂若🐏。以泉作🐏推之，知牢本鑿地爲之，如今之地窖。《漢書·蘇武傳》曰"單于……迺幽武置大窖中"；《尹賞傳》曰"治獄穿地，方深各數丈餘，乃以大石覆其口，名曰虎穴"；《御覽》六四二引《三國典略》曰"乃奏遷及季舒過狀，各鞭二百，徒於馬城，晝則供役，夜置地牢"。凡此皆古牢之遺也。或謂之塪，《論衡·亂龍》篇曰："李子長爲政，欲知囚情，以梧桐爲人，象囚之形，鑿地爲塪，臥木囚其中，罪正者木囚不動，冤侵奪者木囚動出。"塪即坎窞也。釋文坎本亦作塪，京劉作欿。《熹平石經》亦作欿。習讀爲襲。《書·金縢》"一習吉"，《左傳·宣十年》"卜不襲吉"作襲。《周禮·胥師》"襲其不正者"注曰："故書襲爲習。"《老子》五十二章"是謂襲常"，《景襲經碑》、《古樓觀經碑》、唐寫本、傅本、玄宗御注本等并作習。《淮南子·覽冥》篇"襲穴而不敢咆"高注曰"襲，入也"；《公羊傳·僖十四年》"襲邑也"何注曰"襲者，嘿陷入於地中"。初六"習坎，入于坎窞"，正以"入于坎窞"釋"習坎"之義。習坎即入牢獄，故占曰凶。六三"來之坎坎，險且枕，入于坎窞，勿用"者，"來之坎坎"與"險且枕"以下，似係二辭，不當連讀。釋文枕古文作沈，俞樾訓深，是也。"險且沈，入于坎窞，勿用"，言坎險而深，入焉者即無復出之望，故將入獄而得此卦者，宜勿用之也。要之，《坎》初三兩爻言"入于坎窞"，皆謂入獄。先儒惟干寶說爲近塙。其注初爻曰："刑獄之用，必當于理，刑之正也；及其不平，則枉濫无辜，是法失其道也，故曰'入於坎窞凶'矣。"注三爻曰："來之坎坎者，斥同人觀釁於殷也，……險且枕者，言安忍以暴政加民，而无哀矜之心，淫刑濫罰，百姓無所措手足，故曰來之坎坎，終无功也。"此解全辭，雖多牽合，然以坎窞爲刑獄之事，則不誤。至《九家逸象》坎爲法律見《集解》，爲桎梏，《孟氏逸象》坎爲法，爲罰，

· 25 ·

并《説卦傳》坎爲隱伏，疑皆據上六"係用徽纆，寘于叢棘"言之。實則卦名"習坎"本謂入獄，而爻言刑獄者甚多，不特上六而已也。

樽酒簋貳用缶納約自牖 《坎》六四

案王夫之謂"用缶"爲樽簋皆用陶器，王引之説同，并引《禮器》"五獻之尊門外缶"及《墨子》"土墢土形"爲證，其説并是。約猶取也。約從勺聲，勺訓挹取《説文》，酌釣并訓取，上《坊記》鄭注，下《淮南子·主術》篇高注。汋訓盜取《周禮·十師》鄭衆注，又杓訓挈《廣雅·釋詁三》，挈訓牽引《説文》，引亦取也，是約亦有取義。"納約自牖"即納取自牖。酒食而必自牖納取之者，蓋亦就在獄中者言之。古獄鑿地爲窖，故牖在室上，如今之天窗然。今貧家草舍開上納明，以破甕之半側覆之以禦雨，所謂甕牖者，亦此類。以地窖爲獄，則獄全不可見，惟見其牖，書傳稱殷獄曰牖里，或以此歟？《水經·蕩水注》引《廣雅》曰"牖，獄犴也"，一本牖作稱，連上讀。今本《廣雅》亦無牖字。疑莫能明，不敢據引。《集解》引崔憬曰："内約，文王於紂時行此道，從羑里内約，卒免於難，故曰'自牖，終无咎'也。"案崔意即以牖爲牖里諸書羑牖錯出，牖里首見《尚書大傳》，并以爲文王事。爻辭中固多殷周間故事，然則崔氏此説，或有所受之，姑箸之以俟考。

係用徽纆寘于叢棘三歲不得凶 《坎》上六

案古者執罪人，周其身置以棘，所以壅遏之也。《左傳·哀八年》曰："邾子又無道，吳子使太宰子餘討之，囚諸樓臺，囚之以棘。"僖十五年曰"穆姬聞晉候將至，以太子罃弘與女簡璧登臺而履薪焉"，注曰"穆姬欲自罪；故登臺而荐之以薪，左右上下者皆履柴乃得通"，此言薪蓋謂棘薪。《易》曰"係用徽纆，寘于叢棘"，亦此類也。厥後俗變而意存，則獄前猶種棘焉。《周禮·朝士》曰"掌建邦外朝之法，左九棘，孤卿大夫位焉，羣士在其後；右九棘，公侯伯子男位焉，羣吏在其後"，《禮記·王制》曰"大司寇聽之於棘木之下"，是矣。鄭及九家并引《周禮》以説易，虞亦言獄外種九棘，舉其流以概其源，未爲審諦。"三歲不得"，得疑讀爲直。《晉語九》曰："邢侯與雍子争田，雍子納其女于叔魚以求直。""三歲不直"，猶言三歲不得其平。鄭云"不自思以得正道"，王云"不得自脩"，虞云"不得出獄",均失之鑿。

其形渥 《鼎》九四

案《集解》形作刑,引虞翻曰"渥,大刑也",《九家易》曰"渥者厚大,言辠重也",字并作刑,是也。《潛夫論·三式》篇引《易》亦作刑,釋之曰"此言三公不勝任,則有渥刑也",渥一作剭。《周禮·司烜氏》"邦若屋誅"注引《易》作"其刑剭",鄭衆注曰"屋誅謂夷三族。"《漢書·叙傳下》曰"底剭鼎臣",服虔注曰"底,致也,《周禮》有屋誅,誅大臣於屋下,不露也",顏師古注曰"剭者厚刑,謂重誅也。"案顏從《九家》虞説,於義爲長。《齊策四》"是故無其實而喜其名者削,無德而望其福者約,無功而受其禄者辱,禍必握"從孫詒讓讀,握《高士傳》作渥,"禍必渥"猶言禍必重也。《易》言渥,《策》言禍渥,其義正同。

見惡人 《睽》初九

案《莊子·德充符》篇曰"衛有惡人焉,曰哀駘它",《孟子·離婁下》篇曰"雖有惡人,齋戒沐浴,則可以祀上帝",惡人皆謂形殘貌醜之人。《睽》初九"見惡人,无咎",義當同。六三"其人天且劓",俞樾云天爲兀之誤,余謂九四"遇元夫",元亦當讀爲兀詳下,兀劓形殘之人,即此所謂惡人。六三占曰"無初有終",九四曰"厲无咎",亦并猶此曰"无咎"也。王注曰"顯德自異,爲惡所害",則以惡爲性行之惡。不知既爲惡德之人所害,何得復云"无咎"? 正義知其義不可通,乃云"以遜接之",甚矣其鑿也。

遇元夫 《睽》九四

案元讀爲兀。《説文》髠重文作髡,又"軏,車轅耑持衡者",經傳皆作軏,是元兀古同字。《莊子·德充符》篇曰"魯有兀者王駘",又曰"申徒嘉,兀者也",又曰"魯有兀者叔孫無趾"。李注曰"刖足曰兀",《説文》曰"趴,斷足也",重文作跀,兀與跀同。兀夫猶兀者,斷足之人也。六三"其人天且劓",俞樾云天爲兀之譌,兀即趴字,其説殆塙。今案九四之"兀夫"即六三"兀且劓"之人,亦即初九之"惡人"。正義曰"元夫謂初九也,處於卦始,故云元也",

殊乖經旨。

辛　征伐　方國附

姤其角　《姤》上九

案姤釋文引薛云"古文作遘"，鄭同，又《集解》及《唐石經》亦作遘，《易林》同。此爻蓋讀姤爲構。卜辭角作𧢲，冓作𩰫，從二角相構。"姤其角"即構其角，鬥爭之象也。

乘其墉弗克攻吉　《同人》九四

案乘猶增也。《淮南子·氾論》篇注曰"乘，加也"，《廣雅·釋詁二》曰"增，加也"，乘增聲類同。《詩·七月》"亟其乘屋"，乘亦訓增，謂增加其屋之苫蓋。蓋屋用茅，此與上"晝爾于茅，宵爾索綯"，應屬同類，故連言之。"乘其墉，弗克攻"，謂增高其城墉，使敵來不能攻，故爲吉占。王注曰"處上攻下，力能乘墉者也"，正義曰"乘上其墉，欲攻之也"，皆訓乘爲升，而以攻我爲攻人。不知城所以守，非所以攻，且不克攻入，亦何吉之有？是以知其不然。

日閑輿衛　《大畜》九三

案釋文引鄭本曰作日，注曰"日習車徒"，於義爲長。閑讀爲簡，校閱也，校閱之亦即習之。《公羊傳·桓六年》曰："大閱者何，簡車徒也。""日閑輿衛"猶日簡車徒矣。

師出以律否臧　《師》初六

案《周語》下伶州鳩對景王曰："（武）王以二月癸亥夜陳，未畢而雨，以夷則之上宮畢，當辰，辰在戌上，故長夷則之上宮，名之曰羽，所以藩屏民則也。王以黃鍾之下宮布戎于牧之野，故謂之厲，所以厲六師。以太簇之下宮布令於商，昭顯文德，底紂之多罪，故謂之宣，所以宣三王之德也。反及嬴內，以無射之上宮布憲施於百姓，故謂之嬴亂，所以優柔容民也。"《史記·律書》曰："六律爲萬事根本焉，其於兵戎尤所重，故云<small>元作械。案戎誤爲戒，又誤爲械。</small>望敵知吉凶，聞聲知勝負，百王之道也。武王伐紂，吹律聽聲，推孟春以至於季冬，殺氣相并，而音尚宮。"《周禮·大師》曰"大師，執同律以聽軍聲而詔吉凶"，鄭注曰："大師,大起軍師。"注又引《兵書》曰："王者行師出軍之日，授將弓矢，士卒振旅，將張弓大呼，大師吹律合音。商則戰勝，軍士伍，角則軍擾多變，失士心；宮則軍和，士卒同心，徵則將急數怒，軍士強；羽則兵弱，少威明。"賈疏以爲武王《兵書》。《六韜·五音》篇曰："武王問太公曰：'律音之聲，可以知三軍之消息，勝負之決乎？'太公曰：'夫律管十二，其要有五音，宮商角徵羽，此真正聲也，萬代不易。五行之神，道之常也，金木水火土，各以其勝攻也。其法，以天清淨無陰雲風雨，夜半，遣輕騎至人敵之壘，去九百步外，徧持律管，當耳大呼驚之，有聲應管，其來甚微。角聲應管，當以白虎。徵聲應管，當以玄武。商聲應管，當以朱雀。羽聲應管，當以句陳。五管聲盡不應者宮也，當以青龍。此五行之符，佐勝之徵，成敗之機。'武王曰：'善哉！'太公曰：'微妙之音，皆在外候。'武王曰：'何以知之？'太公曰：'敵人驚動則聽之。聞鼓之音者角也，見火光者徵也，聞金鐵矛戟之音者商也，聞人呼嘯之音者羽也，寂寞無聲者宮也。此五音者，聲色之符也。'"《五行大義》引《黃帝兵法》亦有審五音知敵性，及候風聲之術。案《六韜》之説，多所增飾，然行師吹律以候吉凶之術，固當自古有之。《左傳·襄十八年》曰："楚師伐鄭，……晉人聞有楚師。師曠曰：'不害，吾驟歌北風，又歌南風，南風不競，多死聲，楚必無功。'"服賈杜注俱以歌風爲吹律，又其一驗也。《師》初六曰"師出以律，否藏，凶"者，律即六律之律，否，晁氏云荀劉一行并作不，《晉語五》"夫師，郤子之師也，其事藏"，韋注曰"藏，善也，謂師有功"，此言師出驗之六律而不善，故其占凶也，爻辭多説殷周間事，此言"師出以律"，證以《周語》以下所載武王事，是行軍吹律，候驗吉凶，蓋周初已然矣。《史記·律書》"六律爲萬事根本焉，其於兵戎尤所重"，《索隱》曰："《易》稱師出以律，是於兵戎元亦誤械尤重也。"此釋律爲六律，最爲有見，而自來注家，咸未道及，余故略徵往籍，爲證成其説如此。

· 29 ·

得敵或鼓或罷或泣或歌 《中孚》六三

案罷讀爲鞞。《方言》十曰"孎,短也",《説文》曰"䫻,短人立䫻䫻也",《後漢書·馬融傳》上注引《字書》曰"擺亦捭字也";䫻《説文》輠讀若罷。此并罷卑二聲相通之證。鼓謂擊鼓,鞞亦謂擊鞞;蓋鞞之言捭也,《説文》曰:"捭,兩手擊也。"歌謂哀歌。詳下"不鼓缶而歌"條。"或鼓或鞞,或泣或歌",鼓與鞞,泣與歌,連類對舉。此蓋言奏凱之事,"得敵"猶言執俘,鼓鞞即《周禮·眂瞭》所謂"鼙愷獻",泣歌者敵囚也。或鼓鞞而喜,或歌泣而悲,勝敗分而哀樂異也。中得聲轉通用,《周禮·師氏》"掌國中失之事"注曰"故書中爲得,杜子春云當爲得";《吕氏春秋·至忠》篇"射隨兕中之",《説苑·立節》篇作"射科雉得之";《淮南子·齊俗》篇"天之員也,不得規,地之方也,不得矩",《文子·自然》篇得作中。鹹俘字金文祇作孚。此爻蓋讀中孚爲得俘,故以"得敵"解之。

直方大不習无不利 《坤》六二

《熊氏經説》曰:"鄭氏古《易》云,坤爻辭'履霜'、'直方'、'含章'、'括囊'、'黄裳'、'玄黄'協韻,故《象傳》《文言》皆不釋大,疑大字衍。"案大蓋即下文不之譌衍。方謂方國。古直省同字,直方疑即省方。《觀象傳》曰"先王以省方觀民設教",《復象傳》曰"后不省方",《吕氏春秋·知分》篇曰:"禹南省方。"《淮南子·精神篇》同卜辭作偝方,云"□午卜(原文此處爲"□"),殼貞今春王省方,帝受我□"(原文此處爲"□")《簠》游一、一;"貞王偝方,受㞢右"《珠》一;"貞王偝方"《簠》游二、九;"戊寅卜,亙貞省方"《簠》游一、二;"貞偝方"《拾》一〇、五;"偝方,寅"《簠》游一、四。省方猶後世之巡狩《東京賦》"省方巡狩",其事勞民耗財,不宜常行,故曰"不習,无不利"。

壬　遷邑

汔至亦未繘井羸其瓶凶 《井》

案《周書·皇門》篇"訖亦有孚"孔注曰"訖,既也",訖與汔通。

亦猶猶也、尚也。繘讀爲矞。《廣雅・釋詁三》矞掘并訓穿，"矞井"猶掘井也。羸《蜀才》作累，鄭讀曰藟。案當讀爲儽。《說文》曰"儽，相敗也"，《漢書・游俠・陳遵傳》引揚雄《酒箴》曰"爲觜所轠"，轠與儽通。瓶儽猶九二曰"甕敝"矣。既至新邑，井猶未掘；而瓶已先敝，故凶。

三　有關心靈事類

甲　妖祥

日昃之離不鼓缶而歌則大耋之嗟凶　《離》九三　黃離元吉　六二

案《說文》曰"昃，日在西方時側也"，引此經作昃，又曰"昊日西也"，昃昃昊并同。《周禮・眡祲》曰："掌十煇之法，以觀妖祥，辨吉凶；一曰祲，二曰象，三曰鑴，四曰監，五曰闇，六曰瞢，七曰彌，八曰叙，九曰隮，十曰想。"鄭衆注曰："煇謂日光氣也。"案十煇之名，若象與想，瞢與彌等，頗似音轉字變，本一名而誤分爲二者。先鄭訓瞢爲"日月平車無光"，訓彌爲"白虹彌天"，後鄭又訓彌爲"氣貫日"。白虹彌天與日何涉？故後鄭不從。然氣貫日與彌字之義亦不相應。實則彌瞢一聲之轉，彌即瞢耳。彌之言猶彌離也。《爾雅・釋詁》"覭髳，茀離也"，郭注曰："茀離即彌離，彌離猶蒙龍也。"蒙龍與朦朧同，彌謂之彌離，猶瞢謂之朦朧。《周禮》故書彌作迷，則猶彌離一作迷離。《木蘭詩》曰"雌兔眼迷離"，謂兔目朦朧無光也。聲轉爲冪䍥，《廣韻》曰"冪䍥，煙貌"，亦謂其無光。然此義實離之引申。離羅古同字。羅之爲物，質薄而半透明，凡光爲羅所掩，視之朦朧如月色，冪䍥如煙霧，故引申之有無光之義。《莊子・齊物論》篇"罔兩問景"崔注曰"罔兩，罔浪有無之狀"，郭注曰："景外之微陰也。"案即網羅聲之轉，景外微陰，若有若無，亦一（羅）義之引申。罔兩又爲鬼物之名，字作魍魎，一曰魑魅。魑魅即離昧，亦即迷離之倒。彌（迷）離連語，例得析言，

· 31 ·

《易》言離猶《禮》言彌（迷）耳。《太玄·瞢》次六測曰："瞢瞢之離，中不眩也。"范本不眩作蔉蔉。以瞢瞢狀離，正謂離之無光，故曰不眩，或曰蔉蔉。《廣韻》曰"爈，帷中火"，隔帷視火，其光迷離，故謂之爈，爈與離通。"日昃之離"，之猶而也見《古書虛字集釋》，言日西昃時迷離無光也。《春秋經·莊二十五年》，三十年，文十五年并云："日有食之，鼓用牲于社。"《左氏·莊二十五年》傳曰"凡天災，有幣無牲，非日月之眚不鼓"，文十五年《傳》曰："日有食之，天子不舉，伐鼓于社，諸侯用幣于社，伐鼓于朝，……古之道也。"昭公十七年《傳》昭子說略同案缶亦鼓之類，古亦謂之土鼓。日離擊缶，與日食伐鼓，皆王充所謂"彰事告急，助口氣"者也。《論衡·順鼓》篇曰："夫禮以鼓助號呼，明聲響也……大水用鼓，或時再（災）告社，陰之大盛，雨湛不霽，陰盛陽微，非道之宜，口祝不副，以鼓自助，與日食鼓用牲于社，同一義也。俱爲告急，彰陰盛陽也。事大而急者用鍾鼓，小而緩者用鈴獲（莰），彰事告急，助口氣也。"《周禮·女巫》曰"凡邦之大烖，歌哭而請"，注曰："有歌者，有哭者，冀以悲哀感神靈也。"案賈疏曰"此云歌者，憂愁之歌"，是"歌哭"謂且歌且哭，鄭意以爲羣巫或歌或哭，微失經旨。《易》"鼓缶而歌"，亦謂憂愁之歌。日離爲天之災變，故必鼓缶哀歌，以訴於神靈而救之。"大耋之嗟"，釋文引京耋作經，《蜀才》作咥。案當爲跮，即跌字，《太玄·差》次六有"大跌"之語。嗟當爲蹉。此之字亦訓而。"大耋之嗟"即大跌而蹉。《書·無逸》"自朝至日昃"疏曰"昃亦名昳，言日蹉蹉而下"，《左傳·昭五年》注"日昳爲臺"疏曰"日昳謂蹉跌而下也"。此言日西昃時，昏暗無光，若不叩缶哀歌以救之，則必猝然蹉跌而下，如人之顛僕失據者也。六二"黃離"者，《漢書·天文志》曰"日月無光曰薄"，《史記·天官書集解》引京房《易傳》又曰"日赤黃爲薄"，"黃離"蓋即薄。《天官書》說歲星曰"星色赤黃而沈，所居野大穰"，說填星曰"五星色……黃圜則吉"，說太白曰"黃圜和角，……有年"，說辰星曰"黃爲五穀熟"。占星多以黃爲吉，疑占日亦然，故曰："黃離元吉。"

龍戰于野其血玄黃 《坤》上六

案《左傳·昭十九年》曰"鄭大水，龍鬥於時門之外洧淵，國人請爲禜焉，子產弗許"；莊十四年曰"初內蛇與外蛇鬥於鄭南門中，內蛇死"。龍戰蓋即此類。古書光黃通用，《說文》黃從古文光聲，是黃者火光之色，火色在赤黃之間，故黃之本義當訓爲赤色。《詩·駉》"有驪有黃"《傳》曰"黃騂曰黃"，《閟宮傳》曰"騂，赤色"，是毛以黃爲赤黃間色明甚。然《都人士》曰"狐裘黃黃"，《北風》曰"莫赤匪狐"，是古又或以黃赤通稱。《左傳·成二年》張侯曰"自始合而矢貫余手及肘，余折以御，左輪朱殷"，杜注曰"今人呼赤黑爲殷色"。《詩·七月傳》曰："玄，黑而有赤也。""其血玄黃"者，蓋玄當彼之殷，黃當彼之朱也。夫色彩稱謂，最難準確，古人出語，例不甚拘，若必執今言以繩古義，則血寧有黃色者哉？《文言傳》曰"天玄而地黃"，失之鑿矣！

鳥焚其巢 《旅》上九

案《大壯》六五"喪羊于易"，《旅》上九"旅人先笑後號咷，喪牛于易"，并用王亥兄弟事，顧頡剛氏已發其覆矣。《周易爻辭中的故事》（《古史辨》三上）然《大荒東經》曰"有人曰王亥，兩手操鳥，方食其頭，王亥托於有易河伯僕牛，有易殺王亥，取僕牛"，《天問》曰："恒秉季德，焉得夫朴牛，何往營班祿，不但還來？昏微遵迹，有狄不寧，何繁鳥萃棘，負子肆情？"二書說亥恒事，皆有鳥。《易》於"旅人先笑後號咷喪牛于易"上亦曰"鳥焚其巢"，而卜辭王亥名且有從鳥作䳒者，"辛巳卜，貞王䳒上甲鄉（饗）于河。"（《佚》八八八）是鳥確爲此故事"母題"之一部分。考傳說謂簡狄吞燕卵而生契是爲殷祖，是殷之先世嘗以鳥爲圖騰。此蓋以鳥喻殷人，"鳥焚其巢"，猶言王亥喪其居處。焚疑讀爲僨。《左傳·襄二十四年》"象有齒以焚其身"服注"焚，僵也"。《說文》"僨，僵也"。《周語下》"高位實疾僨"注曰"僨，隕也"，《大學》"此謂一言僨事"注曰"僨猶覆敗也"。"鳥焚其巢"即覆其巢。或傳說本謂覆巢，語譌爲焚，《周易》引之，以爲災異之象，故《漢書·五行志》中之下載"成帝河平元年二月庚子，泰山山桑谷有蕀焚其巢"歟？

乙　占候

乾

案乾爲乾濕本字，其籀文即㵒。詳後"君子終日乾乾"條。卦名之乾，本當爲斡。并從㫃聲。斡者轉之類名，故星中北斗亦可曰斡。古人想像天隨斗轉，而以北斗爲天之樞紐，因每假北斗以爲在體之象徵，遂亦或變天而言斡，《天問》"斡維焉繫"猶《淮南子・天文》篇"天維絕"原作"天柱折，地維絕"從《天問》王注，《大荒西經》郭注引改。矣。《説文》乾之籀文作𠦶，從㫃，蓋與晶同，晶古星字。疑乾即北斗星名之專字。商亦星名也，其籀文作𠧿，卜辭作𠧴，《佚》五一八。并從㫃，與乾同意，足資取證。《易緯逸象》乾爲旋，旋斡義同。《史記・天官書》曰："北斗七星，所謂旋璣（機）玉衡以齊七政。"乾爲旋，北斗謂之旋機，此亦乾即北斗之旁證。《説卦傳》曰"乾，西北之卦也"，蓋乾即北斗，而戰國以來天官家謂天庭在崑崙山上，則北斗當中國之西北隅，故《説卦傳》云然。

潛龍《乾》初九　見龍在田　九二　或躍在淵　九四　飛龍在天　九五　亢龍　上九　見羣龍无首　用九

案古書言龍，多謂東宫蒼龍之星。《乾卦》六言龍，內九四，或躍在淵，雖未明言龍，而實亦指龍。亦皆謂龍星。《史記・天官書索隱》引石氏曰"左角爲天田"，《卦禪書正義》引《漢舊儀》曰："龍星左角爲天田。"九二"見龍在田"，田即天田也。蒼龍之星即心宿三星，當春夏之交，昏後升於東南，秋冬之交，昏後降於西南。《後漢書・張衡傳》曰："夫玄龍迎夏則陵雲而奮鱗，樂時也，涉冬則淈泥而潛蟠，避害也。"玄龍即蒼龍之星，迎夏奮鱗，涉冬潛蟠，正合龍星見藏之候。《説文》曰"龍……春分而登天，秋分而潛淵"，亦謂龍星。九五"飛龍在天"，春分之龍也；初九"潛龍"，九四"或躍在淵"，秋分之龍也。《天官書》曰："東宫蒼龍——房，心。心爲明堂，大星天王，前後星子屬。不欲直，直則天王失計。"是龍欲曲，不欲直，曲則吉，直則凶也。上九"亢龍"，亢有直義，亢龍即直龍。用九"見羣龍無首"，羣讀爲卷，羣從君聲，君卷聲近義通。《方言》四曰"繞衿謂之帬"，《文選·江賦》"涒鄰圞潾"注曰："水勢迴翔之貌。"《顔氏家訓·書證》篇引《三倉》郭注曰："荇蘊藻之類也，細葉蓬茸生，一節長數寸，細茸如絲，圓繞可愛，長者二三十節，猶呼爲著。"曰繞，曰迴翔，曰圓繞，并與卷義近，是帬涒著并有卷義，羣讀爲卷，猶帬涒著之訓卷也。羣龍即卷龍。古王者衣飾有所謂卷龍者。《詩·七罭傳》曰"袞衣，卷龍也"，《周禮·司服》鄭衆注、《詩·采菽箋》、《釋名·釋首飾》説袞義并同。《説文》曰"袞，天子享先王，卷龍繡於下裳，幅一龍，蟠阿上鄉"，蟠阿即卷曲之狀。卷龍又有升龍降龍之別。升者卷曲上嚮，即春分之龍，降者下嚮，即秋分之龍，可證卷龍之龍亦序星言。

卜辭龍字或作&，《殷虚書契後編》下卷第六葉。其狀尾交於首，曲身若環，豈所謂卷龍歟？《海外西經》曰"軒轅之國，……人面蛇身，尾交首上"，以《天官書》"權，軒轅，軒轅黄龍體"證之，是蛇身而尾交首上者即卷龍。其星謂之權者，亦當讀爲卷。《詩·盧令》"其人美且鬈"，《箋》曰"鬈當讀爲權"，《左傳·莊十九年》鬻拳《後漢書·孔融傳》作權，《説文》鬈讀若權并其比。蓋東方房心（蒼龍）之爲卷龍，亦猶中央權（黄龍）之爲卷龍也。卷龍如環無端，莫辨首尾，故曰"无首"，言不見首耳。龍欲卷曲，不欲亢直，故"亢龍"則"有悔"，"見卷龍無首"則"吉"也。《史記·蔡澤傳》澤説應侯曰"《易》曰'亢龍有悔'，此言上而不能下，信（伸）而不能詘，往而不能自返者也"；《賈子新書·容經》篇曰"'亢龍'往而不返，故曰'有悔，'悔者凶也"。案伸與亢，詘與卷，并同義字，"信（伸）而不能詘"，猶言龍亢而不能卷也。龍之體本以卷爲常，亢爲變，蔡賈并以亢龍爲往而不返者，蓋亦謂龍偶亢張而不能復其卷曲之常態。諦審二家之言，似亦并讀羣爲卷，可與余説相發。《論衡·龍虚》篇曰"然則龍之所以爲神者，以其能屈伸其體，存亡其形"，亦古卷龍亢龍説之遺。

或問上言乾（幹）即北斗，於天官屬中宫，此又言龍即蒼龍，屬東宫，卦義與爻義固當兩歧邪？曰：卦爻兩辭，本非出自一手，成於一時，全書卦爻異義之例，曷可勝數？雖然，此卦言北斗而爻言龍，亦非無故。《天官書》曰"斗爲帝車"；又曰"蒼龍房心，……房……曰天駟"，《索隱》引《詩汜歷樞》曰"房爲天馬，主車駕"；《爾雅·釋天》郭注曰"龍爲天馬，故房四星謂之天駟"。《後漢書·輿服志》注引《孝經援神契》曰"斗曲杓橈象成車，房爲龍馬，華蓋覆鈎"；又引宋均注曰"房龍既體蒼龍，又象駕四馬，故兼言之也"。《論衡·龍虛》篇曰："世俗畫龍之象，馬首蛇尾。"由上觀之，斗亦爲車，龍亦爲馬，車與馬既交相爲用而不可須臾離，則卦言斗而爻言龍，其稱名雖遠，其寓意實近。《天官書》又曰"杓攜龍角"，《集解》引孟康曰"杓，北斗杓也，龍角，東方宿也，攜，連也"；《漢書·郊祀志上》曰"以牡荆畫幡，日月北斗登龍以象天原誤太一"，王先謙《補注》曰"北斗登龍，即所謂北斗七星，杓攜龍角也"。夫《天官》說星，斗杓與龍角相攜，漢室制幡，亦北斗與登龍并畫，然則《易》因卦有斗象而爻即言龍，何足異哉？要之，卦之命名，取象於斗，爻之演義，視斗爲車，既有斗以當車，即不可無龍以當馬，爻與卦，一而二，二而一也。《象傳》曰："時乘六龍以御天。"天言"御"者，天以斗爲樞紐，而斗爲帝車，"乘六龍以御天"猶乘六馬以御車耳。然則《乾卦》六爻之義，《象傳》已先余得之矣。占星之術，發達最早，觀《易》象與後世天官家言相會而益信。

見豕負塗載鬼一車先張之弧後説之弧匪寇婚媾往遇雨則吉 《睽》上九

案此爻文似錯互，"往遇雨則吉"五字當在"見豕負塗"下合二句爲一辭。"載鬼一車，先張之弧，後説之弧，匪寇婚媾"，四句別爲一辭。《詩·漸漸之石》曰"有豕白蹢，烝涉波（陂）矣，月離于畢，俾滂沱矣"，《傳》曰"將久雨則豕進涉水波"。案豕涉波與月離畢并舉，似涉波之豕亦屬天象。《述異記》曰："夜半天漢中有黑氣相連，俗謂之黑豬渡河，〔雨候也〕。"從《錦繡萬花谷前集》一引補《御覽》一〇引黃子發《相雨書》曰"四方北斗中無雲，惟河中有雲，三枚相連，如浴豬豨，三日大雨"，與《詩》之傳説吻合，是其證驗。《史記·天官書》曰"奎爲對豕，爲溝瀆"，《正義》曰"奎……

一曰天豕，亦曰對豕，主溝瀆，……熒惑星守之，則有水之憂，連以三年"。《易林·履之豫》詩曰："封豕溝瀆，水潦空谷，客止舍宿，泥塗至腹。"此與《詩》所言亦極相似，是《詩》所謂豕白蹢者，即星中之天豕，明矣。豕涉陂而爲雨象者，雨師名屏翳《漢書·司馬相如傳》作馮翳，馮翳即河伯馮夷，而馮夷實又封豨之轉，《天問》曰："帝降夷羿，革孽夏民，胡躲夫河伯，而妻彼雒嬪？馮珧利決，封豨是躲，何獻蒸肉之膏，而后帝不若？"上言河伯，下言封豨，是河伯即封豨。《類聚》九六引《符子》曰："朔（原作邦，從《初學記》二九引改。）人有（原脱，從《初學記》補。下同。）獻燕昭王以大豕者，……其羣臣言於昭王曰：'是豕無用'，王命膳夫宰之。豕既死，乃見夢於燕相曰：'……仗君之靈，而化吾生也，始得爲魯津之伯，……欣君之惠，將報子焉。'後燕相游於魯津，有赤龜銜夜光而獻之。"案魯津之伯即河伯。赤龜獻珠者，《拾遺記》曰："玄龜，河精之使也。"此河伯即豕之明驗。是屏翳亦即封豨，而雨師即豕，故傳説見豕涉陂爲將雨之象也。"見豕負塗，往遇雨則吉"，塗舊説皆以爲泥塗。余謂負讀爲附，《詩·角弓》"如塗塗附"《傳》曰："附，箸也。"豕身箸泥，亦即涉陂，渡河，入溝瀆之謂，星占家以爲將雨之象，故曰："往遇雨則吉。"

《天官書》又曰"輿鬼，鬼祠事"，《正義》曰"輿鬼五星，……一星爲積尸"；《開元占經·南方七宿占》篇引石氏曰"輿鬼五星，中央色白如粉絮者，積尸氣也"。《廣雅·釋詁二》曰"輿，載也"，"載鬼一車"，蓋謂輿鬼星。《天官書》又有弧星，《九歌·東君》所謂"操余弧兮反淪降"者是也。張弧説弧，蓋亦斥星言。《天官書正義》又曰"輿鬼，……天目也，主視，明察姦謀"，又謂弧爲"主備盜賊，知姦邪者"。輿鬼主察姦謀，弧主備盜賊，故《易》上言載鬼，言張弧説弧，下復言"匪寇婚媾"輿鬼爲天目，主視，而睽本訓驚視之貌，則此爻言"載鬼一車"，又與卦名之義相應矣。

或益之十朋之龜弗克違　《損》六五　《益》六二

案此當讀"或益之十朋之龜"句，"弗克違"句。益讀爲錫。《説文》曰"鬄，髲也"，《詩·君子偕老》正義引《説文》曰"髲，益髮也"，鬄訓髮，髮訓益髮，是鬄從易，乃假借爲益。《檀弓下》曰："公叔文子卒，其子戍請謚於君，曰：'日月有時，將葬矣，請所以易其名。'"是謚從益，又假借爲易。以上鬄謚二字，說本楊樹達。金文《鼓叔段》曰"㻒貝十朋"，㻒古益字，益貝即錫貝也。《御覽》八八引《隨巢子》曰"司禄益食而民不飢，司金益富而國家實，司命益年而民不夭"，即錫食錫富錫年也。"或益之十朋之龜"，亦即錫之十朋之龜。崔憬說十朋之龜爲價值十朋之龜。《表記》曰"不廢日月，不違龜筮"，此曰"弗克違"，即謂不違龜。《書·盤庚》曰"非敢違卜"，《大誥》曰"王害不違卜"，違龜猶違卜矣。龜值十朋，大龜也，以此卜事必靈，若是者卜不吉而違之，祇以取禍，故弗克違也。

丙　祭祀

已事遄往　《損》初九　**使遄**　六四

案初九已虞作祀"祀事遄往，无咎"，言祭祀之事，速往行之，則无咎也。事使古同字。金文《舀鼎》"舀事厥小子㝬以限訟于邢叔"謂使其小子㝬以限訟于邢叔也；《召卣》"王自敎事資畢土方五十里"，謂使人以土方五十里之地賞畢也；《守段》"王事小臣事于夷"，謂王使小臣出使于夷也。此類殆不勝枚舉。經籍則或以使爲事。《月令》"季春之月，禁婦女勿觀，省婦使，以勸蠶事"，婦使即婦事，與蠶事對舉，"省婦事"即仲冬之月"省婦事，毋得淫"也。六四"使遄"即初爻"祀事遄往"之省，使亦讀爲事。古稱祭祀曰有事，亦可省稱曰事。《詩·采蘩》"于以用之，公侯之事"，《傳》曰"之事，祭事也"，陳奐疑之字衍，是也。"損其疾，事遄，有喜，无咎"者，言有疾者速往祭禱之即愈也。注家知四爻之"遄"即初爻之"遄"，詎知四爻之"使"亦即初爻之"事"哉？

利己　《大畜》初九

案《損》初九"已事遄往"，虞已作祀。此已字亦當讀爲祀。"利祀"猶《困》九二"利用亨（享）祀"，九五"利用祭祀"也。舊讀止已之已，或人己之己，均非。

以明何咎　《隨》九四

案《井》九三"王明，并（普）受其福"，于省吾讀明爲盟，訓祭，是矣。余謂《隨》九四"以明何咎"，明亦當讀爲盟，以讀爲已，言已祭則无咎也。九四"已盟"，上六"王用亨（享）于西山"，皆言祭者，蓋讀隨爲隋。《周禮·小祝》"贊隋"注曰"隋，尸之祭也"；《守祧》"既祭則藏其隋"注曰"隋，尸所祭肺脊元誤脊，從孫詒讓改黍稷之屬"。字一作墮，《儀禮·士虞禮》"祝命佐食墮祭"注曰"齊魯之間謂祭爲墮"。又作挼若綏，《特牲饋食禮》"祝命挼祭"注曰"挼祭，祭神食也"，《士虞禮注》又曰"今文墮爲綏"。隨下體震，《孟氏逸象》震爲祭可信。

光亨　《需》

案卦辭無稱"光亨"者，而"元亨"之語屢見，疑光當爲元，字之誤也。《易》亨字皆當讀爲享，"元亨"猶大享也。

曷之用二簋可用享　《損》

案此當讀"曷之用二簋"句，"可用享"句。曷讀爲匃。《漢書·廣川惠王越傳》"盡取善繒匃諸宮人"注曰："匃，乞遺之也。"金文匃字亦多用此義。《追毁》"用亯孝于前文人，用旂匃眉壽永命"，言求前文人遺我以眉壽永命，即其一例。此曰"曷之用二簋"，猶言遺之以二簋，與六五"益之十朋之龜"語例略同。諸家讀"曷之用"句，"二簋可用享"句，又訓"曷"爲何。審如其説，則"之"字無著，而全句亦詰籟爲病，殆不可從。

晉如摧如　《晉》初六　**晉如愁如**　六二

案《周禮·田僕》"王提馬而走，諸侯晉"，注曰："提猶舉也，晉猶抑也。"《尚書大傳·周傳》"見喬實高高然而上，……見梓實晉晉然而俯"《世説新語·排調》篇注引，是晉有俯義。初六"晉如摧如"，摧訓折，訓落，與晉訓抑訓俯義近，故晉摧并舉。六二"晉如愁如"，憂愁者首常俯，《補史記·龜策列傳》"首俛者憂"。《曲禮》"上於面則敖，下於帶則憂"，下於帶，爲俯首之貌。故亦與晉并舉。《説文》"楢木也"，朱駿聲説即梓木。案《説文》梓楢互訓，是楢楸亦一木。然則愁謂之晉，猶楸謂之楢矣。

以六二下文"受茲介福于其王母"推之，"晉如愁如"蓋謂祭時持事謹敬之貌，初六"晉如摧如"亦然，故並爲吉占。

晉如鼫鼠 《晉》九四

案鄭注《尚書大傳》曰："晉，肅也。"唐李賀父名晉肅晉有俯義，說已詳上，此訓肅，當即肅拜之肅。《周禮·大祝》曰"九曰肅拜"，《晉語六》"敢三肅之"韋注曰"肅拜，下手至地"；《左傳·成十六年》"敢肅使者"杜注曰"肅，手至地，若今擥"。樂府古辭《董逃行》曰"四面肅肅稽首"，肅肅，俯首下手之貌也。晉訓肅，而肅爲拜，是晉亦拜也。鼫鼠，釋文引《子夏傳》，《集解》引九家，翟、虞並作碩鼠。正義曰："鄭引《詩》'碩鼠碩鼠，无食我黍'，謂大鼠也。"《詩·碩鼠》正義引陸機疏曰："今河東有大鼠，能人立，交前兩腳於頸上，跳舞善鳴。"案《詩·相鼠序》曰"相鼠，刺無禮也"，韓愈《城南聯句》曰"禮鼠拱而立"，並即此鼠。"晉如鼫鼠"，蓋謂拜時如鼫鼠拱立而手不至地。《賈子新書·容經》篇曰"微磬曰共立，磬折曰肅立，……微俯曰共坐，俯首曰肅坐"，"共"與"拱"同，是拜儀之差，肅下於拱。凡拜以下爲敬，故拱慢而肅敬。"晉如鼫鼠"，猶言拱而不肅，斯乃不敬之甚，故曰"貞厲"。初二兩爻居下，曰晉，曰摧，曰愁，皆下手低拜之貌，而摧之爲下，尤甚於愁；九四居上，則拱立而不下手。此又辭義之可徵於爻位者也。

丁　樂舞

豫利建侯行師 《豫》

案《說文》曰"豫，象之大者"，象豫一聲之轉，古蓋本爲一字。《說文》像讀若養，是象古讀或歸喻母。《繫辭上傳》"是故君子所居而安者，《易》之序也"，虞本序作象，《廣雅·釋木》"橡柔也"。象轉爲豫，猶象轉爲序，橡轉爲柔。《豫卦》字當讀爲象，謂象樂也。《墨子·三辯》篇曰："武王勝殷殺紂，環天下自立以爲王，事成功立，無大後患，因先王之樂，又自作樂，命曰象。"字一作予。《東觀漢記·明帝紀》永明三年詔曰："《尚書璿璣鈐》曰：'有帝漢出，德洽作樂名予。'案此實沿周樂舊名，而變

· 40 ·

其字，説詳下。其改郊廟樂曰大予，樂官曰大予樂官，以應圖讖。"又《後漢書·曹褒傳》，及《御覽》二二九引司馬彪《續漢書》，彪書予作序。又作豫。《宋書·樂志》曰："（晉武帝泰始）九年，荀勖典知樂事，使郭瓊宋識等造正德大豫之舞。"《古今樂録》曰："正德大豫二舞，即宣武宣文魏大武三舞也。宣武，魏昭烈舞也；宣文，魏武始舞也。魏改巴渝爲昭武，五行曰大武。今凱容舞執籥秉翟，即魏武始舞也。宣烈舞有弓弩，有干戚；弓弩漢巴渝舞也，干戚，周武舞也。宋世止革其辭與名，不變其舞，舞相傳習，至今不改。瓊識所造，正是雜用二舞以爲大豫爾。"案周武舞即象舞，晉雜用漢之巴渝與周之武舞以爲大豫，是大豫之源出於象。實則象與予豫一語之轉，晉之大豫即漢之大予，漢之大予即周之象，晉舞不但未變周漢之實，兼亦承用其名也。"豫，利建侯行師"者，豫爲武王舞名，建侯行師即舞中所象之事。《禮記·樂記》曰："夫樂者象成者也。揔干而山立，武王之事也，發揚蹈厲，太公之志也，武亂皆坐，周召之治也。且夫武始而北出，再成而滅商，三成而南，四成而南國是疆，五成而分周公左，召公右，六成復綴以崇。天子夾振之而駟（四）伐，盛威於中國也，分夾而進，事蚤濟也，久立於綴，以待諸侯之至也。"案自始至四成，行師之事也；五成，六成，建侯之事也。《象傳》曰："雷出地，奮豫，先王以作樂之德，殷薦之上帝，以配祖考。"奮者振也，奮豫猶振象，謂樂容也。《左傳·莊二十八年》"爲館於其宫側而振萬焉"，奮豫猶振萬。先王謂武王。"樂作崇德，殷薦之上帝，以配祖考"，猶《春秋繁露·三代改制質文》篇云："武王受命，……作象樂，繼文以奉天。"然則豫即武王樂名，《象傳》已明之。《豫》坤下震上，坤爲地，震爲雷，雷出地有聲，作樂之象也。坤又爲衆，震又爲决（趹）躁，聚衆趹躁，舞蹈之象也。《説卦傳》蓋亦知豫爲樂名故其揭櫫卦象，與樂舞之事密合如此。後世注家，惟《九家易》但知建侯行師類武王事，而不知豫即武王樂名，他家胥遠失之。

又案《西溪易説》引《歸藏》有《夜卦》，于省吾謂夜即豫，引《繫辭傳》"重門擊柝，以待暴客，蓋取諸豫"，幷《九家易説》"夜者，兩木相擊以行夜也"，以證豫卦正字當爲夜。案于説《歸藏》夜即豫，是也，謂夜爲正字，則非。《禮記·祭統》"舞莫重於武宿夜"，鄭注曰"宿夜，武曲名也"，疏引皇氏曰"師説書傳云，武王伐紂，至於商郊，停止宿夜，士卒皆歡樂歌舞以待旦，因名焉"，又引熊氏曰"此即大武之樂也"。案武宿夜即象樂。蓋象轉爲豫，豫以聲誤爲夜，世因傅會爲停止宿夜之説，於是象遂又有武宿夜之名。王國維以《周頌·昊天有成命》當武宿夜，謂《詩》云"夙夜基命宥密"，因即以名，其説未諦，余別有辨。然則《歸藏》字雖作夜，仍不害其爲樂名也。于氏以夜爲正字，於爻辭，誠若可通，於卦辭"利建侯行師"之語，則斷不可通。于氏不信《象傳》，然《象傳》亦不盡可棄，如此言"作樂崇德"是也。要之，卦爻辭非出於一手，成於一時，學者分別觀之可耳。

鴻漸于陸其羽可用爲儀　《漸》上九

案江永説陸當爲阿，阿與儀韻，是也。《羣經補義》《周禮·舞人》"教皇舞"鄭衆注曰："皇舞，蒙舞。書或爲䎽，或爲義。"義與儀同，是儀即䎽，舞時用以翳首之羽飾也。義儀與獻古字通。《書·洛誥》曰"其大惇典殷獻民"，《逸周書·作雒》篇曰"俘殷獻民于九畢"，《書·多方》曰"乃惟以爾多方之義民"，《立政》曰"兹乃三宅無義民"，義民即獻民。王念孫、俞樾并訓義爲衰，于省吾訓難，皆非。《大誥》曰"民獻有十夫"，《大傳》作民儀；《漢書·翟方進傳》"民儀九萬夫"，班固《竇車騎將軍壯征頌》"民儀響慕"，亦作儀。《皋陶謨》曰"萬邦黎獻"；《漢斥彰長田君碑》"安惠黎儀"，《泰山都尉孔宙碑》"黎儀以康"，《堂邑令費鳳碑》"黎儀瘁傷"，獻并作儀。《周禮·司尊彝》"鬱齊獻酌"，鄭衆讀獻爲儀。《淮南子·詮言》篇"行成獻元誤戲，從俞樾改，止成文"，行成獻即行成儀。然則《春秋經·隱五年》"考仲子之宮，初獻六羽"，即初儀六羽，言以六羽爲儀也。《詩·簡兮疏》引《五經異義》曰"《公羊》説樂萬舞以鴻羽，取其勁輕，一舉千里"，《公羊傳·隱五年》何注亦曰："羽者鴻羽也，所以象文德之風化疾也。"案許何説用鴻羽之義，不足據信，其謂羽爲鴻羽則與《易》合，殆不可易。《説文》曰："䲿，駿䲿也，從鳥義聲，秦漢之初侍中冠鵔鸃。"鵔鸃即俊儀，蓋以鷩雉羽飾冠，因以爲鳥名。以鴻羽爲舞容謂之儀，猶以雉羽爲冠飾謂之鵔鸃也。儀所以飾首。《漸》上九言儀，猶《乾》《比》《離》《既濟》《未濟》上爻俱言首，《大過》上爻言頂矣。

戊　道德觀念

敬之　《需》上六　《離》初九

案敬憼驚本同字，古無憼驚字，但以敬爲之。《書·盤庚》曰："永敬大恤"，即永驚大恤，恤與卹通，亦驚也。《莊子·徐无鬼》篇"若卹若失"李注曰"卹失皆驚悚若飛也"，《文選·七發》"則卹然足以駭矣"注曰"卹，驚恐貌"。《詩·常武》一章曰"整我六師，以修我戎；既敬既戒，惠（唯）此南國"，三章曰"如雷如霆，徐方震驚"，是"既敬既戒"即既驚既誡（駭）也。（以上以敬爲驚之例）《書·康誥》曰"惟文王之敬忌，乃裕民"，《顧命》曰"其能而亂（司）四方，以敬忌天威"，《吕刑》曰"敬忌罔有擇（斁）言在身"，鄭注《表記》曰"忌之言戒也"，是敬忌即憼（警）戒。《詩·沔水》曰"我友敬矣，讒言其興"，敬矣即憼矣，猶言戒之也。（以上以敬爲憼之例）《需》上六"入于穴，有不速之客三人來敬之，終吉"，敬當讀爲憼，言有不速之客來，當戒備也。《離》初九"履（虎尾）錯然敬之，无咎"，錯讀爲䩄，《說文》曰："䩄，驚貌。"《後漢書·寒朗傳》"二人錯愕不能對"，亦作愕。《履》九四"履虎尾愬愬，終吉"，《子夏傳》曰"愬愬，恐懼貌"，䩄愬音義近，䩄然猶愬愬也。敬讀爲驚。"履虎尾，䩄然驚之，无咎"，與"履虎尾，愬愬終吉"，語意全同。正義讀《需》上六《離》初九兩敬字皆爲恭敬之敬，未得經旨。

履錯然敬之　《離》初九

案《履卦》三言"履虎尾"，疑此文履下亦有"虎尾"二字。錯讀爲䩄，敬讀爲驚，并詳上"敬之"條"履虎尾，䩄然驚之，无咎"，猶《履》九四"履虎尾，愬愬，終吉"也。凡初爻多言尾，《遯》初九"遯尾"，《既濟》初九《未濟》初六并云"濡其尾"。此初九云"履虎尾"，例與彼同。《羣書治要》引《尸子·發蒙》篇曰"《易》

· 43 ·

古典新义

曰'若履虎尾，敬之，終吉'"，疑即出此卦。《尸子》所引雖不與今本盡同，然履下有"虎尾"二字，於文爲順，當從之。

君子終日乾乾夕惕若厲无咎 《乾》九三

案舊讀"夕惕若厲"四字截句，非是。此當讀"君子終日乾乾夕惕若"句，"厲无咎"句。"惕若"與"顒若""沱若""嗟若"詞例同。"厲无咎"之語亦見《噬嗑》六五、《復》六三、《睽》九四。又《姤》九三曰"厲无大咎"。《文言傳》曰"故乾乾因其時而惕，雖危无咎矣"，正以"雖危无咎"釋"厲无咎"。乾與〈涓本同字。乾篆作𩰚，從〈即〈字，陳夢家說乾蓋即〈又注𠂤爲音標。《說文》曰"〈水小流也"古泫切，小流與乾涸義近，故經傳皆以乾爲乾涇字。籀文𣲖，見《九辯》。加水旁，於義爲複，然益可證乾之初義爲水乾。然《說文》又云"涓，小流也"，與訓"水小流"之〈音義同，《皋陶謨》"濬畎澮距川"，《說文·川部》引作"濬〈巜"，郭璞《江賦》"商榷涓澮"，正以涓爲〈。則涓乾亦本同字。以乾涓異體同字例之，則乾亦可借爲悁。此乾乾正當讀爲悁悁。玄應《一切經音義》二〇引《聲類》曰："悁，憂貌也。"《詩·澤陂》"中心悁悁"《傳》曰"悁悁猶悒悒也"，《大戴禮記·曾子立事》篇"君子終身守此悒悒"盧注曰"悒悒，憂念也"。"終日悁悁夕惕若"悁惕對舉，義相近也。《集解》引干寶曰"故君子憂深思遠，朝夕匪懈"，似以憂思總釋乾惕二字，此說得之。正義訓乾乾爲健健，非也。

四　餘錄 以下無類可入者如干條亦足補充舊注今并錄之備參覽焉

坤

案《西溪易說》引《歸藏》坤作㚃，《玉海》三五引《歸藏初經》誤作巛。《碧落碑》作㚃，《集韻》載古文同。《焦氏筆乘》作㚃，《字典》又載別體屛巽諸形，未詳所出。《說文》賣之古文作㚃，其字金文作申，《𠃊鼎》遺字所從。或作𡱀。《旂鼎》遺字所從，《遺卣》、《王孫遺者鐘》略同。奥即𡱀之訛，奥𡱀奥界皆奥之小變，賁即貴字，是《歸藏》以下均以奥若貴爲坤也。此最得造字之本源。尋申奥本象雙手掃土凷形，當即古凷字，故其孳乳字，賁訓盛土之器《漢書·何武王嘉師丹傳贊》注，壇訓委土爲埤壇，《周禮·邑人》注。賁又與凷通，《禮記·禮運》注、《明堂位》注并讀賁爲凷。而古曰富貴，本即受命有土之謂。坤從申，即奥之初文。於聲坤奥（貴）對轉，於字申奥同源，是奥𡱀奥界等即古坤字無疑。申奥爲古凷字，既如上說，坤從土從申，實即凷之別搆，故《晉語四》曰：「坤，土也。」《左傳·莊二十二年》同。古曰土，今曰地，故《說卦傳》曰：「坤爲地。」《說文》凷之重文作塊，凷坤同字，則塊坤亦同字，故《乾鑿度》曰「一塊之物曰元誤目地」，《文選》張茂先《答何劭詩》注曰「大塊謂地也」，坤之爲地猶塊之爲地耳。因知《象傳》「坤厚載物」，猶《莊子·大宗師》篇「大塊載我以形」也，《象傳》「地勢坤，君子以厚德載物」，言地勢塊然而厚大，故能載物也。若夫《繫辭下傳》曰「夫坤隤然示人簡矣」，以隤釋坤，例取聲訓，尤坤從申猶從奥（貴）之佳證。《乾坤鑿度》曰「太古變乾之後，次變坤度，聖人法象，知元氣隤委，固甲作捍捂，孚靈坤」，亦以隤釋坤。虞翻訓隤爲安，則似仍讀爲塊。《荀子·君道》篇「塊然獨坐，而天下從之如一體」，謂安然獨坐也；《穀梁傳·僖五年》「塊然受諸侯之尊」，疏引徐邈曰：「塊然，安然也。」字一作魁。《莊子·庚桑楚》篇「猶之魁然」，釋文及疏并云：「魁，安也。」《字典》又載坤之別體作𡔷，疑即魁之訛，以爲坤之異體，與坤聲義俱隔。要之，坤奥凷塊本係一字，或作𡱀奥界，皆奥之小變，又作賁（貴）作𡔷（魁）則聲近通假。《說文》坤從申酉之申，云「土位在申」其識字形已誤，宜其說解亦繆也。

顛頤拂經于丘頤征凶 《頤》六二 顛頤吉 六四

案戴齒之骨謂之頤，今曰顎骨。齒亦謂之頤，《易》頤字謂齒也。卦畫作☶，側視之，正象口齒形。《卜辭》齒作𦥑，《說文》載古文𠚕，并與卦畫同意。顛頤即顛齒。《管子·山國軌》篇「請區元誤作甌之顛齒，量其高壯」。字一作齻，《周禮·典瑞》「大喪共飯玉，含玉，贈玉"注曰"含玉，柱左右齻及在口中者"，釋文齻本作顛。《儀禮·既夕記》"實貝，柱左齻右齻"，疏曰："左齻右齻，牙兩畔最長者。"顛頤即齻齒，齻牙也。或省作真。《素問·上古天真論》"故真牙生而長極"，王注曰："真牙，謂牙之最後生者。"晉李頤字景真，枚賾字仲真，賾爲頤之誤。朱駿聲説。名頤，字真，即用《易》"顛頤"之義。然疑本字當作丁。知之者，賈疏謂齻爲牙兩畔最長者，王注謂牙之最後生者，而《正通》復曰"男子二十四歲，女子二十一歲，齻牙生"，是齻即今所謂壯齒也。古書每訓丁爲弱，又稱壯年爲丁年，壯男壯女爲丁男丁女。丁女見《墨子·備城門》篇。蓋丁齻音近，丁即齻牙本字，齻牙即壯齒，故丁有壯義。《爾雅·釋天》説月陽曰"在丁曰圉"，説歲陽曰"在丁曰强圉"，《史記·曆書》作彊梧，圉梧并近牙，《海內北經》"驕吾"《史記·補滑稽列傳》作"驕牙"，《漢書·地理志》"金城郡允吾縣"應劭注音鈆牙。"在丁曰圉"即"在丁曰牙"，"在丁曰强圉（彊梧）"即"在丁曰强牙"，强牙即壯齒矣。《爾雅》以壯齒爲丁，此丁即齻牙本字之明驗。《字鏡》曰"齻，平牙也"，而丁聲字正有平義，《説文》"汀，平也"，"訂、平議也"。疑殷周古文丁作▢，即象齻牙上平之狀。摯乳爲釘，亦取象齻牙之形，其首平方與牙之上端同，其鋭端入木者又與牙根之入於齦者同。夫古人以齒判年壽，故稱曰齒曰齡，今考齻牙字本作丁，而丁復有堅强壯盛之義，則《易》言"顛頤"爲壯年之象決矣。"丘頤"者，對"顛頤"而言者也。《史記·孔子世家》曰"生而首上圩頂，故因名丘"，《説文》曰"丘……一曰四方高中央下曰丘"，《廣雅·解詁三》曰"丘，空也"。丘訓空，疑丘頤之丘本字當爲齫。《説文》曰"齫，老人齒如臼也"，丘齫聲義俱近。《曲禮上》曰"百年曰期頤"，期與丘齫聲并近，《御覽》五一○引《道學傳》有安丘丈人，案即《史記·秦始皇本紀》《封禪書》及《樂毅傳》之安期生，余別有考。《爾雅·釋鳥》"鵲，鵙鵲"，郭注曰："今江東呼鵲鵙爲鵙鵲。"鵙，《説文》以爲舊之重文，鵲鵙鵙鵲均雙聲連語，齫通作期，猶舊一曰鵙鵲也。"期頤"蓋即"丘頤"，老人齒圩下中空，故呼百年曰丘頤也。《易》記名老壽爲丘頤，猶《詩》言"兒齒"、"黄髮"、"台背"，皆據生理現象言之也。"顛頤拂經於丘頤征凶"，《子夏傳》拂作弗，《集解》征作貞，均是。此爻但言年壽，不涉征行之事，故知征爲貞之誤。《象傳》"六二征凶，行失類也"，征亦當爲貞，此以"行"釋經之"經"字，非釋"征"字也。《集解》引侯果曰"正則失養之類"，即以"正"釋"貞"，是侯本傳文正作"貞"。此當讀"顛頤"句，"弗經于丘頤"句，"貞凶"句。經，歷也。《文選·西京賦》薛注。"弗經于丘頤"，猶言歷年弗至於老壽，故曰"貞凶"。六二顛頤凶而六四顛頤吉者，顛頤對丘頤言，謂但及壯齡，不登大壽，故凶，若單言顛頤，則壯盛之年，血氣充盈，如日方中，故仍爲吉。二四兩爻，吉凶異占，義各有當也。

引吉 《萃》六二

案引疑當爲弘，字之誤也。"弘吉"佔卜術語，卜辭屢見之。《爾雅·釋詁》曰："弘，大也。"六二"弘吉无咎"猶九四"大吉无咎"也。

豚魚吉 《中孚》

案"豚魚"疑讀爲屯魯。豚通作屯，猶豚一作𧱏。魚魯古本同字，魯金文或作𩵋，《魯庆生鼎》《或者鼎》《井人妄鐘》。從魚加口爲標識，仍魚字也。金文每言屯魯；《叔夷鐘》曰"其萬福屯瞧"，《秦公鐘》曰"以受屯魯多釐"，《臭生鐘》曰"用匄康虡屯魯"，《士父鐘》曰"唯康右屯魯"，《𤔲𥁕》曰"用旂眉壽屯魯"，《善鼎》曰"用匄屯魯雩萬年"。他若《㪇𦃃鼎》"用錫康嗣魯休屯右"，《歸夆𣪘》"用旂屯彔永命魯壽"，又皆屯魯分詞并舉。此曰"屯魯吉"，則猶《井人妄鐘》"得屯用魯，永冬（終）于吉"也。《中孚》下體兌《易林逸象》兌爲魯，疑若可信。

若號一握爲笑 《萃》初六

案《說文》曰"呝喔也"，"喔，雞聲也"，《字鏡》曰"呝喔，雞鳴"。雞聲與笑聲相似，《楚辭·九思·憫上》曰"諓諓兮嗌喔"注曰"嗌喔，容媚之聲"，謂笑聲也，嗌喔與呝喔同。呝或變作咿，倒其詞曰喔咿，《楚辭·卜居》"喔咿嚅唲"注曰"强笑噱也"，《韓詩外傳》九曰"喔咿而笑之"。"一握"與"呝喔""嗌喔""咿喔"同號謂號咷，哭也。"若號，一握爲笑"謂初似號哭，忽變而爲笑。

此與《同人》九五"先號咷後笑"同爲先凶後吉之象，故占曰"勿恤，往无咎"。

聞言不信《夬》九四 **有言不信**《困》

案《史記·補龜策列傳》曰："命曰，首仰足肣，有内無外，……行者聞言不行，來者不來，聞盜不來，聞言不至，徒官聞言不徒，……歲中有兵，聞言不聞。"《易》"聞言不信"，"有言不信"，當即此類。《夬》九四王注曰"剛亢不能納言"，以言爲忠言，《困》正義曰"巧言飾今作能，此依毛本辭，人所不信"，又以言爲讒言，殆不然矣。

小有言《需》九二《訟》初六 **主人有言**《明夷》初九 **婚媾有言**《震》上六 **小子厲有言**《漸》初六

案言皆讀爲愆。言辛古當同字《說文》曰："辛，辠也，讀若愆。"《詩·雲漢》"昭假無贏"，馬瑞辰釋無贏爲無過，余謂語與《烈祖》"昭假無言"同，無言即無愆，愆亦過也。字或逕作愆。《抑》"不遐有愆"，猶《下武》"不遐有佐（差）"，《泉水》"不瑕有害"，有愆亦謂有過。又或作遣，卜辭"車彞不益，住之有遣"《後》下、三、一〇，"业祟，……亡終遣"北大藏骨，金文"大保克敬，亡遣"《大保毁》，"王饗酒，逋御，亡遣"《逋毁》，遣即譴字。愆譴音義不殊，當係同語。《論衡·累害》篇曰"孔子之所罪，孟軻之所愆也"，所愆猶所譴矣。《易》凡言"有言"，讀爲有愆，揆諸辭義，無不允洽。《需》九二曰"需于沙，小有言，終吉"，"言"與"吉"對文以見義，猶《蠱》九三"小有悔，無大咎"也。《象》曰"需于沙，衍在中也"，正以"衍"釋"言"，衍即愆字。《左傳·昭二十一年》"豐愆"釋文本作"衍"。九三象"需于泥，災在外也"，語例與上爻同，"衍""災"互文，"中""外"對舉也。《訟》初六曰"不永所事，小有言，終吉"，《象》曰"不永所事，訟不可長也，雖小有言，其辯明也"，謂雖暫涉獄訟，小有災禍，而終得昭雪。"言"與"吉"亦對文。《明夷》初九曰"君子于行，三日不食，有攸往，主人有言"，言君子處悔吝之中，久不得食，苟有所適，其所主之家亦將因以得禍也。主字義詳《經義述聞》。

· 48 ·

《震》上六曰"震不于其躬，于其鄰，无咎，婚媾有言"，己身无咎而婚媾有過，即"震不于其躬于其鄰"之謂，此與《漸》初六"小子厲，有言，无咎"，皆"有言""无咎"對舉，與《需訟》之"有言，終吉"，詞例亦同。《書·立政》曰"文王罔攸兼于庶言，庶獄，庶慎"，又曰"式敬爾由(有)獄，以長我王國，茲式有慎，以列用中罰"，是慎亦獄訟之類。《左傳·襄十一年》曰："同盟于亳，載書曰：'或閒茲命'，司慎司盟……明神殛之。"《説文》盟下説盟禮曰"北面詔天之司慎司命"，段玉裁謂司慎即《周禮》"大宗伯職之司中"，而《開元占經·石氏中官占》篇引《黄帝占》曰"司中主司過詰咎"，此亦慎爲獄訟之證，《書》以庶言與庶獄庶慎連稱，言亦當讀爲愬。

萃如嗟如 《萃》六三

案萃讀如崒。《文選》孫子荆《征西官屬送於陟陽候作詩》注引《蒼頡篇》曰"咄崒也"，《公羊傳·定十四年》注曰"咄，嗟貌"，是崒猶嗟也。崒嗟雙聲連語。《漢書·韓信傳》曰"項王意烏猝嗟"，猝嗟與崒嗟同。

不可疾貞 《明夷》九三

案筮辭凡九言疾，皆謂疾病。"疾貞"猶《豫》六五"貞疾"，謂問疾病之事。"不可疾貞"即不利疾貞。爻辭曰"可貞"，或曰"利貞"，曰"不可涉大川"，或曰"不利涉大川"，曰"可用享"，或曰"利用享祀"，是可亦利也。王注訓此疾字爲速，九家及正義并訓爲卒，蓋因不明可字之義，遂并疾字之義亦失之。

貞疾恒不死 《豫》六五

案此爻讀豫爲除。《晉語八》曰"寡君之疾久矣，上下神祇，無不遍諭，而除"，是其義。《書·金縢》"王有疾弗豫"，《説文》引豫作悆，悆亦通除，言有疾除也。問疾而恒不至死，是疾將除。爻義皆在卦中，故知此爻讀豫爲除也。

詩經新義

一　好

君子好逑〔《關雎》〕《傳》："逑，匹也。言后妃有關雎之德，是幽閒貞專之善女，宜爲君子好匹。"《箋》："怨耦曰仇。言后妃之德和諧，則幽閒處深宮，貞專之善女，能爲君子和好衆妾之怨者。"

公侯好仇〔《兔罝》〕《箋》："怨耦曰仇。此兔罝之人，敵國有來侵伐者，可使和好之。"

《兔罝》篇一章曰"公侯干城"，三章曰"公侯腹心"，"干城""腹心"皆二名詞平列而義復相近，則二章"公侯好仇"之"好仇"，亦當爲義近平列之二名詞。考卜辭辰巳之巳作㠯，與子孫之子同，亦或作㠯，又與已然之已同，是子巳已古爲一字。子巳同源，篆書形復近似，故在後世，其用雖分，而字猶有時相混。《文選・辯命論》注引《韓詩》（《芣苢》篇）薛君《章句》曰，"詩人傷其君子有惡疾，人道不通，求已不得"，案求巳即求子也。子巳一字，則好妃亦本一字，《大戴禮記・保傅》篇"及太子少長，知妃色"，《新書・保傅》篇作"好色"，此又好妃相混之例。因之，《詩》之"好仇"字雖作好，義則或當爲妃。仇，匹也，好訓爲妃者，妃亦匹也，故《詩》以"好仇"二字連用，而與"干城""腹心"平列。"好仇"之語，經傳亦有直作"妃仇"者。《左傳・桓二年》，"嘉耦曰妃，怨耦曰仇"。"妃仇"當爲古之成語，二字平列，不分反正，左氏所説殆非其朔。

· 50 ·

字一作"奜孰"。《太玄》五《内》初一"僅于奜孰",范望注曰"孰,匹也",釋文曰"奜孰,古妃仇字"。一作匹儔。曹大家《雀賦》"乃鳳皇之匹儔",曹植《贈王粲詩》"哀鳴求匹儔"。妃與匹,仇與儔,聲義并同,"匹儔"與"妃仇"實一語也。又作疋儔。《古文苑》杜篤《首陽山賦》"州域鄉黨親疋儔"。妃仇、奜孰、匹儔、疋儔,字有古今,義無二致。要皆"好仇"之雲仍耳。《兔罝》篇"公侯好仇",即公侯匹儔,逑仇古通,《關雎》篇"君子好逑"。魯齊詩并作好仇。亦即君子匹儔也,《關雎傳》曰"是幽閒貞專之善女,宜爲君子好匹",似讀好爲形容詞,失之。《關雎》《兔罝》兩《箋》更牽合怨耦曰仇之義,而讀好爲動詞,尤爲紕繆。惟《學齋佔畢》二引《尚書大傳》微子歌曰"麥秀漸漸兮,禾黍油油,彼狡童兮,不我好仇"。雖用爲動詞,與《詩》微異,然以二字平列,則猶存古語之義,用知此歌之傳,由來舊矣。《楚辭‧九懷‧危俊》篇曰"覽可與兮匹儔"亦用爲動詞,《大傳》之"好仇"即《楚辭》之"匹儔"。

二 覃 誕

葛之覃兮〔《葛覃》〕《傳》:"覃,延也。"
何誕之節兮〔《旄邱》〕《傳》:"誕闊也。"

覃,釋文本亦作蕈。《儀禮‧鄉飲酒禮》《燕禮》兩鄭注釋文、《禮記‧緇衣》鄭注釋文、張參《五經文字》、唐元度《九經字樣》,并云葛覃本亦作蕈。蔡邕《協和婚賦》"葛蕈恐其失時",陸雲《贈顧驃騎詩》"思樂葛藟,薄采其蕈",字亦并作蕈。案覃爲蕈之省,蕈即藤聲之轉。藤字《說文》所無,始見《廣雅》。蕈從覃聲,藤從滕聲,滕從朕聲。朕聲字每與覃聲字通。朕在蒸部,覃在侵部,聲類最近,例得相轉。(一)《考工記‧弓人》"撟角欲孰於火而無燂",故書燂或作朕。(二)《方言》五"樋……其橫關西曰㭐",注"縣蠶薄柱也"。《說文‧木部》"欓……一曰蠶槌也"。藤之爲蕈,猶朕之爲燂,㭐之爲欓矣。《方言》八:

"鳲鳩,……東齊海岱之間謂之戴南……或謂之戴勝。"戴勝謂之戴南, 亦朕聲字轉入侵部之例。覃南聲類同, 釋文覃徒南反。葛之覃即葛之藤耳。陸雲詩"薄采其蕈", 正謂采其藤, 若如《傳》訓覃爲延, 則陸詩爲不辭矣。《旄邱》篇曰"旄邱之葛兮, 何誕之節兮", 誕亦藤聲之轉。知之者: 誕與覃通。《葛覃傳》曰"覃, 延也", 《大戴禮記·子張問》篇, "入宫修業, 居久勿譚", 盧注曰"譚, 誕也", 《僞書·大禹謨》"誕敷文德", 亦作覃敷, 并其比。覃與藤通, 又與誕通, 是誕亦可通作藤, 此其一。延有長義, 因之物之弱而長者, 其命名多從延受義, 《廣雅·釋器》曰"䋲, 帶也", 《家語·正論》篇"加之以紘綖", 王注曰"纓屈而上者謂之紘綖"。藤謂之誕, 猶帶謂之䋲, 纓謂之綖矣, 此其二。節者, 《節南山傳》曰"節, 高峻貌"。案山之高曰峻, 草木之高亦曰峻。《楚辭·離騷》"冀枝葉之峻茂兮", 《淮南子·覽冥》"山無峻幹", 《新序·雜事》篇"玄居桂林之中, 峻葉之上", 《漢書·司馬相如傳》"實葉葰茂"。峻節一聲之轉, 真、屑陽入對轉, 故山之高曰峻, 亦曰節; 草木之高曰峻, 亦曰節。高與長義通, 因之峻節又并訓長。《離騷》"冀枝葉之峻茂兮", 注"峻, 長也", 《詩》"何誕之節兮", 猶言何藤之長耳。《傳》、《箋》既誤讀節如字, 《説文·竹部》"節, 竹約也"。因不得不訓誕爲闊。不知葛安得有節乎? 葛既無節, 則闊義自亦無所施矣。

三　汙

薄汙我私〔《葛覃》〕《傳》:"汙, 煩也。"《箋》:"煩撋之功用深, 瀚謂濯之耳。"

《詩》曰"薄汙我私, 薄澣我衣", 私與衣爲互文, 汙與澣亦不分二義。汙澣聲近對轉, 汙亦澣也。列三事以明之。(一)《廣雅·釋詁三》"瀞, 濁也", 瀞與澣同。澣訓濯, 又訓濁, 猶之汙訓濁, 又訓濯也。(二)《説文·水部》"湔, 一曰手澣之", 澣與瀚亦同, 《戰國策·齊策》"以臣之血湔其袵", 注"湔汙也"。湔訓澣,又訓汗，此相反爲義，明汗澣義本相通也。（三）釋文澣本又作浣。《説文》浣爲澣之重文。《説文·目部》"盱，張目也"。玄應《一切經音義》十九引《蒼頡篇》"睆，目出貌"，張目與目出貌義近。汗之爲澣，猶盱之爲睆矣。《傳》訓汗爲煩，《箋》釋煩爲煩撋，良是，煩撋是澣衣之貌。釋文引阮孝緒《字略》"煩撋猶捼挱也"，《説文·手部》"捼，一曰手切摩也"，捼挱即捼長言之。顧又謂其功用深，則是以爲汗之與澣，事有深淺之別，斯爲蛇足矣。

四 夭夭

桃之夭夭〔《桃夭》〕《傳》："夭夭，其少壯也。"
棘心夭夭〔《凱風》〕《傳》："夭夭，盛貌。"《箋》："夭夭以喻七子少長。"

《説文·夭部》："夭，屈也。"《凱風》篇曰"凱風自南，吹彼棘心，棘心夭夭"，謂棘受風吹而屈曲也。樂府古辭《長歌行》曰"凱風吹長棘，夭夭枝葉傾，黃鳥飛相追，咬咬弄音聲"，語意全本《詩·風》，"夭夭枝葉傾"者，正以枝葉傾申夭夭之義，傾與屈義相成也。《桃夭》篇"桃之夭夭"義同。謝靈運《悲哉行》"差池燕始飛，夭裊桃始榮"，夭裊即屈折之貌。謝以夭裊易夭夭，亦善得《詩》旨。《桃夭傳》訓少壯，《凱風傳》訓盛貌，并失之。

五 肅肅

肅肅〔《兔罝》〕《傳》："肅肅，敬也。"《箋》："兔罝之人，鄙賤之事，猶能恭敬，則是賢者衆多也。"

肅當讀爲縮，《豳風·七月》"九月肅霜"，《傳》"肅，縮也，霜降而收縮萬物"，《周禮·甸師》"祭祀共蕭茅"，鄭衆注"蕭字或爲茜，茜讀爲縮"，《儀禮·特

古典新义

性饋食禮》"乃宿尸"，注"宿讀爲肅"，縮猶密也。《易林·豐之小過》曰"網密網宿，動益蹙急，困不得息"，是其義。字一作數。《周禮·司尊彝》"醴齊縮酌"，注"故書縮爲數"，《方言》五"炊篦謂之縮"，《説文》作籔。《小雅·魚麗傳》"庶人不數罟"，釋文曰"數罟，細網也"。《孟子·梁惠王上》篇"數罟不入洿池"，趙注曰"數罟，密網也"。《詩》"肅肅"即"縮縮"，"數數"，網目細密之貌也。《傳》《箋》并訓肅肅爲敬，此其失固不足辯，而俞樾據《文選·西京賦》"飛罕潚箾"薛綜注曰"潚箾，罕形也"，謂肅肅即潚箾，亦未得其環中。案《説文·木部》曰"梢，長木貌"，《爾雅·釋木》"梢，梢櫂"，郭注曰"謂木無枝柯，梢櫂長而殺者"，是肅聲與肖聲字并有長義。《爾雅·釋蟲》曰"蠰蛸，長踦"，蠰蛸爲長貌，此蟲踦長，故即以爲名。潚箾之語與蠰蛸同，亦長貌也。罕有長柄者，《漢書·司馬相如傳》上注引張揖曰"罕，畢也"，《禮記·月令》注曰"小而柄長謂之罼"。故曰"潚箾長罕"。若罝則無柄與罕異制，今謂肅肅之義等於潚箾，庸有當乎？

六　干　翰

公侯干城〔《兔罝》〕《傳》："干，扞也。"《箋》："干也，城也，皆以禦難也。"

之屏之翰〔《桑扈》〕《傳》："翰榦。"《箋》："王者之德，外能捍蔽四表之患難，内能立功立事爲之楨榦。"

王后維翰〔《文王有聲》〕《傳》："翰，榦也。"《箋》："王后爲之榦者，正其政教，定其法度。"

大宗維翰〔《板》〕《傳》："翰，榦也。"《箋》："王當用公卿諸侯及宗室之貴者爲藩屏垣榦爲輔弼。"

維周之翰〔《崧高》〕《傳》："翰，榦也。"《箋》："入爲周之楨榦之臣。"

戎有良翰〔《崧高》〕《箋》："翰，榦也。申伯入謝，徧邦内皆喜，曰女有善君也。"

召公維翰〔《江漢》〕《箋》："召康公爲之楨幹之臣，以正天下。"

《說文·韋部》曰："韓，井垣也，從韋，取其帀也，倝聲。"相承皆用幹。韓垣聲近，蓋本一語。許君以爲井垣專字，非也。《詩》翰字當爲韓幹之假借。《桑扈》篇"之屏之翰"，翰與屏并舉，《板》篇"价人維藩，大師維垣，大邦維屏，大宗維翰，……宗子維城"，翰與藩、垣、屏、城并舉，《崧高》篇"維周之翰，四國于蕃_藩，四方于宣垣"，翰與蕃、宣并舉，皆互文也。《説文·土部》曰"壁，垣也"，《廣雅·釋室》曰"廦，垣也"，是辟亦有垣義。《文王有聲》篇四章曰"四方攸同，王后維翰"，五章曰"四方攸同，皇王維辟"，辟訓垣，翰亦訓垣，翰與辟亦互文也。《崧高》篇紀申伯築城之事，又曰"戎有良翰"，猶言汝有良城耳。《江漢》篇"召公維翰"，與《文王表聲》篇"王后維翰"，《板》篇"大宗維翰"句法同，翰亦當訓爲垣。至《兔罝》篇"公侯干城"之干，則閑之省。閑亦韓也，知之者，韓訓垣，閑亦訓垣。《文選·西京賦》注引《蒼頡篇》："閑，垣也。"閑韓皆訓垣，而韓今字作幹，故《楚辭·招魂》"去君之恒幹些"，舊校幹亦作閑。《兔罝》篇以干城并舉，猶之《板》以"大宗維翰"與"宗子維城"連言，干也，翰也，皆韓之借字也。諸翰字《傳》皆訓爲榦，字或作幹，《箋》皆釋爲楨榦，胥失之。干，《傳》訓爲扞，以名詞爲動詞，失之尤遠。《箋》讀爲干盾之干，似若可通，不知盾之與城，鉅細懸絶，二名并列未免不倫。以是知其不然。

七　游

漢有游女〔《漢廣》〕《傳》："漢上游女，無求思者。"《箋》："賢女雖出游漢水之上，無欲求犯禮者，亦由貞絜使之然。"

《説文·水部》"汓，浮行水上也"，重文作泅。經傳皆作游，

《書·君奭》"若游大川"，《周禮·萍氏》"禁川游者"，《禮記·祭義》"舟而不游"，并《詩·漢廣》篇"漢有游女"，《邶·谷風》篇"泳之游之"，是也。《谷風》以泳游並舉，其義至顯。《漢廣》篇"漢有游女"當亦用此義。三家皆以游女爲漢水之神，即鄭交甫所遇漢皋二女。鄭交甫事未審係何時代，然足證漢上實有此傳說。游女既爲水神，則游之義當爲浮行水上，如《洛神賦》云"凌波微步，羅襪生塵"之類。《詩》曰"漢有游女，不可求思"下即繼之曰"漢之廣矣，不可泳思，江之永矣，不可方思"。夫求之必以泳以方，則女在波上，審矣。《文選·羽獵賦》曰"漢女水潛"。《説文·水部》"泳，潛行水中也"，《爾雅·釋言》"泳，游也"，注"潛行游水底"，《方言》十"潛亦遊也"，注"潛行水中亦爲遊也"，<small>游與遊通。</small>蓋游與泳潛對文異，散文通。揚雄取通義，故以潛釋游，然其讀《詩》游字爲水游則甚明。《箋》曰"賢女出游漢水之上，亦由貞絜使之然"，則以神爲人，讀游爲遊，不若三家義長。

八　楚

言刈其楚〔《漢廣》〕《箋》："楚，雜薪中之尤翹翹者，我欲刈取之，以喻衆女皆貞絜，我又欲取其尤高絜者。"

不流束楚〔《王風·揚之水》〕《傳》："楚，木也。"

不流束楚〔《鄭風·揚之水》〕

綢繆束楚〔《唐風·綢繆》〕

楚有草木二種，木類之楚，人盡知之，草類之楚，蓋知之者寡。《儀禮·士喪禮》注"楚，荆也"。疏曰"荆本是草之名"，斯説得之。古人服喪居倚廬，倚廬者，以草蓋屋，《荀子·禮論》篇"屬茨倚廬"，注"茨，蓋屋草也，屬茨，令茨相連屬"。而亦謂之梁闇，《書·無逸》"高宗亮陰"，《尚書大傳》作梁闇，云"高宗居倚廬，三年不言，百官總已以聽於冢宰而莫之違，此之謂梁闇"，（《儀禮經傳通解續》十五喪禮義引）《禮記·喪服四制》篇引《書》作諒闇，鄭注"諒古作梁"，《史記·魯世家集解》亦引鄭作梁。于省吾謂梁闇即荆庵，荆庵者，以荆草覆屋也。案于說精碻。惟謂梁乃荆之訛，則非是。于氏曰"《貞毁》'貞從王伐荆'荆作刅，……《梁伯戈》梁作刅，《猷毁》'猷取從王南征，伐楚荆'，荆作荆，《説文》荆之古文作荆，古籀從※者，今楷多作乂，如爾作肅，罵作鴬是也。荆梁二字形近，故前人多誤釋。"案于氏謂梁闇即荆庵是也，謂梁爲荆之誤字則非。《説文》"刅，傷也"，重文作創，"刱，造法刱業也，讀若創"，經傳通作創。"刑，罰辠也"，"荆，楚木也"，案刅刱刑荆古當爲一字。（有説別詳）《貞毁》之刅即刅字，《猷毁》之荆即刱字，而并讀爲荆。二字于皆釋荆，義得而形未符。以金文證之，許書荆從刀乃從刅之訛。《大梁鼎》梁作梁，《曾伯簠》梁作梁，《叔朕簠》作梁，《史免匡》作梁，并從刅，與《梁伯戈》同，亦與小篆同。荆梁并從刅聲，是二字古同音，故荆庵一作梁闇。古字假借，何嘗未有，安得盡以誤字目之哉？且《説苑·正諫》篇荆臺，《淮南子·原道》篇作京臺，而從京之字如涼諒倞等皆讀來母，《史記·刺客傳》"荆卿，衞人謂之慶卿"，而慶麞古同字，詳下"麞"字條。麞亦來母字，則荆古音亦正可隸來母而讀如梁矣。于氏知闇之可假作庵，而不知梁之可假作荆，此千慮之一失耳。荆爲草類，故制字從草，楚即荆，如上説，荆亦從刅聲，則荆楚爲陽魚對轉是楚亦草矣。楚爲草屬，故《管子·地員》篇曰："其木宜蚖蕭與杜松，其草宜楚棘。"《方言》三："凡草木刺人，……江湘之間謂之棘。"《詩》中楚字亦多爲草名。《漢廣》篇二章曰"言刈其楚"，三章曰"言刈其蔞"，楚與蔞并舉，《王·揚之水》篇一章曰"不流束薪"，二章曰"不流束楚"，三章曰"不流束蒲"，楚與薪蒲并舉，《鄭·揚之水》篇一章曰"不流束楚"，二章曰"不流束薪"，楚與薪并舉，《綢繆》篇一章曰"綢繆束薪"，二章曰"綢繆束芻"，三章曰"綢繆束楚"，楚與薪芻并舉，蔞蒲并草類，薪芻亦皆以草爲之，《説文·艸部》"薪，蕘也"，"蕘，薪也"，《詩·板》釋文，《文選·長楊賦》注并引《説文》作"蕘，草薪也"，《漢書·賈山傳》注，《揚雄傳》注亦并云"蕘，草薪"，是薪本謂草薪，故制字亦從艸。然則楚亦草矣。知楚爲草類，則《漢廣》篇曰"翹翹錯薪，言刈其楚，之子于歸，言秣其馬"，"翹翹錯薪，言刈其蔞之子于歸，言秣其駒"，謂以楚與蔞爲秣馬之芻耳。刈楚與秣馬本爲一事，乃《箋》曰"楚，雜薪中之翹翹者，我欲刈取之，以喻衆女皆貞絜，我又欲取其尤高絜者"，又曰"於是子之嫁，

· 57 ·

我願秣其馬，致禮餼，示有意焉"，分刈楚秣馬爲兩事，蓋即坐不知楚爲草名之故與？《王·揚之水傳》訓楚爲木，其失亦顯。

九　枚

伐其條枚〔《汝墳》〕《傳》："枝曰條，幹曰枚。"
施于條枚〔《大雅·旱麓》〕《傳》："葛也，藟也，延蔓於木之枚本而茂盛。"

枚之言微也，《東山傳》"枚，微也"，《閟宮》"實實枚枚"《文選·南都賦》作微微。故枝之小者謂之枚。《說文·木部》曰"條，小枝也"，《廣雅·釋木》曰"枚，條也"，《太玄》二《達》"陽氣枝枚條出"，宋衷注曰："自枝別者爲枚，自枚別者爲條。"是條也，枚也，皆小枝也。《汝墳》篇二章"伐其條肄"，《傳》曰"斬而復生曰肄"。案斬而復生之枝亦小枝詩一章曰"伐其條枚"，二章曰"伐其條肄"，條枚猶條肄矣。《旱麓》篇"施于條枚"義同。《汝墳傳》訓枚爲幹，《旱麓傳》訓枚爲本，并非。

十　麟

麟之趾《序》："《麟趾》，《關雎》之應也。《關雎》之化行，則天下無犯非禮，雖衰世之公子，皆信厚如《麟趾》之時也。"

古人婚禮納徵，用鹿皮爲贄。《儀禮·士婚禮》"納徵，玄纁束帛，儷皮"，注"皮，鹿皮"，崔駰《婚禮文》"委禽奠雁，配以鹿皮"，《說文·鹿部》"麗……從鹿丽聲，禮麗皮納聘，蓋鹿皮也"。然以《野有死麕》篇證之，上古蓋用全鹿，後世苟簡，乃變用皮耳。《說文·鹿部》"慶，行賀人，從心從夊，吉禮以鹿爲贄，故從鹿省"，此據小篆爲說，殆不可信。慶，金文《秦公敦》作𢈃，文曰"以受屯魯多鳌,釁壽無疆,吮建在天,高弘又(有)慶,寵囿四方",慶與疆方為韻,宋人釋慶最碻。其字於卜辭則為麐之初文,辭曰"□(原文此處为□)戌卜貞……王……慶駁鵷……"字與駁鵷連文,諸家釋麐亦不可易。是慶與麐古為同字。《爾雅·釋獸》"麐,麕身牛尾一角",又"麐,大麃,牛尾一角"。而《史記·武帝本紀索隱》引韋昭曰"楚人謂麋為麃"(麋麐同),是麐與麃一物也。麃(慶)麐聲類同,麃蓋即麐(慶)之後起形聲字,慶則麐之訛變。然《說文》麐之重文作麠,而從京之字如涼倞諒等均讀來母,故麐又讀來母,而孳乳為慶。麐與麟同,鹿類之中,莫尊於麐,故古禮納徵用贄,麐為最貴,因之麐遂孳乳為慶賀字。《爾雅·釋獸》"麐麕,身牛尾一角",《說文·鹿部》"麠,麐也",籀文作麠,是麠與麐同類。《易·豐》五六爻辭"來章有慶",疑章當讀為麐。(《考工記·畫繢之事》"山以章",亦以章為麐。)以來章為有慶,亦麐慶同字之證。喜慶之慶,乃慶賀之慶之引申義耳。知納徵本用麐為贄,而《二南》復為房中樂,《詩譜》周南、召南譜,《儀禮·燕禮》注,《鄉飲酒禮》注。其詩多與婚姻有關,則《麟之趾》篇之麟,或係納徵所用。麐麃同類詳上,《麟之趾》篇之以麟為贄,猶《野有死麕》篇之以麕為贄矣。且《序》曰"天下無犯非禮",此禮字當即指婚禮納採、問名、納吉、納徵諸所以防淫佚、禁暴亂之節文。《漢廣序》曰"江漢之域,無思犯禮,求而不可得也",《野有死麕序》曰"雖當亂世,猶惡無禮也",《氓序》曰"禮義消亡,淫風大行,男女無別,遂相奔誘",《有狐序》曰"古者國有凶荒,則殺禮,而多昏,會男女之無夫家者,所以育人民也",《大車序》曰"禮義陵遲,男女淫奔",《東門之墠序》曰"男女有不待禮而相奔者也",《東方之日序》曰"君臣失道,男女淫奔,不能以禮化也",《載驅序》曰"(齊襄公)無禮義,……與文姜淫",《猗嗟序》曰"不能以禮防閑其母",謂魯莊公不能防閑其母文姜。凡《序》言禮,十九皆謂為男女大防之禮。《麟趾序》亦以禮為言,是已暗示此詩與婚姻有關,因知所謂"無犯非禮"者,正謂夫家能行納徵之禮,不以強暴相陵,而求急亟之會耳。此《麟趾》為納徵之樂歌,證諸本序而益明者也。至《序》又謂《麟趾》為《關雎》之應,及《傳》所謂"麟信而應禮,以足至者也",并以麟為瑞獸,則俗師怪迂之談,無足深論,固知以讖緯說詩,不特齊學為然矣。

古典新义

又案詩曰"公子","公姓","公族"者,謂此納徵者乃公之子姓,公之族嗣也。《文選》王融《曲水詩序》張銑注曰:"《麟趾》,美公族之盛也。"王先謙定爲韓詩説則誤以獨體名詞爲集體名詞,故爾爲此肊説。此亦不可不辯。

十一 角

誰謂雀無角〔《行露》〕《傳》:"雀之穿屋,似有角者。"《箋》:"人皆謂雀之穿屋似有角,……物有似而不同,雀之穿屋,不以角,乃以咮。"

角謂鳥喙,昔儒類皆知其然,吴仁傑、何楷、俞樾、于鬯、薛蟄龍并主此説而未能明其所以然。請列五事,以證成之。(一)以語根爲證。喙者,《説文·口部》"噣,喙也"。噣角古同音,觸亦作觕,《淮南子·齊俗》篇"獸窮則觕",《新序·雜事》篇作觸,《晉書音義》下牽古文觸,《古文四聲韻》五引崔希裕《纂古》觸古文作犐。犐觕同。擉亦作捔《集韻》擉同犐,并其證。噣角音同,角蓋噣之初文詳下,故噣爲喙,角亦爲喙。(二)以文字畫爲證。古彝器銘識有大喙鳥。

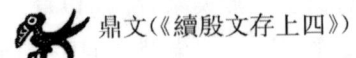
鼎文(《續殷文存上四》)

其喙作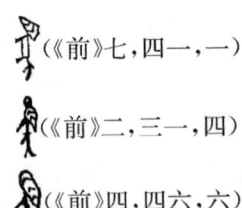形,與卜辭角字作 者逼肖,與 字之角形

《前》七,四一,一)

《前》二,三一,四)

《前》四,四六,六)

筆意亦近,是古人造字,喙與角不分二物也。(三)以古諺爲證。《漢書·董仲舒傳》:"予之齒者去其角,傅之翼者兩其足。"角即咮也,二句以鳥獸對言,"予之齒者去其角",謂獸有齒以齧,即不得有

· 60 ·

角以啄，"傅之翼者兩其足"，謂鳥有兩翼以飛，即不得有四足以走也。若以角爲獸角，則牛羊麋鹿之類，有齒復有角者多矣，安得云"予之齒者去其角"乎？吳仁傑、俞樾説如此。古稱鳥咮爲角，此其明徵。（四）以本系孳乳字爲證。角孳乳爲觜今字作嘴，後世用爲鳥觜專字。《文選·射雉賦》"裂膆破觜"，注"觜，喙也"。觜爲鳥喙，而獸角亦或稱觜。《説文·角部》"觜，鴟舊頭上角觜也。"案頭上角觜即毛角。鳥之毛角，以象獸角而得名，毛角謂之觜，則獸角古亦或稱觜，從可知矣。獸角謂之角，鳥喙亦謂之角，鳥喙謂之觜，獸角亦謂之觜，其例一也。（五）以支系孳乳字爲證。角又孳乳爲桷。《廣雅·釋室》"桷，橡也"，案橡謂之桷，猶喙謂之角也。要之，獸角鳥喙，其形其質，并極相似，又同爲自衛之器，故古者角之一名，獸角與鳥喙共之。寖假而角字爲獸角所專，乃別製形聲之噣字以當鳥喙之名。噣行而其初文之角廢，故《傳》《箋》説《行露》篇皆曰"雀之穿屋似有角"，謂雀似有角而實無，是讀角爲獸角之角，失之。三章"誰謂鼠無牙"牙即齒。牙與齒散文通，此稱齒爲牙，猶《泮水》"元龜象齒"又稱牙爲齒也。《傳》"視牆之穿，推其類，可謂鼠有牙"，謂牙爲牡牙亦誤。至古諺"予之齒者去其角，傅之翼者兩其足"，惟董子所引，尚存其真，他若《大戴記·易本命》篇"四足者無羽翼，戴角者無上齒"，《太玄》九《玄掜》"噆以牙者童其角，攩以翼者兩其足"，雖詞句各殊，而角皆謂獸角，蓋皆不達古語之義而妄改之。

十二　素絲

羔羊之皮素絲五紽〔《羔羊》〕《傳》："古者素絲以英裘，不失其制，大夫羔裘以居。"

羔羊之革素絲五緎《傳》："緎，縫也。"

羔羊之縫素絲五總

素絲紕之良馬四之〔《干旄》〕《傳》："紕，所以織組也。總紕

古典新义

於此，成文于彼，願以素絲紕組之法御四馬也。"《箋》："素絲者，以爲縷，以縫紕旌旗之旒縿，或以維持之。"

素絲組之良馬五之《傳》："總以素絲而成組也，驂馬五轡。"《箋》："以素絲縷縫組于旌旗，以爲之飾。五之者，亦爲五見之也。"

素絲祝之良馬六之《傳》："祝織也，四馬六轡。"《箋》："祝當作屬，屬，著也。六之者，亦謂六見之也。"

王闓運以《公食大夫禮》説《羔羊》篇，謂羔羊之皮即禮之庭實乘皮，素絲即禮之束帛，《儀禮·公食大夫禮》："庭實設（注"乘皮"）遂飲莫於豐上。公受宰夫束帛以侑，西鄉立。賓降筵，北面。擯者進相幣，賓降辭幣，升聽命。公辭。賓升再拜稽首受幣，當東楹北面，退西楹西，東面立。公壹拜。賓降也，公再拜。介逆出。賓北面揖，執庭實以出。公降立。上介受賓幣，從者訝受皮。"其説甚新而塙。解《詩》如此，信乎可以擴萬古之心胸矣。惟《詩》曰素絲，《禮》曰束帛，帛之與絲，雖所異甚微，然慶賞用絲，經典究無明文，此惑不袪，恐終無以執聞者之口。今案以絲爲贈，的係古制，其證不在經典，而論其堅實可任，或百倍於經典所載。金文《守宮尊》曰"易錫守宮絲束，藆苴䙴幕五，藆苴掌冪二，馬匹，毳爺布三，裏倖三，奎朋"，此其鐵證也。《𠭰鼎》曰"我既賣䜋女汝三□（原文此處爲"□"）夫，□（原文此處爲"□"）效父用匹馬束絲限詁許㝬"，此以絲爲交易品，亦贈遺用絲之旁證。且《詩》曰"五紽""五緎""五總"，五數與束絲之義亦合。《公食大夫禮》注"束帛，十端也"，《周禮·媒氏》注"五兩，十端也"。《禮記·雜記》"納幣一束，束五兩"，是二端爲一兩，十端則五兩爲一束也，帛五兩爲一束謂之束帛，則絲必亦五兩爲一束，謂之束絲。"五紽""五緎""五總"并猶五兩也_{説詳下條}。絲以五兩爲一束，是《詩》之"素絲五紽"云云者，即金文之束絲矣《干旄》篇之"素絲"，當亦贈遺所用，其以絲馬并贈，則與上揭二彝銘所紀，尤爲密合。金文錫馬數見，經傳亦每言賜馬贈馬，茲不備舉，舉其帛馬并用者。《儀禮·覲禮》："至於郊，王使人皮弁用璧勞，……侯氏用束帛乘馬儐使者"，又"天子賜舍，……儐之束帛乘馬"，又"天子賜侯氏以車服，……儐使者諸公賜服者束帛四馬，儐大史亦如之。"（以上諸侯朝覲所用）《聘禮》"賓覿，

· 62 ·

奉束錦總乘馬"，又"君使卿韋弁歸饔餼，……奉束帛……（儐以）馬乘……束錦"，又"上介饔餼，……下大夫韋弁用束帛致之……儐之兩馬束錦"，又"夫人使下大夫韋弁歸禮，……以束帛致之，……儐之乘馬束錦"，又"（歸）上介（禮），儐之兩馬束錦"。（以上大夫聘禮所用，錦亦帛類），《既夕禮》"公贈，玄纁束（帛），馬兩"，《禮記·檀弓上》"伯高之喪，孔氏之使者未至，冉子攝束帛乘馬而將之"，《公羊傳·隱元年》"喪事有賵，賵者蓋以馬，以乘馬束帛"，《禮記·少儀》"賵馬與其幣，……不入廟門"。（以上喪禮賵賻所用，幣亦即帛）此皆帛馬并用，與《詩》及金文之以絲馬并用，其例適同。曰"紕之""組之""祝之"者，紕之言比次也，組亦聚集之意，與紕義近，祝當從《箋》讀爲屬，《説文·尾部》"屬，連也"，《禮記·經解》"屬辭比事"，是屬紕義亦近。紕組，祝皆束絲之法，無奧義。下文曰"畀之""予之""告之"告與畀予義同，詳後。所畀所予所告之物，即此素絲良馬也。金文每言賜旂，不知此詩"干旄""干旟""干旌"，亦在贈遺之列否，俟考。要之，《羔羊》篇之皮與絲爲二，《傳》合而爲一，謂絲爲裘之英飾，不知皮既非裘，絲亦非英也。《干旄》篇之絲與馬亦不相謀，《傳》又牽合《皇皇者華》"六轡如絲"之語，以爲絲以喻轡，亦以絲馬混爲一談，《箋》則蒙上文"干旄""干旟""干旌"之詞而以絲爲旌旗旒縿之屬，俱不可憑。又案彝器銘文，自《守宮尊》《曶鼎》而外，未見以絲爲慶賞或貨幣之資者，經典之言贈絲者，亦僅此二詩而已，疑贈遺用絲，乃一時特殊之風尚。郭沫若定《守宮尊》爲懿王時器，《曶鼎》爲孝王時器，懿孝世次毗連然則二詩亦西周末葉，懿孝前後所作歟？謹貢此疑，以竢博正。

十三　紽　沱　差池　柂

素絲五紽〔《羔羊》〕《傳》："紽，數也。"
江有沱〔《江有汜》〕《傳》："沱，江之別者。"《箋》："岷山道江，東別爲沱。"
差池其羽〔《燕燕》〕《傳》："燕之于飛必差池其羽。"《箋》：

"差池其羽，謂張舒其尾翼，興戴鵀將歸，顧視其衣服。"

析薪杝矣〔《小弁》]《傳》："析薪者隨其理。"《箋》："杝謂觀其理也，必隨其理者，不欲妄挫折之。"

《羔羊》篇釋文出它字，云"本又作佗，……或作紽"。馬瑞辰曰佗即古他字。他者，彼之稱也，此之別也，由此及彼，則其數爲二。《管子•輕重甲》篇"（則是農）夫得居裝而賣其薪蕘，一束十他"，他一本作倍，多案《小弁傳》"佗，加也"，《莊子•養生主》篇釋文"倍，加也"，是他倍同義，灼然無疑。《管子》書多古字，此蓋本作他，後人注其義於旁，故傳寫又有作倍之本。《墨子•經上》篇"倍爲二也"，他與倍通，則他亦二數矣。《柏舟》"之死矢靡他"，猶云有死無二也，《小旻》"人知其一，莫知其他"，猶云知其一，不知其二也。紽通他，蓋二絲之數"當云絲之二數"。案馬説精覈。紽有二義，則與兩同，兩亦倍也，《小爾雅•廣度》"倍端謂之兩"。絲謂之紽，猶帛謂之兩，《周禮•媒氏》"凡嫁子娶妻，入幣，純帛毋過五兩"，絲稱五紽，亦猶帛稱五兩矣。紽義既明，二章之緎，三章之總，可以隅反。原本《玉篇•系部》引韓詩説曰"緎，數也"。《毛傳》"總，數也"，《西京雜記》鄒長倩《遺公孫宏書》曰"五絲爲䌈，倍䌈爲升，倍升爲緎，倍緎爲紀，倍紀爲緵，倍緵爲繶"，緵與總同。紽有倍義，而緎總均爲倍數，故得與紽并舉而爲互文。紽緎總之實數雖異，其遞進之率，皆取倍數則同。三字并舉，則但論其同，不論其異。詩人用字不拘，往往如此。凡從它聲之字，多有二義，馬氏已舉《柏舟》《小旻》二他字證之矣。今案《江有汜》篇之沱，《小弁》篇之杝，以及《燕燕》篇"差池"之池，字亦皆從它，而義爲二之引申。《江有汜傳》、《箋》并以別訓沱，蓋水有別流，則一水歧而爲二，故謂之沱也。此詩本以江有別流，喻夫之情不專——詳"汜沚"字條，則詩曰"江有沱"者，充其寄意所在，亦猶《氓》篇之曰"士貳其行"矣。《小弁》篇曰"析薪杝矣"，直謂一薪析爲二耳，《傳》《箋》所説，咸失之鑿。《燕燕》篇曰"差池其羽"，差池者，《左傳•文二年》注"忒，差也"，釋文"差，二也"，池即沱字，沱有二義，已見上文，則二字連文，正合聯綿字上下同義之例。差池并有二義，於此當訓兩翼舒張之貌。

鳥飛則兩翼見，故曰"燕燕于飛，差池其羽"。《傳》說甚允，《箋》云"張舒其尾翼"，尾字可省。

十四　縫

羔羊之縫〔《羔羊》〕《傳》："縫言縫殺之大小得制。"

詩一章曰"羔羊之皮"，二章曰"羔羊之革"，三章曰"羔羊之縫"，皮革一義《傳》："革猶皮也。"則縫亦當與之同。縫依字似當作韏。《集韻》引《字林》"韏，被韏也"，被韏之訓，或係後起，字從革作，本字當爲皮革之異名，《字林》以被韏訓韏，被謂之縫，亦猶皮謂之韏矣。又案金文革作 🀆 《鄭虢仲毁》霸字偏旁，皮作 🀆 《者減鐘》《邾□句鑃》，王國維謂 🀆 者革之半字，從又持半革，故爲剥去獸皮之名。《史籀篇疏證》案王說至塙，皮革不特古字形近，古語音亦近。嘗疑革古讀滂母，與皮爲雙聲，故霸從革聲而讀若膊，《說文·雨部》"䨣，雨濡革也，從雨從革，讀若膊"，案當云從雨革聲。又孳乳爲霸。《癸毁》"既生霸"，不從月。知皮革古爲雙聲字，則《詩》之皮革縫皆一語之轉，故字雖三變，義則一而已矣。《傳》釋縫爲"縫殺之大小得制"，失之。

十五　摽

摽有梅〔《摽有梅》〕《傳》："摽，落也。"

摽，即古拋字。《玉篇》曰"摽，擲也"，《說文》新附曰"拋，棄也"，重文作摽。《公羊傳·莊二年》曰"曹子摽劍而去之"，《孟子·萬章下》篇曰"摽使者出諸大門之外"，二摽字并即拋。字亦作僄，《荀子·修身》篇"怠慢僄弃"，僄弃即拋棄也。又作暴，《孟子·離婁上》篇"自暴者不可與有言也，自棄者不可與有爲也"，自暴自棄即自拋自棄。擲物而棄之謂之摽，擲物以擊人亦謂之摽。《說文·手部》曰"摽，擊也"，又"扚，疾擊也"，案扚即抛字，當爲摽之重文，《廣雅‧釋詁三》、《一切經音義》三引《埤蒼》，十六引《字林》并曰"抛，擊也"，可證。今有兵器曰鏢，曰鏢槍。案鏢之言摽也。皆擲出以擊人之謂也。此義古亦借暴爲之，《穀梁傳‧宣二年》"靈公朝諸大夫而暴彈。觀其避丸也"，謂飛彈以擊之也。又以同聲孳乳爲礮。《文選‧閒居賦》"礮石雷駭"注"礮石，今之抛石也"，案抛出以擊人之石也。擲物以予人亦謂之摽，《詩》曰"摽有梅"是也。《木瓜》篇曰"投我以木瓜，報之以瓊琚，匪報也，永以爲好也"，當是女之求士者，相投之以木瓜，示願以身相許之意，士亦嘉納其情，因報之以瓊瑶以定情也。《丘中有麻》曰"彼留之子，貽我佩玖"，《女曰雞鳴》曰"知子之來之，雜佩以贈之，知子之順之，雜佩以問之，知子之好之，雜佩以報之"，凡以玉爲贈者，莫非男贈於女，（《渭陽》以"路車乘黄"與"瓊瑰玉佩"并贈，不屬此例。）此詩報瓊琚者，亦當爲男報女。知報者爲男，則投者必女矣。秦嘉《留郡贈婦詩》"詩人感木瓜，乃欲答瑶瓊"，陸機爲《陸思遠婦作詩》"敢忘桃李陋，側想瑶與瓊"，何承天《木瓜賦》"願佳人之予投，想同歸以託好，願《衛風》之攸珍，雖瓊瑶而匪報"，最合《詩》旨，或係三家舊義。《摽有梅》篇亦女求士之詩，而摽與投字既同誼，梅與木瓜木桃木李又皆果屬，則摽梅亦女以梅摽男，而以梅相摽，亦正所以求之之法耳。意者，古俗於夏季果熟之時，會人民於林中，士女分曹而聚，女各以果實投其所悦之士，中焉者或以佩玉相報，即相約爲夫婦焉。《晉書‧潘岳傳》"岳美姿儀，……少時常挾彈出洛陽道，婦人遇之者，皆連手縈繞，投之以果，遂滿載以歸"，蓋猶有古俗之遺意歟？《左傳‧莊二十四年》曰"女贄不過榛栗棗脩，以告虔也"，《禮記‧曲禮下》曰"婦人之挚，棋榛脯脩棗栗"（疏"棋即今之白石李也，形如珊瑚，味甜美"），并《古微書》引《春秋元命苞》"織女星主瓜果"，似亦與此俗有關，姑附著之，以俟續證。《傳》訓摽爲落，而以梅落喻女色浸衰，失之。

十六　今

迨其今兮〔《摽有梅》〕《傳》："今，急辭也。"

林義光曰："今讀爲堪，堪字通作忺，昭二十年《左傳》"王心弗堪"，《漢書·五行志》作"王心弗忺"，孟康曰"忺，古堪字"，又《說文》引《書》"西伯既忺黎"《爾雅》郭注引《書》作堪黎。忺亦後出字，古文省借，宜作今也。古金文伯作白，仲作中，祖作且，錫作易，并是其例。首章'迨其吉兮'，言於衆士中求吉士而嫁之，此章則已以失時爲懼，故曰'迨其堪兮'，言有可嫁者即嫁之，不暇審擇也。"案林讀今爲堪，是也，惟首章之吉既謂吉士，《野有死麇》"吉士誘之"，《卷阿》"王多吉士"，《書·立政》"庶常吉士"。則二章之堪亦當謂堪士，核諸詞例，最爲顯白。《呂氏春秋·報更》篇"堪士不可以驕恣有也"，是古有堪士之語。堪能義近，堪士猶能士也，《荀子·王霸》篇"足以容天下之能士矣"，《韓非子·說難》篇"今以吾言爲宰虜，而可以聽用而振世，此非能士（今作仕，從《史記·老莊申韓列傳索隱》引改）之所耻"。"迨其堪兮"，猶言庶幾此所求得之士爲堪士爾。《傳》誤讀今如字而訓爲急辭，林氏辯之審矣。然林氏讀今爲堪，而釋之曰"有可嫁即嫁之，不暇審擇"，則是名雖易《傳》而實從之，宜其進退失據，不能自圓其説也。

十七　墍　溉　介

頃筐墍之〔《摽有梅》〕《傳》："墍，取也。"《箋》："頃筐取之，謂夏已晚，頃筐取之於地。"

溉之釜鬵〔《匪風》〕《傳》："溉，滌也。"

介爾景福〔《小明》〕《傳》："介景皆大也。"《箋》："介，助也，神明聽之，則將助女以大福。"

介爾景福〔《既醉》〕《箋》："介，助景，大也。成王，女有萬年之壽，天又助女以大福，謂五福也。"

介爾昭明〔《既醉》〕

綏我眉壽介以繁祉〔《雝》〕《箋》："安助之以考壽，與多福祿。"

是用大介我龍受之〔《酌》〕《箋》："介，助也。……來助我者，我寵而受用之。"

《廣雅·釋詁三》"气，予也"，《漢書·朱買臣傳》"糧用乏，上計吏卒更乞匃之"，各本匃字重出，從王念孫刪。乞爲气之省變，乞與匃同，皆與也，《西域傳》"我匃若馬"注"匃，乞與也"。《左傳·昭十六年》疏："乞之與乞，一字也，取則入聲，與則去聲也。"案此相反爲義之例。气既聲類同《說文》氣之重文作槩，是乞可通作墍若溉。《摽有梅》篇"頃筐墍之"，即頃筐乞之，以頃筐與之也。詩一章曰"其實七兮"，謂十梅摽去其七，二章曰"其實三兮"，謂又摽其三，三章曰"頃筐墍之"，則梅實都盡，并頃筐亦摽與之也。《匪風》篇"溉之釜鬵"，溉亦當讀爲乞，訓與。詩曰"誰能亨魚，溉之釜鬵，誰將西歸，懷之好音"，《傳》"懷，歸也"，案懷讀爲歸，《禮記·緇衣》"私惠不歸德"，注"歸或爲懷"。《廣雅·釋詁三》"歸，遺也"，遺亦與也。"溉之釜鬵"與"懷之好音"，句法同，溉之與懷之，對文也。金文乞取字多作匃，亦有作乞者，《郘公緐鼎》"用气釁壽，萬年無疆"，《洹子孟姜壺》"用气嘉命"，《詩》則多用介。匃介同祭部，乞在脂部，最相近，故三字通用。匃乞皆兼取與二義，介字亦然。《小明》篇"介爾景福"，《既醉》篇"介爾景福"、"介爾昭明"，林義光并讀匃訓予，得之。今案《雝》篇曰"綏我眉壽，介以繁祉"，綏讀爲遺，《那》篇"綏我思成"，林義光讀綏爲遺，云："與《烈祖》篇'賚我思成'，義正相同也，《周禮·夏採》，'以乘車建綏'，鄭注云'故書綏爲緌'是綏遺古同音。"吳闓生說同。案此篇及《烈祖》"綏我眉壽"，《載見》"綏以(台)多福"，諸綏字亦并當讀遺。又《易·繫辭》"夫坤隤然示人簡矣"，隤陸董姚并作妥，亦綏遺同音之比。遺亦與也，以當爲台，我也，"綏我眉壽"與"介以台繁祉"亦對文。介亦當訓與。《酌》篇曰"是用大介，我龍（寵）受之"，介字義同，大介猶大賜，上言介，下言受，義正相應。綜之，墍溉介聲近義同，并即訓與之匃若乞，今俗呼與爲給，亦即此字。《摽有梅傳》訓墍爲取，似知墍即乞字，特誤以乞與爲乞取爾。諸介字《箋》并訓爲助，未塙。《匪風傳》訓溉爲滌，《小明傳》訓介爲大，則遠失之。

十八　謂

迨其謂之〔《摽有梅》〕《傳》："不待備禮也。三十之男，二十之女，禮未備，則不待禮，會而行之者，所以蕃育人民也。"《箋》："謂，勤也。女年二十而無嫁端，則有勤望之憂。不待禮會而行之者，謂明年仲春不待以禮會之也。時禮雖不備，相奔不禁。"

瑕不謂矣〔《隰桑》〕《箋》："謂，勤。……君子雖遠在野，豈能不勤思之乎？宜思之也。"

謂讀爲歸。古音喉牙不分，故讀謂如歸。《說文·口部》嘖重文作𧧻。《召旻》篇"草不潰茂"，《箋》云"潰當作彙"，而《說文》彙從胃省聲，重文作蝟，是胃聲與貴聲同。《釋名·釋言語》："汝潁言貴聲如歸往之歸。"然則謂亦可讀如歸矣。聲同則義通。謂有趣義。《列子·說符》篇注"謂者所以發言之指趣"，《漢書·楊王孫傳》注"謂者名稱也，亦指趣"。《華嚴經音義》下引《漢書音義》："謂者，指趣也。"《墨子·經上》篇"謂，移舉加也"，移此舉以加之於彼，即有所趣向歸往之義。《淮南子·原道》篇注"趣亦歸也"。蓋謂之與歸，本爲一語，其分也，則意之所趣謂之"謂"，身之所趣謂之"歸"，其合也，則"歸"屬身言，而意有所趣亦謂之"歸"，漢嚴遵著書名《老子指歸》是也，"謂"屬意言，而身有所趣亦謂之"謂"，《詩》"迨其謂之"、"瑕不謂矣"是也。《說文》"謂，報也"。報赴古通，《禮記·少儀》"毋報往"注"報讀赴疾之赴"，《古詩爲焦仲卿妻作》"吾今且報府"，即赴府。謂報義同，歸赴義同，報赴可通，則謂歸亦可通。《摽有梅》篇曰"求我庶士，迨其謂之"，猶言求我庶士，庶幾歸之，《隰桑》篇曰"心乎愛矣，瑕不謂矣"，猶言心即愛之，胡不歸之也。歸即"之子于歸"之歸。《摽有梅傳》曰"禮未備，則不待禮，句讀從馬瑞辰會而行之"，行即"女子有行"之行，古謂女子適人爲行也。《文選》江文通《雜體詩》注引《宋玉集·高唐賦》"我，帝之季女，未行而亡"，《列女傳》四《魯寡陶嬰傳》"雖有賢雄兮，終不重行"，《儀禮·喪服》"子嫁返"注"凡女行於大夫以上曰嫁，行於士庶人曰適人"，《釋名·釋親屬》"兄弟之女爲姪，姪迭也，共行事夫，更迭進御也"，陳琳《飲馬長城窟行》"結

· 69 ·

髮行事君"，諸行字義與此同。《傳》以"行之"釋"謂之"，似正讀謂爲歸。《箋》申《傳》曰"時禮雖不備，相奔不禁"，當矣，顧又訓謂爲勤，則仍未達夫經旨。《隰桑箋》亦訓謂爲勤，誤與前同。

十九　抱

抱衾與裯〔《小星》〕《箋》："裯，牀帳也。諸妾夜行，抱衾與牀帳，待進御之次序。不若，亦言尊卑異也。"

《序》説此詩爲"夫人無妬忌之行，惠及賤妾，進御於君"，其言甚鄙，且於文義亦多不可通。自來解者，惟王質曰"婦人送君子以夜而行，事急則人勞"，最爲明通。然竊疑此行亦非必遠道行役。凡《詩》言"在公"，皆謂在公所在之地，《采蘩》篇曰"公侯之宮"，又曰"夙夜在公"，《有駜》篇曰"夙夜在公，在公飲酒"，《臣工》篇曰"敬爾在公"，《序》以爲"諸侯助祭遣於廟"之詩，并可參驗。他若《羔羊》篇之"退食自公"，《東方未明》篇之"自公召之"、"自公令之"，公亦皆謂公之所在地，而《七月》篇曰"獻豣于公"，《大叔于田》篇曰"獻于公所"尤爲明證。明乎此，則《小星》篇之"夙夜在公"，祇是辨色入朝而已，因之"抱衾與裯"即不得如姚際恒所云"猶後人言襆被之謂"，審矣。今案抱當讀爲抛。包從勹聲，尥亦從勹聲，二字古爲同音。《史記·三代世表》"姜嫄以爲（后稷）無父，賤而棄之道中，牛羊避不踐也，抱之山中，山者養之"，錢大昕謂抱即抛字，《北堂書鈔》四四引曹羲《肉刑論》"蛇蝮螫手，則士斷其腕，繫蹛原誤號在足，則虎抱原誤跑其蹄"，抱其蹄即抛其蹄也，又《玉臺新詠》十《近代吳歌》"芙蓉始結葉，抛豔未成蓮"，《樂苑》抛作抱，并二字古通之證。"抛衾與裯"者，婦人謂其夫早夜從公，抛棄衾裯，不遑寢息，殆猶唐人詩"辜負香衾事早朝"之意與。其在三百篇中，則《雞鳴》《東方未明》并與此詩情事如一，惟《東方未明》怒夫之"不能辰夜"，辭忿而意蕩，《小星》惜夫之抛棄衾裯，言婉而情正，《雞鳴》則趣夫早起，愛之以德，語重而心長，此其異爾。《箋》沿舊説讀抱如字，非是。

二十　命

　　寔命不同〔《小星》〕《傳》："命不得同於列位也。"《箋》："謂諸妾肅肅然夜行，或早或夜，在於君所，以次序進御者，是其禮命之數不同也。凡妾御於君不當夕。"

　　寔命不猶《傳》："猶，若也。"《箋》："不若，亦言尊卑異也。"

　　命彼倌人〔《定之方中》〕

　　不知命也〔《蝃蝀》〕《傳》："乃如是淫奔之人也，不待命也。"《箋》："又不知昏姻當待父母之命。"

　　舍命不渝〔《鄭·羔裘》〕《箋》："是子處命不變，謂守死善道，見危授命之類。"

　　我聞有命〔《唐·揚之水》〕《傳》："聞曲沃有善政命，不敢以告人。"

　　《蝃蝀》篇"不知命也"，《傳》、《箋》并釋爲父母之命，最塙。《傳》、《箋》此解，常以讀知爲待爲先決條件。知待古通，有説別詳。自餘諸命字則皆謂君命。金文令命同字，經傳亦每通用，《小星》篇二命字實即《東方未明》篇"自公令之"之謂。《禮記·玉藻》："朝，辨色始入，君日出而視之。"此詩蓋以急事特召，早於常時，故曰"寔命不同"，"寔命不猶"。《東方未明》與《小星》情事本同，二詩合讀，詞旨自明。參閱上條金文屢言"舍命"，其義與敷命，施命同。林義光、于省吾俱有説，不備引。《羔裘》篇"舍命不渝"，戴震以命爲君命，證之金文而益信。《揚之水》篇"我聞有命"《傳》曰"聞曲沃有善政命"，是亦以命爲君命。《定之方中》篇"命彼倌人"之爲君命於臣，無待詮釋。以上《國風》中諸命字，用爲名詞者五，用爲動詞者一，要皆謂人事中上施於下之命令，而非天道中天授於人之命數，如修短之期，窮達之分諸抽象觀念。《小星傳》曰"命不得同於列位"，《羔裘箋》曰"見危授命"，皆以人事之命爲天道之命，斷不可從。《箋》釋《羔裘》之命爲禮命，亦非。《周禮》小宰之職"五曰聽禄位以禮命"，先鄭注曰"禮命謂九賜也"，後鄭彼注曰"禮命，禮之九命之差等"。《箋》既以賤妾進御於君釋此詩，不知九賜九命之事與賤妾何與？若朱子訓《蝃蝀》之命爲"正理"，則又以宋儒心性之學説詩矣。《詩》中命字凡數十見，自來於《國風》中一部分之命字，誤解最深，即《雅》、《頌》中諸命字，雖多屬天道之命，然核其涵義，亦與後世微異。今先取《國風》中諸命字，最而論之，去其氛障，求其通誼，以備治先秦思想者采擇焉。

二十一　氾　沚

江有氾〔《江有氾》〕《傳》："決復入爲氾。"
湜湜其沚〔《谷風》〕《箋》："小渚曰沚。"

《江有氾》篇一章曰"江有氾"，二章曰"江有渚"，三章曰"江有沱"，《傳》曰"水歧成渚"，今本上有"渚，小洲也"四字，釋文云"本或無此注"，陳奐云當據删，今從之。又曰"沱，江之別者"，歧別義同，是渚與沱皆江之枝流也。渚沱之義如此，氾亦宜然。《漢書·叙傳》"芊疆大於南氾"，注"氾，江水之別也"，最爲塙詁。《傳》曰"決復入爲氾"。水決則歧出，以決釋氾，固無不可耳。"復入"二字則斷非氾義，特因下文"其後也悔"，而傅會之耳。《説文》"氾，水別復入水也"，水別猶言水之別枝，氾之義祇此，"復入水"三字承毛之誤。然則詩稱江氾云云者，究何所取義乎？曰：此當與《氓》篇參互求之。《氓》篇"淇則有岸，隰則有泮"，《箋》曰："言淇與隰皆有厓岸以自拱持，今君子放恣心意，曾無所拘制。"案婦人蓋以水喻其夫，以水道自喻，以佛洛德學説觀之，此自爲一種象徵。而以水之旁流枝出不循正道者，喻夫之情愛別有所屬。詩意謂淇隰有厓岸以自拱持，故得循其正道，而不旁流枝出。人亦當以禮自拘制，勿使其情汎濫而不專一，今君子二三其德，情愛旁移，斯淇隩之不足喻耳。《江有汜》篇取興與此略同。詩人蓋以江水之別出而爲汜爲渚爲沱，喻夫德之不專，下文"之子[于]_{從魯詩增歸}"之子，新人也，"不我以"，新人歸則舊人棄也。《氓》篇以淇隩之不別出諷夫以守正，《江有汜》篇以江之別出喻夫之失德，雖語有反正，而所以取喻者則同。二篇之喻意既明，乃可以讀《谷風》。《谷風》篇曰"涇以渭濁，湜湜其沚，宴爾新昏，不我屑以"，下二句與《江有汜》"之子[于]歸，不我以"，語意適同。《箋》曰"小渚曰沚"，渚即《江有汜傳》"水歧成渚"之渚，因之，沚亦水之枝流也。實則已止聲同之部，義本相通，沚即汜字耳。《詩》曰"涇以渭濁，湜湜其沚"者，以讀爲與，謂涇與渭同流則濁，及其溢爲枝流，則湜湜然清，以喻夫與己居則異心，與新人居則和樂，下云"宴爾新昏，不我屑以"，即申此義也。此亦以水爲喻，而造意與前二篇微異。《箋》曰"涇水以有渭，故見渭濁，……喻君子得新昏，故謂己惡也，己之持正守初如沚然不動搖"，殆不可從。

二十二　處　瘋　鼠

其後也處〔《江有汜》〕《傳》："處，止也。"
瘋憂以痒〔《正月》〕《傳》："瘋痒皆病也。"
鼠思泣血〔《雨無正》〕《箋》："鼠，憂也。"

《正月》篇"瘋憂以痒"，《傳》"瘋痒皆病也"，王引之謂痒既訓病，則瘋不得復訓爲病，瘋與憂連文，瘋亦憂也。《雨無正》"鼠思泣血"，《箋》"鼠，憂也"，瘋憂猶鼠思耳。案王説是也。《江有汜》篇"其後也處"，處亦疑當讀爲瘋，訓憂。瘋處音同_{并陰聲模部透母}，例得相假。知之者：《山海經·中山經》"脱扈之山，有草名曰植楮，可以已瘋"，注"瘋，病也"。字一作鼠。《淮南子·説山》篇："貍頭愈鼠，_{《山海經·中山經》注，《御覽》七四二，九一二并引作瘋。}雞頭已瘦，虫散積血，斲木愈齲，此類之推者也。"又作處。《呂氏春秋·愛士》篇："趙簡子有兩白騾而甚愛之。陽城胥渠處，廣黃門之官宦夜款門而謁曰：'主君之臣胥渠有疾，醫教之曰，得白騾之肝，病則止，不得則死。'"注"處猶病也"。朱駿聲謂處爲瘋之借字，殆不可易。今案訓病之瘋通作處，則訓憂之瘋亦可通作處。蓋病之與憂，義本相成，古人於心理之苦痛與生理之苦痛不甚區別，故病憂互訓。《禮記·雜記下》篇"病不得其衆也"，注"病猶憂也"，《孟子·公孫丑下》篇"有采薪之憂"，注"憂，病也"。故瘋訓病亦訓憂，處訓病亦訓憂。《江有汜》一章曰"其後也悔"，《說文·心部》"悔，恨也"，恨憂義近。三章曰"其嘯也歌"，亦謂憂傷之情，發爲歌嘯，他篇有單言嘯者，如《中谷有蓷》"條其歗矣"與"嘅其嘆矣"、"啜其泣矣"并舉，有單言歌者，如《園有桃》"心之憂矣，我歌且謠"，《四月》"君子作歌，維以告哀"，有嘯歌連言者，如《白華》"嘯歌傷懷"，并可互證。一章之悔，三章之嘯歌，皆與憂相關，則二章之處亦當訓憂。《十月之交》"亦孔之痗"釋文"痗本又作悔"，《爾雅·釋詁》、釋文痗兼昧晦二音，是悔痗本爲一字。《伯兮》《十月之交》兩《傳》并云"痗，病也"。悔訓病亦訓恨，與處訓病亦訓憂，其例亦同。《傳》訓處爲止，斯爲皮相矣。雖然，訓病之字似本當作處，鼠瘋皆後起。《說文·匸部》"匢，側逃也，從匸丙聲"。《淮南子·原道》篇"側谿谷之間"，注"側，伏也"，《周禮·保章氏》疏引《洪範五行傳》"朔而月見東方謂之側匢"，側匢連言，側亦匢也，《荀子·榮辱》篇注"逃，隱匿其情也"《彊國》篇注"逃謂逃匿其情"，是側也，逃也，皆伏匿不出之謂。甲金文丙與內同，內又與入通，是匢從丙猶從入，故訓側逃。又匢丙雙聲，匢從丙得聲，丙當讀如內，乃見得聲之由。匢孳乳爲陋，《爾雅·釋言》"陋，隱也"，《書·堯典》"明明揚側陋"，側陋猶今言隱逸，亦伏匿不出之謂也。匢從丙聲，義爲伏匿，病亦從丙聲，其本義亦當爲病者伏匿不出。病有匿義，處亦有匿義，隱匿不出之女謂之處女，隱匿不仕之士謂之處士。故病亦謂之處。處鼠音同，鼠之爲物，晝伏夜出，常隱匿而不可見，鼠之得名，或即受義於處，然則處鼠不惟音同，義亦相通，因之處又或假鼠爲之，以其爲病名，乃又加疒作瘋。然則處，正字也，鼠，

· 74 ·

假聲字也，癙，假聲兼意符之孳乳字也。癙行而處晦，俗師又競以鼠說癙義，高注《淮南》謂爲鼠齧人瘡，孫炎注《爾雅》又曰"癙者畏之病也"，則謂鼠性畏怯，病者多畏，似之，因謂之癙。既以癙爲鼠致之病，或似鼠之病，於是"貍頭愈鼠"之說從而興焉。《御覽》九一二引《淮南》許注曰"貍食鼠"，《物類相感志》又引曰"貍執鼠，故愈也"。於是言此字之沿革者，鮮不倒因爲果，謂癙爲正字，鼠爲渻字而處爲借字者矣。

二十三　唐棣　帷裳　常棣　維常

唐棣之華〔《何彼襛矣》〕《傳》："唐棣，栘也。"《箋》："喻王姬顏色之美盛。"

漸車**帷裳**〔《氓》〕《傳》："帷裳，婦人之車也。"《箋》："帷裳，童容也。"

常棣之華鄂不韡韡〔《常棣》〕《傳》："興也。常棣，棣也。鄂猶鄂鄂然，言外發也。韡韡，光明也。"《箋》："承華者曰鄂。不當作拊，拊鄂足也。鄂足得華之光明，則韡韡然盛。興者，喻弟以敬事兄，兄以榮覆弟，恩義之顯，亦韡韡然。"

維常之華〔《采薇》〕《傳》："常，常棣也。"《箋》："此言彼爾者乃常棣之華，以興將率車馬服飾之盛。"

《氓》篇"漸車帷裳"《箋》曰"帷裳，童容也"，案婦人之車以帷障其旁如裳，《列女傳》四《齊孝孟姬傳》"野處則帷裳擁蔽"，是也。一曰裳幃。《周禮·巾車》"王后之五路，……皆有容蓋"，鄭司農注"容謂之幨車，山東謂之裳幃，或曰潼幢容。"幨字一作袩，《儀禮·士昏禮》"婦車有袩"注"袩，車裳幃"，《詩·氓》正義引注袩作襜，襜即幨字。《既夕記》"主婦車，疏布袩"注"袩者，車裳幃，於蓋弓垂之"。此皆婦人之車也。然《禮記·雜記》曰"其輤有裧，緇布裳帷"，是喪車亦有裳帷。或曰《記》以裧與裳帷并舉，似別爲二物，而二鄭并以袩即裳幃，何也？曰：袩也，裳幃也，對文異，散文通。其制，張蓋於車上，冒之以布，自上四旁垂而下。析而言之，蓋於上者謂之袾幨垂於旁者謂之裳幃，故《雜記》以袾與裳帷幷舉，而《詩》"漸車帷裳"，易順鼎謂漸車即袾車，亦以漸與帷裳爲二，易謂漸袾古音同部，《淮南子·兵略》篇"剡撕荼"注"撕，剡銳也"，漸與袾通，猶撕與剡通。"淇水湯湯，漸車帷裳"，與《竹竿》篇"淇水悠悠，檜楫松舟"，句法正同。然蓋與布實不可分離，故言襜亦可包裳幃，言裳幃亦可包襜，《士昏禮》注"有容則固有蓋"，容即裳幃，蓋即襜也。《氓》正義"帷裳一名童容，童容與襜別，司農云謂襜車者，以有童容上必有襜，故謂之爲襜車也。"此說得之。因之，襜與裳幃又俱爲大名，而可互訓，先鄭謂幨車謂之裳幃，後鄭以袾爲車裳幃，即此義也。知裳幃一曰襜，則《戰國策·齊策》"攻城之費，百姓理襜蔽，舉衝櫓"，《淮南子·氾論》篇"隆衝以攻，渠幨以守"，注，幨幰也，所以禦矢也。《兵略》篇"雖有薄縞之幨，腐荷之櫓，然猶不能獨穿也"，曰襜曰幨幷即裳幃矣。此兵車亦有裳幃之證也。《采薇》篇曰"彼爾繭維何，維常之華，彼路斯何，君子之車"，此出師之詩，維常即帷裳，亦即《國策》之襜，《淮南》之幨。四句皆以車言，謂彼繭然繁盛者何，帷裳之華飾也，彼路然而大者何，君子之車也。《箋》"君子謂將率"。《何彼襛矣》篇曰"何彼襛矣，唐棣之華，曷不肅雝，王姬之車"，句法與《采薇》四句適同，則上二句亦當指車服之飾。帷裳一稱裳帷詳上，疑唐棣當讀爲裳帷。裳唐古音同，《詩》唐棣一作常棣可證。帷棣聲同脂部，而佳在端母，隸在定母，古讀不分，是帷棣古亦同音。更列三事以明之。（一）《說文》肆從隸聲，讀若虺，《周禮·司尊彝》"祼用虎彝蜼彝"，鄭司農讀蜼爲虺，《淮南子·修務》篇"嫫母仳倠"高注"倠讀近虺"。（二）肆《說文》作肄，從隸聲，《書·湯誥》"肆台小子"，《墨子·兼愛下》篇作"惟予小子履"，《詩》《書》之發語詞肆字，多可譯作惟，此意前人未發。《左傳·成十三年》"昔逮我獻公及穆公相好"，即昔惟我獻公及穆公相好也，逮與遝通，《墨子·非攻下》篇"今遝夫好攻伐之君，又飾其說以非子墨子"，即今惟夫好攻伐之君也。《離騷》"惟夫黨人之偷樂兮"，亦惟夫連用之例。（三）《蔽笱》篇"其魚唯唯"，《箋》曰"唯唯，行相隨順之貌"，案《説文》"隶，及也"，"逮唐逮，及也"，行相隨順即前後相及之意，是唯唯即逮逮也。釋文引韓詩作遺遺，逮遺亦聲近可通。《説文》"鮇，臥息也"，"噎，大息也"，重文作噴。案鮇噴噎一字。裳與唐，帷與棣，古音既同，而核諸文義，句中所指，又非車服莫屬，則唐棣即裳帷，殆無可疑。且非如此，"何彼襛矣"之襛字從衣之故，亦難以解答。《五經文字》"襛字見《詩・風》，從禾者訛"，案《説文・衣部》襛字下引此詩，蕭子顯《代美女篇》"繁襛既爲李，照水亦成蓮"，字亦作襛，益信俗本從禾之誤。此雖半字之差，其關係於詩義者則甚大也。《常棣》篇曰"常棣之華，鄂曷不韡韡，凡今之人，莫如兄弟"，《序》以爲燕兄弟之詩，疑首二句祇謂兄弟偕來，其車飾之盛，有如此者。常即衣裳本字，棣亦當讀爲帷。"常棣之華，鄂曷不韡韡"，與"何彼襛矣，唐棣之華"語意全同，但二句互易其次爾。要之，《采薇》篇之"維常"即《氓》篇之"帷裳"，倒言之則曰裳帷，其名見於《禮・雜記》，帷或作幬，見於《周禮》先鄭注者一，見於《儀禮》後鄭注者二，《常棣》篇之"常棣"，《何彼襛矣》篇之"唐棣"，并即裳帷也。《傳》《箋》於"唐棣""常棣"，并"維常"之常，概以木名當之，又讀維爲語詞，宜其説之不可通矣。

原載《清華學報》第十二卷第一期，民國二十六年一月。

詩經通義

周南

關雎

關關雎鳩《傳》:"雎鳩,王雎也,鳥摯而有別。"《箋》:"摯之言至也,謂王雎之鳥,雌雄情意至,然而有別。"

維鳩居之〔《召南·鵲巢》〕《傳》:"鳩,鳲鳩,秸鞠也。鳲鳩不自爲巢,居鵲之成巢。"《箋》:"鳲鳩因鵲成巢而居有之,而有均壹之德,猶國君夫人來嫁,居君子之室,德亦然。室,燕寢也。"

于嗟鳩兮〔《衛風·氓》〕《傳》:"鳩,鶻鳩也。"《箋》:"鳩以非時食葚,猶女子嫁不以禮,耽非禮之樂。"

鳲鳩在桑〔《曹風·鳲鳩》〕《傳》:"鳲鳩,秸鞠也。鳲鳩之養子朝從上下,莫從下上,平均如一。言執義一,則用心固。"

案本篇《傳》云"摯而有別"者,雌雄情意專一,不貳其操之謂。《淮南子·泰族》篇曰"《關雎》興於鳥,而君子美之,爲其雌雄不乖<small>王念孫謂乘之誤,非是。有説別詳。</small>居也",不乖居猶言不亂居。《後漢書·明帝紀》注引薛君《韓詩章句》曰"雎鳩貞潔慎匹",慎匹即不亂其匹,亦猶《素問·陰陽自然變化論》曰"雎鳩不再匹",張超《誚青衣賦》曰"感彼關雎,性不雙侶"也。凡此并即專一之意。而《易林·晉

· 78 ·

之同人》曰"貞鳥雎鳩，執一無尤"，義尤顯白。此皆"有別"二字之碻解也。然則正惟"雌雄情意至"，乃能"有別"，《箋》曰"雌雄情意至，然而有別"，殊失《傳》旨。

《鳲鳩》篇一章曰："鳲鳩在桑，其子七兮。淑人君子，其儀一兮，其儀一兮，心如結兮。"儀當訓匹詳《鄘風·柏舟》篇，一謂專一。三章曰"其儀不忒"，釋文"忒本或作貳"。"其儀不貳"，正猶上揭諸書言"不乖居"、"不再匹"、"不雙侶"也。《荀子·勸學》篇曰："行衢道者不至，事兩君者不容。目不能兩視而明，耳不能兩聽而聰。螣蛇無足而蜚，梧鼠五技而窮。《詩》曰'尸鳩在桑，其子七兮。淑人君子，其儀一兮，其儀一兮，心如結兮'，故君子結於一也。"《淮南子·詮言》篇曰："賈多端則貧，工多技則窮，心不一也。有百技而無一道，雖得之，弗能守。故《詩》曰：'淑人君子，其儀一也，其儀一也，心如結也。'君子其結於一乎！"二書均言"結於一"，是訓一為專一。此魯說也。《易林·乾之蒙》曰"鵠鷀鳲鳩，專一無尤，君子是則，長受嘉福"，《隨之小過》曰"慈鳥鳲鳩，執一無尤，寢門內治，君子悅喜"。以"專一""執一"釋《詩》"一"字，此齊說也。又曰"寢門內治"，則所謂"執一"者，明指夫婦之情。執一不渝，是其訓儀為匹，抑又可知。毛讀儀為義，因不得不訓一為均一，而釋為父母對七子之情"平均如一"，失之遠矣。《鵲巢》之鳩，亦以比婦人專一之德。《箋》曰"鳲鳩……有均壹之德"，此則又緣《鳲鳩》篇《傳》義而誤。

鳩之為鳥，性至謹愨，而尤篤於伉儷之情，說者謂其一或死，其一亦即憂思不食，憔悴而死。封建社會所加於婦女之道德責任，莫要於專貞，故《國風》四言鳩，皆以喻女子。雎鳩既稱鳩，又為女子之象徵，則必與鳲鳩，鶻鳩同類。乃自來說雎鳩者，咸以為鷹鷲鵰鶚之類，此蓋因《左傳·昭十七年》"雎鳩氏司馬也"而誤。不知《詩》之雎鳩，與《左傳》之雎鳩，名雖同物而實則異指。舊傳鷹與鳩轉相嬗化，見《月令》《王制》《呂覽》《夏小正》。《左傳》五鳩之雎鳩司馬，爽鳩司寇，皆神話中與鷹相化之鳩。《詩》之雎鳩，以興女子，乃真生物界之鳩。學者不察，混爲一談，過矣。

《左傳·昭十七年》郯子曰："我高祖少皞之立也，鳳鳥適至，故紀於鳥，爲鳥師而鳥名。鳳鳥氏歷正也，玄鳥氏司分者也，伯趙氏司至者也，青鳥氏司啓者也，丹鳥氏司閉者也。祝鳩氏司徒也，雎鳩氏司馬也，鳲鳩氏司空也，爽鳩氏司寇也，鶻鳩氏司事也，——五鳩，鳩民者也。五雉爲五工正，利器用，正度量，夷民者也。九扈爲九農正，扈民無淫者也。"此上世圖騰社會之遺迹也。三百篇中以鳥起興者，不可勝計，其基本觀點，疑亦導源於圖騰。歌謠中稱鳥者，在歌者之心理，最初本祇自視爲鳥，非假鳥以爲喻也。假鳥爲喻，但爲一種修詞術；自視爲鳥，則圖騰意識之殘餘。歷時愈久，圖騰意識愈淡，而修詞意味愈濃，乃以各種鳥類不同的屬性分別代表人類的各種屬性，上揭諸詩以鳩爲女性之象徵，即其一例也。後人於此類及漢魏樂府"烏生八九子"，"飛來雙白鵠"，"翩翩堂前燕"，"孔雀東南飛"等，胥以比興目之，殊未窺其本源。

窈窕淑女詳〔《陳風·月出》〕

君子好逑《傳》："逑，匹也。言后妃有關雎之德，是幽閒貞專之善女，宜爲君子好匹。"《箋》："怨耦曰仇。言……貞專之善女，能爲君子和好衆妾之怨者。"

公侯好仇〔《兔罝》〕《箋》："怨耦曰仇。此兔罝之人，敵國有來侵伐者，可使和好之。"

永以爲好也〔《衛風·木瓜》〕《箋》："……欲令齊長以爲玩好，結己國之恩也。"

案好字從女從子，其本義，動詞當爲男女相愛，名詞當爲匹耦，形容詞美好，乃其義之引申耳。好本訓匹耦，引申爲美好，猶麗本訓耦儷，引申爲美麗也。匹耦之義，何因而得引申爲美好乎？曰：稱字本祇作爯，古作冓，從二手，故《說文》曰："爯，并舉也"。今曰對稱，配稱，即用此義。《爾雅·釋言》曰："稱，好也。"釋文："稱，尺證切。"《論衡·逢遇》篇曰"形佳骨嫺，皮媚色稱"，謂色好也，《定賢》篇曰"骨體嫺麗，面色稱媚"，猶言媚好也。案對稱爲美學基

· 80 ·

本原則之一,原始裝飾藝術應用對稱原則,尤爲普遍,故古人言"稱"即等於言"好",而好麗諸字之所以訓美,實以其本義皆爲匹耦也。上列各詩好字皆用本義。《木瓜》"永以爲好也"者,永以爲偶也。本篇"君子好逑"者,逑訓匹,"好逑"疊韻連語,猶匹耦也。《太玄》五《內》初一"謹于娿執,初貞後寧",范望注曰"執,匹也。謹其娿匹,男女道正,故貞",釋文曰"娿執,古妃仇字"。好逑之語,猶執,妃仇也。《傳》曰"宜爲君子好匹",蓋讀爲形容詞好善之好,《箋》更牽合《左傳》"怨耦曰仇"之說桓二年,而讀好爲動詞和好之好,均非《詩》誼。

匹偶之義本指夫婦,然亦通於朋友君臣之際。《大雅·假樂》篇"率由羣匹",《箋》曰"循用羣臣之賢者,其行能匹耦己之心"。《晉語三》"若狄公子,吾是之依兮,鎮撫國家,爲王妃兮",韋注曰"言重耳當伯諸侯,爲王妃偶",妃亦匹也。《左傳·昭三十二年》曰:"故天有三辰,地有五行,體有左右,各有妃耦。王有公,諸侯有卿,皆有貳也。"《漢書·揚雄傳》曰"搜逑索偶,皋伊之徒",《董仲舒傳贊》曰"伊呂乃聖人之偶"。偶亦謂之合,《春秋繁露·楚莊王》篇曰"百物皆有合,合之偶之,仇之匹之,善矣",《基義》篇曰"臣者君之合",《離騷》曰"湯禹嚴而求合兮",即求偶也。《兔罝》篇曰"公侯好仇",猶言公侯之匹耦,亦就君臣之際言之。且一章曰"公侯干城",三章曰"公侯腹心","干城""腹心"皆二名詞平列而義復相近,依本書詞例,二章之"好仇",當與彼同。誠如《箋》説,釋好爲和好,則詞例參差矣。以是明其不然。《學齋佔畢》二引《尚書大傳·微子歌》曰:"麥秀漸漸兮,禾黍油油,彼狡童兮,不我好仇。"(《樂府詩集》五七同)此雖用爲動詞。與詩微異,然以二字平列爲疊義連語,則猶不失古意。

寤寐思服《傳》:"服,思之也。"《箋》:"服,事也。求賢女而不得,覺寐則思己職事,當誰與共之乎。"

顧我復我出入腹我〔《小雅·蓼莪》〕《傳》:"腹,厚也。"《箋》:"顧,旋視也。復,反覆也。腹,懷抱。"

無思不服〔《大雅·文王有聲》〕《箋》:"……自四方來觀者,

· 81 ·

皆感化其德，心無不歸服者。"

是顧是復〔《大雅・桑柔》〕《箋》："有忍爲惡之心者，王反顧念而重復之。"

《初學記》一七引詩"出入復我"，黃生疑即《蓼莪》篇三家異文。案黃説近確。毛作腹，正當讀爲復。此"復我"即叠上"顧我復我"句中之文。復者，上文"拊我畜我，長我育我"，拊畜同義，長育同義，此文"顧我復我"，顧復亦當同義。《桑柔》篇上文"弗求弗迪"，求迪義近，則下"是顧是復"，顧復亦然。顧，念也，復亦訓念。復之義爲往復，往復思之亦謂之復。《説文》曰"念，常思也"，常思即往復思之，故念亦謂之復。《莊子・徐無鬼》篇曰"以目視目，以耳聽耳，以心復心"，即以心念心也。《田子方》篇"吾服女也甚忘"成本服作復，疏曰"復者尋之謂也"，尋思即念也。樂府《婦病行》曰"思復念之"，復念叠義連語，復亦念也。復與伏通。《楚辭・七諫・沈江》曰"伏念思過兮，無可改者"，伏念即復念。又與服通。《書・康誥》曰"要囚服念五六日"，服念亦即復念。《莊子・田子方》篇"吾服女也甚忘"，郭注曰"服者思存之謂"，思存即思念。本篇"寤寐思服"，即思復，猶言思念也。《傳》文疑當重服字，作"服，服思之也"。言往復思之，即念之也。今本脱一服字，則思下"之"字，殆成贅文。《箋》改訓事，而釋爲"思己職事當誰與共之乎"，迂曲已甚。《文王有聲》篇"無思不服"，即無思不復。謂每思必往復追懷，不能自已，蓋極言其思之甚也。思之甚即念矣。《箋》訓服爲歸服，王引之更讀思爲語詞，以曲成其説，亦千慮之一失耳。《韓詩外傳》五曰："《關雎》之事大矣哉！馮馮翼翼，自東自西，自南自北，無思不復。子其勉强之，思服之。"曹大家《雀賦》曰："自東西與南北，咸思服而來同。"是兩漢人猶知《文王有聲》"無思不服"之思服，即《關雎》"寤寐思服"之思服，其不以思爲語詞明矣。

葛覃

言告師氏《傳》："師，女師也。古者女師教以婦德，婦言，婦容，婦功。祖廟未毀，教于公宮三月。祖廟既毀，教于宗室。"《箋》："我告師氏者，我見教告于女師也。"

楀維師氏〔《小雅·十月之交》〕《箋》："師氏……掌司朝得失之事。"

趣馬師氏〔《大雅·雲漢》〕《傳》："歲凶年穀不登，則……師氏弛其兵。"

案古者女子將嫁，師氏教以事人之道，所謂"婦德，婦言，婦容，婦功"，是也。《白虎通·嫁娶》篇曰："婦人所以有師何？學事人之道也。……國君取大夫之妾，士之妻，老無子，而明於婦道者，又祿之，使教宗室五屬之女。"《儀禮·士昏禮》鄭注曰"姆，婦人年五十無子，出而不復嫁，能以婦道教人者"，姆即師氏詳下。如班、鄭所云，其人既爲大夫之妾，士之妻，老而無子，又出而不復嫁，則師氏之名，雖若甚尊，其職則甚卑。因知所謂德言容功者，亦不過倫常日用之委瑣細故，論其性質，直今傭婦之事耳。《說文》曰"娙，女師也，……讀若阿"，"姆，女師也，……讀若母"，是女師一曰娙姆者，即《史記·倉公傳》之"阿母"。今呼傭婦或曰阿媽，即阿母矣。師氏或以男爲之。《墨子·尚賢下》篇曰"伊尹爲莘氏女師僕"，師僕即師氏之男者。謂之僕，則其地位之低可知。要之，女師之職，略同奴婢，特以其年事長而明於婦道，故尊之曰師，親之曰姆（母）耳。《詩》曰："言告師氏，言告言歸：'薄汙我私！薄澣我衣！'"告者，告師氏爲己澣衣也，"薄"爲命令之詞。師氏本封建貴族之一種家庭奴隸，故詩人之言如此。《傳》、《箋》專就其教人之事言之，則一若其道甚嚴而位甚尊者，此不可不辯也。

《十月之交》《雲漢》兩師氏皆男官。《十月之交》篇以膳夫、内史、趣馬、師氏相次，《雲漢》篇以趣馬、師氏、膳夫相次。於《周禮》

· 83 ·

序官，内史、師氏并中大夫，膳夫上士，趣馬下士。或晚周之制如此。周初師氏與膳夫、趣馬，秩位當不相上下，故詩人錯互稱之。《周禮·師氏職》曰"居虎門之左，司王朝。……凡祭祀賓客會同喪紀軍旅，王舉（與）則從。聽治，亦如之。使其屬帥四夷之隸。各以其兵服守王之門外，且蹕。朝在野外，則守內列。"此其職事，多與虎賁氏，司隸，閽人，隸僕等爲官聯，其初或係同官，亦未可知。陳奐疑師氏與虎賁氏初本同官，近確。由是觀之，師氏職位，本近鄙賤。男官如此，女官從可知焉。

卷耳

我馬虺隤《傳》："虺隤，病也。"《箋》："身勤勞於山險，而馬又病。"

案古言疲勞力竭，不能自勝，亦謂之病。《孟子·公孫丑上》篇"今日病矣"，趙注曰"病，罷也"，《素問·宣明五氣論》王注曰"病謂少不自勝也"，本篇"虺隤"、"玄黃"、"瘏"、"痡"，《傳》皆訓病，即用此義。正義引孫炎《爾雅注》曰"虺隤，馬罷不能升高之病"，又曰"痡，人疲不能行之病，瘏，馬疲不能進之病"，深合《傳》意。惟虺隤乃病之徵象，《傳》以病釋虺隤，乃以原因釋現象，非謂虺隤即病也。孫謂"馬罷不能升高之病"，亦但探詩意爲説。實則"虺隤"之本義，非特不必與馬有關，亦且不必與病相涉。孫以個別現象釋一般現象，衡之訓詁學原則，似未符合。今案《説文》曰"㕣，㢟（跛）曲脛也"，重文作尣，今隸從㕣之字，多變作尢。虺字疑當作虺，從㕣蟲聲。虺即詩"虺隤"本字，脛無力尪跛不支貌也。今誤從兀，則虺之別體。《集韻》虺隤正作虺隤。《廣韻》曰"尲尬，行病"，尲尬與虺𢓜同，行病即行無力也。虺𢓜疊韻連語，𢓜若讀從貴聲，則與虺亦雙聲。義猶虺也。惟古無𢓜字，故以隤爲之。《易·繫辭下傳》馬注曰"隤，柔貌"，《説文》曰："隤，下隊（墜）也。"柔也，下墜也，并與無力之義相因。虺隤字或變作威夷。《爾雅·釋獸》"威夷，長脊而泥"，郭注曰"泥，少才力"。

泥與荼通，《莊子·齊物論》篇"荼然疲役而不知所歸"，釋文引簡文注曰："荼，疲病困之狀。"案威夷爲脛無力不支之貌，此獸力少行難，故名威夷。自虺字相沿皆誤從兀，而本義晦，書傳遂皆以爲虫之異文，虺虫混而詩"虺隤"之語無達詁矣。今據《集韻》定虺爲虺之正體，庶幾詩意畧明，而《傳》所以訓虺隤爲病之故，亦可得而言之。

我馬玄黃《傳》："玄馬病則黃。"

載玄載黃〔《豳風·七月》〕《傳》："玄，黑而有赤也。朱，深纁也。……祭服玄衣纁裳。"《箋》："凡染者，春暴練，夏纁玄，秋染夏。爲公子裳，厚於其所貴者說也。"

案玄黃者，詩人所擬想馬視覺中之變態現象。凡人或因疲極，或由驚怖，每致瞑眩，後世謂之眼花。梁簡文帝《箏詩》"耳熱眼花之娛"，杜甫《飲中八仙歌》"眼花落井水底眠"。眼花者視物不審，但見玄黃紛錯，五色交馳，此即所謂玄黃也。《吕氏春秋·知分》篇曰："禹南省方，濟乎江，黃龍負舟。舟中之人五色無主。"《淮南子·精神》篇同。《御覽》四七五又九二九引《莊子》佚文曰："於是天龍聞而下之，窺頭於牖，拖尾於堂。葉公見之，棄而還走，失其魂魄，五色無主。"《類聚》九六，涵芬樓本《文選·天監三年策秀才文》注引略同。又見《新序·雜事五》篇。玄黃猶五色無主矣。亦或視覺受神經激動之影響，而暫成色盲，如郭遐叔《贈嵇康詩》曰"心之憂矣，視舟如綠"，《樂府詩集》八引《樂苑》《如意娘詞》曰"看朱成碧思紛紛，憔悴支離爲憶君"，此亦"玄黃"之類也。玄黃爲眼花時所見之現象，因之眼花亦謂之玄黃。聲之轉，則曰眩眃。《後漢書·張衡傳》《思玄賦》曰"儵眩眃兮反常閭"，李注"眩眃音懸混"。《集韻》曰"眩眃，視不明貌"。《說文》曰："眩，目無常主。"目無常主猶言五色無主，眩即玄也矣。韓愈《寄崔二十六立之》詩，說老年目衰曰"玄花著兩眼，視物隔褷褵"，玄花疑亦玄黃之轉。

《傳》文"玄馬病則黃"，陳奐云當作"馬病則玄黃"，今本誤倒。案陳說是也。惟謂馬之毛色，病則變爲玄黃，則非是。且《詩》曰"陟彼高岡,我馬玄黃",則是馬亦以攀陟高岡而眩眃,不必盡由疲憊之故。舊說專就病言,亦未審諦。曹植《贈白馬王彪詩》曰:"中逵絕無軌,改轍登高岡,修坂造雲日,我馬玄以黃。"曹襲《詩》意,而於山之高峻,鋪叙綦詳,故獨得風人之旨。

自視者言之,眼花謂之玄黃,聲轉字變,則爲眩眃,自被視者言之,光色奪目,亦謂之玄黃。字一作炫熿,《秦策一》曰"轉轂連騎,炫熿於道",是也。本篇"我馬玄黃"即眩眃。此自視者言之。《七月》篇"載玄載黃,我朱孔陽",玄黃即炫熿,謂朱色鮮明,炫熿奪目。此自被視者言之。"玄黃"所以形容朱色之鮮明,非朱外別有玄黃二色也。且朱爲裳色,正唯上所言僅一朱色,故下但言"爲公子裳"。若玄黃是染繪之色,則下不當不言衣,玄者衣之色也。《傳》《箋》皆以玄黃爲色,且必欲兼衣言之,失經旨矣。

桃夭

桃之**夭夭**《傳》:"夭夭,其少壯也。"
棘心**夭夭**〔《邶風·凱風》〕《傳》:"夭夭,盛貌。"《箋》:"夭夭以喻七子少長。"

《說文》曰:"夭,屈也。"《凱風》篇曰"凱風自南,吹彼棘心,棘心夭夭",謂棘受風吹而屈曲也。樂府《長歌行》曰"凱風吹長棘,夭夭枝葉傾,黃鳥飛相追,咬咬弄聲音",語意全本《詩·風》,第二句正以"枝葉傾"申詩"夭夭"之義。本篇"桃之夭夭",義亦當同。謝靈運《悲哉行》曰"差池燕始飛,夭裊桃始榮",夭裊亦桃枝隨風傾屈貌。《文選》謝靈運《鄴中集平原侯植詩》"白楊信裊裊",李注曰:"裊裊,風搖木貌。"謝以"夭裊"易《詩》之"夭夭",亦善得《詩》旨。夭訓屈,凡木初生則柔韌而易屈,故謂之夭。《魯語》"澤不伐夭",韋注曰:"草木未成曰夭。"本篇《傳》釋夭夭爲少壯,《凱風箋》釋夭夭爲少長,《凱風傳》又因少壯而引申爲美盛之義,此其説雖皆若可通,然終嫌求之過深,轉失詩人體物之妙,故弗取云。

兔罝

肅肅兔罝《傳》:"肅肅,敬也。"《箋》:"兔罝之人,鄙賤之事,猶能恭敬,則是賢者衆多也。"

肅當讀爲縮,《豳風·七月》"九月肅霜",《傳》:"肅,縮也。"《周禮·甸師》"祭祀共蕭茅",鄭興注:"蕭字或爲茜,茜讀爲縮。"《儀禮·特牲饋食禮》"乃宿尸",注:"宿讀爲肅。"宿猶密縮。《易林·豐之小過》曰"網密網宿,動益蹙急,困不得息",是其義。字一作數。《周禮·司尊彝》"醴齊縮酌",注"故書縮爲數"。《方言》五"炊篾謂之縮",《説文》作籔。《小雅·魚麗傳》"庶人不數罟",釋文曰:"數罟,細網也。"《孟子·梁惠王上》篇"數罟不入洿池",趙注曰:"數罟,密網也。"補《史記·龜策列傳》曰:"罔網有所數,亦有所疏。"詩"肅肅"即"縮縮","數數",網目細密之貌也。肅肅爲形容兔罝之詞,《傳》、《箋》乃以之屬人,而訓爲敬,此其失固不足辯。俞樾據《文選·西京賦》"飛罕潚箾"薛綜注曰"潚箾,罕形也",謂肅肅,即潚箾,亦未得其環中。案《説文》曰:"橚,長木貌。"《爾雅·釋木》"梢,梢櫂",郭注曰:"謂木無枝柯,梢櫂長而殺者。"是肅聲與肖聲字,并有長義。《爾雅·釋蟲》曰"蠨蛸,長踦",蠨蛸爲長貌,此蟲踦長,故即以爲名。潚箾之語與蠨蛸同,亦長貌也。罕爲畢類,網之小而有長柄者,故曰"潚長箾罕"。若罝則大網椓杙以張於地上者,與罕絶異,今謂肅肅之義同於潚箾,庸有當乎?

肅肅兔罝《傳》:"兔罝,兔罟也。"《箋》:"兔罝之人,鄙賤之事,猶能恭敬,則是賢者衆多也。"

于嗟乎騶虞〔《召南·騶虞》〕《傳》"騶虞,義獸也,白虎黑文。"

釋文本作菟,云"又作兔"。案古本《毛詩》疑當作菟。菟即於菟,謂虎也。《左傳·宣四年》曰"楚人……謂虎於菟",釋文菟音徒。字一作䖘若虪。《方言》八曰"虎,……江淮南楚之間……或謂之於䖘",《廣雅·釋獸》曰"於虪,虎也",曹憲音塗。又或假檡爲之。《漢書·叙傳上》曰"楚人……謂虎於檡"，注"檡字或作菟，并音塗。"於菟或省稱菟。《方言》郭注曰"今江南山夷呼虎爲虪"，虪即菟字。蓋於爲發聲之詞，於菟省稱菟，猶於越省稱越也。楚人呼虎爲菟者，此語音之混同，非名物之借用。何以明之？（一）虪曹憲音塗，檡菟顏師古亦并音塗。《左傳·隱十一年》"使營菟裘"，《公羊傳·隱四年》作塗裘。《說文》曰："㹏，黄牛虎文也，讀若塗。"《爾雅·釋草》曰"蒤，虎杖"，《本草》陶注曰："莖斑而葉圓。"牛之似虎者謂之㹏，草之莖有斑如虎皮者謂之蒤，是方音讀虎如㹏蒤之驗。㹏蒤與塗音同，則亦與菟音同也。（二）於菟《漢書》作於檡，檡與澤通。《儀禮·士喪禮》"若檡棘"，一注"今文檡爲澤"。（a）《廣雅·雜草》曰"虎蘭，澤蘭也"，《本草》曰"澤蘭一名虎蘭"。（b）《左傳·昭十年》"遂伐虎門"，正義引或說以爲宮之外門，而《大雅·緜箋》曰"外門曰皋門"，是虎門即皋門。虎門一曰皋門，猶虎皮一曰皋比，《左傳·莊十年》注，皋牢一曰虎落也。《荀子·王霸》篇"罕（皋）牢天下而制之"，《後漢書·馬融傳》"皋牢山陵"注曰"皋牢猶牢籠也"。《漢書·鼂錯傳》"爲中周虎落"注曰"虎落者，以竹蔑相連遮落之也"。遮落與牢籠義近，"虎落""皋牢"聲之轉耳。《揚雄傳》《羽獵賦》曰"爾乃虎路三嵏以爲司馬，圍經百里而爲殿門"，晉灼注路音落。服虔注曰："以竹虎落此山也。"案服説非是。然《左傳·襄十七年》"澤門之晳"釋文曰"本或作皋門"。澤皋字通之例，此不具舉。虎門曰皋門，澤門亦曰皋門，是虎門即澤門也。（c）《禮記·禮運》正義引《孝經援神契》曰："［王者］從《御覽》九一六引補德至鳥獸，則……白虎動。"《開元占經》一一六《獸占》篇引《瑞應圖》曰："黄帝巡於東海，白澤出，能言語，達知萬原誤方，從《雲笈七籤》一〇〇《軒轅本紀》改，下同。物之情原誤精，以戒於民，爲除災害。賢君德及幽遐則出。"以上虎蘭一曰澤蘭，虎門一曰澤門，白虎一曰白澤，是方音亦讀虎如澤。澤與檡，檡與菟，并古字通，讀虎如澤，即讀虎如菟矣。（三）且謂虎爲菟本係楚語。虎音呼古切，曉母，菟音湯故切，透母。試觀下表，端透定知與曉匣相轉，確係楚人方音中所有之現象。

舌音				喉音		
端	透	定	知	曉	匣	
黨多朗				曉馨晶		黨，曉，哲，知也。楚謂之黨，或曰曉。（《方言》一）
搏度官					閽戶關	楚人名圓曰搏。（《楚辭·橘頌》王注）
多得何					夥胡火	凡物盛多謂之寇，……楚魏之際曰夥。（《方言》一）楚人謂多局夥。（《史記·陳涉世家索隱》引服虔說）
蚵得何蚗					蠅胡桂蛄	蚵蚗……楚謂之蠅蛄。（《方言》十一）
	譎他和				慧胡桂	虔，儇，慧也。楚謂之譎。（《方言》一）
		嬬徒果		好呼老		南楚之外謂好曰嬬。（《說文》十二篇"女部"）
		大徒蓋			夥胡火	碩，沈，巨，濯，訏，敦，夏，于，大也。……楚魏之際曰夥。（《方言》一）
		豬知魚	豨虛豈			猪……楚謂之豨。（《方言》八）

然則楚謂虎爲菟，乃方言之混同，非名物之借用益明。呼虎爲菟，既爲荆楚之方音，而二南之地，適當楚境，則《兔罝》之詩，字作菟兔而義實爲虎，非不可能矣。

難曰：《傳》云"兔罟曰罝"，捕兔用罝，捕虎亦然乎？曰：罝之言遮也，古者獵獸，無不先用網羅遮遏，以防其遯逸，然後射殺或生縛之。《漢書·揚雄傳》《長楊賦序》曰"張羅網罝罘，捕熊羆豪豬，虎豹狖玃，狐兔麋鹿"，是其明證。而《孔叢子·連叢》篇載《諫格虎賦》，説捕虎用罝之狀尤詳。其言曰："於是分幕將士，營遮榛叢，戴星入野，列火求蹤。見虎自來，乃往尋從。張罝網，

古典新义

羅刃鋒，驅檻車，聽鼓鐘。猛虎顛遽，奔走西東，怖駭內懷，迷冒怔忪，耳目喪精，值網而衝，局然自縛，或隻或雙。車徒抃讚，咸稱曰工。乃縛以絲組，斬其爪牙，支輪登較，高載歸家。"孰謂捕虎不可用罝乎？難者又曰：二南區域呼虎爲菟，而古捕虎亦實用罝，誠如上說。然而此但可證所謂菟有是虎之可能，不足證其必非兔也。楚人固仍呼兔如兔，而捕兔亦用罝，則安知《詩》所謂兔之果是虎而非兔乎？曰：此誠未可知也。雖然，《詩》曰，"赳赳武夫，公侯干城"，赳赳者，《說文》枓訓高木，䚈訓高聲，是赳赳當爲軀體壯偉之貌。夫以此赳赳然偉丈夫，復身當"公侯干城"之任意其人必烏獲賁育之流，身具兼人之勇。今方椓杙林中，張罝捕虎，是以詩人見其人，美其事，忻慕之情油然而生，發爲歌詠。誠如《箋》說，直一尋常獵夫，施罝林中，待兔而捕之耳。斯人也，斯事也，而譽之爲"赳赳武夫，公侯干城"，毋其不類乎？

讀兔爲於菟之菟，宋王質實首發其覆。顧王氏泥於當時取虎之具，未見用罝者，遂復自棄其說而弗用。詳《詩總聞》一夫捕虎用罝，書有明徵，已具上文，王氏可謂蔽於今而不知古矣。余初悟及此意，未見王書，一得之見，亦復未敢深信。嗣讀王書而得此說，喜其先獲我心，因復涵詠經文，畧推音理，而徵之往籍，以證成其說如此。《詩》無達詁，見仁見智，聊備一義耳。

騶虞，《傳》以爲白虎黑文者，鄭志《答張逸問》引《周書·王會》篇佚文同。《海內北經》曰："林氏國有珍獸，大若虎，五采畢具，尾長於身，名曰騶吾。""若虎"之說，亦與《傳》合。虎謂之騶虞者，騶音則鳩切，精母，菟音湯故切，透母，騶虞之合音近菟，蓋方俗呼虎爲菟，譌變而爲騶虞耳。《書·益稷》"合止柷敔"，鄭注曰"敔狀如伏虎"，《說文》亦曰"形如木虎"。案"柷敔"實二字一名，其合音近菟。此器狀如虎，故謂之柷敔。《淮南子·俶真》篇"騎蜚廉而從敦圄"，高注曰"敦圄似虎而小"。敦圄合音亦近菟，故虎謂之敦圄。虎謂之騶虞吾，猶虎謂之柷敔，又謂之敦圄也。《召南》之詩稱虎曰騶虞，猶《周南》之詩稱虎曰菟，蓋皆楚語歟？

詩經通義

公侯干城〔兔罝〕《傳》："干，扞也。"《箋》："干也，城也，皆以禦難也。"

之屏之翰〔《小雅·桑扈》〕《傳》："翰，榦。"《箋》："王者之德外能捍蔽四表之患難，內能立功立事爲之楨榦。"

王后維翰〔《大雅·文王有聲》〕《傳》："翰，榦也。"《箋》："王后爲之榦者，正其政教，定其法度。"

大宗維翰〔《大雅·板》〕《傳》："翰，榦也。"《箋》："王當用公卿諸侯及宗室之貴者爲藩屏垣榦爲輔弼。"

維周之翰〔《大雅·崧高》〕《傳》："翰，榦也。"《箋》："入爲周之楨榦之臣。"

戎有良翰〔同上〕《箋》："翰，榦也。申伯入謝，徧邦內皆喜，曰女有善君也。"

召公維翰〔《大雅·江漢》〕《箋》："召康公爲之楨榦之臣，以正天下。"

《說文》曰："韓，井垣也。從韋，取其帀也。倝聲。"相承皆用幹。韓垣聲近，蓋本一語。韓爲凡垣之通稱，而許君以爲井垣專字，非也。《詩》翰字當爲韓榦之假借。《桑扈》篇"之屏之翰"，翰與屏并舉，《板》篇"價人維藩，大師維垣，大邦維屏，大宗維翰，……宗子維城"，翰與藩垣屏城并舉，《崧高》篇"維周之翰，四國于蕃，四方于宣"翰與蕃宣并舉，皆複文也。《說文》曰"壁，垣也"，《廣雅·釋室》曰"廦，垣也"，是辟亦有垣義。《文王有聲》篇四章曰"四方攸同，王后維翰"，五章曰"四方攸同，皇王維辟"，辟訓垣，翰亦訓垣，翰與辟亦複文也。《崧高》篇紀申伯築城之事，又曰"戎有良翰"，猶言汝有良城耳。《江漢》篇"召公維翰"，與《文王有聲》篇"王后維翰"，《板》篇"大宗維翰"，句法并同，翰亦當訓爲垣。本篇"公侯干城"之干，則閈之省。閈亦韓也。知之者，韓訓垣，閈亦訓垣。《文選·西京賦》注引《蒼頡篇》"閈，垣也"。閈韓皆訓垣，而韓今字作幹，故《楚辭·招魂》"去君之恆幹些"，舊校幹一作閈。本篇以"干城"并舉，猶之《板》以"大

· 91 ·

宗維翰"與"宗子維城"連言，干也，翰也，皆韓之借字也。諸翰字《傳》皆訓爲榦，字或作幹，《箋》皆釋爲楨榦，胥失之。干，《傳》訓爲扞，以名詞爲動詞，失之尤遠。《箋》讀爲干盾之干，似若可通。不知盾之與城，鉅細懸絶，二名并列，未免不倫。以是知其不然。

芣苢

采采芣苢《傳》："芣苢，馬舄，馬舄，車前也。宜懷任焉。"
案《列女傳·貞順》篇曰"且夫采采芣苢之草"，《文選·辨命論》注引《韓詩》薛君《章句》曰"芣苢，澤寫也。芣苢惡臭之菜……"并以芣苢爲草類，与《傳》説合。《周書·王會》篇曰"桴苢者，其實如李，食之宜子"，孔注曰"食桴苢，即有身"。桴洪本作稃，李《韻會》載《説文》引作麥，則又似穀類、桴苢、稃苢，即芣苢。或以爲草，或以爲穀，或以爲木，傳聞異辭。然宜子之效，則仍與此《傳》"宜懷任（姙）"之説不異。《説文繫傳》曰："服之令人有子。"釋文陸機疏曰"其子治婦人生難"，正義引作"難產"，此蓋誤解宜有子爲宜生子。不知芣胚并"不"之孽乳字，苢胎并"以"之孽乳字，"芣苢"之音近"胚胎"聲音類近，故古人根據類似律聲音類近之魔術觀念，以爲食芣苢即能受胎而生子。《列女傳》又曰："蔡人之妻者，宋人之女也，既嫁於蔡，而夫有惡疾，其母將改嫁之。女曰'夫不幸，乃妾之不幸也，奈何去之！……'乃作《芣苢》之詩。"此魯説也。薛君《章句》又曰："詩人傷其君子有惡疾，人道不通，求已不得，發憤而作。"此韓説也。《毛序》曰："和平則婦人樂有子矣。"各家所説詩中本事，或傷無子，或樂有子，或矢忠而不去，或求去而不得，韓説"求已不得"已猶去也。其詳雖不可考，其皆緣芣苢宜子以立説，則不誤。

舊傳禹母吞薏苢，孕而生禹，故夏人姓姒。案禹母受孕之傳説不一，吞薏苢似即食芣苢之流變。何以明之？《王會》篇"康人以桴苢"孔注曰"康亦西戎別名也"。考禹或稱戎禹。《御覽》八二引《尚書帝命驗》曰"修紀……生姒戎文命禹"注曰"禹生戎地，一名文命"，《潛夫論》五《德志》篇曰"修紀……生白帝文命戎禹"是也。

西戎號稱禹後，而會朝以宜子之桴苡獻，則桴苡與禹，或不無關係。《呂氏春秋‧音初》篇曰"禹行功，從《書鈔》一〇六《御覽》一三五，《文選‧南都賦》李注，《吳都賦》劉注引補。竊元作功，從鹽田引高麗活板《文選‧南都賦》注引，改。見塗山之女，禹未之遇而巡省南土。塗山氏之女乃令其妾待禹於塗山之陽，女乃作歌曰，'候人兮猗'！實始作爲南音。周公召公取風焉，以爲《周南》、《召南》。"二南之民蓋亦奉禹爲始祖者，故世傳《二南》之音，出於塗山候禹之歌。二南之民亦禹後，而亦有苤苡宜子之傳說，證以上述康人之事，則舊傳禹母所吞而懷妊者，果似苤苡而非薏苡矣。意者古說本謂禹因苤苡而生，末世歧說變苤苡爲薏苡，亦猶薏苡之說又或變爲珠乎？《御覽》八二引《蜀王本紀》："禹母吞珠孕禹，坼副而生於塗山。"使以上所推不誤，則苤苡宜子之說，由來已舊。魯韓毛說并同，學者未可泥於近代眼光而輕疑之也。

漢廣

漢有游女《傳》："漢上游女，無求思者。"《箋》："賢女雖出游漢水之上無欲求犯禮者，亦由貞絜使之然。"

三家皆以游女爲漢水之神即相傳鄭交甫所遇漢皋二女。鄭交甫故事未審起於何時代要足證漢上舊有此神女傳說。近錢穆氏謂漢水即古之湘水，然則漢之二女即湘之二妃，所謂娥皇女英者也。娥皇女英者，舜之二妃，其傳說之起，自當甚古。因知以《詩》之游女爲神女，三家并同，其必有據。且《詩》曰"漢有游女，不可求思"，下即繼之曰"漢之廣矣，不可泳思，江之永矣，不可方思"，夫求之必以泳以游，則女在水中明矣。知女在水中，則游字即當讀《邶‧谷風》篇"泳之游之"之游。《說文》曰"汓，浮行水上也"，重文作泅。經傳皆作游。《詩》所謂"漢有游女"者，殆即《洛神》"浮波微步，羅襪生塵"之類矣。凌行水上謂之游，潛行水中亦謂之游。《方言》十"潛亦遊也"，郭注曰"潛行水中亦爲遊也"，遊游通。揚雄《羽獵賦》曰"漢女水潛"，此取潛行水中之義。揚學魯詩，《箋》曰"水潛"，是魯以游爲游泳之明證。《傳》曰"漢上游女，無求思者"，《箋》

古典新义

曰"賢女出游漢水之上"，并以神爲人，讀游爲遊，不若三家義長。

言刈其楚《箋》："楚，雜薪中之尤翹翹者。我欲刈取之，以喻衆女皆貞絜我又欲取其尤高者。"

不流束楚〔《王風·揚之水》〕《傳》："楚木也。"

不流束楚〔《鄭風·揚之水》〕

綢繆束楚〔《唐風·綢繆》〕

卜辭楚字有楚楚二體，是楚有草木二稱。《管子·地員》篇曰"其木宜蚖菆與杜松，其草宜楚棘"，此草類稱楚者。《方言》三"凡草木刺人……江湘之間謂之棘"，是草亦可稱棘。楚一名荆，楚爲草，故荆亦爲草。《儀禮·士喪禮》注"楚，荆也"，賈疏曰"荆本是好草之名"，是也。楚爲草名，故本篇楚與蔞并舉，《王·揚之水》篇楚與薪蒲并舉，《鄭·揚之水》篇楚與薪并舉，《綢繆》篇楚與薪芻并舉，蔞蒲皆草類，薪芻亦謂草也。《説文》薪蕘互訓。《詩·板》釋文，《文選·長門賦》注并引《説文》作"蕘，草薪也。"《漢書·賈山傳》注、《揚雄傳》注亦并云"蕘，草薪"。本篇二章刈楚，與三章刈蔞，乃當時婚禮中實有之儀式。《箋》以楚爲泛喻女之高絜，乃誤以賦爲比。《王·揚之水傳》訓楚爲木，亦失之。

汝墳

伐其條枚《傳》："枝曰條，幹曰枚。"

施于條枚〔《大雅·旱麓》〕《傳》："葛也，藟也，延蔓於木之枚本而茂盛。"

枚之言微也，《東山傳》"枚，微也。"《閟宫》"實實枚枚"，《文選·南都賦》作徽徽，故枝之小者謂之枚。《説文》曰"條，小枝也"，《廣雅·釋木》曰"枚，條也"，《太玄》二《達》"陽氣枝枚條出"，宋衷注曰："自枝別者爲枚，自枚別者爲條。"是條也，枚也皆小枝之名。本篇二章"伐其條肄"《傳》曰"斬而復生曰肄"。案斬而復生之枝亦小枝，詩一章曰"伐其條枚"，猶二章曰"伐其條肄"矣。《旱麓》篇"施于條枚"，義同。本篇《傳》訓枚爲幹，《旱麓傳》訓枚爲本，并失之。正義申毛曰"枚，細者，可以全伐之也"，謂枚爲幹之細者。此可通於本篇，不可通於《旱麓》。葛藟何獨蔓於細幹而不及其大者哉？是以知其不然。王引之讀條爲槄，亦未諦。

怒如調飢《傳》："調，朝也。"《箋》："未見君子之時，如朝飢之思食。"

可以樂飢〔《陳風·衡門》〕《傳》："樂飢，可以樂道忘飢。"《箋》："飢者不足於食也。泌水之流洋洋然，飢者見之，可飲以療飢，以喻人君慤愿，任用賢臣，則政教成，亦猶是也。"

季女斯飢〔《曹風·候人》〕《箋》："天无大雨，則歲不熟，而幼弱者飢，猶國之無政令，則下民困病矣。"

案古謂性的行爲曰食詳《王風·丘中有麻》，性慾未滿足時之生理狀態曰飢，既滿足後曰飽。《衡門》篇曰"可以樂糜飢"，又曰"豈其取妻，必齊之姜"、"豈其取妻，必宋之子"。《候人》篇曰"彼其之子，不遂其媾"，又曰"季女斯飢"。尋繹詩意，飢謂性慾明甚。本篇曰"未見君子，怒如調飢"，怒如猶怒然。未見君子而稱飢，是飢亦作性慾言。且《詩》言魚，多爲性的象徵，故男女每以魚喻其對方。詳下條本篇曰"魴魚赬尾"，《衡門》曰"豈其食魚，必河之魴"，"豈其食魚，必河之鯉"，而《候人》曰"維鵜在梁，不濡其咮"，亦寓不得魚之意。亦詳下三詩皆言魚，又言飢，亦飢斥性慾之證。此義後世詩文中亦有之。樂府《西烏夜飛》曰"暫請半日給，徙倚娘店前，目作宴填飽，腹作宛惱飢"，《隋遺錄》曰："（煬帝）每倚簾視（薛）絳仙，移時不去，顧內謁者云'古人言秀色若可餐。如絳仙，真可療飢矣！'"凡此言飢，并可與《詩》義互證。對飢而言則曰飽。《楚辭·天問》曰："禹之力獻功，降省下土方，焉得彼嵞山女，而通之于台桑？閔妃匹合，厥身是繼，胡維嗜欲同味，而快鼂飽？"鼂一作朝。王注曰："何特與衆人同嗜欲，苟欲飽快一朝之情乎？"案上言"通之嵞山女于台桑"，下言"快鼂飽"，語意一貫，故文釋飽爲飽情。《吕氏春秋·當務》篇曰"禹有淫湎之意"，蓋猶《天問》曰"快朝飽"矣。

本篇"調飢"字釋文又作輈，《易林·兑之噬嗑》作周，《説文·心部》

引《詩》作朝，證以《陳風·株林》曰"朝食于株"，并《天問》"鼂飽"本一作朝飽，似朝爲正字。《傳》訓調爲朝，蔡邕《青衣賦》改稱朝飢曰旦飢，李巡注《爾雅·釋言》"愬，飢也"亦曰"愬，宿不食之飢也"，均用此義。然而飢獨言朝，義實難通，性慾之獨言朝，尤不可解。疑調輖周，朝，鼂，皆以聲近借用，別有本字，今不能詳矣。或疑即《爾雅·釋畜》"白州，驠"之州。其字《內則》"鱉去醜"作醜，《淮南子·精神》篇"燭營指天"，作燭，《蜀志·周羣傳》先生嘲張裕多鬚"諸毛繞涿居乎"，作涿，《廣韻》作豚。果爾，則是言不雅馴。文獻不足，未敢肛斷。要之，"調飢"謂性慾之飢，"鼂飽"謂性慾之飽，"朝食"謂性慾之食。其單稱飢若食者，乃"調飢""朝食"之省。舊解皆失之。

魴魚赬尾《傳》："魚勞則尾赤。"《箋》："君子仕於亂世，其顏色瘦病，如魚勞則尾赤。所以然者，畏王室之酷烈。是時紂存。"

魚網之設〔《邶風·新臺》〕《箋》："設魚網者宜得魚。鴻乃鳥也，反離焉，猶齊女以禮來求世子，而得宣公。"

其魚魴鰥〔《齊風·敝笱》〕《箋》："魴也，鰥也，魚之易制者，然而敝敗之笱不能制。……喻魯桓微弱，不能防閑文姜，終其初時之婉順。"

豈其食魚〔《陳風·衡門》〕《箋》："此言何必河之魴，然後可食，取其口（甘）美而已。何必大國之女，然後可妻，亦取貞順而已。以喻君任臣，何必聖人，亦取忠孝而已。"

誰能亨魚〔《檜風·匪風》〕《傳》："亨魚煩則碎，治民煩則散。知亨魚，則知治民矣。"《箋》："誰者，言人偶能割亨者。"

九罭之魚鱒魴〔《豳風·九罭》〕《箋》："設九罭之罟，乃後得鱒魴之魚，言取物各有器也。……喻王欲迎周公之來當有其禮。"

《國風》中凡言魚，皆兩性間互稱其對方之廋語，無一實指魚者。《衡門》篇曰："豈其食魚，必河之魴？——豈其取妻，必齊之姜？"此以魚代女也。《新臺》篇曰："魚網之設，鴻則離之，——燕婉之求，得此戚施。"《敝笱》篇曰："敝笱在梁，其魚魴鰥，——齊子歸止，其從如雲。"《九罭》篇曰："九罭之魚鱒魴。——我覯之子，袞衣繡裳。"皆以魚代男也。以上魚字之義,詳審各詩本文,已可得之。《左傳·哀十七年》載衛侯貞卜,其繇曰"如魚窺(頳)尾,衡流而方羊",疏引鄭衆説曰"魚勞則尾赤,方羊遊戲,喻衛侯淫縱"。本篇曰"魴魚頳尾",義當與《左傳》同。詩爲女子所作,則魚指男言也。《匪風》篇疑係婦人望其夫來歸之詞,"誰能亨魚",蓋亦廋語也。《箋》曰:"誰能者,言人偶能割亨者。"案"人偶"者,相親愛之詞。《中庸》"仁者人也"鄭注曰"'人也'讀如'相人偶'之人,以人意相存偶之言",《賈子·匈奴》篇曰"胡嬰兒得近侍側,胡貴人更進,得佐酒上前,時人偶之",此相親謂之人偶也。疑三家或有説此詩爲男女相思念之詞者,故《箋》得兼採其説,而釋"誰"字爲人偶之意。

《管子·小問》篇曰:"桓公使管仲求甯戚。甯戚應之曰'浩浩乎![育育]乎!'從元刻本補,下同。管仲不知,至中食而慮之。婢子曰'公何慮?'管仲曰'……公使我求甯戚,甯戚應我曰浩浩乎![育育]乎吾不識。'婢子曰'詩有之浩浩者水,育育者魚,未有家室,而安召我居?甯子其欲室乎!'"尹注曰:"水浩浩然盛大,魚育育然相與而游其中,喻時人皆得配偶,以居其室中。甯戚有伉儷之思,故陳此詩以見意。"案尹謂古俗以魚喻伉儷,至確,《國風》六言魚皆男女互稱之廋語,是其明證。自晉、宋樂府,下至近世黔滇民歌,猶存此語,略示數例如下。樂府《華山畿》曰:"開門枕水渚,三刀治一魚,歷亂傷殺汝。"《子夜歌》曰:"常慮有貳意,歡今果不齊。枯魚就濁水,長與清流乖。"粵風曰:"一條江水白漣漣,兩個鱸魚生兩邊,鱸魚没鱗正好吃,小弟單身正好憐。"又曰:"妹嬌娥,憐兄一個莫憐多,已娘莫學鯉兄子,那河游過別條河。"海豐畬歌:"行橋便行橋,船仔細細載雙娘,鯉魚細細會游水,郎君細細會睇娘。"靖江情歌:"天上星多月不明,河裏魚多水不清,朝中官多要造反,大小姊郎多要花心。"貴州安南民歌曰:"妹家門前有條溝,金盆打水喂魚鰍,魚鰍不吃金盆水,郎打單身不害羞?"貴陽民歌曰:"好股凉水出岩脚,太陽出來照不着,郎變犀牛來吃水,妹變鯉魚來會合。"雲南尋甸情歌曰"大河漲水沙浪沙,一對鯉魚一對蝦,只見鯉魚來擺子，不見小妹來貪花。"又曰："新來陽雀奔大山，新來鯉魚奔龍潭，新來小妹無奔處，奔給小郎作靠山。"此皆以魚喻情偶者也。其有言食魚者，如安南情歌曰"天上下雨地下滑，池中魚兒擺尾巴，那天得魚來下酒，那天得妹來當家"，雲南宣威情歌曰"要吃辣子種辣秧，要吃鯉魚走長江，要吃鯉魚長江走，要玩小妹走四方"，則與《衡門》"豈其食魚"同意。又有言以網捕魚者，如湖南安化情歌曰："大河裏漲水小河分，兩邊隻見打魚人，我郎打魚不到不收網，戀姐不到不收心"，貴陽情歌曰"山歌好唱口難開，仙桃好吃樹難栽，秘密痛苦實難説，鮮魚好吃網難抬"，淮南略同安南情歌曰"久不唱歌忘記歌，久不打魚忘記河，久不打魚河忘記，久不連姐臉皮薄"，則與《新臺》"魚網之設"、《九罭》"九罭之魚鱒魴"略同。

野蠻民族往往以魚爲性的象徵，古代埃及亞洲西部及希臘等民族亦然。亞洲西部尤多崇拜魚神之俗，謂魚與神之生殖功能有密切關係。至今閃族人猶視魚爲男性器官之象，所佩之厭勝物，有波伊歐式（Bo ot an）尖底餅，餅上飾以神魚，神魚者彼之禖神赫米斯（Hermes）之象徵也。（詳 Robert Briffault： Sex in Religion 見 V. F. Calverton 與 S. D. Schmalhausen 二氏合編之 Sex in Civilization P.42）疑我國謠俗以魚爲情偶之代語，初亦出於性的象徵。容續考之。

《詩》又有變相言魚而不出魚字者，亦係廋語，詳《召南·何彼襛矣》及《曹風·候人》二篇。

麟之趾

麟之趾《傳》："麟信而應禮，以足至者也。"《箋》："喻今公子亦信厚，與禮相應，有似於麟。"

野有死麕〔《召南·野有死麕》〕《傳》："凶荒則殺禮，猶有以將之。野有死麕，羣田之獲，而分其肉。"《箋》："亂世之民貧，而彊暴之男多行無禮。故貞女之情，欲令人以白茅裏束野中田者所分麕肉，爲禮而來。"

案麟麐麕麋䴢麎，四名一物也。（一）《說文》麐之重文作麎，麎麐一聲之轉。《說文》曰"圜謂之囷，方謂之京"，《管子‧輕重丁》篇"有新成囷京者二家"尹注曰"大囷曰京"。案囷與京對文異，散文通。麐之爲麎，猶囷之爲京也。以上證麐即麎（二）《說文》曰"麕，麇也"，籀文作麏。麐即麎，又即麕，是麕即麎，一也。《爾雅‧釋獸》曰"麕，大麇"，《說文》曰"麇，麕屬"，是麕即麎，二也。以上證麕即麎（三）《釋獸》曰"麐，……牛尾一角"，又曰"麎，麐身牛尾一角"，麎即麟字。《說文》曰"麐，大鹿也"，又曰"麟，大牡原誤牝鹿也"。麐爲牛尾一角之大鹿，麟亦牛尾一角之大鹿，是麐又即麟矣。蓋麐重文作麎，從京聲，從京之字，若涼、諒、倞等，皆來母，古讀麎蓋亦歸來，故得轉爲麟。《釋獸》"麐，大麇"，郭注曰："漢武帝郊雍，得一角獸，若麇然，謂之麟者，此是也。"然則麐麟一獸，郭璞已明言之矣。以上證麐爲麟綜上所述，麐即麎，又即麕，麕即麎又即麟，而麟則麐身，然則麟麐麕麎四名一物審矣。

《野有死麕》篇說男求女，以麕爲贄。麕即麟，既如上說，則本篇蓋納徵之詩，以麟爲贄也。納徵用麟者，麟慶古同字。《說文》曰："慶，行賀人，從心從夊。吉禮以鹿皮爲贄，故從鹿省。"案此說字形非是。慶金文《秦公殷》作麎，其字於卜辭則爲麎之初文。麎本即慶下加口，而古字加口與否，往往無別。慶於金文爲麎，於卜辭爲麎，適足證慶麎古爲一字耳，夫鹿類之中，麎爲最貴，故古禮慶賀所用，莫重於麎，因之麎遂孳乳爲慶賀字。《說文》以"吉禮以鹿皮爲贄"解"慶"字，可謂得制字之意矣。吉禮用贄，以麟爲貴，故相承即以麟爲禮之象徵。《傳》曰"麟信而應禮"，《箋》曰"與禮相應，有似於麟"，并《左傳‧哀十四年》服注曰"視明禮修而麟至"，胥其例也。昏禮納徵用麟爲贄，而《二南》復爲房中樂，其詩多與婚姻有關，故知《麟之趾》爲納徵之詩。《序》曰"《麟之趾》，《關雎》之應也"，又曰"天下無犯非禮"，禮即納徵之禮，謂壻家能行此納徵之禮，不以強暴相陵，而求急亟之會也。

《儀禮‧士昏禮》"納徵，玄纁束帛儷皮"，鄭注曰"皮，鹿皮"。

崔駰《婚禮文》曰："委禽奠雁，配以鹿皮。"《説文》曰"麗，……從鹿丽聲，禮麗皮納聘，蓋鹿皮也"，又曰"慶，……吉禮以鹿皮爲贄，故從鹿省"。以《野有死麕》篇證之，婚禮古蓋以全鹿爲贄，後世苟簡，始易以鹿皮。本篇用麟，有趾，有定䪢，有角，蓋亦全鹿。

召南

甘棠

蔽芾甘棠《傳》："蔽芾，小貌。甘棠，杜也。"《箋》："召伯聽男女之訟（舊衍不字），重煩勞百姓，止舍小棠之下，而聽斷焉。國人被其德，説其化，思其人，敬其樹。"

古者立社必依林木。《周禮·大司徒》曰："設其社稷之壝，而樹之田主，各以其野之所宜木，遂以名其社與其野。"《墨子·明鬼》篇曰："且惟昔者虞夏商周三代之聖王，其始建國營都日，必擇國之正壇以爲宗廟，必擇木之修茂者立以爲菆叢社。"《書·甘誓》曰"用命賞于祖，弗用命戮于社"，宗廟即祖，菆社即社也。《明鬼》篇又引《甘誓》文而釋之曰："賞于祖者何也？言分命之均也。僇于社者何也？言聽獄之衷也。"蓋斷獄必折中於神明，社木爲神所憑依，故聽獄必於社。《周禮·朝士》曰"掌建邦外朝之法，左九棘……右九棘……面三槐"，《初學記》二〇引《春秋元命苞》曰"樹棘槐，聽訟於其下"。《易·坎》上六曰："係用徽纆寘于叢棘。"鄭注以爲即外朝左右九棘，聽訟之處。《禮記·王制》亦曰："正以獄成告於大司寇，大司寇聽於棘木之下。"棘與槐蓋皆古時社中之木，而舊俗聽訟必於社前，故相沿聽訟處猶種槐棘，《白虎通·社稷》篇引《尚書》逸篇曰"北社惟槐"，《北堂書鈔》八七引《太公金匱》曰"植槐於王路之右，起兩社，築垣壇，祭以酒脯，食以犧牲，尊之曰社"，此槐爲社木之明證。棘亦宜然。甘棠者，蓋即南國之社木，故召伯舍焉以聽斷其下。《說文》社之古文作袿，從示從圭，圭即社字，而《傳》曰"甘棠，杜也"，疑甘棠一名杜，即以其爲社木而得名。《箋》謂召伯以"重煩勞百姓"之故，而聽斷棠下，未得其實。凡社木無不大者，以其禁采伐故也。《莊子·人間世》篇說齊櫟社"其大蔽數千牛，絜之百圍，其高臨山十仞而後有枝"，是其例。甘棠亦社木，當爲大樹，故能爲召伯所舍。然則蔽芾者，木蔭盛覆蔽之貌也，《傳》以爲"小貌"，亦失之。

下《行露》篇爲男女獄訟之詞，而《序》曰："召伯聽訟也。"本篇《箋》曰"召伯聽男女之訟"，蓋據下篇而推知之。《晏子春秋·諫上》篇二三曰："吾爲夫婦獄訟之不正乎？則泰士子牛存矣。"泰士即大士見《左傳·僖二十八年》及《曲禮》下，於周曰大司寇。士爲刑官之正，故大司寇一曰大士，孫詒讓說。《王風·大車》篇《序》曰："大夫不能聽男女之訟焉。"召伯身爲三公，嘗聽男女之訟，而大司寇與諸大夫亦皆得聽之，明古聽男女之訟，初無專官。至晚出之《周官》，始據後世之制而專屬之媒氏。《周禮·媒氏》曰："凡男女之陰訟，聽于勝國之社。"鄭注曰："爭中冓之事以觸法者。勝國，亡國也。亡國之社，奄其上而棧其下，使無所通。就之以聽陰訟之情，明不當宣露其罪。"案奄上棧下，即《禮記·郊特牲》所謂"喪國之社，必屋之"。社在屋中，則不得有樹，故《魏書·劉芳傳》曰"諸家禮圖，社稷圖皆畫爲樹，惟誡社誡稷無樹"，誡社即勝國之社也。然則《周官》不惟聽陰訟之人，與古不同，其聽訟之地亦不同。蓋古俗淳樸，雖陰訟亦但聽之樹下，後世禮教觀念轉嚴，嫌中冓之言，不宜宣露，始入戒社之屋中以聽之耳。要之，《周官》於聽訟之地，亦據後世之制言之。《周禮》賈疏謂詩在周公未制禮前，《周官》據制禮之後，故不同，孫詒讓又謂召伯非媒氏，則聽男女之訟，不必於戒社，此皆篤信《周官》實爲周公所作，故不得不曲爲之說耳。

行露

誰謂雀無角《傳》："雀之穿屋，似有角者。"《箋》："人皆謂雀之穿屋，似有角。……物有似而不同，雀之穿屋，不以角，乃以咮。"

《說文》曰"噣，喙也"，角即噣之本字。（一）以字形言之。鼎文有大喙鳥形《三代吉金文存》卷二頁二其喙形與卜辭角字不異，與卜辭兕字之角形亦酷肖，是古人造字，鳥喙與獸角，不分二事。（二）以字音言之。角古一讀與噣同。《淮南子·齊俗》篇"獸窮則牽"，《新序·雜事五》篇牽作觸，《玉篇》曰"牽，古文觸"，《古文四聲韻》五引崔希裕《纂古》觸古文作掬，牽掬同。牽從角聲，觸從蜀聲，牽觸字同，則角蜀音同，一也。《集韻》擉同捔。擉從蜀聲，捔從角聲，擉捔字同，則角蜀音同，二也。角音同蜀，而噣從蜀聲，是角音亦同噣矣。（三）以字義言之。獸角鳥喙，其形其質，本極相似，又同爲自衛之器，故古語角之一名，獸角與鳥喙共之。角噣之聲或轉爲觜，此後世用爲鳥觜專字者也，《文選·射雉賦》"裂膆破觜"徐注"觜，喙也"。然古本亦獸角之名，故字從角作。《說文》曰"觜，鴟舊頭上角觜也"，頭上角觜即毛角。鳥之毛角當以象角而得名，鳥毛角謂之觜，則獸角亦謂之觜可知。獸角謂之角，鳥喙亦謂之角，猶鳥喙謂之觜，獸角亦謂之觜也。獸角與鳥喙古并稱角，逮"角"爲獸所專，乃別製形聲之"噣"字，以當鳥喙之名，字從口蜀，蜀存角聲，上詳，口示喙意也。本篇曰"誰謂雀無角"，此古書鳥噣之名用古本字者。外此則《漢書·董仲舒傳》引《古諺》曰"予之齒者去其角，傅之翼者兩其足"，角亦噣字。二句以鳥獸對舉，上謂獸有齒以齧，即不得有噣以啄，下謂鳥有兩翼以飛，即不得有四足以走。若以角爲獸角，則牛羊麋鹿之屬，有角復有齒者衆矣，安得云"予之齒者去其角乎？"此説本吳仁傑、俞樾又有稱獸喙曰角者。《爾雅·釋獸》"犀似豕"郭注曰："三角，一在頂上，一在額上，一在鼻上，鼻上者即食角也。"案犀鼻上角實當鳥之喙，而謂之食角者，角即噣字。此亦古語角噣不分之佳證也。詩角字指鳥喙，宋吳仁傑首發其覆，明何楷、清毛奇齡、俞樾、于鬯、薛蟄龍等説并同，惟咸語焉未詳，余故具論其形音義如此，以見諸儒立説之精也。

羔羊

羔羊之皮素絲五紽《傳》："古者素絲以英裘，不失其制。大夫羔裘以居。"

素絲紕之良馬四之〔鄘風·干旄〕《傳》："紕，所以織組也。總紕于此，成文于彼，願以素絲紕組之法御四馬也。"《箋》："素絲者，以爲縷，以縫紕旌旗之疏縿，或以維持之。"

素絲組之良馬五之〔同上〕《傳》："總以素絲而成組也。驂馬五轡。"《箋》："以素絲縷縫組於旌旗，以爲之飾。五之者，亦爲五見之也。"

素絲祝之良馬六之〔同上〕《傳》："祝，織也。四馬六轡。"《箋》："祝當作屬，屬，著也。六之者，亦謂六見之也。"

王闓運以《公食大夫禮》說本篇，謂《詩》羔羊之皮即《禮》庭實乘皮，《詩》素絲即《禮》束帛，其說精確。惟《詩》曰"素絲"，《禮》曰"束帛"，帛之與絲，雖所異甚微，然慶賞用絲，經典究無明文，此惑不袪，恐終無以執閒者之口。今案以絲爲贈，的係古制。金文《守宮尊》曰"錫守宮絲束，苴幕五，苴冪二，馬匹……"此其明證也。《舀鼎》曰"我既贖汝五〔夫〕，〔效〕父用匹馬束絲限許舀"，《墨子·非樂上》篇引《湯之官刑》曰"其恒舞于宮，是謂巫風，其刑君子出絲二衛，小人否似二伯"，或以儲值，或以贖罪，皆古贈遺用絲之旁證。且《詩》曰"五紽""五緎""五總"，皆束絲之名，此曰"素絲五紽"猶金文曰"束絲"矣。《詩》之皮與絲爲二，《傳》則合而爲一，謂絲爲裘之英飾，不知皮既非裘，絲亦非英也。

《干旄》篇之素絲贈遺所用，其以絲馬并用，亦與《守宮尊》《舀鼎》所紀符合。經傳則言帛錦與馬。《儀禮·覲禮》曰"至於郊，王使人皮弁用璧勞，……侯氏用束帛乘馬儐使者"，又曰"天子賜舍，……儐之束帛乘馬"，又曰"天子賜侯氏以車服，……儐使者諸公賜服者束帛四馬，儐大史亦如之"，此諸侯朝覲所用也。《聘禮》曰"賓覿，奉束錦，總乘馬"，又曰"君使卿韋弁歸饔餼，……

古典新义

奉束帛，……（儐之）馬乘……束錦"，又曰"上介饔餼，……下大夫韋弁用束帛致之，……儐之兩馬束錦"，又曰"夫人使下大夫韋弁歸禮，……以束帛致之，……儐之乘馬束錦"，又曰"（歸）上介（禮），儐之兩馬束錦"，此大夫聘禮所用也。《既夕禮》曰"公贈，玄纁束（帛），馬兩"，《禮記·檀弓上》篇曰"伯高之喪，孔氏之使者未至，冉子攝束帛乘馬而將之"，《公羊傳·隱元年》曰"喪事有賵，賵者蓋以馬，以乘馬束帛"，《禮記·少儀》篇曰"賵馬與其幣，……不入廟門"，幣即帛，此喪禮賵賻所用也。此上曰帛、曰錦、曰幣，咸與馬并用，亦猶《詩》之素絲良馬并稱也。其曰"紕之""組之""祝之"，皆束絲之法。下文"畀之""予之""告（造）之"，皆贈遺之意，所贈之物，即此素絲良馬也。《傳》牽合《小雅·皇皇者華》篇"六轡如絲"之語，以為絲以喻轡，此其說之混絲馬為一，與說本篇之混皮絲為一，其失正同。《箋》則蒙上文"干旄""干旟""干旌"之詞，而以絲為旌旗旒縿之屬，亦臆測無據。

以理勢度之，贈遺，讎值，贖罪諸經濟性的活動，用絲為中介，宜早於用帛與錦。《墨子》所引《湯之官刑》，雖未必果為殷商文獻之本來面目，其言用絲，要係舊俗。《守宮尊》《𠭯鼎》皆懿王時器。此依陳夢家說，郭沫若定前者為懿王時器，後者為孝王時器。然二王世次本甚毗連，皆在西周末葉。金文中記用絲者衹此二見，合《湯之官刑》推之，疑贈遺用絲，乃西周末葉以前之風尚。《大毁》有"賓爰訊章帛束"語，亦懿王時器，是此時用帛之風，亦已開始。二詩亦并用絲，然則其時代略可推矣。

素絲五紽《傳》："紽，數也。"

陳奐讀五為交午之午，是也。午字古作8，象絲交午成束形，直其畫則成X，故五午古為一字。紽者即交午束絲之名。《字鏡》曰"䊶，絡也"，絡與交午義近。《説文》曰"柂，落也"，即籬落字，柂之狀邪交織絡而成文。《一切經音義》二二引《蒼頡篇》曰"樧，格也"，亦枝格相交之意。紽與䊶柂樧聲近義通，亦交午之狀也。釋文本紽作佗，曰："本又作佗，……或作紽。"《左傳·莊二十二年》陳公子佗，字五父，五與午，佗與紽，并古字通，交午束絲謂之紽，

· 104 ·

故名紽字五父。凡言交午者，其數必始於二，五與午通，故有"二"義。《周禮·大司徒》、《白虎通·三軍》篇并曰"五伍爲兩"，《左傳·昭元年》服注曰"五十乘爲兩"，《漢書·律曆志》上孟康注曰"伍，耦也"，兩，耦皆二也。紽爲交午之狀，五訓二，故紽亦訓二。詳馬氏《毛詩傳箋通釋》紽或謂之五紽，五紽猶五兩也。《齊風·南山》篇曰"葛屨五兩"，陳奐讀彼五字亦爲午，云五兩謂屨綦。案謂束綦之法也。《禮記·雜記下》篇曰"納幣一束，束五兩"，《周禮·媒氏》曰"凡嫁子取妻，入幣，純帛毋過五兩"，純帛即束帛，鄭注讀純爲紂，非是。五兩本束帛之法，此以爲帛數，乃後起之義。《方言》四曰："緉，練，絞也。關之東西或謂之緉，或謂之練。絞，通語也。"緉與兩同，緉謂之絞，絞之言亦交午也，故謂之五兩。紽，兩皆有"二"義，束絲謂之五紽，束綦與束帛謂之五兩，其義一也。

紽聲轉爲纑。《字鏡》絁同紽，《廣韻》纑俗作絁，《類篇》纑或作絁，紽絁同，是紽亦纑字。纑《玉篇》亦作纚，字從爾，爾從㸚，㸚亦交午之意。纑聲又轉爲纕。《西京雜記》鄒長倩遺公孫宏書曰："五絲爲纕，倍纕爲升，倍升爲紖，倍紖爲紀，倍紀爲緵，倍緵爲襚。"纕纑聲近字通，《漢書·禮樂志》《郊祀歌》九"爾浮雲，晻上馳"，注引蘇林曰"爾音躡"，《集韻》鑷或作鋼，并其比。五絲爲纕，蓋亦本謂交午其絲。升以下皆倍數，纕爲二絲交午之名，亦倍數也。鄒以五爲五數，此亦後起之説，猶《禮》之五兩，《詩》之五紽，說者亦皆以爲五帛五絲之數也。

素絲五緎《傳》："緎，縫也。"

緎之言域也。《漢書·賈誼傳》注曰"域，界局也"，界局之狀交午成文。《文選·西京賦》注曰"罭與緎古字通"，網形亦交午成文。《西京雜記》"倍升爲紖"，《埤雅》引紖作緎。緎與紖古亦通用。《大雅·蕩》篇"式號式呼"釋文"式本作或"。式從弋聲，或從戈聲，弋戈古同字，故式可通或。《楚辭·天問》曰"天式縱橫"，天式即褚少孫《續史記·日者傳》"旋式正棊"之式。《索隱》曰："式即栻也。旋，轉也。栻之形上圓象天，下方法地，用之則轉天網，加地之辰，故云旋式。"《廣雅・釋器》曰："栻，桐也。"是栻狀如網，縱橫交錯而成界局，故亦謂之捐。絨栻字異義同。《説文》引樂浪挈令以絨爲織字，織亦經緯相交也。《傳》訓緎爲縫，《廣雅・釋詁二》曰"繡，縫也"，朱駿聲謂繡即織字。案《説文》曰"輶，車籟交革也"，《廣韻》曰"輶，車馬絡帶也"，并與交午義近。罭也、絨也、織也、繡也，并與緎聲近字通，而皆有交午之義，然則五緎猶五紽也。《左傳・昭二十八年》"或賜二小人酒"杜注曰"或，他人也"。緎紽義近，猶或他義近。蓋或喻母字，古讀屬舌頭，與它（他）爲一聲之轉，故義亦相通。《傳》訓緎爲縫者，縫之義亦交午也。《説文》曰"夆，悟也，讀爲縫"，《漢書・劉向傳》曰"蠭午并起"，夆悟與蠭午同。一作旁午，《霍光傳》"使者旁午"，注曰"一縱一橫曰旁午"。縫紩之法亦交錯其線，故紩謂之縫。束絲之法，本與縫紩相似，訓緎爲縫，自無不可，惟謂以縫裘謂之緎，則不可耳。

羔羊之縫《傳》："縫，言縫殺之大小得其制。"

詩一章曰"羔羊之皮"，二章曰"羔羊之革"，三章曰"羔羊之縫"，皮革一義，《傳》："革猶皮也。"則縫亦當與之同。縫依字當作鞾。然《集韻》引《字林》曰"鞾，被鞾也"，《萬象名義》作鞾，曰"被鞾斗"，《玉篇》曰"鞾，鼓聲"，義皆無當。《玉篇》又有鞼字曰"軍人皮"，軍人疑作鞼人。《考工記》治皮之工有鞼人，《禮記・祭統》篇鄭注曰"鞼，礛皮革之官也"。鞼人皮蓋謂已治之皮。鞼爲已治之皮，則與革同義。《詩》縫字疑讀爲鞼。鞼皮并舉，古或通稱，獨革亦已治之皮，此亦與皮通稱也。要之，"羔羊之縫"猶"羔羊之皮"也，《傳》讀爲縫紩之縫，則拘文牽義矣。

素絲五總《傳》："總，數也。"

總與交午之義亦近。《齊風・甫田》篇"總角丱兮"《傳》曰："總角，聚兩髦也"。丱貫音同字通。《穀梁傳・昭十九年》"羈貫成童"釋文曰"交午翦髮爲飾曰羈貫"。案《禮記・內則》篇"男角女羈"，鄭注曰"午達曰羈"羈貫猶午貫，《周禮・壺涿氏》："則以牡橭午貫象齒而沈之。"故交午髮飾曰羈貫。"總角丱兮"即午貫兩髦之謂。午束兩絲謂之總，猶午貫兩髦謂之總角，總與交午，義本相因也。上章曰"素絲五緎"五總猶五緎耳。《豳風·九罭》篇《傳》曰："九罭，緵罟，小魚之網也。"緎與罭通見上"素絲五緎"條，總與緵通，《九罭傳》釋文"緵本又作總"，《周禮·掌客》"十筥曰總"釋文"總本作緵"。束絲曰緎，亦曰總，猶魚網曰罭，亦曰緵，皆交午成文之狀也。

摽有梅

摽有梅《傳》："摽，落也。"

摽，古拋字。《玉篇》曰"摽，擲也"，《說文》新附曰"拋，棄也"，重文作摽。《公羊傳·莊二年》曰"曹子摽劍而去之"，即拋劍而棄之，《孟子·萬章下》篇"摽使者出諸大門之外"，即拋出大門之外。擲物而棄之謂之摽，擲物以擊人亦謂之摽。《說文》曰"摽，擊也"，《廣雅·釋詁三》、《一切經音義》引《埤蒼》、又一六引《字林》，并曰"拋，擊也"。擲物以予人亦謂之摽，《詩》曰"摽有梅"，謂有梅以拋予人也。《衛風·木瓜》篇曰"投我以木瓜，報之以瓊琚，匪報也，永以為好也"，言女有求士者，投之以木瓜達意，士即報之瓊琚以結好也。凡男女之詩言贈佩玉者，皆贈之者男，被贈者女，詳《木瓜》篇。本篇亦女求士之詩，摽拋投義同，摽梅猶彼之投瓜、投桃、投李耳。《晉書·潘岳傳》曰："少時，常挾彈出洛陽道，婦人遇之者，皆連手縈繞，投之以果，遂滿載以歸。"此事與二詩所詠者略同。疑初民習俗，於夏日果熟時，有報年之祭，大會族人於果園之中，恣為歡樂，於時士女分曹而坐，女競以新果投其所悅之士，中焉者或解佩玉以相報，即相與為夫婦焉。二詩所詠，殆即此類，而潘岳事則其流風餘韻之偶存於後世者也。

《韓詩外傳》七陳饒對宋燕曰："果園梨栗，後宮婦人以相提擲，而士曾不得一嘗，是君之二過也。"此雖婦人自相提擲，然亦可證擲果為婦人之戲。婦人擲果為戲，或即古時擲果求士之變相歟？

摽有梅《傳》："盛極則墮落者梅也，尚在樹者七。"《箋》曰："梅實尚餘七未落，喻始衰也，謂女二十春盛而不嫁，至夏始衰。"

古典新义

有條有梅〔《秦風·終南》〕《傳》："條，槄，梅，柟也。宜以戒不宜也。"《箋》："……名山高大，宜有茂木也。……喻人君有盛德，乃宜有顯服，猶山之木有小大也。此之謂戒勸。"

原始社會之求致食糧，每因兩性體質之所宜，分工合作，男任狩獵，女任采集，故蔬果之屬，相沿爲女子所有。《左傳·莊二十四年》御孫曰"女贄不過榛栗棗修"，《禮記·曲禮下》篇曰"婦人之贄，椇榛脯脩棗栗"，《古微書》引《春秋元命苞》曰"織女星主瓜果"，此皆古俗果實屬女子之證。獲致肉類食料雖爲男子事，庋藏之則仍女子事，故脯脩亦屬女子。夫果實爲女所有，則女之求士，以果爲贄，固宜。然疑女以果實爲求偶之媒介，亦兼取其蕃殖性能之象徵意義。芣苢宜子，或云其實似李，詳《周南·芣苢》篇。擲人果實，即寓貽人嗣胤之意，故女欲事人者，即以果實擲之其人以表誠也。

諸果屬誠皆女子所有，然梅與女子之關係尤深。梅字從每，每母古同字，而古妻字亦從每從又。梅一作楳《中山經》郭注，從敏，古作敏，亦從每從又，與妻本屬同字。本篇梅字，釋文引《韓詩》作楳，《說文》梅之重文亦作楳。《說文》又曰"某，酸果也"，古文作𣐙。案某𣐙皆古無字之省變，卜辭金文，或以無爲母，而經典亦無毋通用，毋即母字。是梅楳某𣐙仍爲一字。梅也者，猶言爲人妻爲人母之果也。然則此果之得名，即昉於摽梅求士之俗。求士以梅爲介，故某楳二形又孳乳爲媒字，因之梅楳之函義，又爲媒合二姓之果。要之，女之求士，以梅爲贄，其淵源甚古，其函義甚多。本篇《傳》、《箋》并謂梅盛極則落，喻女色盛將衰，皮相之論也。

《終南》篇曰"有條有梅"，又曰"有紀有堂"，紀堂當依《韓詩》作杞棠，王引之、馬瑞辰已辯之矣。今案條、梅、杞、棠，皆果名也。《爾雅·釋木》"柚，條"與"時，英梅"相次，疑即此詩之條梅。詳《秦風·終南》篇此女子悅人之詩。條、梅、杞、棠，女性之象徵。有條有梅，有杞有棠，猶言有女子方待適人。下文盛稱君子容儀之美，明告君子以己傾慕之誠也。末云"佩玉將將"，則似微示願其以佩玉來贈之意。此詩作者乃貴族女子，詩中所稱諸果實，未必實用以提擲君子，

· 108 ·

然稱"有條有梅"、"有杞有棠"於君子之前，亦未始不寓有民間擲果求士之意識。他篇女子之詞多稱果實名者，以此類推。《傳》以條梅爲大木楰梀之異名，《箋》乃謂大木以喻"顯服"，真郢書燕説矣。

迨其今兮《傳》："今，急辭也。"

林義光曰"今讀爲堪。堪字通作伙。昭二十年《左傳》"王心弗堪"，《漢書·五行志》作"王心弗伙"，孟康曰"伙，古堪字"。伙亦後出字，古文省借，宜作今也。首章'迨其吉兮'，言於衆士中求吉士而嫁之。此章則已以失時爲懼，故曰'迨其堪兮'，言有可嫁者即嫁之，不暇審擇也。"案林謂首章吉爲吉士，至確，讀此章今爲堪，亦是，惟仍以懼失時爲説，而解爲可嫁即嫁，不暇審擇，則明雖易傳，而陰實從之。今謂首章吉謂吉士，則次章堪亦謂堪士。《周頌·小毖》篇"未堪家多難"《傳》曰"堪，任也"，動詞堪訓任，形容詞堪亦訓任。《吕氏春秋·報更》篇曰"堪士不可以驕恣有也"，堪士即任士。《吕覽》上言堪士，下即叙魃桑餓人報趙宣孟事，魃桑餓人謂靈輒，正後世所謂任俠之士。《墨子·經上》篇曰"任士，損己而益所爲也"，《莊子·秋水》篇曰"任士之所勞"。《邶風·燕燕》篇"仲氏任只"，《箋》曰"任者，以恩情相親也"，《大戴禮記·文王官人》篇"觀其廉任"，盧注曰"任，以信相親也"，《史記·季布傳》"爲氣任俠"，《集解》引孟康曰"信交道曰任"。朋友以恩信相親曰任，亦曰堪，男女以恩信相親亦然，《吕覽》堪士謂朋友，《詩》堪士謂男女，名之所施雖異，義則一而矣。又案《爾雅·釋詁》曰"諶，誠也"，又曰"諶，信也"，堪諶俱從甚聲，而誠信與任之義訓復同，然則形容詞訓任之堪，即諶字耳。《詩》字讀爲諶，於義亦愜，惟終不若今堪發聲近，且"堪士"之詞，明見《吕覽》，故仍從林讀。

頃筐墍之《傳》："墍，取也。"《箋》："頃筐取之，謂夏已晚，頃筐取之於地。"

溉之釜鬵〔《檜風·匪風》〕《傳》："溉，滌也。"

墍讀爲气。《説文》饩槩并爲气之重文。《儀禮·聘禮》"如其饔既之數"注"古文既爲饩"。《禮記·中庸》"既廩稱事"注"既讀爲饩"。《廣雅·釋詁》曰："气，

古典新义

予也。"經傳予人食物曰餼，即气之孳乳。《儀禮·聘禮》曰"餼之以其禮"，鄭注曰"餼，餼也"，釋文曰"遺也"。《聘禮》又曰"過則餼之"，并《左傳·僖十五年》曰"晉又饑，秦伯又餼之粟"，義亦皆爲予。今字省作乞。《漢書·朱買臣傳》曰"買臣乞其夫錢令葬"，謂予其夫錢也。"頃筐乞之"，即頃筐予之。首章"其實七兮"，謂筐中之梅，十尚餘七，二章"其實三兮"，謂十餘其三，末章"頃筐气之"，則梅已抛盡，并其筐亦抛予之也。《匪風》篇曰："誰能亨魚，溉之釜鬵。誰將西歸，懷之好音。"懷讀爲歸，《禮記·緇衣》"私惠不歸德"注"歸或爲懷"。《廣雅·釋詁》曰："歸，遺也。""溉之釜鬵"與"懷之好音"相對爲文，溉亦讀爲气，訓予，予亦遺也。本篇《傳》《箋》并訓墍爲取，是誤乞予爲乞取，《左傳·昭十六年》疏："乞之與气，一字也，取則入聲，與則去聲也。"蓋於詩義未達一間，《匪風傳》訓溉爲滌，則望文生義矣。

迨其謂之《傳》："不待備禮也。三十之男，二十之女，禮未備，則不待禮，會而行之者，所以蕃育人民也。"《箋》："謂，勤也。女年二十而無嫁端，則有勤望之憂。不待禮會而行之者，謂明年仲春，不待以禮會之也。時禮雖不備，相奔不禁。"

胡不歸〔《邶風·式微》〕《箋》："君何不歸乎，禁君留止於此之辭。"

瑕不謂矣〔《小雅·隰桑》〕《箋》："謂，勤也。……君子雖遠在野，豈能不勤思之乎？宜思之也。"

謂讀爲媦。《玉篇》《廣韻》并曰："媦，行也。"《初學記》六引《春秋説題辭》："渭之言媦媦也。媦媦，進行貌。"案媦訓行者，謂歸聲近，古當通用，詳下媦即"之子于歸"之歸，行即"女子有行"之行，婦人謂嫁曰歸，一曰行，詳《邶風·泉下》篇故媦可訓行也。本篇《傳》曰"禮不備，則不待禮，此從馬瑞辰截句會而行之"，行之即嫁之。此以"行之"釋《詩》"謂之"，正讀謂爲媦。"求我庶士，迨其媦之"，猶言於衆士之中，求得其人，庶幾歸之以相與爲夫婦。《隰桑》篇曰"心乎愛矣，瑕不媦矣"，猶言心既愛之，胡不歸嫁之乎？"瑕不媦"，

· 110 ·

即《式微》篇之"胡不歸",彼歸字本亦當訓嫁也。《墨子·經上》篇曰"謂,移舉加也",言移此舉以加之於彼,此析字義最精。歸亦有移義,故《荀子·王制》篇曰"使相歸移也"。《列子·説符》篇張注曰"謂者所以發言之指趣",《漢書·楊王孫傳》顔注曰"謂者名稱也,亦指趣",《華嚴經音義》下引《漢書音義》曰"謂者指趣也"。有所趣,即有所歸,《淮南子·原道》篇高注曰"趣亦歸也"。謂歸一語,故并訓趣。《説文》曰:"謂,報也。"報赴聲近,古亦通用。《禮記·少儀》"毋報往"注曰"報讀赴疾之赴",《喪服小記》"報喪者報虞"注同,《古詩爲焦仲卿妻作》"吾今且報府",即赴府。謂歸一語,報赴一語,謂訓報,猶歸訓赴也。謂之與歸,初本無別。其分也,則意有所趣赴謂之"謂",身有所趣赴謂之"歸"。其合也,則"歸"爲身言,而意之趣赴亦謂之"歸",漢嚴遵著書名"老子指歸"是也,"謂"屬意言,而身之趣赴亦謂之"謂",《詩》"迨其謂之","瑕不謂矣"是也。然詩意既斥身之趣赴,則依字仍當以"徦"爲正,"謂"爲借。徦訓行,趣赴既行矣。徦字不見其他經籍,字書中《玉篇》《廣韻》而外,惟《廣雅·釋水》曰"渭,徦也",王念孫疑徦之誤,近是。而訓行復與本篇毛傳説脗合,疑徦即本篇三家異文之早佚者,故爲康成所不及采。馬瑞辰謂《傳》讀謂爲會,"會而行之"之會即釋經謂字,非是。謂會聲類不同。

歸有歸往與歸來二義。《詩》謂字訓歸往。《吕氏春秋·開春》篇曰:"王者厚其德,積衆善,而鳳皇聖人皆來至矣。共伯和修其行,好賢人,而海内皆來稽本作"以來爲稽"從俞樾改矣,周厲之難,天子曠絶,而天下皆來謂矣。"來謂即來歸也。《一切經音義》二三引《白虎通》,《莊子·逍遥遊》篇釋文引司馬注,并曰"稽,至也"。來至、來稽、來謂,義并同,謂讀爲歸,歸亦至也。此義雖與《詩》謂字微異,然亦可證謂歸古字之通假。諸家校《吕覽》或云請誤,或云謁誤,或云詣誤。均不確,惟吴闓生謂《詩》"瑕不謂矣"與此同,最爲卓識,特未悟字即歸之假耳。

小星

寔命不同《傳》:"寔,是也。命不得同於列位也。"《箋》:"謂諸妾肅肅然夜行,或早或夜,在於君所,以次序進御者,是其禮命之數不同也。凡妾御於君不當夕。"

舍命不渝〔《鄭風·羔裘》〕《箋》:"舍猶處也。……是予處命不變,謂守死善道,見危授命之類。"

金文《令彝》曰"明公朝至于成周,(作册令)出令,舍三事令,……舍四方令",《小克鼎》曰"王命膳夫克舍令于成周遹征八師之年",《毛公鼎》曰"父厝舍命,毋有敢惷,敷命于外"。令命同字,而古書多施舍連文,"舍命"猶言發號施令也。《令彝》言"出令",又言"舍令",《毛公鼎》言"舍命",又言"敷命",出敷亦施也。林義光、吳闓生、于省吾并云《羔裘》篇之"舍命",即金文之"舍命", 至確。林訓舍爲錫,吳訓爲發,并與施義近。然古書言錫命,義有專屬。吳說爲長。今案本篇"寔命",寔讀爲寘,《易·坎》上六"寘于叢棘",姚信本作寔。寘命亦即舍命。《周南·卷耳》篇"寘彼周行",《魏風·伐檀》篇"寘之河之干兮",《大雅·生民》篇"誕寘之隘巷",寘并訓舍。《莊子·人間世》篇曰"福輕於羽,莫之知載,禍重於地,莫之知寘", 今作避,此從釋文引舊本。寘與載對舉,謂舍而不載也。《傳》、《注》并訓寘爲置,置亦舍也。《華嚴經音義》上引《廣雅》曰"置,捨也",舍捨同。舍棄之舍亦謂之寘,故施令謂之舍命,亦謂之寘命。"舍命不渝",《管子·小問》篇引《古語》作"澤命不渝",澤即釋字。寘訓置,置亦訓釋,《漢書·郅都傳》注"置,釋也"。《史記·吳王濞傳正義》"置,放釋也"。放釋與施出義亦近。施令謂之寘命,亦猶謂之釋命矣。《詩》曰"肅肅宵征,夙夜在公",命即公之命,謂公之政令也。本篇"寔命不同","寔命不猶",并《羔裘》篇"舍命不渝",《管子》"澤命不渝"皆古之成語,謂奉職不苟也,說詳後文。

寔命不同《傳》《箋》說見前。

同讀爲詷。《説文》曰"詷,譀也","譀,誕也"。《家語·弟子》篇王注，《列子·黃帝》篇張注并曰"誕，欺也"。謹行君命，不辭勞苦，是爲不欺其君，故曰"寔實命不諞。"《毛公鼎》曰"父厝舍命，毋有敢惷"惷亦讀爲諞。《淮南子·墬形》篇注"惷讀人謂惷然無知之惷也"，《一切經音義》一七引《倉頡解詁》"惷無所知也"，《莊子·山木》篇"侗乎其無識"釋文"侗，無知貌"。惷之通諞，猶惷之通侗。寔命猶舍命，説具上條，"毋有敢惷"亦即"不諞"，《詩》與金文，義可互證。《説文》曰："諞，共也，一曰譀也。"《禮記·祭統》篇"鋪筵設同几"，鄭注"同之言諞也"，疏曰："同共之同，言旁作同，故《古文字林》皆訓諞爲共。是漢魏之時，字義如此，是以讀同爲諞。今則總爲一字。"據此，則《詩》字或本作諞，訓譀，讀者誤爲共諞之諞，乃改從今字耳。

　　寔命不猶《傳》："猶，若也。"《箋》："諸妾夜行，抱衾與裯帳，待進御之次序。不若，亦言尊卑異也。"
　　舍命不渝〔《鄭風·羔裘》〕《傳》："渝，變也。"
　　其德不猶〔《小雅·鼓鍾》〕《傳》："猶，若也。"《箋》："猶當作瘉，瘉，病也。"

　　《方言》一三曰"猷，詐也"，《廣雅·釋詁二》曰"猶，欺也"，猷猶同。案猶訓若，若者似是而非之謂，故引申爲欺詐之義。《小雅·斯干》篇曰"兄及弟矣，式相好矣，無相猶矣"，馬瑞辰訓猶爲欺詐，是也。今謂《鼓鍾》篇"其德不猶"，猶亦訓欺。一章曰"淑人君子，懷允不忘"，《箋》訓允爲信，二章曰"淑人君子，其德不回"，回讀爲違，不違即不背信，三章曰"淑人君子，其德不猶"，猶訓欺，不欺亦即不失信也。本篇"寔命不猶"與上章"寔命不同（諞）"同義，猶與諞皆欺也。《羔裘》篇曰"舍命不渝"，渝猶聲近義通，《斯干》《鼓鍾》二猶字，《箋》并謂當作瘉，説雖未是，然可證二字聲近。不渝亦謂不欺，故《管子·小問》篇曰："'澤命不渝'，信也。"且詩上文曰"洵直且侯"，不渝與直義相應，不欺亦即直矣。《傳》訓渝爲變者，變與欺義亦相因，變詐即欺詐也。

· 113 ·

古典新义

江有汜

江有汜《傳》:"決而復入爲汜。嫡能自悔也。"《箋》:"江水大,汜水小,然而并流,似嫡媵宜俱行。"

涇以渭濁湜湜其沚〔《邶風·谷風》〕《傳》:"涇渭相入,而清濁異。"《箋》:"小渚曰沚。涇水以有渭,故見渭濁。湜湜,持正貌。喻君子得新婚,故謂己惡也。己之持正守初,如沚然不動搖。此絕去所經見,因取以自喻焉。"

本篇二章《傳》曰"水歧成渚",《説文》曰"汥,水都也,一曰水分流也",歧與汥,渚與都,并同。三章《傳》曰:"沱,江之別者。"《書·禹貢》曰"岷山導江,東別爲沱",《傳》義本之《禹貢》。鄭注曰"今南郡枝江縣有沱水",《水經·江水注》曰:"江水東逕上明城北,江沱枝分,東入大江,縣治洲上,故以枝江爲稱。"案沱之言它也,本訓枝出,枝江即沱水別名,縣以水爲名也。沱今字作汊。《集韻》"汊,水歧流也"。汊之言杈也,《説文》"杈,枝也"。《禮記·禮器》"晉人將有事於河,必先有事於惡池",秦《詛楚文》作亞駝。惡池之言猶椏枝也,《廣韻》引《方言》"江東言樹枝爲椏杈",水之歧流,如水之枝杈,故曰惡池。渚也,沱也,皆水之枝流,則汜亦宜然。木華《海賦》曰"枝歧潭瀹,渤蕩成汜",《漢書·敘傳》"芊疆大於南汜",顔注曰"汜,江水之別也"。木、顔説汜,并與沱同義,最爲確詁。巳古作㠯,與它同字,故汜沱亦本同字。《易林·遯之巽》《明夷之噬嗑》并曰"江水沱汜",沱汜連語,汜亦沱也。婦人蓋以水喻其夫,以水道自喻,而以水之旁流枝出,不循正軌,喻夫之情愛別有所歸。下文"之子〔于〕從錢大昕、馮登府補歸,不我以",之子謂新昏,以讀爲與,相親與也,言新人來而故人疏,猶水決歸汜而江涸也。《傳》曰:"決而復入爲汜。"案汜本訓水枝流,水決則歧出,以決釋汜,可也。既決之後,或復入,或否,皆謂之汜。《傳》專以決而復入者爲汜,探下文"其後也悔"以爲説也。

《谷風》篇"湜湜其沚",《箋》曰"小渚曰沚"。案沚即本

· 114 ·

篇"江有渚"《傳》"水歧成渚"之渚，是沚亦水之枝流。沚從止聲，止即趾字，趾爲足之枝出者，故水之枝流謂之沚。字亦作渚，《秦風·蒹葭》篇"宛在水中沚"，《韓詩》作渚，《爾雅·釋水》"小陼曰沚"，釋文"沚本作渚"，此雖謂水中之土，與《詩》沚字異義，然亦可證沚渚二字同。《穆天子傳》一"以飲于枝渚之中"，郭注曰"水歧成渚，渚，小渚也"，渚爲水枝流，故曰枝渚。此詩婦人以涇水喻夫，以渭之水道自喻，以涇之枝沚喻新人，言涇水流於渭中，則濁，及其旁溢而入於沚中，則湜湜然清，今君子與己居而日相怨怒，與新人居則和樂，亦猶是也。下文"宴爾新昏，不我屑以"，即承此言之。

《說文》汜下引《詩》作"江有汜"，呂祖謙《讀詩記》引董氏說《石經》亦作汜。以苢一作芷，《爾雅·釋草》"薪苢，麇葰"，樊光本作芷，《禮記·內則》"婦或賜之苢蘭"，釋文本又作芷。賾一作蹟《玉篇》例之，則汜亦沚字，因之汜沚亦同字矣。本篇江決爲汜，與《谷風》篇涇別爲沚，取喻正同，而此曰"之子于歸，不我以"，與彼曰"宴爾新昏，不我屑以"，旨詞亦合，參校二詩，喻意益明。《傳》《箋》說俱未憭。

《衛風·氓》篇曰"淇則有岸，隰則有泮，——總角之宴，言笑晏晏，信誓旦旦"，此亦以河流喻愛情。隰當爲濕，即漯水，蔡啟盛說泮與畔同，亦岸也。淇濕之水以厓岸自拱持，而不旁出橫泆，喻夫昔日之專一純固，不二三其德。"總角之宴"三句極陳昔年樂事以點醒喻意。此與本篇《谷風》篇，雖意有反正，而取喻則一。近世歌謠設喻亦有類此者。川東《情歌》曰"好個堰塘又無水，好個姐兒又無郎"，雲南《羅次情歌》曰"早早認得貪花路偌遠，生死守著老花園，守著乾溝等水放，守著死樹等花開"，《尋甸情歌》曰"我是河中大石頭，過了多少水波浪"，皆以水喻男，水道喻女也。川東《情歌》又曰"送郎看見一條河，河邊一個回水沱，江水也有回頭意，情哥切莫丟了奴"，此以江水入沱喻郎與己別，而借沱之倒流歸江，以諷郎還反於己，與本篇造意最近。廣東《梅縣情歌》曰："河水大裏了河岸崩，阿妹走裏了那兒跟，妹子走裏了無處問，朝看日頭夜看星。"此以水喻女，與傳統習慣相反，然設喻之基本母題，固猶未變。

古典新义

云"河岸崩"，與《氓》篇言淇濕之岸泮，若合符節。

其後也處《傳》："處，止也。"《箋》："止，嫡悔過自止。"

瘋憂以癢〔《小雅·正月》〕《傳》："瘋癢皆病也。"

鼠思泣血〔《小雅·雨無正》〕《箋》："鼠，憂也。"

《正月》篇曰"瘋憂以癢"，《雨無正》篇曰"鼠思泣血"，瘋與鼠同，皆憂也。憂思義近，瘋憂猶鼠思耳。本篇曰"其後也處"，處讀爲瘋，亦憂思之謂。古人於心理之苦痛，與生理之苦痛，不甚區別，故憂病二詞，義可互通。《山海經·中山經》"脫扈之山，有草名曰植楮，可以已瘋"，郭注曰"瘋病也"。字一作鼠。《淮南子·説山》篇曰"貍頭愈鼠，雞頭已瘻，畫散積血，斲木愈齲，此類之推者也"，《中山經》注、《太平御覽》七四二、又九一二，并引鼠作瘋。字又作處。《呂氏春秋·愛士》篇曰"陽城胥渠處，廣門之宦夜欸門而謁（趙簡子）曰，'主君之臣胥渠有疾，醫教之曰，得白貍本作驟誤之肝，病則止，不得則死'"，高注曰"處猶病也"，朱駿聲讀處爲瘋，殆不可易。今案訓病之瘋通作處，訓憂之鼠亦通處。《詩》字則讀爲訓憂之鼠。二章曰"其後也悔"，悔與痗通，《小雅·十月之交》"亦孔之痗"釋文"痗本又作悔"，《爾雅·釋詁》釋文痗有昧晦二音。本章曰"其後也悔"，痗鼠，皆兼心理苦痛與生理苦痛二義。三章曰"其嘯也歌"，亦所以表憂傷之情，詳下條。

"它"本蛇字，"尤"象獸形，卜辭"亡它""亡尤"則訓災禍，尤又引申爲過失，爲怨尤。古語此類甚多。鼠亦害人之物，與它尤同類，故亦引申爲病，爲憂。然則憂病之義，鼠爲本字，瘋爲後起專字，處則同聲假借也。

其嘯也歌《箋》："嘯，蹙口而出聲，嫡有所思而爲之。既覺自悔而歌。歌者，言其悔過以自解説也。"

條其歗矣〔《王風·中谷有蓷》〕《傳》："條條然歗也。"

歗歌傷懷〔《小雅·白華》〕

嘯歗字同。《説文·欠部》引本篇作歗，《中谷有蓷》篇、《白華》篇釋文并曰"歗本作嘯"。嘯訓蹙口出聲，本爲鳴聲，今語所謂口哨，是也。然呼聲

· 116 ·

之高激者亦近鳴，故呼聲亦謂之嘯，《楚辭・招魂》曰"永嘯呼些"，《禮記・內則》篇"不嘯不指"鄭注曰"嘯讀爲嘂<small>本說此字叱</small>"，是也。鳴聲之嘯與嚆義近，《莊子・在宥》篇"焉知曾史之不爲桀跖嚆矢也"，釋文"嚆，許交反"，引向注曰"嚆矢，矢之鳴者"。呼聲之嘯與號義近，《說文》曰"号，痛聲也"，号號同。《詩》嘯字皆訓號。《中谷有蓷》篇"條其歗矣"，與"嘅其歎矣"，"啜其泣矣"并舉，歗猶號也。《列女傳》三《漆室女傳》曰"女倚柱而嘯。旁人聞之，莫不爲之慘者"，義與此同。《中谷有蓷》篇歗字用爲動詞，《白華》篇之歗，本篇之嘯，則用爲副詞。《白華》篇曰"歗歌傷懷"，謂號哭而歌，憂傷而思也。《顏氏家訓・風操》篇曰"禮以哭有言者爲號"，《漢書・劉向傳》"號曰"顏師古注曰"號謂哭而且言也"。嘯歌者，即號歌，謂哭而有言，其言又有節調也。本篇曰"其嘯也歌"，其訓將，<small>上二章其字并同</small>言將號然而歌也。《詩》凡言"□也"（原文此處为"□"），上一字多爲副詞。"其後也悔"，"其後也處"，與"今也每食無餘"，"今也日蹙國百里"，也上一字皆表時副詞。"其嘯也歌"，與"俾也可忘"，"況也永歎"，"烝也無戎"，"展也大成"，"市也婆娑"，"匪直也人"，"允也天子"，<small>後二例省繫詞也上一字皆表狀副詞</small>。

野有死麕

無感我帨兮《傳》："感，動也。帨，佩巾也。"《箋》："疾時無禮，強暴之男相劫脅。奔走失節，動其佩飾。"

帨，帨巾也，一曰縭，一曰褘，一曰蔽厀，一曰市，字又作軷若韠。《儀禮・士昏禮》曰"母戒女，施衿結帨"，《豳風・東山》篇"親結其縭"，《傳》曰"縭，婦人之褘。母戒女，施衿結帨"。《傳》引《禮經》結帨以釋《詩》結縭，是縭即帨也。《爾雅・釋器》"婦人之幃謂之縭"，<small>釋文幃本作褘</small>孫炎注曰"褘，帨巾也"。義與毛合。《方言》四曰"蔽厀，江淮之間謂之褘"，《說文》曰"褘，蔽厀也"，是帨又即蔽厀。《說文》曰"市，上古衣蔽前而已，市以象之"，

・117・

古典新义

又曰"鞸，韍也，所以蔽前"，《释名·释衣服》曰"鞸，蔽也，所以蔽黎前也，妇人蔽黎亦如之"，是帨与巿、韍、鞸，亦总为一物。《五经要义》曰："太古之时，未有布帛，人食禽肉而衣其皮，但知蔽前，未知蔽後。"案近世社会人类学家咸谓加饰於前，所以吸引异性之注意，是衣服始於蔽前，名曰蔽之，实乃彰之。《太平御览》六四五引《慎子》曰："有虞氏之诛，以幪巾当墨，以草缨当劓，以菲履当刖，以艾鞸当宫。"鞸可当宫者，以其为性器官之象徵也。此最足代表蔽之即所以彰之之心理。《古今乐录》曰："宋……少帝时，南徐一士子，从华山畿往云阳，见客舍有女子，年十八九，悦之无因，遂感心疾。母问其故，具以启母。母为至华山畿寻访，见女，具以闻。感之，因脱蔽膝，令母密置其席下，卧之当已。少日果差。忽举席，见蔽膝而抱持，遂含食而死。"此又由器官之象徵，扩大而为女性身体全部之象徵。《礼记·内则》篇曰"女子生，设帨於门右"。盖帨所以象徵女性，故设帨以纪念女子之生。《诗》言"无感我帨兮"，亦以此物之具有象徵意义，故视同神圣，而戒人之犯之也。虽然，诗人之义，微而隐，蔽之既即所以彰之，又焉知戒之非即所以劝之哉？

何彼襛矣

唐棣之华《传》："唐棣，栘也。"《笺》："喻王姬颜色之美盛。"

渐车帷裳〔《卫风·氓》〕《传》："帷裳，妇人之车也。"《笺》："帷裳，童容也。"

常棣之华〔《小雅·常棣》〕《传》："常棣，棣也。"

维常之华〔《小雅·采薇》〕《传》："常，常棣也。"《笺》："此言彼尔者乃常棣之华，以兴将率车马服饰之盛。"

古者车上张盖，冒之以布或席，谓之襜幨，字一作袡，声转为容，或谓之童容，又曰襜车，袡车，容车。襜之边缘，有浅垂如鼈甲之襴者，有深垂直下而成帷帐者。无垂与浅垂者皆谓之襜，深垂者谓之帷裳。

帷裳即帷帳也。帷字一作幬，倒其文則曰裳幬。帷裳度又有與襜不相連屬者，故析言之，襜在上而帷裳在旁，然有帷裳，則必有襜，故二者後世又每通稱。婦人之車有帷裳，《列女傳》四《貞順篇・齊孝孟姬傳》曰"野處則帷裳擁蔽"，是也。《氓》篇曰"漸車帷裳"，易順鼎讀漸爲襜，謂"淇水湯湯，襜車帷裳"，與《竹竿》篇"淇水滺滺，檜楫松舟"，文同一例，其語至確。《儀禮・士昏禮》"婦車有襜"，鄭玄注曰"襜，車裳幬"，《既夕記》"主婦車，疏布襜"，注曰"襜者，車裳幬，於蓋弓垂之"。《周禮・巾車》"王后之五路，……皆有容蓋"，鄭衆注曰："容謂之幨車，山東謂之裳幬，或曰潼童容。"二鄭注禮，與後鄭箋詩，皆混襜與帷裳爲一也。《御覽》八二〇引曹植表"欲遣人到鄴市上黨布五十匹，作車上小帳帷，謂者不聽"，帳帷即裳帷，但此不必爲婦人之車。喪車亦有帷裳。《禮記・雜記上》篇曰"諸侯行而死於館，則其復如其國，……其輔有裧，緇布裳帷，……士輔……蒲席以爲裳帷"，此則別襜與帷裳爲二物。兵車亦有帷裳。《齊策五》曰"攻城之費，百姓理襜蔽，舉衝櫓"，《淮南子・氾論》篇"隆衝以攻，渠幨以守"，高注曰"幨，幰也，所以禦矢也"，《兵略》篇曰："雖有薄縞之幨，腐荷之櫓，然猶不能獨穿也"。凡此曰襜若幨者，當即帷裳。《采薇》篇曰："彼爾簡維何，維常之華。彼路斯何？君子之車。"此出師之詩，維常當讀爲帷裳，即《齊策》之襜，《淮南》之幨也。

　　古音唐棣與裳帷相近。唐棣一作常棣，常即衣裳本字。帷從隹聲，棣從隶聲，古讀并歸舌頭，又同脂部，故帷棣聲亦相近。肆《說文》作𠭛，從隶聲。《書・湯誥》"肆台小子"《墨子・兼愛下》篇作"惟予小子履"。《左傳・成十三年》"昔逮我獻公及穆公相好"，即昔惟我獻公及穆公相好也，金文《呂行壺》"唯還"。《參尊》"唯歸"，即逮還逮歸也。本篇"何彼襛矣，唐棣之華，曷不肅雝，王姬之車"，與《采薇》篇四句格調正同，此以"唐棣"爲"裳帷"，猶彼以"維常"爲"帷裳"也。且張參《五經文字》曰"襛字見《詩》風，從禾者訛"。案《說文・衣部》襛下引詩，并蕭子顯《代美女篇》"繁襛既爲李，照水亦成蓮"，字皆從衣，與張說合。正惟唐棣斥車服言，故襛字從衣作。後人誤唐棣爲木，乃改襛字亦

· 119 ·

古典新义

從禾作，真所謂義失於前，文變於後也。《論語·子罕》篇引《逸詩》曰"唐棣之華，偏其反而，豈不爾思，室是遠而"，《春秋繁露·竹林》篇、《文選·廣絕交論》注并引唐作常。與《王風·大車》篇"大車檻檻，毳衣如菼，豈不爾思，畏子不敢"同一格調，彼毳衣本謂車衣說詳彼篇，此唐棣即裳帷，亦即車衣也。偏反即翩翻，正裳帷從風諷舞之狀。《逸詩》唐棣亦讀爲裳帷，可與本篇互證。《常棣》篇曰"常棣之華，鄂不韡韡"，與本篇"何彼襛矣，唐棣之華"，語調亦近，特二句互易其次耳。常棣亦當讀爲裳帷，其韡字從韋作，亦猶本篇襛從衣作，韋古褘字，褘即衣也。二句但謂兄弟偕來，其車服之盛，有如此者。"鄂不"猶"胡不"，《箋》以鄂爲花萼，不爲花跗，喻兄弟"恩義之顯"，曲說也。詳《常棣》篇。

要而言之，《采薇》篇之"維常"，即《氓》篇《列女傳》之"帷裳"。倒言之曰"裳帷"，其名見《禮》記，帷字或作幃，見《儀禮》後鄭注者二，《周禮》先鄭注者一，又作"帳帷"，見曹植表。《常棣》篇之"常棣"，本篇及《逸詩》之"唐棣"，并即"裳帷也"。然《詩》以"唐棣""常棣"爲"裳帷"，乃諧聲廋語，與尋常所謂假借者不同。"裳帷"之聲本似"唐棣""常棣"，其以車服爲花樹，初或由於聽覺之誤會，繼而覺以花樹擬車服，不失爲美妙之聯想，因復有意加深其誤會，以增強其聯想，而直呼之爲"唐棣之華"。晉宋民間樂府，此例最多，不煩枚舉。夫雙關語之遊戲，例爲初期文藝之慣技，《三百篇》豈能獨外？自後人不悟諧聲之秘，而於此類但以字面解之，於是詩之所以爲詩者益晦矣。

其釣維何維絲伊緡《傳》："伊維，緡綸也。"《箋》："釣者以此有求於彼，何以爲之乎？以絲爲之綸，則是善釣也。以言王姬與齊侯之子以善道相求。"

籊籊竹竿以釣于淇〔《衛風·竹竿》〕《傳》"籊籊，長而殺也。釣以得魚，如婦人待禮以成家室。"

《國風》中言魚，皆兩性間互稱其對方之廋語。本篇及《竹竿》篇皆言釣，意仍指魚，但不明出魚字耳。漢樂府《白頭吟》曰："淒淒復淒淒，嫁娶不須啼，願得一心人，白頭不相離。竹竿何嫋嫋，魚尾何簁簁，男兒重義氣，何用錢刀爲！"魏文帝《釣竿》篇曰："釣竿何珊珊，魚尾何簁簁，行路之好者，芳餌又何爲！"近代民歌，則廣東《瓊崖情歌》曰："釣魚釣到正午後，魚未食餌心早操，收起釣竿回去室，打隔無還此路頭。"以上男唱"釣魚釣到正午後，魚未食餌心勿操，日頭釣魚魚見影，有心釣魚夜昏頭。"以上女唱《潮州情歌》曰："七丈溪水七丈深，七個鯉魚頭戴金，七條絲線釣不起，釣魚阿哥空費心。"貴州《安順情歌》曰："筋竹林頭砍釣竿，閒着無事釣魚玩，河中魚兒翻白肚，不上金鈎也枉然。"又曰："太陽落坡坡背陰，坡背有個釣魚坑，有心釣魚用雙線，有心連妹放寬心。"雲南《尋甸情歌》曰："大河漲水灘對灘，沿河兩岸紫竹山，別人説他沒用處，我説拿做釣魚竿。"以上以釣魚喻求偶，義尤顯白，并可與《詩》參證。

原載《清華學報》第十二卷第一期，民國二十六年一月。

邶風

柏舟

我心匪鑒不可以茹《傳》："鑒所以察形也，茹，度也。"《箋》："鑒之察形，但知方圓黑白，不能度其真僞。我心非如是鑒，我於眾人之善惡內外，心度知之。"

茹猶含也。《大雅·烝民》篇"柔則茹之，剛則吐之"，茹有含義，故與吐對舉。舊訓食，含與食義亦相因。古以水爲鑑，而水可以含影。張衡《靈憲》曰："日譬猶火，月譬猶水，火則外光，水則含影。"古又稱甘心受辱謂之含詬，《左傳·宣十五年》曰"國君含垢"，《漢書·路溫舒傳》作詬。《左傳》賈注曰"含，忍也"，故含詬一曰忍詬。《離騷》"屈心

· 121 ·

古典新义

而抑志兮,攘（臂）尤而忍訽",《莊子·讓王》篇"强力忍訽",《荀子·解蔽》篇"厚顔而忍訽"。此以鑑之含影,喻心之含訽,言鑑能含影,我心則不能含訽而不伸也。"不可以茹"起下"薄言往愬"之文。愬於兄弟即傾吐之於兄弟。愬吐亦聲近義通。愬或體作訴,從斥聲,斥有棄義《漢書·武帝紀》注、《江都易王非傳》注,而吐亦訓棄《蒼頡篇》,斥與瀉通,《禹貢》"瀕海廣斥",《史記·夏本紀》作瀉。而吐訓瀉《廣雅·釋言》,瀉瀉字通,并其證。然則上言"不可茹",下言"往愬",茹與愬對舉以見義也。《傳》《箋》説失之。

　　寤辟有摽《傳》："辟,拊心也。摽,拊心貌。"
　　獨寐寤言〔《衛風·考槃》〕《箋》："寤,覺。……在澗獨寐,覺而獨言,長自誓以不忘君之惡。志在窮處,故云然。"
　　可與晤歌〔《陳風·東門之池》〕《傳》："晤,遇也。"《箋》："晤猶對也,言淑姬賢女,君子宜與對歌,相切化也。"

　　《召南·羔羊》篇"素絲五紽",《齊風·南山》篇"葛屨五兩",陳奂讀兩五字并爲交午之午,《秦風·小戎》篇"五楘梁輈"于省吾讀五亦爲午,其説并是。案五午古同字,本象交午形,詳《羔羊》篇後世五爲數字,午爲日榦字,交午之義,則以互爲之。互㐄本一字,古音與五同。寤爲五之孳乳字,本篇"寤辟辮有摽",寤正當讀爲互。擗同捭,兩手擊也,摽讀爲嘌,有嘌猶嘌嘌,象擊聲。"寤擗有嘌",言兩手交互擊胸,其聲嘌嘌然也。《考槃》篇之"寤言""寤歌""寤宿",宿讀爲嘯,詳彼篇。《東門之池》篇之"晤歌""晤語""晤言",謂以言詞互相問答,或以歌聲互相唱和,寤晤亦并讀爲互。《東門之池箋》訓晤爲對。對有面之對向與聲之對答二義,依正義"對偶而歌"之説,則《箋》意乃斥面之對向,與《傳》訓遇者,仍無大别,俱非《詩》義。《考槃箋》訓寤爲覺,失之尤遠。此《詩》寤字本與獨字對舉見義,言一人獨宿,乃夢與他人互相問答唱和也。《説文》寤從㝱省。此因言夢中情事,故字作寤。然字之主要涵義乃在"吾"不在"㝱",吾與五同,五即交午也。《箋》誤讀此字從"㝱"義,而以爲《詩》意寤與寐對舉,故訓爲覺耳。

· 122 ·

詩經通義

日居月諸胡迭而微《箋》："日，君象也。月，臣象也。微謂虧傷也。君道當常明如日，而月有虧盈。今君失道而任小人，大臣專恣，則日如月然。"

日居月諸照臨下土〔《日月》〕《傳》："日乎月乎，照臨之也。"《箋》："日月喻國君與夫人也。當同德齊意以治國者，常道也。"

瞻彼日月悠悠我思〔《雄雉》〕《傳》："瞻，視也。"《箋》："日月之行，迭往迭來。今君子獨久行役而不來，使我心悠悠然思之。女怨之辭。"

不日不月〔《王風·君子于役》〕《箋》："行役反無日月，何時而有來會期。"

東方之日兮〔《齊風·東方之日》〕《傳》："日出東方，人君明盛，無不照察也。"《箋》："言東方之日者，愬之乎耳。……日在東方，其明未融，……喻君不明。"

東方之月兮〔同上〕《傳》："月盛于東方。君明于上，若日也，臣察於下，若月也。"《箋》："月以興臣。月在東方，亦言不明。"

《國風》中凡婦人之詩而言日月者，皆以喻其夫。《日月》篇曰"日居月諸，照臨下土，乃如之人兮，逝不古處"，此以日月爲夫之象，最爲著明。《韓詩外傳》四曰"夫照臨而有別，妻柔順而聽從"，夫言照臨，即以日月爲喻，義蓋本乎此詩。本篇曰"日居月諸，胡迭而微"，此以日月無光喻夫之恩寵不加於己也。《雄雉》篇曰"瞻彼日月，悠悠我思，道之云遠，曷云能來"，正惟日月爲夫之象，故瞻日月而聯想及於彼遠道之人。《東方之日》篇曰"東方之日兮，彼姝者子，在我室兮"，又曰"東方之月兮，彼姝者子，在我闥兮"，則以日月在望喻夫之來至。《日月》篇"日居月諸，出自東方"，兼言東方，與此同比。至《君子于役》篇"君子于役，不日不月"，以首章"不知其期"例之，自是不能以日月計之意，《管子·白心》篇"不日不月，而事以從"，尹注曰："但循道而往，不計日月，事已從而成也。"然亦未嘗不可義取雙關，兼以不見日月隱射夫之行役未歸。以日月喻夫者，天象之著者莫著於日月，以天地比夫婦，言日月猶言天也。本篇一章曰"日居月諸，

· 123 ·

照臨下土",下土即下地,婦人以天喻夫,以地自喻,日月與下土對舉,猶天與地對舉。二章曰"日居月諸,下土是冒",猶言天冒覆地也。《傳》《箋》泥於後世以日月分喻男女之觀念,故於諸詩咸不得其解。《君子于役》篇言日月,義取雙關,《箋》意但以無日月爲無期,蓋亦知其一,不知其二邪?互詳《日月》篇"俾也可忘"條。

緑衣

緑衣黄裏《箋》:"鞠衣黄,展衣白,褖衣黑,皆以素紗爲裏。今褖衣反以黄爲裏,非其禮制也,故以喻妾上僭。"

王先謙曰:"《説文》'裏,衣内也'。此章對裏言,則衣是在表之衣,下章對裳言,知衣是在上之衣,因文以見義也。"案王謂此章之衣即下章之衣,固然,實則此章之裏亦即下章之裳。此裏謂在裏之衣,即裳,非袷衣之裏也。此章衣與裏爲二,猶下章衣與裳爲二。衣在表,裳在裏,衣短裳長,短不能掩長,故自外視之,衣在上,裳在下,此章曰"緑衣黄裏",以内外言之,下章曰"緑衣黄裳",以上下言之,裏之與裳,寧有二事哉?且末章曰"絺兮綌兮,淒其以風",絺綌爲當暑之服,明詩作於夏日,而夏衣單衣,固不得有裏。《易·坤》六五"黄裳元吉",《象傳》曰"黄裳元吉,文在中也"。案中亦裏也,衣質而裳文,裳在裏,故黄裳之象爲文在中。《左傳·昭十二年》惠伯曰"故曰'黄裳元吉',黄,中之色也,裳,下之飾也",義同。《詩》稱裳爲裏,猶《象傳》惠伯稱裳爲中矣。

燕燕

遠送於南《傳》:"陳在衞南。"

王質説此詩曰:"二月中春原誤爲乙鳥至,當是國君送女弟適他國在此時也。"崔述曰"但有惜别之意,絶無感時悲遇之情,而《詩》稱'之子于歸'者,皆指女子之嫁者言之,未聞有稱大歸爲于歸者。恐係衞女嫁於南國,而其兄送之之詩,絶不類莊姜戴嬀事也。"案二氏并以爲國君送女弟出適,是也。魏源曰:"'仲氏任只',猶《大明》篇之'摯仲氏任'，自是薛國任姓之女，非陳媯之稱。此詩即出莊姜，亦必送子完之婦，或係薛女。"又曰："此婦本出薛國任姓。薛在衛東南，故云'遠送于南'。《易林》云'涕泣長訣，我心不悅，遠送衛野，歸寧無咎'，此亦以爲公子婦之歸寧也。"案詩非謂歸寧，王崔説自不可易。魏以"仲氏任只"證女爲任姓，亦發千載未發之覆。惟周初以來，任姓大國，有任有鑄，輒定爲薛，殊無確據。《周語》中"昔摯疇之國由太任"，摯即薛，見《唐書·宰相世系表》。疇一作祝，金文及《左傳·襄二十三年》、《呂氏春秋·慎大》篇又并作鑄。《左傳·隱十一年》疏引《世本·姓氏》篇"任姓：謝章薛舒呂祝終泉畢過"，《潛夫論·志姓氏》篇"（薛）及謝章呂采祝結泉皋過狂犬氏，皆任姓也"。今酌取衆説，定詩爲任姓國君送妹出適於衛之作。

雖然，薛鑄接壤，均在今山東南部，由此往衛，當西北行，而云"遠送於南"，何也？曰：南林古聲近字通，此南字當讀爲林也。金文《士父鐘》"䉂鐘"即《左傳·襄十九年》之"林鐘"，《兮仲鐘》，《井人妄鐘》"大䉂鐘"即《周語》下之"大林"，而《虢叔旅鐘》"䉂龢鐘"《楚王鐘》又作"南龢鐘"，是林南可通之證一也。《免殷》曰"令女足周師司䉂"，即司林，若周官林衡之比。或稱"司某林"。《免簠》曰"令免作司土徒，司鄭還䉂，眔虞，眔牧"，《同殷》曰："王命同左右吳大父司易林虞牧。"司鄭還䉂與司易林語例同，還䉂即還林，與易林皆林之私名。《然員鼎》曰"王獸狩于眠䉂"，䉂亦䉂林字，而字從南作，是林南可通之證二也。南画或本係一字，有説別詳。"遠送于南"即"遠送于林"，猶"遠送於野"也。林野古爲同義字。野古作埜，卜辭、金文、《呂氏春秋·愛士》篇、《玉篇》《集韻》并同。《説文》作壄，加予爲聲符。從林從土，是野亦林也。楚楚疑本亦同字，《説文》"楚，叢木也"。鄭游楚字子南，南亦林字。《魯頌·駉》篇《傳》曰"邑外曰郊，郊外曰野，野外曰林，林外曰坰"，疑野也，林也，皆郊外之地，本無遠近之別，故《詩》中每二名并舉而爲互文。《召南·野有死麕》篇曰"林有樸樕，野有死鹿"，《陳風·株林》篇一章曰"株林"，二章曰"株野"，凡此言林，并猶野也。本篇一章曰"遠送于野"，三章曰"遠送于林"，亦林野互文，特字假南爲之，故讀者咸不得

· 125 ·

古典新义

其義耳。

《春秋經·桓三年》"公子翬如齊逆女,九月,齊侯送姜氏于讙",《左傳》曰:"齊侯送姜氏,非禮也。凡公女嫁於敵國,姊妹則上卿送之,以禮于先君,公子,則下卿送之。於大國,雖公子,亦上卿送之。於天子,則諸卿皆行,公不自送。於小國,則上大夫送之。"《公羊傳》曰:"齊侯送姜氏于讙,何以書?譏。何譏爾?諸侯越竟送女,非禮也。"《穀梁傳》曰:"禮送女,父不下堂,母不出祭門,諸母兄弟不出闕門。……送女逾竟,非禮也。"案諸書所記禮文,或係遠古遺俗,久經廢棄,或係後儒一家之言,從未實行,故往往與當時行爲不合。本篇言國君嫁妹,遠送林野,本不必以三傳之說定其虛實或繩其曲直。且《公羊》但譏越竟送女,本篇送於林野,未越國竟,亦不得爲非禮。《穀梁》云"父不下堂",即《儀禮·士昏禮》之"主人不降送",不降送實即不送。《儀禮》蓋戰國時書,亦不必與《詩》盡合。且依《穀梁》,是下堂即已違禮,不待越竟,乃下文復云"送女逾竟,非禮也",不知所譏者爲送乎?抑送而逾竟乎?是其持説,已自相矛盾。若左氏謂卿或大夫"送之以禮於先君,……公不自送",禮於先君謂禮於先君之廟,是國君不惟不下堂,且未嘗入廟。此與古俗"敬慎重正昏禮"之意尤不合。《士昏禮》"主人筵于戶西,西上右幾"。(鄭注"設神席於廟"。)又"主人揖入,賓執雁從,至于廟門,揖入"。《禮記·昏義》:"主人筵几于廟,而拜迎于門外,入揖讓而升,聽命於廟,所以敬慎重正昏禮也。"案士禮如此,諸侯從可推焉。覆按諸家之説,其互相參差已如此,又何足爲考古之資乎?因國君送女之禮,與本篇有關,故附辯之。

日月

逝不古處 《傳》:"逝,逮,古,故也。"《箋》:"其所以接及我者,不以故處,甚違其初時。"

逝將去女〔《魏風·碩鼠》〕《箋》:"逝,往也。往矣將去女,與之訣別之辭。"

噬肯適我〔《唐風·有杕之杜》〕《傳》："噬，逮也。"

逝不以濯〔《大雅·桑柔》〕《傳》："濯所以救熱也，禮所以救亂也。"《箋》："逝猶去也。我語女以憂天下之憂，教女以次序賢能之爵，其爲之，當如手持熱物之用濯。"

《爾雅·釋言》曰："遏，遾逮也。"《方言》七曰："蝎，噬，逮也。東齊曰蝎，北燕曰噬，逮，通義也。"《有杕之杜》篇《傳》曰："噬，逮也。"《小雅·四月》篇"曷云能穀"，《傳》曰"曷，逮也"，正義以爲《釋言》文。案遏蝎與曷通遾與噬通。噬、曷并訓逮，是噬亦曷也。《有杕之杜》篇："彼君子兮，噬肯適我！中心好之，曷飲食之！"噬與曷錯舉，曷爲疑問副詞，噬字亦然。下章"噬肯來遊"，義同。字一作遾。《有杕之杜》篇釋文引《韓詩》噬作遾。本篇"逝不古處"《傳》曰"逝，逮"，正義亦以爲《釋言》文，而今《爾雅》作遾。"逝不古處"并下章"逝不相好"，《桑柔》篇"逝不以濯"，逝不均猶曷不也。《碩鼠》篇"逝將去女"下謂曷將去女。《傳》、《箋》諸説均非。

逝不古處《傳》："古，故也。"《箋》："其所以接及我者，不以故處，甚違其初時。"

我姑酌彼金罍〔《周南·卷耳》〕《傳》："姑，且也。"《箋》："君且當設燕鄉之禮，與之飲酒以勞之。"

假寐永歎〔《小雅·小弁》〕《箋》："不脫衣冠而寐曰假寐。"

於乎不顯文王之德之純假以溢我我其收之〔《周頌·維天之命》〕《傳》："假，嘉，溢，慎，收，聚也。"《箋》："溢盈溢之言也。……以嘉美之道，饒衍與我，我其聚斂之，以制法度，……"

《廣雅·釋詁二》曰："魀，息也。"《玉篇》《廣韻》同案凡言止息，休息，皆寓暫時之意，暫時即姑且。魀曹憲音姑，蓋即姑且字之或禮。《禮記·檀弓上》篇曰"細人之愛人也以姑息"，姑亦息也，姑息亦暫時之意。字一作監。《方言》十三"監，且也"，郭注曰"監猶魀也"，《玉篇》曰"監，姑也"。經籍無魀字，始見《廣雅》，疑即本篇"逝不古處"古字之三家異文。古處本即姑處，此蓋因與

古典新义

處字連文，故字變從處耳。"逝不古處"，言曷不暫時留居，猶《卷耳》篇"我姑酌彼金罍"之言暫時酌彼金罍也。

然副詞與動詞同一語根時，例當先爲動詞，後爲副詞。古音"姑且"與"假借"同，疑副詞"姑且"出於動詞"假借"，因之"姑且"之本字即"假借"矣。《小弁》篇"假寐永歎"，"假"爲限制"寐"之副詞，下文"不遑假寐"，《晉語五》"蚤而假寐"，可證。"假寐"與"永歎"對舉。假寐即姑寐，猶言暫時寢息也。《維天之命》篇"假以溢我"，假亦讀爲姑，溢與益同，讀爲錫，言文王以其德純《彔伯戜敦》"秉德彝純"，《善鼎》"秉德共純"，《厚子壺》"承受純德"，謂純與德。暫時錫我也。副詞"假"之義爲"姑"，猶副詞"借"之義爲"且"。《大雅·抑》篇曰"借曰未知，亦既抱子"，"借曰"亦即"姑且曰"。借與《鄭風·溱洧》篇"且往觀乎"，《唐風·山有樞》篇"且以喜樂，且以永日"，《小雅·吉日》篇"且以酌醴"之且，皆暫時之意也。以上《周頌·大雅》用假用借，爲古本字，《國風》用姑古用且，爲後起假聲字，《小雅》用假用且，古本字與後起假聲字互見，比而觀之，可以覘各詩寫定年代之先後矣。

俾也可忘 《箋》："俾，使也。君之行如此，何能有所定，使是無良可忘也。"

洵有情兮而無**望**兮〔《陳風·宛丘》〕《箋》："此君信有淫荒之情，其威儀無可觀望而則傚。"

萬民所**望**〔《小雅·都人士》〕《箋》："都人之士，所以要歸於忠信，其餘萬民寡識者，咸瞻望而法傚之。"

望有仰望託恃之義。《左傳·成九年》曰"大夫勤辱，不忘先君，以及嗣君，施及未亡人，先君猶有望也"，襄三年曰"以敝邑介在東表，密邇仇讎，寡君將君是望"，二十七年曰"善哉保家之主也，吾有望矣"，昭二年曰"敢拜子之彌縫敝邑，寡君有望矣"，八年曰"頃靈福子，吾猶有望"，十六年曰"孺子善哉，吾有望矣"，望皆恃賴之意。《都人士》篇曰"萬民所望"，言君子爲萬民所瞻望而托恃者。《宛丘》篇曰"洵有情兮，而無望兮"，言歌舞祀神之人，雖有誠信之情，而此身無可託恃，意謂鬼神之渺茫難知也。本篇"俾也可忘"，

· 128 ·

忘讀爲望。望忘古字通。金文《虞毁》曰"虞弗敢望公白休",《縣妃毁》曰"其自今日孫孫子子毋敢望伯休"。字一作謹,《獻鼎》曰"十葉不謹",《師望鼎》曰"王用弗謹聖人之後",《召卣》曰"召弗敢謹王休異",《帥隹鼎》曰"曰余叔母,庸有謹"?以上望謹并借爲忘。《詩》則借忘爲望。"胡能有定,俾也可望",言願夫能定居,使己益可得而仰望托賴之也。

古者以日月比君上,故上之於下曰照臨,而下之於上曰仰望。《左傳·桓二年》曰"君人者,將昭德塞違,以臨照百官",昭二十八年曰"照臨四方曰明",此上於下曰照臨者也。《都人士》篇曰"萬民所望",《左傳·襄十四年》師曠曰"民奉其君……仰之如日月,……夫君,……民之望也",《漢書·郊祀志下》曰"百姓仰望",此下於上曰仰望者也。師曠言"仰之如日月",尤可證凡於人君言望者,本以日月爲喻。又《左傳·昭三年》曰:"齊侯使晏嬰請繼室於晉,曰:'……不腆先君之適,以備內官,焜燿寡人之望,則又無祿,早世隕命,寡人失望。君若不忘先君之好,惠顧齊國,……照臨敝邑,鎮撫其社稷,則猶有先君之適及遺姑姊妹若而人,君若不棄敝邑,而辱使董振擇之,以備嬪嬙,寡人之望也。'"曰"焜燿寡人之望",明所望者爲有光體。"焜燿"與"照臨"對舉,亦以日月爲喻也。夫照臨者務在撫育,而仰望者情切恃賴,故義之引申,臨亦訓撫,而望亦訓恃。夫妻之道猶君臣也。是以夫之於妻亦曰照臨,妻之於夫亦曰仰望。本篇上文曰"日居月諸,照臨下土",喻夫道,此文曰"俾也可望",喻妻道,兩兩對舉,義相關連,與《左傳》以"焜燿寡人之望"與"照臨敝邑"對舉,其比正同。《箋》讀本篇之"忘"如字,大乖《詩》旨,釋《宛丘》《都人士》兩望字爲觀望而則傚之,亦未切確。互詳《柏舟》篇"日居月諸"條。

父兮母兮畜我不卒 《箋》:"畜,養,卒,終也。父兮母兮者,言己尊之如父,又親之如母,乃反養遇我不終也。"

母也天只不諒人只 [《鄘風·柏舟》]《傳》:"諒,信也。母也天也,尚不信我,天謂父也。"

古典新义

《史記·屈原列傳》曰："天者人之始也，父母者人之本也。人窮則反本，故勞苦倦極，未嘗不呼天也，疾痛慘怛，未嘗不呼父母也。"《孟子·萬章上》篇曰"舜……號泣于旻天，于父母"，于讀爲呼，《列女傳·有虞二妃傳》正作呼。《小雅·巧言》篇曰"悠悠昊天，曰父母且！無罪無辜，亂如此憮"，林義光讀曰爲越，訓與，云"言昊天越父母者，因疾痛而呼天呼父母"。案林説是也。《柏舟》篇曰"母也天只！不諒人只"，此女子失戀之詩，"不諒"謂彼舟中之男子不信己。"母也天只"，則痛極而呼天呼母之辭。本篇曰"父兮母兮！畜我不卒"，上句亦痛極而呼父母之辭。婦人以夫好己不終。畜訓好，説本馬瑞辰。悲痛之情，無可告愬，故呼父母也。《柏舟傳》訓天爲父，而以不諒爲父母不諒己，本篇《箋》以父母指夫，而解之曰"言尊之如父，親之如母"，并迂曲已甚。

終風

終風且暴《傳》："終日風爲終風。暴，疾也。"《箋》："既竟日風矣，而又暴疾。興者，喻州吁之爲不善，如終風之無休止，而其間又有甚惡。"

《説文》曰："瀑，疾雨也，從水暴聲，《詩》曰'終風且瀑'。一曰沫也，一曰暴實也。"案《説文》又曰"齊人謂靁爲霣"，《廣雅·釋天》亦曰"霣，雷也"，是暴實即暴雷。説本朱駿聲疑本篇暴字，三家亦有訓爲雷者。二章曰"終風且霾"，《爾雅·釋天》曰"風而雨土曰霾"。三章曰"終風且曀"，曀當從《韓詩》作壇，天陰塵起也。末章"曀曀其陰"，《韓》作壇壇，此章曀字當與彼同。霾壇義同。末章曰"曀曀其陰，虺虺其靁，"此以上句申二三兩章之霾曀，下句申首章之暴，暴即雷也。終本當訓既王念孫説。試依《傳》訓暴爲疾，則"終風且暴"猶既風且疾，殊爲不詞。依《爾雅·釋天》"日出而風爲暴"，以暴爲風名，則"終風且暴"又猶既風且風，尤不成文義。《説文》作瀑，訓疾雨，於義稍勝矣。然下章言霾，謂大風揚塵，夫既已有雨，又焉得有塵？是以知其説之亦不可通。惟據《説文》一説訓暴爲雷，乃與上下文義無牾，且與末章"虺虺其靁"之文相應，今姑從之。

擊鼓

爰居爰處爰喪其馬《傳》："有不還者，有亡其馬者。"《箋》："爰，於也。……今於何居乎？於何處乎？於何喪其馬乎？"

爰采唐矣沫之鄉矣〔《鄘風·桑中》〕《傳》："爰，於也。"《箋》："於何采唐？必沫之鄉。"

亂離瘼矣爰其適歸〔《小雅·四月》〕《箋》："爰，曰也。今政亂國將有憂病者矣，曰此禍其何所之歸乎？"

右爰字俱疑問代名詞，猶言在何處也。本篇曰："爰居爰處？爰喪其馬？于以求之？于林之下。"以與台同，猶何也，于以即於何，楊樹達說爰亦於何也。上言爰，下言于以，變文避複，兼以足句。《桑中》篇曰"爰采唐矣？沫之鄉矣"，與下文"云誰之思？美孟姜矣"，文同一例，爰誰皆疑問代名詞。以上諸爰字《傳》、《箋》雖并訓於，而《箋》於通釋全文時仍曰"於何"，蓋紬繹《詩》辭，得之象外，而初不自覺也。《碩鼠》篇一章曰"爰得我所"，二章曰"爰得我直"，三章曰"誰之永號"，亦爰與誰對舉。又各章上文俱曰"逝將去女"，逝猶曷也詳《日月》篇，逝謂何時，爰謂何地，亦皆疑問代名詞。《四月》篇曰："亂離瘼矣，爰其適歸？"猶言其將歸向何處也。正義曰："此憂病之禍，其何所之歸乎？"任昉《爲范尚書讓吏部表》曰："亂離斯瘼，欲以安歸？"皆與《詩》意符合。《家語·辨政》篇，《華陽國志》九《李特雄期壽勢志》并引《詩》爰作奚，字雖有誤，而於《詩》之疑問語氣固自吻合。以上二篇諸爰字，《箋》俱訓爲曰，則詩人憂憤之情，悲呼之狀，胥不可見矣。林義光已釋《四月》篇之爰爲在何處，而不及餘三篇，因補論之，以廣其說。

于嗟洵矣《傳》："洵，遠。"《箋》："歎其棄約，不與我相親信。亦傷之。"

釋文曰"洵，呼縣反"，疑字即借爲縣。《大雅·靈臺》篇《箋》曰："栒，所以懸鐘鼓也。"字一作筍，又作簨。《文選·西京賦》薛

· 131 ·

古典新义

注曰"縣鐘格曰簨",《笛賦》"磬襄弛懸",李注曰"懸,鐘架也"。是鐘鼓架名,縣懸爲本字,栒筍簨等爲後制之形聲專字。洵讀爲縣,猶栒筍簨之本作縣也。縣有久義。蓋縣則停,《後漢書·皇甫規傳》注:"懸猶停也。"停則久,因之久亦曰縣久,《荀子·性惡》篇"加日縣久",楊注曰"縣久,縣繫以長久",是其義。《詩》曰"于嗟闊兮,不我活兮,于嗟洵縣兮,不我信兮",上二句以地言,下二句以時言,謂戍地之遼遠,既隔絶我身,使不能與室家相會,戍時之縣久,又失信於我,使不能如期以歸也。《傳》《箋》説俱未瞭。《韓詩》洵作夐,訓遠,亦非達詁。

凱風

凱風自南《傳》:"興也。南風謂之凱風,樂夏之長養也。"《箋》:"興者,以凱風喻寬仁之母,棘猶七子也。"

《莊子·齊物論》篇説風曰"是唯無作,作則萬竅怒呺",《文選·風賦》曰"盛怒於土囊之口",《淮南子·天文》篇曰"天之偏氣,怒者爲風",此皆以人之忿怒喻風。《詩》言風,則多以喻暴怒之男性。《邶風·谷風》篇曰"習習谷風,以陰以雨,黽勉同心,不宜有怒",此以谷中大風喻夫之暴怒。谷風非和舒之東風,説詳《邶·谷風》篇。《小雅·谷風》篇曰"習習谷風,維山崔嵬,無草不死,無木不萎",亦以谷風喻夫之殘暴。《邶風·終風箋》謂風以喻州吁。詩與州吁之關係若何,雖不可知,其以風喻暴戾之男性,則較然明白。《小雅·何人斯》篇亦女子之詞詳彼篇,《詩》曰:"彼何人斯!其爲飄風,胡不自北?胡不自南?"此以飄風喻男子之無情也。本篇曰"凱風自南,吹彼棘心",棘心即下章之棘薪,而《詩》中興義之薪,皆喻婦女,説具下條故知此言凱風吹棘,凱風謂大風,詳下。棘乃謂七子之母,風則其父也。下文曰"吹彼棘心,棘心夭夭",夭夭爲傾屈之貌詳《周南·桃夭》篇,棘受風吹而傾屈,喻母受父之虐待,故又曰:"母氏劬勞。"《序》曰:"衞之淫風流行,雖有七子之母,猶不能安其室。"七子之母不安其室,當係相傳古誼,淫風流行,則作《序》者私所塗附。夫母以不堪父之虐待而思去，則咎不在母，故《孟子・告子下》篇以爲"親之過小"。趙注曰："《凱風》言'莫慰母心'，母心不説也，知親之過小也。"不悦蓋即遇人不淑之意。《孟子》之意，蓋謂婦人當從一而終，今乃欲捨其夫與七子而去，則失爲妻爲母之道，此其所以爲過也，特以其被迫至此，故又爲過之小者。審如《序》説，以"淫風流行"爲婦人所以不安其室之故，則是千載母儀之羞，此而謂之過小，孰爲大過乎？惟是七子處境，則誠甚難，母既無可責，父亦不可怨，惟有陳詩自咎，冀父與母心皆有所感，而終以言歸於好而已。雖然推原情實，過本在父，故篇中一則曰凱風吹棘，再則曰寒泉浸薪，皆隱射父之不能善待其母。寒泉説詳下明乎此，則詩之作，名爲慰母，實爲諫父耳。

豈聲字多有大意。《呂氏春秋・不屈》篇曰"愷者大也"，《説文》曰"剴，大鎌也"，《廣雅・釋詁一》曰"凱，大也"。《漢書・司馬相如傳》"臨曲江之隑州"張注及《廣雅・釋詁二》并云"隑，長也"，長大義相因。凱風者，大風也。《詩》曰"凱風自南"，而南風《夏小正》謂之俊風，《呂氏春秋・有始》篇、《淮南子・墜形》篇謂之巨風，《淮南子・天文》篇、《史記・律書》謂之景風，俊巨景皆大也。説本馬瑞辰風大則無不飄疾暴怒，《大雅・卷阿》篇曰"飄風自南"，凱風猶飄風矣。《玉篇》曰"颽，疾風也"，凱颽聲近，凱或即颽之借字。要之，凱風非和樂之風，其所喻亦不指寬仁之母，則明甚。《傳》《箋》義與《孟子》"親之過小"之語不相應，昔儒頗多異説。今依全詩設喻之通義，以求《孟子》之意，而定此詩爲七子諫父之作，庶可以息千載聚訟之紛乎？

吹彼棘心《傳》："棘，難長養者。"《箋》："棘猶七子也。"

金文心字作♥，象心房形，此心臟字，又作♥，此心思字，▮爲聲符兼意符。▮者鐵之初形，心鐵古音同部今字作尖。《釋名・釋形體》曰："心，纖也，所識纖微無不貫也。"阮元謂此訓最合本義，《説文》心部次於思部，思部次於囟部，而系部細部即從囟得聲得義，故知心亦有纖細之義。案阮説是也。心從▮會意，故物之纖鋭者亦得冒心名。

棗棘之芒刺，物之鐵銳者也，故亦謂之心。《易·坎》上六"寘于叢棘"，虞注曰"坎多心，故叢棘"，又《説卦傳》"坎，……其於木也爲堅，多心"，虞注曰"堅多心，棗棘之屬"。棘之芒刺謂之心，因之棘亦謂之心。《爾雅·釋木》"樸樕，心"，《野有死麕》篇正義引孫注曰"樸樕一名心"，又引某氏注曰"樸樕，榝樕也，有心，能耐溼，江淮間以作柱"。合棘與心二字爲複合名詞，則曰棘心。《儀禮·特牲饋食禮》曰"棘心匕刻"，棘心匕即《小雅·大東》篇"有捄棘匕"之棘匕。然則棘心猶棘也。《詩》一章曰"吹彼棘心"，二章曰"吹彼棘薪"者，以其體言則曰棘心，以其用言則曰棘薪，其實皆即棘耳。《傳》"棘，難長養者"，段玉裁云棘下奪心字，棘心對下章棘薪爲其成就者而言，謂棘之初生萌蘗，故云難長養者。案此説實本《集傳》此申傳義或是，經意則未必然。知之者，《詩》又曰"棘心夭夭"，夭夭，傾屈貌，詳《周南·桃夭》篇心果謂萌蘗，其受風吹，安得夭夭之狀乎？樂府《長歌行》曰"凱風吹長棘，夭夭枝葉傾"，謂之長棘，則非萌蘗，明矣。阮元、徐灝并知心爲芒刺之名，而不知其又由芒刺引申爲木名，此亦未達一間，蓋風吹芒刺，亦不得夭夭之狀也。諸家皆泥於《傳》説，以棘喻七子，謂心其幼小時，而薪則其已長大者。實則棘心即棘薪，而薪於《詩》例爲婦人之象徵，本以指母，非指子也。説詳下條。

吹彼棘薪《傳》："棘薪，其成就者。"

翹翹錯薪言刈其楚〔《周南·漢廣》〕《傳》："翹翹，薪貌。錯，雜也。"《箋》："楚，雜薪之中尤翹翹者，我欲刈取之，以喻衆女皆貞絜，我又欲取其尤高絜者。"

不流束薪〔《王風·揚之水》〕《箋》："激揚之水至湍迅，而不能流移束薪。興者，喻平王政教煩急，而恩澤之令，不行于下民。"

不流束薪〔《鄭風·揚之水》〕

析薪如之何〔《齊風·南山》〕《箋》："此言析薪必待斧，乃能也。"

綢繆束薪〔《唐風·綢繆》〕《傳》："男女待禮而成，若薪芻待人事而後束也。"《箋》："昏而火星不見，嫁娶之候也。今我束薪於野，乃見其在天，則三月之末，四月之中，見於東方矣，故云不得其時。"

烝在栗薪〔《豳風·東山》〕《傳》："烝，眾也，言我心苦事又苦也。"《箋》："烝，塵，栗，析也。言君子又久見使析薪，於事尤苦也。古者聲栗裂同也。"

伐木掎矣析薪扡矣〔《小雅·小弁》〕《傳》："伐木者掎其巔，析薪者隨其理。"《箋》："掎其巔者，不欲妄踣之。扡謂觀其理也。必隨其理者，不欲忘挫折之。以言今王之遇太子，不如伐木析薪也。"

無浸穫薪〔《小雅·大東》〕《傳》："穫，艾也。"《箋》："穫，落木名也。既伐而析之以為薪，不欲使沈泉浸之。浸之，則將濕腐不中用也。今譚大夫契契憂苦而寤歎，哀其民人之勞苦者，亦不欲使周之賦斂小東大東盡極之，盡極之，則將困窮亦猶是也。"

析其柞薪〔《小雅·車舝》〕《箋》："登高岡者，必析其木以為薪。析其木以為薪者，為其葉茂盛，蔽岡之高也。此喻賢女得在王后之位，則必辟除嫉妒之女，亦為其蔽君之明。"

樵彼桑薪卬烘于煁〔《小雅·白華》〕《傳》："桑薪，宜以養人者也。"《箋》："人之樵取彼桑薪，宜以炊饔饎之饌，以養食人。桑薪，薪之善者也，我反以燎于烓竈，用照事物而已。喻王始以禮取申后，申后禮儀備，今反黜之，使為卑賤之事，亦猶是。"

《南山》篇曰"析薪如之何？匪斧不克。取妻如之何？匪媒不得"，此以析薪喻取妻，最為顯白。《車舝》篇為新婚之詩，《詩》曰"陟彼高岡，析其柞薪，析其柞薪，其葉湑兮。鮮我覯爾，我心寫兮"，所言析薪，是比非賦，玩前後各章自明。呂氏《讀詩記》引陳氏曰"析薪者以喻昏姻"，是也。《綢繆》篇《傳》曰"男女待禮而後成，若薪芻待人事而後束也"，此其解說，雖近穿鑿，其以束薪喻婚姻，則自不誤。至《箋》於《漢廣》篇謂錯薪喻眾女皆貞絜，於《車舝》篇謂柞薪喻嫉妒之女，於《白華》篇又謂桑薪喻賢淑之申后，所喻

· 135 ·

之女，時而貞絜，時而嫉妒，時而賢淑，不免憑肊附會，然謂薪以喻女，則礭不可易。《小弁》篇本妻不見答之詩。三章"靡瞻匪彼父，靡依匪彼母"，即"女子有行，遠父母兄弟"之意，又曰"不屬于毛表，不罹離于裏"，言外不容於夫家，内不屬於父母之家也。末章"無逝我梁，無發我笱，我躬不閱，遑恤我後"，則與《邶風·谷風》篇文同，而彼乃棄婦之詞。五章曰："鹿斯之奔，維足伎伎，雉之朝雊，尚求其雌。譬彼壞木，疾用無枝，心之憂矣，寧莫之知？"又明爲婦人責望其夫之語。以此推之，七章曰"伐木掎矣，析薪扡矣"，當亦指斥婚姻而言。掎扡并訓裂，訓離，木掎薪扡，喻婦人已離其父母之家以從人也。下云"舍彼有罪，予之佗矣"，舍猶凡也，言凡百罪過，皆加於我身。總觀四句，實與《氓》篇"言既遂矣，至於暴矣"同意。《王風·揚之水》篇當係戍士思歸之詞，"彼其之子"斥其妻言。《鄭風·揚之水》篇似夫將遠行，慰勉其妻。《集傳》以爲"男女要結之詞"。二篇并言"揚之水，不流束薪"，蓋水喻夫，薪喻妻，夫將遠行，不能載妻與俱，猶激揚之水不能浮束薪以俱流也。《大東》篇二章曰"杼柚其空"，緯織爲女子事，五六兩章"跂彼織女，終日七襄，雖則七襄，不成報章"，義與此文相應。疑三章曰"有冽氿泉，無浸穫薪"，薪亦喻女子。《箋》謂氿泉浸薪，即漚腐不中用。今謂氿泉害薪，蓋以喻婦人之勞苦，而下文曰"哀我憚人"，即謂此婦人。且《白華》篇曰"樵彼桑薪，卬烘于煁"，本謂桑薪爲水所浸，故我烘燎於煁上以使之乾，詳玩《白華》意，實與《大東》相表裏，彼爲婦人之詞舊說爲申后作，則此亦言婦人事矣。本篇曰"凱風自南，吹彼棘薪"者，薪謂母，風謂父，詳上"凱風自南"條風薪對舉，亦以喻夫妻也。

　　析薪束薪蓋上世婚禮中實有之儀式，非泛泛舉譬也。《漢廣》篇曰"翹翹錯薪，言刈其楚，之子于歸，言秣其馬"，馬以駕親迎之車，與薪皆婚禮中必用之物。《車舝》篇曰"陟彼高岡，析其柞薪"，亦實賦其事。《東山》篇曰"有敦瓜苦瓠，烝在栗繆薪，自我不見，于今三年"，瓜瓠合巹所用說具彼篇，栗韓作蓼，訓聚，當讀爲繆，束也。栗薪即束薪，與瓜瓠并舉，皆與婚姻有關之什物，故詩人追懷新婚之樂而聯想及之也。

　　《詩》中又有不明言薪,而意中仍以薪喻昏姻者。《豳風·伐柯》篇"伐柯"與"取妻"并言,猶《南山》篇"析薪"與"取妻"并言,伐柯猶析薪也。《小雅·伐木》篇言"伐木",與《伐柯》篇言"伐柯"相仿,而"籩豆有踐"之語,亦與《伐柯》篇同,疑係新婚者會其宗族之詩。《陳風·墓門》篇曰"墓門有棘,斧以己斯之,夫也不良,國人知之",疑以棘已被析,喻女已離家適人。凡此皆不明言析薪,而意實指婚姻者。樂府《白頭吟》曰"郭東亦有樵,郭西亦有樵,兩樵相雅_{舊誤推}與,無親爲誰驕",樵即析薪之人,而析薪爲取妻之象,故下文曰"淒淒重淒淒,嫁娶亦不啼,願得一心人,白頭不相離"。此古詩興義之僅存者,可與三百篇互證也。

　　爰有寒泉在浚之下《傳》:"浚,衛邑也。在浚之下,言有益於浚。"《箋》:"爰,曰也。曰有寒泉者,在浚之下,浸潤之,使浚之民逸樂,以興七子不能如也。"

　　冽彼下泉浸彼苞稂〔《曹風·下泉》〕《傳》:"冽,寒也。下泉,泉下流也。……稂,童粱,非溉草,得水而病也。"《箋》:"興者,喻共公之施政教,徒困病其民。"

　　有冽氿泉無浸穫薪〔《小雅·大東》〕《傳》:"冽,寒意也。側出曰氿泉。"《箋》:"既伐而析之以為薪,不欲使氿泉浸之。浸之,則將濕腐不中用也。"

　　《下泉》篇曰"冽彼下泉",《大東》篇曰"有冽氿泉",《傳》皆訓冽爲寒,是本篇之寒泉猶二篇之冽泉也。《下泉》篇曰"浸彼苞稂",《大東》篇曰"無浸穫薪",皆言泉水浸薪,疑本篇寒泉乃承上章棘薪而言,亦謂薪爲泉所浸而受傷害,其不言浸者,文不具也。《白華》篇三章曰"滮池北流,浸彼稻田",四章曰"樵_燎彼桑薪,卬烘于煁",燎烘謂以火乾之,桑薪爲滮池之水所浸,故須燎烘之。此言薪之被浸,與上揭三詩取興亦同。《下泉》篇所興何事,不可確知,且稂蕭著下不著薪字,似其爲用與《大東》篇之穫薪,《白華》篇之桑薪不同,因之其興義亦當與二篇異類。若本篇之棘薪,并《大東》篇之穫薪,

· 137 ·

《白華》篇之桑薪，皆謂婦人，則前已言之。二篇以穫薪桑薪被浸，興婦人之憂勤勞苦，則本篇言棘薪被浸，義亦相同。下文曰"有子七人，母氏勞苦"，即承此言之也。《傳》《箋》説俱未允。

在浚之下《傳》："浚，衛邑也。"

以《鄘風·干旄》篇"在浚之郊"驗之，浚誠衛邑名，然邑之得名，亦當有本義。今案浚從夋聲，金文夋允一字，則浚沇古亦當爲一字。《説文》曰"沇，沇水也，出河東東垣王屋山，東流爲泲"，古文作㕣，又曰："㕣，山間陷泥也，從口八，象水敗貌，讀若沇州之沇。沇，九州之渥地也，故以沇名焉。"案《小雅·信南山》篇《傳》曰："渥，厚漬也。"山間陷泥與渥地并謂其地沮洳出泉，沇水導源於此，故因以爲名。《山海經·北山經》曰："王屋之山，灤水出焉。"灤即灓字。《説文》曰"灓，漏流也"，《廣雅·釋詁二》曰"灓，漬也"，《吕氏春秋·開春》篇曰："昔王季歷葬於渦山之尾，灓水齧其墓。"山間陷泥也，渥地也，漏流也，漬也，義正相近，故沇水一曰灤灓水。本篇浚字當兼此義。下謂地裏，對流行地上而言也。浚爲陷泥與渥地之名，其水源自地裏浸淫而上，故曰："爰有寒泉，在浚之下。"《曹風·下泉》篇之"下泉"，義亦倣此。水出地下者尤寒，故此曰"寒泉"，而彼亦曰"有洌下泉"也。《傳》但知浚爲邑名，而不知其所以得名之故。又曰："在浚之下，言有益於浚"，《箋》申之曰"使浚之民逸樂"，此則又因地名而牽合於其地所居之人，失之愈遠矣。

《下泉傳》以下泉爲"泉下流"，於《詩》義亦適得其反。

匏有苦葉

濟有深涉《傳》："濟，渡也。由膝以上爲涉。"《箋》："匏葉苦而渡處深，謂八月之時，陰陽交會，始可以爲昏禮納采問名。"

涉，名詞，謂水中可濟涉之處，猶津也。《易·大過》上六曰"過涉滅頂"，過涉猶言渡津。王注曰"涉難過甚，故至於滅頂"，似即讀涉爲名詞。《漢書·地理志上》，犍爲郡南廣縣有大涉水，大涉猶大津。《詩》曰"匏有苦葉，濟有深涉"，張文虎謂濟即《泉水》篇"出宿于泲"之泲，水名也。案張說是也。此文上下二句語法一律，匏與濟，葉與涉，皆二名詞對舉，而葉屬於匏，涉亦屬於濟也。自來咸以涉爲動詞涉水之名，因之下文厲與揭，亦不得不爲涉水深淺有差之名，_{詳下條於}是全章之義，皆被誤解。昔儒無語法觀念，其致誤往往若是。

近世地名多有曰灄口，灄頭者，灄涉音同，疑即涉口，涉頭，猶言渡口，渡頭也。若然，則呼津渡爲涉，今語猶然，特以音存而字變，故學者不察耳。

深則厲淺則揭《傳》："以衣涉水爲厲，謂由帶以上也。揭，褰衣也。遭時制宜，如遇水深則厲，淺則揭矣。男女之際，安可以無禮儀？將無以自濟也。"《箋》："既以深淺記時，因以水深淺喻男女之才性賢與不肖及長幼也。各順其人之宜，爲之求妃耦。"

本篇上文曰"匏有苦枯葉，濟有深涉"，繫匏涉水，所以防溺，先儒已言之矣。陳子龍、王先謙說并同。王氏又據《易林》讀苦爲枯，亦是。今案《易·泰》九二曰"包荒，用馮河，不遐遺"，包荒即匏瓠，言以匏瓠馮河，不至墜溺。詳拙著《周易義纂》以匏濟渡之俗，由來已舊，得此益足證明。《詩》曰"深則厲，淺則揭"者，厲與揭當承匏言，深與淺當承涉言，謂涉深則厲匏以渡，淺則揭之以渡也。《小雅·都人士》篇"垂帶而厲"，《傳》曰"厲，帶之垂者"，此謂垂帶之餘以爲飾，故下文曰"匪伊垂之，帶則有餘"。《左傳·桓二年》"鞶厲遊纓"，杜注曰"厲，大帶之垂者"，《小爾雅·廣服》曰"帶之垂者謂之厲"。義并與毛同。然對言之，繫於腰者謂之帶，垂於下者謂之厲，散言之，厲亦帶也，故《方言》四又曰"厲謂之帶"，《廣雅·釋器》曰："厲，帶也。"名詞帶謂之厲，動詞帶亦謂之厲，《楚辭·九懷·株昭》曰"鉛刀厲御，頓棄太阿"，是也。揭即揭荷之揭。"深則厲，淺則揭"，言水深則帶匏於身以防溺，水淺則荷於背上可也。《傳》似亦知厲爲帶名，故以水深及帶爲厲，惟不知厲揭之蒙上爲文，故又牽合履石渡水之濿，而釋爲以衣涉水。後儒於此說最紜紛，其蔽胥與毛同，茲不具辯。

迨冰未泮《傳》："迨，及，泮，散也。"《箋》："歸妻，使之来歸於己，謂請期也。冰未散，正月中以前也，二月可以昏矣。"

半聲字訓分，亦訓合。《周禮·朝士》"凡有責者有判書"，鄭注曰"判，半分而合者"，《媒氏》"掌萬民之判"，注曰"判，半也，得耦而合，主合其半，成夫婦也"，《儀禮·喪服傳》曰"夫妻判合"。字一作牉，《集韻》引《字林》曰"牉合，合其半以成夫婦也"，《楚辭·惜誦》曰"背膺牉合以交痛兮"。王注訓牉爲分，非是。又《莊子·則陽》篇曰"雌雄片合"，《釋名·飾首飾》曰"弁，如兩手相合抃時也"，片抃與判牉聲近，亦并有合義。《詩》曰"士如歸妻，迨冰未泮"，泮當訓合，謂歸妻者宜及河冰未合以前也。古者本以春秋爲嫁娶之正時，此曰"迨冰未泮"，乃就秋言之。舉凡《詩》中所紀，若瓠葉枯落，渡頭水深，并雉雛雁鳴，皆秋日河冰未合以前景象。審如《傳》説，以冰泮爲解凍，則與《詩》中物候相左矣。

《夏小正》"二月，綏多女士"，某氏傳曰"綏，安也，冠子娶婦之時也"，《周禮·媒氏》"中春之月，令會男女，於是時也，奔者不禁"，鄭注曰"中春陰陽交，以成昏禮，順天時也"，《白虎通義·嫁娶》篇亦曰："嫁娶必以春，何？春者，天地交通，萬物始生，陰陽交接之時也。"據此，疑自古昏姻本以春爲正時，故《詩》中所見昏期，春日最多。《野有死麕》篇曰"有女懷春，吉士誘之"，《七月》篇曰"春日遲遲，采蘩祁祁，女心傷悲，殆及公子同歸"，此明著春日者。《東山》篇曰"倉庚于飛，熠燿其羽，之子于歸，皇駁其馬"，《燕燕》篇曰"燕燕于飛，差池其羽，之子于歸，遠送于野"，《桃夭》篇曰"桃之夭夭，灼灼其華，之子于歸，宜其室家"，亦皆春日物候。其以秋爲昏期者纔兩見，本篇與《氓》篇"秋以爲期"是也。《綢繆》篇之三星，毛以爲參，十月始見，鄭以爲心，三月始見。參爲晉星，唐亦晉地，或毛説爲長。然亦難定，今姑不計。《北風》篇曰"北風其涼，雨雪其雱"，又曰"惠而好我，攜手同車"，蓋親迎之詩。詳《泉水》篇"女子有行"條 此則以冬日爲婚期者，特全書只此一見耳。總上所述，春最多，秋次之，冬最少，其所以如此，殆有故焉。嘗試論之，初民根據其感應魔術原理，以爲行夫婦之事，可以助五穀之蕃育，故嫁娶必於二月農事作始之時行之。鄭注《周禮》所謂"順天時"，《白虎通》所謂"天地交通，萬物始生，陰陽交接之時"，皆其遺說也。次之，則初秋亦爲一部分穀類下種之時，故嫁娶之事，亦或在秋日。然終不若春之盛，則以自農事觀點言之，秋之重要本不若春也。《管子·幼官》篇曰："春三卯，十二始卯，合男女。秋三卯，十二始卯，合男女。"《管子》書雖非古，然此所記春秋合男女之俗，要不失爲太古之遺風，以其但言春、秋，不及冬時故也。迨夫民智漸開，始稍知適應實際需要移婚期以就秋後農隙之時。試觀冬行婚嫁之例，如《北風》篇所紀者，三百篇中僅此一見，知其時祇偶一行之，不爲常則。降至戰國末年，去古已遠，觀念大變，於是嫁娶正時，乃一反舊俗，而嚮之因農時以爲正者，今則避農時以爲正。《荀子·大略》篇曰"霜降逆女，冰泮殺止"，《家語·本命》篇申其義曰："霜降而婦功成，嫁娶者行焉，冰泮而農業起，昏禮殺於此。"此所謂冰泮者，乃斥冰解而言。蓋"冰泮殺止"爲相傳古語，本謂嫁娶正時至冰合而止，今以冰合爲冰解者，乃曲解舊術語以迎合新事實耳。此誠古今社會之一大變也。

毛、鄭於各詩之婚時，解說互歧。毛主嚴冬冰盛之時，說本《荀子》，鄭主仲春解凍之後，制準《周官》。辜較論之，鄭優於毛。獨本篇所紀，時在初秋，《荀子》《周官》二說俱無所施然則以本篇論之，毛固自失之，鄭亦未之爲得也。

招招舟子《傳》："招招，號召之貌，舟子，舟人主濟渡者。"《箋》："舟人之子號召當渡者，猶媒人之會男女無夫家者，使之爲妃匹。"

佻佻公子〔《小雅·大東》〕《傳》："佻佻，獨行貌。"

《漢書·禮樂志》《郊祀歌》十一"體招搖，若永望"，顏師古注曰"招搖，申動之貌"，《司馬相如傳》《大人賦》曰"掉指橋以偃蹇兮，又猗抳以招搖"，《史記·孔子世家》"招搖市過之"，《集解》引徐廣曰"招搖，翱翔也"。字或從木，則爲樹木動搖之貌，《說文》曰"柖，樹搖貌"，"搖，樹動也"。疊韻連語變爲疊字連語，

· 141 ·

則曰調調，刁刁，《莊子·齊物論》篇"而獨不見之調調，之刁刁乎"？釋文引向注曰："調調，刁刁，皆動搖貌。"本篇曰"招招舟子"，招招與調調，刁刁聲同，謂舟子鼓櫂時身體屈申動搖之貌也。謝朓《始之宣城郡詩》曰"招招漾輕檝，行行趨嚴趾"，以招招爲漾檝之貌，義最弘通，可據以正《毛傳》之失。《大東》篇曰"佻佻公子，行彼周行"，佻佻《楚辭·九歎》王注引作苕苕，《爾雅·釋訓》"佻佻，契契，愈遐急也"，《文選·魏都賦》注引郭注亦曰："佻音華苕。"釋文引《韓詩》作嬥嬥。《廣雅·釋訓》曰："嬥嬥，好也。"案苕苕即招招，亦行時身體申動貌。申動則婉好多姿，故字變作嬥嬥，又訓好。毛訓佻佻爲獨行貌，義未精當，佻亦無獨義也。

谷風

習習谷風《傳》："興也。習習，和舒貌。東風謂之谷風。陰陽和而谷風至，夫婦和則室家成，室家成而繼嗣生。"

習習谷風〔《小雅·谷風》〕《傳》："興也。風雨相感，朋友相須。言朋友趨利，窮達相棄。"《箋》："習習，和調之貌，東風謂之谷風。興者，風而有雨，則潤澤行，喻朋友同志，則恩愛成。"

嚴粲引錢氏曰："谷風，谷中之風也。"案錢說是也。古人以爲竅穴井谷之類，爲風之所生。《莊子·齊物論》篇說風曰："是唯無作，作則萬竅怒呺，……山陵舊誤林，從奚侗改。之畏佳，大木百圍之竅穴，似鼻，似口，似耳，似枅，似圈，似臼，似洼者，似污者，……"《文選·風賦》曰"浸淫谿谷，盛怒於土囊之口，緣於大舊脫於字，大作泰山之阿"，《淮南子·覽冥》篇"鳳皇……暮宿風穴"，高注曰"風穴，北方寒風從地出也"，《文選·風賦》注引盛弘之《荊州記》曰"宜都佷山縣有山，有穴，口大數尺，爲風井"，《後漢書·郡國志》劉注引《交州記》曰"山有風門，常有風"。此類甚多，不煩枚舉。而《山海經·南山經》曰"旄山之尾，其南有谷，曰育遺，……凱風自是出"，又曰"令丘之山，……其南有谷焉，曰中谷，條風自是出"，則明言風出谷中。《大雅·桑柔》篇"大風有隧，有空大谷"，《箋》

曰"大風之行，有所從而來，必從大空谷之中"，説與《南山經》合，此谷風之的解也。《淮南子·天文》篇曰"虎嘯而谷風至"，虎爲山居之獸，故嘯則山谷生風，此亦谷風爲山谷中風之旁證。《小雅·谷風》篇曰"習習谷風，維山崔嵬"，維猶在也，崔嵬即《莊子》之"畏佳"，謂山之曲隩，詳《周南·卷耳》篇山之曲隩即山谷矣。《蓼莪》篇"南山烈烈，飄風發發"，山風并言，蓋亦謂風在山谷之中。

谷風既爲起自山谷之風，自不當限於東風。嚴粲據《桑柔》篇"大風有隧，有空大谷"，謂谷風即大風，殆不可易。今案《小雅·谷風》篇曰"維風及雨"，又曰"維風及穨"，穨讀爲靁，訓雷，詳彼篇風之挾雷雨以并至者，非大風而何？此亦嚴説之佳證。且習習亦本大風之聲。陸機《行思賦》曰"託飄飄之習習，冒沈雲之藹藹"，飄風固大風也。字一作飍，《萬象名義》曰"飍，大〔風〕"，飍飍又轉爲颯颯，《廣韻》《五音集韻》并曰"颯颯，大風"，并與陸賦之義脗合。《傳》《箋》以谷風爲東風，訓習習爲和舒，和調，揆之《詩》意，皆適得其反。

昔育恐育鞫及爾顛覆《傳》："育，長，鞫，窮也。"《箋》："昔育，育，稚也。及，與也。昔幼稚之時，恐至長老窮匱，故與汝顛覆盡力於衆事，難易無所辟。"

將恐將懼寘予于懷〔《小雅·谷風》〕《箋》："寘，置也。置我於懷，言至親己也。"

本篇"昔育恐育鞫"，義不可通，疑兩育字爲有之誤。《山海經·南山經》曰"旄山之尾，其南有谷，曰育遺，……凱風自是出"，郭注（遺）"或作隧"。案《大雅·桑柔》篇曰"大風有隧，有空大谷"，此《山經》谷名之所本，育隧即有隧之訛也。《莊子·人間世》篇"是以人惡有其美也"，釋文引崔本有作育。《韓詩外傳》七"君又并覆而育之"，日本松皋圓《韓非子纂聞》引育作有。《晏子春秋·問上》篇、《韓非子·外儲説右上》篇、《説苑·政理》篇文略同，亦并作有。此并有育二字互訛之例。《詩》本作"有恐有鞫"，與下文"有洸有潰"，并他篇之"有嚴有翼"，"有倫有脊"，"有壬有林"，"有馮有翼"，"有萋有且"文同

· 143 ·

古典新义

一例。今作育者，有育形聲俱近，又涉下文"既生既育"而誤。林義光讀兩育字爲攸，未確。且本篇與《小雅·谷風》篇，所咏一事，惟文詞詳略爲異，當係一詩之分化。此之"有恐有鞫"，即彼之"將恐將懼"，有將皆語詞，并與且義略近鞫即懼聲之轉也。古音懼在魚部，鞫在幽部。《説文》朐讀若拘，瞿讀若章句之句，趜讀若鞠，《淮南子·修務》篇"攫援摽拂"，高注曰："攫讀如'屈直木令'句，'欲句此木'之句。"句在侯部，而句本丩之孳乳字，是句之古本音當在幽部。絇實糾之異體。《説文》絇從句聲，讀若鳩，是句之古本音，漢時猶有存者。夫瞿聲字多讀若句聲，而句本在幽部，則懼之得轉爲鞫，固宜。《爾雅·釋草》"大菊，蘧麥"，郭注曰"即瞿麥"，《説文》"大菊，蘧麥"，《繫傳》曰"今謂之瞿麥，又名句麥"，是瞿麥又名大菊。懼轉爲鞫，猶瞿轉爲菊矣。

本篇下文曰"既生既育"，與《大雅·生民》篇"載生載育"之語同，彼生育謂生子，此亦宜然。上曰"有恐有鞫懼，及爾顛覆"，下曰"既生既育，比予于毒"，疑所謂顛覆者，指夫婦之事言。《小雅》曰"將恐將懼，寘予于懷"，義同。張衡《同聲歌》曰"邂逅乘際會，得充君後房，情好新交接，恐慄若探湯"，即《詩》恐懼之確解矣。

旄邱

瑣兮尾兮流離之子《傳》："瑣尾，少好之貌。流離，鳥也，少好長醜，始而愉樂，終以微弱。"《箋》："衛之諸臣，初有小善，終無成功，似流離也。"

下文曰"褎如充耳"，則瑣尾當是狀鳥鳴聲之詞。尾疑爲㞷省，音沙。金文《師毁毁》"彤㞷"，《無蠅鼎》、《𡧧盤》、《休盤》并作"彤沙"，郭沫若氏謂㞷爲綏本字，戈綏以氂牛尾爲之，故字從尾，少古沙字，其聲也。案郭説是也。《詩》尾字即㞷之省，瑣㞷雙聲疊韻連語。瑣從貨聲，貨當從少聲，與㞷同聲符猶瑣瑣耳。《説文》曰"貨，貝聲也"，"瑣，玉聲也"。案貝玉之聲，無煩別白，貨瑣仍爲一字。瑣爲貝玉之聲，鳥鳴之聲似之，故狀鳥鳴曰瑣瑣，字變爲瑣㞷，又

· 144 ·

省爲瑣尾耳。嚶從嬰聲，嬰從賏聲，而賏爲貝連，《說文》《小雅·伐木》篇曰"鳥鳴嚶嚶"，亦以貝聲狀鳥鳴，例與此同。賏孳乳爲纓，與訓冠係之緌同義，而罃緌爲古今字，已詳上。又《小雅·小弁》篇曰"鳴蜩嘒嘒"，《大雅·采菽》篇曰"鸞聲嘒嘒"，《商頌·那》篇曰"嘒嘒管聲"。嘒從彗聲，本當讀祥歲切，與瑣尾爲對轉，疑諸言"嘒嘒"者，亦取其象貝玉之聲也。

《傳》曰"瑣尾，少好之貌"，疑本謂聲音之好，與《凱風》篇《傳》"睍睆，好貌"，亦斥聲音者同比。此陳奐說，惟陳謂彼《傳》"貌"爲"也"之誤，則未必然。下文曰"少好長醜，始而愉樂，終以微弱"者，以愉樂微弱分申好醜二義，謂少時鳴聲悅耳，長而微弱，不能成聲也。謝靈運《酬仲弟惠連詩》曰"嚶鳴已悅豫"，聲言愉樂，猶言悅豫矣。流離即鵙鶹，陸疏既誤承張奐說，以鵙鶹爲鴟鵂，故不得不以《傳》所謂"長醜"者爲長大遠食其母。不知既云微弱，即不爲母所食，焉得反食其母哉？以是明其不然。

泉水

女子有行遠父母兄弟《箋》："行，道也。婦人有出嫁之道，遠於親親，故禮緣人情，使得歸寧。"

攜手同行〔《北風》〕《傳》："行，道也。"《箋》："性仁愛而又好我者，與我相攜持同道而去，疾時政也。"

女子有行遠父母兄弟〔《鄘風·蝃蝀》〕《箋》："行，道也。婦人生而有適人之道，何憂於不嫁，而爲淫奔之過乎？惡之甚。"

女子善懷亦各有行〔《鄘風·載馳》〕《傳》："行，道也。"《箋》："女子之多思者有道，猶升丘采其蝱也。"

女子有行遠兄弟父母〔《衛風·竹竿》〕《箋》："行，道也。女子有道當嫁耳，不以不答而違婦禮。"

有女同行〔《鄭風·有女同車》〕《傳》："行，行道也。"《箋》："女始乘車，壻御輪三周，御者代壻。"

駕予與行〔《鄭風·丰》〕

古典新义

　　《北風》篇一章曰"攜手同行"，二章曰"攜手同歸"，三章曰"攜手同車"。案車者親迎之車，歸即"之子與歸"之歸，此新婦贈壻之辭也。《古詩十九首》之十六曰"良人惟古歡，枉駕惠前綏，願得常巧笑，攜手同車歸"，説親迎事而語襲此詩，是其明證。《詩》又曰"同行"者，猶同歸也。女子謂嫁一曰適，行亦猶適矣。《有女同車》篇一章曰"有女同車"，《傳》曰"親迎同車也"，而二章曰"有女同行"，《丰》篇爲親迎而女不至之詩，而三章"駕予與行"與四章"駕予與歸"并舉，是二詩之行亦并謂嫁。以此推之，本篇及《蝃蝀》《載馳》《竹竿》諸篇之"有行"，皆謂適人耳。《渚宫舊事》三引《襄陽耆舊傳》載《高唐賦》曰"赤帝女曰瑶姬，未行而亡"，《列女傳》四《魯寡陶嬰妻傳》曰"雖有賢雄兮，終不重行"，《論衡·骨相》篇曰"故未行而二夫死，趙王薨"，《釋名·釋親屬》曰"兄弟之女爲姪，姪，迭也，共行事夫，更迭進御也"，陳琳《飲馬長城窟行》曰"結髮行事君"。凡此曰行者，并與《詩》行字同義，明此語至漢末猶存。《儀禮·喪服》"子嫁反在父之室"，鄭注曰"凡女行於大夫以上曰嫁，行於士庶人曰適人"，是鄭亦知行有嫁義，乃其箋《詩》仍承毛説，訓行爲道，甚矣其迂也！

静女

　　俟我于城隅《傳》："城隅，以言高而不可踰。"《箋》："又能服從，待禮而動，自防如城隅。"

　　要我乎上宫〔《鄘風·桑中》〕《傳》："上宫，所期之地。"《箋》："……而要見我於上宫。"

　　在城闕兮〔《鄭風·子衿》〕《傳》："乘城而見闕。"《箋》："國亂人廢學業，但好登高，見于城闕，以候望爲樂。"

　　隅，曲隅也。曲字本作㠯金文，作㠲，《説文》《無極山碑》。象隅角形，故隅曲同義。古者築城必就隅爲臺，起屋其上。《考工記·匠人》疏引《五經異議·古周禮説》曰"天子城高七雉，公之城高五雉，隅高七雉，侯伯之城高三雉，隅高五雉"，凡隅皆高於城，即包屋言之也。經傳言城隅，皆指此有屋之隅。城隅或稱樓。《爾雅·釋宮》曰"陝狹而脩曲曰樓"，此樓之本義，實即城隅之有屋者。《考工記·匠人》"宮隅之制七雉，城隅之制九雉"，鄭注曰"宮隅城隅，謂角浮思也"，賈疏謂浮思即城上小樓，是城隅即今城上之角樓也。隅一曰樓者，隅訓曲，樓從婁聲，婁亦訓曲。《開元占經·分野略例》篇説降婁曰"婁，曲也"，《説文》䨂爲䨂之重文，曰"曲梁也"，《廣雅·釋訓》曰"傴僂，曲也"。實則"隅樓"疊韻連語，猶甌窶，傴僂耳。凡連語例可分言，隅樓分言之，或曰隅，或曰樓，義則一而已矣。《方言》五曰"㼽謂之瓺甎"，又曰"瓺甎，㼽也"。瓺甎瓺甎，本係一名。隅一曰樓，猶瓺甎一曰瓺甎也。其以在下築土爲基者爲隅，在上構木爲重屋者爲樓，乃後世之説，即隅樓二字亦當後起，古字宜祇作禺婁耳。僖三十三年《左傳》"取訾婁"，《穀梁》作訾樓。馬瑞辰、金鶚并已謂城隅即樓，而説未能晰，故備論之。

上宮者，《孟子·盡心下》篇"孟子之滕，館於上宮"，趙注曰"上宮，樓也"。案以上宮爲樓，當係舊説。《考工記》有宮隅，上宮蓋即宮墻之角樓，以其在宮墻上，故謂之上宮，一説上讀爲尚，言加於宮牆之上，亦通。亦謂之樓。然宮與城皆垣牆之名，惟所在有遠近爲異，故疑宮隅城隅，其制不殊，而上宮城隅，亦名異而實同。宮隅城隅之屋，非人所常居，故行旅往來，或借以止宿，又以其地幽閒，而人所罕至，故亦爲男女私會之所。金文隅作䢔，從章，象兩亭相對。後世之亭，爲行旅所寄頓，亦或爲男女所集聚，疑即古隅樓之遺。

城闕亦城隅，上宮之類。《爾雅·釋宮》"觀謂之闕"，孫注曰"宮門雙闕"。《説文》曰："闕，門觀也"。《春秋經·定二年》曰"雉門及兩觀災"，昭二十五年《公羊傳》何注曰"禮：天子諸侯臺門，天子外闕兩觀，諸侯内闕一觀"，是觀亦臺也。蓋城牆當門兩旁築臺，臺上設樓，是爲觀，亦謂之闕。城隅，上宮爲城宮牆角之樓，城闕爲城正面夾門兩旁之樓，是城闕亦城隅，上宮之類，故亦爲男女期會之處。《集傳》以《子衿》篇爲淫奔之詩，信矣。

李宗昉《黔記》六曰："八寨黑苗，在都匀府屬。……各寨野外均造一房，名曰馬郎房，未婚之女，晚來相聚其所歡悦者。"《小方壺齋輿地叢鈔》第七帙今夷人寨子中亦所在有之，名曰"公房"，亦男女集聚之所。疑城隅、上宮、城闕即馬郎房、公房之類，竢更考之。

新臺

籧篨不鮮《傳》："籧篨，不能俯者。"《箋》："籧篨口柔，常觀人顔色而為之辭，故不能俯也。"

得此戚施《傳》："戚施，不能仰者。"《箋》："戚施面柔，下人以色，故不能仰也。"

《晉語》四胥臣對文公曰"蘧蒢不可使俯，戚施不可使仰，僬僥不可使舉，侏儒不可使援"，又曰"戚施直鎛，蘧蒢蒙璆，侏儒扶盧"。案此謂器物裝飾之刻為人或動物之形者，僬僥侏儒，人之屬也，戚施蘧蒢，物之屬也。盧讀為欂櫨之櫨。《禮記·明堂位》注"刻欂盧"。《說文》曰"櫨，柱上柎也"，《淮南子·主術》篇"短者以為朱儒枅櫨"，高注曰"朱儒，梁上戴蹲跪人也"。案欂櫨者，方木似斗形，在短柱上，拱承屋棟，一曰斗栱。侏儒即短柱之刻為人形，以承斗栱者，故曰"侏儒扶盧"。其狀雙手上舉，既已上舉，則不可垂手以下援，故又曰"侏儒不可使援"。僬僥所事，胥臣無説，以侏儒推之，蓋刻為小人之形，雙手下垂，有所援引者。既已下援，則不得上舉，故曰"僬僥不可使舉"也。

戚施《說文》作鼀䵷，云"詹諸也"。案鼀為正字，簨簴之柎，刻木象黽屬之形，故字從黽作。施為樾省，別體作㭼，所以庋縣樂器之具也，《一切經音義》二二引《蒼頡篇》"㭼，格也，架也"，《說文》"㭼，絡絲柎也。"以其刻為黽形，故亦或從黽作䵷。"戚施直鎛"者，直讀為置，鼀為置鎛之欄㭼，故謂之鼀䵷，一作戚施。金文《邵黛鐘》曰"大鐘八肆，其竃四堵"，竃亦鼀字，此謂縣鐘之簴刻為黽形者凡四枚，一枚為一堵詳下，故曰："其竃四堵"。《淮南子·說林》篇"鼓造辟兵，壽盡五月之望"，高注曰："鼓造蓋謂梟，一曰蝦蟇，今世人五月望作梟羹，亦作蝦蟇羹。"莊達吉曰："造即戚字，故'戚然改容'亦作'造然'。《毛詩》'戚施',《説文解字》作'鼀𪓿',云'詹諸也',詹諸即蝦蟇矣。"案莊説是也。造爲造省詳下,造者𪓿之異體,《周禮·大祝》"二曰造",注曰"故書造作𪓿"。鼓造本鼓縣之簴,其物刻爲黽形以置鼓,故曰鼓𪓿,字變爲爲造,又省爲造耳。置鼓以𪓿,猶置鎛以戚施鼀𪓿,𪓿即戚施也。刻鼓簴以象黽形,因名曰鼓𪓿造,又轉以鼓簴之名,名其所象之實物,則呼黽爲鼓造。呼黽爲戚施鼀𪓿,亦猶是也。𪓿字又變作鼗,而呼立於𪓿上之鼓曰鼗鼓,字一作鞉若鞀。其置磬縣者,字則作䚇。《衺石磬》曰"自作造磬",即䚇磬。磬曰䚇磬,猶鼓曰鼗鼓,鼗鞉鞀與磬并鼀𪓿之孳乳字,造則𪓿之變。䵺黽之屬皆四足據地,無脰,首不能仰,故曰"戚施不可使仰"也。

蘧篨者,蘧即鐻。《説文》曰"虡,鍾鼓之柎也,飾爲猛獸",重文作鐻,篆文作虞。《釋名·釋樂器》曰:"虡,舉也,在旁舉筍簨也。"案虞從虍異,異本作𠔮,象人雙手舉物以戴於首上,此物刻爲獸形,而背上復有所抗舉,故字從虍從異。篆文虞即虡省田。重文鐻從豦者,《説文》引司馬相如説曰"豦,封豕之屬",《考工記·梓人》曰"厚脣弇口,出目短耳,大胸燿後,大體短脰,若是者謂之臝屬,恒有力而不能走,其聲大而宏,……若是者以爲鐘虡",即《説文》所謂"飾爲猛獸"者也。蘧篨疊韻連語,猶鐻也。"蘧篨蒙璆"者,韋注曰:"蒙,戴也,璆,玉磬"。案此謂磬虞,縣磬之狀如蓋,虞之首適當蓋下,如被幪覆,故曰"蘧篨蒙璆"也。飾虞之獸,其狀多蹲其後足,而以前足據持其身,如此者則其首仰,故曰"蘧篨不可使俯"也。

《詩》意本以飾虞之物象喻人之貌醜,故《御覽》九四九引《韓詩》薛君《章句》曰:"戚施,蟾蜍,蘧篨,蠛蜢,喻醜惡。"惟薛説不及蘧篨,未審其意何如。《毛傳》"蘧篨不能俯者","戚施不能仰者",義本《國語》,此雖於詩人設喻之意,少所闡發,然所説二物之狀,自是不誤。至《箋》用《爾雅》義,以口柔面柔分釋不能俯仰,則是以貌惡爲德惡,既乖《詩》義,兼失《傳》旨矣。若夫鐘鼓之縣,

· 149 ·

古典新义

其横者曰箕，字一作筍，又作篯，皆從竹作，蓋其物本或以竹爲之。其直立之杠，或亦用竹，惟立杠之柎名曰虡者，則當刻木石，或鑄金爲之，斷無用竹之理。今虡字亦或從竹作簴者，蓋俗書涉箕筍篯諸字而誤增。詩籧篨即虡，已如上説，其字從竹作，蓋亦猶虡一作簴，乃流俗之妄增，非造文之正體邪？後儒以其偶與竹席之籧篨同名。《淮南子·本經》篇曰"霜文沈居，若簞籧篨"，《急就篇》曰"竹器簦笠簞籧篨"，《方言》三曰"簞自關而西，其麤者謂之籧篨"。遂以竹席釋之，未之深考耳。

魚網之設鴻則離之《傳》："言所得非所求也。"《箋》："設魚網者宜得魚，鴻乃鳥也，反離焉，猶齊女以禮來求世子，而得宣公。"

隰有游龍〔《鄭風·山有扶蘇》〕《傳》："游龍，紅草也。"《箋》："游龍猶放縱也。……紅草放縱枝葉於隰中。"

《山有扶蘇》篇之游龍，據《箋》説，則游爲形容詞，草名本祇曰龍。《爾雅·釋草》曰"紅，蘢古"，龍即蘢字，其韻母爲 *-ung，"古"蓋即韻尾 *—g 之重讀。蘢又名屈蘢。《淮南子·墬形》篇"海閭生屈龍"，高注曰"屈龍，游龍，鴻也"，引《詩》"隰有游龍"。鴻即紅，并從工聲，《一切經音義》一一引《聲類》曰"鴻，或鴻字，同"，《漢書·司馬相如傳上》注曰"鴻古鴻字"。鴻從工聲。故得通用。《廣雅·釋草》曰"葒，龍蘈，馬蓼也"，《名醫別錄》云"葒草一名鴻蘈，如馬蓼而大"。葒爲紅之專字，龍蘈即蘢古之轉，而龍蘈一曰鴻蘈，則猶蘢一曰鴻也。至龍蘢或謂之紅葒鴻者，紅葒鴻并從工聲，疑工與龍古讀均爲 *gl- 複輔音，故得互通。假定龍蘢與紅葒鴻之音值爲 *glung，則"屈蘢"正其緩讀，故此草又名屈蘢。

何以知龍之古音讀 *gl- 乎？曰：（一）《卜辭》曰"……龔雙❀……□其乎勺……"（原文此處爲"□"）前四，二九，三，又曰"貞乎行取龔雙于㠯岩氏"前四，三〇，一，又曰"□辰卜（原文此處爲"□"），貞子雖不作鼓，不龍雙囚"前四，二九，四。或曰龔雙，或曰龍雙，明龔龍二字通用。（二）《說文》龔龑俱從龍聲。夫龔龑并以龍爲聲符，而龔又與龍通用，必三者音讀相同。同之道若何？俱讀 *gl- 是也。

· 150 ·

又何以知工聲亦讀 *gl- 乎？曰古工聲字與龍聲字每不分。（一）《史記·司馬相如傳》"深山之谾谾"，《索隱》引晉灼曰"谾古豅字"，又引蕭該曰"谾谾，長大貌，或作豅"，《說文》曰："豅，大長谷也"。谾從空聲，空從工聲。（二）《說文》曰"儱，兼有也"，《廣雅·釋詁》一仜儱并訓有。《說文》巩訓襃，𢪉訓擁，襃擁與兼有義近，是仜即巩𢪉字。王念孫改仜爲仁，非是。又《說文》曰"礱，䃺也"，《易·繫辭傳》虞注曰"攻，摩也"，䃺摩古字通。疑儱與仜，礱與攻，古皆同語，義同由於聲同也。（三）金文《麥尊》曰"王射大䲴，禽"，說者謂大䲴即大鴻，殆是。案䲴蓋即《史記·楚世家》"小臣之好射騏雁羅鸗"之鸗，徐廣引呂靜曰"鸗，野鳥也，音龍"，實則鸗與雁并舉，即鴻耳。鴻字古作鳿，亦從工聲。以上豅一作谾，儱一曰仜，礱一曰攻，鴻一曰鸗，皆工聲字與龍聲字不分之證。龍本讀 *gl-，既如上說，工與龍不分，則亦當讀 *gl-。

紅亦從工聲，紅𦯈一曰龍龖，與上揭諸例正同，而紅高注《淮南》作鴻，則草名鴻一曰龍，與鳥名鴻一曰鸗，尤爲符合。以上揭諸例推之，紅𦯈一曰龍龖，殆亦古語 *gl- 複輔音之遺迹矣。

本篇"魚網之設，鴻則離之"，鴻必非鴻鵠之鴻（詳下），以工聲字與龍聲字古每不分推之，鴻當爲蘫之假。蘫即苦蘫。《廣雅·釋魚》曰"苦蘫，蝦蟆也"，《名醫別錄》曰："蝦蟇一名蟾蜍，……一名苦蠪。"《詩》鴻讀爲蘫，蘫即蝦蟇，故得誤絓於魚網之中，又得與魚對舉以分喻美醜。下文曰"燕婉之求，得此戚施"，戚施即蝦蟇，已詳上條，鴻（蘫）與戚施亦同物異名耳。《詩》上二句與下二句實衹一意，故《傳》曰"言所得非所求也"。《易林·漸之睽》曰："設罟捕魚，反得詹諸。"（詹本誤作居。《初學記》"一月"類曰"居蟠顧兔"，居亦詹之誤，注引《春秋元命苞》曰"月之爲言闕也，兩設蟾蜍與兔者……"可證。《初學記》亦詹誤爲居，與此同比。）《詩》曰"鴻則離之"，《易林》曰"反得詹諸"，詹諸蝦蟇，同物異名，然則《齊詩》家正讀鴻爲蘫矣。《毛傳》不釋鴻字，《鄭箋》則直以爲鳥名。不知鴻者高飛之大鳥，取鴻當以矰繳，不聞以網羅。藉曰誤絓，則鴻非潛淵之物，施罟水中，

· 151 ·

古典新义

亦無得鴻之理。且《詩》明以鴻喻醜惡，而《管子·形勢解》篇曰"將將鴻鵠，貌之美者也"，是古以鴻爲美鳥，書有明徵。《韓詩外傳》十有齊使獻鴻於楚王事，唐寫本《華林遍略》殘卷引《魯連子》，亦言展母所爲魯君使，遺鴻於齊襄君。亦見《初學記》二〇《御覽》九一六。意者鴻鶴二鳥，於古并稱珍禽，齊楚二君之好鴻，亦猶衛懿之好鶴歟？然則《詩》稱鴻以喻醜惡者，其非鴻雁之鴻，決矣。鄭君以鴻爲鳥，此其識見，去《齊詩》家曷可以道里計哉？

至蟲名䗽者一曰苦䗽，又曰鴻，此則與草名蘢者一曰屈蘢，又曰鴻，其比正同。本篇鴻讀爲䗽，《山有扶蘇》篇蘢又讀爲紅，皆古語工聲（g-）與龍聲（l-）不分之例。工龍不分，非g-、l-不分也，乃古讀工龍皆爲*gl-耳。古漢語有複輔音之説，創自西人Edkins氏，國人林語堂氏論之尤悉。近頃學者，疑信參半。余讀詩，偶得此二例，不知於二氏之説果有助否。姑并記之，以竢專家論定焉。

二子乘舟

汎汎其景《傳》："……國人傷其涉危遂往，如乘舟而無所薄，汎汎然迅疾而不礙也。"

景行行止〔《小雅·車舝》〕《傳》："景，大也。"《箋》："景，明也。……有明行者則而行之。"

既溥既長既景廼岡〔《大雅·公劉》〕《傳》："既景廼岡，考於日景，參之高岡。"《箋》："既廣其地之東西，又長其南北，既以日景定其經界於山之脊。"

《説文》曰："扃，以木橫貫鼎耳而舉之，從鼎冋聲。"案冋象橫木，加口作冋，《説文》冋爲門之古文孶乳爲扃，閉户之橫木也。冋之本義爲橫木，故又孶乳爲迥，而訓長訓遠。《大雅·泂酌》篇"泂酌彼行潦"，《傳》曰"泂，遠也"，《魯頌·駉》篇"在坰之野"，《傳》曰"坰，遠野也"，泂坰并與迥同。景迥聲近，《禮記·中庸》"衣錦尚絅"，《列女傳·齊女傅母傳》引《詩》"衣錦絅衣"，《儀禮·士昏禮》"母加景"，作景。《詩》迥字多以景爲之。本篇"汎汎其景"與二章"汎

· 152 ·

汎其逝"并舉，景讀爲迥，言飄流漸遠也。《車舝》篇"高山仰止，景行行止"，景亦讀爲迥，迥行猶遠道，與高山對文。《公劉》篇曰"既溥既長，既景廼岡"，景亦讀爲迥，訓遠，"既溥既長既迥"，皆所以形容岡之形勢者也，《傳》《箋》諸説均誤。王引之據《魯頌·泮水》篇《傳》"憬，遠行貌"。讀本篇之景爲憬，謂"汎汎其景"與"汎汎其逝"語意同。案王説義是而讀非。《泮水》篇"憬彼淮夷"，憬三家作獷，則當訓粗野貌，毛訓遠行貌，其説實誤。本篇景之義爲遠行，乃迥之借，非憬之借也。

詩新臺鴻字説

一

《詩·邶風·新臺》篇曰："魚網之設，鴻則離之。"《傳》不爲"鴻"字作訓，殆以爲鳥名，人所習知，無煩詞費。雖然，余竊有疑焉。夫鴻者，高飛之大鳥[①]，取鴻當以矰繳[②]，不聞以網羅也。此其一。藉曰誤得，則施冪水中，亦斷無得鴻之理。何則？鴻但近水而棲，初非潛淵之物，鴻既不入水，何由誤絓於魚網之中哉？此其二。抑更有進者，上文曰"燕婉之求，籧篨不鮮"，"燕婉之求，籧篨不殄"，下文曰"燕婉之求，得此戚施"，籧篨戚施皆喻醜惡[詳下]，則此曰"魚網之設，鴻則離之"者，當亦以魚喻美，鴻喻醜，故《傳》釋之曰"言所得非所求也"。然而夷考載籍，從無以鴻爲醜鳥者。《説文·鳥部》曰"鴻，鴻鵠也"，《史記·留侯世家索隱》曰"鴻鵠一鳥，若鳳凰"。賈誼《惜誓》曰："黄[一作鴻]鵠後時而寄處兮，鴟梟羣而制之；神龍失水而陸居兮，爲螻蟻之所裁。"黄鵠與神龍并舉，其

[①]《史記·留侯世家》載高帝歌"鴻鵠高飛一舉千里"。賈誼《惜誓》："黄（一作鴻）鵠之一舉兮，知山川之紆曲，再舉兮，睹天地之圓方。"

[②]《左·襄一四年》傳"射鴻於囿"。《孟子·告子上》篇："一心以爲有鴻鵠將至，思援弓繳而射之。"《藝文類聚》九〇引《莊子》"人知飛鴻者，吾必矰繳而射之"。（語在《天運》篇，今本《莊子》脱之，唐寫本《華林遍略》殘卷亦引。）《淮南子·人間》篇："夫鴻鵠淩乎浮雲，背負青天膺摩赤霄，雖有勁弩利矰微繳薄且子之巧，亦弗能加也。"

· 154 ·

見重如此，而鴻鵠與黃鵠實一鳥而毛色微異，則古不以鴻爲醜鳥明矣。又陸機《毛詩義疏》曰"鴻鵠羽毛光澤純白，似鶴而大"，是鴻鶴同類。《韓詩外傳》有齊使獻鴻于楚王之事，《魯連子》又有展母所爲魯君使遺鴻于齊襄君之事，① 意者鴻鶴古者并爲珍禽，楚齊二君之好鴻，亦衛懿公好鶴之類歟？若然，則古不以鴻爲醜鳥，益有徵矣。至於後世詞人賦詠所及，則靡不盛言此鳥之美。

晉成公綏《鴻雁賦》曰："夫'鴻漸'著羽儀之歎，《小雅》作于飛之歌，斯乃古人所以假象興物，有取其美也。"②

晉曹毗《雙鴻詩序》曰："近行東野，見有養雙鴻者，其儀甚美，又善鳴舞。"③

今乃令鴻與籧篨戚施爲伍，至目爲醜惡之象徵，竊恐古今人觀念之懸絕不至如是也。此其三。鴻之爲鳥，既不可以網取，又無由誤入於魚網之中，而以爲醜惡之喻，尤大乖於情理，則《詩》之"鴻"，其必別爲一物，而非鴻鵠之鴻，尚可疑哉？

二

然則鴻果何物乎？曰，以《詩》之上下文義求之，"鴻"與"籧篨""戚施"當爲一物。戚施者，《太平御覽》九四九引《韓詩》薛君《章句》曰"戚施，蟾蜍，蝍蜟，喻醜惡"；字一作䵷黽，《說文·黽部》曰"䵷黽，詹諸也"，引《詩》作䵷黽。是戚施即蟾蜍也。籧篨與戚施并舉，以《三百篇》文例推之，二者當爲一物。余謂籧篨爲蟾蜍之異名，前著《天問釋天》④ 既列十有一事以證之矣。今案《詩》曰"籧篨不鮮"，

---

① 唐寫本《華林遍略》殘卷，《初學記》二〇，《太平御覽》九一六并引。展母所《初學記》作展無所，齊襄君《御覽》作齊襄公。

② 《藝文類聚》九〇引。

③ 同書同卷引，近下脱行字，從唐寫本《華林遍略》引補。

④ 《清華學報》第九卷第四期。

· 155 ·

又曰"籧篨不殄"，鮮殄皆屬魚言。鮮者美也，殄借爲珍，亦美也。鮮珍爲味之美，亦爲容貌之美。魚爲鮮物珍物，故詩人即借求魚以喻求燕婉之美壻。①知鮮珍皆屬魚言，則"籧篨不鮮""籧篨不殄"，猶言所得者是籧篨而非魚耳。魚與籧篨對舉以喻美醜，則籧篨之物，必魚之同類而品質相反者，此則非下文之戚施亦即蟾蜍者何足以當之？②

《詩》意以戚施籧篨與魚對舉，又以鴻與魚對舉，戚施籧篨并即蟾蜍，則鴻亦當即蟾蜍矣。

三

《說文·黽部》所載諸名皆大腹蟲，是黽本有大腹義。蟾蜍一名黿，《爾雅·釋魚》。一名鼀黿，《周禮·蟈氏》。一名耿黽，《蟈氏》鄭注。其他異名若𪓰鼀，《說文》。鼀𪓰，《爾雅》。字亦皆從黽，蓋皆取義於大腹也。

《爾雅·釋魚》"鼀𪓰，蟾諸，在水者黽"，郭注曰："耿黽也，似青蛙，大腹，一名土鴨。"《名醫別錄》"蝦蟆，一名蟾蜍，一名𪓰，一名去甫，一名苦蠪"，陶注曰"此是腹大皮上多痱磊者"。《玉篇·黽部》曰："黽，蝦蟆屬，似青蛙而大腹。"

---

① 《說文》鮮古文作鱻，從三魚，是以魚爲鮮：《禮記·內則》曰"冬宜鮮羽"，《老子》六○章曰"治大國若烹小鮮"，《易林·兌之无妄》曰"結網得鮮"，又并以鮮爲魚。鮮訓美，而魚鮮義可互通，故魚可爲美之象徵。《國風》中男女之間互以魚比其對方者，其例至繁，容續爲文論之。

② 《說文·厂部》曰："厱諸，治玉石也。"《廣雅·釋器》曰："礛䃴，礪也。"案厱諸謂之䃴者，謂其質粗厲也。《說文·黽部》："无黿，詹諸也，其鳴詹諸（此解誤甚，詳下），其皮鼀黿，其行无无。"其皮鼀黿，亦謂其粗厲，《名醫別錄》陶注所謂"皮上多痱磊者"是矣。厱諸詹諸，蓋異物而同名，以其粗厲，故厱諸亦名䃴，詹諸亦名蝦蟆。癩即瘌字。《說文·疒部》"瘌，惡疾也"。引申爲人貌醜惡之稱。字或作厲，《莊子·齊物論》篇"厲與西施"是也。《詩》以蟾蜍喻醜男子，意實謂其爲耳。今俗語曰"癩蝦蟆想吃天鵝肉"，其所由來舊矣。又案厱諸之名，近人章鴻釗謂本西域語。（說見《石雅》中編葉一八○）果爾，則蟾蜍（戚施、籧篨）亦西域語。蓋厱諸蟾蜍爲譯音，䃴瘌爲譯意。許君云"其鳴詹諸"，遠失之矣。

諸書稱蟾蜍之狀皆曰大腹,則上揭之黽及從黽諸名皆取義於大腹,益無疑矣。

鴻亦有大腹義。鴻古作鳿,《一切經音義》十一引《聲類》曰:"鳿或鴻字,同。"《漢書·司馬相如傳上》顔師古注曰"鳿古鴻字"。一作雂。《說文·隹部》曰:"雂,鳥肥大雂雂然也。鳿,雂或從鳥。"案肥大與大腹之義相因,雂實即鴻字,許君訓雂爲鳥肥大雂雂,又別載鴻於"鳥部",云從鳥江聲,誤矣。諸工聲之字多與大腹之義相關。《說文·人部》曰:"仜,大腹也,讀若紅。"《集韻》引《埤蒼》曰:"脞肛,腹脹也。"他若在器曰缸,在舟曰䑦舡,并物之厎然有似大腹者。鳿鴻亦從工聲,則其本義當爲大腹鳥。蟾蜍爲大腹蟲,鴻爲大腹鳥,故蟾蜍亦得謂之鴻,形相似,斯名得相通也。

又《說文·大部》曰"奚,大腹也",黽部"曰:"鼃,水蟲也,巂貉之民食之。"章炳麟曰:"此即今人呼黿爲田鷄者,黿大腹者,故鼃從奚聲。"① 案章說是也。《集韻》:"䵶鼃,黿類,似蜘蛛,出遼東,土人食之。"䵶鼃蓋即田鷄,《太平御覽》九四八引《夢書》曰"黿黿爲大腹,其性使然也",䵶鼃似蜘蛛,正以其大腹耳。② 然䵶鼃字今俗遂書作"田鷄",於義亦通。鷄亦大腹也,故蟲之大腹者謂之田鷄,形相似,斯名得相通也。蟾蜍謂之鴻,蝦蟆謂之田鷄,其例不殊,此亦鴻得爲蟾蜍異名之一證矣。

四

以上就蟾蜍之諸異名,觀其音義之會通,因以推知蟾蜍亦得稱鴻,其說既信而有徵矣。雖然,理論上蟾蜍有稱鴻之可能與否爲一事,

---

① 《新方言》。
② 實則鼃即黿字,奚圭并在支部,古爲同音字,故從圭之字或亦從奚。謑一作謥,鞋一作鞵,《淮南子·俶真》篇高注曰"觟讀若倠",《水經·鍾水注》曰"鷄水一名桂水",可證。

古典新义

事實上古人果嘗呼蟾蜍爲鴻與否又爲一事。故今所欲急知者，古稱蟾蜍爲鴻之實例，《詩》之外，尚有存在者乎？曰有之——變相的有之。《廣雅·釋魚》曰："苦蠪，蝦蟆也。"《名醫別錄》曰："蟾蜍一名苦蠪。"余謂苦蠪即鴻之古讀也。鴻之最初語根爲工，古當讀 kung，然更早當有複輔音，讀爲 klung，再由單音變爲雙音 k'ulung，即苦蠪矣。其演變歷程之全部蓋有如下圖：

$$klung > hung$$
$$klung > k'ulung > k'ulunghung > 鴻(古音)鴻(今音)$$
$$苦蠪 \qquad lung$$

試舉三例以明之：

1. 空孔曰窟籠。近人林語堂《古有複輔音說》[①] 有此條，引《宋景文筆記》曰"孔曰窟籠"，又引江南《志書》太倉州"飜語爲字者"條下曰"孔爲屈籠"，嘉定縣志亦云。又云北京上海猶有此語案此語是處有之，不獨北平、上海。又暹羅語，klong 圓筒也，klung 空也，有洞也，kuang 寬敞也，皆華文"孔"之轉語。

2. 項曰胡嚨。《說文》亢之重文作頏，《廣雅·釋親》"頏，項也"。《爾雅·釋鳥》"亢，鳥嚨"，郭注曰"嚨謂喉嚨"，《漢書·婁敬傳》注引張晏曰"亢，喉嚨也"。案喉嚨一曰胡嚨。

3. 鴻曰屈蘢。《淮南子·墜形》篇"海閭生屈蘢"高注曰："屈蘢，游龍，鴻也。"

窟籠謂之空，胡嚨謂之項，屈蘢謂之鴻，并猶苦蠪謂之鴻也，而蟲之苦蠪謂之鴻，草之屈蘢亦謂之鴻，其例尤爲明著。以上由古代俗語，近代俗語并與我同系之暹羅語，推知鴻與苦蠪爲語之變，而苦蠪實蟾蜍之異名，則古有稱蟾蜍爲鴻者，亦從可知矣。

---

① 《語言學論叢》。

五

　　自《詩》之文義觀之，鴻之不當爲鳥名既如彼，自文字音義及語言演變之迹觀之，鴻爲蟾蜍之異名，其確切又如此，然則《詩》之"鴻"爲何物，乃常識之至淺近者，何二千年來説《詩》者無一人知之乎？曰，是不然也。《詩》"鴻"字之義，先秦師説不可考，漢儒固知之，不知者後人耳；魯韓之説不可考，《齊詩》家固知之，不知者《毛詩》家耳。《易林·漸之睽》曰："設罟捕魚，反得居諸。"即用本詩。居諸者何？蟾蜍也。《初學記》一"居蟾"下注引《春秋元命苞》曰"月之爲言闕也，兩①設蟾蟾與兔者，陰陽雙居，明陽之制陰，陰之倚陽"，以蟾蟾釋居蟾，是居蟾即蟾蟾也。居諸與居蟾同。②《詩》曰"鴻則離之"，《易林》曰"反得居諸"，非齊説以鴻爲蟾蜍之明驗乎？

　　原載《清華學報》第十卷第三期，民國二十四年七月。

---

① 原誤而，今正。
② 或曰《易林》之居諸，《初學記》之居蟾，二居字并詹之形誤，似亦可通。然蟾蜍一曰居諸，古實有此稱，説詳《天問釋天》。

爾雅新義

林烝天帝皇王后辟公侯君也〔詁〕

案王引之云，林烝訓君之君，當讀爲羣，是也。今謂天帝以下又可區爲二類，天帝皇，神君也，王后辟公侯，人君也。《楚辭·九歌》有東君、雲中君、湘君。《東皇太一》"君欣欣兮樂康"，《大司命》"君迴翔兮以下"，《少司命》"君誰須兮雲之際"，《山鬼》"君思我兮然疑作"，亦皆稱君。《北堂書鈔》一四四引《金匱》："先進南海君，次東海君，次西海君，次北海君，次河伯，雨師，風伯。"《史記·秦始皇本紀》"爲吾遺滈池君"《集解》引服虔曰"水神也"。《漢書·禮樂志》（《郊祀歌》十九）"百君禮"注："百君亦謂百神也。"或謂之神君。《漢書·郊祀志》："神君最貴者太一，其佐曰太禁，司命之屬皆從之。"《韓非子·說林上》篇："蛇將徙，有小蛇謂大蛇曰……子不如相銜負我以行，人必以我爲神君也。"古曰帝曰皇，如三皇五帝之屬皆神也。戰國時人君始稱帝，秦始皇帝始於帝上加皇字。《爾雅》次帝皇於天之後，王后辟之前，而帝復在皇前。可悟二字涵義嬗變之迹。

廢大也〔詁〕

案《周書·官人》篇"華廢而誣"，諸家皆訓廢爲大，而未詳其得義之故。今謂廢與伐聲同義通。《論語·公冶長》篇"願無伐善"，《左傳·襄十三年》"小人伐其技以馮君子"，《國語·周語》"好自伐其功"，《老子》二十二章"不自伐，故有功"，《淮南子·修務》篇"事成而身弗伐"，注"伐，自矜大其善"。華廢即誇伐，誇與伐皆大也。《説文》："橃，海中大船也。"《詩·敬之傳》"佛，大也"，《廣雅·釋詁一》"柫，大也"，《釋器》"紼，繂也"，孫炎以爲大索。《淮南子·天文》篇"勃海決"，注"勃，大也"，《禮記·緇衣》"王言如絲，其出如綸；王言如綸，其出如綍"，注"言出彌大"。凡從發或與發聲近之字多訓大。

貢賜也〔詁〕

《説文》："韺，韶也，舞曲也，樂有章，從章從夆從夂，《詩》曰韺韺舞我。""贛，賜也，從貝韺省聲，籀文贛，從章從㚇聲。"案《毛詩·伐木》"坎坎鼓我，蹲蹲舞我"，坎三家蓋有作韺者，《玉篇》韺古文坎，或出《韓詩》。許君誤記，又以字從夆從夂，因説爲舞曲字，非也。然擬聲之字，多由假借，《詩》以韺爲鼓聲，亦非其本義。實則韺贛一字，金文降多訓賜，《天亡殷》"王祀于天室，降天亡又佑，王衣祀于王不顯考文王，事喜𤊾上帝"，"王降亡助爵復橐"，皆謂賜也。韺贛當從降省聲，夆即夅之鏃文。從章即璋，金文璋多作章。以玉賜人也。贛又從貝，兼以貝賜也。贛隸變作贛，則以工爲聲。衛端木賜，字子贛《樂記》，《淮南子·精神》篇"今贛人敖倉，予人河水"，《要略》篇"一朝用三千鍾贛"，高注并云"贛，賜也"。省作貢，《釋詁》"貢，賜也"。《𩵋鐘》"降余多福"，《猶鐘》"降福無疆"，《虢叔旅鐘》

· 161 ·

古典新义

"降旅多福",《克盨》"降克多福",《士父鐘》"降余魯多福亡彊",《禹毁》"降余多福繇鼇",《井人妄鐘》"降余厚多福無彊",降亦俱訓賜。

黎衆也〔詁〕

案《令毁》"姜商賞令貝十朋,臣十家,鬲百人",《大盂鼎》"易女邦嗣四伯,人鬲。自馭至于庶人六百又五十又九夫;易夷嗣王臣十又三伯,人鬲千又五十夫"。鬲麻古字通,《說文》鬲漢令作㽁,《書·大誥》"大麻服"。麻魏《三體石經》作鬲。《弓鎛》"女應鬲公家"孫星衍讀爲歷。《荀子·大略》篇"鬲如也",于省吾讀爲歷。《逸周書·世俘》篇"武王遂征四方,凡憝敦國九十有九國,馘麻億有十萬七千七百七十有九,俘人三億萬有二百三十",孫詒讓謂麻爲俘虜,即金文之鬲,是也。于省吾又謂《書·梓材》"麻人"即人鬲,亦是。又疑鬲麻隸古通,《國語·魯語》"子之隸也"注:"隸,隸役也"。《周禮·禁暴氏》:"凡奚隸聚而出入者則司牧之。"注:"奚隸,女奴男奴也"。案于說甚碻。《釋詁》"歷,傅也",《說文》"隸,附箸也",是歷隸聲近義通之比。餘謂黎聲亦近。《書·禹貢》"厥土青黎"馬注"黎,小疏也"。《管子·地員》篇"赤壚歷彊肥"注"歷,疏也"。《詩》《書》屢言黎民,猶《梓材》曰"麻人"也,《盤庚》"視民利用遷",于省吾讀民利爲民黎,黎民或倒之曰民黎,猶麻人或倒之曰人鬲也,黎猶人也民也。《書·大誥》"民獻有十夫",郭沫若云民獻即金文之人鬲,獻與甗同,古本作鬳,與鬲形近,故鬲誤爲獻。案郭說是也。《酒誥》"女劼毖殷獻臣",亦即鬲臣也。《皋陶謨》"萬邦黎獻",黎爲鬲之聲轉,獻爲鬲之形誤,黎即獻耳。古字訛變不可究詰往往若是。黎訓衆,亦猶人與民皆訓衆耳。《說文》"民,衆氓也",《詩·載芟》"緜緜其麃"韓作民民,云衆也。《說文》"黔,黎也,秦謂民爲黔首,謂黑色也,周謂之黎民",訓黎爲黑,謬矣。

翼敬也〔詁〕

甲骨文異字作🅰《前》五，三八，六。🅱前五，三八，七。象人首戴甾《說文》"甾，東楚名缶曰甾"，案甾缶古同字。雙手拱持之之狀。金文作🅲《單異敦》，🅳《盂鼎》，🅴《虢叔旅鐘》，小篆作🅵，皆形之訛。異爲戴之本字，《虢叔旅鐘》"皇考嚴在上異在下"，即戴在下也。人有所驚異，輒舉兩手如戴物之狀。故引申孳乳爲驚異怪異。戴重者立必端，行必遲，恭敬之貌似之，故異又訓敬。經傳通以翼爲之，《論語·鄉黨》篇"趨進翼如也"，皇疏"翼如謂端正也"。《詩·大明》"小心翼翼"《箋》"翼翼，恭慎貌"，最得其朔。《左傳·昭九年》"翼戴天子"，《尚書中候》"欽翼皇象"注"翼，奉也"。《文選·天台山賦》"彤雲斐亹以翼櫺"注"翼猶承也"。《楚辭·離騷》"鳳凰翼其承旗兮"，諸翼字并當作異，奉承亦戴也。

鳥以兩翼夾持其身，如人以兩手自拱持之狀，故異孳乳爲翼。《書·皋陶謨》"汝翼"，《史記·五帝本紀》作"汝輔"。《詩·行葦》"以引以翼"《箋》"在旁曰翼"，此翼之本義也。

漠察清也〔言〕

《說文》："漠，清也。"《莊子·知北遊》篇："澹而靜乎，漠而清乎。"《列女傳》二《宋鮑女宗傳》："澂今作澱，《說文·水部》繫傳引作澱，茲據改。漠酒醴，羞饋食，以事舅姑。"《風俗通義·愆禮》篇"澄漠今誤作酒，從孫詒讓校改。酒醴，今本脫醴字，從孫補。以養舅姑。"澂澄同。澂漠猶澂清也。支遁《詠懷詩》："及鑒歸澄漠。"清亦訓察，《呂刑》"明清于單辭"，《後漢書·明帝紀》作"明察單辭"。《法言》五百卷"聆聽前世，清視在下，鑒莫近於斯矣"，清視即察視。《楚辭·漁父》"孰能以身之察察，受物之汶汶乎？"察察，清貌也。

· 163 ·

肇敏也〔言〕

案《釋詁》"劭,勉也",肇敏與劭勉聲近義同。《服尊》"服肇夙夕明盟言"猶《邢侯彝》"邵朕福皿盟"也,邵與劭同。《詩·江漢》"肇敏戎公",《不娶毀》"女肇誨于戎工",《叔夷鐘》"女肇勳于戎攻",誨勳并與敏同。肇敏連文,義猶亹勉也。《曆鼎》"曆肇對元德"猶《大豐毀》"每揚王休",每與敏同。《禾彝》"禾肇乍皇母懿辥孟姬饌彝",《楸季毀》"楸季肇乍朕王母帚姜寶毀",《滕虎毀》"滕虎敢肇乍氒皇考公命仲寶尊彝",猶《唯叔鼎》"誨乍寶鬲鼎"也。《孟鼎》"今餘唯令女孟召炎勞敬雝德經,敏朝夕入讕",《晉姜鼎》"用召匹辟辟,敏揚氒光剌",皆上曰召,下曰敏。召與劭同,劭敏猶肇敏也。古兆亹同字,劭肇與兆同,勉敏與亹同,故皆同義也。

蠲明也〔言〕

《説文》"蠲,馬蠲也。"引《明堂月令》"腐艸爲蠲",今《月令》作螢。案熒聲字或讀溪母,<small>熒藿并渠營切,褮去穎切</small>。蠲讀見母,聲相近,故古字螢或作蠲。《爾雅》之蠲當借爲瑩。《華嚴經音義》上引《字林》瑩又作鎣,《集韻》鎣又畎迥切,是瑩蠲聲近。《太玄·玄瑩》注"瑩者明也"。是瑩蠲義同。《正字通》"唐人以漿糵紙使瑩滑,名曰蠲紙"。《字彙》"唐太宗詩'水搖文蠲動',言水紋似蠲紙也"。案蠲紙即瑩紙,《説文》:"瑩,玉色。"《釋鳥》注"膏中鎣刀",釋文"鎣本又作瑩,磨瑩也"。《華嚴經音義》下引《蒼頡篇》"瑩,治也",然則紙磨治之使明淨如玉色者謂之瑩紙,蠲即鎣聲之轉耳。
<small>蠲紙《字韻略》音絹,《正字通》音圭,《字彙》音桂。</small>

稱好也〔言〕

釋文"稱，尺證反"，王引之曰："《考工記·輪人》'進而眡之，欲其肉稱也'，鄭注曰'肉稱，宏殺好也'，是稱爲好也。肉稱猶言肉好，《樂記》曰'寬裕肉好'是也。鄭注'肉，肥也'，《史記·樂書集解》引王肅注曰：'肉好，言音之洪美。'《荀子·禮論》篇曰，'使死生終始，莫不稱宜而好善'，義亦同也。《論衡·逢遇》篇曰：'形佳骨嫻，皮媠色稱。'《定賢》篇曰，'骨體嫻麗，面色稱媚'，稱皆謂好也。"案王氏舉證皆碻，然猶未明稱所以訓好之故。今案《説文》"爯，并舉也"，《考工記·輿人》"謂之參稱"，注"稱猶等也"。《後漢書·中山簡王焉傳》注"稱娖猶齊整也"。今人曰勻稱，曰配稱，皆此義也。《詩·兔罝》"公侯好仇"，《太玄·內》初一"謹于娿㜝"，釋文娿㜝，古妃仇字，好仇即妃仇，娿㜝耳。《大戴禮·保傅》篇"及太子少長知妃色"，《新書》作"好色"，雖形近相混，亦不爲無因也。《釋詁》"妃，媲也"，又"合也"，又"對也"，義并與稱相近。好即妃，故此曰"稱，好也"。麗之言儷也，與稱義亦近，故亦訓好。《楚辭·招魂》"麗而不奇些"，奇之言觭也。《説文》"觭，一俯一仰也"。引申爲乖剌參差之義。麗與奇義正相反。稱訓好，猶麗訓好矣。

師人也〔言〕

王引之曰："人者衆也。《春秋·隱四年》'衛人立晉'，《公羊傳》曰'其稱人何，衆立之之辭也'，《穀梁傳》曰：'衛人者衆辭也'。《柴誓》曰：'人無譁'，鄭注'人謂軍之士衆'。《荀子·儒效》篇曰'塗之人百姓積善而全盡謂之聖人'，謂塗之衆百姓也。又《王制》《王霸》《議兵》三篇并曰'下之人百姓'，亦謂下之衆百姓也。《史記·鄒陽傳》'人無不按劍相眄者'，《漢書》人作衆，是人即衆也。《釋詁》曰'師，衆也'，此曰'師，人也'，其義一而已矣。故郭曰'謂人衆'。"案《易·師》與《同人》二卦皆言戎事，師者衆也，人亦衆，同人即合衆，是同人猶師耳。故《同人》九五曰："同人，先號咷而後笑，大師克相遇。"此亦師人同義之證。

宜肴也〔言〕

金文宜俎同字，名詞之宜即俎，則動詞之宜即咀矣，《詩·女曰雞鳴》"與子宜之"，《傳》"宜，肴也"，宜即咀，肴即咬<small>齩耳。《說文》"齩，齧骨也"</small>。《玉篇》"宜，俎實，又啖肉也"，啖亦咀嚼之謂。《國語·晉語》"飲而無肴"，賈注"肴，葅也"，葅與俎同俎謂之肴，猶咀謂之肴。

窕閒也〔言〕

郭云"窈窕閒隙"，是也。《左傳·昭二十一年》："鍾小者不窕，大者不摦，窕則不咸，摦則不容。"注："窕，細不滿也。摦，橫大不入也。不咸，不充滿人心也。不容，心不堪容也。"《呂氏春秋·適音》篇："音太巨則志蕩，以蕩聽巨，則耳不容，不容則橫塞，橫塞則振，大小則志嫌，以嫌聽小，則耳不充，不充則不詹，不詹則窕。"注："窕，不滿密也。"《淮南子·本經》篇"小而行大，則滔窕而不親，大而行小，則陿隘而不容"，注"滔窕，不滿密也"。《大戴禮·王言》篇"布諸天下而不窕，內諸尋常之室而不塞"，《墨子·尚賢》篇"大用之天下則不窕，小用之則不困"，《荀子·賦》篇"充盈大宇而不窕，入郤穴而不偪"，《管子·宙合》篇"其處大也不窕，<small>今本誤究，從王念孫改</small>。其入小也不塞"，《淮南子·原道》篇"處小而不逼，處大而不窕"，《俶真》篇"處小隘而不塞，橫扃天地之間而不窕"，凡此并與郭義相會。窕字從兆，兆乃龜卜之釁兆，故孳乳爲窱，而義爲閒隙，爲不滿密。字又從穴，是本義爲空間之閒隙引申之，時間之閒暇亦謂之窕。《司馬法·嚴位》篇"凡戰之道，力欲窕，氣欲閒"，又云"擊其倦勞，避其閒窕"，是也。王念孫謂《爾雅》窕專指時間言，而以郭説爲非，其失也迂。

對遂也〔言〕

遂與述通，《史記·魯周公世家》東門遂，《索隱》引《世本》作述，是其證。《左傳·僖三十三年》"西乞術"，文十二年"秦伯使術來聘"，《公羊》術皆作遂。《書·君奭》"乃其墜命"，《魏石經》古文墜作述，又《酒誥》"今惟殷墜厥命"，《盂鼎》"我聞殷述命"。對訓遂猶訓述，故凡《詩》《書》彝器言對揚者并猶述揚也。遂説亦音近可通，《説文》"襚，衣死人也"，"税，贈終者衣被曰税"，實一字，遂通説猶襚通税。對訓遂亦猶訓説，《廣雅·釋詁四》"對，揚也"，《釋詁二》"揚，説也"，對訓揚，揚訓説，是對亦可訓説矣。對揚皆與説義通，故二字連文。又對遂述皆有道義。《詩·皇矣》"帝作邦作對"，對即道。（詳《詩經·雜記》）《文選·漢高祖功臣頌》注引《春秋演孔圖》宋均注"遂，道也"，《説文》"術，邑中道也"。術述通。道爲道路之道，亦爲稱道之道，道亦説也。對訓道，揚亦訓道，《詩·牆有茨》"不可詳也"，《韓詩》詳作揚，云"道也"，對揚又皆訓道，故連文。

濟益也〔言〕

《左傳·桓十一年》"莫敖曰：'盍請濟師於王。'（鬭廉）對曰："師克在和，不在衆，商周之不敵，君之所聞也，成軍以出，又何濟焉？,"昭二十七年"楚莠尹然，工師繁，帥師救潛，左司馬沈尹戌帥都君子與王馬之屬以濟師"。杜兩注并云"濟，益也"。《楚辭·九辯》"霜

· 167 ·

古典新义

露惨悽而交下兮，心尚眷其弗濟，霰雪雰糅其增加兮，乃知遭命之將至"，上言濟，下言增加，濟亦增加也，與《雅》訓正合。王注"冀過不成，得免脱也"，訓濟爲成，非是。以上三言濟皆楚語，然則益謂之濟，殆楚方言與？

濟訓益者，字從二陪聲，益即二義之引申也。從二之字多有益義。《説文》"貳，副益也"，《廣雅·釋詁一》"貳，益也"。《説文》"垐，以土增大道上也"，增亦益也。《説文》"茨，以茅葦蓋屋也"，"穧，積禾也"，蓋積義并與益通。

樞達北方謂之落時落時謂之戹〔宫〕

釋文"戹本或作扈，同音户"，郝云"樞達北方者，户在東南，其持樞之木或達於北方者，名落時，落之言絡，連綴之意"，案郝説落時之義是也。落有帶義，《釋器》"婦人之褘謂之褵"注"褘邪交落帶繫於體，因名爲褘"。《文選·景福殿賦》"落帶金釭"，并落帶連文，落亦帶也。戹者，《離騷》"扈江離與辟芷兮"，唐寫本《文選集注》引陸善經曰"扈，帶也"，王注："扈，被也，楚人名被爲扈。"案被亦帶也，《漢書·韓王信傳》注"被猶帶也"，《九歌·山鬼》"被薜荔兮帶女羅"，"被石蘭兮帶杜衡"，被與帶互文耳。《文選·吴都賦》"扈帶鮫函"，扈帶猶落帶也。然則扈落義同，故落時一謂之戹。《説文》"扉，履也，一曰青絲頭履也"，"鞮，革履也，胡人履連脛謂之絡鞮"。案扉與絡鞮皆履，惟絲與革爲異。落時謂之戹，猶絡鞮謂之扉矣。

垝謂之坫〔宫〕

《説文》"坫，屏也"，"屏，蔽也"。案坫之爲言襜也，《儀禮·士冠禮》"執以待於西坫南"注"古文坫爲襜"。《釋器》"衣蔽前謂之襜"，注"今

· 168 ·

蔽膝也"。衣蔽謂之襜，屏蔽謂之坫，其義一也。襜亦謂之褘，《說文》"褘，蔽膝也"，堄褘聲近。《淮南子·主術》篇"詭自然之性"注、《文選·西京賦》注引《說文》并云"詭，違也"。《楚辭·離騷》"忽緯䌥其難遷"，《易林·蒙之無妄》"織錦未成，緯畫無名"，《文選·神女賦》"既堄䌥於幽靜"，緯䌥緯畫與堄䌥同。堄之爲言褘也，褘亦蔽也。屏蔽謂之坫，亦謂之堄，猶衣蔽謂之襜，亦謂之褘矣。《釋名·釋衣服》"韠，蔽膝也"，又曰"跪襜，跪時襜襜而張也"，案跪襜即褘襜，蔽膝謂之褘，一謂之襜，又謂之褘襜，古人自有複語耳。成國如字讀之，斯爲大謬。衣蔽謂之跪褘，屏蔽謂之堄，亦謂之坫，其義亦同。

焚輪謂之穨〔天〕

《詩·谷風》"維風及穨"《傳》："穨，風之焚輪者也，風薄相扶而上。"以穨爲風，與《爾雅》義合。然按之經文，此説似誤。《詩》曰"維風及穨"，誠如《傳》説，則是維風及風，不辭甚矣。今謂詩一章"維風及雨"，風與雨爲二，則此章風與穨亦當爲二。《廣雅·釋天》："䨓，雷也。"《萬象名義》"䨓，都鼃反，雷也。"《字鏡》"䨓，雷也。"䨓《集韻》《類篇》并徒回切，音穨。穨䨓聲近，詩蓋假穨爲䨓。"維風及穨"即維風及䨓，猶言有風與雷耳。《爾雅》"焚輪謂之穨"者，焚輪蓋即豐隆之轉。古稱雷師爲豐隆，《淮南子·天文》篇"季春三月，豐隆乃出"，《漢書·司馬相如傳》《大人賦》"貫列缺之倒景兮，涉豐隆之滂濞"，《文選·思玄賦》"豐隆軯其震霆兮"，皆謂雷也。一説豐隆爲雲師者，雲蓋霣之誤。《說文》："齊人謂靁爲霣。"《廣雅·釋天》："霣，雷也。"然《離騷》曰"吾令豐隆乘雲兮"，《思美人》亦曰"願寄言於浮雲兮，遇豐隆而不將"，是其沿誤已久。《淮南子·原道》篇"雷以爲車輪"，注"雷轉氣也"。以雷爲車輪，豈即因焚輪之名而起與？

· 169 ·

芍鳧茈〔草〕

案《禮記·明堂位》"夏后氏以龍勺，殷以疏勺，周以蒲勺"，注"龍，龍頭也，疏，通刻其頭，蒲，合蒲，如鳧頭也"。案疏讀爲沙，《周禮·典瑞》"疏璧琮以斂尸"司農注"疏讀爲沙"。鄭志答張逸曰，"沙，鳳皇也"。蒲讀爲鳧，龍勺，沙勺，鳧勺，各以其飾爲名也。"芍鳧茈"者，芍即勺，鳧茈即鳧勺，聲之轉。勺之若切，茈從止陪聲，止諸市切，同端母。郝疏説其狀"一莖直上，有苗無葉，以莖爲葉，其根圓黑"，則正如勺形。莖爲勺柄，根爲勺魁也。至注云"苗似龍須"，疑龍須亦以形似龍勺而得名。《山海經·中山經》"其中多龍脩"，注"龍須也"，脩從攸聲，攸聲字多讀透定母，與勺讀端母最近。是龍勺，龍脩，龍須，亦聲之轉矣。

萹苻止濼貫衆〔草〕

萹苻蝙蝠一語之轉，本字亦當爲蹁躠或蹁趾，詳《釋鳥》"蝙蝠服翼"。蹁趾，足也，止古趾字，亦足也，故萹苻一名止。此草蓋以根莖象足形而得名。《本草》："貫衆一名貫節，一名貫渠，一名百頭，一名虎卷，一名萹苻，一名伯藥，今本作萍，此從釋文引。一名藥藻，此謂草鴟頭也。"案貫義未詳，衆讀爲踵，節讀爲郄，《説文》"郄，脛頭卪也"，卪節古今字。《家語·曲禮》篇注"膝，臏"，臏蹁古同字，詳《釋鳥》。渠讀爲距，《少牢禮》"長皆及俎距"注"距，脛中當橫節也"。卷讀爲拳，虎拳即虎蹯，《御覽》二七〇引《春秋元命苞》"蚩尤虎捲威文立兵"，宋均注"捲，手也"。《路史·後紀四》引《歸藏》啓筮蚩尤虎捲。《説文》番拳并從采聲。猶熊蹯又曰熊掌也。踵也，郄也，距也，拳也，皆足之類名。《爾雅》之濼即《本草》之伯藥，《集韻》濼，草名，又式灼切，或作藥。藥爲濼之省，伯藥蓋即撲朔，古樂府《木蘭辭》"雄兔脚撲朔，雌兔眼迷離"，撲朔者兔足之狀，猶迷離爲兔目之狀也。實則撲朔即蹼足之狀化語，蹼足猶足也。蹼之轉伯百，猶恒頭一曰愎頭。一曰跗注，《左傳‧成十六年》"有韎韋之跗注"猶言韎韋之足也。又曰柎注，山名華不注猶言華足也。《詩‧常棣》"鄂不韡韡"，《箋》"承華者曰鄂，不當作柎，柎，鄂足也"。釋文："柎亦作跗"。《玉篇》："柎，花萼足也"。又案華不注山又轉爲不周山。蹼足，撲朔，跗注，柎注，伯濼，一語之轉，百頭又伯濼之轉也。至藥藻之當爲藻草，事非難曉，不煩詳論矣。

鄰堅中簡箈中〔草〕

釋文"鄰又作薜"，《齊民要術》引《字林》亦作薜。案薜有堅義，《說文》"遴，行難也"，《太玄‧礥首》"礥，物生之難也"，是遴礥同義。《廣韻》"慳，恪也"，恪即憐字，猶麟一作麐，《荀子‧解蔽》篇"無邑憐之心"注"憐讀爲吝"，吝與恪同。是憐慳亦同義，《說文》"瞵，目精也"，"臋，大目也"，瞵臋義近。《管子‧五行》篇"五穀鄰熟"注"鄰，緊也"，粦聲字與臤聲字義多從同，是薜亦當有堅義。《說文》"獜，健也"，健亦堅強之謂。《後漢書‧張衡傳》注："捷，堅也。"竹堅強謂之薜，猶犬堅強謂之獜也。《說文》"鱗，魚甲也"，《釋名‧釋兵》："甲，似物有孚甲以自禦，亦曰介，亦曰函，亦曰鎧，皆堅重之名也。"是魚鱗之鱗本取義於堅。魚甲謂之鱗，竹謂之薜，其義一耳。釋文"簡或作籄"，《說文》"箈，析竹笢也"，"笢，竹膚也"，"篛，箈也"，《書‧顧命》鄭注"篾，析竹之次青者"，簡籄笢一字，簡篛篾一聲之轉，簡即篾也。箈訓笢，篛又訓箈，是箈亦即篾。《說文》幦讀若閔，又"幭，墁地以巾擱之也"，"墁，塗地也"。幭爲幦之訛，即"以巾擱之"之擱字。擱訓墁地，而墁訓塗地，是擱亦塗也。《楚辭‧天問》："禹之力獻功，降省下土四方，焉得彼嵞山女，而通之于台桑？閔妃匹合，厥身是繼，胡維嗜欲同味，而快鼂飽？"閔妃即嵞山女也。《文選‧洞簫賦》"薆妃淮法"，薆亦愛之訛，薆妃即閔妃，亦即女媧氏，始作笙簧者也。

古典新义

閔字或訛作閡，唐時傳女媧墓見於閡鄉縣，閡即閔妃之閔，蓋地以人得名。女媧氏一曰閔妃，而《史記·夏本紀索隱》引《世本》"塗山氏名女媧"，是閔妃即盦山女明矣。攔謂之塗，閔妃一曰盦山女，此正籣䈽同義之比。簇與堅，籣與䈽，皆同義，故曰"簇堅中，籣䈽中"也。雖然，竹無內堅外柔之理，且䈽即篯，篯爲竹莖之表層而謂之"䈽中"，尤爲不辭。竊意中竹一聲之轉，中即竹。"簇堅中，籣䈽中"，猶言簇堅竹，籣䈽竹耳。《玉篇》"竿，竹名"，蓋共名演爲類名，中即竿也。字一作仲作笧，詳後。

《本草》："篁竹堅而促節，體圓質勁，皮白如霜，大者宜刺船，細者可爲笛，取瀝幷根葉皆可入藥。"《竹譜》："筋竹長二丈許，圍數寸，至堅利，南人以爲矛，其筍未成竹時堪爲弩弦。"篁筋并與堅聲同義通。篁竹字《文選·吳都賦》劉注作䅸，《方言》九注"矜今字作䅸"。《史記·匈奴傳索隱》引《古今字詁》"䅸通作矜"，《漢書·陳勝項籍傳贊》注"矜與䅸同"。《詩·無羊傳》："矜矜言堅彊也。"《素問·五藏生成論》："筋，氣之堅結者。"筋《集韻》作䈥，勁亦堅也。二者又并以堅稱，蓋即堅竹矣。郭注讀中如字，云"其中實"，然《本草》既云可爲笛，則其中空可知。至《齊民要術》引《字林》"簇竹實中"，《文選·吳都賦》劉注"䅸竹大如戟䅸，實中勁強"，《篇海》"䇭，實中竹名"，并與郭說同。此或別是一種，堅強者不必實中，實中者則必堅強。《本草》《竹譜》所說，堅強而不實中者也。郭注及《字林》以下所說，亦堅強亦實中者也。然其爲堅強，則二者所同，故得同名。《爾雅》所說，不知何指，或包二者而言與？《廣韻》"籥，竹名"，疑即䈽，其狀未聞。

仲無笻〔草〕

《字彙補》"笧，竹名"，仲笧一字。《釋樂》"篶……其中謂之仲"，釋文"仲或爲笧"。一作中作竿，說詳上文。又《廣韻》"䇭，竹名"，或亦即此。《說文》"兏，人頸也"，重文作頏，"頸，頭莖也"。案頏爲人頭莖，則笻爲竹莖矣。《說文》"竿，竹梃也"，"莛，莖也"。梃莛同，是竿即竹莖之名。竿爲竹莖，猶秆爲禾莖。《說文》"䅉，禾莖也"，重文秆。《廣韻》"筦，竹竿也"，筦訓竹竿，而竿即竹莖，是筦亦竹莖矣。《說文》曰"筡，竹列也"者，列當讀爲䅣，《說文》"䅣，黍穰也"，《廣韻》"穰，禾莖也"，是莖又名䅣，列與䅣通，竹列即竹莖耳。《篇海》《類篇》并有䈿字，當即竹列專字。黍穰之䅣，經傳皆作䅣，蓋草曰䅣，禾曰䅣，竹曰䈿，并字異而義同，故可通用。無讀爲䉨。《廣韻》"䉨竹黑皮"，《集韻》"䉨，黑竹也"。"仲無筡"者，謂仲是黑莖竹也。今有烏竹，蓋是。無烏音亦近。

龜俯者靈仰者謝前弇諸果後弇諸獵左倪不類右倪不若〔魚〕

郝懿行朱駿聲并讀諸爲者，是也。釋文："謝，衆家本作射。"《禮記·玉藻》"卜人定龜"注"謂靈射之屬"，字亦作射。案《釋詁》"射，厭也"，《詩·小旻》"我龜既厭，不我告猶"，《箋》"卜筮數而瀆龜，龜靈厭之，不復告其所圖之吉凶言雖得兆，占繇不中"，是謝即不靈之謂。《漢書·天文志》："是以明君睹之（災異）而寤，饬身正事，思其咎謝，則禍除而福至，自然之符也。"獵之言牒也，《禮記·玉藻》"若祭詞已牒卑"疏"牒，厭也"。牒牒同。枼聲字有重疊義，《方言》三："葉，聚也。"《淮南子·本經》篇"積牒礛石"注"牒，累也"。《釋名·釋宫室》："城上垣或名堞，取其重疊之義也。"《廣雅·釋詁一》："揲，積也。"《史記·張釋之馮唐傳》"嗇夫諜諜"《索隱》"諜諜，多言也"。重疊之，故厭也。《文選·射雉賦》"表厭翼以密緻"徐注"厭翼，重而密也"。是厭又有重疊義。《說文》"牒，擖也"，"擖，牒擖也"。《易·蒙》："初筮告，再三瀆，瀆則不告。"瀆與擖通。然則《爾雅》言獵猶《易》言瀆耳。獵爲果之反，果謂一卜而決，獵則卜之再三而不決也。類讀爲纇。《周書·史記》篇"愎類無親"注"類，戾也"。《左傳·昭二十八年》"忿纇無期"注"纇戾也"，釋文"纇本作類"。《荀子·性惡》篇"齊給便敏而無類"注"無類，首尾不乖戾"。"不類"亦謂不乖戾。注"行頭左庫睤今江東所謂左食者，以甲卜審"，審即不類之謂矣。《釋言》："若，順也。"卜辭每曰若不若，如曰"辛卯卜，囗（原文此处为囗）囗貞我已㚇㝵，若。"《萃》一一一四"辛卯卜，㱿貞已㝵，若。"《萃》一一一五"甲戌卜，㱿貞我勿將自丝邑，㱿㝵已乍若。"《萃》一一一七"我其已㝵，乍降若，我勿已㝵，乍帝降不若。"《前》七，三八，一。《萃》一一一六略同。"辛卯卜，㱿貞我勿已㝵，不若。"《簠典》三五是不若正爲占卜術語。不類不若亦對文也。靈、謝、果、獵、不類、不若，六者皆以卜言，其義皆一順一逆，兩兩對舉，舊解胥失之。

《周禮·龜人》："掌六龜之屬，各有名物，天龜曰靈屬，地龜曰繹屬，東龜曰果屬，西龜曰靁屬，南龜曰獵屬，北龜曰若屬，各以其方之色與其體辨之。"注："色謂天龜玄，地龜黃，東龜青，西龜白，南龜赤，北龜黑。龜俯者靈，仰者繹，前弇果，後弇獵，左倪靁，右倪若，是其體也。東龜南龜長前後，在陽，象經也。西龜北龜長左右，在陰，象緯也。天龜俯，地龜仰，東龜前，南龜却，西龜左，北龜右，各從其耦也。"案《周官》説似本《爾雅》，繹與謝，靁與類，并聲同通用。鄭注亦本《爾雅》爲説，惟"左倪靁右倪若"句中删兩不字，以合《周官》本文，殊爲悖謬，説詳下。"東龜南龜長前後"，"西龜北龜長左右"，二長字當讀爲常，下文"東龜前，南龜却"，即承此言之，謂東龜行時體常前俛，故曰前，南龜行時體常後仰，故曰却也。此以前却釋《爾雅》前弇後弇之義，最是。蓋《爾雅》之俯，仰，前弇，後弇，左倪，右倪，皆據生龜言之，《周官》説同《爾雅》，故言辨色辨體。色者龜甲臚之色，《禮記·樂記》"青黑緣者天子之寶龜也"，《公羊傳·定八年》"龜青純"注"純，龜甲䏶也，千歲之龜青䏶"。《臨海水土異物志》："涪陵多大龜，其緣中义似瑇瑁，俗名曰靈，其千歲者青臚。"辨色以臚，其爲未治之生龜明甚。色爲生龜之色，則體亦生龜之體矣。郭注俯仰曰"行頭低"、"行頭仰"，注左倪右倪曰"行頭左庫"、"行頭右庫"，并引江東所謂左食右食者以證之，是以爲皆龜行之狀，乃其注前弇後弇，又以爲既治之甲形，而曰"前甲長"、"後甲長", 則是自違其説矣。疑郭説本鄭注, 而未盡通鄭意, 因讀"東龜南龜長前後""西龜北龜長左右"二長字爲長短之長, 故有此誤。誠如郭説, 則"西龜北龜長左右", 龜寧有左右長而成横橢形者耶? 是以知其不然。

俯者卑順之貌, 仰者驕矜之貌, 故辨龜以俯爲順, 仰爲逆。前弇似俯, 後弇似仰, 故前弇順, 後弇逆。周人尚左, 右逆而左順, 故左倪順, 右倪逆。鄭注《周官》曰"左倪靁, 右倪若", 無兩不字, 則是左逆而右順, 既乖周制, 復失《雅》義矣。

鶝天狗〔鳥〕

立從大一, 大天同字, 故立天聲通。《秦公毁》"盄龢在天",《鐘》作"盄龢在立"。立古位字也。《師俞毁》、《伯榘盧毁》并有"盄在立"之語。此天立古通之明驗。天狗一名水狗郭注, 一名魚狗《爾雅翼》, 又穴土爲窠《本草拾遺》, 知天狗之天, 即鶝之轉語, 但取其聲, 不承其義。《本草》俗呼破笠爲敗天公, 鶝謂之天狗, 猶笠謂之天公矣。

狂䎉鳥〔鳥〕

郭注"狂鳥五色有冠, 見《山海經》",《大荒西經》"有五采之鳥有冠, 名曰狂鳥", 注"《爾雅》云, 狂, 夢鳥, 即此也"。案狂即下文"皇, 黃鳥", 而皇又即上文"鷗鳳, 其雌皇", 故曰五色有冠也。狂皇音同。《説文》狂從㞷聲, 㞷讀若皇, 𤞞讀若皇, 重文作䍏。以其黃質而五采皆備成章, 故又謂之黃鳥。黃與皇狂音亦同也。又謂之䎉鳥者,《大荒西經》"五采之鳥仰天, 名曰鳴鳥",《書·君奭》"我則鳴鳥不聞", 馬融、鄭玄并以鳴鳥爲鳳皇, 是也。䎉鳥蓋即鳴鳥。一曰孟鳥,《海内西經》"孟鳥在貊國東北, 其鳥文赤黃青"。

古典新义

鳴孟寷一聲之轉。卜辭雞作🐓《前》二，三七，一、🐓《前》二，三七，二，鳳作🦅《後》下四一，一一、🦅《後》下三五，三，皆豐羽而有冠，《南山經》亦言"有鳥焉，其狀如雞五采而文，名曰鳳皇"。是鳳皇本雞屬，故又名鵾雞，或名莎雞。雞善鳴而鳳皇爲雞屬，故鳳皇謂之鳴鳥。《詩·卷阿》"梧桐生矣，于彼高岡，鳳皇鳴矣，于彼朝陽，菶菶萋萋，雝雝喈喈"，朝陽鳴之時，雝喈鳴之聲（雝卜辭從🐓，金文從吕，并古宫字。雝古音當讀如宫），此鳳皇爲雞屬之明驗。今本"梧桐生矣""鳳皇鳴矣"二句互易，殊失其義。然則鳴是正字，寷孟皆假音耳。

蝙蝠服翼〔鳥〕

蝠讀爲蹼，《説文》"埤，由也"，"墣，塊也"。埤墣一字，《方言》三"僕，聚也"，注"樸屬藂相著貌"。《廣韻》："蹋跛，聚貌。"蹋跛與僕屬同。下文"鳧雁醜，其足蹼"，注"脚指間幕蹼屬相著"，蝙蝠之足亦有膜蹼屬相著，故謂之蝙蝠也。蝙蝠連綿詞，析言之可曰蝙，亦可曰蝠。《説文》"猵，獺屬"，重文作獱，《博物志》："獱頭如馬，膺以下似蝙蝠，毛似獺。"案蟲謂之蝙蝠，獸謂之猵，皆以足狀而得名。蝙蝠或單曰蝠，《玉篇》"鼶，鼠名"，疑即蝠之異體。《方言》"蝙蝠自關而東……或謂之飛鼠，或謂老鼠，或謂之仙鼠"，蝙蝠本鼠類也。服翼《本草》《廣雅》并作伏翼，服與伏亦蹼之聲轉。蝙蝠以蹼足爲翼，故謂之服翼伏翼耳。

蝙蝠本字疑當作蹁蹼。《釋名·釋形體》"膝頭曰膞，或曰蹁"，《説文》"髕，膝耑也"，蹁髕同，猶獱一作猵。蹼與跗同。《儀禮·士喪禮》注"跗，足上也"，疏"謂足背也"。疑蹁蹼（跗）本足之異名，厥後義隨音變，始析爲足之諸類名。《釋獸》"貍狐獾貉醜，其足蹯"，蹁蹯音近，《詩·巷伯》"捷捷幡幡"《傳》"幡幡猶翩翩也"。蹁即蹯也。《説文》"柎，闌足也"，《玉篇》"柎，華萼足也"，義衹是足，可證。餘詳《釋草》"蔦苻，止"。

176

狻麑似虦貓食虎豹〔獸〕

郭云"即師子也",引《穆天子傳》作狻,《穆天子傳》一"名獸使足狻猊野馬走五百里"注"狻猊,獅子",與《雅》注説同,案郭説是也。狻猊獅子語之轉。《山海經·大荒北經》:"丘南帝俊竹林在焉,大可爲舟。"《廣韻》《萬象名義》并云:"筱,竹名。"筱竹即帝俊竹,而《廣韻》引《神異經》"篩竹一名太極,長百丈南方以爲船",是篩竹即筱竹也。狻轉爲獅,猶筱轉爲篩矣。至猊轉爲子,則猶兒轉爲子,其事尤顯而易知。或問獅子非中土所產,狻猊之名爲華語乎,抑異族語之譯音乎?曰,華語也。獸名狻猊與鳥名鶍鸐,其音不殊。鸐從我陪聲,鸐轉爲猊,猶娥皇《大戴禮·五帝德》篇作倪皇。《廣雅·釋鳥》"鶍鸐,鳳皇屬也",《文選·子虛賦》郭注"鶍鸐似鳳,有光彩"。鳳皇五采鳥也,而《太平御覽》引束皙《發蒙記》"師子五色而食虎"。然則獸之狻猊以其毛色相似而假名於鳥之鶍鸐。古人之始知有獅子,必得之傳聞。故其意以爲神獸而五采畢具,因錫之以神鳥鶍鸐之名,不足異也。獅子非五色五采,今則盡人皆知矣。

猱蝯善援玃父善顧〔獸〕

案蝯之言援也,玃之言矍也,皆以其性能爲名。《説文》"瞿,鷹隼之視也","趯,走顧貌",《文選·魏都賦》"矍焉相顧",瞿趯矍本一字,而與顧音近義通,玃即矍字,猶蝯即援字,以其爲獸名故變從豸若虫耳。郭注説玃父"能攫持人",似讀玃爲攫,失其義矣。

莊子內篇校釋

本篇所舉《莊子》原文，據郭慶藩《莊子集釋》本。凡經校正之字句，悉加標識。其例如下：（一）誤文改正者；（二）倒文乙轉者；（三）脱文補足者，皆在字下加"。"；（四）衍文删去者在空格內加"○"。

內一　逍遥遊篇

是鳥也，海運則將徙於南冥。

案運讀爲渾。《太玄·瑩》"周渾歷紀"，范注曰"運也"，又《玄首》"渾行無窮"，即運行。《類聚》一引《渾天儀》曰"天轉如車轂之運"，是渾天即運天。此皆以渾爲運。本書又以運爲渾。《説文》曰"渾，混流聲也"，《西山經》"東望澤㴲，河水所潛也，其原_源渾渾泡泡"，郭注曰"渾渾泡泡，水潰涌之聲也"。水流聲謂之渾，水流亦謂之渾。《荀子·富國》篇"則財貨渾渾如泉源"，楊注曰"渾渾，水流貌"，《法言·問神》篇"渾渾若川"，李注曰"渾渾，洪流也"，《廣雅·釋訓》曰"渾渾，流也。"今字作滚。郭注《西山經》渾音衮，《集韻》滚同渾。《淮南子·精神》篇"渾然而往"，高注"渾，轉行貌"，此義今正作滚。俗呼沸水曰滚水。《博物志》三曰："九真有神牛，乃生谿上，黑出時共鬭，即海沸。"汪本《御覽》九四七引《符子》曰："遇長風激浪，崇濤萬仞，海水沸，地雷震。"曹植《大暑賦》曰"山坼海沸"，蕭統《六月啓》曰"海水沸而熛爍"。海渾_滚猶海沸，謂狂飆大作，海水沸騰，

· 178 ·

今所謂海嘯是矣。《魯語上》曰："海鳥曰爰居，止於魯東門之外三日……是歲也，海多大風。"

案《至樂》篇司馬注曰"爰居……舉頭高八尺"，《爾雅·釋鳥》郭注曰"漢元帝時，瑯邪有大鳥，如馬駒，時人謂之爰居"，又《釋鳥》樊注曰"爰居似鳳皇"，《文選·吳都賦》劉注亦曰"似鳳"。夫爰居大鳥似鳳，鵬亦大鳥，而鵬鳳復爲一字，且鵬因海運渾而南徙，爰居亦因海多大風而止於魯郊，是鵬與爰居蓋一鳥，海運渾與海大風亦一事也。舊讀運皆如字，又以海運爲鵬因海以運，胥失之。

摶扶摇而上者九萬里。

釋文摶徒端反。《文選·吳都賦》注，謝宣遠《於安城答謝靈運詩》注，謝靈運《初發石首城詩》注，江文通《雜體詩·阮步兵咏懷》《張廷尉雜述》兩注，曹子建《七啓》注引并作摶。案摶讀爲縛若轉。《考工記·弓人》"老牛之角紾而昔"，鄭衆注"紾讀爲抮縛之抮"。釋文曰："角絞縛之意也。"字一作轉。《説文》曰："紾，轉也。"

《爾雅·釋天》"扶摇謂之猋"，孫注曰"迴風從下上曰猋"，《月令》鄭注曰"迴風爲猋"，均以迴訓猋。案扶摇即猋之切音，是扶摇者迴旋之貌也。《淮南子·原道》篇曰："扶摇抮抱羊角而上。"抮與摶，抱與猋扶摇均聲近義同。紾縛同義，詳上。紾與抮，縛與摶，并同。《説文》"飇，扶摇風也"，重文作颫抱與飈通。《莊》曰"摶扶摇"猶《淮南》曰"抮抱"耳。摶訓絞縛，扶摇訓迴旋，義同，然而言摶復言扶摇者，古人自有複語也。《淮南》言抮與抱，又言扶摇，則複而又複。楚辭、漢賦語例多類是，蓋戰國以來接近口語之新文體。摶與扶摇皆動詞作副詞用。崔以摶爲動詞，扶摇爲名詞風名，而"扶摇"爲"摶"之賓語，又嫌風不可言摶，遂改摶爲搏，失之遠矣。

去以六月息者也。

《御覽》九四四引作"去以六月一息者也"，"息"上有"一"字，於義亦通，曰六月一息，則言外尚有再三息。六月一息，數息而至天也，極言其道遠而歷時甚久也。尋郭注義，似所據本無一字。

去以六月息者也。天之蒼蒼，其正色邪？其遠而無所至極邪？

· 179 ·

其視下也亦若是則而已矣。

案"天之蒼蒼"三句本在下文，依文義，當移此。上文曰"摶扶搖而上者九萬里"，此曰"視下"，即鵬自九萬里之上俯視於下也。下視蒼蒼，不辨正色，一如人之仰而視天，正以見鵬飛之高而離地絕遠。此一意也至"野馬也，塵埃也，生物之以息相吹者也"十五字，乃借物之極細者，乘息而遊，以反醒鵬之大，非大風海運不足以舉其體。_{詳下條}此又一意。今本十五字錯置在"去以六月息者也"與"天之蒼蒼"間，則兩段文意皆不顯豁。今以意移正。"其遠而無所至極邪"，《白帖》一、《御覽》二引"其"上有"以"字，語義較足。《晉書·天文志》引郗萌《記先師相傳宣夜說》曰："天了無質，仰而瞻之，高遠無極，眼瞀精絕，故蒼蒼然也。譬如旁望遠道之黃山而皆青，俯察千仞之深谷而窈黑，夫青非真色，而黑非有體也。"此即《莊子》遠無至極之義。出此一義，欲據下視上以推上視下，因以明鵬飛之高也。"亦若是則而已矣"，則讀爲測。《書·多士傳》"不則德義之徑"釋文"則本作測"，《荀子·禮論》篇"小人不能測也"《史記·禮書》作則。《爾雅·釋言》"測，深也"，郭注曰"測亦水深之別名"。《說文》曰"測，深所至也"，深所至猶今言深度。《考工記·弓人》曰"漆欲測"，孔廣森、郝懿行并訓測爲深。上言"其遠而無所至極"，下言"亦若是測"，測與遠對舉，測訓深，深亦遠也。《齊物論》篇曰："人之生也，固若是芒乎？""若是測"與"若是芒"，文同一例。陳景元碧虛子《南華真經章句音義》校_{下簡稱陳校}引文如海本則作而。疑古本作"亦若是則而已矣"。後文"時則不至而控於地而已矣"，《養生主》篇"已而爲知者，殆而已矣"，《大宗師》篇"翛然而來而已矣"，《應帝王》篇"確乎能其事者而已矣"。本書"而已矣"連文數見。文本無則字，今本無而字，各有刪減，總緣不知"則"爲實字故耳。王引之據今本訓則爲而，亦非。夫則訓而經傳誠多有之，訓而已之而，則未見他例。王氏之書旨在釋詞，蓋亦不免強實字以爲虛字歟？

野馬也，塵埃也，生物之以息相吹者也。 以下似有脫文。

案野馬字蓋即沙漠之漠，字一作幕。《史記·匈奴傳》："益北絕幕。"《集解》引傅瓚曰"沙土曰幕"。案塵土亦曰漠,故塵土之狀謂之漠漠。《楚辭·九思·疾世》曰"塵漠漠兮未分",字一作莫。《文選·羽獵賦》"莫莫紛紛",注曰"莫莫,風塵之貌也"。音存字變則爲馬。野馬亦塵埃耳。《莊子》蓋以野外者爲野馬,室中者爲塵埃,故兩稱而不嫌。馬義既明,則野馬塵埃與生物必爲二事。《人間世》篇曰"汝不知夫養虎者乎?不敢以生物與之,爲其殺之之怒也",生物者死物之反也。本篇生物義同,故能以息吹。若野馬塵埃則塵土耳。焉得爲生物哉?"生物之以息相吹者也",吹下本無者字,《類聚》六引有,今據補。"以息相吹者",吹之者生物,被吹者野馬塵埃也。此言野馬塵埃,亦物之能飛者,然必待生物以口吹噓之,而後能飛,以喻鵬飛亦必待大風海運渾而後能舉其體。然而二者所待,大小不同。生物一息之吹,野馬塵埃即因之以浮遊,所待者小,體小故也。鵬非大風海運,不能自舉,所待者大,體大故也。本篇屢以小大對照,此亦宜然。疑"生物之以息相吹者也"下,尚有說鵬所待者大之文,今本脫之。文有脫失,校者又錯置"天之蒼蒼"等二十六字於其間,注家遂莫不以生物即野馬塵埃爲鵬所憑以飛者矣。

　　覆杯水於坳堂之上,則芥爲之舟,置杯焉則膠,水淺而舟大也。今以木爲舟,則稱衛舟大白。

　　釋文《叙錄》曰:"《漢書·藝文志》《莊子》五十二篇,即司馬彪孟氏所注是也。言多詭誕,或似《山海經》,或類《占夢書》,故注者以意去取。"又記崔譔注二十七篇,向秀注二十六篇,一作二十七篇,一作二十八篇,郭象注三十三篇,均視司馬孟氏卷帙爲少。然則諸家於司馬孟氏舊本,所刊落者多矣。今諸書所引《莊子》佚文有司馬彪注者,不下十數事,即諸家所刪司馬本舊文之確然可考者。《書鈔》一三七引《莊子》曰"今以木爲舟,則彌衛舟大白",慧琳《一切經音義》八九引彌作稱,又引司馬彪注曰"大白,舶名也"。尋繹文義當在本篇"水淺而舟大也"下。上言芥舟,大小對舉,與本篇文意適合。今補。惟語似未盡,或以下尚有闕奪。慧琳引彌作稱義長，今從之。

湯之問棘也是已。上下當有脱文。

此句與下文語意不屬，當脱湯問棘事一段。唐僧神清《北山録》曰"湯問革曰：'上下四方有極乎？'革曰：'無極之外，復無極也。'僧慧寶注曰："語在《莊子》，與《列子》小異。"案革棘古字通，《列子·湯問》篇正作革。神清所引，其即此處佚文無疑。惜句多省略，無從補入。馬叙倫疑《莊》義已闕，僞撰《列子》者謬補其辭，讀者因據校注於本文下，故釋文不載。今案本書佚文之不見於釋文者多矣，焉知《列子》之文，非僞撰者雜取他書以變易《莊》義，而神清所引，則《莊子》之真乎？馬説武斷，難爲定論。

搏扶摇羊角而上者九萬里。

《楚辭·九懷·昭世》補注引此文亦作搏。搏扶摇之義已見上文。釋文引司馬注曰"羊角，風曲上行若羊角"，《御覽》九《事類賦》注二引某氏注曰"扶摇，羊角，風也，今旋風上如殺羊角"。案"羊角"亦謂鳥飛旋囬而上之狀如羊角，非鳥所乘風之名也。"羊角而上"與《墨子·號令》篇"雞足置"，《管子·事語》篇"綈鵝素嗛滿"，《尚書大傳·大戰》篇"魚鱗下"，《太玄·禮》次六"魚鱗差"，語例同。搏也，扶摇也，羊角也，皆上之狀，三詞疊用，亦複語也。《淮南子·原道》篇"扶摇抮抱羊角而上"，高注訓抮抱爲引戾，釋羊角爲"如如羊角轉 原衍如字 曲縈行而上"。扶摇也，抮抱也，羊角也，亦三詞疊用，例與此同。又案《爾雅·釋天》曰"扶摇謂之飆"，《楚辭·九懷·昭世》曰"登羊角兮扶輿"，《開元占經》九一《風占》篇引李淳風曰"扶摇羊角，今謂之回風，回風，自旋風也。回風卒起而闤轉扶摇，有如羊角回上轉輪"。是扶摇羊角本亦風名。莊子以爲鵬飛之狀者，風鳳鵬古爲一字神話亦以風與鳳鵬爲一物，故扶摇羊角爲風旋上之狀，即爲鵬旋上之狀也。惟莊子用爲副詞，故謂其直以"扶摇""羊角"之原義狀鳥飛也可，謂其以風名扶摇羊角者之狀狀鳥飛也，亦無不可，獨以二者爲鳥所乘之風，則誤副詞爲名詞，按之語法，爲不可通耳。

若夫乘天地之正，而御六氣之辯，以遊無窮者，彼且惡乎待哉？

釋文曰"辯，變也"，成疏同。案"天地之正"謂正氣，"六氣之變"謂變氣，御亦乘也。二句上下錯舉，互文以足義。《周語下》曰"所以宣六氣九德也"，《左傳·昭元年》曰"天有六氣"，《管子·戒》篇曰"御正六氣之變"，本書《在宥》篇曰"天氣不和，地氣鬱結，六氣不調，四時不節"，《楚辭·遠遊》曰"餐六氣而飲沆瀣兮"，《韓詩外傳》五曰"聖人養一性而御六氣"。六氣之説不一，惟章杜二注"陰陽風雨晦明"之義爲得其朔，《史記·天官書正義》曰："軒轅……主雷雨之神。陰陽交感，激爲雷電，和爲雨，怒爲風，亂爲霧，凝爲霜，散爲露，聚爲雲氣，立爲虹蜺，離爲背璚，分爲抱珥，二十四變，皆軒轅主之。"二十四變蓋即古六氣之遺説，《韓非子·解老》篇"四時得之，以御其變氣"，是也。六氣言御，當指神人乘風雨，蹈雲霧之事，御即上文"列子御風而行"之御。《管子》、《韓傳》之六氣謂人之六情，則彼書御字當訓調節。語是而義變，當各依本書。《遠遊》曰"因氣變而遂曾舉兮，忽神奔而鬼怪逶"，氣變即此六氣之變。王注曰："乘風蹈霧，升皇庭也，往來奄忽出杳冥也。"王以乘風蹈霧釋《遠遊》之"因氣變"亦即本書氣變之義。《遠遊》之語可與本書相發。莊子之學，本與方士神仙之説相通，此其一例也。

内二　齊物論篇

山陵之畏佳。

陵本作林，奚侗云當爲陵，引《六韜·絕糧》篇"依山林險阻，水泉林木而爲之固"，《通典》五七作山陵爲例。案奚説是，今據改正。《楚辭·大招》"山林險隘"，舊校林一作陵，《呂氏春秋·禁塞》篇"爲京丘若山陵"，高注"……若山陵高大也"，注中陵字今本作林。二書亦并"山陵"誤爲"山林"，與此同比，《周書·王會》篇"央林以菑牙"，《尚書大傳》作於陵氏，《左傳·僖十四年》"諸侯城緣陵"，《穀梁》作林，亦陵林相亂。釋文引李頤注曰"畏佳，山阜貌"，是李本正作山陵。郭釋畏佳爲扇動貌，

· 183 ·

则字已誤枺。惟李釋畏佳之義，亦未切確。今案《管子·形勢》篇"大山之隈"，尹注曰"隈，山曲也"，《文選·魏都賦》劉注曰"隈，隅也"，《左傳·僖二十五年》杜注曰"隈，隱蔽之處，畏佳疊韻連語，猶隈也"。崔本畏作喂，喂隈同。《文選·風賦》曰"侵淫谿谷，盛怒於土囊之口，緣大山之阿"，曰谿谷，曰土囊之口，曰阿，皆此所謂"畏佳"之類。李云山阜貌，則直以爲崔訛，義未精當，且誤名詞爲形容詞。郭説失之更遠。

夫吹萬不同。而使其自已也咸，其自取也怒者，其誰邪？

案"取"下脱"也"字，今補。此當讀："而使其自已也咸其自取也怒者，其誰邪"？《文選》謝靈運《九日從宋公戲馬臺送孔令詩》注引司馬注曰"已，止也"。咸讀爲緘。《説文》曰"緘堅持意，一曰二字從《集韻》補口閉也"，緘緘同。已與緘義相因。取讀爲趣。趣與已對舉。怒讀爲呶。《小雅·賓之初筵》"賓既醉止載號載呶"，《傳》曰："號呶，呼號讙呶也"。趣與呶義相因。呶緘亦對舉。"自已也緘，自趣也呶。"謂風之息作。風之一息一作，咸其自動，然而其所以時動時否者，冥冥之中似仍有主使之者。主使者誰？天籟是已。此即下文"其有真君存焉"之意。審如郭義，衆竅自鳴，莫或主之，則是無所謂天籟者，與上文"未聞天籟"之語相左矣。

縵者窖者，密者□者（原文此處爲"□"）。

案此文上下皆四字爲句，"密者"下當有"□者"（原文此處爲□）二字，方與上下文一律。今補。

其發若機括，其司是非之謂也？其留如詛盟，其守勝之謂也？其殺若秋冬，以言其日消也？其溺之所爲之不可使復之也？其厭也如緘。以言其老洫也？近死之心，莫使復陽也？

此文舊作："其發若機括，其司是非之謂也。其留如詛盟，其守勝之謂也。其殺若秋冬，以言其日消也。其溺之所爲之不可使復之也。其厭也如緘，以言其老洫也。近死之心，莫使復陽也。"詳審語氣，"其司是非之謂也"，"其守勝之謂也"，"以言其日消也，其溺之所爲之不可使復之也"，"以言其老洫也，近死之心莫使復陽也"，句首諸"其"字均當讀爲豈，句末"也"字均讀爲邪。六句皆商酌語氣，似齪索《莊》義者旁注之文，亦或淮南王《莊子解説》之羼入本書正文者。今悉小字書之，以別於正文。"其發若機括，其留如詛盟，其殺若秋冬，其厭也如緘"四句直接下文"喜怒哀樂，慮歎變慹……"亦覺於文彌順。

慮歎變慹

馬叙倫讀變爲戀，是也。案慹亦猶戀。《説文》曰："慹，至也，讀若摯。"《詩·關雎傳》"雎鳩，王雎也，鳥摯而有別"，《箋》曰"摯之言至也，謂王雎之鳥，雌雄情意至"。慹慹摯并同。釋文引司馬注曰"不動貌"成疏曰"慹則屈服不伸"，并失之。

與物相刃相靡。

馬叙倫朱桂曜并讀靡爲礦磨，是也。案刃亦猶磨也。《説文》曰："軔，礙車木也。"又曰："扨，桎扨也。"《詩·節南山箋》釋文曰"桎，礙也"，桎扨連文，是扨亦礙也。刃與軔扨，并字異而義同。毂礙與切磨義近，是刃亦猶磨也。《管子·霸形》篇"裸體刡胸稱疾"，尹注曰，"刡猶摩也"。刃之訓磨，猶刡之訓摩矣。郭成訓刃摩爲逆順，非是。

夫隨其成心而師之，誰獨且無師乎？奚必知成而心自取者有之？愚者與有焉。

"奚必知成而心自取者有之"，成舊作代，并讀"奚必知代"句"而心自取者有之"句。案知讀爲智，與下愚字對舉。代當爲成，字之誤也。此當讀"奚必知成而心自取者有之"十一字爲句。成盛古通。後文曰"三子之知幾乎皆其盛者也"，《大宗師》篇曰"是知之盛也"。此知成即知盛。《詩·猗嗟箋》曰"成，備也"，《儀禮》十《虞禮》注曰"成，畢也"。備畢與盛義亦相因。本篇此文之"成"，動詞下文之"盛"形容詞當訓備若畢。《大宗師》之"盛"，則猶今言"極致"。《天地》篇曰"孝子不諛其親，忠臣不諂其君，臣子之盛也"，義同。又案《德充符》篇曰："以其知得其心以其心得其常心。"此云不必知成而心自取，亦知與心并言，義與彼同。

·185·

古典新义

故言儒墨之是非，以是其所是而非其所非，欲是其所非，而非其所是，則莫若以明。

案"以是其所是，而非其所非"，本作"以是其所非，而非其所是"，上非字，下是字，涉下文而倒。今乙正。"是其所是，而非其所非"者，儒墨自是其所是，自非其所非，即所謂"儒墨之是非"也。莊子欲以己之是非一反儒墨之是非，故又曰"欲是其所非，非其所是"。四其字俱指儒墨。如今本，則儒墨已自反其是非，不待莊子之反之矣。以是明其不然。

以指喻指之非指，不若以非指喻指之非指也。以馬喻馬之非馬，不若以非馬喻馬之非馬也。天地一指也，萬物一馬也。

案指即《公孫龍子·指物論》之指。龍之言曰"物莫非指，而指非指"，即此所謂"以指喻指之非指"也。又曰："天下無指，物無可謂物。非指者天下，而物可謂指乎？指也者天下之所無也，物也者天下之所有也。以天下之所有爲天下之所無，未可。……"莊子謂"天地一指"，蓋即針對龍之此言而發。

馬猶今言籌馬、法馬、號馬、數馬也。《管子》書有《乘馬》，《巨乘馬》，《乘馬數》之篇。《禮記·投壺》曰："爲勝者立馬。一馬從二馬，三馬既立，請慶多馬。"鄭注曰："立馬者，取算以爲馬，表其勝之數。"宋李易安有《打馬圖經》指謂名稱，馬謂符號，皆所以代表實物者。崔注曰："指，百體之一體。馬，萬物之一物。"成疏曰："指，手指也。馬，戲籌也。"又曰"獨奉指馬原脱馬字者，欲明近取諸身，切要無過於指，遠託諸物，勝負莫先於馬，故舉二事，以況是非。"二家并以代表實物者爲實物，失其義矣。

是故滑疑之耀，聖人之所鄙也。

案滑疑猶滑稽也。《史記·樗里子甘茂傳》"滑稽多智"，《正義》引顔師古曰"稽，疑也"，疑稽聲之轉。郭注曰"故滑疑之耀，則圖而域之恢佹憰怪則通而一之"，又曰"故雖放蕩之變，屈奇之異，曲而從之，寄之自用"。恢佹憰怪，放蕩屈奇，并與滑稽之義近似郭亦讀滑疑爲滑稽。然疑滑稽之稽本字當作脂。稽脂并從旨聲，

· 186 ·

故得通用。《考工記・鮑人》曰"欲其柔滑而腥脂之則需"，《釋名・釋首飾》曰"脂，砥也，著面柔滑，如砥石也"。脂之性滑澤，故謂滑澤之貌曰滑脂。《楚辭・卜居》曰："將突梯滑稽，如脂如韋，以潔楹乎？"滑稽本即滑脂，故滑澤如脂之貌又謂之滑稽。滑稽（脂）疊韻連語《爾雅・釋器》孫炎本曰："凝，脂也。"《說文》凝爲冰之重文。今本《爾雅》作"冰，脂也"，郭注引本書《逍遙遊》篇"肌膚若冰雪"，云"冰雪，脂膏也"，亦以凝爲脂之名。疑凝古亦通用。形容詞滑脂一曰滑疑，猶名詞脂一曰凝也。稽訓疑，亦其比。詳上。疑膩聲近。《楚辭・招魂》"靡顏膩理"，王注曰"膩，滑也"。滑謂之疑，猶滑謂之膩，疑也，膩也，皆脂聲之轉也。要之滑疑即滑脂，今俗語曰"油滑"，是其義。脂膏滑潤而有光澤者，故曰"滑疑之耀"。鄙本作圖誤。鄙古祇作啚，校者誤爲圖字，遂改爲圖耳。今正。惠子以堅白異同之論，解說是非，滑稽弔詭，變幻不窮，世以爲其多智而能明大道。莊子則謂惠子之知，非聖人之真知，猶滑疑脂之耀，異乎日火之真耀，故曰"滑疑之耀，聖人之所鄙也"。

孰知不言之辯，不道之道？若有能知，此之謂天府。注焉而不滿，酌焉而不竭而不知其所由來，此之謂葆光。葆光者資量萬物者也。

《淮南子・本經》篇曰："不言之辯，不道之道，若或通焉，謂之天府。取焉而不損，酌焉而不竭。莫知其所由出，謂之瑤光。瑤光者，資糧萬物者也。"案糧爲量之誤，資與貲通，貲亦量也。《後漢書・陳蕃傳》注瑤從䍃聲，䍃從缶聲，葆從保聲，缶葆聲同，故葆光一曰瑤光。本書文與《淮南》同，惟缺末句。疑當據補"葆光者資量萬物者也"九字。《淮南》高注曰："瑤光謂北斗杓第七星也，居中而運，歷指十二辰，摘提起陰陽以殺生萬物也。一説瑤光，和氣之見者也。"案《文子・下德》篇作"搖光"。《史記・天官書索隱》引《春秋運斗樞》曰："斗第一天樞，第二旋，第三璣，第四權，第五衡，第六開陽，第七搖光。第一至第四爲魁，第五至第七爲杓，合而爲斗。"北斗第五至第七星曰杓，而搖光《開元占經》六七《石氏中官占》篇引《春秋緯》稱"杓星"，則搖光又爲第五至

・187・

第七星之名。杓星，《占經》又引石氏作部星。杓（甫遙切）部一聲之轉。同書同篇又引郗萌曰"北斗杓爲北斗"，是杓又爲北斗七星之總名。搖光謂之杓，北斗亦謂之杓，疑搖光本北斗七星之總名，後乃變爲七星中三星之類名，又變而爲三星中一星之小類名也。要之，搖光本北斗之別名。北斗一名搖光者，搖光即匏瓜聲之轉，搖瑤聲同，瑤之基本聲符爲缶，見上。故一曰葆光，葆匏聲亦近也。《易·泰》九二曰"包荒，用馮河，不遐遺"，包荒亦即匏瓜。匏瓜轉爲葆光，亦猶轉爲包荒也。古斗以匏爲之，故北斗之星亦曰匏瓜，聲轉而爲葆光，瑤搖光耳。至杓本即斗，杓訓瓢，《御覽》七六二引《通俗文》"木瓢爲斗"。故北斗又謂之杓星，杓匏聲亦近也。葆光瑤光，搖光即斗之名，故曰"注焉而不滿，酌焉而不竭"，又曰"資齎量萬物者也"。

蝍蛆甘帶。

《類聚》九二引帶作蟎，同。釋文曰："帶，崔云蛇也，司馬云小蛇也。"案《淮南子·説林》篇曰"騰蛇遊霧而殆於蝍蛆"，《史記·龜策列傳》曰"騰蛇之神而殆於即且"。《説文》曰"螣，神蛇也"，騰螣同。蟎即螣蛇也。螣蟎一聲之轉。《方言》五曰"槌……其橫關西曰樴，宋魏陳楚江淮之間謂之樴"，《禮記·少儀》"甲不組縢"，注曰"以組飾之及衿帶也"。螣轉爲蟎，猶樴轉爲樴，縢轉爲帶矣。崔與司馬汎稱爲蛇，猶未確切。

猨猵狙以爲雌。

猵狙本作猵狙。釋文引司馬注曰"猵從《御覽》九一引補狙，一名獦牂，似猨而狗頭，憙與雌猨交也"，又引崔注曰"猵狙一名獦牂，其雄憙與猨雌爲牝牡"。案猵狙當爲獵狙，并字之誤也。金文《叔夷鐘》"劇伐夏后"，劇字左方似扁，故諸家咸誤釋爲副。詳拙著《金文雜識》《爾雅·釋畜》"獵牛"，《漢書·司馬相如傳》注謂之偏牛，《正字通》引《水東日記》，吳任臣注《山海經·北山經》引李東壁説并作猵牛。偏猵并獵之誤。字書無猵字，始見《正字通》。獵誤爲猵，猶劇誤爲副，獵誤爲猵也。狙狙亦形近易混。《東山經》曰："北號之山……有獸焉，其狀如狼，赤眉鼠目，其音如豚，名曰獦狙。"今本作獦狙，從《廣韻》

引改，《一切經音義》一四引《字林》同。獖即獵字，《廣韻》又曰"獵狙，獸名，似狼"，即獖狙也。獖狙疊韻連語上古曷切，下當割切獸名獖狙，猶鳥名鶡鴠耳。《說文》獵訓毛鼠。犛牛，牛之多毛者，故一曰旄牛。鶡鴠一曰侃旦，《御覽》九二一引《廣志》曰"侃旦，冬毛希夏毛盛"，是此鳥亦以毛盛而得名。牛之多毛者曰犛，鳥之多毛者曰鶡鴠，而獵獖狙之名與鶡鴠正同，然則獵狙蓋亦猨類之多毛者歟？司馬崔注并云"一名獖䍽"，即獖狙矣。司馬又云"狗頭"，亦與《山海經》云如狼者合。今本誤作猵狙，狙誠猨類，然猵即獖字，獵也，狙稱猵狙，斯爲不倫矣。

予嘗爲汝妄言之，汝亦妄聽之奚若？

亦本作以。案當作亦，草書形近而訛。注曰"故亦妄聽之"，疏曰"我誠爲汝妄説，汝亦妄聽"。是郭成二本并作亦。今據正。句末若字原缺，從朱桂曜增。

與王同匡牀。

匡本作筐。釋文曰"筐本亦作匡"，《御覽》七〇六引亦作匡。今據正。牀三面有圍，其形如匚，匚亦古匡字，故謂之匡牀。字變爲匠。《篇海》音口浪切，云"匠牀，坐牀也"。案今所在多有。北人纍甎爲寢牀，三面連壁，亦呼曰匠，即古匡牀之遺。俗以牀下爇火，字變作炕，非其朔詣。今本作筐牀，失其義矣。

吾待蛇蚹蜩翼邪？

成疏曰："蚹者蛇蛻皮也，蜩翼者蜩甲也。"案成説蛇蚹是，説蜩翼非。《六書故》引唐本《說文》曰"莩……一曰葭中白皮"，《漢書·中山靖王勝傳》注說同。字一作苻，《說文》釋重文作莩。《淮南子·俶眞》篇"蘆苻之厚"，高注曰"苻，蘆中之白苻也"。案在内者謂之苻，在外者亦謂之苻。蚹即苻字，以其爲蛇皮，故變從虫。蛇之蚹，蜩之翼，皆薄極而近透明體，照之無景，故景曰"吾待蛇蚹蜩翼邪"？《寓言》篇曰"予蜩甲也，蛇蛻也，似之而非也"，與此異義。成以《寓言》之義解本篇，大非，以蜩翼爲蜩甲，尤不可。司馬以蚹爲"蛇腹下齟齬可以行者"，亦不足辯。

内三　養生主篇

奏刀騞然，莫不中音，合於桑林之舞，乃中經首之會。

釋文曰："桑林，司馬云湯樂名，崔云宋樂名。案即《左傳》'舞師題以旌夏'也。"案事見襄十年，《傳》曰："宋公享晉侯于楚丘，請以桑林。……舞師題以旌夏，晉侯懼而退入于房。去旌，卒享而還。"考夏頁首古爲同義字，旌夏即旌首也。《周禮·司常》曰"析羽爲旌"，以鳥羽加於首上曰旌者。《説文》曰："翌，樂舞以羽翿自翳其首，以祀星辰也。從羽王聲，讀爲皇。"《周禮·舞師》注曰："皇，雜五采羽如鳳皇色，持以舞。"旌首蓋即翌，舞師所持以自翳其首者，故曰旌首。首一曰夏，故又曰旌夏。旌夏以五色采羽爲之，因之五采羽亦謂之夏，翟（雉）之五色備成章者謂之夏翟。以物加於首上曰題，舞師初入時，以旌夏蒙首，其狀詭異，故晉侯驚怖而退入於房也。旌經聲近可通，經首即旌首，亦即旌夏。《文選·琴賦》"激清響以赴會"，李注曰"會，節會也"。旌首，舞師所持以節舞者，故曰"合於桑林之舞，乃而中經首之會"。成疏謂刀爲鸞刀，至確。近世出土鸞刀，當環處有鸞，狀與車鸞同。《小雅·信南山傳》曰"鸞刀，刀有鸞者，言割中節也"，《禮記·郊特牲》曰"割刀之用，而鸞刀之貴，貴其義也，聲和而後斷也"，此刀謂鸞刀，故言奏，《離騷》"呂望之鼓刀兮"，《天問》"鼓刀揚聲后何喜"，彼刀亦謂鸞刀，鼓刀猶鼓鐘，鼓琴，鼓瑟也。又曰"莫不中音"。又鸞刀者，宗廟割切之刀，然則此所解牛乃祭祀所用之牲，而桑林或亦當時實用之樂矣。

動刀甚微謋然已解，牛不知其死也。

本無"牛不知其死也"一句，陳校引文如海本，劉得一本并有，今據補。

指窮於爲薪而火傳也，不知其盡也。

薪下本無而字，從《御覽》三七〇引補。朱桂曜曰："指爲脂之誤或假。《國語·越語》'句踐載稻與脂於舟以行'，注'脂，膏也'。

脂膏可以燃燒之薪，故《人間世》篇曰'膏之自煎也'。此言脂膏有窮，而火之傳延無盡，以喻人之形體有死，而精神不滅，正不必以死爲悲。"案朱説是也。古所謂薪，有爨薪，有燭薪，爨薪所以取熱，燭薪所以取光。古無蠟燭，以薪裹動物脂肪而燃之，謂之曰燭，一曰薪。燭之言照也，所以照物者故謂之曰燭。此曰"脂窮於爲薪"即燭薪也。崔注曰"薪火，爓火也"。此誤以火屬上讀。爓火即古取光之燭，故《逍遥遊》篇曰："日月出矣，而爓火不息，其於光也，不亦難乎？"釋文"爓亦作燋"。《禮記·少儀》"主者執燭抱燋"，鄭注曰"未爇曰燋"，是爇者曰燭也。崔以爓釋薪，而爓燋即未爇之燭，是崔意薪即燭薪矣。

内四　人間世篇

夫道不欲雜，雜則多，多則擾，擾則憂憂而不救。
案《楚辭·九章·抽思》"傷余心之慢慢"，王注曰"慢慢，病貌也"。憂憂與慢慢同。救，治也。不救謂不可救治，"擾則憂憂而不救"七字爲句，舊讀"擾則憂"句，"憂而不救"句，非是。

何暇至於暴人之所乎？
乎本作行。案當爲乎字之誤也。今正。

且若亦知夫德之所爲蕩，而知之所爲出乎？
蕩上本無爲字。案當有爲字，與下句一律。注曰"德之所以流蕩者矜名故也，知之所以横出者爭善故也"，以兩"以"字釋兩"爲"字，是郭本上句正有爲字。今據補。《淮南子·俶真》篇"其德蕩者其行僞"，高注曰"蕩，逸也"。《周語下》韋注曰："蕩，壞也。"散逸與敗壞義相因。出讀爲屈《吕氏春秋·安死》篇"智巧窮屈"高注曰"屈，盡也"。郭以屈爲横出未允。

夫以陽爲充孔，○采色不定，常人之所不違，因案人之所感，以求容與其心，名之曰日漸之德。

孔下舊有揚字，從馬叙倫刪。馬又謂此指顔回之"端而虚，勉而一"言，亦是。案充孔疊韻連語，《集韻》引《坤蒼》曰"怳，心動也"，《玉篇》曰"愩，心動也"，充孔即怳愩，心動不安之貌也。陽與佯同，"陽爲充孔"，猶言貌爲謹愨。

　　"采色不定"即充孔之狀。馬叙倫讀常爲嘗，讀違爲韙并是。案，依也。《漢書·司馬相如傳上》注。言嘗試人君之所不以爲是者，避而勿言，依據人君心之所感者而言之也。"日漸之德"舊屬下讀，非是。詳下。

　　日漸之德不成，而況大德乎？

　　舊無"日漸之德"四字。案此承上文，當重"日漸之德"四字，乃成文義。今補。

　　外曲者與人○爲徒。

　　人下舊有之字，衍。"與人爲徒"，與上"與天爲徒"，下"與古爲徒"，文同一例，下文"是之謂與人爲徒"，是其確證。今據刪。"與天爲徒"，"與人爲徒"，語亦見《大宗師》篇。

　　其言雖教讁之，實○古之有也，非吾有也。

　　實下舊有也字。案也字涉下文而衍，今刪。此謂其言雖教告之，斥讁之，然實古人之言，非我之言。言自古出，則寄直於古，無以病我，故下文曰"雖直而不病"。郭據誤本，讀"其言雖教"句，"讁之實也"句，不辭之甚。

　　回之家貧，唯不飲酒不茹葷者數月矣。

　　案回雖貧何致數月不食葱薤？古謂葷猶腥也。《管子·輕重戊》篇"黄帝作鑽燧生火，以熟葷臊"，《路史·後紀三》注曰引作腥臊是其證。不茹葷謂不肉食耳。

　　一若志，無聽之以耳，而聽之以心。

　　"一若志"舊作"若一志"。案"若一"二字似倒。一謂專一，若猶汝也，"一若志"謂專一汝之心志。疏曰"志一汝心，無複異端"，即以"一汝心"釋"一若志"，是成本猶未倒，今據乙正。

　　伏羲遂人之所行終。

　　遂人本作几蘧。釋文曰："几蘧，向云古之帝王也，李云上古帝王。"

疏曰："几蘧者，三皇已前無文字之君也。"案古帝王無號几蘧者。當是遂人，遂訛爲蘧《左傳·桓十三年》"遂見楚子"，《漢書·五行志中之上》作遽見人訛爲几，又誤倒其文，因爲"几蘧"耳。今乙正。遂人即燧人。《路史·前紀》五注引《尸子》及《禮含文嘉》并作遂人。《繕性》篇曰"及燧人伏羲始爲天下"，亦二王并舉，例與此同。

凡事若小若大，寡不道以成懽。

"成懽"舊作"懽成"。案陳校引江南古藏本作"成懽"。注曰"少有不言以成爲懽者耳"，疏曰"而莫不以成遂爲懽適也"，是郭成二本亦并作"成懽"。今據乙正。懽古患字。《爾雅·釋訓》"懽懽愮愮，憂無告也"，《玉篇》《廣韻》并云"悹，憂無告也"，《説文》"悹，惌也"，朱駿聲疑即患之異文，是也。"凡事若小若大，寡不道以成懽"者，古書多以道爲由，言事無大小，罕有不由之以成災患者也。下文"事若不成，則必有人道之患，事若成，則必有陰陽之患"，即承此言之。《外物》篇曰"惠唯以歡爲騖"，當作"惠以懽爲騖"，懽亦古患字。說詳彼篇古本《莊子》蓋以懽爲患，寫者或改成今字，或否注家不察，悉讀未改之懽爲歡，失莊旨矣。

事若成，則必有陰陽之患。

案此文曰"陰陽之患"，下文曰"內熱"，然則陰陽之患即病也。《大宗師》篇曰："子輿有病……陰陽之氣有沴，其心閒而無事。"又曰："子來有病，喘喘然將死……曰'子於父母，東西南北，唯命之從。陰陽於人，不翅父母。彼近祈吾死，而我不聽，我則悍矣，彼何罪焉！'"亦并以病爲陰陽之氣。後世醫家言猶如此。

若成若不成，而復無患者，唯有德者能之。

復舊作後。案後當爲復，字之誤也。今正。《天道》篇"復言夫兼愛"盧文弨校引舊本如此，今本復誤作後，是其比。他書復後互訛之例，不煩枚舉。

吾未至乎事之情而既有陰陽之患矣，事若不成，必有人道之患，是兩患也。

兩下舊無患字。案此患字當有。陰陽之患，人道之患，是所謂兩患。

古典新义

今本脱此患字，則文義不足。今補。

　　意有所至，而愛有所亡。

　　案至讀"專心致志"之至，猶專也，《廣雅·釋詁三》曰"撤，搏也"，致專與撤搏同。亡讀爲忘，與致對舉。此承上文，"意有所致"謂盛矢盛溺，"愛有所忘"謂拊之不時。

　　俯而視其大根，則軸解而不可以爲棺槨。

　　視舊作見，從馬叙倫校改。馬又曰"軸解與拳曲對文"，亦是。案由聲字多有長而中空之義。笛袖胃舳皆物之長而空者。《説文》曰"岫，山有穴也"，《淮南子·齊俗》篇曰"往古來今謂之宙"，《廣雅·釋詁三》曰"粵，空也"，岫宙粵義近。軸亦從由，義當相仿。解亦長而中空之名。《吕氏春秋·古樂》篇曰"昔黄帝令伶倫……取竹之嶰谷"，《漢書·律曆志》作解谷，注引孟康曰"谷，竹溝也"。案當云"解谷，竹溝也"。《廣雅·釋山》曰"嶰，谷也"，解谷雙聲連語。《御覽》九六二引《吕覽》作"取竹之谷豀"，乃豀谷之倒，《書鈔》一一二引作"礐谷"，礐礐通解嶰豀礐一語之轉，皆有空義。李注曰"解，如衣軸之直解也"，疑謂衣袖。《釋名·釋衣服》曰"褠，襌衣之無胡者也言袖夾狹直形如溝也"，衣袖之直解謂之褠，猶竹之解谷謂之竹溝也。《廣雅·釋器》曰"褉，袖也"，《集韻》引《埤蒼》曰"褉，衣袖也"。解嶰豀一語之轉，説已詳上。解褉亦然。軸一曰解，猶袖一曰褉矣要之，軸解義訓不異。因悟由聲字如笛迪等皆轉入支部，與解同韻，"軸解"或本疊韻，故二字義同。

　　咶其葉則舌爛而爲傷。

　　舌舊作口，從馬叙倫校改，案傷讀爲瘍。《素問·風論》："故使肥肉憤膩而有瘍。"王注曰："瘍，瘡也。"

　　鍼挫治繲，足以餬口，數筴播精，足以食十人。

　　"鍼挫"舊作"挫鍼"，倒。今乙正。鍼，刺也。《廣雅·釋詁一》挫謂肢體挫折。《説文》曰"痤，小腫也"，肢體折傷則腫，挫與痤同。繲即解字。挫解即今所謂跌打損傷。"數筴播精"舊作"鼓筴播精"。釋文"播精"下曰"如字，一音所，則字當作数精"。案此十一字

· 194 ·

當在上文"鼓筴"下，"數精"當作"數筴"。上文引司馬曰："鼓，簸也，小箕曰筴。"又引崔曰："鼓筴，揲蓍鑽龜也。"鼓筴亦當作數筴。蓋司馬本作鼓，崔本作數，音所，即崔本舊音也。《韓非子·飾邪》篇曰"鑿龜數策"，《秦策一》曰"襄主錯龜數策占兆"，筴者取決於數，故曰數策，《史記·龜策列傳》曰"攛策定數"，此之謂也。策即蓍，《文選·卜居》五臣注："策，蓍也。"因之數筴一曰數蓍《六韜》曰"數蓍，蓍交而折"。本書崔本數筴，義長，今據正。郭慶藩云精當爲糈之誤，是也。今亦據正。崔曰"播精，卜卦占兆也，鼓筴播精言賣卜"，精亦當爲糈，鼓亦當爲數。鍼挫治繲，醫術也。數筴播糈，巫術也。古巫亦即醫，故兼治二術。《淮南子·説山》篇曰："病者寝席，醫之用鍼石，巫之用糈藉，所救鈞也。"高注曰："醫師在男曰覡，在女曰巫。石鍼所抵，彈人雍癰瘞，出其惡血。糈米所以享神。藉，菅茅，皆所以療病求福祚，故曰救鈞。"《淮南》以醫用鍼石與巫用糈藉并言可與《莊》義相發。今本《莊子》文多訛舛，是以注家解説互歧，而義尠確當。

鳳兮鳳兮，何如德之衰也！

案《説文》曰："孔，通也。從乙從子。乙，請子之候鳥也。乙至而得子，嘉美之也，古人名嘉字子孔。"又曰："乳，人及鳥生子曰乳，獸曰產。從孚徒乙。乙者玄鳥也。《明堂·月令》'玄鳥至之日，祠于高禖以請子'，故乳從乙。請子必以乙至之日者，乙春分來，秋分去，開生之候鳥，帝少昊司分之官也。"案孔乳古當爲一字。以聲言之，《左傳·宣四年》"楚人謂乳穀"，釋文"穀，如口反"。穀即豰字。《玉篇》豰亦有奴豆公豆二音。實則乳亦有此二讀，乳豰同字異體耳。《集韻》豰同㲉，又作吼。吼即乳字也。公豆之"乳"，由侯對轉入東，即爲孔。反之，孔亦可由東轉侯，讀公豆切，吼字即從乙得聲。以形言之，豰一作㲉，是從子與從孚同，同則孔乳亦當同字矣。乳從乙，乙即殷人之圖騰玄鳥，故許君訓爲人及鳥生子。孔與乳同字，本亦訓生子，故古人名嘉字子孔。《天問》曰"簡狄在臺嚳何宜，玄鳥致貽女何嘉"，鄭注《月令》曰"玄鳥遺卵，娀簡吞之而生契，後王以爲媒官嘉祥而立其祠焉"，嘉皆訓生子。《爾雅·釋天》"甘雨時降，萬物以嘉"，即萬物以生。名嘉字子孔者，名與字義相應也。然古字往往無專義。孔字從"子"爲義者訓生子。其籀文即乳。從"乙"爲義者則爲鳥名，《周書·王會》篇"方人以孔鳥"是也。《王會》篇孔注曰："孔，與鸑相配者。"案鸑，鳳類也，孔爲鸑配，則亦鳳類。孔字從乙，是鳥以孔名者，亦當爲請子之鳥。鳳亦請子之鳥也。《離騷》："鳳皇既受詒兮，恐高辛之先我。"《月令》疏引《鄭志》焦喬答王權曰："娀簡狄吞鳳子之後，後王以爲禖官嘉祥，祀之以配帝，謂之高禖。"孔爲請子之鳥鳳亦然，是孔即鳳類矣。明乎孔鳳爲同類之鳥，則知接輿稱"鳳兮鳳兮"以嘲孔子，實以"鳳"字隱射"孔"字。"何如德之衰也"，如讀爲汝，漢石經《論語·微子》篇作"何而德之衰也"，而亦汝也。汝斥鳳言？即斥孔子言矣。

福輕於羽，莫之知載。禍重於地，莫之知置。

置舊作避，釋文"避舊作實，云置也"。案字當作置，與載對舉。置訓捨，謂不載也。此以車爲喻，言輕者當載而不載，重者當捨而不捨。字若作避，則義不精切。置有措捨二義，實則但有措義而無捨義。故經傳實訓置者，其義皆爲措置而非捨置。舊本作實，訓置，亦當爲措置之置。然措置於車中即載之車中，與歌意適相反，是以知其必爲誤字。且置與載德爲韻，作避作實，均失其韻。或謂地讀入支部，則與避若實亦相叶。然"已乎已乎，臨人以德"以上十六句，皆偶句叶韻，此亦不當例外。況莊子之時，"地"果屬支部與否，尚不可知邪？郭注上文曰"故乃釋此無爲之至易，而行彼有爲之至難，棄夫自舉之至輕，而取夫載彼之至重"，"釋""棄"二字即"置"字之義。疑郭本亦作置。其注本文曰"禍至重而莫之知避"，則發揮句義，但取便文，不拘原字。今本正文作避，或即涉注文而誤。至舊本作實，則置實形聲義俱近自易訛混。今改正。

迷陽迷陽。

案迷瞇通。《集韻》曰"瞇，眇目也。"《漢書·叙傳》"離婁眇目於毫分"，顔注曰："眇，細視也。"今俗瞇准字作瞇，音義同。瞇眇一聲之轉。瞇一曰迷陽，猶眇一曰眇瞇。《文選·海賦》"眇瞇冶夷"，李注曰"眇瞈，視貌"。迷陽又轉爲望陽。《論衡·骨相》篇曰"武王望陽"，《朝野僉載》曰"長孺子視望陽，目爲呷醋漢"，此謂近視者。然近視與細視，其貌皆顰眉斂睫，迫視審諦。"呷醋"之喻，妙可解頤，本謂近視，亦可施於細視。"迷陽迷陽，無傷吾行"，行讀爲胻，足脛也，<small>詳下條</small>言瞇目諦視，無令道土荆榛瓦礫之屬傷吾足脛也。郭注謂迷陽猶亡陽，是也。亡陽亦即望陽。然釋亡陽爲任獨，則非。朱桂曜亦知亡陽即望陽，而以望陽爲仰視，則與傷胻之戒，又相乖牾。此皆於《莊》書之義，未達一閒者也。

無傷吾行。

案行讀爲胻。《説文》曰"胻，脛耑也"，《廣雅·釋親》曰"胻，脛也"，《補史記·龜策列傳》"莊士斬其胻"，《集解》曰"胻，脚脛也"。行與胻通。《大雅·采菽》"邪幅在下"，《箋》曰"邪幅，如今行縢也。偪束其脛，自足至膝，故曰在下"。《釋名·釋衣服》曰："幅所以自逼束也，今謂之行縢，言以裹脚行，可以跳騰輕便也。"行縢之行即胻字，《釋名》"以裹脚行"，即脚胻矣。本書"無傷吾行"，與下文"無傷吾足"爲互文故知行亦胻字。

却曲却曲。

舊作"吾行却曲。"陳校引張君房本作"却曲却曲"，與上文"迷陽迷陽"一律。今據正。釋文曰："却曲，去逆反。"字書作匸，《廣雅》云"匸，曲也"。案今本《廣雅》作迟<small>《釋詁一》</small>，《説文》曰"乚，匿也，象迟曲隱匿之形"，又曰"迟，曲行也"。《玉篇》邱戟反匸與迟同。乚即乚，古文曲之省變，匸從乚，故有曲義。《禮記·明堂位》"俎……殷以椇"，鄭注曰"椇之言迟椇也"，謂曲橈之也。宋玉《風賦》曰"枳句來巢"，亦謂枝之橈曲者。枳椇枳句并與迟曲聲近義同。行而迟曲其身，謹敬之貌，故曰"無傷吾足"也。《左傳·昭七年》《正考父鼎銘》曰"一命而僂，再命而傴，三命而俯，循墻而走，亦莫余敢侮"，傴僂而行，即此迟曲之義。然則接輿所以戒孔子者，即孔子先人之遺訓矣。

·197·

内五　德充符篇

奚假魯國？丘將引天下而與從之。

案《説文》曰"假，非真也"，非真猶非實，是假與虛義近。語詞"假令""假設"之假，亦虛擬之意。書傳假暇通用。閒暇即閒空，空亦虛也。《淮南子·説山》篇"媒但者非學謾也"，高注曰"但，詐也"，詐亦非真之謂。經傳古注又多訓但爲空。假但并有非真與空虛之義，故假亦可訓但。郭注以"奚但一國而已哉"釋"奚假魯國"，義至精確。假與暇通。《晏子春秋·諫王》篇曰"何假去彗，茀又將見矣"，言何但去彗也，《韓詩外傳》一〇曰"吾則死矣，奚暇老哉"，亦言奚但老也，可資互證。成疏曰"何但假藉魯之一邦耶"，既承郭義，又曰假藉，斯爲蛇足矣。與讀爲舉，猶皆也。

審乎無爲而不與物遷。

爲舊作假。案"無假"疑當爲"無爲"。《應帝王》篇"汝又何帠以治天下感予之心爲"，釋文帠崔本作爲。孫詒讓云，帠古叚字《札迻》五。案孫説是也。叚讀爲暇。崔本作爲者，《説文》爲古文作𤓰，疑右爲字形與帠近，《説文》作𤓰，是其省體。爲叚古字形近，故《應帝王》篇"何暇"崔本誤作"何爲"，本篇"無爲"又誤作"無假"。"無爲"與"不與物遷"義正相應。作"無假"，則不詞矣。今正。

受命於地，唯松柏獨也正，冬夏常青青。

"正"舊作"在"，"夏"下無"常"字。俞樾疑在爲正之訛。案俞説是也，今據正。陳校引張君房本"在"上有"正"字。蓋一本作正，一本作在，而張本誤合之。《文選·古詩十九首》注引夏下有"常"字，義長。今據補。疏曰"通年四序，常保青全"，似成本亦有常字。

彼且擇日而登假，人則從是也。

郭讀人字截句。釋文曰"假徐音遐，讀連上句，人字向下"，案徐讀是。登假猶登霞也。《楚辭·遠遊》曰："載營魄而登霞兮，掩浮雲而上征。"字一作遐若假。谷永《上封事》曰："及言世有仙人，服食不終之藥，遙興輕舉，登遐倒景。"《華山碑》曰："思登假之道。"又作假，本篇曰"彼且擇日而登假"，《大宗師》篇曰"是知之能登假於道也若此"，《淮南子·精神》篇曰"此精神之所以能登假於道者也"，揚雄《劇秦美新》曰"登假皇穹"。一曰升假。《淮南子·齊俗》篇曰："其不能乘雲升假亦明矣。"或曰上遐。司馬相如《大人賦》曰"乘虛亡而上遐兮"。《齊俗》篇以乘雲、升假對舉，與《遠遊》以登霞、掩浮雲連言同例，是升假即登霞也。"乘雲升假"與《原道》篇"乘雲陵霄"語例亦同。《後漢書·仲長統傳》注："霄，摩天赤氣也。"《精神》篇高注曰"或作蝦蟇，雲氣"，則謂借爲霞。以上《遠遊》言登霞，《淮南》一言登假，一言升假，皆謂登雲霞，是其本義。自餘但謂上升，則其引申義也。

《墨子·節葬下》篇曰："秦之西有儀渠之國者，其親戚死，聚柴薪而焚之，燻上，謂之登遐。"《太平廣記》四八〇引《博物志》作"登霞"，劉晝《新論·風俗》篇作"昇霞"，是登霞之語，其源乃出於西戎火葬之俗。火化謂之登霞者，霞字一作䮮，本訓赤氣，故火焰亦謂之霞，登霞謂靈魂乘火焰以上升也。《御覽》七九四引《莊子》佚文曰："羌人死，燔而揚其灰。"《呂氏春秋·義賞》篇曰："氐羌之民，其虜也。不憂其係纍，而憂其死不焚也。"火葬之旨，在使死者靈魂得乘火焰以上升於天，故羌人憂其死不焚者，爲其靈魂不能上升耳。《列仙傳》說嘯父既傳其作火法於梁母，"臨上三亮山，與梁母別，列數十火而升"，又說師門"亦能使火"，死後，"一旦風雨迎之，訖則山木皆焚"，又說赤松子"能入火自燒，往往至崑崙山上"，此皆暗示仙人即火化上升者，而甯封子事言火葬尤明晰。《傳》曰："甯封子者……世傳爲黃帝陶正。有神人過之，爲其掌火，能出五色煙，久則以教封子。封子積火自燒，而隨煙氣上下。視其灰燼，猶有其骨。時人共葬於甯北山中，故謂之甯封子焉。"此明以火化而魂氣上升者爲仙人。然則世稱昇仙爲登霞，其義即源於火葬，

· 199 ·

明矣。《禮記·曲禮》上曰"天子崩，告喪曰'天王登霞'"，《周頌·下武箋》曰"既没登假"，本書《大宗師》篇崔本曰"死登假三年而形遯"，《列子·黃帝》篇曰"又二十八年……而帝登假"，《周穆王》篇曰"猶百年乃徂，世以爲登假焉"，《吕氏春秋·本味》篇高注曰"羣帝，衆帝先升遐者"。此死稱登假升遐者，亦足證登假之語，本與喪葬有關。諸家雖知本篇之文，當從徐讀，而不能質言登假之義，故具論之，以明莊子思想之背景焉爾。

魯有兀者叔山無趾。

案叔山疑即蜀山。古有蜀山氏。《大戴禮記·帝繫》篇曰："昌意娶于蜀山氏。"《楚語上》"懼之以蜀之役"，韋注曰"蜀，魯地"。

仲尼曰"丘也嘗遊於楚矣。……"

遊舊作使，釋文曰："使本一作遊。"案孔子無使楚事，一本作遊，是也。今據正。疏曰"丘曾領門徒遊行楚"，是成本亦作遊。

見独子食於其死母者。

釋文曰："食音飲，邑錦反，注同。舊如字，簡文同。"案食字不得有飲音，"食音飲"疑當作"食本作飤"。蓋一本食作飤，與飲形近，因誤爲飲。《説文》"簋，飤牛筐也"，飤今亦誤作飲。飤即飼字，古與食亦通用。《莊子》一本作飤，用正字，今本作食，用借字。

天選子之形。

案選與撰通。《楚辭·招魂》"結撰至思"，王注曰"撰猶搏_{今本誤搏}也。"《御覽》七八引《風俗通義》曰"女媧搏黃土作人"，《天問》曰"女媧有體，孰制匠之"，即問其事。《淮南子·精神》篇曰"夫造化者既以我爲坯矣"，又曰："夫造化者之攪援物也，譬猶陶人之埏埴也，其取之地而已爲盆盎也，與夫未離於地無以異，其已成器而破碎漫瀾而復歸其故也，與其爲盆盎亦無以異矣。"此其傳説之微變者，本書曰"天選子之形"，即搏子之形，亦搏土作人之遺説也。

内六　大宗師篇

真人之息以踵，衆人之息以喉。○屈服者，其嗌音若哇。其耆欲深者，其天機淺。

案以上二十九字語意隔斷，疑亦舊注或《淮南》解說之亂入正文者。音舊作言。馬叙倫云言疑當作音。案馬説是也，今據正。嗌音即喉音。

其心止，其容寂。

止舊作志，郭注曰"所居而安曰志"。案志不得有居安之義。正文及注兩志字并當爲止。志從之，篆書止之形近，止誤爲之，不成文義，校者遂肊改爲志耳。今正。下文"與豫乎止我德也"，即此心止之義。心止，容寂，顙頯，義本一貫，説詳下條。

其顙頯。

釋文曰"顙向本作額"，云"額然大朴貌"。案額之言猶塊也。塊本訓土，故引申爲安止不動之貌。《穀梁傳·僖五年》"塊然受諸侯之尊"，疏引徐邈曰"塊然，安然也"。《荀子·君道》篇曰："塊然獨坐，而天下從之如一體。"《楚辭·九辯》曰："塊獨守此無澤兮。"本書《應帝王》篇曰："塊然獨以其形立。"義并同。此曰"其顙頯"，正謂其屹然不動如委土。心止，容寂，顙頯義相側貫。今本作頯，音近通假。向注朴字疑當爲圤。《説文》曰"凷，墣也"，重文作塊，又曰"墣，塊也"，重文作圤。頯然即塊然，故爲大圤貌。

故聖人之用兵也，亡國而不失人心，利澤施乎萬世，不爲愛人。故樂窮通物，非聖人也，有親，非仁也，時天非賢也，利害不通，非君子也，徇名失己，非士也，亡身不真，非役人也。若狐不偕、務光、伯夷、叔齊、箕子、胥餘、紀他、申徒狄，是役人之役，適人之適，而不自適其適者也。

案自篇首至"天與人不相勝也，是之謂真人"中間凡四言"古之真人"，兩言"是之謂真人"，文意一貫，自爲片段，惟此

古典新义

一百一字與上下詞旨不類，疑系錯簡。且"聖人之用兵也，亡國而不失人心"，寧得爲莊子語？可疑者一也。務光事與許由同科，許由者《逍遥遊》篇既擬之於聖人矣，此於務光乃反譏之爲"役人之役，適人之適，而不自適其適者"。可疑者二也。朱亦芹以《尸子·秦策》證胥餘即接輿，其説殆不可易。本書内篇凡三引接輿之言，《逍遥遊》《人間世》《應帝王》。是莊子意中，其人亦古賢士之達於至道者，乃此亦目爲徇名失己之徒。可疑者三也。"利澤施於萬世"，又見《天運》，"適人之適而不自適其適者也"，又見《駢拇》，并在《外篇》中。以彼例此，則此一百一字蓋亦莊子後學之言，退之《外篇》可耳。樂下舊無窮字。時天舊作天時，今依馬叙倫校補乙。徇名舊作行名，無義。行當爲徇之壞字，今正。餘文似尚多踳駁，不能盡正。

滀乎進我色也，豫乎止我德也。

司馬注曰："滀，色憤起貌。"案與讀爲豫，猶豫也。《老子》一五章"豫焉若冬涉川"，河上公本作與，《史記·吕太后本紀索隱》引同。《文子·上德》篇曰："豫兮若冬涉大川者，不敢行也，進不敢行者，退不敢先也。""滀乎進"、"豫乎止"對舉，猶言貌似欲進而心實止也。

厲乎其似世也。謷乎其未可制也。

世下也字舊作乎，依陳校引文如海，成玄英，張君房諸本改。厲讀爲嚱，字一作嘻。《説文》曰："嚱，高氣多言也。"《集韻》嚱亦作嚱。世讀爲泄。

《大雅·板》篇"無然泄泄"，《説文》兩引，一作呭，一作詍，并云"多言也"。案《詩》以水泄狀多言也。此以世爲之義同。《楚辭·九思·怨上》某氏注曰："謷謷，不聽話言而妄語也。"此二句與下句對舉，皆言辭之狀。舊解未憭。

連乎其似好閉也，悗乎其忘説也。

"悗乎其忘説也"舊作"悗乎忘其言也"。劉師培疑言爲説之譌，馬叙倫云"蓋爛奪右方"。案劉馬説是也。世制閉説四字爲韻。今改正。"忘其"當作"其忘"與上三句一律。今乙轉。崔注曰："連塞運也，

· 202 ·

音聾。"案《文選·解嘲》"孟軻雖連蹇,猶爲萬乘師"注引蘇林曰"連蹇,言語不便利也"。蹇連即連蹇。連一作謰。《集韻》曰:"謰謰,語亂也。"《楚辭·九思·疾世》曰:"媒女詘兮謰謰。"義同。閉之言猶謐也,謐靜也。王注曰"怳,廢忘也"。連乎好閉,怳乎忘說,通二句爲一義。

夫道有情有信,無象無形。

象舊作爲。案當作象。爲字本從象,古亦通用,金文《邾討鼎》"黿討象其鼎",《内史龏鼎》"用象考寶障",《立盨》"立象旅盨",象并即爲字。隸書象或作叒,亦與爲形近,故致訛混,今正。情、誠古通,"有情有信,無象無形",情亦信也,象亦形也。

可受而不可傳,可得而不可見。

"可受而不可傳"舊作"可傳而不可受"。案傳受二字倒。傳讀爲搏。受與得對,搏與見對,二句總承上文"無象無形"而言。《知北遊》篇曰"終日視之而不見……搏之而不得",《老子》一四章曰"視之不見曰夷……搏之不得曰微",并與此同義。《楚辭·遠遊》曰:"道可受兮不可傳。"傳亦讀爲搏,即襲此文。今據乙正。

狶韋氏得之,以挈天地。

疏曰"挈又作契。"案《大雅·緜》篇"爰契我龜"傳曰"契,開也"。此叙狶韋氏在伏羲前,狶韋氏蓋當於後世所傳盤古氏,契天地即開闢天地也。今本作挈者,挈與契通。《詩》"爰契我龜",《漢書·叙傳》作挈即其比。疏訓契爲合,未得其義。

吾猶告而守之參日,而後能外天下。

舊作"守而告之參日"。案當作"告而守之參日"。下文曰"守之七日","守之九日",可證。疏曰:"告示甚易,爲須修守,所以成難。"又曰:"今欲傳告,猶自守之。"是成本正作"告而守之"。今據乙正。

傴曲發背。

案發讀爲撥,《商頌·長發》"玄王桓撥",《韓詩》撥作發。撥剌枉曲之貌也。《荀子·正論》篇曰"不能以撥弓曲矢中",撥與曲對。《西周策》

· 203 ·

曰"弓撥矢鉤",撥與鉤對。皆枉曲之謂也。《考工記·弓人》:"居幹之道,菑栗不迆,則弓不發。"撥以發爲之。《楚辭·懷沙》曰:"巧倕不斲兮,孰察其撥正。"《管子·宙合》篇曰:"夫繩扶撥以爲正。"《淮南子·本經》篇曰"扶撥以爲正",高注曰"撥,枉也"。撥一曰撥剌。《淮南子·修務》篇"琴或撥剌枉撓",高注曰"撥剌,不正也"。不正即曲矣。發背即撥剌之背,謂曲背也。《方言》五郭注曰:"江東呼籧篨爲籟。"《玉篇》曰:"籢,籧篨也。"籟籢同。《廣雅·釋器》曰:"鐹,鐮也。"《玉篇》曰:"鐮,刈鉤也。"鎌鐮同。席之拳曲者謂之籟籢,刀之鉤曲者謂之鐹,弓之枉曲者謂之撥,亦謂之發,背之僂曲者謂之發,其義一也。

以汝爲鼠肝乎?以汝爲蟲臂乎?

釋文曰:"臂亦作腸,崔本同。"案臂與臍通。《集韻》曰:"臍,臍也。"《釋名·釋形體》曰:"臍,劑也,腸端之所限劑也。"疑古亦通稱腸曰臍,一曰臍。臍即腸,故崔本作腸。此以肝與臍對舉,皆臟腑之屬,故《五音集韻》又曰"臍,腑也"。

子之於父母,東西南北,唯命之從。

"子之於父母"舊作"父母之於子",案當作"子之於父母"。謂子聽命於父母也。如今本,則是父母聽命於子,庸有當乎?注曰:"自古或有能違父母之命者矣。"疏曰:"夫孝子侍親,尚驅馳唯命。"是郭成本尚未倒。今據乙正。

不知孰先,不知孰後。

兩孰字舊并作就。案就當爲孰,字之誤也。今正。"不知孰先,不知孰後",猶上文云"又惡知死生先後之所在"也。

孟孫氏特覺,人哭亦哭,是自其所謂吾者以及且也相與吾之耳矣,庸詎知吾所謂吾之是吾乎?庸詎知吾所謂吾之非吾乎?

"是自其所謂吾者以及且也相與吾之耳矣"舊作"是自其所以乃句且也相與吾之耳矣",所下無"謂吾者"三字,及作乃。"庸詎知吾所謂吾之是吾乎?庸詎知吾所謂吾之非吾乎?"舊作:"庸詎知吾所謂吾之乎?"無"是吾乎庸詎知吾之非吾"十二字。朱桂曜云："乃爲及誤。及與姑同。當讀'是自其所以及且也相與吾之耳矣'十四字爲句。'庸詎知吾所謂吾之乎'之下脱'非吾'二字。本作'庸詎知吾所謂吾之非吾乎'與上文'庸詎知吾所謂天之非人乎'《齊物論》篇'庸詎知吾所謂知之非不知邪'句法同。"案朱説是矣，而未盡也上句"是自其所"下當依下文補"謂吾者"三字，文意乃足。本篇上文曰："庸詎知吾所謂天之非人乎？所謂人之非天乎？"《齊物論》篇曰："庸詎知吾所謂知之非不知邪？庸詎知吾所謂不知之非知邪？"皆反正二意對舉。此亦當作："庸詎知吾所謂吾之是吾乎？庸詎知吾所謂吾之非吾乎？"乃符莊子玄同是非生死兩忘之旨。審如朱氏所補，則是不知吾之非吾，即知吾之是吾，斯誠所謂夢而未始覺者，去莊子之旨遠矣。今參朱説上句改一字，補三字，下句補十二字。

安排而化去，乃入於寥天一。

"化去"舊作"去化"。案"去化"二字誤倒。注曰："安於推移而與化俱去。"疏曰："未始非吾而與化俱去。"是郭成本俱作"化去"。今據乙正。化去即化形而仙去，郭成説非。

庸詎知夫造物之不息我黥，而補我劓，使我乘成以隨先生耶？

案《釋名·釋言語》曰"息，塞也，言物滋塞滿也"，《漢書·東方朔傳》注曰"塞，補也"。此以"息黥""補劓"對舉，息訓塞，塞亦補也。

而果其賢乎丘也，請從而後也。

疏曰："忘遺如此，定是大賢，丘雖汝後，從而學之，是丘所願。"是讀"而果其賢乎"句，"丘也請從而後也"句。諸家并同。案當讀"而果其賢乎丘也"句，"請從而後也"句。"賢乎丘"即賢於丘。下而字亦訓汝。

曰"吾思夫使我至此極者而弗得也。父母豈欲吾貧哉？天無私覆，地無私載，天地豈私貧我哉？求其爲之者而不得也。然而至此極者，命也夫！"言物皆自然，無爲之者也。

"求其爲之者而不得也"九字舊作正文。案諦審語勢，并參校

古典新义

下注，此九字當係郭注之誤入正文者。今改正。

内七　應帝王篇

虎豹之文來累，猨狙之便○○○○來藉。

累舊作田，從馬叙倫校改。"猨狙之便"下舊有"執斄之狗"四字。案《淮南子·繆稱》篇曰"虎豹之文來射，猨狖之捷來措"，《説林》篇曰"虎豹之文來射，蝯蚿之捷來乍"。《文子·上德》篇曰："虎豹之文來射，援蚿之捷來格。"疑此本作"虎豹之文來累，猨狙之便來藉"爲《淮南》等所本。《天地》篇曰"執留之狗成累，舊作思，從孫詒讓改。猨狙之便來格"，來格舊作"自山林來"四字。校者據彼文旁注"執斄之狗"四字於此，傳寫遂誤入正文耳。今删。《列子·仲尼》篇："長幼羣聚而爲牢藉庖厨之物，奚異犬豕之類乎？"釋文曰："藉謂以竹木圍繞。"案《説文》曰"潎，所以擁水也"潎潎藉字異而義同。皆所以遮擁之也。此以累與藉對舉，累謂拘係，藉謂遮擁，事相鄰類。

吾與汝既其名，未既其實。

名舊作文。案文當爲名，聲近而誤。下文"名實不入而機發於踵"亦名實對舉，是其證。今改正。

灰然，有生矣。

灰舊作全。《列子·黃帝》篇作灰，釋文曰"灰或作全"。案全爲灰之誤字，今正。然燃同。前以"見濕灰"爲壺子將死之兆，灰濕則不能燃也。今壺子有瘳，故曰"灰燃，有生矣"。今本灰誤作全，衆家胥以然爲語詞，又讀"全然有生矣"五字爲句，則文不成義。

是殆見吾者善機也。

"者善機"舊作"善者機"，案當作"者善機"，者讀爲杜。《左傳·莊十四年》堵敖，《史記·楚世家》作杜敖，昭九年屠蒯，《檀弓下》作杜蕢。"杜善機"與上"杜德機"文同一例。上文季咸曰"吾見其杜權矣"，郭注"權，機也"。"杜權"即此所謂"杜善機"也。今乙正。

是殆見吾衡氣機也。

案《説文》曰"衡，牛觸，横大木其角"，《周禮·封人》"設其楅衡"，鄭衆注曰"楅衡，所以楅持牛也"。是衡即楅衡。所以楅持牛者謂之衡，因之凡楅持之亦曰衡之。上文曰"杜德機"，曰"者杜善機"，杜塞與楅持義近似，"衡氣機"亦猶言"杜氣機"也。

吾與之虚而委蛇。

案"虚而委蛇"於文不順。虚下疑脱邪字。《邶風·北風》"其虚其邪"陳奂曰"虚邪猶委蛇也"。"虚邪""委蛇"并叠韻連語義復相仿，二詞連用，古人自有複語也。

因以爲弟靡，因以爲波隨。

"波隨"舊作"波流"，釋文引崔本流作隨。王念孫云："當作'波隨'，蛇何靡隨爲韻。"案王説是也，今據正。"弟靡"釋文"弟徐音穨"。是弟靡猶穨靡也。《文選·射雉賦》徐注"夷靡，穨弛也"，朱桂曜云"弟靡即夷靡"亦是。波隨當讀爲陂陁，亦穨靡之意。文一作陂池，《文選·上林賦》"陂池貏豸"郭注曰"陂池，旁穨貌也"。一作岐陀，《文選·西征賦》"裁岐陀以隱嶙"，李注曰"岐陀，穨貌"。

南海之帝爲儵，北海之帝爲忽，中央之帝爲渾沌。

案《左傳·昭二十九年》曰"少皞氏有四叔，曰重，曰該，曰修，曰熙……修及熙爲玄冥"，儵即修也。昭元年曰"昔金天氏有裔子曰昧，爲玄冥師"，忽即昧也。忽智古通，《春秋》鄭昭公忽，《説文·日部》作智。《論語·微子》篇仲忽，《漢書·古今人表》作中智。又《漢書·揚雄傳上》注，《文選·舞賦》注并云"智與忽同"。智昧一字，《漢書·郊祀志上》"冬至智爽"，《司馬相如傳》下"智爽闇昧"，即昧爽。故昧一作忽。修與昧皆爲玄冥，玄冥者水神也，故此以爲南北海之帝。玄冥之色黑，儵本訓黑，闇昧亦黑也。《左傳·文十八年》曰"昔帝鴻氏有不才子……天下之民謂之渾敦"，《神異經》作渾沌。《西山經》曰："天山……有神焉，其狀如黄囊，赤如丹火，六足四翼，渾敦無面目，是識歌舞，實惟帝江也。"帝江即帝鴻。《左傳》之渾敦，自賈逵、鄭玄以下咸謂即驩兜，而驩兜鄒漢勛又以爲即丹朱，是渾敦亦即丹朱，故《西山經》有"赤如丹火"之説。本書之渾沌即渾敦，亦即驩兜、丹朱也。無七竅，與狀如黃囊而無面目合。稱帝，與《海内北經》言"帝丹朱臺"合。杜注《左傳》亦云"渾敦，不開通之貌也"。其云中央帝者，驩兜放於崇山，當即《周語》上"昔夏之興也，融降于崇山"之崇山。驩兜本屬夏民族，《大荒南經》曰："鯀妻士敬，士敬子曰炎融，炎融生驩頭。"驩頭即驩兜，可證。崇山今曰嵩山，其中嶽之號，雖始於漢武，然論其地望，戰國時固爲區夏之中央。觀莊子已稱渾沌爲中央帝，則以崇山爲中央之山，或係先秦舊説，而漢武定嶽，特因舊説以立名耳。莊子寓言，大都脱胎於先古傳説，而非盡由虚構，此其明驗也。

原載重慶《學術季刊》第三期，民國三十二年九月一日。

莊子

"臣之所好者道也，進乎技矣。"——《養生主》

一

莊子名周，宋之蒙人①（今河南商邱縣東北）。宋在戰國時屬魏，魏都大梁，因又稱梁。《史記》說他與梁惠王、齊宣王同時。《莊子·田子方》《徐無鬼》兩篇於魏文侯、武侯稱謚，而《則陽》篇、《秋水》篇逕稱惠王的名字，又稱公子，《山木》篇又稱爲王，《養生主》稱文惠君，看來他大概生於魏武侯末葉，現在姑且定爲周烈王元年（前三七五）。他的卒年，馬叙倫定爲赧王二十年（前二九五），大致是不錯的。

與他同時代的惠施只管被梁王稱爲"仲父"，齊國的稷下先生們只管"皆列第爲上大夫"，荀卿只管"三爲祭酒"，呂不韋的門下只管"珠履者三千人"——莊周只管窮困了一生，寂寞了一生，"《莊子·外物》篇說他"家貧，故往貸粟於監河侯"，《山木》篇說他"衣大布而補之，正緳係履而過魏王"。這兩件故事是否寓言，

---

① 閻若璩曰："鳳陽（濠梁）爲其遊覽之地，曹曇（漆園）爲其宦遊之地。"

古典新义

不得而知，然而拿這裏所反映的一副窮措大的寫照，加在莊周身上，決不冤枉他。我們知道一個人稍有點才智，在當時，要交結王侯，賺些名聲利祿，是極平常的事。《史記》稱莊子"其學無所不窺"，又說他"善屬書離辭，指事類情，用剽剥儒墨，雖當世宿學不能自解免也"。莊子的博學和才辯并不弱似何人，當時也不是没人請教他，無奈他脾氣太古怪，不會和他們混，不願和他們混。據說楚威王遣過兩位大夫來聘他爲相，他發一大篇議論，吩咐他們走了。《史記》又說他做過一晌漆園吏，那多半是爲糊口計。吏的職分真是小得可憐，談不上仕宦，可是也有個好處——不致妨害人的身分，剥奪人的自由。莊子一輩子只是不肯做事，大概當一個小吏，在莊子，是讓步到最高限度了。依據他自己的學說，做事是不應當的，還不只是一個人肯不肯的問題。但我想那是憤激的遁辭。他的實心話不業已對楚王的使者講過嗎？"子獨不見郊祭之犧牛乎？養食之數歲，衣以文繡，以入太廟，當是之時，雖欲爲孤豚，豈可得乎？"

又有一次宋國有個曹商，爲宋王出使到秦國，初去時，得了幾乘車的俸祿，秦王高興了，加到百乘。這人回來，碰見莊子，大誇他的本領，你猜莊子怎樣回答他？"秦王有病，召醫。破癰潰痤者得車一乘，舐痔者得車五乘，所治愈下，得車愈多。子豈治其痔邪？何車之多也？子行矣！"話是太挖苦了，可是當時宦途的風氣也就可想而知。在那種情況之下，即使莊子想要做事，叫他如何做去？

我們根據現存的《莊子》三十三篇中比較可靠的一部分，考察他的行踪，知道他到過楚國一次，在齊國待過一晌，此外似乎在家鄉的時候多。和他接談過的也十有八九是本國人。《田子方》篇見魯哀公的話，毫無問題是寓言；《說劍》是一篇贋作，因此見趙文王的事更靠不住。倒是"莊子釣於濮水"，"莊子與惠子游於濠梁之上"，"莊子游乎雕陵之樊"，"莊子行於山中……出於山，舍於故人之家"——這一類的記載比較合於莊周的身分，所以我們至少可以從這裏猜出他的生活的一個大致。他大概是《刻意》篇所謂"就藪澤，處閒曠，釣魚閒處，無爲而已矣"的一種人。我們不能想像

· 210 ·

莊子那人，朱門大廈中會常常有他的足迹，儘管時代的風氣是那樣的，風氣干莊周什麼事？況且王侯們也未必十分熱心要見莊周。憑白的叫他挖苦一頓做什麼！太史公不是明講了"自王公大人不能器之"嗎？

惠子屢次攻擊莊子"無用"。那真是全不懂莊子而又懂透了莊子。莊子誠然是無用，但是他要"用"做什麼？"山木自寇也；膏火自煎也；桂可食，故伐之；漆可用，故割之。人皆知有用之用，而莫知无用之用也。"這樣看來，王公大人們不能器重莊子，正合莊子的心願。他"學無所不窺"，他"屬書離辭，指事類情"，正因犯着有用的嫌疑，所以更不能不掩藏、避諱，裝出那"其臥徐徐，其覺于于，一以己爲馬，一以己爲牛"的一副假癡假騃的樣子，以求自救。

歸真的講，關於莊子的生活，我們知道的很有限。三十三篇中述了不少關於他的軼事，可是誰能指出那是寓言，那是實錄？所幸的，那些似真似假的材料，雖不好坐實爲莊子的信史，却滿足以代表他的性情與思想，那起碼都算得畫家所謂"得其神似"。例如《齊物論》裏"莊周夢爲蝴蝶"的談話，恰恰反映著一個瀟灑的莊子；《至樂》篇稱"莊子妻死，惠子吊之，莊子則方箕踞鼓盆而歌"，又分明影射著一個放達的莊子；《列禦寇》篇所載莊子臨終的那段放論，也許完全可靠："莊子將死，弟子欲厚葬之。莊子曰：'吾以天地爲棺槨，日月爲連璧，星辰爲珠璣，萬物爲齎送。吾葬具豈不備邪？何以加此？'弟子曰：'吾恐烏鳶之食夫子也。'莊子曰：'在上爲烏鳶食，在下爲螻蟻食，奪彼與此，何其偏也！'"其餘的故事，或滑稽，或激烈，或高超，或毒辣，不勝枚舉，每一事象徵着莊子人格的一方面，綜合的看去，何嘗不儼然是一個活現的人物？

有一件事，我們知道是萬無可疑的，惠施在莊子生活中占一個很重要的位置。這人是他最接近的朋友，也是他最大的仇敵。他的思想行爲，一切都和莊子相反，然而才極高，學極博，又是和莊子相同的。他是當代最有勢力的一派學說的首領，是魏國的一位大政治家。莊子一開口便和惠子抬杠；一部《莊子》，幾乎頁頁上有直接或間接蹧蹋惠子的話。説不定莊周著書的動機大部分是爲反對惠施和惠施的學説，他并且有誣衊到老朋友的人格的時候。據説（大概是他的弟子們造的謡言）莊子到梁國，惠子得着消息，下了一道通緝令，滿城搜索了三天。説惠子是怕莊子來搶他的相位，冤枉了惠子，也冤枉了莊子。假如那事屬實，大概惠子是被莊子毀謗得太過火，爲他辦事起見，不能不下那毒手？然而惠子死後，莊子送葬，走到朋友的墓旁，歎息道：“自夫子之死也，吾無以爲質矣，吾無與言之矣！”兩人本是旗鼓相當的敵手，難怪惠子死了，莊子反而感到孤寂。

除了同國的惠子之外，莊子不見得還有多少朋友。他的門徒大概也有限。朱熹以爲"莊子當時亦無人宗之，他只在僻處自説"，像是對的。孟子是鄒人，離着蒙不甚遠，梁宋又是他到過的地方，他闢楊墨，没有闢到莊子。《尸子》曰"墨子貴兼，孔子貴公，皇子貴衷，田子貴均，列子貴虚，料子貴別囿"，没提及莊子。《吕氏春秋》也有同類的論斷，從老聃數到兒良，偏漏掉了莊子。似乎當時只有荀卿談到莊子一次，此外絶没有注意到他的。

莊子果然畢生是寂寞，不但如此，死後還埋没了很長的時期。西漢人講黄老而不講老莊。東漢初班嗣有報桓譚借《莊子》的信札，博學的桓譚連《莊子》都没見過。注《老子》的鄰氏、傅氏、徐氏、河上公、劉向、母丘望之、嚴遵等都是西漢人；兩漢竟没有注《莊子》的。莊子説他要"處乎材與不材之間"，他怕的是名，一心要逃名，果然他幾乎要達到目的，永遠湮没了。但是我們記得，韓康徒然要向賣藥的生活中埋名，不曉得名早落在人間，并且恰巧要被一個尋常的女子當面給他説破。求名之難那有逃名難呢？莊周也要逃名；暫時的名可算給他逃過了，可是暫時的沈寂畢竟只爲那永久的赫烜作了張本。

一到魏晉之間，莊子的聲勢忽然浩大起來，崔譔首先給他作注，跟著向秀、郭象、司馬彪、李頤都注《莊子》。像魔術似的，莊子忽然占據了那全時代的身心，他們的生活、思想、文藝——整個文明的核心是莊子。他們說："三日不讀《老》、《莊》，則舌本間强。"尤其是《莊子》，竟是清談家的靈感的泉源。從此以後，中國人的文化上永遠留著莊子的烙印。他的書成了經典。他屢次榮膺帝王的尊封。[①] 至於歷代文人學者對他的崇拜，更不用提。別的聖哲，我們也崇拜，但那像對莊子那樣傾倒、醉心、發狂？

二

庖丁對答文惠君說"臣之所好者道也，進乎技矣"。這句話的意義，若許人變通的解釋一下，便恰好可以移作莊子本人的斷語。莊子是一位哲學家，然而侵入了文學的聖域。莊子的哲學，不屬本篇討論的範圍。我們單講文學家莊子；如有涉及他的思想的地方，那是當作文學的核心看待的，對於思想本身，我們不加批評。

古來談哲學以老莊并稱，談文學以莊屈并稱。南華的文辭是千真萬真的文學，人人都承認。可是《莊子》的文學價值還不只在文辭上。實在連他的哲學都不像尋常那一種矜嚴的，峻刻的，料峭的一味皺眉頭，絞腦子的東西；他的思想的本身便是一首絕妙的詩。

一壁認定現實全是幻覺，是虛無，一壁以爲那真正的虛無纔是實有，莊子的議論，反來覆去，不外這兩個觀點。那虛無，或稱太極，或稱涅槃，或稱本體，莊子稱之爲"道"。他說：

夫道有情有信，无爲無形，可傳而不可受，可得而不可見，自本自根，未有天地，自古以固存，神鬼神帝，生天生地，在太極之先而不爲高，在六極之下而不爲深，先天地生而不爲久，長於上古而不爲老——豨韋氏得之以挈天地，伏戲氏得之以襲氣母，維斗得之終古不忒，日月得

[①] 唐玄宗封爲"南華真人"，宋徽宗封爲"微妙玄通真君。"

之終古不息，堪坏得之以襲崑崙，馮夷得之以游大川，肩吾得之以處大山，黃帝得之以登雲天，顓頊得之以處玄宮，禺強得之立乎北極，西王母得之坐乎少廣，莫知其始，莫知其終，彭祖得之上及有虞，下及五伯，傳說得之以相武丁，奄有天下，乘東維，騎箕尾，而比於列星。

有大智慧的人們都會認識道的存在，信仰道的實有，却不像莊子那樣熱忱的愛慕它。在這裏，莊子是從哲學又跨進了一步，到了文學的封域。他那嬰兒哭着要捉月亮似的天真，那神秘的悵惘、聖睿的憧憬、無邊際的企慕、無涯岸的豔羨，便使他成爲最真實的詩人。

然而現實究竟不容易抹殺，即使你說現實是幻覺，幻覺的存在也是一種存在。要調解這衝突，起碼得承認現實是一種寄寓，或則像李白認定自己是"天上謫仙人"，現世的生活便成爲他的流寓了。"萬物生於有，有生於無"，莊子仿佛説：那"無"處便是我們真正的故鄉。他苦的是不能忘情於他的故鄉。"舊國舊都，望之悵然"，是人情之常。縱使故鄉是在時間以前，空間以外的一個縹緲極了的"無何有之鄉"，誰能不追憶、不悵望？何況羈旅中的生活又是那般齷齪、偪仄、孤淒、煩悶？

悲歌可以當泣，遠望可以當歸。

莊子的著述，與其説是哲學，毋寧説是客中思家的哀呼；他運用思想，與其説是尋求真理，毋寧説是眺望故鄉，咀嚼舊夢。他説"卮言日出，和以天倪，因以曼衍，所以窮年"，一種客中百無聊賴的情緒完全流露了。他這思念故鄉的病意，根本是一種浪漫的態度、詩的情趣。并且因爲他鍾情之處，"大有逕庭，不近人情"，太超忽、太神秘，廣大無邊，幾乎令人捉摸不住，所以浪漫的態度中又充滿了不可逼視的莊嚴。是詩便少不了那一個哀豔的"情"字。《三百篇》是勞人思婦的情；屈宋是仁人志士的情；莊子的情可難説了，只超人纔載得住他那種神聖的客愁。所以莊子是開闢以來最古怪最偉大的一個情種；若講莊子是詩人，還不僅是泛泛的一個詩人。

或許你要問：《莊子》的思致誠然是美，可是那一種精深的思想不美呢？怎見得《莊子》便是文學？你說他的趣味分明是理智的冷豔多於情感的溫馨，他的姿態也是瘦硬多於柔膩，那只算得思想的美，不是情緒的美。不錯。不過你能爲我指出思想與情緒的分界究竟在那裏嗎？唐子西在惠州給各種酒取名字，溫和的叫作"養生主"，勁烈的叫作"齊物論"。他真是善於飲酒，又善於讀《莊子》。《莊子》會使你陶醉，正因爲那裏邊充滿了和煦的、鬱蒸的、焚灼的各種溫度的情緒。向來一切偉大的文學和偉大的哲學是不分彼此的。你若看不出《莊子》的文學，只因他的神理太高，你驟然體驗不到。

又恐瓊樓玉宇，高處不勝寒。是就下界的人們講的，你若真是隸籍仙靈，何至有不勝寒的苦頭？并且文學是要和哲學不分彼此，纔莊嚴，纔偉大。哲學的起點便是文學的核心。只有淺薄的、庸瑣的、渺小的文學，纔專門注意花葉的美茂，而忘掉了那最原始、最寶貴的類似哲學的仁子。無論《莊子》的花葉已經夠美茂的了；即令他沒有發展到花葉，只他那簡單的幾顆仁子，給投在文學的園地上，便是莫大的貢獻，無量的功德。

三

講到文辭，本是莊子的餘事，但也就夠人讚歎不盡的，講究辭令的風氣，我們知道，春秋時早已發育了；戰國時縱橫家以及孟軻、荀卿、韓非、李斯等人的文章也夠好了，但充其量只算得辭令的極致，一種純熟的工具，工具的本身難得有獨立的價值。莊子可不然，到他手裏，辭令正式蛻化成文學了。他的文字不僅是表現思想的工具，似乎也是一種目的。對於文學家莊子的認識，老早就有了定案。《天下》篇討論其他諸子，只講思想，談到莊周，大半是評論文辭的話：

古典新义

> 以謬悠之説，荒唐之言，無端崖之辭，時恣縱而儻，[①]不以觭見之也。以天下爲沈濁，不可與莊語，以卮言爲曼衍，以重言爲真，以寓言爲廣。……其書雖瓌瑋，而連犿無傷也；其辭雖參差，而諔詭可觀。……其理不竭，其來不蛻，芒乎昧乎，未之盡者。

這可見莊子的文學色彩，在當時已瞞不過《天下》篇作者的注意，假如《天下篇》是出於莊子自己的手筆，他簡直以文學家自居了。至於後世的文人學者，每逢提到莊子，誰不一唱三歎的頌揚他的文辭？高似孫説他"極天之荒，窮人之僞，放肆迤演，如長江大河，滾滾灌注，泛濫乎天下；又如萬籟怒號，澎湃洶湧，聲沈影滅，不可控搏"。趙秉忠把他和列子并論，説他們"摛而爲文，窮造化之姿態，極生靈之遼廣，剖神聖之渺幽，探有無之隱賾……嗚呼！天籟之鳴，風水之運，吾靡得覃其奇矣！"凌約言講得簡括而尤其有意致："莊子如神仙下世，咳吐謔浪，皆成丹砂。"

讀《莊子》，本分不出那是思想的美，那是文字的美。那思想與文字，外型與本質的極端的調和，那種不可捉摸的渾圓的機體，便是文章家的極致；只那一點，便足注定莊子在文學中的地位。朱熹説莊子"是他見得方説到"，一句極平淡極敷泛的斷語，嚴格的講，古今有幾個人當得起？其實在莊子，"見"與"説"之間并無因果的關係，那譬如一面花、一面字，原來只是一顆錢幣。世界本無所謂真純的思想，除了托身在文學裏，思想別無存在的餘地；同時，是一個字，便有它的涵義，文字等於是思想的軀殼，然而説來又覺得矛盾，一拿單字連綴成文章，居然有了缺乏思想的文字，或文字表達不出的思想。比方我講自然現象中有一種無光的火，或無火的光，你肯信嗎？在人工的制作裏確乎有那種文字與思想不碰頭的偏枯的現象，不是辭不達意，便是辭浮於理。我們且不講言情的文，

[①] 諸本作"不儻"，《釋文》無"不"字，今據刪。

或狀物的文。言情狀物要作到文辭與意義兼到，固然不容易，純粹說理的文做到那地步尤其難，幾乎不可能。也許正因那是近乎不可能的境地，有人便要把說理文根本排出文學的範圍外，那真是和狐狸吃不着葡萄說葡萄酸一樣的可笑。要反駁那種謬論，最好拿《莊子》給他讀。即使除了莊子，你抬不出第二位證人來，那也不妨。就算莊子造了一件靈異的奇迹，一件化工罷了——就算莊子是單身匹馬給文學開拓了一塊新領土，也無不可。讀《莊子》的人，定知道那是多層的愉快。你正在驚異那思想的奇警，在那躊躇的當兒，忽然又發覺一件事，你問那精微奧妙的思想何以竟有那樣湊巧的，曲達圓妙的辭句來表現它，你更驚異；再定神一看，又不知道那是思想那是文字了，也許甚麼也不是，而是經過化合作用的第三種東西，於是你尤其驚異。這應接不暇的驚異，便使你加倍的愉快，樂不可支。這境界，無論如何，在莊子以前，絕對找不到，以後，遇着的機會確實也不多。

四

　　如果你要的是純粹的文學，在莊子那素淨的說理文的背景上，也有着你看不完的花團錦簇的點綴——斷素、零紈、珠光、劍氣、鳥語、花香——詩、賦、傳奇、小說，種種的原料，儘夠你欣賞的，采擷的。這可以證明如果莊子高興做一個通常所謂的文學家，他不是不能。

　　他是一個抒情的天才。宋祁劉辰翁楊慎等極賞的"送君者皆自厓而返，君自此遠矣"！果然是讀了"令人蕭寥有遺世之意"。《則陽》篇也有一段極有情致的文字：

　　　　舊國舊都，望之暢然，雖使丘陵草木之緡，入之者十九，猶之暢然，況見見聞聞者也？以十仞之臺懸衆間者也？

古典新义

　　明人吴世尚曰"《易》之妙妙於象，《詩》之妙妙於情；《老》之妙得於《易》，《莊》之妙得於《詩》"。這裏果然是一首妙絕的詩——外形同本質都是詩：

　　　　天其運乎？地其處乎？日月其爭於所乎？孰主張是？孰維綱是？孰居無事推而行是？意者其有機緘而不得已邪？意者其運轉而不能自止邪？雲者爲雨乎？雨者爲雲乎？孰隆施是？孰居無事淫樂而勸是？風起北方，一西一東，有上彷徨——孰噓吸是？孰居無事而披拂是？

　　這比屈原的《天問》何如？歐陽修說"參差奇詭而近於物情，興者比者俱不能得其彷彿也"，只講對了作者的一種"百戰不許持寸鐵"的妙技，至於他那越世高談的神理，後世除了李白，誰追上他的踪塵？李白仿這意思作了一首《日出入行》，我們也錄來看看：

　　　　日出東方隈似從地底來，歷天又入海，六龍所舍安在哉？其始與終古不息，人非元氣安得與之久徘徊！草不謝榮於春風，木不怨落於秋天。誰揮鞭策驅四運？萬物興歇皆自然。……

　　古來最善解《莊子》的莫如宋真宗。張端義《貴耳集》載着一件軼事，說他"宴近臣，語及《莊子》，忽命《秋水》，至則翠鬟綠衣，一小女童，誦《秋水》一篇"。這真是一種奇妙批評《莊子》的方法。清人程庭鷺說"向秀郭象應遜此女童全具《南華》神理"，所謂"神理"正指詩中那種最飄忽的，最高妙的抒情的趣味。

　　莊子又是一位寫生的妙手。他的觀察力往往勝過旁人百倍，正如劉辰翁所謂"不隨人觀物，故自有見"。他知道真人"淒然似秋，暖然似春"或則"尸居而龍見，淵默而雷聲"。他知道"生物之以

· 218 ·

息相吹"；他形容馬"喜則交頸相靡，怒則分背相踶"；又看見"澤雉十步一啄，百步一飲"。他又知道："槐之生也，入季春五日而兔目，十日而鼠耳，更旬而始規，二旬而葉成。"[①]一部《莊子》中，這類的零星的珍玩，搜羅不盡。可是能刻畫具型的物件，還不算一回事，風是一件不容易描寫的東西，你看《齊物論》裏有一段奇文：

夫大塊噫氣，其名爲風，是唯無作，作則萬竅怒呺。而獨不聞之翏翏乎？山林之畏佳，大木百圍之竅穴——似鼻，似口，似耳，似枅，似圈，似臼，似洼者，似污者——激者，謞者，叱者，吸者，叫者，譹者，宎者，咬者，前者唱于而隨者唱喁，泠風則小和，飄風則大和，厲風濟、則衆竅爲虛，而獨不見之調調之刁刁乎？

注意那寫的是風的自身，不像著名的宋玉（？）《風賦》只寫了風的表象。

五

討論莊子的文學，真不好從那裏講起，頭緒太多了，最緊要的例如他的諧趣，他的想象；而想象中，又有怪誕的，幽渺的，新奇的，穠麗的各種方向，有所謂"建設的想象"，有幻想；就諧趣講，也有幽默、詼諧、諷刺、謔弄等等類別。這些其實都用得着專篇的文字來討論，現在我們只就他的寓言連帶的談談。

寓言本也是從辭令演化來的，不過莊子用得最多，也最精；寓言成爲一種文藝，是從莊子起的。我們試想《桃花源記》、《毛穎傳》等作品對於中國文學的貢獻，便明了莊子的貢獻。往下再不必問了，

[①] 萬希槐輯《莊子逸文》引《御覽》。

古典新义

你可以一直推到《西遊記》、《儒林外史》等等，都可以説是莊子的賜予。《寓言》篇明講"寓言十九"。一部《莊子》幾乎全是寓言，[①]我們暫時無需舉例。此刻急待解决的，倒是何以莊子的寓言便是文學。講到這裏，我只提到前面提出的諧趣與想像兩點，你便恍然了；因爲你知道那兩種質素在文藝作品中所占的位置，尤其在中國文學中，更是那樣鳳毛麟角似的珍貴。若不是充滿了他那雋永的諧趣，奇肆的想像，莊子的寓言當然和晏子、孟子以及一般遊士説客的寓言，没有區别。諧趣和想像打成一片，設想愈奇幻，趣味愈滑稽，結果便愈能發人深省——這纔是莊子的寓言。

　　有國於蝸之左角者，曰觸氏，有國於蝸之右角者曰蠻氏，時相與争地而戰。伏尸數萬，逐北，旬有五日而後反。今之大冶鑄金，金踴躍曰"我必且爲鏌鋣"，大冶必以爲不祥之金，今一犯人之形，而曰"人耳，人耳"！夫造化者，必以爲不祥之人。

莊子的寓言竟有快變成唐宋人的傳奇的。他的"母題"固在故事所象徵的意義，然而對於故事的本身——結構、描寫、人格的分析，"氛圍"的布置，……他未嘗不感覺興味。

　　儒以詩禮發冢，大儒臚傳曰："東方作矣，事之何若？"小儒曰："未解裙襦，口中有珠，詩固有之，曰：青青之麥，生於陵陂，生不布施，死何含珠爲！"接其鬢，壓其顪，儒以金椎控其頤，徐别其頰，無傷口中珠。……[②]

以及叙庖丁解牛時的細密的描寫，還有其他的許多例，都足見

[①] 近人胡遠濬曰："莊子自别其言有寓重卮三者，其實重言皆卮言也，亦即寓言也。"按所見甚是。

[②] 按此下疑有脱文。

莊子

莊子那小説家的手腕。至於書中各種各色的人格的研究，尤其值得注意，藐姑射山的神人、支離疏、庖丁、庚桑楚，都是極生動，極有個性的人物。

　　支離疏者，頤隱於臍，肩高於頂，會撮指天，五管在上，兩髀為脅；挫鍼治繲，足以餬口，鼓筴播精，足以食十人。上徵武士，則支離攘臂而遊於其間；上有大役，則支離以有常疾不受功；上與病者粟，則受三鍾與十束薪。

文中之支離疏，畫中之達摩，是中國藝術裏最特色的兩個產品。正如達摩是畫中有詩，文中也常有一種"清醜入圖畫，視之如古銅古玉"①的人物，都代表中國藝術中極高古、極純粹的境界；而文學中這種境界的開創者，則推莊子。誠然《易經》的"載鬼一車"，《詩經》的"羊墳首"早已開創了一種荒怪醜惡的趣味，但沒有莊子用得多而且精。這種以醜為美的興趣，多到莊子那程度，或許近於病態；可是誰知道，文學不根本便犯着那嫌疑呢！并且莊子也有健全的時候。

　　藐姑射之山，有神人居焉，肌膚若冰雪，淖約若處子，不食五穀，吸風飲露，乘雲氣，御飛龍，而遊乎四海之外，其神凝，使物不疵癘，而年穀熟。……之人也，物莫之傷，大浸稽天而不溺，大旱金石流，土山焦而不熱。

講健全有能超過這樣的嗎？單看"肌膚若冰雪"一句，我們現在對於最高超也是最健全的美的觀念，何嘗不也是二千年前莊子給定下的標準？其實我們所謂健全不是莊子的健全，我們講的是形骸，

---

① 語見龔自珍《書金伶》。

· 221 ·

古典新义

他注重的是精神。叔山無趾"猶有尊足者存",① 王駘"且不知耳目之所宜,而遊心於法之和,物視其所一,而不見其所喪,視喪其足,猶遺土也"。莊子自有他所謂的健全,似乎比我們的眼光更高一等。即令退一百步講,認定精神不能離開形骸而單獨存在,那麼,你又應注意,莊子的病態中是帶著幾分詼諧的,因此可以稱爲病態,却不好算作墮落。

　　原載《新月》第二卷第九期,民國十八年十一月十日。

---

① 宣穎釋曰:"有尊於足者,不在形骸。"

離騷解詁

朕皇考曰伯庸

　　王注曰："皇，美也。父死稱考。《詩》曰'既右烈考'。伯庸，字也。"案本書《九歎·逢紛》篇曰："伊伯庸之末胄兮，諒皇直之屈原。"是劉向謂伯庸爲屈原之遠祖，與王逸以爲原父者迥異。同上《離世》篇曰："兆出名曰正則兮，卦發字曰靈均。"云原之名字得於卦兆，則是卜於皇考之廟，皇考之靈，因賜以此名此字也。向意不以伯庸爲屈原之父，於此益明。同上《愍命》篇又曰："昔皇考之嘉志兮，喜登能而亮賢。情純潔而罔薉兮，姿盛質而無愆。放佞人與諂諛兮，斥讒夫與便嬖，親忠正之悃誠兮，招貞良與明智……逐下袟①於後堂兮，迎宓妃於伊雒，刺讒賊於中廇兮，選呂管於榛薄。叢林之下無怨士兮，江湖之畔無隱夫，三苗之徒以放逐兮，伊皋之倫以充廬。"據此，則原之皇考，又似楚先王之顯赫者。夫原爲楚同姓，楚之先王即原之遠祖，固宜。此向不以伯庸爲原父之又一證也。劉王二家之說違戾如此，後之學者，其將誰從？間嘗蓄疑累歲，反覆尋繹，終疑劉是而王非也。何以明之？"皇考"之稱，稽之經典，本不專屬父廟。《詩·周頌·雝》篇，魯韓毛三家皆以爲禘太祖之樂章，而詩曰"假哉皇考"，此古稱太祖爲皇考之明徵。②以彼例此，則《離騷》之"皇考"當即楚之太祖。《漢書·韋玄成傳》曰"禮，

---

① 原作袟，從俞樾校改。
② 王闓運亦謂皇考爲太祖，蓋即本此詩爲說。

· 223 ·

王者始受命，諸侯始封者爲太祖"，是《離騷》之"皇考"又即楚始受命之君，故其人如《九歎·愍命》篇所述，乃似楚之先王。且《禮記·祭義》篇曰"王者禘其祖之自出，以其祖配之"。楚人之祖出自高陽，楚人禘高陽，當以其先祖配之。然則屈子自述其世系，以高陽與先祖之名并舉，乃依廟制之成法，而非出自偶然，抑又可知。要之，劉向非淺學之儔，其持此說，必有所受。王逸徒拘於"父死稱考"之成見，翻然易之，豈其然乎？至於楚之太祖，究係何王，"伯庸"之稱，是名是字，則史乘缺略，驟難肊斷，容專篇論之。

肇錫余以嘉名

案肇兆古通，《詩·大雅·生民》篇"后稷肇祀"，《禮記·表記》篇作兆，《商頌·烈祖》篇"肇域彼四海"，《箋》曰"肇當作兆"，是其證。此肇字劉向正讀爲兆，詳上條。王逸訓始，異義。

扈江離與辟芷兮

王注曰："扈，被也，楚人名被爲扈。"唐寫本《文選集注》本篇注引陸善經曰："扈，帶也。"案《爾雅·釋宮》"樞達北方謂之落時，落時謂之戹"，釋文戹或作扈。①郝懿行曰："樞達北方者，户在東南，其持樞之木或達於北方者名落時。落之言絡，連綴之意。"案絡與帶義近，扈有絡義，故亦有帶義。《文選·吳都賦》"扈帶鮫函"，《景福殿賦》"落帶金釭"，扈帶猶落帶也。扈落二字皆有帶義，故皆與帶連文。楚人名被爲扈者，《方言》四"帬裱謂之被巾"，《説文·系部》縖讀若阡陌之陌，《國語·周語》魯懿公名戲，《漢書·古今人表》作被，此皆扈被聲通之比。聲通則義亦通。扈訓帶，故被亦訓帶。《漢書·韓王信傳》"國被邊"師古注曰"被猶帶也"；本書《九歌·山鬼》篇"被薛荔兮帶女羅"，"被石蘭兮帶杜衡"，皆被帶對文，被亦帶也；《九章·涉江》篇"被明月兮珮寶璐"，

---

① 《釋文》戹本作戺，同音俟，又云本或作扈同音户。案戺戺皆扈之駮文。《説文·系部》"屩，履，一曰青絲頭履也"，"革部""鞾，革履也，胡人履連脛謂之絡鞾"（據《韻會》引）。案屩與絡鞾一物，惟有絲與革之分耳。落時謂之戹，猶絡鞾謂之屩，故知《爾雅》字仍以作扈爲正。

被明月即帶明月之珠也。

不撫壯而棄穢兮

王注曰："年德盛曰壯。"案王說未諦。壯有美盛諸義。《說苑·權謀》篇"安陵君以顏色美壯，得幸於楚共王"，《古文苑》司馬相如《美人賦》"雲髮豐豔，蛾眉皓齒，顏盛色茂，景曜光起"。壯也，盛也，美也，義并相通。[1]本書壯字多用此義。下文曰"佩繽紛其繁飾兮"，又曰"紛獨有此姱飾"[2]，又曰"及余飾之方壯兮"。壯飾即繁飾，姱飾，皆謂美盛之飾也。《九辯》"離芳藹之方壯"注曰"去己美盛之光容也"，正以美盛釋壯字。本篇壯字義同。撫壯與棄穢相偶爲文。

忽奔走以先後兮

王注曰："言己急欲奔走先後，以輔翼君者，冀及先王之德，繼續其迹，而廣其基也。奔走先後，四輔之職也。《詩》曰'予聿有奔走，予聿有先後'，是之謂也。"案《詩·小雅·正月》篇曰"其車既載，乃棄爾輔"，又曰"無棄爾輔，員于爾輻"。黃山曰："毛、鄭不爲輔作訓，必當時所共知。《釋詁》'輔，俌也'。《說文》'俌，輔也'。俌從人，猶僕從人，本以人爲輔。大車載物，以僕御車，必以俌輔行而護持其車。蓋古法自如此。……載重逾險，下有折輻之患，即上有輸載之虞。爲之輔者或挽或推，所以助其車。兵車有右。右，助也。輔，俌也，亦助也。"案黃說郅確。本篇自"乘騏驥以馳騁"至此一段，以行路爲喻。"忽奔走以先後"承上"皇輿"言，謂奔走於皇輿之先後也。注曰"奔走先後，四輔之職也"者，四輔《尚書大傳》謂之四鄰，曰："前曰疑，後曰丞，左曰輔，右曰弼。"[3]案疑之言礙也，礙，止也。丞承古通。[4]車前覆則礙止之，後傾則承

---

[1] 壯莊古通，莊亦有美義。《神女賦》"貌豐盈兮姝莊"，《悼李夫人賦》"縹飄姚虖愈莊"，《類聚》十二引袁松山《後漢書》"明帝名莊，字子麗"。

[2] 今本誤節，與服不叶，改從朱駿聲。

[3]《禮記·文王世子》篇疏引。下文云："天子有問無以對，責之疑；可志而不志，責之丞；可正而不正，責之輔；可揚而不揚，責之弼。"說甚迂曲。

[4]《孝經注》"前疑後丞"，釋文本一作承。

·225·

古典新义

持之，輔弼之義亦然。四輔之名蓋亦起於車輔，故王引以説奔走先後之義。

雖萎絶亦何傷兮哀衆芳之蕪穢

王注曰："萎，病也。絶，落也。"又曰："言己所種芳草，當刈未刈，蚤有霜雪，枝葉雖①萎病絶落，何能傷於我乎？哀惜衆芳摧折，枝葉蕪穢而不成也。"案王注詰鞠難通。摧折蕪穢與萎病絶落，語意不殊。既云萎絶何傷，安得復云哀其蕪穢？萎當讀爲餧。《説文·食部》"餧，飢也"，玄應《一切經音義》二〇引《三蒼》同。經傳通以餒爲之。餒絶屈子自謂。不種百穀而蒔衆芳，故有餒絶之虞。下文曰"長顑頷亦何傷"，語意句法并與此同。

伏清白以死直兮

案《文選》陸士衡《呈王郎中時從梁陳詩》注曰"服與伏古字通"。此伏字當讀爲服。《七諫·怨世》篇曰"服清白以逍遥兮"，是其證。

女嬃之嬋媛兮

王注曰："嬋媛猶牽引也。"案《説文·口部》曰"嘽，喘息也"，"喘，疾息也"，"欠部"曰"歓，口气引也"。嘽喘歓并字異而義同。口气引之義，與王訓嬋媛爲牽引者尤合，是嬋媛即喘也。蓋疾言之曰喘，緩言之則曰嬋媛。喘者氣出入頻數，有似牽引，故王以牽引訓之。嬋媛一作嘽咺。《方言》一曰"凡恐而噎噫謂之脅閲，南楚江湖之間謂之嘽咺"，《廣雅·釋詁二》曰"嘽咺，懼也"。案《詩·王風·黍離》篇"中心如噎"《傳》曰"噎，憂不能息也"。《説文·口部》曰"噫，飽食②息也"，《素問·至真要大論》注曰"心氣爲噫"。噎噫雙聲連語，亦呼吸疾促之謂，故又謂之嘽咺。惟曰恐曰懼，似不足以盡嘽咺之義。凡人於情感緊張，脈搏加急之時，無不喘息，恐懼但其一端耳。本篇"女嬃之嬋媛兮，申申其詈予"，此怒而嬋媛也。《九歌·湘君》篇"女嬋媛兮爲余太息"，《九章·哀郢》篇"心嬋媛而傷懷兮"，

---

① 雖下原有蚤字，誤衍。
② 《一切經音義》十四引作"飽出息也"，《玉篇》亦云"噫，飽出息也"，《文選·長門賦》注引《字林》同。

· 226 ·

此哀而嬋媛也。《悲回風》篇"忽傾寤以嬋媛"，傾寤即驚寤，[①]此驚而嬋媛也。《詩·大雅·崧高》篇"徒御嘽嘽"，《傳》曰，"嘽嘽喜樂也"，嘽嘽猶嘽呾嬋媛，是喜亦可曰嬋媛也。特字則當以《方言》、《廣雅》作嘽呾者爲正，本書作嬋媛，一作撣援，[②]皆假借耳。

鯀婞直以亡身兮

案亡讀爲忘。鯀行婞直，不以身之阽危而變其節，故曰"婞直以忘身"。《卜居》曰："寧正言不諱，以危身乎？"即婞直忘身之義。《五百家韓集》三祝注引此正作"忘身"，是古有作忘之本。王闓運亦讀亡爲忘，而釋爲忘身勤死，與婞直之義不合，則猶未達一間耳。

澆身被服强圉兮

王注曰："强圉，多力也。"案被服多力，不辭之甚。《釋名·釋兵》曰："甲，似物有孚甲以自禦，亦曰介，亦曰函，亦曰鎧，皆堅重之名也。"介胄之用，與孚甲同，故亦名甲。《爾雅·釋天》"在丁曰强圉"孫炎注曰"萬物皮孚堅者也"。此以堅釋强字，以皮孚釋圉字，皮孚即孚甲也。物之孚甲謂之强圉，則人之介胄亦得謂之强圉。强圉字一作禦。《詩·大雅·蕩》篇"曾是强禦"，《烝民》篇"不畏彊禦"，是圉之爲言禦也。禦爲動詞，變爲名詞，則所以自禦者亦謂之禦。《爾雅·釋器》"竹前謂之禦"，李巡注曰"竹前，謂編竹當車前以擁蔽，名之曰禦"。案甲亦所以自擁蔽也，故謂之强圉。"澆身被服强圉"猶言澆身被服堅甲耳。澆身被甲，書傳雖無明文考其傳説之起，殆亦有因。《天問》曰："鼇戴山抃，何以安之？釋舟陵行，何以遷之？""釋舟陵行"即澆陸地行舟事。下文曰："惟澆在户，何求於嫂？何少康逐犬，而顛隕厥首？"此亦澆事《天問》以鼇與澆事連舉，知鼇澆之間必有關係。再證以《左傳·襄四年》"生澆及豷"，《説文·豕部》引作敖，則鼇之與澆，是一非二明矣。傳説中人物，往往與禽獸蟲豸相混，其例至繁，澆爲人類，固不害其又爲爬蟲也。

[①]《左傳·文十八年》、宣六年敬嬴，《公》、《穀》敬皆作頃，昭七年南宮敬叔《説苑·雜言》篇作頃叔。此傾驚可通之比。

[②] 本篇及《悲回風》舊校并云一作撣援。

古典新义

鼋即大龜，身有介甲，故及其"人化"，即以"被服强圉"著稱。以《天問》證《離騷》，强圉即甲，益無可疑。

夫維聖哲以茂行兮苟得用此下土

王注曰："言天下之所以立者，獨有聖明之智，盛德之行，故得用事天下而爲萬民之主。"案用，享也。《説文·亯部》曰："亯，用也。從亯從自。自知臭，亯① 所食也。讀若庸。"案即庸之古文。金文《拍舟》庸作𩫢，魏石經《尚書》古文庸作𩫬，② 是其證。庸之古文作𩫢，而字從亯（享），故庸享義得相通。享庸之庸，經傳通以用爲之。《荀子·王霸》篇"用國者，得百姓之力者富"，用國猶享國也。《文選·西京賦》："昔者大帝説秦繆公而觀之，饗以鈞天廣樂。帝有醉焉，乃爲金策，錫用此土而翦（踐）諸鶉首。"用此土猶享此土也。本篇用字義同。"用此下土"，猶言享此天下耳。上云"皇天無私阿兮"，對皇天言之，故稱下土。王逸釋用爲用事，失之。

又案吾國文字中，凡表假設的屬句，率置於主句之前。例如本篇：

（1）苟　　余情其信姱以練要兮，長顑頷亦何傷？
（2）苟　　中情其好脩兮，　　又何必用夫行媒？

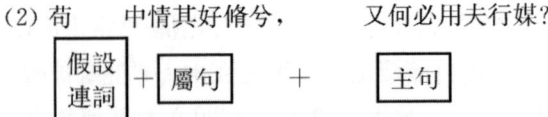

此常例也。然亦有置屬句於主句之後者，如：

（3）不吾知其亦已兮　苟　　余情其信芳
（4）委厥美以從俗兮　苟　　得列乎衆芳

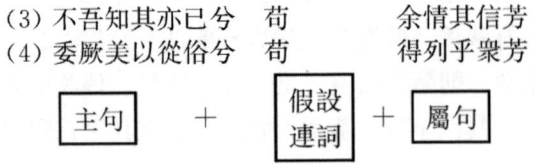

---

① 各本作香，改從段玉裁。
② 從白爲從自之訛。

此蓋皆以叶韻之故而倒裝之。其例於他書罕覯，故當視爲變例①。依常法讀之則（3）當爲"苟余情其信芳，不吾知其亦已兮"，謂苟余情信能芳潔，雖不吾知亦可以弗計矣。（4）當爲"苟得列乎衆芳，委厥美以從俗兮"謂苟得厠身於衆芳之列，則不惜委棄其美質以從彼流俗也。此文

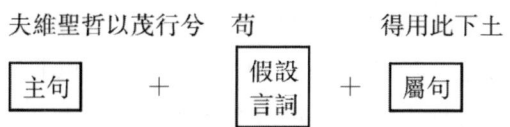

亦變例之一，當讀爲"苟得用此下土，夫維聖哲以茂行兮"，謂苟得享此天下，其必聖智與茂行之人也。②（3）例王逸無注。五臣張銑注曰："言君不知我，我亦將止，然我情實美。"以然字釋苟字，大謬。（4）例王逸注曰："言子蘭棄其美質正直之性，隨從諂佞，苟欲列於衆賢之位，無進賢之心也。"既誤釋苟爲苟且，因不得不改"得"爲"欲"，所謂歧中之歧也。王於本例注曰"苟，誠也"，是矣，顧其釋全句之義曰："言天下之所立者，獨有聖明之智，盛德之行，故得用事天下，而爲萬民之主。"又以故易苟，與前説違異，知其於文法之變例仍有未瞭耳。

欲少留此靈瑣兮

王注曰："靈以喻君。瑣，門鏤也，文如連瑣。楚之省閣也。一云：靈，神之所在也。瑣，門有青瑣也。言未得入門，故欲小住門外。"案漢人因門有青瑣鏤飾而稱門爲青瑣，以局部概全體，古人屬辭，本不乏此例。然呼青瑣門爲青瑣，可也，直呼門爲瑣，則未之前聞，且亦乖於屬詞之理。今不惟呼門爲瑣，更因門爲省閣之門，遂逕呼省閣爲瑣，事之荒謬孰有甚於此者？王逸以漢制説《楚辭》，③牽合

---

① 今惟口語中有此句法，行文（文言文）則絕對不許。
② 哲借爲智。"聖智"、"茂行"對文。以與古通。"聖哲以茂行"猶言"聖智與茂行"也。
③ 《漢舊儀》："黃門令曰暮入，對青瑣門拜，名曰夕郎。"《後漢書·獻帝紀》注引《漢官儀》："黃門侍郎每日暮向青瑣門拜，謂之夕郎。"案王逸似因《離騷》曰"欲少留此靈瑣兮，日忽忽其將暮"，而聯想及漢夕郎日暮向青瑣門拜之故事，遂傅會靈瑣之瑣爲青瑣門。注書如此，直同兒戲！

· 229 ·

傅會，不足信矣。案舊校璅一作瑑。竊謂古本當作璅，字則假借爲藪。《說文·木部》曰"槱，車轂中空也，讀若藪"，《考工記·輪人》"以其圍之阞捎其藪"，鄭司農注曰"藪讀蜂藪之藪，謂轂空壺也"。是槱藪音同字通。從喿與從巢同，① 璅之通藪，亦猶槱之通藪矣。② 其證一。《左傳·成十六年》"楚子登巢車以望晉軍"服注曰"兵法謂雲梯者"，杜注曰"巢車，車上爲櫓"。宣十五年"登諸樓車"服注曰"所以窺望敵軍，兵法所謂雲梯也"，杜注曰"樓車，車上望櫓"。巢車與樓車依服注并即雲梯，依杜注并即櫓，是巢即樓也。藪從數聲，數從婁聲，樓亦從婁聲。璅之通藪，亦猶巢之通樓矣。其證二。璅可通藪，是靈璅即靈藪也。靈藪者？何以上下文義求之，殆即縣圃。屈子曰："朝發軔於蒼梧兮，夕余至乎縣圃，欲少留此靈藪兮，日忽忽其將暮。"夕至縣圃，欲少留焉，故慮日之將暮，不堪久留。"此靈藪"之此字正斥縣圃。上言縣圃，而下言靈藪者，變文以避複，文家之常技。更列二證以明之。本書《九思·憫上》篇曰"逡巡乎圃藪"，圃藪連文，則二字義近可知。《文選·吳都賦》曰"遭藪爲圃"，是圃藪一事，特以其體言之則爲藪，以其用言之則爲圃耳。圃即藪，故《爾雅》說十藪，鄭曰圃田，③《淮南》說九藪，秦有具圃，④縣圃者亦古藪之一也。《周禮·職方氏》曰"雍州其澤藪曰弦蒲"，《說文·艸部》藪下曰"雝州弦圃"。弦蒲弦圃并即玄圃，亦即縣圃也。此一事也。《詩·鄭風·大叔于田》篇"叔在藪"《毛傳》曰"藪澤，禽之府也"⑤。《華嚴經音義》上引《韓詩[內]⑥傳》曰："澤中可禽獸居之曰藪。"《穆天子傳》二曰："曰春山之澤，清水出泉，溫和無風，飛鳥百獸之所飲食，先王所謂縣圃。"

① 《說文》藻之重文作薻。
② 鄭司農注《考工記》曰："藪讀蜂藪之藪。"疑蜂藪即蜂巢，故轂空壺之藪與之同名。因之《說文》槱字所從之喿，似亦當借爲巢。
③ 見《釋地》。
④ 《墜形》篇"秦之陽紆"，高注曰"一名具圃"。
⑤ 案禽爲鳥獸通稱。
⑥ 內字從王先謙補。

《穆傳》稱玄圃其地爲"飛鳥百獸之所飲食",與毛韓二詩所説藪字之義吻合,是縣圃即藪矣。此二事也。由前言之,縣圃有藪之名。由後言之,縣圃有藪之實。屈子稱縣圃爲藪,固其宜矣。其謂之靈藪者,則王注後説曰"靈,神之所在也"得之。又《淮南子·墜形》篇曰:"或上陪之,是謂縣圃[之山]①,登之乃靈,能使風雨。"崑崙縣圃,神靈所居,人之登焉者,亦成神靈,故縣圃稱爲靈藪,於義至當。《十洲記·崑崙洲記》曰:"其王母所道諸靈藪,禹所不履,唯書中夏之名山耳。"斯則崑崙諸山古有靈藪之稱,又有明徵矣。

吾令帝閽開關兮倚閶闔而望予

王注曰:"言己求賢不得,疾讒惡佞,將上訴天帝,使閽人開關,又倚天門望而距我,使我不得入也。"案王説非是。自此以下一大段皆言求女事,此二句若解爲上訴天帝,則與下文語氣不屬。下文曰:"時曖曖其將罷兮,結幽蘭而延佇。世溷濁而不分兮,好蔽美而嫉妒。"詳審文義,確爲求女不得而發。"結幽蘭而延佇"與《九歌·大司命》篇"結桂枝兮延佇,羌愈思兮愁人",《九章·思美人》篇"思美人兮,擥涕而竚眙,媒絕路阻兮,言不可結而詒",語意同。結幽蘭,謂結言於幽蘭詳下,將以貽諸彼美,以致欽慕之忱也。"世溷濁而不分兮,好蔽美而嫉妒"與下文"世溷濁而嫉賢兮,好蔽美而稱惡",語意又同。彼爲求有虞二姚不得而發,則此亦爲求女不得而發也。然則此之求女爲求何女乎?司馬相如《大人賦》曰:"排閶闔而入帝宮兮,載玉女而與之歸。"

以此推之,《離騷》之叩閶闔,蓋爲求玉女矣。帝宮之玉女既不可求,高丘之神女詳下復不可見,故翻然改圖,求諸下女。"及榮華之未落兮,相下女之可詒。"下女者,謂宓妃、簡狄及有虞二姚,此皆人神,對帝宮、高丘二天神言之,故曰下女耳。

結幽蘭而延佇

王注曰:"言時世昏昧,無有明君,周行罷極,不遇賢士,故

---

① 之山二字從王念孫校補。

結芳草長立，有還意也。"案王意謂結蘭延佇爲示有還意，此不得其解而强爲之説也。① 結蘭者，蘭謂蘭佩，結猶結繩之結。本篇屢言蘭佩，"紉秋蘭以爲佩"，"謂幽蘭其不可佩"。又言以佩結言，"解佩纕以結言兮"。蓋楚俗男女相慕，欲致其意，則解其所佩之芳草，束結爲記：以詒之其人。結佩以寄意，蓋上世結繩以記事之遺。己所欲言，皆寓結中，故謂之結言。《九章·思美人》篇曰"言不可結而詒兮"謂言多不勝結非真不可結也。《惜誦》曰"固煩言不可結詒兮"，是其義矣。本篇下文曰：

溘吾遊此春宮兮，折瓊枝以繼佩，及榮華之未落兮，相下女之可詒。吾令豐隆乘雲兮，求虙妃之所在，解珮纕以結言兮，吾令蹇脩以爲理。

榮華即瓊佩之榮華，以瓊佩詒下女，亦結言以詒之也，故下文曰"解佩纕以結言"。《九歌·大司命》篇曰"結桂枝兮延佇"，亦猶此類。

哀高丘之無女

王注曰"楚有高丘之山"，又曰"或云高丘，閬風山上也"，又曰"舊説高丘楚地名也"。案本書他篇之稱高丘者，如：

哀高丘之赤岸兮，遂没身而不反。——《七諫·哀命》篇
聲哀哀而懷高丘兮，心愁愁而思舊邦。——《九歎·逢紛》篇
望高丘而歎涕兮，悲吸吸而長懷。——同上《惜賢》篇
曾哀悽欷心離離兮，還顧高丘泣如灑兮。——同上《思古》篇

并謂高丘爲楚山名。《文選·高唐賦》神女曰"妾在巫山之陽，

---

① 以延佇爲有還意，又似蒙上文"延佇乎吾將反"之語而誤解。

高丘之岨"①，此尤高丘爲楚山名之確證。《太平御覽》四九引《江源記》曰"《楚辭》所謂'巫山之陽，高丘之阻'，高丘蓋高都山也"，未知然否。惟高丘若即巫山之高丘，則"哀高丘之無女"，必謂巫山神女。五臣吕向注曰"女，神女"，蓋得之矣。

鳳皇既受詒兮

案本書他篇亦有述此事者，如：

簡狄在臺嚳何宜？玄鳥致詒女何嘉？——《天問》
高辛之靈盛兮，遭玄鳥而致詒。——《九章·思美人》篇

皆稱玄鳥致詒，其餘諸書所載，亦莫不皆然。獨此則曰"鳳皇既受詒兮，恐高辛之先我"。以玄鳥爲鳳皇，豈屈子偶誤，抑傳聞異詞乎？嘗試考之，蓋玄鳥即鳳皇，非屈子之誤，亦非傳説有異也。玄鳥者燕也。《爾雅·釋鳥》曰："鷾，鳳，其雌皇。"燕鷾音同，② 燕之通鷾，猶經傳以宴燕讌通用，金文燕國字作匽③若郾④也。鷾即燕，是鳳皇即玄鳥。其證一。《説文·鳥部》曰："焉，焉鳥，黄色，出於江淮。"《爾雅·釋鳥》曰："皇，黄鳥。"焉爲黄色鳥，皇亦黄色鳥，似焉鳥即皇鳥。皇鳥又即鳳配，是焉之爲皇即鳳皇之皇⑤，故《禽經》曰："黄鳳謂之焉。"燕與焉亦同影紐寒桓部。焉即鳳皇，而燕與焉同，是玄鳥即鳳皇。其證二。《禮記·月令》疏引《鄭

---

① 陸善經引以釋此文。
② 并影紐寒桓部。
③ 《匽侯旨鼎》《匽公匜》。
④ 鄾侯庫彝。
⑤ 桂馥亦謂焉鳥即皇鳥。王筠又謂《爾雅》"其雌皇"與"皇黄鳥"爲一物，并云"兩文雖不連，然是篇一物錯出者頗多"。案王説尤具卓識。《爾雅》蓋本作："鷾，鳳，其雌皇；皇，黄鳥。"傳寫奪亂，遂析而爲二。又案鷾爲鳳，焉亦爲鳳。焉亦即鷾。鷾雄而焉雌，雌雄不嫌同名，蓋其始也，焉鷾（異體同字）一名而雌雄共之，故《爾雅》有鷾無焉。厥後雌雄分稱，焉鷾始爲異字。然二字對文雖異，散文或通，故雖異猶同。鷾之與焉，在可分不可分之間，故《説文》二字并載，鷾訓爲鳳，焉則不能確指爲何鳥。

志》焦喬答王權曰："娥簡狄吞鳳子之後，後王［以］^①爲禖官嘉祥，祀之以配帝，謂之高禖。"簡狄所吞，他書曰燕卵，此曰鳳子，是玄鳥即鳳皇。其證三。

恐導言之不固

王注曰："言己欲效少康留而不去，又恐媒人弱鈍，達言於君，不能堅固，復使回移也。"案釋導言爲達言，謬甚。《詩·召南·野有死麕》篇"有女懷春，吉士誘之"《傳》曰"誘，道也"，《箋》曰"吉士使媒人道成之"。《吕氏春秋·決勝》篇高注曰"誘，導［也］"。道與導通。道言即媒人所以道成之之言也。《莊子·漁父》篇曰"希意道言謂之諂"，《禮記·少儀》篇"頌而無諂"疏曰"諂謂橫求見容"^②。橫求見容即導言之確詁，故曰"恐導言之不固"也。

命靈氛爲余占之

王注曰："靈氛，古明占吉凶者。"案下文又言求占於巫咸。《淮南子·墜形》篇高注曰"巫咸知天道，明吉凶"，是靈氛之職司，與巫咸無異。《九歌·雲中君》篇注曰"楚人名巫爲靈"，然則靈氛亦巫也。《山海經·大荒西經》曰："大荒之中，有靈山，巫咸、巫即、巫盼、巫彭、巫姑、巫真、巫禮、巫抵、巫謝、巫羅十巫，從此升降，百藥爰在。"靈巫義同，氛盼音同，靈氛殆即巫盼歟？巫咸巫盼并在靈山十巫之列，故《離騷》以靈氛與巫咸并稱。

曰兩美其必合兮　曰勉遠逝而無狐疑兮

案俞樾《古書疑義舉例》二有"一人之辭非自問自答而中間又用曰字"之例，如：

> 子曰："若臧武仲之知，公綽之不欲，卞莊子之勇，冉求之藝文之以禮樂，亦可以為成人矣。"曰："今之成人者何必然？"——《論語·憲問》篇

---

① 從段玉裁增。
② 《説文》諂重文爲謟。

齊景公待孔子曰："若季氏，則吾不能，以季孟之間待之。"曰："吾老矣，不能用也。"——同上《微子》篇

公瞿然失席，曰："是寡人之罪也。"曰："寡人嘗學斷斯獄矣。"——《禮記·檀弓》篇

乞曰："不可得也。"曰："市南有熊宜僚者，若得之，可以當五百人矣。"——《左傳·哀十六年》

此皆再用曰字以別更端之語也。今案本篇："命靈氛爲余占之，曰：'兩美其必合兮，孰信脩而慕之？思九州之博大兮，豈唯是其有女？'曰：'勉遠逝而無狐疑兮，孰求美而釋女汝？何所獨無芳草兮，爾何懷乎故宇？'"爲靈氛一人之詞，而兩用曰字，與《九章·惜誦》篇"吾使厲神占之兮，曰'有志極而無旁，終危獨以離異兮'，曰'君可思而不可恃，故衆口其鑠金兮，初若是而逢殆'"，爲厲神一人之詞，亦兩用曰字，并與上舉各例相同，可補俞書之遺。解《離騷》者，自王逸以下，逮唐宋諸家，本不誤。後此乃漸多異說，而文意轉晦。於以知古書詞例之不可不究也。

騰衆車使徑待

王注曰："騰，過也。言崑崙之路，陰阻艱難，非人所能由，故令衆車先過，使從邪徑以相待也。以言己所行高遠，莫能及也。"案"過衆車使徑待"，文不成義，乃又強釋之曰"令衆車先過"，既增字爲訓，復倒到詞位，注書之無法紀者，莫此爲甚。案《說文·馬部》曰："騰，傳也。"傳當讀如《儀禮·士相見禮》"妥而後傳言"之傳。《淮南子·繆稱》篇"子產騰辭"，高注曰"騰，傳也，子產作刑書，有人傳詞詰之"。《漢書·禮樂志》"騰雨師，洒路陂"，謂傳言於雨師使洒路陂也。《後漢書·隗囂傳》"因數騰書隴蜀"，謂傳書隴蜀也。《北堂書鈔》一〇二引蔡邕《吊屈原文》"托白水而騰文"，謂托白水而傳文也。《文選·洛神賦》"騰文魚以警乘"，謂傳文魚以警乘也。本書騰字多用此義。如本篇"騰衆車使徑待"，《遠遊》"騰告鸞鳥迎虙妃"，《九歌·湘夫人》篇"將騰駕兮偕逝"，

· 235 ·

古典新义

《大招》"騰駕步遊",皆是。王逸於本篇訓過,於《遠遊》、《九歌》、《大招》并訓馳,俱矣。

原載《清華學報》第十一卷第一期,民國二十五年一月。

天問釋天

　　昔王逸作《天問後序》，自詡其注此篇"稽之舊章，合之經傳，以相發明，爲之符驗，章決句斷，事事可曉，俾後學者，永無疑焉"。然今試執逸注以讀《天問》，雖謂爲無一事可曉，不過也。踵逸而起，注者相望。彼於逸注，補苴諟正，亦既多矣，然而不可曉者猶十有四五焉。嗚呼！注書之難，有若是哉？余竊不自揣，欲斟酌衆長，兼附己意，作一總結帳之企圖。兹先取篇中問天事者四十四句釋之，顔之曰《天問釋天》。疏略之譏，自知不免，并世方家，幸垂正焉。

　　《天問》文例，泰半合四句爲一問，或增至八句，或十二句，要皆以四進；其二句各問一事者，必二事同類，亦以四句爲一單元也。王逸不察，割裂全篇，概以二句爲一段落。所謂"章決句斷"者乃如此，宜其事事不可曉也。既以每二句爲一段落，散注文於其間，則讀者披卷之頃，目光所觸，第一印象，已受錯誤之暗示。成見一入，永爲錮蔽，故雖有特識之士，心知逸説之非而欲別樹新解，亦但知於二句以内求之，其視上下注文，夾行細字，則一若天塹之不可飛越者焉。此其於問意終不能通，不亦宜哉？大都王逸以後諸家之説有違於事實，滯於義理者，咸坐此弊。爰揭出之，以諗學者。此惑既袪，乃可與讀《天問》。

　　曰：遂古之初，誰傳道之？上下未形，何由考之？
　　　　冥昭瞢闇，誰能極之？馮翼惟像，何以識之？
　　謹案：上來八句皆以開闢已前爲問。朱熹曰"上下，天地也"，"冥昭，晝可能夜也"，案朱説是也。蒙謂"上下"屬空間言，"冥昭"

· 237 ·

古典新义

屬時間言，"馮翼惟像"，則總承"上下"、"冥昭"二事而言之。舊注皆未審。兹分釋之如次。

《章句》釋"冥昭……"二句曰："言日月晝夜，清濁晦明，誰能極之？"案下文"明明闇闇"始言陰陽剖判，明者爲明，闇者爲闇。此所問乃混沌期中景象，何"日月晝夜，清濁晦明"之可言？劉盼遂[①]糾之良是。劉永濟[②]謂"冥昭瞢闇"與"上下未形"同一句法，亦確。此蓋以"冥昭"爲名詞，"瞢闇"爲形容詞，謂冥與昭皆在瞢闇狀態中耳。

《章句》釋"馮翼"二句曰："言天地既分，陰陽運轉，馮馮翼翼，何以識知其形像乎？"案此二句仍言混沌未闢，《章句》失與前同。王邦采[③]曰"惟像，有像無形也"，曹耀湘[④]曰"像者想像也，無形但可想像耳"。案此二説得之。"象"、"像"古今字。古言"形"與"象"別，象者無形之謂，《章句》以"形像"連稱，義靡區分，非其朔矣。《老子》十四章曰"無物之象，是爲惚恍"，二十一章曰"惚兮恍兮，其中有象"，四十一章曰"大象無形"，《淮南子·原道》篇曰"故矢不若繳，[繳不若網，][⑤]網不若無形之像"，皆古以"形"與"象"爲對立名詞之確證。《韓非子·解老》篇曰："故諸人之所以意想者，皆謂之象也。"此以"意想"釋"象"字，則古曰"象"則今人所謂"想像"，故字亦通作"想"。《周禮·眂祲》"十曰想"，鄭注曰"雜氣有似可形想"，蓋謂有實物可見者曰形，想像中之形則曰象耳。《淮南子·俶真》篇曰："天地未剖，陰陽未判，四時未分，萬物未生，汪然平靜，寂然清澄，莫見其形。"《精神》

---

① 《天問校箋》（清華研究院《國學論叢》第二卷第一號。）
② 《天問通箋》（武漢大學《文哲季刊》第三卷第二號。）
③ 《天問箋略》。
④ 《天問疏證》（《讀騷論世》卷二。）
⑤ 四字從王念孫校補。

· 238 ·

天問釋天

篇曰"古未有天地之時，惟像①無形，窈窈冥冥，芒芠漠閔，澒濛鴻洞，莫知其門"，高注曰"皆無形之象，故曰'莫知其門'也"；《天文》篇曰"天墜未形，馮馮翼翼，洞洞灟灟"，高注曰："馮翼洞灟，無形之貌。"案《淮南》所言與《天問》皆合，《天文》篇之"馮馮翼翼"即《天問》之"馮翼"，《精神》篇之"惟像"即《天問》之"惟像"，《俶真》篇之"莫見其形"亦即"惟像"之謂，故高誘兩注曰"無形之象"、"無形之貌"也。

《章句》於"馮翼"二字未加詳釋。案"馮翼"爲"愊臆"之轉，"愊臆"者，疊韻謰語，郭注《方言》曰"愊臆，氣滿也"，是其義也。一作"愊億"，《漢書·陳湯傳》"策慮愊億"，謂怒而氣滿也；一作"愊憶"，馮衍《顯志賦》"心愊憶而紛紜"謂憂而氣滿也；一作"服億"，《史記·扁鵲傳》"噓唏服億"，謂哀而氣滿也。聲轉爲"憑噫"，《文選·長門賦》"心憑噫而不舒兮"，李善注曰："憑噫，氣滿貌。"字變爲"馮翼"，《詩·大雅·卷阿》篇"有馮有翼"，《漢書·禮樂志》"馮馮翼翼，承天之則"；又變爲"馮翊"，《韓詩外傳》五"《關雎》之事大矣哉，馮馮翊翊，自東自西，自南自北，無思不服"，則皆言德之滿盛，德本無形，莫可名狀，故擬之於氣以狀之也。若《淮南》之"馮馮翼翼"及本篇之"馮翼"，則當訓爲元氣滿盛之貌，《廣雅·釋訓》曰"馮馮翼翼，元氣也"，是也。"馮翼"爲"愊臆"之轉語，王念孫已發其凡矣②第其說似猶未暢，爰申論之如此。雖然"愊臆"之語非古，必更有所受。金文中每以"數數熊熊"形容人死後，靈魂不滅，充塞兩間之貌。③數古讀重脣，熊

---

① 俞樾疑"惟象"乃"罔象"之訛，謂罔讀爲亡，亡猶無也，"罔象"與"無形"對文。案俞說非也，彼正以形象二字爲同義，故有此誤。《文子·原道》篇"惟象無形，窈窈冥冥"即本《淮南》，洪注《天問》此文引《淮南》亦作"惟像"，則《淮南》之不作"罔象"明矣。

② 《廣雅疏證》一上，又《補正》。

③ 《宗周鐘》《猎鐘》《克𪔛》《虢叔旅鐘》《井𠙴妄鐘》《士父鐘》諸器銘中皆有此語。

· 239 ·

從炎聲，古音屬喻母，"歔歔熊熊"與"馮馮翼翼"亦一語之轉也。①"歔熊"、"愲臆"、"馮翼"，古皆用以形容無形之物，《天問》以"馮翼"爲"像"之形容詞，則像是無形之象，明矣。王逸蓋因不識"馮翼"之義，故以"像"爲有形之像，因而又以天地未分爲天地既分，以陰陽未判爲陰陽已判，斯誠所謂"失之毫釐，謬以千里"者與？或疑《天問》題圖之詞，元氣無形，不可摹畫。余曰不然。曹植《畫讚叙》曰"上形太極，混元之前"，非元氣可畫之明徵乎？

明明闇闇，惟時何爲？陰陽三合，何本何化？

謹案：朱熹、戴震②并讀"時"爲"是"，是也。《爾雅·釋詁》"時，是也"，《書·堯典》"惟時懋哉"，《史記·五帝紀》作"惟是勉哉"。劉永濟曰："下文'惟兹何功'，'惟其何故'，句法皆與此同。叔師《章句》不出'時'字，則以爲虛用字也。"案劉説亦是也。

屈復③曰"三與參同，謂陰陽參錯"，是也。（二劉説同。）案《莊子·田子方》篇曰："至陰肅肅，至陽赫赫，肅肅出乎天，赫赫發乎地，兩者交通成和，而物生焉。"《淮南子·氾論》篇曰"積陰則沈，積陽則飛，陰陽相接，乃能成和"，《天文》篇曰"陰陽和合而萬物生"，與屈子之説并合，曰"交通成和"，曰"相接……成和"，曰"和合"，并即"三合"之謂也。《章句》曰"天地人三合成德"，遠失之矣。

《淮南子·天文》篇曰："天道曰圓，地道曰方。方者主幽，圓者主明。明者吐氣者也，是故火曰外景；幽者含氣者也，是故水曰內景。吐氣者施，含氣者化，是故陽施陰化。"《大戴記·曾子天圓》篇曰："天道曰圓，地道曰方。方曰幽而圓曰明。明者吐氣者也，是故外景；幽者含氣者也，是故內景。故火曰外景而金水內景。吐氣者施而含氣者化，是以陽施而陰化也。"張衡《靈憲》曰："于是元氣剖判，剛柔始分，清濁異位，天成于外，地定于內。天體于陽，

---

① 《文選·琴賦》"豐融披離"，注"豐融，盛貌"豐融即歔熊也。
② 《屈原賦注》。
③ 《楚辭新注》。

故圓以動，地體于陰，故平以靜。動以行施，靜以合化，堙鬱構精，時育庶類。"《太平御覽》一引《禮統》曰："天之爲言鎭也，神也，珍也。施生爲本，運轉精神，功效列陳，其道可珍重也。"案施之義爲施出，物之所自出者即物之本源，是施猶本也。蓋自施者言之曰施，自受者言之，則施之者即其所本，故《禮統》曰"施生爲本"。化之言化育也。彼皆曰陽施陰化，則屈子意似謂陽爲本，陰爲化，蓋"施"與"化"爲動詞，"本"與"化"爲名詞，其義則一耳。《章句》釋"何本何化"曰"其本始何化所生乎"，直不知所云。

圜則九重，孰營度之？惟茲何功，孰初作之？

謹案：《淮南子·天文》篇曰"天有九重"，而不著九重之名，《太玄·玄數》篇曰"九天：一爲中天，二爲羨天，三爲從天，四爲更天，五爲睟天，六爲廓天，七爲咸天，八爲沈天，九爲成天"，未知是此否。① 本書《招魂》"虎豹九關"《章句》曰"言天門凡有九重，使虎豹執其關閉"，《漢書·禮樂志》曰"九重開，靈之斿"。蒙謂圜之言垣也，九重天更相環繞，如城垣之外更有城垣，天有九重，重各一門，故曰天門九重也。本書《九辯》曰"君之門以九重"。《禮記·月令》"毋出九門"鄭注曰："天子九門者：路門也，應門也，雉門也，庫門也，皋門也，城門也，近郊門也，遠郊門也，關門也。"案九門之說，他書無徵，前賢以爲秦制②，余謂以《九辯》之語推之，九門之制先秦已有之矣，古人於自然界現象有所不明者，輒因人事以推之。天門九重之說，即因君門九重而起與？

營者，劉盼遂云營環古字通。案劉說無可易，惟於"營"、"環"所以相通之理，則猶語焉未詳。蒙謂許書說營字從熒省從宮，《爾雅·釋山》"大山宮，小山霍"，郭注曰"宮謂圍繞之"，《淮南子·本經》篇"乃至夏屋宮駕"，猶言大屋圍繞而架之也，是"營"訓"市居"而義通於環者，乃受義於"宮"也。

---

① 錢塘《淮南子·天文訓補注》云，《太玄》九天即九野，非九重天。案錢說亦無確據，恐不盡然。

② 金鶚《求古錄·禮說一》，夏炘《學禮管釋》七。

古典新义

斡維焉繫？天極焉加？八柱何當？東南何虧？

謹案：斡有二義。《説文·斗部》曰："斡，蠡柄也，從斗，倝聲；揚雄、杜林説皆以爲軺車輪斡。"①《章句》訓"斡"爲轉軸②，蓋從揚、杜説，竊謂當從許説爲是。《説文·䖝部》曰"蠡，瓢也，《方言》五郭注曰䑻，瓟勺也"，䑻蠡古今字。《説文·斗部》曰"斗，象形，有柄"，"木部"曰"枓，勺也"，斗枓亦古今字。蠡謂之勺，斗亦謂之勺，是蠡亦斗也。蓋蠡者斗之一種故蠡柄謂之斡，而字則從斗。許謂斡爲蠡柄，意謂亦即斗柄也。然則何以知此"斡"字之當從許訓乎？曰：古代關於天體之傳説，多緣星象而生，此文之"斡"、"維"與"天極"皆其例也。《史記·天官書》曰"北斗七星，所謂'旋璣玉衡，以齊七政'"，《五行大義》引《尚書説》曰"璇璣斗魁四星，玉衡杓橫三星，合七"，《藝文類聚》一引《春秋運斗樞》曰："第一至第四爲魁，第五至第七爲杓，合而爲斗。"此所謂斡即北斗七星之柄，他書所謂杓者也。③然而《天官書》又云"斗爲帝車，運於中央，臨制四鄉"，《北堂書鈔》一五〇引《天官星占》曰"北斗爲帝車"。蓋天體運旋，如車輪轉，七星在天，其形如斗，其用則如車，故古亦以北斗爲車輪。更進而推之，所以制輪之轉者軸也，所以制斗之轉者柄也，比斗於輪，則柄當於軸矣，此則王逸釋斡爲轉軸之所本也。惟《天問》字既作"斡"，屈子之意固明以爲轉天之物是斗非輪，《淮南子·天文》篇所謂"紫宮執斗而左旋"者是也。王逸之説，於理雖通，其如無當於本文何？

維者，亦星名也。《漢書·天文志》曰"斗杓後有三星，名曰維星"，《越絶書》曰"天維三星在尾北斗杓後"。案維即三公，《開元占經》引甘氏曰"三公三星，在北斗柄南"是也。維在斗柄後，

---

① 揚、杜蓋以斡爲帽。《類篇》"斡，轂端沓也"，洪興祖、朱熹并引《説文》曰"斡，轂端沓也。"今本《説文》斡下不著此義，而帽下曰"轂端錔也"。轂端錔蓋即軺車輪斡與？

② 今本無軸字，從《太平御覽》二引補。斡爲名詞，故當訓爲轉軸。脱軸字，即斡訓轉，即爲動詞。轉維焉繫，似不成文義。且維繫於斡，斡轉而維隨之，維固不自轉也。

③ 《説文·木部》："杓，斗柄也。"

古謂維繫於斗柄，斗轉則維亦轉而天隨之，故《淮南子·天文》篇曰："帝張四維，運之以斗"。雖然維與斗柄究何以相繫乎？按之星位，其象不明，衡之物情，理亦難曉屈子於此蓋不能無惑焉，故問曰"斡維焉繫"？

天極者，《史記·天官書》曰："中官[①]天極星，其一明者，太一常居也。"《索隱》曰："《文耀鈎》曰：'中官大帝，其精北極……'《爾雅》云：'北極謂之北辰。'"案北辰謂之極者，《索隱》又引《春秋合誠圖》曰"北辰其星五，在紫微中，紫微，大帝室……"是紫微爲天帝之居室，極即其室之極也。《說文》棟極互訓。程瑤田[②]曰，古者初有宮室時，易複穴爲蓋構，未必遽爲兩下屋與四注屋，不過爲廎然之物，以覆於上，如車蓋然，中高而四周漸下以至於地。中高者棟，四周漸下者宇，所謂上棟下宇者是也。今之蒙古包，如無柄傘，可張可斂，得地則張之，將遷則斂而束之以去，即古棟宇之遺象。案程說至確。《論衡·說日》篇引鄒衍說曰"天極爲天中"，《太玄·玄榮》篇曰"天圜地方，極植中央"，此與程說遠古室屋之制適合，蓋古屋中高者曰棟，一曰極，天帝所居紫微諸星取象古屋，故其極亦在中央也。極爲屋之中，故極訓中，《詩·思文》"莫匪爾極"《傳》，《周禮·序官》"以爲民極"注皆云"極，中也"。加之言架也。《淮南子·本經》篇曰"大厦曾加"，高注曰："材木相乘架也。"此曰天極，正比天如屋，則加亦當讀爲架。"天極焉加"者，謂天極架於何處也。《章句》曰"極安所加乎"，語意未憭。

八柱者，或謂在地上，或謂在地下。《淮南子·墜形》篇曰"天地之間，九州八柱[③]，"《後漢書·張衡傳》注引《河圖》曰"地有九州八柱"，《初學記》五引同。此地上八柱之說也。《初學記》五引《河圖括地象》曰"地下有八柱"，《抱朴子》說同，此地下八柱之說也。《博物志》及《事類賦》引《關令內傳》又云地下有四柱。本篇八柱，當爲地上之柱。

---

① 今本作宫，從王念孫、錢大昕校改。
② 《釋宮小記》。
③ 今本柱誤極，從王念孫校改。

古典新义

蔣驥[①]曰"此方問天事，未宜遽及地下也"，是也。又案《章句》曰"天有八山爲柱"，而《淮南·墜形》篇曰："八絃之外乃有八極：自東北方曰方土之山，曰蒼門；東方曰東極之山，曰開明之門；東南方曰波母之山，曰陽門；南方曰南極之山，曰暑門；西南方曰編駒之山，曰白門；西方曰西極之山，曰閶闔之門；西北方曰不周之山，曰幽都之門；北方曰北極之山，曰寒門。"蔣驥據此以證八柱一名八極，亦即八山，張説《文貞公碑》所謂"八柱承天"者是也。案蔣此説亦不可易。《淮南·天文》篇曰："昔者共工與顓頊爭爲帝，怒而觸不周之山，天柱折，地維絶。天傾西北，故日月星辰移焉，地不滿東南，故水潦塵埃歸焉。"不周山，《墜形》篇以爲八極之一者，《天文》篇以爲天柱，則八極即八柱，亦即八山，明矣。

林雲銘[②]曰："天既受八柱撑持，自應平放，似東南地面，不宜獨缺。"案此釋"八柱……"二句，善得《問》旨，惟以"虧"屬地言，似猶未密。竊意欲明問意所在，當以二事爲前提。八柱既爲八山，則柱皆托根於地，此一事也。八柱修短如一，不當參差，此二事也。明乎此，然後知地平，則地與天間之距離，各方皆同，故八柱上承於天，柱之上端皆與天密接，無有間隙。今地西北高而東南下，則自東南地面至天之距離加長，距離加長而柱之修短不變，則東南之柱必不能與天相值，此所謂"東南何虧"也。"當"謂柱與天相當值也，"虧"猶虛也，柱不與天相值，則天柱之間尚有虛隙也。自王逸以降皆以"東南何虧"爲地傾東南，所以知其不然者，下文又有"墜何故以東南傾"之語，一事無須兩問，理至明也，且此文上下皆問天事，何忽以地事羼入其間？意者作者之思想，其不合邏輯，不至於此甚也。

九天之際，安放安屬？隈隅多有，誰知其數？

謹案：《吕氏春秋·有始》篇曰："何謂九野？中央曰鈞天，東方曰蒼天，東北曰變天，北方曰玄天，西北曰幽天，西方曰顥天，

---

① 《山帶閣楚辭注》。
② 《楚辭燈》。

西南曰朱天，南方曰炎天，東南曰陽天。"《淮南子・天文》篇說同。《開元占經・天占》篇引《尚書考靈曜》說九野之名：東方曰皞天，西方曰成天，南方曰炎天，餘與《呂覽》、《淮南》同，此蓋王逸所本也。① 王遠② 曰："際，間也，此天彼天相接之間，何所至而何所附乎？"案王氏此解最明晰。限隅之數，說見《淮南》，洪注已引。

天何所沓？十二焉分？日月安屬？列星安陳？

謹案：沓者，《說文・水部》曰"沓，語多沓沓也"，"言部"曰"譶，疾言也，讀若沓"，沓當為譶之重文。然"金部"曰"鍩，以金有所冒"，字一通作沓，《漢書・外戚傳》"切皆銅沓黃金塗"，銅沓即銅鍩也，是沓亦有冒義。許以沓為語重沓，相冒猶相重也。相冒亦即相合，《章句》訓沓為合，是矣然以"會合"釋之，則非。沓之為合，乃冒合之合，非會合之合也。然本篇"沓"字似當為"襲"之假借。《說文・衣部》曰"襲，左衽袍也，從衣龖省聲，籀文不省；龖讀若沓"；《文選・廣絕交論》注引《說文》曰"襲，因也"；《爾雅・釋山》"山三襲陟"郭注曰"襲亦重"。因也，重也，冒也，義并相通。

《章句》以十二為十二辰，是也。十二辰者，郭沫若③ 曰，實黃道周天之十二恒星，十二辰之名，本為觀察歲星而設，歲星之運行，約略為十二歲一周天，一歲一辰，故有十二辰，厥後十二辰與天體脫離，乃為黃道周天之十二等分。蒙案此文"十二焉分"即承上"天何所沓"而言，問天何所因襲而有此十二等分也。《章句》以"天何所沓"為一事，"十二焉分"為一事，又增地字，謂"天何所沓"為天地會合，傎矣。"焉分"謂於何處分之也，《章句》曰"誰所分別"，亦未諦。

《漢書・天文志》曰："中道者，黃道，一曰光道……日之所行為中道，月五星皆隨之也。"案十二辰既為黃道周天之十二等分而黃道即日月五星所行之道，是日月五星與十二辰有密切之關係，

---

① 《廣雅・釋天》說亦本《考靈曜》，惟皞作昦。
② 《楚辭詳注》。
③ 《釋支干》（《甲骨文字研究》上。）

古典新义

故屈子於問"天何所沓，十二焉分"後，即繼之以"日月安屬，列星安陳"也。王逸不察，分下二句爲二事，又不與上二句相屬，亦大乖《問》旨。請更列二説以明之。《山海經·海内經》曰"后土生噎鳴，噎鳴生歲十有二"；《大荒西經》曰"下地是生噎，處於西極，① 以行日月星辰之行次"，郭注曰"主察日月星辰之度數次舍也"。"噎"即"噎鳴"，"下地"即"后土"，"行日月星辰之行次"即"歲十有二"之職司，二經所言實一事也。② 十二歲與十二辰同出一源，十二歲之職司爲"行日月星辰之行次"，則十二辰與日月星辰之關係從可知矣。此一説也。《北堂書鈔》一四九引《春秋内事》曰"天有十二分次，日月之所躔也"，《乙巳占·分野》篇引無分字。而《開元占經·日占》篇引《河圖》曰"日月五星同道"，是十二次亦日月五星之所躔也。十二次與日月星辰之關係如此，而十二次乃出於十二辰，則十二辰與日月星辰之關係，亦可知也。此二説也。茲將十二辰、十二歲、十二次，三者之關係列表如左。

十二辰	寅	卯	辰	巳	午	未	申	酉	戌	亥	子	丑
十二歲	攝提格	單閼	執徐	大荒落	敦牂	協洽	涒灘	作噩	閹茂	大淵獻	困敦	赤奮若
十二次	析木	大火	壽星	鶉尾	鶉火	鶉首	實沈	大梁	降婁	諏訾	玄枵	星紀

要之，《天問》文例，大都合四句爲一問。上來四句正一脈相承，意謂天何所因襲而有黄道周天之十二等分乎？謂日月五星循黄道而行，然則日月果如何繫屬而運行不墜，五星則如何陳列而躔度不差乎？《章句》釋"安陳"爲"誰陳列"，亦非。

出自湯谷，次于蒙汜，自明及晦，所行幾里？

---

① 郭君云十二歲與十二辰皆來自西方，蒙謂據《山海經》噎鳴生十二歲而處於西極，則十二歲本居西極也。此可爲郭君助一明證。
② 《大荒西經》上文云："大荒之中，有山名日月山，天樞也。吴姖（原作姬，此依《道藏》本）天門，日月所入。有神，人面無臂，兩足反屬於頭上，（原作山，此依《道藏》本），名曰噓。"孫詒讓曰："噓當爲噎。下文云'下土是生噎'，即承此文而紀其代系也。"案孫説是也。此云"日月所入"，即下文"以行日月星辰之行次"之謂也。五星隨日月而行，言日月即賅五星矣。

天問釋天

　　謹案：谷不必有水，其有水者暫，無水者常，金鶚《釋谷》①辯之詳矣而未盡也。《管子·度地》篇曰"山之溝，一有水，一無水，命曰谷"，此古說之尤明確者，而金氏不引，殆失之眉睫乎？彼又云："谷之爲文，從仌從口；仌爲重八，八者別也；兩山分別，故從仌，山分而開，如人開口，故從口。……讀若穀者，谷之爲言空也，其中空空如也。"案此說亦未諦，第視許說"從水半見出于口"者爲差勝耳。蒙謂谷之本義當爲道，請列三說以明之：金謂仌爲重八而解爲兩山。八象兩山分別，理固可通，重仌而爲四山，將何所取義乎？以是知彼說之無當也。仌當爲行之省變。《衛父卣》"衛"作𧗟，仌上半已由正角引爲弧形，《司寇良父壺》作𧗠，則弧形變爲直線矣，《賢觥》作𧗟作𧗠，第一字僅左下一角未變，第二字則四角全去矣，一器之中而字形省變之痕迹備具，此尤有興味之事也。他若《中伯御人鼎》之"御"作𢓛，《盧鐘》之"追"作𢓊，《延篡》之"延"作𢓊，皆谷之左半𠂇變而爲彡，與上述各"衛"字同例。仌卜辭又作𠦒象交道之形，羅振玉以爲"衢"之初文。谷上之仌亦𠦒之變，谷字從𠦒衢，故谷衢聲近，谷蓋即從𠦒得聲也。谷既從𠦒衢，衢即道，則谷亦道也。此一說也。從谷之字有訓道者，"俗"、"裕"是也。《周禮·太宰》"六曰禮俗以馭民"鄭注曰"禮俗，昏姻喪紀舊所行也"，按習俗即所習行之道也。《方言》三"裕，猷，道也，東齊曰裕，或曰猷"，《書·康誥》"遠乃猷裕"，舊以裕屬下讀，王引之曰當以"遠乃猷裕"爲句，謂遠乃道也；《孟子·公孫丑》篇"則吾進退豈不綽綽然有餘裕哉"，錢繹曰"言進退有餘道也"。案俗裕皆從谷，而訓道，則谷之本義亦當爲道。此二說也。本書《遠逝》篇"橫飛谷以南征"，《章句》曰"飛谷，日所行道也"。谷之義爲道，王逸已明言之矣。此三說也。

　　凡物所經行之道謂之谷。《書·堯典》曰"宅嵎夷曰暘谷"，又曰"宅西曰昧谷"。《說文·土部》墦下引《書》作陽谷。陽，明也，陽谷謂日出之道也。昧，闇也，昧谷謂日入之道也。昧谷，

---

① 《求古錄禮說》。

· 247 ·

古典新义

《淮南子·天文》篇謂之蒙谷，《天問》謂之蒙汜。《爾雅·釋邱》曰"窮瀆汜"，郭注曰"水無所通者"，《釋山》"山簹無所通，谿"郭注曰"所謂窮瀆者"。《說文·水部》曰"汜，窮瀆"，"谷部"曰"谿，山瀆無所通者"。汜當即谿之異文。《呂氏春秋·慎行》篇高注曰："有水曰澗，無水曰谿。"《廣雅·釋山》曰"谿，谷也"，是汜即谿，亦即谷，祇謂所行之道，不必有水。蒙昧一聲之轉，汜與谷義同，蒙汜即昧谷，亦謂日入之道也。高誘注《淮南子·天文》篇蒙谷曰"北極山之名也"，蒙谷爲山名，則蒙汜之不得爲水名，明矣。大氐自鄒衍九洲瀛海之說出，說者以爲九洲之外，環以大海，則日所出入，度必在水中，寖假而"暘"若"陽"改爲"湯"，"蒙"改爲"濛"而湯谷濛汜皆成水名，漢人著書如《淮南子》《史記》、司馬相如及張衡賦，并嘗經漢人竄亂之書如《山海經》者，胥如是也。[①] 屈子與鄒衍并世，[②] 其時九洲瀛海之說恐未大行，疑《天問》之"湯谷"當作"暘谷"，《文選》江淹《雜體詩》注、謝瞻《九日從宋公戲馬臺集送孔令詩》注并引《天問》從日作"暘"，是矣。今字作湯者，蓋漢人所改。知暘谷不當爲水，則《章句》釋"汜"爲"水涯"，而以"蒙汜"爲"西極蒙水之涯"，亦必漢人之說，非屈子本旨矣。[③] 次猶宿也。《左傳·莊三年》曰"凡師一宿爲舍，再宿爲信，過宿爲次。"

夜光何德，死則又育？厥利維何，而顧菟在腹？

---

① 傳世漢人著書，十九作湯谷，其偶有作暘者，蓋後人所改。《淮南·天文》篇之湯谷，據《文選·西征賦》注、張景陽《雜詩》注及《史記·五帝紀索隱》引并作湯，而今本則作暘；又《史記·五帝紀》"曰暘谷"《索隱》曰"舊本作湯谷，今并依《尚書》字"，并其例證。《淮南·天文》篇"淪於蒙谷"（淪今誤作至，此從王念孫校改），《覽冥》篇"遵回蒙汜之渚"意皆以爲水，而字猶作湯，至《西京賦》則已加水作濛矣。

② 據陳瑒、劉師培說，屈原生於楚宣王二十七年（元前三四三），據錢穆說，卒於懷王三十年（元前二九九）以前。鄒衍與燕昭王同時，昭王立於楚懷王十八年（元前三一一）。

③ 《遠遊》"朝濯髮於湯谷"，適足以證其爲僞撰。《大招》"湯谷寂只"亦可證其非屈原作，且知景差與屈原時代必不相及也。

· 248 ·

謹案：《莊子·天地》篇曰"物得以生謂之德"，《韓非子·解老》篇曰"德也者，人之所以建生也"。此"德"字義同，故下文曰"死則又育"，育即生也。月之生死，斥生魄死魄。《越絕書》："魄者，生氣之源也。"生氣之源與德字義正相應。《北堂書鈔》一五〇引本文作"夜光何得"，得德古通。《章句》"言月何德于天，死而復生"即何得於天，死而復生也。《藝文類聚》一、《太平御覽》四并引"死則又育"作"死而又育"。《章句》曰"死而復生"，亦讀則爲而也。

"厥利維何……"二句，仍承上二句爲文，朱熹曰"此問月有何利而顧望之兔常居其腹乎"，以"厥"字屬夜光，其説甚是。《章句》以屬"菟"，謂兔何所貪利，大謬。《章句》又釋"顧"爲"顧望"，朱熹以下諸家皆無異説，其妄不足辨。惟毛奇齡[①]以顧兔爲月中兔名，庶幾無閡於文義，而劉盼遂云顧菟疊韻連綿詞，亦無愧卓識。然竊謂古無稱兔爲顧菟者，顧菟當即蟾蜍之異名。此則可於二字之音似中求之。劉君知"顧"字之不當執形以求義，而不知"菟"字亦然，蓋猶未達一間耳。列十有一説以明之。

《詩·邶風·新臺》篇一章曰"籧篨不鮮"，二章曰"籧篨不殄"，三章曰"得此戚施"，據《韓詩》薛君《章句》，戚施即蟾蜍，則籧篨亦即蟾蜍。[②]蟾蜍《邶》詩謂之籧篨，顧菟與籧篨音同，則顧菟亦蟾蜍矣。此一説也。《易林·漸之睽》曰"設罟捕魚，反得居諸"，居諸即《詩》之籧篨，亦即蟾蜍也。《詩》云"魚綱之設，鴻則離之"，此《易林》所本。然鴻乃蝦蟆之異稱，非鳥類也。蝦蟆《廣雅》謂之"苦蠪"，《管子·水地》篇謂之"鮭蠪"，《廣韻》謂之"蜠蠪"。"苦蠪"、"鮭蠪"、"蜠蠪"三語之合音并即爲"鴻"也。《淮南子·墬形》篇高注曰："屈龍游龍，鴻也。"蟲之"苦蠪""鮭蠪"或"蜠蠪"謂之"鴻"，亦猶草之"屈龍"謂之"鴻"也。尚有詳説，此不具備。蟾蜍《易林》謂

---

① 《天問補注》。
② 蟾蜍與蝦蟆，今爲異物，古則通名。

古典新义

之"居諸","顧菟"與"居諸"音亦同,則顧菟即蟾蜍矣。此二説也。《初學記》"一月"類"居蟾"注引《春秋元命苞》曰"月之爲言闕也,而設以蟾蟾與兔……"。《初學記》稱蟾蜍爲"居蟾","顧菟"與"居蟾"音亦同,是顧菟即蟾蜍矣。此三説也。以上"篷篠"、"居諸"、"居蟾"皆與"顧菟"爲同音字,凡三事爲一類。

蟾蜍《説文》謂之"蜘鼀"。"蜘"與"顧"音近,"鼀"音七宿反,與"菟"僅舌上音與舌尖之别,故知"顧菟"與"蜘鼀"爲一語之轉。此四説也。蟾蜍《爾雅》謂之"鼀齫"。"鼀"與"顧"音同,《説文》以"齫"爲"鼀"之或體,是"顧菟"與"鼀齫"亦一語之轉。此五説也。蟾蜍《夏小正》傳謂之"屈造"。"屈"與"顧"音亦同,"造"與"菟"亦舌上變舌尖,是"顧菟"與"屈造"亦一語之轉。此六説也。蟾蜍《淮南子·説林》篇謂之"鼓造"。"鼓造"即《夏小正》之"屈造",則"顧菟"與"鼓造"亦一語之轉。此七説也。以上"蜘"、"鼀"、"屈"、"鼓"與"顧"爲雙聲,韻或同或近,"鼀"、"齫"、"造"與"菟"爲舌上變舌尖;皆聲之轉,凡四事爲一類。

科斗蟾蜍,一物而異形相嬗,例得通稱。更自其蜕化之末期言之,四足已茁而尾猶未除,則謂之科斗也可,謂之蟾蜍也亦可。古人於二物之名稱往往相亂,此亦一因也。與蟾蜍同類之物,尚有蛤蚧[①],四足一尾,其形正在科斗蟾蜍之間。《嶺表録異》曰:"蛤蚧,首如蝦蟆,背有細鱗如鱷子,土黄色,身短尾長。"有此一物,科斗蟾蜍之分界,乃益不可究詰。《廣雅》以阿蠪爲蛤解^{即蛤蚧}之異名,而蝦蟆又有苦蠪、鮭蠪、蜠蠪等名^{見上},是蟾蜍、蛤蚧不可分,亦即蟾蜍與科斗不可分也。此二名通稱之又一因也。知科斗蟾蜍古無分别,則蟾蜍所以又名顧菟之理,亦不難通悟。《爾雅》科斗一名活東。"科"、"活"與"顧",雙聲也,"斗"、"東"與"菟"亦雙聲也。"顧菟"

---

① 《廣雅》以爲蜥蜴,非是。蓋形似蜥蜴而實乃異類。英語謂之 Salamander,西土傳説以爲能居火中。

即"科斗"、"活東"之轉耳。顧菟即科斗,而科斗與蟾蜍二名通稱,則顧菟亦即蟾蜍矣。此八説也。顧菟即科斗,亦即蟾蜍,驗諸音理,撥諸物情,無不貫通矣。再證以《天問》稱月中之物爲顧菟,而《漢少室神道闕》刻月中蟾蜍四足一尾,宛如科斗蟾蜍合體之形則顧菟即科斗,亦即蟾蜍,益信然矣。此九説也。以上以音理、物情并古代圖畫證顧菟即科斗,亦即蟾蜍凡二事爲一類。

考月中陰影,古者傳説不一。《天問》而外,先秦之説,無足徵焉。其在兩漢,則言蟾蜍者莫早於《淮南》,兩言蟾蜍與兔者莫早於劉向,單言兔者莫早於諸緯書。由上觀之,傳説之起,諒以蟾蜍爲最先,蟾與兔次之,兔又次之。更以語音訛變之理推之,蓋蟾蜍之蜍與兔音近易掍①,蟾蜍變爲蟾兔,於是一名析爲二物,而兩設蟾蜍與兔之説生焉,其後乃又有捨蟾蜍而單言兔者,此其轉相訛變之迹,固歷歷可尋也。諸説之起,驗之漢代諸書,蟾蜍最先而兔最後,屈子生當漢前,是《天問》之"顧菟"必謂蟾蜍,不謂兔也。此十説也。雖然,蟾蜍之説,究其根源,殆亦出於字音之訛變。古謂月爲陰精之宗,其象爲水,故每取水族以配月,而蚌與月并色白而形圓,故言蚌者尤多。《吕氏春秋·精通》篇曰"月也者,羣陰之本,月望則蚌蛤實,羣陰盈,月晦則蚌蛤虛,羣陰虧";《淮南子·天文》篇曰"月死而嬴蜁膲"②;《大戴記·易本命》篇曰"蚌蛤龜珠,與月虧盈";《論衡·順鼓》篇曰"月毀於天,螺蛄朒缺"③,天上之月即水中之蚌,故又有蚌可取水於月之傳説。《淮南子·覽冥》篇曰"方諸取露於月";《天文》篇曰"方諸見月則津而爲水";《説文·金部》曰"鑑,方諸④可以取明水於月";《周禮·司烜》鄭注曰"鑒鏡屬取水者也,世謂之方諸"。方諸即蚌也。高注《淮南·天文》篇曰:"方諸,陰燧大蛤也,熟摩拭令熱,月盛時以向月下,則水生。"大蛤者大蚌也,

---

① 《左傳》"菟裘"《公羊》"塗裘",是其比。
② 《御覽》九四一引作"螺蚌痿"。
③ 蚄即蚌字。
④ 今本無"諸"字,從于鬯《説文職墨》訂補。

古典新义

重言之曰蚌蛤，單言之或曰蚌，或曰蛤。蚌一名方諸，月御曰望舒，即方諸之轉也。月名望舒（方諸），猶蚌一名海月。二者形近，故可互相比況。要之，古人心目中，月之與蚌，關係至密，可斷言也。雖然蚌之與蛤，猶有別焉。《爾雅·釋魚》"魁陸"郭注曰"魁狀如海蛤，圓而厚"，《名醫別錄》曰"魁蛤，一名魁陸，一名活東，生東海，正圓"，《漢書·地理志》顏師古注曰"盒似蜯而圓"。圓者爲蛤，則以擬月形，究以稱蛤爲允。蛤之音值爲 kâp，緩言之，其音微變即爲蝦蟆 ka ma 矣。蝦蟆一曰蟼蟆①，一曰黽蠅②，一曰耿黽③，一曰胡蜢④，一曰去蚁⑤，一曰去蚊⑥，一曰去甫⑦，此皆"蛤"音之變，而"蚁"、"甫"二字皆收 p 讀，與"蛤"之收音尤近。此理既明，則陶注《名醫別錄》之所以稱"黽……南人名爲蛤子"，與夫韓愈《初南食貽元十八詩》之所以云"蛤即是蝦蟆，同實而異名"者，可以渙然冰釋矣。載籍中有稱月中之物爲"蛤"者，張衡《靈憲》曰"月者陰之宗，積而成獸，象兔蛤焉"，兔蛤即兔與蝦蟇，説者以爲蚌蛤之蛤，誤矣。蚌蛤之蛤與蝦蟆相亂，故知《名醫別錄》稱"魁蛤，一名魁陸，一名活東"者，活東即科斗，又爲蛤之異名，則蛤與科斗相亂也，魁陸與蝦蟆之異名"苦蠪"音近，而魁陸又爲蛤之異名，則亦與蝦蟆相亂也。要之，月中蝦蟆蟾蜍之説，乃起於以蛤配月之説，其時則當在戰國，蓋蚌蛤與月盈虛之語，載在戰國末年之《呂覽》，而月中蟾蜍之説，漢初之《淮南王書》已有之，則二事之發生關係，必在漢代以前，審矣。且古稱月爲水精，兔不能生於水中，⑧戰國時

---

① 《爾雅·釋魚》郭注。
② 《周禮·蟈氏》。
③ 《蟈氏》鄭注。
④ 《廣雅·釋魚》。
⑤ 《爾雅》郭注引《淮南》。
⑥ 《廣雅·釋魚》，《一切經音義》十二引《爾雅》郭注。
⑦ 《名醫別錄》。
⑧ 《論衡·説日》篇曰："儒者言月中兔蟾蜍。……夫月者水也，水中有生物，非兔蟾蜍也。兔與蟾蜍久在水中，無不死者。日月毀於天，螺蚌汨於淵，同氣審矣。所謂兔蟾蜍者豈反螺與蚌邪？"案王充蓋以蟾蜍爲陸居者與蝦蟆異物，故云不能久居水中。

· 252 ·

以蛤配月之説方盛，是以月爲水之觀念猶存。以月爲水，必不謂月中有兔矣。如前説，則漢代以前，蟾蜍説之產生，其可能性至大，如後説，則漢代以前，兔説必無產生之理。明乎此，則余謂《天問》之"顧菟"即蟾蜍，不益有據邪？此十一説也。以上以傳説演變之步驟證"顧菟"即蟾蜍，凡二事爲一類。綜上所述，計爲説十一，爲類四，諸所引證，要爲直接者寡，而間接之中又有間接焉。既無術以起屈子於九泉之下以爲吾質，則吾説雖辯，其終不免徒勞乎？噫！

女歧無合，夫焉取九子？伯强何處？惠氣安在？

謹案：女歧即九子母，本星名也。余友游國恩[①]引《史記·天官書》"尾爲九子"以釋此文，最爲特識。案《天官書索隱》引宋均曰"屬後宮場，故得兼子，子必九者，取尾有九星也"。九子星衍爲九子母之神話，故《漢書·成帝紀》"元帝在太子宮生甲觀畫堂"師古注引應劭曰"畫堂畫九子母，或云即女歧也"。案九子星屬後宮之場，故漢甲觀畫堂壁間圖其神九子母之像，應説得之，沈欽韓《漢書疏證》據《玉海》引《晉宮闕名》"洛陽宮：螽斯堂、則百堂"謂即此類，是也。九子母一名女歧者，"歧"乃"逵"之借字，《淮南子·説林》篇"楊子見逵路而哭之"，逵路即歧路也。《説文·九部》曰"馗，九達道也"，重文作逵，馗字從九，本有九義，故九子母謂之女馗，音轉即爲女歧。《列女傳》魯九子之母號曰母師，母師形近，歧師聲近，母師又即女歧之訛變也。女歧又曰歧母，《呂氏春秋·諭大》篇"地大則有常祥，不庭、歧母、羣祇、天翟、不周[②]"是也。高注以歧母爲獸名，蓋九子母既爲神物，則爲人爲獸，或半人半獸，皆無不可，《山經》所載，泰半如是也。丁晏[③]謂歧母即女歧，所見良是，顧以高注爲非，則膠柱之見也。又案中土天文之學，其源出於巴比倫九

---

① 近著《楚辭集證》，有油印稿本，未刊行。
② 高誘注以"不周"屬下，讀爲"不周山大則有……"云云，疑誤，以《天問》證之，歧母、不周皆神名（詳下），故《呂覽》云然。
③ 《天問箋》。

· 253 ·

古典新义

子母之説蓋亦傳自彼邦，印度之天文學亦出巴比倫，故《内典》亦稱九子母焉。近人趙邦彦作《九子母考》，①謂應氏所云九子母，乃東漢時因佛教而傳入東土者，與《天問》之女歧無涉，其失也迂。

伯强者，王夫之②以下説者多以爲即禺强。禺强之名③見《莊子》《吕氏春秋》及《山海經》諸書，乃北方神名，或曰北海神。《淮南子·墜形》篇曰"隅强，不周風之所生也"，不周風者，西北風也。北與西北，大同小異。④禺强爲北方之神，不周爲北方之風，而《淮南》云"禺强，不周風之所生"，故周拱辰⑤疑禺强爲風神，亦即《天問》之伯强，而伯强惠氣，皆風屬也。案《莊子·天運》篇曰"風起北方"，《秋水》篇托爲風之言曰："然！予蓬蓬然起于北海而入于南海也。"古稱禺强爲北方神，或爲北海神，而《莊子》書一則曰風起北方，再則曰風起北海，以此證禺强即風神，較周氏所據尤爲確切矣。惠氣者，游國恩據《莊子·齊物論》篇"夫大塊噫氣，其名爲風"，《廣雅·釋言》"風，氣也"，并本篇下文"西北闢啓，何氣通焉"，亦稱風爲氣，因謂惠氣即惠風。案游申周説，亦是也。《論衡·感應》篇曰"夫風者氣也"，此亦風氣通稱之例。知惠氣即惠風，則《天問》以伯强惠氣并舉，蓋謂伯强即風神故連類言之。知伯强爲風神，則王氏以來皆謂伯强即禺强，亦可信矣。雖然上來所説，循環推證，似不足爲定讞，請更陳二説以明之。

《史記·天官書索隱》引《春秋元命苞》曰"尾九星，箕四星，爲後宫之場也"，《北堂書鈔》一五〇引《春秋佐助期》曰"尾箕爲後宫之場"。尾箕二星密邇，同爲後宫之場，故古每連稱。此文上言女歧，指尾星，則下言伯强，似當指箕星。"出自湯谷……"四句問日，"夜光何德……"四句問月，此四句問星，以三問分承

---

① 歷史語言研究所《集刊》第二本第三分。
② 《楚辭通釋》。
③ 一作禺疆，一作禺京。
④ 故《墜形》篇又云："北門開以納不周之風。"
⑤ 《天問别注》。

· 254 ·

上文"日月安屬，列星安陳"二句，層次井然，有條不紊矣。伯強當爲箕星，然則箕星所主爲何事乎？《開元占經·東方七宿占》引石氏曰："箕，大星，一名風星，月宿之，必有大風。"《太平御覽》七引《荆州星占》曰"箕舌一星，動則大風至不出三日"，又曰"箕宿四星，第二星一名風後"。《周禮·大宗伯》"飌師雨師"先鄭注曰"風師，箕也"，①《漢書·天文志》曰"箕星爲風，東北之風也"。《太平御覽》一引《詩氾歷樞》曰"箕爲天口，主出氣"，出氣猶《莊子》云"噫氣"亦謂風也。《風俗通義·祀典》篇曰："風師者，箕星也，箕主簸揚，能致風氣。"《獨斷》曰："風伯神，箕星也，其象在天能興風。"伯強當爲箕星，而箕星即風伯，是伯強亦風伯也。此爲一事。《漢書·天文志》曰"尾箕主幽州"，是尾箕之分野在北方。禺強者，北方之神，而主風之箕星亦在北方，則禺強即風伯爲可能矣。此爲二事。伯強爲風伯，禺強亦爲風伯，是伯強、禺強，名異而實同也。此一説也。

卜辭"風"字皆作"鳳"，《説文》"鳳"之古文作"鵬"。《淮南·本經》篇載堯時害民之物，有名"大風"者，高注"大風，風伯也，能壞人屋舍，一曰鷙鳥②"。案大風即大鳳，亦即《莊子·逍遥遊》篇之大鵬。古蓋以有大風時，即有大鳥出現，因謂風爲鳥所致，而以鳥爲風神，及造字時，遂即合"鳥"與"凡"以爲風字。③大鳥爲風神，故高誘以大風爲風伯，又爲鷙鳥。雖然此與伯強有何關係乎？曰，《山海經》三言禺疆人面鳥身，④明禺強本爲鳥。《莊子·逍遥遊》篇云鵬自北冥徙于南冥⑤，《秋水》篇云風起於北海，入於南海，《逍遥遊》篇云鵬居北冥，郭注《海外北經》云禺疆字玄冥，而玄即北方色，是則鵬也者，風神也，其名則曰禺強。禺強爲風神，而伯強亦爲風神，

---

① 《九經字樣》虫部曰"飌，古文風"。
② 四字從俞樾校補。
③ "凡"卜辭金文皆作ㅂ，其形象舟，其義則爲浮，當即"汎"之初文。鳥漂浮於空中，即有風之象也。
④ 見《海外北經》《大荒北經》《大荒東經》。
⑤ 冥溟通。

· 255 ·

故伯强禺强，是一非二。此二説也。

　　伯强即禺强，亦即風神，既如上述，然則《章句》謂伯强爲大厲疫鬼者何哉？曰：禺强爲不周風之所生，《淮南》既言之矣。不周風者，《史記·律書》曰"不周風居西北，主殺生"，《白虎通·八風》章曰"不周者，不交也，陰陽未合化也"，而《吕氏春秋·有始》篇曰"西北曰厲風"。此蓋王逸之所本。厲與癘通，《列子·黄帝》篇"扎傷疵厲"釋文曰"風氣不和之疾也"，是也。《吕氏春秋》又曰"東南曰熏風"，熏風即《天問》之"惠氣"，《廣雅·釋草》"薰草，蕙草也"，此熏可通惠之驗。《史記·律書》曰"清明風居東南維，主風吹萬物而西之軫，軫者言萬物益大而軫軫然"，清明風即熏風也。《天問》以伯强惠氣連言者，西北風主殺生，東南風主長養，舉此二者以概八風也。

　　何闔而晦？何開而明？角宿未旦，曜靈安藏？

　　謹案：徐文靖[①]説此文最善，惜其所引證猶未明確。今案《晉書·天文志》曰："角二星，爲天關，其間天門也，其内天庭也，故黄道經其中，七曜之所行。左角[②]爲理主刑其南爲太陽道。右角爲將，主兵，其北爲太陽道。"《北堂書鈔》一五〇引《春秋佐助期》曰角爲天門，左角神名"其名芳"，右角神名"其光華"。角爲天門，故曰"何闔"、"何開"。此亦四句合問一事，《章句》分爲二事，失之。《天問》祇言角，而《章句》言角亢，影響傅合，尤爲無據。且東方宿角亢氐，《章句》曰"角亢，東方星"，舉角亢而舍氐，亦不足以代表東方也。

　　右十一行，四十四句，問天事竟。

　　　　　　　　原載《清華學報》第九卷第四期，民國二十五年一月。

---

① 《管城碩記》。
② "左角"下舊有"爲天田"三字，從王先謙校删。

楚辭校補[1]

引言

　　較古的文學作品所以難讀，大概不出三種原因。（一）先作品而存在的時代背景與作者個人的意識形態因年代久遠，史料不足，難於了解；（二）作品所用的語言文字，尤其那些"約定俗成"的白字（訓詁家所謂"假借字"），最易陷讀者於多歧亡羊的苦境；（三）後作品而產生的傳本的訛誤，往往也誤人不淺。《楚辭》恰巧是這三種困難都具備的一部古書，所以在研究它時，我會針對着上述諸點，給自己定下了三項課題：（一）說明背景，（二）詮釋詞義，（三）校正文字。

　　三項課題本是互相關連的，尤其（一）與（二），（二）與（三）之間，常常沒有明確的界線，所以要交卷最好是三項同時交出。但情勢迫我提早交卷，而全部完成，事實上又不可能。我只好將這最下層，也最基本的第三項——校正文字的工作，先行結束，而盡量將第二項——詮釋詞義的部分容納在這裏，一并提出。這實在是權變的辦法，我本心極不願這樣做。可是如果這樣來，能保證全部工

---

[1]　《楚辭校補》文中夾注均采用括注形式，原書如此，此部分保留括注形式。——編者注。

作及早趕完，藉此可以騰出時間來多作點別的事，那對於自己還是合算的。在一部書上已經花上了十年左右的光陰，再要拖延下去，總會教人膩味的。

我的目的本是想替愛好文藝而關心於我們自己的文藝遺產的朋友們，在讀這部書時，解決些困難。爲讀者便利計，本應根據這裏校勘的結果，將全部《楚辭》的白文重印一次，附在書後。但因種種關係我沒有能這樣做。這是應向讀者道歉的。

我夢想哪天我能用寫這篇"引言"的文體來重寫全書，而不致犯着"詞費"的毛病。但當語體文在考證文字中還沒有找到適當的形式以前，我只好"未能免俗"了。

最後，我應當感謝兩位朋友：游澤承（國恩）和許駿齋（維遹）兩先生。澤承最先啓發我讀《楚辭》，駿齋最熱心鼓勵我校勘它。沒有他們，這部書是不會產生的。陶重華君校閱全稿，給我很多寶貴的意見。朱兆祥、黃匡一、何善周、季鎮淮四君替我分擔鈔寫的工作。對以上諸位，我都深深致謝。

民國三十年，十二月，八日，一多識於昆明龍泉鎮司家營。

凡例

一　本書底本用《四部叢刊》洪興祖《楚辭補注》本。（即涵芬樓影印江南圖書館藏明翻宋本）

二　本書引用古今諸家舊校材料如下：

王逸《章句》引或作本（王注本於每卷首皆題曰"校書郎臣王逸上"，是其注此書，正當校書秘閣時。今注中每云"或曰……"皆與今本異，蓋即所見秘閣異本之文。）

洪興祖《輯校》所引諸本（洪氏補注本中有校語，在王注後，補注前，蓋六朝唐以來諸家舊校，而洪氏輯存之。學者或稱王校，大謬。計所引除所謂一本者外，又有古本，唐本及某氏《釋文》，孔逭《文苑》等，今皆不傳。碩果僅存，惟見洪氏茲輯，故彌足珍貴。至所引《史記》、《文選》二書，則今書俱在，無多出入。）

　　劉師培《楚辭考異》（起《離騷》，盡《九章》。采輯宋以前羣書中所引《楚詞》，條列異同，時附己見。然取材雖廣，而略無精義，不逮劉氏所校他書遠甚。蓋草創之作，本未成書耳。所采各書亦時有訛奪，本書作者俱已覆檢。其書名略具於本書"校引書目板本表"中，茲不備載。）

　　許維遹《楚辭考異補》稿本（起《離騷》，盡《天問》。采輯各書，與劉氏略同。參校板本除唐寫本《文選集注》殘卷外，若元刊本，明正德王鏊刊本，明王孫夫容館仿宋本（此本所校甚少，本書未采）等，本書作者均未寓目。所錄異文，時有出今本上者，本書俱已采入。）

　　劉永濟《楚辭通箋》（計箋《離騷》《九歌》《天問》《惜誦》《涉江》《哀郢》《抽思》《懷沙》《九辯》等九篇。内引明黃省曾校刊宋本，明吉藩府翻宋本，時有可采。）

　　三　本書作者新采之校勘材料，其來源頗廣，別詳《校引書目板本表》。

　　四　本書采用古今諸家成說之涉及校正文字者，都二十八家，（洪興祖、朱熹、王夫之、屈復、陳本禮、王念孫、王引之、丁晏、馬瑞辰、俞正燮、江有誥、朱駿聲、牟廷相、梁章鉅、鄧廷禎、俞樾、孫詒讓、吳汝綸、王闓運、馬其昶、劉師培、王國維、武延緒、劉盼遂、劉永濟、游國恩、陸侃如、郭沫若），并駁正者三數家其著述大都世所共知，茲不縷列。

　　五　本書論列之内容，其範圍如下：
　　今本誤，可據別本以誑正之者。
　　今本似誤而不誤，當舉證說明者。
　　今本用借字，別本用正字，可據別本以發明今本之義者。
　　各本皆誤，而以文義、語法、韻律諸端推之，可暫改正以待實證者。

古典新义

今本之誤，已經諸家揭出，而論證未詳，尚可補充證例者。（諸家説已精確，而論證亦略備，本書作者無可附益者，本書概弗徵引。）

六　及門諸君，時發新意，有起予之功。本書就其説之近確者，甄錄一二，以志平昔論難之樂。

校引書目板本表

王逸《楚辭章句》（元刊本　明正德王鏊刊本（以上二種據許維遹《楚辭考異補》校引）明黃省曾校刊宋本　明吉藩府翻宋本（以上二種據劉永濟《楚辭通箋》校引）明朱燮元重刊宋本　清嘉慶大小雅堂刊本）

釋道騫《楚辭音》（敦煌舊鈔殘卷存《離騷經》一百八十八字王注九十六字）

朱熹《楚辭集注》（無《七諫》《九懷》《九歎》《九思》等四篇，餘同王逸本▲《古逸叢書》覆元刊本）

錢杲之《離騷集傳》（《知不足齋叢書》本）

（以上注釋《楚辭》諸書）

司馬遷《史記》（卷十五《屈原列傳》載《懷沙》一篇《漁父》一篇▲劉氏嘉業堂景宋蜀大字集解本　日本瀧川龜太郎《會注考證》本）

梁昭明太子《文選》（卷三十二載《離騷》一篇《九歌》七首（《東皇太一》《雲中君》《湘君》《湘夫人》《大司命》《少司命》《山鬼》）、《涉江》一篇、《漁父》一篇、《九辯》五章、《招魂》一篇、《招隱士》一篇▲《四部叢刊》景宋刻六臣注本　羅氏影日本唐寫本《集注》殘卷存《離騷》《招魂》《招隱士》三篇）

余知古《渚宫舊事》（卷二載《哀郢》一篇▲《吉石盦叢書》景日本青芝山房舊鈔本）

童宗説（等）注釋音辯《唐柳先生集》（卷十四附載《天問》

· 260 ·

一篇▲《四部叢刊》景元刊本）

（以上載錄《楚辭》全篇諸書）

郭璞《爾雅注》（《古逸叢書》覆宋蜀大字本）《山海經注》（郝氏箋疏本）

沈約《宋書》（開明《二十五史》本）

顧野王原本《玉篇》（《古逸叢書》影日本舊鈔殘本羅氏《海東古籍叢殘》本）

劉昭《後漢書補注》（開明《二十五史》本）

杜臺卿《玉燭寶典》（《古逸叢書》影日本舊鈔卷子本）

虞世南《北堂書鈔》（南海孔氏刊本）

歐陽詢（等）《藝文類聚》（明嘉靖宗文堂本）

孔穎達（等）《尚書疏》（阮刻《十三經注疏》本）

顏師古《漢書注》（王先謙《補注》本）《匡謬正俗》（雅雨堂本）

李賢《後漢書注》（開明《二十五史》本）

李善《文選注》（胡氏重刊宋本）

司馬貞《史記索隱》（開明《二十五史》本）

釋慧琳《一切經音義》（日本《大正新修大藏經》本）

徐堅（等）《初學記》（古香齋袖珍本）

白居易《六帖》（明刊本）

徐鍇《說文繫傳》（《四部叢刊》影述古堂影宋鈔本）

日本釋昌住《新撰字鏡》（日本影木村正辭模寫本）

李昉（等）《太平御覽》（鮑刻本）

樂史（等）《太平寰宇記》（《古逸叢書》影宋本補闕）

吳淑《事類賦注》（明華麟祥校刊本）

陳彭年（等）《重修玉篇》（《四部叢刊》影元刊本）《廣韻》（《四部叢刊》影宋巾箱本）

丁度（等）《集韻》（《楝亭五種》本）

葉廷珪《海錄碎事》（日本松崎復刊本）

無名氏《錦繡萬花谷》（明刊本）

古典新义

　　謝維新《古今合璧事類備要前集》、《續集》（明嘉靖重刊宋本）
　　虞載《古今合璧事類備要別集》、《外集》（同上）
　　王質《詩總聞》（《經苑》本）
　　羅苹《路史注》（通行本）
　　吳仁傑《兩漢刊誤補遺》（《榕園叢書》本）
　　龐元英《文昌雜錄》（《學津討源》本）
　　王得臣《麈史》（涵芬樓重印明鈔本）
　　姚寬《西溪叢語》（《嘯園叢書》本）
　　袁文《甕牖閒評》（武英殿《聚珍叢書》本）
　　馬永卿《嬾真子》（《儒學警悟》本）
　　陳善《捫蝨新語》（《儒學警悟》本）
　　王觀國《學林》（《湖海樓叢書》本）
　　吳曾《能改齋漫錄》（《守山閣叢書》本）
　　邵博《邵氏聞見後錄》（涵芬樓校印曹鈔何校二本）
　　葛立方《韻語陽秋》（《歷代詩話》本）
　　洪邁《容齋隨筆》（通行本）
　　高似孫《子略》（《墨海金壺》本）
　　龔頤正《芥隱筆記》（《學津討源》本）
　　葉大慶《考古質疑》（武英殿《聚珍叢書》本）
　　戴埴《鼠璞》（《百川學海》本）
　　王應麟《困學紀聞》（通行翁注本）《急就篇補注》（《玉海》本）
　　郭茂倩《樂府詩集》（汲古閣本）
　　蔡夢弼《杜工部草堂詩箋》（《古逸叢書》覆麻沙本）又《補遺》（同上覆高麗本）
　　魏仲舉編《五百家注韓昌黎集》（乾隆富氏仿宋本）
　　王伯大重編《朱校昌黎先生集》（《四部叢刊》景元刊本）
　　童宗說、張敦頤、潘緯注釋音辯《唐柳先生集》（《四部叢刊》景元刊本）
　　李璧《王荊公詩注》（涵芬樓景元大德本）

· 262 ·

楚辭校補

王十朋集注《東坡先生詩》（《四部叢刊》影宋務本堂本）

任淵《山谷内集注》（四覺草堂仿宋本）《后山詩注》（醫學書局影印宋鈔本）

史容《山谷外集注》（四覺草堂仿宋本）

胡穉《簡齋詩集箋注》（《四部叢刊》影宋刊本）

蕭士贇《李太白集注》

張玉書（等）《佩文韻府》（鴻寶齋石印本）

（以上雜引《楚辭》零句諸書）

離騷

皇覽揆余初度兮 一本余下有于字——以上校語轉錄洪興祖《補注》本所載，後仿此。

　　案當從一本補于字。度即天體運行之宿度，躔度"初度"謂天體運行紀數之開端。《離騷》用夏正，以日月俱入營室五度（日月如連璧，五星如貫珠）爲天之初度，曆家所謂"天一元始，正月建寅"，"太歲在寅曰攝提格"是矣。以"攝提貞于孟陬"之年生，即以天之初度生。"皇覽揆余于初度"者，皇考據天之初度以觀測余之禄命也。要之，初度以天言，不以人言。今本余下脱于字，則是以天之初度爲人之初度殊失其旨。唐寫本《文選集注》殘卷（下稱唐寫本《文選》）、今本《文選》、朱熹《楚辭集注》本（下稱朱本）、錢杲之《離騷集傳》本（下稱錢本）、明正德王鏊刊本（下稱王鏊本）、明朱燮元重刊宋本（下稱朱燮元本）、大小雅堂本并有于字。《文選》沈休文《和謝宣城詩》注引亦有。《文選·西京賦》注及馬永卿《嬾真子》四引并作於，本篇于於錯出。

又重之以脩能

　　案朱校能一作態。能態古字通。（《懷沙》"非俊疑傑，固庸態也"，《論衡·累害》篇引作能。《莊子·馬蹄》篇"故馬之知

· 263 ·

而態至盜者"，態讀爲能。《漢書·司馬相如傳》"君子之態"，《史記·集解》引徐廣本作能。《素問·風論》"願問其診及其病能"，即病態。)脩態謂容儀之美。下文"扈江離與辟芷兮，紉秋蘭以爲佩"，即承此言之。《招魂》曰"姱容修態"，《西京賦》曰"要紹修態"，義與此同。

扈江離與辟芷兮 《文選》離作蘺

案《文選·吳都賦》注、《思玄賦》注、《後漢書·張衡傳》注，《說文繫傳》一二，謝維新《古今合璧事類備要》（下稱《合璧事類》）《續集》四一引并作蘺。《晏子春秋·雜上》篇曰"今夫蘭本，三年而成，湛之苦酒，則君子不近，庶人不佩"，《荀子·勸學》篇曰"蘭槐之根是爲芷，其漸之滫，君子不近，庶人不服"，《大略》篇曰"蘭芷藳本，漸於蜜醴，一佩【倍】（上借字，下加弧者正字。後仿此。①）易之"，《淮南子·人間》篇曰"申菽杜茝，美人之所懷服也，及漸之於滫，則不能保其芳矣。"是古人佩服芳草，必先以酒漸之。《廣雅·釋器》曰"寢，醋，鬱，廦，幽也"，王念孫曰"此通謂藏食物也"。案寢醋即浸湛，并與漸通。《廣雅》寢醋與廦同訓幽，而王注本篇"扈江離與辟芷"曰"辟，幽也，芷幽而【乃】香"，正讀辟爲廦，是此文"辟芷"及下文"幽蘭"并與諸書言漸蘭茝者同，謂以酒浸湛而幽藏之也。原本《玉篇·广部》引此作廦，廦廦同，（《說文》"廦，仄也"，"廦，墻也"，以廦爲壁，非是。）可與王注相發。

何不改此度 一云何不改乎此度也

案本篇乎字凡十五見。"願竢時乎吾將刈"，"延佇乎吾將反"，"歷吉日乎吾將行"等三乎字皆在二分句之間，其作用與"覽民德焉錯輔"之"焉"略同。（惟焉表地，此表時。）餘皆訓於。以上二義於本文皆無施，然則一本"改"下有"乎"字，非是。（古書於乎夫三虛字通用。一本"乎"字蓋涉下文"來吾道夫先路"之"夫"而衍。然下文夫字當訓彼，"夫先路"即彼先輅。一本誤指示代名詞之"夫"

---

① 此用法僅限於本書《楚辭校補》部分。——編者注。

爲介詞之"夫"，因於此句亦加介詞"乎"字，不知"改"爲外動詞，外動詞後固不容有介詞也。）"何不改此度也"與《思美人》"未改此度也"，句例略同。唐寫本及今本《文選》并無乎字，與本書同。又案一本句末有也字，審語氣，有之爲是。唐寫本及今《文選》、錢本、王鏊本、黃省曾校刊宋本（下稱黃省曾本）、朱燮元本、大小雅堂本并有。《山谷外集・九豐城》注引同。

來吾道夫先路 一本句末有也字

案一本有也字，是。唐寫本《文選》、錢本、王鏊本并有。

昔三后之純粹兮固衆芳之所在雜申椒與菌桂兮豈維紉夫蕙茝

案四句當在上文"紉秋蘭以爲佩"下。知之者此處上云"乘騏驥以馳騁兮，來吾道夫先路也"，下云"彼堯舜之耿介兮，既遵道而得路"，上下均言行止，中忽闌入此四句，則文意扞格。實則此云雜申椒，紉蕙茝，仍以服飾爲言，紉蕙茝之紉，即前"紉秋蘭以爲佩"之紉，故知四句當與彼文相承。夫如此，而後自"紛吾既有此内美兮"至"恐美人之遲暮"一段專言服飾，自"不撫壯而棄穢兮"至"傷靈脩之數化"一段專言行止，層次井然，文怡理順矣。或疑四句既本在上文，則此處"來吾道夫先路也"與"既遵道而得路"兩路字相次爲韻，恐無此例。不知"先路"之路本讀爲輅，（《書・顧命》"先輅在左塾之前"，《周禮・典路》鄭衆注，《文選・東京賦》李注引并作路。）與下"得路"之路，字同義異，不妨相叶，猶後文"孰求美而釋女"亦與"豈唯是其有女"相叶而不嫌。學者正以不明上路字之義，以爲連用二路字，不合韻法，遂私移此四句於其間，以隔絶之耳。彼其意方以爲如此，則三后堯舜，以類相從，於文彌順，而不悟其先三后後堯舜，叙次已顛倒矣。注家顧從而競爲之辭，以發明其倒叙之義，不已惑歟？

何桀紂之猖披兮 猖一作昌，釋文作倡。披一作被

案日本《新撰字鏡》六引原本《玉篇・巾部》轉引本書作昌帔。朱本、元刊本（後稱元本）、王鏊本、朱燮元本、大小雅堂本并作昌被。唐寫本及今本《文選》并作昌披。《合璧事類續集》四一引本書同，

・265・

《易林·觀之大壯》曰"必志無良，昌披妄行"，亦作昌披。是猖字古本當作昌。今作猖者，蓋後人以訓詁字改之。

反信讒而齌怒 齌一作齊，釋文齊或作齌

案顏師古《匡謬正俗》七，《太平御覽》（後稱《御覽》）九一三、又九八一，《事類賦注》二四，《合璧事類續集》四一引并作齊。唐寫本《文選》作齊，載陸善經說曰"反信讒而同怒己也"，正以同訓齊。今本《文選》亦作齊，五臣說與陸同。釋文曰"齊或作齌"，是釋文本亦作齊。疑古本如此。今作齌，亦後人以訓詁字改。

曰黄昏以爲期兮羌中道而改路

洪興祖曰："一本有此二句，王逸無注，至下文'羌内恕己以量人'，始釋羌義。疑此二句後人所增耳。《九章》曰'昔君與我誠言兮，曰黄昏以爲期，羌中道而回畔兮，反既有此他志'，與此語同。"屈復曰："此二句與下'悔遁有他'意重，又通篇皆四句，此多二句，明係衍文。"案本篇叶韻，通以二進，此處武怒舍故路五字相叶，獨爲奇數，於例不合。此亦二句當爲衍文之確證。二句本《抽思》文，後人以其與本篇下文"初既與余成言兮，後悔遁而有他"二句相似，因誤入本篇，又易"回畔"爲"改路"以叶韻也。唐寫本及今本《文選》并無此二句，錢本亦無，當據刪。

畦留夷與揭車兮 揭一作藒，《文選》亦作藒車

案《爾雅·釋草》注、《合璧事類續集》四一引亦作藒。

雜杜衡與芳芷 衡一作蘅

案《藝文類聚》（後稱《類聚》）八一、《御覽》九八三、虞載《合璧事類別集》五五引并作蘅。

冀枝葉之峻茂兮 《文選》峻作莜

案《漢書·司馬相如傳》曰"實葉莜楙"，《古文苑·蜀都賦》曰"宗生族攢，俊茂豐美"。峻茂與莜楙，俊茂并同。《合璧事類續集》四一引亦作莜。

謇朝誶而夕替既替余以蕙纕兮

案誶當爲綷，兩替字并當爲縫，皆字之誤也。綷，縛也。（《荀

子·正論》篇"罟侮捽搏",捽亦搏也。《晉語一》"戎夏交捽",猶交搏也。搏與縛,捽與綷,并義相近。以手曰搏,以繩曰縛,搏謂之捽,則縛亦可謂之綷。)綟即纆字。《說文》曰"纆,小束也,讀若繭",《廣雅·釋詁》三曰"纆,束也",《齊民要術》二曰"纆欲小,縛欲薄"。字一作綟。《集韻》曰"綟,縮也"(起輦切),《爾雅·釋器》郭注曰"縮,約束之"。纆綟音義不殊,而從幵與從茻之形元復同(《說文》枈爲枼之篆文,茻即茻之訛變,是從茻與從幵同。),是纆綟確爲一字。篆書自（𠦝）與心（𢖩）略近,故綟或誤爲繂。《篇韻》有繂字,音賤(云出釋典,未詳是何經論,待檢。),即綟字也。今本作替,即綟之省。綷綟并訓縛束,"朝綷""夕綟",謂朝夕取芳草自縛束其身以爲佩飾也。(上文曰"擥木根以結茝兮,貫薜荔之落蕊,矯菌桂以紉蕙兮,索胡繩之纚纚,謇吾法乎前脩兮,非世俗之所服",又曰"余雖【唯】好脩姱以鞿羈兮",皆謂以芳草飾身,如後世之纓絡之類。)"既綟余以蕙纕兮",猶言束我以蕙草之纕帶也。綟古音在諄部,與上句艱字正相叶。今本綟誤爲替,相承讀爲替廢之替(他計切),則既失其義,又失其韻矣。

固時俗之工巧兮

劉永濟氏云：固疑何之誤。此句兩見《九辯》中,皆作何。何有疑怪意,作固,則肯定矣。案劉說近是。何固形近而誤。然《七諫·謬諫》曰"固時俗之工巧兮,滅規矩而改錯",襲《騷》文而字亦作固,則東方朔所見本已誤。

余獨好脩以爲常

孔廣森、姚鼐、梁章鉅并以常懲不叶,謂常當爲恒,避漢諱改。江有誥則以爲陽蒸借韻,案江說是也。常懲元音近,韻尾同,例可通叶。《天問》曰"荆師作勳夫何長,吴光爭國何久余是勝",(二句今本次第訛亂,句中亦各有奪誤,并詳《天問》。)長與勝叶,例與此同。《七諫·自悲》曰"凌恒山其若陋",《哀時命》曰"舉世以爲恒俗兮",此本書不諱恒字之明驗。

女嬃之嬋媛兮　嬋媛一作撣援

案嬋媛當從一本作撣援。《說文》曰"嘽，喘息也"，"喘，疾息也"，"歁，口气引也"，喘歁一字。喘緩言之曰嘽咺。《方言》一曰"凡恐而噎噫，……南楚江湘之間曰嘽咺"，《廣雅·釋詁二》曰"嘽咺，懼也"。案喘訓疾息，噎噫亦疾息之謂，（《詩·黍離傳》"噎，憂不能息也"，《說文》"噫，飽食息也"。）故亦謂之嘽咺。撣援即嘽咺，（《呂氏春秋·貴直》篇狐援，《齊策六》作狐咺。）亦即喘。喘息者氣出入頻促，如上下牽引然，故王注訓撣援爲牽引，《說文》亦訓歁爲口氣引也。唯《方言》、《廣雅》以嘽咺爲恐懼，似不足以該嘽咺之義。凡情緒緊張，脈搏加疾之時，莫不喘息，恐懼特其一端耳。本篇曰"女嬃之撣援兮，申申其詈予"，此怒而喘息也。《九歌·湘君》曰"女撣援（舊本字皆從女，今正。下同。）兮爲余太息"，《九章·哀郢》曰"心撣援而傷懷兮"，《九歎·思古》曰"心撣援而無告兮"，（口之喘息由於心之跳動，故又曰心撣援。）此哀而喘息也。《悲回風》曰"忽傾寤（即驚悟。《左傳·文十八年》敬嬴《公》《穀》敬并作頃，《左傳·昭七年》南宮敬叔《說苑·雜言》篇作頃叔，此并傾驚可通之比。）以撣援"，此驚而喘息也。然喘息謂之撣援，其義既生於牽引，則字自當從手。學者徒以《離騷》、《九歌》之撣援者，其人皆女性，遂改從女，乃至他篇言撣援之不指女性者，字亦皆變從女，不經甚矣。若《白氏六帖》（後稱《白帖》）一九，曹秋岳鈔本《邵氏聞見後錄》二六引本篇并作嬋娟，則直以爲女子好貌。信乎大道多歧而亡羊也。

曰鯀婞直以亡身兮

案古字亡忘互通。亡身即忘身，言鯀行婞直，不顧己身之安危也。王注如字讀之，非是。五百家注《韓昌黎集》三《永貞行》祝注引此作忘，足正王注之失。

終然殀乎羽之野　殀亦作夭

案鯀非短折，焉得稱殀？殀當從一本作夭。夭之爲言夭遏也。《淮南子·俶真》篇曰"天地之間，宇宙之内，莫能夭遏"，又曰"四達無境，通于無圻，而莫之要御夭遏者"。夭遏雙聲連語，二字同義，此曰"夭乎羽之野"，猶《天問》曰"永遏在羽山"矣。《禮記·祭義》疏引《鄭志》答趙商曰："鮌非誅死，鮌放諸東裔，至死不得反於朝。"案放之令不得反於朝，即夭遮遏止之使不得反於朝也。此蓋本作夭，王注誤訓爲蚤死，後人始改正文以徇之。唐寫本及今本《文選》并作夭，王十朋《蘇東坡詩集注》十二《次韻答章傳道見贈》注引同。

汝何博謇而好脩兮　《文選》作蹇

案今本《文選》仍作謇，五臣作蹇。《路史·後紀》注一引本書亦作蹇。蹇謇正借字。蹇猶偃蹇也。博與踣通。《字鏡》曰"踣，蹀也"，蹀猶蹀躞也。博蹇，蓋行步合節，安舒自得之貌。《遠遊》"音樂博衍無終極兮"，注曰"五音安舒，靡有窮也"。博蹇與博衍同。（《説文》悹重文作蹇，《列子·黃帝》篇"而已無悹"，釋文悹本又作蹇。）聲音安舒謂之博衍，動作安舒謂之博蹇，皆有節度之貌也。又《九歌·東皇太一》"靈偃蹇兮姣服"，注曰"偃蹇，舞貌"。案彼曰偃蹇，曰姣服，與此曰博蹇好脩，下又曰姱飾，語意略同。舞曰偃蹇，行曰博蹇，亦皆安舒有節度之貌。今本作"博謇"，王注曰"博采往古，好脩謇謇"，失之遠矣。

紛獨有此姱節

案節與服不叶，朱駿聲謂當爲飾之訛，是也。飾節形近，往往相亂。《禮記·玉藻》"童子之節也"，《儀禮·士冠禮》注引作飾，《韓非子·飾邪》篇"國難節高"，今本誤作飾，本書《天問》注"脩飾玉鼎"，《御覽》八六一引誤作節，并其比。上文曰"佩繽紛其繁飾兮"，下文曰"及余飾之方壯"，姱飾與繁飾，壯飾，皆謂盛飾也。

五子用失乎家巷　巷一作居

案當作"五子用夫家巷"，巷讀爲閧。（王引之説）"五子用夫家閧"與後文"厥首用夫顛隕"句法同。意者後人讀巷爲閭巷之巷，則句中無動詞，文不成義，因改夫爲失以足其義。一本巷作居，亦以求動詞不得而私改，而不悟居之不入韻也。班固《離騷序》引淮南王《離騷傳·叙説》曰"五子以失家巷，謂五子胥也"，是淮南王本作"五子以失家巷"。以用聲轉義同，"以失家巷"猶"用失家巷"。淮南本夫已誤作失，正以讀巷如字而改之。然淮南本夫雖誤失，而尚無乎字。今本又衍乎字者，後人以"五子用失家巷"不類《離騷》語調，乃又沾乎字以求合乎騷體也。

又好射夫封狐

案夷考古籍，不聞羿射封狐之説。狐疑當爲豬，字之誤也。篆書者作豨，缺其上半，與瓜相仿，而豕旁與犬旁亦易混，故豬誤爲狐。《天問》説羿事曰"馮珧利決，封豨是射"，《淮南子·本經》篇曰"堯乃使羿……禽封豨於桑林"，封豨即封豬也。其在《左傳》，則神話變爲史實，昭二十八年稱樂正后夔之子伯封"謂之封豕，有窮后羿滅之"，封豕亦即封豬也。《古文苑》揚雄《上林苑箴》曰："昔在帝羿，失（原作共，當爲失之譌。失與佚通。）田淫（原誤徑）遊，弧矢是尚，而射夫封豬，不顧於愆，卒遇後憂。"字正作豬。揚文語意全襲《離騷》，"封豬"之詞或即依本篇原文。若然，則漢世所傳《離騷》猶有作豬之本。

舉賢而授能兮

朱駿聲謂授爲援之誤，舉《禮記·儒行》"其舉賢援能有如此者"爲證，案朱説非也，《莊子·庚桑楚》篇曰"且夫尊賢授能，善義與利，自堯舜以然"，《荀子·成相》篇曰"堯授能，舜遇時，尚賢推德天下治"，"授能"之語，并與此同。《吕氏春秋·贊能》篇"舜得皋陶而堯受之"，高注曰"受，用也"。受授古同字。授能猶用能也。（《左傳·閔二年》"授方任能"，《管子·幼官》篇"尊賢授德則帝"，授亦皆訓用。）本篇王注曰"舉賢用能"，訓授爲用，與高説正合。然則《儒行》"舉賢援能"實授能之誤，（《漢曹全碑》《永受嘉福瓦》及《陳受印》受并作爰，與爰形近，故援授二字古書每相亂。《九歌·東君》"援北斗兮酌桂漿"，《御覽》七六七引誤作授，《吕氏春秋·知分》篇"授綏而乘"，《意林》引作援。）當據本篇及《莊》《荀》之文以訂正朱氏反欲援彼以改此，疏矣。

溢埃風余上征

王夫之云：埃當爲竣。案王説殆是也。《遠遊》曰"……凌天池以徑度，風伯爲余先驅兮，氛埃辟而清凉"，《淮南子·原道》篇曰"是故大丈夫……乘雲陵霄，與造化者俱，縱志舒節，以馳大區，……令雨師灑道，使風伯掃塵"。諸言飛昇者，必先使風掃塵。此亦托爲神仙之言，何遽欲冒塵埃之風以上升哉？"溢竣風余上征"與"願竣時乎吾將刈"句法略同。至《文選·吳都賦》劉注、謝玄暉《在郡卧病呈沈尚書詩》注、江文通《雜體詩註》、吳曾《能改齋漫録》五、葉大慶《考古質疑》六所引作颸之本，疑亦非是。雖然，惟其字本作竣，故一本得以聲近誤爲颸。若作埃，則無緣别有作颸之本矣。

欲少留此靈瑣兮　瑣一作璅

案瑣璅并當爲藪，聲之誤也。(《説文》操讀若藪，而古字杲巢音同，(《説文》藻重文作薻) 是璅音亦近藪。) 此本作藪，以聲誤爲璅，而璅與瑣同，故又轉寫爲瑣。靈藪即上文之縣圃。《周禮·職方氏》曰"雍州其澤藪曰弦蒲"，《説文》藪篆下亦曰"雝州弦圃"，弦圃，弦蒲即玄圃，亦即縣圃。縣圃爲古九藪之一，以其爲神靈所居，故曰"靈藪"。《十洲記·崑崙洲記》曰"其王母所道諸靈藪，禹所不履，唯書中夏之名山耳"，此則古稱崑崙諸山爲靈藪之實例。言崑崙，斯縣圃在其中矣。

聊逍遥以相羊　逍遥一作須臾

案敦煌舊鈔《楚辭音釋》殘卷(下稱敦煌本)作嫂臾。

朝吾將濟於白水兮　於一作乎

季君鎮淮云：《離騷》語法，凡二句中連用介詞"於""乎"二字時，必上句用於，下句用乎。"朝發軔於蒼梧兮，夕余至乎縣圃"，"飲余馬於咸池兮，總余轡乎扶桑"，"夕歸次於窮石兮，朝濯髮乎洧盤"，"覽相觀於四極兮，周流乎天余乃下"，"朝發軔於蒼梧兮，夕余至乎西極"，胥其例也。若"於""乎"二字任用一字亦必於在上句，乎在下句。"雖不周於今之人兮，願依彭咸之遺則"，"步余馬於蘭皋兮，馳椒丘且焉止息"，"説操築於傅巖兮，武丁用而不疑"，於字均在上句。（或字變作于，如"攝提貞于孟陬兮，惟庚寅吾以降"，"皇覽揆余于初度兮，肇錫余以嘉名"，亦均在上句。）"冀枝葉之峻茂兮，願竢時乎吾將刈"，"衆皆競進以貪婪兮，憑不猒乎求索"，"忳鬱邑余侘傺兮，吾獨窮困乎此時也"，"悔相道之不察兮，延佇乎吾將反"，"忽反顧以遊目兮，將往觀乎四荒"，"鮌婞直以亡身兮，終然殀乎羽之野"，"何所獨無芳草兮，爾何懷乎故宇"，"委厥美以從俗兮，苟得列乎衆芳"，"及余飾之方壯兮，周流觀乎上下"，"靈氛既告余以吉占兮，歷吉日乎吾將行"，"國無人莫我知兮，又何懷乎故都"，是也。此文"朝吾將濟於白水兮，登閬風而緤馬"，正符上句用"於"之例。一本於作乎，則非例，斷不可從。案季説是也。《文選·思玄賦》注引仍作於。

吾令蹇脩以爲理

案《路史·後紀》注一引《文選》五臣本蹇作謇，最是。謇，吃也。上云"解佩纕以結言"，下云"令謇脩以爲理"，蓋謂令謇吃之人爲媒，結言而往求彼美，必離勝任，亦後文理弱媒拙【詘】，導言不固之意也。求宓妃則謇脩不良於言，求有娀則鴆鳩皆讒佞難任，求二姚又理弱媒拙。三求女而三無成，總坐無良媒故爾。合觀三事，義可互推。王逸乃以蹇脩爲伏羲臣名，翟灝、章炳麟又并牽合《爾雅》"徒鼓鍾謂之脩，徒鼓磬謂之謇"之文，謂以蹇脩爲理，即以聲樂達情，意者皆不知字本當作謇而强説之也。

索藑茅以筳篿兮 《文選》藑作瓊

案《爾雅·釋草》曰"藑，藑茅"，《説文》曰"藑茅，藑也"。字并作藑。疑此亦以作藑爲正。敦煌本亦作藑。筳篿，《玉燭寶典》八、《類聚》八二、五百家注《韓集》八《城南聯句》祝注引并作莚尊，於義爲長。古卜筮之具或用竹，或用草。（《御覽》七二七引《歸藏·本筮》篇曰："蓍末大于本爲上吉，蒿末大于本次吉，荆末大于本次吉，箭末大于本次吉，竹末大於本次吉。蓍一五神，蒿二四神，荆三三神，箭四二神，竹五一神。"案蓍蒿荆，草類，箭竹，竹類也。）此云"索藑茅"，明是以草卜（宋周去非《嶺外代答》記南人茅卜法甚詳），故知下"莛藫"字亦當從艸。（"莛藫"動詞，本作挺搏。挺搏雙聲連語，猶搏也，搏與揣同，數也。（《説文》"耑，數也"，揣耑同。）字或作耑。《卜居》曰"詹尹乃端策拂龜"，《淮南子·説山》篇曰"筮者端策"，"端策"并猶《韓非子·飾邪》篇"鑿龜數筴"之數策也。）王注曰："楚人名結草折竹以卜曰[筳]（原脱筳字，從《兩漢書》注補，引見下。）篿。"草竹并用，於古未聞。觀《漢書·揚雄傳》注曰"莛藫，折竹所用卜也"，《後漢書·方術傳序》注曰"挺専，折竹卜也"，俱無結草二字，疑王注亦本無此二字。注釋音辯《柳先生集》一四《天對》潘注引本書王注正無"結草"二字。蓋別本莛藫字從艸，舊注云"結草以卜"，王本字從竹，注云"折竹以卜"，後人兩合而并存之，遂如今本。然正因今本注中誤衍"結草"二字，轉足推知衆家舊本正文"莛藫"二字確有從艸作者爾。

孰信脩而慕之

案慕與占不叶，義亦難通，郭沫若氏謂當爲"莫□"二字因下一字缺壞，寫者不慎，致與"莫"誤合爲一而成慕字。案郭説是也。惟謂所缺一字，耽欽琛探尋朋等必居其一，則似不然。知之者，此字必其音能與"占"相叶，其義又與"求美"之事相應，此固不待論，而字形之下半尤必須能與"莫"相合而成"慕"。今郭氏所擬，音固合矣，義亦庶幾近之，於形則殆無一能與"莫"合而成"慕"者。於以知其不然。余嘗準兹三事以遍求諸與"占"同韻之侵部諸字中，則惟"念"足以當之。"念"缺其上半，以所遺之"心"上合於"莫"，即"慕"之古體"惢"（《楊統碑》《繁陽令碑》慕字如此作）矣。念，思也，戀也，"孰信脩而莫念之"，與上下文義亦正相符契。郭氏殆失之眉睫耳。夫此文占慕失韻，久成疑案。朱子二"之"字爲韻之説，固近肊測，後之説者亦未有以易之，故亦莫敢定其必非。迄至近人王樹枏、劉永濟二氏始謂占爲卜之訛，"卜"與"慕"侯魚合韻，余嘗疑其所見視朱子爲後來居上矣。及見龐元英《文昌雜録》二引此文正作卜，則益私喜其説之果信而有徵。今復諦審《騷》文，乃恍然於二氏之説之非也。遍考古書，凡言筮者，皆自筮而神占之。

古典新义

《北堂書鈔》一三二引《歸藏·啓筮》篇曰："昔女媧筮張雲幕，而枚占於（古語省略，圍內字探文義暫補。後仿此。①）神明，神明占之曰'不吉'。"《初學記》二〇引《歸藏》曰："昔者河伯筮與洛戰，而枚占於昆吾，昆吾占之，'不吉'。"《書鈔》八二引《歸藏曰》："昔夏后啓筮享神於大陵而上鈞臺，枚占於皋陶，皋陶曰'不吉'。"《御覽》九二九引《歸藏·鄭母經》曰："昔夏后啓筮乘飛龍以登於天，皋陶占之曰'吉'。"又八二引《歸藏》曰："昔者桀筮伐唐而枚占於熒惑，熒惑曰'不吉'。"《路史·後紀》注五引《歸藏》曰："武王伐商，枚占於耆老，耆老曰'不吉'。"《續漢書·天文志上》引《靈憲》曰："羿請不死之藥於西王母，姮娥竊之以奔月，將往，枚占之於有黃，有黃占曰，'吉'。"《荀子·賦》篇曰："臣愚而不識，請占之五泰，五泰占之曰'……'。"本書《九章·惜誦》亦曰："吾使厲神占之兮。"凡此悉與此文"命靈氛爲余占之"同例。後文"欲從靈氛之吉占兮"，又"靈氛既告余以吉占兮"，俱曰占，不曰卜，尤其確證。王注本文曰"靈氛，古之明占吉凶者"，《漢書·揚雄傳》注引晉灼說曰"靈氛，古之善占者"，足證漢人所見《離騷》字亦作占。然則此文之誤，不在占字，明甚。至《雜錄》所引，自是彼書之誤，不得反據以疑《離騷》也。世或有利王劉說之簡易而輕信之，且將引《雜錄》以張其軍者，余故豫爲辭而闢之，附著於篇焉。（前引《文昌雜錄》，據《學津討原》本。頃見《文選旁證》二七引《雜錄》字仍作占，不知所據何本。《旁證》所引，苟非依今本《楚辭》改轉，則世之欲助王劉二氏爲說者，益可以不攻自破矣。）

爾何懷乎故宇 宇一作宅

案一本作宅，非是。洪興祖曰"若作宅，則與下叶"。洪意殆謂"宇"去聲，與下文"惡"入聲不叶，改作"宅"則叶也。實則上文索與妒韻，路與索韻，固與惡（入聲美惡之惡）韻，皆去入通叶。即如本文以女女【汝】宇惡四字爲韻，若嫌宇與惡不叶，而必欲改宇爲宅以叶之，

---

① 此用法僅限於本書《楚辭校補》部分。——編者注。

則女汝亦去聲也，又將改爲何字乎？《文選》亦作宇，諸本并同。

覽察草木其猶未得兮豈珵美之能當蘇糞壤以充幃兮謂申椒其不芳

案此文疑當作："蘇糞壤以充幃兮，謂申椒其不芳，覽察草木其猶未得兮，豈珵美之能當。"服艾盈要而棄蘭弗佩，蘇壤充幃而謂椒不芳，二者事既同類，則文亦當毗鄰。"覽察草木"二句，與上文"民好惡"二句，皆貴艾壤賤椒蘭者之總評，故當分置首尾，使遙相叫應。今本四句中，上二句與下二句互易，則鰓理亂而文義晦矣。姑著此疑，以俟達者。

九疑繽其并迎 疑一作嶷

案王鏊本朱燮元本，大小雅堂本亦作嶷。

時亦猶其未央

案"猶其"二字當互乙。上文"雖九死其猶未悔"，"唯昭質其猶未虧"，"覽余初其猶未悔"，"覽察草木其猶未得兮"，并作"其猶未"，可證。王注曰"然年時亦尚未盡"，正以"尚未"釋"猶未"，是王本未倒。

椒專佞以慢慆 慢一作謾，慆一作諂

案《文選·祭屈原文》注引作謾諂。《北堂書鈔》（後稱《書鈔》）三〇，《類聚》八九，葉廷珪《海錄碎事》五引并作慢諂。

固時俗之流從兮 一作從流

案當從一本作從流。"從流"古之恒語。《孟子·梁惠王下》篇曰"從流下而忘反謂之流，從流上而忘反謂之連"，《韓詩外傳》一"從（原誤促，據《御覽》七四引及《列女傳·貞順》篇改）流而挹之，奐然而溢之"，本書《哀郢》曰"順風波以從流兮"，《九歎·怨思》曰"願（原誤顧）屈節以從流兮"。《詩·伐檀》釋文引《韓詩》薛君《章句》"順流而風曰淪"，《文選·雪賦》注引作從流，《晏子春秋·諫下》篇"順流九里"，《類聚》八六、《御覽》九三二并引作從流，是從流即順流也。王注曰"隨從上化，若水之流"，是王本正作從流。《文選》亦作從流。錢本、王鏊本、朱燮元本、大小雅堂本并同。

駕八龍之婉婉兮 釋　文婉作蜿

案《漢書·揚雄傳》注引晉灼說，《後漢書·張衡傳》注、《文選·思玄賦》注、王伯大重編《朱校昌黎先生集》一《南山詩》注引并作蜿。朱本同。

九歌

東皇太一

瑤席兮玉瑱　瑱一作鎮

案《書鈔》一三三，《類聚》六九引亦作鎮。《周禮·天府》"凡國之玉鎮，大寶器，藏焉，若有大祭大喪，則出而陳之"，注曰"故書鎮爲瑱，鄭司農讀瑱爲鎮"。本篇之玉瑱即天府之玉鎮。《史記·封禪書》曰："公卿言皇帝始郊見太一於雲陽，有司奉瑄玉嘉牲薦饗。"漢祭太一蓋循楚故事，瑄玉即此文之玉鎮，嘉牲即下文之肴蒸也。瑤與莚，席與藉，并古字通，瑤席謂以莚草爲藉以承玉。（玉鎮以莚爲藉，亦猶下文肴蒸以蘭爲藉。凡執玉必有繅藉，見《儀禮·聘禮記》、《周禮·典瑞》、《禮記·玉藻》等注。）下文"盍將把兮瓊芳"，瓊謂玉鎮芳謂瑤謂【莚】席。鎮與席爲二，故曰"盍【合】將把"也。王注謂席爲坐席，以玉鎮之，非是。

蕙肴蒸兮蘭藉　蒸一作烝

案《類聚》七二，虞載《合璧事類·外集》四引亦作烝。《文選》王元長《三月三日曲水詩序》注、陳善《捫蝨新語》上四引肴并作殽。《儀禮·特牲饋食禮》曰"若有司私臣，皆殽脀"，《周語中》曰"定王饗之殽烝"，又曰"親戚宴饗則有殽烝"，"餚烝"與"全烝""房烝"對舉肴烝即殽脀，殽烝，餚烝，謂體解節折之俎也。王注訓烝爲進（動詞），後世遂有謂"蕙肴蒸"，即蒸蕙肴，與"奠桂酒"爲蹉對者（《夢溪筆談》一五），其失遠矣。

揚枹兮拊鼓

案本篇通例，無間兩句叶韻者，此不當獨爲例外，疑此句下脱去一句。

雲中君

聊翶遊兮周章

案王注曰"周章猶周流也，言雲神居無常處，動則翶翔周流往來且遊戲也"，據此則王本正文"翶遊"作"翶翔"。原本《玉篇·音部》、《文選》沈休文《齊安陸昭王碑文》注、慧琳《一切經音義》二七、王觀國《學林》五所引并作翶翔，與王本合，當據改。

湘君

美要眇兮宜脩 —本宜上有又字

案脩疑當爲笑，聲之誤也。古韻笑在宵部，脩在幽部，最近。此段本以幽部字爲韻，笑誤爲脩者，蓋受下文韻脚之同化而改。本書屢言"宜笑"，《山鬼》曰"既含睇兮又宜笑"，《大招》曰"靨輔奇牙，宜笑嫣只"，又曰"嫮目宜笑，娥眉曼只"。又司馬相如《上林賦》亦曰"皓齒粲爛，宜笑的皪"。案諸宜字并讀爲齞。《字鏡》曰"齞，齒也"，《集韻》曰"齧，齞病"。《後漢書·梁統傳》載冀妻孫壽"善爲妖態，作齲齒笑以爲媚惑"，齞笑猶齲齒笑矣。《集韻》又曰："齧齞，齒露貌。"《山鬼》王注曰"又好口齒而宜笑也"，《白帖》二四引某氏注曰"宜笑，齒白也"，二一又引曰"皓齒也"。諸家雖未必讀宜爲齞，然皆以齒見狀笑貌，則與《集韻》訓齧齞爲齒露貌暗合。夫古人形容美貌，獨重視笑，故每以目與口齒并言。《詩·碩人》曰"巧笑倩兮，美目盼兮"，《山鬼》曰"既含睇兮又宜笑"，《大招》曰"嫮目宜笑"，此類不勝枚舉。本篇曰"美要眇兮宜笑"，要眇即腰眇，或倒之曰眇瞟，皆窺視貌也。要眇宜笑，亦目與口齒并舉之例。又案本篇韻例，惟一二兩句連叶，過此則僅叶四六八，……凡三五九……有韻者皆駁文。（説詳《東君》"撰余轡兮高駝翔"條。）

今本此文作脩，則是第三句有韻，於例不合。此亦足證其必爲誤字也。笑既誤作脩，王注遂訓爲飾，且讀宜如字，失之遠矣。

薜荔柏兮蕙綢 柏一作拍

案柏拍皆帕之誤。帕帛古本同字。"薜荔帕兮蕙綢，蓀橈兮蘭旌"二句俱屬旗言，綵斿斾旒之屬謂之帛，所以纏杠者謂之綢，杠上曲柄以懸帛者謂之橈，綴旄羽之屬於杠首謂之旌。此言以薜荔爲帛，以蕙纏杠，以蓀爲橈，復綴蘭以爲旌。王注讀柏爲搏壁之搏，謂以薜荔搏壁，殆不可憑。

隱思君兮陫側

案陫側即悱惻，蕭士贇《李太白集注》二二《代寄情楚詞體》注引正作悱惻。

鼂騁騖兮江皋 鼂一作朝

案《文選》謝靈運《從遊京口北固應詔詩》注，謝惠連《泛湖歸出樓中玩月詩》注，《五百家注韓集》一《復志賦》樊注，《合璧事類外集》五引并作朝。鼂朝古通。

遺余佩兮醴浦 醴一作澧

案《書鈔》一二八，《類聚》六七，《初學記》六、又八、又二六，《合璧事類外集》五、又三七，《方言》四注，《文選·祭屈原文》注，《書·禹貢》疏，《注釋音辯柳先生集》四二《酬韶州裴曹長使君寄道州呂八大使因以見示二十韻》一首□注，胡穉《簡齋詩集》箋注四《送張仲宗押戟歸閩中》注引并作澧。朱本、朱燮元本、大小雅堂本同。

湘夫人

目眇眇兮愁予 予一作余

案予讀爲貯。（《左傳·襄四年》"后杼"，《路史·後紀》十三下注作柠，引《尚書中候》作予，《史記·三代世表索隱》作宁。《管子·小匡》篇"首戴苎蒲"，《齊語》作芧（今誤茅）。金文《頌鼎》"貯廿家"，又"貯用宮御"，《格伯段》"厥貯卅田"，貯王國維并讀爲予。)《説文》曰"眝，長眙也"，"眙，直視也"。(今語轉爲瞪。)《思美人》曰"思美人兮擥涕而竚眙"，即眝眙。"目眇眇兮愁眝"者，目眇眇即愁眝之狀。一本予作余，朱燮元本、大小雅堂本并同，大謬。

白薠兮騁望　薠或作蘋，一本此句上有登字

案當從一本於句上補登字。一本薠誤爲蘋，讀者以爲水上之草，不可登履，因删登字以就之也。實則薠爲陸生之草(詳《招隱士》"薠草靃靡"條)，故可登履之。(《廣雅·釋詁一》"蹬，履也"，蹬登同。)《合璧事類外集》五、《李太白集注》一《悲清秋賦》注引有登字，朱本、元本、王鏊本、朱燮元本、黃省曾本、大小雅堂本亦有。

與佳期兮夕張　一本佳下有人字，一云與佳人兮期夕張

案當從一本於佳下補人字。下文"聞佳人兮召予"，亦作佳人，可資互證。(魏文帝《大墻上蒿行》"與佳人期爲樂康"，又《秋胡行》"朝與佳人期，日夕殊不來"，語法仿此。)《文選》謝希逸《月賦》注，謝玄暉《晚登三山還望京邑》注引并作佳人。

鳥萃兮蘋中　一本萃上有何字

案當從一本補何字。"鳥何萃兮蘋中"與下"罾何爲兮木上"句法一律。下文"麋何食兮庭中，蛟何爲兮水裔"，語例同。《御覽》八三四、《合璧事類外集》五引有何字。朱本、王鏊本、朱燮元本、黃省曾本、大小雅堂本亦有。

罔芳椒兮成堂　一云播芳椒兮盈堂

案成猶飾也。《儀禮·士喪禮》"獻素，獻成亦如之"，注曰"飾治畢爲成"。案成與素對舉，未飾者曰素，已飾者曰成也。堊飾室壁亦謂之成。《周禮·掌蜃》"共白盛之蜃"，注曰"盛猶成也，謂飾墻使白之蜃也"，《考工記·匠人》"白盛"，注曰"盛之言成也，以蜃灰堊墻，所以飾成宫室"。"罔芳椒兮成堂"者，以椒入泥，用飾堂壁也。古者以椒泥壁。《類聚》八九引《漢官儀》曰："皇后稱椒房，……以椒塗室，亦取其溫暖，[除惡氣也]。"

·279·

（末四字從《後漢·皇后紀》注引補）《鄴中記》曰："石虎以胡粉和椒泥壁，曰椒房。"《世說新語·汰侈》篇曰："石崇以椒爲泥，王愷以赤石脂泥壁。"《漢武故事》曰"上起神屋，……以赤白石脂爲泥，椒汁和之"，則又神堂以椒泥壁之例。一本成作盈（王鏊本、朱燮元本、大小雅堂本并同），此學者不知成義而臆改。《類聚》六一、又八九，《御覽》九五八，《合璧事類外集》五，戴埴《鼠璞》引并作成，不誤。

疏石蘭兮爲芳

案芳疑當爲防，字之誤也。《荀子·正論》篇曰"居則設張【帳】容負依而坐"，《爾雅·釋宮》"容謂之防"，郭注曰"如今牀頭小曲屏風，唱射者所以自隱"。案平居時負依而坐，唱射時設以自隱，其用異，其制同，皆防之類也。實則防屏一聲之轉，《本草》"防風一曰屏風"。防即屏爾，故郭云如小曲屏風。上云"白玉兮爲鎮"，謂坐席之鎮，此云"疏石蘭兮爲防"，（王注"疏，布陳也"。）謂坐旁之屏，二者皆席間所設之物，故連類并舉。今本防誤作芳，則篇中所言芳草衆矣，皆取其芬芳，奚獨石蘭？以是明其不然。

芷葺兮荷屋 一本葺下有之字

案當刪芷字，從一本於葺下補之字。（此因之先倒在葺上，文不成義，讀者以篆書之止形近，遂改之爲芷，即成今本。一本又據未倒之本於葺下仍補之字，則成"芷葺之兮荷屋"。）"葺之兮荷屋"與上文"葺之兮荷蓋"句法文義并同。屋，古幄字。荷屋猶荷蓋,(《獨斷》下"黃屋者蓋以黃爲裏也"，《漢書·陸賈傳注》"黃屋謂車上之蓋也"。）皆謂荷葉耳。"葺之兮荷屋"，又與下"繚之兮杜衡"交相偶儷。繚讀爲橑，所以承苫蓋者。以杜衡爲橑，以荷葉蓋之，亦連類并舉。

大司命

君回翔兮以下 以一作來

案以當從一本作來。本篇除《山鬼》《國殤》外，兮字俱兼有文法作用，故皆可以某虛字代之。《湘君》"九嶷繽兮并迎"，《離騷》兮作其。《東君》"載雲旗兮委蛇",《離騷》兮作之。又《湘君》曰"遭吾道兮洞庭",《離騷》曰"遭吾道夫崑崙兮"。《東君》曰"杳冥冥兮東行",《哀郢》曰"杳冥冥而薄天"。《大司命》曰"結桂枝兮延佇",《離騷》曰"結幽蘭而延佇"。是"兮"之用猶其也,之也,夫也,而也。又《類聚》八八,《御覽》九五三引《湘君》"搴芙蓉兮木末",《海外西經》注引"水周兮堂下",《史記・夏本紀索隱》引"遺余佩兮醴浦",《御覽》四六八引《少司命》"樂莫樂兮新相知",兮并作於。《文選・歎逝賦》注引《湘君》"夕弭節兮北渚",《説文繫傳》一六引《湘夫人》"遺余褋兮醴浦",兮并作于。重編《朱校昌黎先生集》一《復志賦》方注引《湘君》"鼂騁騖兮江皋",《説文繫傳》二八引《大司命》"導帝之兮九坑",《文選》謝靈運《南樓中望所遲客詩》注引"將以遺兮離居",慧琳《一切經音義》二一引《少司命》"羅生兮堂下",同書九八引《東君》"暾將出兮東方",兮并作乎。《文選・思玄賦》注引《大司命》"將以遺兮離居",兮又作夫。《御覽》一七四引《湘夫人》"葺之兮荷蓋",本書一本"疏石蘭兮爲芳",兮并作以。《御覽》七〇〇引《湘夫人》"罔薜荔兮爲帷",本書一本《大司命》"不寖近兮愈疏",兮并作而。《御覽》七五引《湘君》"望涔陽兮極浦",《白帖》六四引"橫流涕兮潺湲",兮并作之。凡此諸兮字,作者本皆用以代替各虚字,故讀者意之所會,臨文改寫,有不期其然而然者焉。"君回翔兮來下"猶"君回翔而來下",兮所以代"而"者也。誠如今本來作以,試讀"君回翔兮以下"爲"君回翔而以下",古今安得有此語法哉?

導帝之兮九坑 坑一作阬《文苑》作岡

案《文苑》作九岡,最是。九岡,山名。《輿地□□》(曩見清人某引此條作《輿地廣記》。今檢《廣記》,并無此文。疑《廣記》或《紀勝》之誤。客中無書,容待續檢。)荆州松滋縣有九岡山郢都之望也。(《古今圖書集成・方輿彙編職方典》"荆州府"部《山川考》二之五松滋縣"九岡山,去縣治九十里,秀色如黛,蜿蜒虬曲"。)

・281・

古典新义

《左傳·昭十一年》"楚子滅蔡，用隱太子于岡山"，釋例曰："土地名岡山，闕不知其處，《經》言'以歸用之'，必是楚地山也。"案岡山即九岡山，郢都之望，故楚人獻馘於此，祀神亦於此。杜氏未之深考耳。

靈衣兮被被

案靈當爲雲，字之誤也。《漢書·古今人表》"雲都"，《春秋世族譜》作靈都。《後漢書·順帝紀》"登雲臺"，《章帝紀》作靈臺。《管子·內業》篇"是謂雲氣，意行似天"，丁士涵云雲當爲靈。《海內北經》"冰夷人而乘兩龍"，注"書四面，各乘靈車，駕二龍"，《御覽》六一引作雲車。本書《九思·憫上》"思靈澤兮一膏沐"，靈一作雲。俗書靈作𩆜（唐《內侍李輔光墓志》），與雲形近易混。雲衣與玉佩對文。《東君》曰"青雲衣兮白霓裳"，亦言雲衣。《九歎·遠逝》曰"服雲衣之披披"，則全襲此文。（本篇被一作披，《書鈔》一二八、《類聚》六七、《御覽》六九二、《文選》潘安仁《寡婦賦》注引并同。）《書鈔》一二八、《御覽》六九二引此正作雲，尤其確證。

少司命

綠葉兮素枝 枝一作華

案"素枝"義不可通，枝當從一本作華。王注曰"吐葉垂華，芳香菲菲"，是王本正作華。《文選》李善本亦作華。《樂府詩集》六四《秋蘭篇解》題、高似孫《緯略》一二、《合璧事類外集》四引并同。

夫人自有兮美子

案此上似闕二句。《大司命》《少司命》二篇，以樂調相同之故，本皆十四行二十八句。此因下文衍"與女遊兮九河，衝風至兮水揚波"二句，全篇共得十五行，三十句，後人以其視《大司命》溢出二句，乃私刪此二句以求合於《大司命》也。不知《大司命》《少司命》二篇組織皆以三韻四句爲一解，一如後世絕句之體。本篇篇首"秋

· 282 ·

蘭兮麋蕪"等四句一意，當爲一解，下文自"秋蘭兮青青"以後亦然。今刪去二句，惟餘"夫人自有兮美子"二句，不足一解，則不惟與全篇結構不一律，抑且與《大司命》之辭不能同一樂調矣。（此意孫君作雲所發。）

蓀何以兮愁苦 以一作爲

案以當從一本作爲。本篇兮字除《山鬼》《國殤》外，皆兼具虛字作用，説已詳上。此兮字猶而也。"蓀何爲兮愁苦"即"蓀何爲而愁苦"。今本爲作以，試以"而"代"兮"，讀全句爲"蓀何以而愁苦"，不辭甚矣。

與女遊兮九河衝風至兮水揚波 王逸無注，古本無此二句

洪興祖曰："此二句《河伯》章中語。"案洪説是也。《河伯》"衝風起兮橫波"，一本兮下有水字（王鏊本、朱燮元本、大小雅堂本均有），與此同，而《文選》載本篇至作起（《合璧事類外集》四引同）又與彼同。是二篇之異，惟在波上一字，一作橫，一作揚耳。然蔡夢弼《草堂詩箋補遺》七《枯柟》注引《河伯》曰"衝風起兮揚波"。任淵《后山詩注》三《次韻蘇公涉穎》注引"衝風起兮揚波"，又引注曰"衝，隧也"，今此語在《河伯》注中，知所引正文亦出彼篇。然則《河伯》二句與此全同矣。洪謂此是《河伯》中語，信然。考《九歌》舊次，《河伯》本與《少司命》銜接（説詳下條），此本《河伯》篇首二句，寫官不慎，誤入本篇末，後人以其文義不屬，又見上文適有"與女沐兮咸池，晞女髮兮陽之阿"二句，與此格調酷似，韻亦相叶，因即移附其後，即成今本也。

東君

案《九歌》十一章皆祀東皇太一之樂章，就中"吉日兮辰良"章（舊題"東皇太一"非是）爲迎神曲，"成禮兮會鼓"章（舊題"禮魂"非是）爲送神曲，其餘各章皆爲娛神之曲也。諸娛神之曲，又各以一小神主之，而此諸小神又皆兩兩相偶，共爲一類。今驗諸篇第，《湘君》與《湘夫人》相次，《大司命》與《少司命》相次，《河伯》與《山

鬼》相次，《國殤》與《禮魂》相次，（洪興祖曰："或曰《禮魂》，以禮善終者。"案此説得之。《國語·楚語下》"卿大夫祀其禮"，韋注曰"禮謂五祀及其祖所自出"。此禮字義蓋同。然《禮魂》之曲，實有目無辭。其"成禮兮會鼓"章，本全歌之送神曲。後人以求《禮魂》之辭不得而逕題送神曲曰"禮魂"，妄也。）都凡四類，各成一組。此其義例，皆較然易知。惟東君與雲中君，皆天神之屬，宜同隸一組，其歌詞宜亦相次。顧今本二章部居縣絶，無義可尋。其爲錯簡，殆無可疑。余謂古本《東君》次在《雲中君》前。《史記·封禪書》《漢書·郊祀志》并云"晉巫祠五帝、東君、雲中君"，《索隱》引王逸亦云"東君、雲中君見《歸藏》易"（今本注無此文），咸以二神連稱，明楚俗致祭，詩人造歌，亦當以二神相將。且惟《東君》在《雲中君》前，《少司命》乃得與《河伯》首尾相銜，而《河伯》首二句乃得闌入《少司命》中耳。（互詳上條）

簫鐘兮瑶簴 簫一作蕭

案一本作蕭，蓋攇之省。簫則蕭之誤（涉下鐘字爲樂器名而誤）。洪邁《容齋續筆》十五引蜀客所見本作攇，又引蜀客説云"《廣韻》訓爲'擊也'，蓋是擊鐘，與'絙瑟'爲對耳"，是古本簫作攇之證。瑶王念孫讀爲摇。案疑摇之誤字。"攇鐘"與"摇簴"對文，言擊鐘甚力，致其簴爲之動摇也。

撰余轡兮高駝翔 駝一作馳，一無此字

案疑當作"高駝"（同馳），無翔字。《大司命》"高駝兮冲天"，《離騷》"神高駝之邈邈"，皆曰高駝，可資參證。此句本不入韻，今本有翔字，蓋受下句韻腳"行"字之暗示而誤加一韻也。

杳冥冥兮以東行 一本無以字

案當從一本删以字。此句"兮"之作用同"而"，"杳冥冥兮東行"猶"杳冥冥而東行"也。（《哀郢》"杳冥冥而薄天"，《九辯》一本同。）今本有以字，則全句讀爲"杳冥冥而以東行"，不辭甚矣。（互詳"君回翔兮以下"條。）

河伯

日將暮兮悵忘歸

劉永濟氏疑悵當爲憺。案劉説是也。此涉《山鬼》"怨公子兮悵忘歸"而誤。知之者，王注曰"言己心樂志悦，忽忘還歸也"，"心樂志悦"與悵字義不合。（悵當訓失志貌，故《山鬼》注曰："故我悵然失志而忘歸。"）《東君》"觀者憺兮忘歸"，注曰"憺然意安而忘歸"，《山鬼》"留靈脩兮憺忘歸"，注曰"心中憺然而忘歸"。樂悦與安閒義近。此注以"心樂志悦"釋憺，猶彼注以"意安"釋憺也。且《東君》曰"心低徊兮顧懷，……觀者憺兮忘歸"，本篇曰"日將暮兮忘歸，惟極浦兮顧（今訛作寤，詳下）懷"，兩篇皆曰"憺忘歸"，又曰"顧懷"，此其詞句本多相襲，亦可資互證。

惟極浦兮寤懷

案"寤懷"無義，寤疑當爲顧，聲之誤也。《東君》曰"心低徊兮顧懷"，揚雄《反騷》曰"覽四荒而顧懷兮"，魏文帝《燕歌行》曰"留連顧懷不能存"，是顧懷爲古之恒語。顧，念也（《禮記·大學》鄭注），懷亦念也。"惟極浦兮顧懷"，猶言惟遠浦之人是念耳。王注訓寤爲覺，是所見本已誤。

紫貝闕兮朱宮　《文苑》作珠宮

案當從《文苑》作珠宮。此以貝闕珠宮對文，猶《九歎·逢紛》"紫貝闕而玉堂"，以貝闕玉堂對文也。《御覽》一七三、又八〇七，《事類賦注》六，謝維新《合璧事類前集》七，任淵《山谷内集》三《次韻曾開舍人遊藉田載梅花歸》注，又六《以團茶洮州緑石研贈无咎》文潛注所引并作珠。蘇軾《海市詩》曰"豈有貝闕藏珠宮"，所見本亦作珠。

流澌紛兮將來下

案《説文》"澌，水索也"，"㶁，流㶁也"。王注曰"流澌，解冰也"，似王本澌作㶁。然詳審文義，似仍以作澌爲正。《淮南子·泰族》篇曰"雖有腐骸流澌（原誤漸，從莊逵吉改），弗能汙也"，許注曰"澌，水也"，《七諫·沈江》曰"赴湘沅之流澌兮，恐逐波而復東"，《論衡·實知》篇曰"溝有流澌"（原誤壐，從孫詒讓改），是流澌即流水也。紛讀爲汾，水涌貌。"流澌汾兮將來下"，即流水汾涌而來下也。《説文》澌訓水索，此別一義。學者多知澌訓水索，而少知其訓水之義，因改此文澌爲澌，王逸承之，過矣。

子交手兮東行　一本子上有與字

案《漢書·武五子·燕刺王旦傳》"諸侯交手事之八年"，注曰"交手謂拱手也"。《淮南子·繆稱》篇曰"交拱之木，無把之枝"，交拱連詞，交亦拱也。一本於子上增與字，誤甚。《初學記》一八、《文選》江文通《別賦》注、《蘇東坡詩集注》二〇《潘推官母李氏挽辭》注引并無與字。朱本同。

魚隣隣兮媵予　隣一作鱗

案一本作鱗，正字。鱗鱗，比次貌。《容齋三筆》一五、《鼠璞》、《后山詩注》四《湖上》注引并作鱗。王鏊本、朱燮元本、大小雅堂本同。

山鬼

被薜荔兮帶女羅　羅一作蘿

案《宋書·樂志三》，《類聚》一九，《御覽》三九一、又九九四，《合璧事類前集》六九，《文選》謝靈運《從斤竹澗越嶺溪行詩》注引并作蘿。朱燮元本、大小雅堂本同。

君思我兮然疑作

案本篇例，於韻三字相叶者，於文當有四句。此處若柏作三字相叶，而文衹三句，當是此句上脱去一句。《禮魂》"姱女倡兮容與"上亦有脱句，例與此同。

國殤

操吳戈兮被犀甲

王注曰："或曰'操吾科'，吾科，楯之名也。"案下文"車錯轂兮短兵接"，注曰"短兵，刀劍也"。既係短兵相接，而戈乃長兵，則所操非吳戈明甚。且刀劍戈戟，亦無并操之理。此自當以作"吾科"爲得。《釋名·釋兵》曰"盾，大而平者曰吳魁"，《廣雅·釋器》曰"吳魁，盾也"，《御覽》三五六引作吳科，魁科一聲之轉。（《後漢書·東夷傳》"大率皆魁頭露紒"，注曰"魁頭猶科頭也"。）盾甲皆所以備扞衛，故操科被甲，連類言之。

左驂殪兮右刃傷

案刃當爲刅，字之誤也。《説文》曰"刅，傷也"，重文作創。此以"殪"與"刅傷"對舉。王注訓傷爲創，（《説文》"傷，創也"。）似不知句中已有創字，則所見本已誤。

嚴殺盡兮棄原壄

案嚴本作莊，避漢諱改。（《天問》"能流厥嚴"，嚴亦改莊。）莊讀爲戕。（《易·豐》釋文引鄭注"戕，傷也"，《大壯》釋文引馬注"壯，傷也"。壯莊古同字。）《周書·諡法》篇曰"兵甲亟作曰莊"，"屢征殺伐曰莊"，"死於原野曰莊"，莊皆讀爲戕也。此曰"莊殺盡兮棄原壄"，亦謂戕殺盡而棄於原野。王注曰"嚴，壯也，……言壯士盡其死命，則骸骨棄於原壄"，訓嚴爲壯勇之壯，失其義矣。

平原忽兮路超遠 一云平原路兮忽超遠

案《方言》六曰"伆，邈，離也，楚謂之越，或謂之遠，吳越曰伆"，忽伆通。《荀子·賦》篇曰"忽兮其遠之極也"，本書《懷沙》曰"道遠忽兮"，字并作忽。"平原忽"與"路超遠"，祇是一義而變文重言之以足句，此與上文"出不入兮往不返"詞例正同。一本以忽字倒在兮下，非是。《書鈔》一一八，《文選》王簡栖《頭陀寺碑文》注引亦作"平原忽兮路超遠"，諸本并同。

首身離兮心不懲 身一作雖

案《戰國策·秦策》四曰"首身分離，暴骨草澤"，崔琦《外戚箴》曰"甲子昧爽，身首分離"。"首身分離"自是古之恒語。一本身作雖，非是。《書鈔》一一八所引及元本、王鏊本并誤與一本同。

子魂魄兮爲鬼雄 一云霓鬼毅，一云子鬼毅案當從一本作"魂魄毅"。王注曰"魂魄武毅，長爲百鬼之雄也"，是王本有毅字。《文選》鮑明遠《出自薊北門行》注引亦作"魂魄毅"。朱本、元本、王鏊本、朱燮元本、黄省曾本、大小雅堂本并同。

禮魂

姱女倡兮容與

案以韻例求之，此上似敓一句。説詳《山鬼》"君思我兮然疑作"條。

天問

遂古之初

案遂讀爲邃。《後漢書・班固傳》注，《御覽》一引正作邃。

夜光何德

案德讀爲得。"夜光何得，死則又育"，問月何所得，乃能死而復生，(《孫子・虚實》篇"月有死生"。)意蓋謂其嘗得不死藥也。《淮南子・覽冥》篇曰"羿請不死之藥於西王母，姮娥竊以奔月"，《書鈔》一五〇引《歸藏》曰"昔常娥以西王母不死之藥服之，遂奔爲月精"，是其事。（傅玄《擬天問》曰："月中何有，白兔擣藥？"）《書鈔》一五〇《事類賦注》一引德并作得。

死則又育

案則猶而也。"死則又育"猶言死而復生。《類聚》一、《初學記》一、《御覽》四、《事類賦注》一、《海録碎事》一、《錦繡萬花谷後集》一引則并作而。

伯强何處

案何當爲安。"伯强何處，惠氣安在"，二句平列，（伯强，北方主司寒風之神，惠氣即寒風也。）下句"在"爲動詞，"安"爲疑問代名詞，上句"處"亦動詞，"何"亦疑問代名詞也。然本篇通例，凡表方位之疑問代名詞皆用"安"或"焉"，（用安者十二見，用焉者十四見。）無用"何"者。（"何所"二字連用時，不在此例。）有之，惟此文之"何處"及下文"鯪魚何居"（居今誤所，此從一本）二例，疑皆傳寫之誤。此文本作"伯強安處"，與下"惠氣安在"句同字，學者誤讀"處"爲名詞，因改"安"爲"何"以就之也。《御覽》一五引此正作安，是其確證。

伯禹愎鯀 愎一作腹

案"禹""鯀"二字當互易，愎當從一本作腹。《廣雅·釋詁一》曰："腹，生也。"腹訓生者，字實借爲孚。玄應《一切經音義》二引《通俗文》曰"卵化曰孚"，《玉篇》曰"孵，卵化也"，《集韻》曰"孵，化也"。孚孵同，化亦生也。《夏小正》曰"雞桴粥"，《樂記》曰"煦嫗覆育萬物"。桴粥、覆育并即孚育，猶化育也。覆與腹通。"伯鯀腹禹"者，《海内經》注引《歸藏·啓筮》篇曰"鯀死三歲不腐，剖之以吳刀，化爲黄龍"，《初學記》二二、《路史·後紀》注一二并引作"鯀殛死，三歲不腐，副之以吳刀，是用出禹"。據此，則傳説似謂鯀爲爬蟲類，卵化而成禹。此正問其事，故下云"夫何以變化"也。（《説郛》五引《遁甲開山圖》榮氏解曰："女狄暮汲石紐山下泉水中，得月精如雞子，愛而含之，不覺而吞，遂有娠，十四月生夏禹。"《史記·夏本紀正義》引《蜀王本紀》曰："禹母吞珠孕禹，坼副而生。"《路史·後紀》十二曰："以六月六日屠䰠而生禹。"以上傳説均已由鯀生禹變而爲鯀妻生禹。然云吞月精如雞子，云剖坼而生，則卵化之遺意猶存焉。又《玉篇》鯀或作鯤，而《禮記·内則》注曰"卵讀曰鯤"，是"鯀""卵"古爲一語。傳説中鯀即卵，故或云"剖之以吳刀"，或云孵化而生也。）《海内經》曰"帝令祝融殺鯀於羽山之郊，鯀復生禹"，復生即腹生，謂鯀化生禹也。（《中山經》"南望墠渚，禹父所化"，蓋即羽山。）《海内經》之"鯀復生禹"，即《天問》之"伯鯀腹禹"矣。王注曰"鯀愚恨愎而生禹"，愎本一作腹。疑古本《天問》正作"伯鯀腹禹"，王誤讀腹爲愎，後人遂援注以改正文耳。朱本、元本、王鏊本、朱燮元本、大小雅堂本并作腹。《注釋音辯柳先生集》一四附載《天問》（下稱《柳集》）同。

河海應龍何盡何歷 一云應龍何畫河海何歷

案當從一本作"應龍何畫，河海何歷"。《易林·大壯之鼎》曰"長尾蝹蛇，畫地成河"，《周憬碑》曰"應龍之畫"，《太平廣記》二二六引《大業拾遺記》轉引杜寶《水飾圖經》曰"禹治水，應龍以尾畫地，導決水之所出"。應龍畫地成河之説，漢魏以降，流傳不絶，不得以先秦古籍罕言而疑其晚起。王注載或説曰"禹治洪水時，有神龍以尾畫地，導水所注當決者，因而治之也"，即釋一本"應龍何畫，河海何歷"之文。朱本、元本、王鏊本並同一本。《柳集》亦同。又案此處歷字不入韻，疑此文上或下尚有二句，傳寫脱之。

康回馮怒墜何故以東南傾 一無以字

案此當作"墜何以東南傾"。本篇詞例，凡言"如何"（how）者，皆曰"何以"，言"爲何"（why）者，皆曰"何"，從無曰"何故"者。（下文"柏林雉經，維其何故"，游國恩氏讀故爲辜，至確。）依本篇例，更無"何故以"三字連用之理。傳説共工與顓頊争帝，不勝，怒而觸不周之山，天柱折，地維絶，地遂東南傾。此問共工震怒時，地如何而傾，意謂共工觸山，山折而地傾也。今本作"何故以"，固爲不詞，一本作"何故"，亦非。《御覽》三六、《事類賦注》六引此並有"以"字，無"故"字，當據正。

九州安錯 安一作何

案安當從一本作何。"九州何錯，川谷何洿，東流不溢，孰知其故"者，錯讀爲厝，《説文》曰"厝，所以擁水也"，又曰"洿，濁水不流也"，此問九州何以壅塞而川谷不流，及至百川注海，又何以永無溢時也。二何字均謂"何故"。王注訓錯爲錯厠，後人遂從而改"何"爲訓"在何處"之"安"，失其義矣。王鏊本作何，與一本合。

西北辟啓 辟一作闢

案辟讀爲闢。王鏊本、朱燮元本、大小雅堂本並作闢。

焉有虬龍負熊以遊

案遊字不入韻，疑此文上或下尚有二句，傳寫脱之。

鯪魚何所 所一作居

案疑當作"鯪魚焉居"。知之者,本篇"何所"凡十二見。("何所億焉",何爲誰之誤,不計。)有位於述詞上者,如"鮌何所營","禹何所成","何所得焉","殷有惑婦何所譏","武發殺殷何所悒","載尸集戰何所急",(以上述詞皆外動詞)"何所不死","壽何所止","其何所從",(今本作"其命何從",此依一本。)"天何所沓"。(以上皆内動詞)有位於表詞上者,如"何所冬暖","何所夏寒"。凡此諸"所"字,或實用,或虛用,句中咸有所表述。惟此文則不然,其不合本篇語法明甚。若從一本改"所"爲"居",於語法差合矣。然篇中通例,凡表方位之疑問代名詞,但用"焉"或"安",從無用"何"者。今以下文"虺堆焉處,羿焉彈日,烏焉解羽"推之,疑此當作"鯪魚焉居"。意者今本"居"先誤爲"所","焉所"不詞,乃又改"焉"爲"何"爾。《文選·吳都賦》劉注引作"陵魚曷止","曷止"二字雖非(本篇不用曷字),然其詞性與"焉居"猶合,(皆上一字疑問副詞,下一字動詞。)以視今本之作"何所"者,固遠勝之。

虺堆焉處 虺一作魁

案虺即魁字(見《漢三公山碑》、《石門頌》及《魏大饗記》),《九歎·遠逝》"陵魁堆以蔽視兮"(魁一作虺),注曰"魁堆,高貌"。是魁堆即嵬崔,亦即《莊子·齊物論》篇"山陵(各本作林,從奚侗改)之畏佳"之畏佳,義與此文無當。丁晏疑堆當爲雀,云:字之誤也。虺雀者,《山海經·東山經》曰:"北號之山……有鳥焉,其狀如雞而白首,鼠足而虎爪,其名曰虺雀,亦食人。"案丁説是也。柳宗元《天對》曰"虺雀在北號,惟人是食",即以《山經》説此問,蓋得之矣。

降省下土四方 一無四方二字

朱子云:當作"降省下土方",衍四字。《詩·長發》曰"禹敷下土方"。案朱説是也。《書序》曰"帝釐下土方(釋文"一讀至方字絶句"),設居方。""下土方"古之恒語。此蓋因王注釋"下土方"爲"下土四方",後人遂援注以增正文。一本無"四方"二字,則又無韻,亦非。《困學紀聞》二引亦作下土方。《柳集》同。

莆藿是營

案"莆藿"當爲"藿莆"之倒。藿莆即莞蒲。《周書·文傳》篇曰"樹之竹葦莞蒲",《管子·山國軌》篇曰"有莞蒲之壤",《穆天子傳》二曰"爰有萑葦莞蒲",《齊民要術》一〇引《淮南萬畢術》"酒薄復厚,漬以莞蒲",《漢書·東方朔傳》曰"莞蒲之席"。《爾雅·釋草》"莞蒲,苻離,其上蒚",郭注曰"今西方人呼蒲爲莞蒲",《詩·斯干》疏引某氏注曰"《本草》曰:白蒲一名苻離,楚謂之莞蒲"。一作藿蒲。《漢書·貨殖列傳》曰:"藿蒲材幹。"王粲《從軍詩》:"藿蒲竟廣澤。"此以"藿蒲"與"秬黍"對舉,藿蒲爲蒲之類名,猶秬黍爲黍之類名也。若作莆藿,則詞例參差矣。王注曰"萬民皆得布(今誤作耕,從《御覽》一〇〇引改)種黑黍於藿蒲之地",是王本正作藿蒲。《天對》曰"維莞維蒲",似所見本作"莞蒲"。莞與藿同。

安得夫良藥　一本夫上有失字

案本篇疑問副詞"安"字皆訓"於何處"。"安得夫良藥",謂於何處得彼良藥也(夫猶彼也)。一本夫上有失字,解"安得失乎良藥"爲何得失夫良藥,則既與本篇詞例不合,復與下文"不能固藏"之意相複,殆不可從。

大鳥何鳴夫焉喪厥體

案體疑當爲履,聲之誤也。(《詩·氓》"體無咎言",《韓詩》及《禮記·坊記》引并作履。《管子·心術下》篇"載大圓者體大方",《內業》篇作履。本書《卜居序》"屈原體忠貞之性",體一作履。)王注說此上八句爲王子喬事。其略云:崔文子學仙於王子喬。子喬化爲白蜺持藥與文子。文子驚而引戈擊之,藥墮。視之,則子喬之尸。乃以筐覆之,須臾化爲大鳥而鳴。發而視之,翻飛而去。(今本《列仙傳》王子喬、崔文子兩傳皆不載此事,而《漢書·郊祀志上》應劭注引《列仙傳》有之,蓋出劉書真本。)案化蜺與失藥二事,未聞其審。自餘則與漢世所傳子喬事頗合(詳下),惟尸字當作履耳。知之者，注中兩言"王子喬之尸"，上尸字《御覽》一四引作履。以字形論，尸無由誤履，履則易缺損成尸。疑《御覽》所引是，而今本則嘗經後人改竄也。注中墮履事，似即解正文"夫焉喪厥履"之語。今本正文履作體者，又探誤本注文尸字之義而改也。（注又云"文子焉能亡子僑之身乎，言仙人不可殺也"，或亦後人所沾。）蔡邕《王子喬碑》有大鳥迹見于子喬墓上事，與本篇化鳥之說合。《易林·謙之謙》又云"王喬無病，狗頭不痛，亡（疑當作匡通尪）跛失履；乏我送從"，（《隨之解》亡跛作三尸。）失履與本篇喪履之說合。而又一傳說，復化鳥與墮履二事兼著之。《風俗通義·正失》篇曰："俗說孝明帝時尚書郎河東王喬爲葉令……每月朔嘗詣臺朝。帝怪其來數而無車騎，密令太史候望。言其臨至時，嘗有雙鳧從東南飛來。因伏伺，見鳧舉羅，但得一雙舃耳。使尚方識視，四年中所賜尚書官屬履也。"又曰："太史……言此令即仙人王喬者也。"（《後漢書·方術王喬傳》略同，末亦云"此即古仙人王子喬"。）本篇所問，其詳雖不可知，然鳥鳴與喪履二事，則與上述傳說若合符節。然則注以子喬事說之，不爲無據。惜今本正文與注皆有誤字，以故其事益迷離怳惘，不可究詰焉。（《御覽》六九七引《南康記》曰："昔有盧耽，仕州爲治中。當元會，至曉不及朝，化爲白鵠，至閣前，迴翔欲下。威儀以尋擲之，得一雙履。耽驚還就列。左右莫不駭異。"《神仙通鑑》曰："張道成葬後，鶴穿墓出，冠履留棺中。"疑此皆王子喬傳說之演變。）

撰體協脅鹿何膺之 一云撰體脅鹿何以膺之

案當從一本作"撰體脅鹿，何以膺之"，以與上文"荓號起雨，何以興之"，句法一律。脅即協之借字。今本因脅上誤衍協字，乃以鹿屬上讀，又刪以字也。朱本作"撰體脅鹿，何以膺之"。《柳集》同。

湯謀易旅

案上下文皆言澆事，此不當忽及湯。牟廷相謂湯爲澆之訛字，是矣，特未能質言所問澆之何事耳。余考先世蓋嘗傳澆始作甲。《離騷》曰"澆身被服强圉兮"，謂澆身被服堅甲也。（詳前著《離騷解詁》）《吕

· 293 ·

氏春秋・勿躬》篇曰"大橈作甲子"，蓋即澆作甲之傳訛，故與"黔如作虜首"并舉（虜首即兜鍪）。甲一曰旅。《考工記・函人》曰"凡爲甲必先爲容，然後制革，權其上旅與其下旅而重若一"，鄭衆注曰"上旅謂要以上，下旅謂要以下"。《釋名・釋兵》曰："凡甲聚衆札爲之謂之旅，上旅爲衣，下旅爲裳。""澆謀易旅"者，易旅即治甲。甲必厚而後能堅，故下文曰"何以厚之"也。

舜閔在家父何以鱎

案《書・堯典》曰"有鰥在下曰虞舜"，未聞舜父亦稱鱎也。父當爲夫，二字形聲并近，故相涉而誤。本篇屢曰"夫何"。（凡七見）"夫何以鱎"猶何以鱎也。閔字義亦難通，以下云"夫何以鱎"推之當係妻妃諸字之訛。嘗試考之，《釋名・釋言語》曰"敏，閔也，進叙無否滯之言也，故汝潁言敏如閔也"，又書傳憫或作愍，是閔敏聲近義通。然敏妻古本同字。知之者，金文敏作 若 ，妻作 ，若形體單元同，惟位置異耳。卜辭有 字，或作 以字形論，與金文之敏無異，以文義論，則有當釋妻者。（人名妻姆，他辭作婦姆，可證。）然則卜辭時代，妻敏同字，至金文時代，始歧而爲二。疑此本作"舜妻在家"，古篆妻與敏相似，遂誤爲敏，後又轉寫作閔也。《山海經・海內北經》曰："舜妻登比氏。"本篇所謂舜妻，當即登比氏。意者相傳舜先娶登比，後娶二女，則二女未降以前，舜已有妻，故有"夫何以鱎"之問也。（《禮記・檀弓上》"舜葬於蒼梧，蓋三妃未之從也"，注曰"舜有三妃"。郝懿行據《海內北經》，謂娥皇、女英并登比爲三妃，其説近確。）

厥萌在初何所億焉

案何當爲誰。"誰所億焉"與下文"誰所極焉"語意相似，句法亦當一律。萌讀爲民。（《墨子・尚賢上》篇"國中之衆，四鄙之萌人"，《管子・揆度》篇"其人同力而宮室美者，良萌也"。《文選・蜀都賦》注引《蜀王本紀》"是時人萌，椎髻左袵，不曉文字"，《成陽靈臺碑》"以育苗萌"，萌皆讀爲民。）"厥民在初，誰所億焉"，猶言生民之初，其事渺茫，誰所億測而知之也。（自此至"女媧有體，埶制匠之", 皆問女媧事。"厥萌在初", 蓋斥女媧搏黄土作人言之。) 今本作"何所憶焉", 則必於"何"下增"人"字爲訓, 義乃可通, 以是知其不然。

何肆犬體而厥身不危敗 一云何得肆其犬豕, 一云何肆犬豕

案王注曰"言象無道, 肆其犬豕之心", 是王本作"何肆犬豕"。然釋"肆犬豕"爲"肆犬豕之心", 殊失之鑿。且上云"舜服厥弟, 終然爲害", 下云"何肆犬豕, 而厥身不危敗"。爲害爲象, 則受害者舜是"厥身不危敗", 謂舜身, 而"肆犬豕", 亦當屬舜言。考書傳載象所以謀害舜者, 有完廩、浚井、飲酒三事。飲酒事惟見《列女傳·有虞二妃》傳。其言曰: "瞽叟又速舜飲酒, 醉將殺之。舜告二女。二女乃與舜藥浴注豕, (各本作"汪遂", 《路史·發揮二》引作"汪豕", 陸龜蒙《雜說》作"注豕", 今依陸文。) 舜往, (各本二字誤倒, 今正。《路史》無舜字, 亦通。) 終日飲酒不醉。"注豕者, 豕讀爲矢。《說文》曰"膒, 臂, 羊矢也", 《儀禮·鄉射禮》釋文引《字林》矢作豕, 是其比。《韓非子·内儲說下》篇說燕人妻有通於士者, 夫至, 適遇士出, 問何客, 妻佯曰無客, 因誣其夫惑易, 而浴之以狗矢。舜注矢以禦醉, 蓋猶燕人浴矢以解惑。此其事雖不雅馴, 然以穢惡禳災, 今民間巫術猶多行之, 以今推古, 宜亦同然, 固不必爲舜諱也。本篇"肆犬豕"當即斥此。豕借爲矢, 與《列女傳》同。肆讀爲潰。(經傳肆肄通用, 本係同字。《詩·雨無正》"莫知我勩", 《左傳·昭十六年》引勩作肄。肆之通潰, 猶肆之通勩也。) 《廣韻》曰: "潰, 注也。"潰犬豕即《列女傳》之注矢, 亦猶《韓非子》之言浴狗矢矣。注矢後, 即終日飲酒不醉, 故曰"厥身不危敗"。一本何下有得字肆下有其字, 蓋後人不得其解而妄增。今本豕誤爲體, 亦不成文義。朱本作"何肆犬豕"。《柳集》同。

吴獲迄古

王闓運以"吴獲"二字爲人名。案王說是也。獲蓋伯之聲誤, 吴伯即吴太伯。《國語·吴語》曰"夫命珪有命, 固曰吴伯", 韋注《晉

語》一亦曰"後武王追封爲吳伯"，此太伯稱吳伯之明驗。

孰期去斯得兩男子 去一作夫

案去當從一本作夫，字之誤也。（篆書夫本作𠀍，去作𠀎，形最相近。）夫猶於也。（《離騷》"余既不難夫離別兮"，"椒又欲充夫佩幃"，"遭吾道夫崑崙"，《九辯》"願寄言夫流星兮"，夫均訓於。）"斯"指南嶽。疑逃荊蠻者本太伯一人（有說別詳），而後世傳說以爲太伯仲雍二人，故本篇曰"孰期夫斯，得兩男子"。今本夫作去，則是太伯嘗棄南嶽而他去，而既去後，又"得兩男子"，全與史實不合，其爲駁文審矣。

何條放致罰而黎服大悅

劉永濟氏云：服當爲民，字之誤也。服古祇作𠬝。隸書𠬝民形近。民誤爲𠬝，轉寫作服。王注曰"天下衆民大喜悅也"，是王本正作"黎民大悅"。案劉說是也。王注上云"黎，衆也"，下云"衆民大喜悅"，明以"衆民"釋正文"黎民"二字。《呂氏春秋·慎大》篇曰"湯立爲天子，夏民大悅"，亦言湯事，而語與此略同，亦足資參證。《天對》曰："民用潰厥疣，以夷于膚，夫曷不謠。"似所見本民字未誤。

玄鳥致貽女何喜 喜一作嘉

案喜當從一本作嘉。嘉與宜韻，若作喜，則失其韻矣。嘉本訓生子。卜辭作𡥈，云"□辰王卜，在今，娥毓𡥈，王占曰，吉，在三月"（《前》二，一一，二）；"貞今五月好毓，其𡥈"（《萃》一二三二）；"乙亥卜，自貞，王曰，㞢（有）身，𡥈，大曰𡥈"（《佚》五八六）。上曰毓，曰有身，下皆曰𡥈，則𡥈當即生子之謂。生子謂之嘉，亦謂之字，嘉之言加，猶字之言滋也。鄭注《月令》曰"高辛氏之世，玄鳥遺卵，娀簡吞之而生契，後王以爲媒官嘉祥而立其祠焉"，嘉祥即加生之祥。《周語下》曰"賜姓曰姒，氏曰有夏，謂其能以嘉祉殷富生物也"，嘉祉猶嘉祥，謂加生之福祉，故曰"殷富生物"。《爾雅·釋天》曰"甘雨時降，萬物以嘉，謂之醴泉"，萬物以嘉，猶萬物以生也。"玄鳥致貽女何嘉"者，貽與胎通，言簡狄何以吞鳥卵而生契也。《續漢書·禮儀志》注引此作嘉，《天對》曰"胡乙㱿之食，而怪焉以嘉"，所據本皆不誤。

胡終弊于有扈

王國維云：扈當作易，後人多見有扈，少見有易，故改易爲扈。案王氏謂扈爲易之誤，是也，其説易字所以致誤之由則非。易卜辭作𥉌，金文作𥉌。右半與篆書户字相似，而有扈字本祇作户。（《史記·夏本紀正義》、《路史·國民紀》三、《後紀》一四。）此蓋本作𥉌，缺其左半，讀者誤爲户字，又依地名加邑旁之例改作扈也。有易之名，明見《大荒東經》及郭注引《紀年》。《周易》亦有"喪羊于易"（《大壯》六五）"喪牛于易"（《旅》上九）之文。不得謂易之誤扈，由後人少見而輒改也。

擊牀先出其命何從　一云其何所從

案當從一本作"其何所從"。上文曰："四方之門，其誰從焉。"此從字義與彼同，言王亥從何道而出也。王注曰"其先人失國之原，何所從出乎"，是王本正作"其何所從"。

何變化以作詐後嗣而逢長　一云而後嗣逢長

案當從一本作"而後嗣逢長"，乃見問意。王注曰"而後嗣子孫長爲諸侯也"，是王本而字未倒。朱本亦作"而後嗣逢長"。

會鼂爭盟　一作會晁請盟

案爭當從一本作請。請猶盟也。《爾雅·釋詁》曰"請，告也"，《儀禮·大射儀》"西面誓之"，注曰"誓猶告也"。請誓同義，則請盟亦同義。蓋請之言清也，誓之言晰也，盟之言明也，皆自剖白其情事，以昭告於神明之謂。（《周禮·秋官·司盟》注曰："盟，以約辭告神，殺牲歃血，明著其信也。"《釋名·釋言語》曰："盟，明告其事於神明也。"）《詩》有《大明》篇，即大盟，猶《書》之《大誓》也。其詩曰"維師尚父，時維鷹揚，涼彼武王，肆伐大商，會朝清明"，言太公佐武王伐商，并治其會朝與請盟之事。"請盟"字《詩》正作"清明"。《天問》"會鼂（朝）請盟"即用《詩》語，特《詩》"清明"用古字，《天問》"請盟"用今字耳。"會朝請盟"者，會亦朝也，（《禮記·王制》注曰："朝猶會也。"）請亦盟也，"會朝"與"請盟"對舉，上下皆同義字。《書·牧誓》曰"時甲子昧爽，王朝至於商郊牧野，乃誓"，朝至即朝致，朝訓會（見上），致亦會也，（《周禮·遂人》注曰"致猶會也"。）此謂武王於甲子之朝，朝會庸蜀羌髳微盧彭濮等八國諸侯及其百官而與之盟誓也。《詩》之"會朝"，《天問》之"會鼉"，即《書》之"朝致"，《詩》之"清明"，《天問》之"請盟"，即《書》之"誓"矣。今本《天問》請作争者，《玉篇》水部引《韓詩》作"瀞明"，疑《天問》古本亦作瀞，争即瀞之誤。惟王注不解"争盟"事，或所據本猶未誤。

到擊紂躬 到一作列

案到疑當爲勁，字之誤也。《戰國策·西周策》"彼且攻王之聚以勁秦"，《史記·韓世家》"不如出兵以勁之"，今本勁亦皆誤作到。（隸書從巠之字，或書作至，與至相似，故每誤爲至。《大荒南經》"有山名玄痙"，郭音風痙之痙，今本誤作痊，《九辯》"前輕輬之鏘鏘兮"，輕今誤作輊，并其比。）勁，力也（《列子·說符》篇張注），"勁擊"謂猛力擊之。一本作列，亦勁之誤。（古隸列作削，與勁形亦近。）《天對》曰"頸紂黄鉞，旦孰喜之"，似所見本亦作勁。

其位安施 位一作德

劉永濟氏云：位當從一本作德，下文曰"其罪伊何"，"其德"與"其罪"對文以見意。案劉說是也。《管子·立政》篇"大德不至仁"，《羣書治要》引德作位。《吕氏春秋·諭大》篇引《夏書》"天子之德"，舊校德一作位。此古書德位互譌之驗。王注曰"其王位安所施用乎"，王位亦當作王德。吉藩府翻宋本（下稱吉藩本）、朱燮元本、黄省曾本、大小雅堂本并作"其王德位"，則合作德與作位二本而并存之。

反成乃亡 反一作及

劉師培云：反當爲及。案劉說是也。王注曰"言殷王位已成，反覆亡之"，是王本作"及成乃亡"。今本作反，因及反形近，又蒙注中"反覆亡之"之文而誤。

逢彼白雉

案雉當爲兕，聲之誤也。《呂氏春秋·至忠》篇"荊莊襄王獵於雲夢，射隨兕"，《説苑·立節》篇作科雉；《史記·齊太公世家》"蒼兕蒼兕"，《索隱》曰"一本或作蒼雉"；《管蔡世家》曹惠伯兕，《十二諸侯年表》作雉，并其比。考《殷虛獸骨刻辭》屢紀獲白兕，如曰"……于㓞田，獲白兕，在二月，隹王十祀，肜日，王來征盂方，白"（中央研究院藏骨），又曰"辛巳，王即武曰……彔，獲白兕，丁酉……"（《佚》四二七）。周初習俗，多與殷同，殷人以獲白兕爲盛事，周亦宜然。《初學記》六引《紀年》曰"昭王十六年，伐楚荊，涉漢，遇大兕"，本篇所問，即指斯役。然則昭王所逢，是兕非雉，又有明徵矣。

穆王巧梅 梅一作珻

案梅珻并當爲坶，字之誤也。巧讀爲考。《書·金滕》"予仁若考"，《史記·魯世家》作巧，《古鉨》"巧工司馬"即考工司馬。坶即牧字。《詩·大明》"牧野洋洋"，鄭注《書序》引作坶。"考牧"者，《詩·無羊序》曰"《無羊》，宣王考牧也"。此考牧義同，惟彼牧謂牛羊，此謂馬耳。考謂考校。周流天下，將以考校八駿之德力，故曰考牧也。

夫何爲周流 一云夫何周流

案何下當從一本刪爲字，本篇"惟時何爲"，"胡爲此堂"，爲皆動詞，訓"作爲"，不作介詞用。其何故，何因，何爲諸義皆祇用"何"。"夫何周流"即何爲周流也。王注曰："何爲乃周旋天下而求索之也。"然則今本正文爲字，乃涉注文而衍歟？朱本無爲字。

妖夫曳衒

案衒疑當爲銜，字之誤也。王注不釋衒義，但曰"執而曳戮之於市"。然衒無戮義，是王本不作衒，明甚。上文曰："鴟龜曳銜。"此文"曳銜"之語，正與彼同。今本作曳衒者，銜衒形近，注中又有"夫婦賣是器"之語，故銜誤爲衒也。"曳銜"者，曳緻同，系也，銜，相銜接也。《漢書·楚元王交傳》"胥靡之"，注曰："聯

· 299 ·

繫使相隨而服役之，故謂之胥靡，猶今之役囚徒，以鎖聯綴耳。"案《説文》曰"頯，絆前兩足也"，引《漢令》曰"蠻夷卒有頯"，《廣雅·釋詁二》曰"縻係也"，胥靡即頯縻。聯繫相隨，與曳銜之義正合。疑此文曳銜即指胥靡之刑。注訓爲"曳戮"者，戮繆通，（《國語·吴語》"戮力同德"，《詛楚文》"繆力同心"。）《小爾雅·廣詁》曰"繆而紾之爲緧"，《廣雅·釋詁四》曰"繆，纏也"，是曳戮亦纏系牽連之謂，故以"曳戮"訓"曳銜"。《國語·鄭語》曰"有夫婦鬻是器者，王使執而戮之"，又曰"爲弧服者方戮在路"，戮即曳戮，亦猶曳銜矣。

何號于市

案何當爲誰。《鄭語》曰："府之童妾……不夫而育，故懼而棄之。爲弧服者方戮在路，夫婦哀其夜號也而取之，以逃逸于褒。"此文曰"妖夫曳銜，誰號于市"。"妖夫曳銜"即彼之"爲弧服者方戮在路"（説具上條），"號于市"，即彼之"夜號"也。號者既爲府妾之棄子，則此句問詞當用"誰"，審矣。今作"何"者，後人誤以號者爲妖夫，而嫌誰字於文不順，遂以意改也。號本訓啼，王注訓爲呼，是亦以號者爲妖夫。然則此字之誤，自王本已然。

何罰何佑

劉盼遂氏云當作"何佑何罰"，罰與殺韻。案劉説是也。王注曰："善者佑之，惡者罰之。"先言"佑"，後言"罰"，是王本尚未倒。

雷開阿順而賜封之 一云雷開何順

案阿當從一本作何。上文曰："比干何逆，而抑沈之。""何順"與"何逆"對文以見意。朱本作何順。《柳集》同。

何聖人之一德卒其異方

游國恩氏云："卒其異方"當作"卒異其方"，"其"斥梅伯箕子，言梅伯箕子各異其方也。案游説是也。《淮南子·泰族》篇曰"箕子比干，異趣而皆賢"，義可與此互參。王注曰"言文王仁聖能純一其德，則天下異方終皆歸之也"，是王本"異其"二字已倒。

何令徹彼岐社命有殷國 一云命有殷之國

案當刪命字，殷下從一本增之字。上文令字統攝"徹岐社"與"有殷國"二事，此又出命字，於文爲贅。令命古同字，命即涉令而衍。

何感天抑墜夫誰畏懼 一無何字

案校注此四字，各本皆在上文"伯林雉經"下。審彼文，何字斷不可省，而此文有何字，反成贅肬。誤倒無疑。《朱子集注》本"一無何字"四字在本文下，不誤。

案當從一本刪何字。"誰"已是問詞，增何字則意複。王注曰："言驪姬讒殺申生，其冤感天，又讒逐羣公子，當復誰畏懼也。"審注意，似亦本無何字。

又使至代之 代一作伐

案代與戒韻。作伐，則失其韻矣。一本非是。

何壯武厲能流厥嚴

陳本禮、丁晏、俞正燮、江有誥、鄧廷楨、馬其昶等并謂嚴當爲莊，避漢諱改，莊與亡韻。案衆家説是也。莊者，《周書·謚法》篇曰"勝敵志强曰莊"，《獨斷》下曰"好勇致力曰莊"，是其義。

受壽永多夫何久長

案"永多""久長"義相重複，殊爲無謂。朱本無久字，《柳集》及《御覽》八六一引亦無，則"彭鏗斟雉帝何饗，受壽永多夫何長"，皆七字句，視今本爲勝。然"永多"與"長"於義仍嫌複疊。疑長爲悵之缺損。知之者，王注曰："彭祖至八百歲，猶自悔不壽，恨枕高而唾遠也。"（《道藏》臨字第五號《彭祖攝生養性論》："是以養生法，不唾遠不驟行。"）曰悔曰恨，正釋悵字之義。今本悵誤爲長，淺人又增久字以配之，則問意全失，而文句亦結籥爲病矣。

中央共牧后何怒蠡蛾微命力何固

案二句當乙轉。史言厲王無道，國人怒而攻之，王奔彘，復圍索太子，不得，卒得召公子殺之而甘心，即此所謂"蠡蛾（蟻）微命力何固"也。"蠡蟻"喻叛亂之民衆，（《史記·項羽本紀》"楚蠡起之將"，《周公殿禮記》"變異蠡起"，《陳球後碑》"蜂聚蛾動"，

《淮南子·兵略》篇"天下爲之糜沸螘動",《後漢書·馮衍傳上》"天下蛾動"。)"力何固"言其索王不得,則索太子,索太子又不得,而怒猶未息,卒得召公子殺之而甘心也。《史記》又言厲王既奔彘,共伯和攝行天子事,久之,王崩于彘,共伯將篡位自立,適時大旱,屋焚,卜曰厲王爲祟,即此所謂"中央共牧后何怒"也。"后"斥厲王,"怒"謂其降旱爲祟。如今本二句倒轉,則是王死而爲祟在前,被難奔彘在後,按之史實,本末顛倒。以是明其不然。

驚女采薇鹿何祐 祐一作佑

案"驚女"二字當互易。"女驚采薇"者,驚讀爲警,戒也,言女戒之令勿采薇也。《文選·辨命論》注引《古史考》曰"伯夷叔齊⋯⋯隱於首陽山,采薇而食之,野有婦人謂之曰'子義不食周粟,此亦周之草木也'",即此所謂"女警采薇"也。(《路史·餘論》注引《三秦記》曰:"夷齊食薇三年,顔色不變,武王戒之,不食而死。"此雖傳聞異詞,然曰"戒之",則與本篇曰"警"者,義正符合。)《琱玉集·感應》篇引《列士傳》曰"伯夷兄弟遂絶食薇,七日,天遣白鹿乳之",即此所謂"鹿何祐"也。"女警"與"鹿祐"對文見義。王注曰"有女子采薇菜,有所驚而走",又曰"女子驚而北走"。此其説事雖誤,然詳審語意,所據本固尚作"女驚",不作"驚女"也。一本祐作佑,義長。佑,助也。"鹿何祐"即鹿何助之。王注訓祐爲福,又云"乃天佑之",失其旨矣。

伏匿穴處爰何云

案"爰何云"三字,義殊難通。本篇問詞有"云何",("有扈牧豎,云何而逢。")無"爰何"。疑此當作"云何爰"。(上文"云何而逢",一曰"其爰何逢",一曰"其云何逢"。云爰互誤,例與此同。)爰者,《方言》六曰"爰,恚也,楚曰爰",又二曰"爰,哀也",《九章·懷沙》曰"曾傷爰哀,永歎喟兮",并與此爰字義同。"云何爰"與《詩·卷耳》"云何吁矣"句法同,爰吁亦聲轉義近。又本篇自此以下,詞句次第,顛倒特甚。下文"悟過改更(原衍我字,説詳後)又何言"當移在此下。知之者,以事類言之,"伏匿穴處云何爰，悟過改更又何言"二句合問一事，下文"荊勳作師夫何長，吳光争國，何久余是勝"（今本二句各爲訛奪，説詳下條），二句合問一事，文意乃覺貫通。以韻言之，"伏匿"二句中爰與言相叶"荊勳"二句中長與勝通叶，於韻例亦差合。今本各句次第既有差互，而此文復爰云誤倒，則於文於韻，兩失之矣。

荊勳作師夫何長

案勳師二字當互易。作猶立也，"荊師作勳"猶言楚師立功。長讀爲常。自吳王壽夢十六年，至王餘祭十二年，二十年間，楚屢勝吳（詳《史記》吳楚兩《世家》），故曰"荊師作勳夫何常"也。

悟過改更我又何言 一無我字　今本補注脱此四字，從《朱氏集注》本增。

案當從一本删我字。本篇呵壁之詞，所問皆自然現象與歷史陳迹，初未羼入作者個人成分，故知我字必係衍文。且如今本作"我又何言"，則是感嘆而非詰問語氣，篇中亦從無此例。又案此句本當移上與"伏匿穴處"句相承（説詳彼條）。"伏匿穴處云何爰，悟過改更又何言"，語意相偶，句法亦一律也。

吳光争國久余是勝

案此句無問詞，與本篇文例不合。當於"久"上補"何"字。"吳光争國，何久余是勝"者，言初楚屢勝吳，何以公子光弑立後，吳乃屢勝楚也。又案下文"何環閭穿社"至篇末，問子文之生，及成王弑堵敖代立（前六七一）。其事下距吳公子光弑王僚（前五一四），凡一百五十餘年。然則"荊師作勳夫何長（常），吳光争國何久余是勝"二句，當移在下文"何試上自予，忠名彌彰"後，乃與史實符合。

何環穿自閭社丘陵爰出子文 一云何環閭穿社以及丘陵是淫是蕩爰出子文

案當依一本作"何環閭穿社，以及丘陵，是淫是蕩，爰出子文"。今本云云，必後人惡其猥褻而改之如此。王注與一本文意全合，是此文之竄改尚在王後。

吾告堵敖以不長

案吾疑當爲語，字之誤也。堵敖，楚文王子熊囏也。堵敖弟熊

303

憚，弑堵敖自立，是爲成王。成王八年，子文爲令尹。疑此及下"何試上自予，忠名彌彰"二句，仍問子文事，言子文語告杜敖如此也。今本作吾，則是作者自告堵敖。本篇雖非必屈原所作然所問人事至春秋而止，是作者至早亦當爲戰國初人，安得與春秋初葉之堵敖相對論事哉？

九章

惜誦

所作忠而言之兮 作一作非

案作當從一本作非，字之誤也。所儻古通。"所非忠而言之"猶言儻所言之不實也。後人不達所字之誼，乃以非作形近，又涉下文"作忠以造怨"之語，而改非爲作。王注曰"設君謂己所（今誤作）言非〔忠〕（今脱此字）邪"，是王本字仍作非。朱本亦作非，《李太白詩集注》一《古風》注引同。

今五帝以枅中兮 枅一作折

案枅析同，析折古又同字。《史記·孔子世家索隱》引亦作折。朱本、朱燮元本、大小雅堂本同。

羌衆人之所仇 一本仇下有也字

又衆兆之所讎 一本讎下有也字

案兩句末均當從一本補也字。此文"……羌衆人之所仇也，……又衆兆之所讎也，……羌不可保也，……又（原誤有，詳下）招禍之道也"，四也字連用，與後文"……何不變此志也，……又猶（原誤猶有，詳下）曩之態也，……何以爲此伴也（句首原衍又字，詳下），……又何以爲此援也"四句，及"……亦非余心之所志，……又衆兆之所咍，……謇〔而〕（原脱而字，詳下）不可釋，……又蔽而莫之白"四句，一本句末皆有也字，詞例悉同。凡句末用"也"

字者，必四句連用。此其爲例，至爲著明。今本寫官於各也字或删或存，漫無統紀，蓋於篇中詞例，未之留意耳。朱本仇下讎下并有也字，最是。

有招禍之道也

案有當爲又。上揭句末連用四"也"字諸例中，其第四八兩句首皆有"又"字，是其定例。下文"又猶曩之態也"，今本誤作"猶有"，蓋亦"又"先誤爲"有"，"有猶"無義，乃倒其文以取義也。

亦非余之所志　一本此句末與下文皆有也字

又衆兆之所咍

案當從一本於兩句末補也字。詳上"羌衆人之所仇""又衆兆之所讎"條。朱本有兩也字。

行不羣以巔越兮

案《類聚》一九引巔作顛。朱本同。顛巔通。

謇不可釋　一本句末有也字

又蔽而莫之白　一本句末有也字

案以上句末并當從一本補也字，説已詳上。朱本有兩也字。又疑謇下當有而字。《哀郢》曰"思蹇産而不釋"，（注曰"蹇産，詰屈也"。）《抽思》曰"思蹇産之不釋兮"。謇與蹇通，猶蹇産也。"謇而不可釋"與"蔽而莫之白"文相偶稱。王本謇下奪而字，因以謇爲語辭，失之遠矣。

心鬱邑余侘傺兮　心一作忳

案心疑爲忳之壞字。"忳鬱邑"與《離騷》"斑陸離其上下"之"斑陸離"，《哀郢》"怊荒忽其焉極"之"怊荒忽"，"蹇侘傺而含慼"之"蹇侘傺"，《遠遊》"怊惝怳而永懷"之"怊惝怳"，皆聯緜字上又著一同義之限制詞。本篇語多襲《離騷》，彼正作"忳鬱邑余侘傺兮"。又案下句"情"字不入韻，疑此句下脱去二句，説詳下條。

又莫察余之中情

案此句不入韻，推尋其故，蓋由脱簡所致。考《離騷》《天問》《九章》均當以四句爲一行。本篇"忳鬱邑余侘傺兮"以下四句，疑本系二行八句。今本因脱四句，而以二行之文并爲一行，故致"情""路"

305

古典新义

二字無韻。古本似當作："忳鬱抑余侘傺兮，□□□□□，□□□□□兮兮，又莫察余之中情。（以上一行）□□□□□兮，□□□□□，固煩言不可結詒兮，願陳志而無路。（以上一行）"以文義求之，"忳鬱抑余侘傺兮"與"又莫察余之中情"殊少連貫，故疑此行所脱二句，當在此二句之間。至次行之"願陳志而無路"，與後文"退静默而莫余知兮，進號呼又莫吾聞"，則語意正相銜接，故知彼行所脱二句，必不在行末而在行首。朱子以此文"情""路"不叶，欲依《離騷》改"中情"爲"善惡"，其説雖近理，然終疑二語形聲俱遠，無由致誤，故不取之。王注曰"曾無有察我之中情也"，是王本仍作中情。

魂中道而無杭 杭一作航

案無疑本作亡。"亡杭"叠韻連語，即茫沆，魂氣浮動貌也。《淮南子·俶真》篇"茫茫沉沉"，高注曰"茫茫沉沉，盛貌"。《文選·西京賦》"滄池漭沆"，薛注曰"漭沆猶洸潒"，劉楨《魯都賦》"又有鹽沈漭沆（元誤沈）"（《書鈔》一四六引），《爾雅·釋言》"沄，沉也"，郭注曰："水流漭沆。"《説文》曰："沆，莽沆大水。"漭莽并與茫通。或倒言之曰"沉茫"、"沉漭"。揚雄《羽獵賦》曰"鴻濛沉茫"，黄香《九宫賦》曰"泂沉漭以扎坱"，馬融《廣成頌》曰"瀇瀁沉漭"，是也。案水動曰茫沆，氣動亦曰茫沆，其義一而已矣。又《爾雅》訓沄爲沉，《説文》亦曰"沄，轉流也，讀曰混，[一曰沉]"。（舊脱此三字，據《爾雅》釋文引補。）魂之爲言猶沄也。（《古微書》引《孝經援神契》曰"魂，芸也，芸芸動也"，《白虎通義·性情》篇曰"魂猶伝伝也，行不休也"。沄芸伝字異義同。）魂之貌曰茫沆，猶沄一曰沉，故曰"魂中道而茫沆"。後人不知"亡杭"爲"茫沆"之借字，而讀亡爲有亡之亡，訓杭爲舟杭，因改亡爲無，一本又改杭爲航，其陋甚矣。

懲於羹者而吹韲兮 一無者字，一云懲於熱羹者，一云懲熱於羹

案當從一本删者字。"懲於羹而吹韲兮"與"欲釋階而登天兮"語意平列，皆七字爲句。朱本無者字。《困學紀聞》二○引作"懲

熱羹而吹虀"，亦無者字。（柳宗元《與楊誨之疏解車義第二書》引有者字，則唐時已有衍"者"之本。）

猶有曩之態也 猶有一作又猶

案當從一本作"又猶"，詳上"有招禍之道也"條。

又何以爲此伴也

案又字當刪。此涉下文"又何以爲此援也"而衍。凡以"也"字殿尾之句，連用至四次時，唯第四八兩句首用"又"字，二六兩句不用也。詳"有招禍之道也"條。

吾至今而知其信然 一云吾至今而知其然，一云吾今而知其然

案當從一本作"吾今而知其然"。而猶乃也。（朱本而正作乃）然亦信也。《詩·采苓》曰"人之爲言，苟亦無信，舍旃舍旃，苟亦無然"，然與信爲互文。《史記·張耳陳餘傳》曰"張耳陳餘始居約時，然信已死"，然亦信也。本書《惜往日》曰"不清澈其然否"，即信否。《九歌·山鬼》曰"君思我兮然疑作"，然疑猶今言將信將疑。"吾今而知其然"，即吾今乃知其信，語意已明。今本"今"上有"至"字，"然"上有"信"字，皆後人妄增。一本作"吾至今而知其然"，未衍"信"字，朱燮元本、大小雅堂本及《御覽》七二四引俱作"吾今而知其信然"，未衍"至"字，互有得失，并視今本爲差勝。惟黃省曾本無至字信字最是。

堅志而不忍 一云蓋志堅而不忍

案當從一本作"蓋志堅而不忍"。《悲回風》曰"暨志介而不忘"，蓋暨聲近，（《哀郢》"好夫人之忼慨"，釋文慨作礚。）堅介義同，語義句法并與此相似，可資互證。朱本亦有蓋字，惟"志堅"倒作"堅志"。

背膺牉以交痛兮 一本牉下有合字，一云背膺敷牉其交痛

案牉上當從一本補敷字。《周禮·小宰》"四曰聽稱責以傅別"，注曰"傅別，謂爲大手書於一札，中字別之"。又《士師》"凡以財獄訟者，正之以傅別約劑"，注曰"傅別，中別手書也"。二職"傅別"故書并作"傅辨"，鄭興注《小宰》，鄭衆注《士師》俱讀爲"符別"。

· 307 ·

案《説文》曰"符，……漢制以竹，長六寸，分而相合"，《漢書·文帝紀》注曰"與郡守爲符者，謂各分其半，右留京師，左以與之"。《釋名·釋書契》曰："荊，（各本作荊，從《廣韻》改。）別也，大書中央，中破別之也。"符別即符荊。敷胖與傅辨，傅別，符別，俱聲之轉。（《書·禹貢》"禹敷土"，《荀子·成相》篇作傅。《詩·長發》"敷奏其勇"，《大戴禮·衛將軍文子》篇作傅。《廣雅·釋言》："傅，敷也。"別轉爲胖，則猶傅別一曰判書。胖辨聲亦近。）惟此爲動詞，彼爲名詞耳。"背膺敷胖以交痛"者，猶言背胸分裂，如符荊之中破，因而心中交引而隱痛也。今本無敷字，蓋後人不達"敷胖"之義而删之。一本胖下又增合字，大謬。

故重著以自明

案本篇叶韻，通以二進。此處糧芳明三字相叶，獨爲奇數，於例不合。疑此下本有二句，今本脱之。

矯茲媚以私處兮願曾思而遠身

案二句當互易。知之者，《涉江》篇"世溷濁而莫余知兮，余方高馳而不顧"二句，原在本篇末，與此二句首尾相銜。（說詳《涉江》）此本作"願曾思而遠身兮，矯茲媚以私處"，"處"與彼文"顧"韻也。今本二句誤倒，則失其韻。又案"曾思而遠身"，義不可通。疑思當爲逝，聲之誤也。《淮南子·覽冥》篇曰"遝（原誤還，從孫詒讓改）至其曾逝萬仞之上"，（高注"曾猶高也，逝猶飛也"。）本書《九思·悼亂》曰"玄鶴兮高飛，曾逝兮青冥"。或曰增逝。《史記·賈生傳》《吊屈原文》曰"搖增逝而去之"，（逝上原有翾字，即逝之訛衍。）《漢書·梅福傳》曰"夫戴鵲遭害，則仁鳥增逝"，班彪《覽海賦》曰"超太清以增逝"。張華《鷦鷯賦》曰："又矯翼而增逝。"此云"願曾逝而遠身"，（《呂氏春秋·權勳》篇："爲人臣不忠貞，罪也，忠貞而不用，遠身可也。"本書《哀時命》："時獸飲而不用兮，且隱伏而遠身。"）猶上文云"欲高飛而遠集"也。本篇末段大意與《離騷》末段略同，彼云"吾將遠逝以自疏"，曾逝亦猶遠逝也。今本逝誤爲思，王注據而釋之曰"則願私居遠處，唯重思而察之"，是以"曾思而遠身"爲"遠身而曾思"。意者文既有誤，義不可通，則不得不支離繳繞以強説之耳。

涉江

冠切雲之崔嵬

案原本《玉篇·山部》，《書鈔》一二二，《類聚》一，《御覽》八、又三四四、又六八四，《事類賦注》一二，《海録碎事》五并引切作青。劉師培謂當作青，引《九歎·惜賢》"冠浮雲之峨峨"，注云"冠切浮雲"，而正文無切字，以證此注云"其高切青雲"，正文亦不必是切字。案劉説非也。崔嵬，高貌。切雲猶摩雲。冠曰切雲，正狀其高。若作青雲，則但謂其狀如雲，而不必有高義。《後漢書·輿服志下》有通天冠。切雲之名，猶通天耳。（《説苑·善説》篇："昔者荆爲長劍危冠，令尹子西出焉。"危亦高也，危冠或即切雲之類。）《哀時命》曰"冠崔嵬而切雲兮"，即襲此文，而字亦作切。《類聚》六七引本篇仍作切。各本并同。

被明月兮佩寶璐世溷濁而莫余知兮吾方高馳而不顧駕青虬兮驂白螭吾與重華遊兮瑶之圃登崑崙兮食玉英與天地兮同壽與日月兮同光

案此文當作："世溷濁而莫余知兮，余方高馳而不顧，亂曰：駕青虬兮驂白螭，被明月兮佩寶璐，□□□□□□，（句中所缺字數，不可確知，姑依多數句例定之。後仿此。）吾與重華遊兮瑶之圃，□□□□□□，登崑崙兮食玉英，與天地兮同壽，與日月兮齊光。"并全段移在《惜誦》篇末。考本篇篇首言駕虬驂螭，遊瑶圃，登崑崙，皆遊仙之事，而自"哀南夷之莫吾知兮"以至篇末，所言又俱屬現實境界。且既曰"高馳不顧"，又曰"與天地同壽，與日月同光"則是已離羣高舉，與造物者爲友矣，乃下文復云"固將愁苦而終窮"。此其一篇之中，前後矛盾，尤不可解。（黃文焕、賀寬輩亦嘗懷疑及此。）及考《惜誦》篇末身字不入韻，而此八句與彼末段語意適相銜接，乃知八句爲彼篇之文，移寫誤入於此也。《惜誦》篇末"願曾逝而遠身兮，矯兹媚以私處"（二句原誤倒，説已詳上）二句，

·309·

語意一貫，韻亦相叶，四句當同隸一行。（本篇亦以四句爲一行）《惜誦》"檮木蘭以矯蕙"四句詳"曾逝遠身"前之備具，本篇"駕青虬兮驂白螭"以下，并缺文八句，正敘"曾逝遠身"之事，此又其文中脈絡之歷歷可考者也。至今本《惜誦》篇末文多奪亂，已分見前條。此八句既本屬彼篇，又經移寫羼入本篇，則其間顛倒奪失，度亦不免。今驗"被明月兮佩寶璐"，與"駕青虬兮驂白螭"以下五句，兮字皆在句中，於文例當毗連。更以韻例衡之，知"被明月"句當在"駕青虬"句下，而"被明月"與"吾與重華"二句之間當更有一句，然後璐圃二字乃得相叶。蓋本書通例，凡於韻二字相叶者，於文當有四句，於韻三字相叶者，於文當有六句，餘以類推。今璐圃二字相叶，而文祇三句，故知其間必有脫文。（即并"世溷濁"二句計之，顧璐圃三字相叶，於文亦當有六句。今纔五句，故於例仍不合。然璐圃二韻，實係亂詞（詳下），似不當與本詞處顧二韻連讀。）下文"登崑崙"與"與天地"二句間所缺一句，亦可以同類原則推知之。又知"駕青虬"上當有"亂曰"二字者，語調之變，由於樂調之變，歷驗他篇而不爽。本篇（《惜誦》）上文兮字皆在句末，至此忽改在句中，故知必係亂詞也。考《九章》諸篇，除《橘頌》內容體製皆異，宜自爲一類外，自餘八篇中，應以《惜誦》《涉江》《哀郢》《抽思》《懷沙》爲一類，《思美人》《惜往日》《悲回風》爲一類。（說別詳）前者五篇中，四篇皆有亂詞，則《惜誦》亦當有也。要而言之，此八句《涉江》有之爲贅肬，《惜誦》無之爲俄空，今以移歸惜誦則庶乎《惜誦》《涉江》，兩得其宜矣。（《涉江》篇首"余幼好此奇服兮，年既老而不衰，帶長鋏之陸離兮，冠切雲之崔嵬"四句，今在"被明月"前，余初疑亦《惜誦》文。然細按文義，殊不類。疑"被明月"等八句初闌入《涉江》時，本在四句前，後人以"被明月"云云不似開章語，乃移四句於彼前，使與"帶長鋏""冠切雲"等語相配，遂成今本耳。）

哀南夷之莫吾知兮旦余濟乎江湘

案湘字不入韻，疑此文上或下脫二句。

步余馬兮山皋邸余車兮方林

案此非亂詞，不當於句中用兮字。二句疑當作"步余馬於山皋兮，邸余車乎方林"。《離騷》二句連用介詞時，每上句用"於"，下句用"乎"（詳《離騷》"朝吾將濟於白水兮"條），此或同然。

齊吳榜以擊汰

王注曰："吳，大也，（各本脫'大也'二字，下文'齊舉大櫂'可證。《文選·海賦》注引'榜，船櫂也'四字，不與吳字連讀，所據本似猶未脫。）榜，船櫂也，……言……士卒齊舉大櫂而擊水波。……或曰'齊悲歌'，言愁思也。"案《哀郢》曰"楫齊揚以容與兮"，（注"楫，船櫂也"。）與此"齊吳榜以擊汰，船容與而不進"，語意相仿。王引一本作"齊悲歌"，義雖可通，然以《哀郢》證之，似仍以作"吳榜"爲正。

淹回水而疑滯 疑一作凝

案疑與凝通，《書鈔》一三七、《御覽》七七〇、《文選》江文通《別賦》注引并作凝。朱本、朱燮元本、大小雅堂本并同。

接輿髡首兮桑扈臝行

案行字不入韻，依例"接輿髡首"上當缺二句。此處文多偶行，所缺二句詞意蓋與"忠不必用"二句相偶，猶下"接輿髡首"二句亦與"伍子逢殃"二句相偶也。

哀郢

荒忽其焉極 一本荒上有怊字

案當從一本補怊字。怊讀爲超，遠也（《方言》七）。荒忽亦遠也。《漢書·嚴助傳》注曰"荒言荒忽絕遠，去來無常也"，《後漢書·馬融傳》注曰"荒忽，幽遠也"。"怊荒忽"者，連縣詞上又著一同義字爲限制語。本書詞例，此類甚多。（詳《惜誦》"心鬱邑余侘傺兮"條）《七諫·自悲》曰"超慌忽其焉如"，蓋即襲此文。《渚宮舊事》三亦有怊字。朱本、朱燮元本、大小雅堂本并同。

古典新义

忽若不信兮 <small>一本若下有去字</small>

武延緒云：當作"忽若去而不信兮"。案武說近是。忽猶怳忽也。此蓋言身雖去國，猶疑未去，心志瞀亂，若在夢中也。《渚宮舊事》亦有去字。朱本、朱燮元本、大小雅堂本同。

瞭杳杳而薄天 <small>一云杳冥冥而薄天</small>

案"杳杳"當作"冥冥"，字之誤也。"瞭冥冥"即"杳冥冥"（瞭一音杳，見《九辯》洪氏《補注》）。《九歌·東君》曰"杳冥冥兮東行"，《山鬼》曰"杳冥冥兮羌晝晦"，《九歎·怨思》曰"經營原野，杳冥冥兮"，《漢書·禮樂志》《郊祀歌》曰"杳冥冥，塞六合"，《列女傳》六《趙津女娟傳》曰"水揚波兮杳冥冥"，皆"杳冥冥"連文。本篇"堯舜之抗行兮"以下八句互見《九辯》中，彼正作"瞭冥冥而薄天"，一本瞭亦作杳，與此全同，是其確證。

信非吾罪而棄逐兮何日夜而忘之

案本篇用韻亦以二進，此處時丘之三字相叶，於例不合。疑此二句下當更有二句，今本脫之。

抽思

獨永歎乎增傷

案本篇句中例不用乎字。《文選·長門賦》注，張平子《四愁詩》注并引乎作而，當據改。

昔君與我誠言兮 <small>誠一作成</small>

案誠當從一本作成。《左傳·襄二十七年》曰"成言于晉"，《離騷》曰"初既與余成言兮"。此"成言"義同。《李太白詩集》一注引亦作成。朱本、朱燮元本同。

茲歷情以陳辭兮 <small>一作歷茲情</small>

案當從一本作"歷茲情"。《離騷》曰"喟憑心而歷茲，……就重華而陳辭"，《哀時命》曰"懷隱憂而歷茲"，皆曰歷茲，不曰茲歷。歷茲即歷茲情之謂。王注曰"發此憤思，列謀謨也"，以"發"釋"歷"，以"此憤思"釋"茲情"，是王本正作"歷茲情"。

· 312 ·

固切人之不媚兮

案"切人"無義。以上下文義求之，疑人當爲言，聲之誤也。《詩·青蠅》"讒人罔極"、《史記·滑稽列傳》、《漢書·武五子·戾太子據傳》、《論衡·言毒》篇、《新唐書·顏真卿傳》引人并作言，《韓非子·顯學》篇"象人百萬，不可謂强"，盧校象人或作俑言，《韓詩外傳》六"可與言終日而不倦者，其惟學乎"，《說苑·建本》篇、《家語·致思》篇言并作人，并其比。賈山《至言》曰"切直之言，明主所欲急聞"，《說苑·貴德》篇曰："願陛下察誹謗，聽切言。"是切言者，猶直言也，故曰"不媚"。

何毒藥之謇謇兮　一作何獨樂斯之謇謇兮

案毒藥當作獨樂，之當作斯。"何獨樂斯謇謇兮，冀蓀美之可光"（原作完，從一本改）者，猶言余何以獨好爲此謇謇忠直之言哉，冀君美德可以光大也。《離騷》曰"余固知謇謇之爲患兮，忍而不能舍也，指九天以爲正兮，夫唯靈脩之故也"，即此二句之旨。今本獨樂作毒藥者，蓋涉注文"忠言（各本均誤作信，今正）不美，如毒藥也"而誤。不知古諺雖以毒藥喻忠言，忠言謂之謇謇可也，毒藥謂之謇謇，則不可。且王逸注此書，有依字立訓，逐句作解者，此尋常傳注之體。有櫽括句義，自鑄新詞，大都爲四言韻語者，此王氏自創之變體。本篇注文屬後例，故注與正文間，不能字櫛句比，一一印合。此注"毒藥"之語，自是借用古諺成喻以發明正文謇謇之義，奚必正文有"毒藥"字哉？後人徒以"獨樂"與"毒藥"，或則聲邇，或兼形似，遂據以迻改正文，慎矣。朱子從一本作"獨樂斯"，最是。其"斯"下"之"字，於義似贅，刪之爲是。

願蓀美之可完　完一作光

馬瑞辰云：完當從一本作光。光與亡韻。案馬說是也。光，充也，大也。（互詳上條。）

望北山而流涕兮臨流水而太息

案本篇韻例亦以二進，此處側得息三字相叶，依例亦當脫二句。尋上文"道卓遠而日忘兮，願自申而不得"二句無注，當係今本奪漏。

以常情推之，所奪正文二句，宜在所奪注文鄰近，故又疑奪去二句當在"望北山"句上。

魂識路之營營

案識路當爲織絡，字之誤也。《後漢書·張衡傳》《思玄賦》"庸織絡於四裔兮"，注曰"織絡猶經緯往來也，織或作識"，《文選》絡作路。范書一本與《文選》字各有誤，與此適同。《詩·青蠅傳》曰："營營，往來貌。"織絡爲往來，營營爲往來之貌，故曰"魂織絡之營營"。且上云"願逕逝而未得兮"，逕者直也，逕逝未得與織絡營營，義亦相成。王注曰"精靈主行，往來數也。或曰識路，知道路也"，是王所據本作職路，別本始作識路，然而皆非也。

懷沙

眴兮杳杳

案"眴兮"當作"眴眃"，句末當補兮字。眴與眃古字通。（《文選·劇秦美新》注）《文選·思玄賦》"儵眃眃兮反常閭"，舊注引《蒼頡篇》曰"眃眃，目視不明貌"。王注曰："杳杳，深遠貌也。""眴眃杳杳"四字義近，猶下文"孔（空）靜幽默"亦四字一義也。今本因眃缺損作云，草書 云兮 形近，遂誤作兮。句中眃誤作兮，後人復刪句末兮字，則與全篇句法不一律矣。

易初本迪兮

案本疑當作變。變卞古通，（《書·堯典》"於變時雍"，《孔宙碑》作卞。《顧命》"率循大卞"，《莊子·天下》篇作"唯循大變"。）此蓋本作"易初卞迪"。卞迪即變道。（道迪古亦通。《書·君奭》"兹迪彝教"，《史記》作道。又"我道唯寧王德"，馬本作迪。）卞與草書 本 相似，故誤爲本。"易初變道"，與下文"章畫志墨"語例同，皆二詞平列，上一字動詞，下一字名詞，而義各相同。"易初變道兮，君子所鄙"，又與《思美人》"欲變節以從俗兮，愧易初而屈志"，語意相仿。此以"易初"與"變迪"（道）對文，猶彼以"易初"與"變節"對文也。王注曰"迪，道也，（各本均脫

· 314 ·

此三字。《史記》迪作由，《集解》引王注"由，道也"，今據補。）……言人遭世遇（句中似有脫字），變易初行，違（各本誤遠）離常道，賢人君子之所恥不忍爲也"，正以"違離常道"釋"變迪"二字。（釋"變"爲"違離"者，上已釋"易"爲"變易"，此不得不變詞以避複。）

玄文處幽兮 《史記》作幽處

案當從《史記》作"幽處"。"玄文（冥）幽處"與下文"離婁微睇"文相偶，處睇皆動詞，幽微皆副詞也。

矇瞍謂之不章 《史記》無瞍字

案當從《史記》刪瞍字。"矇謂之不章"，與下文"瞽以爲無明"句法一律。王注曰"矇，盲者也"，不釋瞍字，是王本無此字。其引《詩》"矇瞍奏公"，又云"則矇瞍之徒以爲不明也"者，乃以矇瞍釋矇字，非必正文有瞍字也。今本據注以增正文，非是。

夫惟黨人鄙固兮羌不知余之所臧 《史記》作夫黨人之鄙妒兮羌不知余所臧

案當從《史記》移之字於"黨人"下，作"夫惟黨人之鄙固兮，羌不知余所臧"。元本同《史記》。朱本正作"夫惟黨人之鄙固兮"。

邑犬之羣吠兮吠所怪也 一云邑犬羣吠兮吠所怪也，《史記》無之字

案當從《史記》作"邑犬羣吠兮，吠所怪也"。一本"之"字亦未衍，惟"羣"下敓"吠"字。柳宗元《答韋中立論師道書》引無之字。李壁《王荆公詩注》三一《次韻張氏女弟吟雪》注、三八《次韻答陳正叔》注引亦無。朱本、朱燮元本、大小雅堂本并同。

豈知其何故 一本句末有也字，《史記》作豈知其故也

案當從《史記》作"豈知其故也"。朱燮元本、大小雅堂本同。《索隱》引豈作莫，亦通。

邈而不可慕 一本句末有也字，《史記》作邈不可慕也

案當從《史記》作"邈不可慕也"。朱燮元本、大小雅堂本同。

懲連改忿兮 《史記》連作違

王念孫云：連當從《史記》作違。違與懂通，《廣雅·釋詁四》曰："懂，恨也。""懲違"與"改忿"對文。案王說是也。朱本亦作違。

朱燮元本、大小雅堂本并同。

浩浩沅湘分流汨兮　分一作汾

案一本分作汾，最是。汾讀爲溢，《漢書·溝洫志》注曰"溢，涌也"。郭璞《江賦》曰"溢流雷煦而電激"，汾流即溢流。《列子·黄帝》篇釋文曰："汨，涌波也。"汾、汨義近，故曰"汾流汨"。古者南楚諸水皆曰湘，諸湘有江湘、沅湘、瀟湘，即江水、沅水、瀟水。"浩浩沅湘，汾流汨"者，謂沅湘之水，溢涌減汨而流也。今本字作分，不知者鮮不訓爲分别，而以沅湘爲二水者。王注不釋分字，蓋即如字讀之。

道遠忽兮　《史記》自道遠忽兮以下有曾唫恒悲兮永歎慨兮世既莫吾知兮人心不可謂兮四句

案《史記》此下四句即本書後文"曾傷爰哀，永嘆喟兮，世溷濁莫吾知，人心不可謂兮"四句之異文。朱本文從本書，次依《史記》，按之文義，最爲允洽。當據以乙正。（《史記》於下文又出"曾傷爰哀，永嘆喟兮，世溷不可知，心不可謂兮"十八字，（朱燮元本、大小雅堂本同。）王引之以爲後人據《楚辭》增入，而不知其文爲複出也。張文虎説同。案《史記》"亂曰"以下，每句末皆有兮字，獨此四句中纔兩用兮字，與本書亂詞之韻例適合，其爲後人據本書增入無疑。）

懷質抱情獨無匹兮

朱子云：匹爲正之誤。（匹俗作疋，與正形近。）正與程韻。《哀時命》曰"懷瑶象而握瓊兮，願陳列而無正"，語意本此。案朱説是也。《史記》亦誤作匹，惟日本瀧川龜太郎《史記會注》引楓本三本并作正。不知彼邦舊本《史記》如此，抑據朱説改之。

萬民之生　一云民生有命，《史記》民作人，一云民生稟命

案當從一本作"民生稟命"。《國語·晉語七》曰"將稟命焉"，《楚語上》曰"是無所稟命也"，是"稟命"爲古之恒語。王注曰"言萬民稟受天命"，正以"稟受天命"釋"稟命"二字。宋本及瀧川《會注》本《史記》并作"民生稟命"。朱本、元本同。

曾傷爰哀永歎喟兮世溷濁莫吾知人心不可謂兮

案四句當移在上文"道遠忽兮"下，説詳彼條。

思美人

因歸鳥而致辭兮羌宿高而難當 一云羌迅高而難寓

案宿當從一本作迅。宿爲夙之異體。古隸夙作凤，迅作訊，形相近。疑此本作迅，誤爲凤，又轉寫作宿。迅有躍義。《説文》曰"躍，迅也"，躍訓迅，則迅亦訓躍。又有飛義。《説文》曰"卂，疾飛也"，卂爲迅之初文。合此二義，則直飛刺上亦謂之迅。"因歸鳥而致辭兮，羌迅高而難當"者，謂將界辭於鳥，而鳥已高舉也。曹植《九愁賦》曰"願接翼於歸鴻，嗟高飛而莫攀"，陳琳《止欲賦》曰"欲語言於玄鳥，玄鳥逝以差池"，語意并與此相倣。《文選》王仲宣《贈士孫文始詩》注引此正作"羌迅高而難當"。朱本、朱燮元本、大小雅堂本同。"難當"一本作"難寓"，字之誤也。

勒騏驥而更駕兮造父爲我操之

案本篇用韻亦以二進。此處之時期三字相叶，於例不合。疑此二句下原有二句，今本脱之。

與纁黃以爲期 纁一作曛

案曛纁正借字。《文選》謝靈運《晚出西射堂詩》注，慧琳《一切經音義》八四引并作曛。朱燮元本、大小雅堂本同。

吾誰與玩此芳草 此一作斯

案草與上文莽不叶。《遠遊》《哀時命》并云："誰可與玩斯遺芳。"疑此亦本作"吾誰與玩斯遺芳"，芳與莽韻。（"莽"於《離騷》《懷沙》二篇，與魚部字相叶。此疑仍讀入陽部。《悲回風》"莽芒芒之無儀"，猶下文之"罔芒芒之無紀"，《遠遊》"時曖曃其矖莽兮"，矖莽叠韻連語，可證本書莽字亦有莫朗切之音。）今本作"此芳草"者，正猶《遠遊》一本之亦作"此芳草"也。

觀南人之變態

案人疑當爲夷。金文夷作?，與人同字，故古書人夷每相亂。《涉江》

古典新义

曰"哀南夷之莫吾知兮"。此亦當是南夷。變態猶異狀，(《荀子·君道》篇"立遇變態而不窮"，《文選·子虛賦》"殫睹衆物之變態"，《上林賦》"覽將帥之變態"，《西京賦》"盡變態乎其中"，薛注曰"變，奇也"。) 謂殊方土人之異俗，如上文"解萹薄【苻】與雜菜兮，備以爲交【絞】佩"(《墨子·辭過》篇"古之民未知爲衣服時，衣皮帶茭"，《尚賢中》篇"傅說被褐帶索"，《韓詩外傳》十"楚丘先生披蓑帶索"。帶茭即帶索。《儀禮·喪服》"苴絰杖絞帶"，傳曰"絞帶者繩帶也"。茭與絞同。交【絞】佩即絞帶，謂以草爲帶也。) 之類是矣。

芳與澤其雜糅兮羌芳華自中出

案出字不入韻。疑二句上或下脱去二句。

紛郁郁其遠承兮 承一作蒸

案紛當爲芬，承當從一本作蒸，并字之誤也。郁郁，香氣也。(《後漢書·馮衍傳》注) 氣上行曰蒸。"芬郁郁其遠蒸"，猶言香氣遠聞也。朱本承作烝。烝蒸同。

羌居蔽而聞章 一云居重蔽而聞章

案一本作"居重蔽而聞章"，義長。揚雄《逐貧賦》曰"人皆重蔽，予獨露居"，重蔽之義同此。聞謂聲聞。章同彰，顯也。言雖居於重蔽之室内，而聲聞猶能彰顯於外也。

廣遂前畫兮未改此度也命則處幽吾將罷兮願及白日之未暮 一本句末有也字 獨煢煢而南行兮思彭咸之故也

案此文疑當作："廣遂前畫兮，未改此度也，命則處幽兮，吾□□□也。時曖曖其將罷兮，願及白日之未暮也，獨煢煢其南行兮，思彭咸之故也。"度暮故三字相叶。依二進韻例當脱一韻。"命則處幽，吾將罷兮"，詞意不屬，疑下句文多奪漏，寫者綴合殘餘，以爲一句。《離騷》《哀時命》并云："時曖曖其將罷兮。"此"將罷兮"上若補"時曖曖其"四字，則與下句語意適合。既以"將罷兮"三字屬下讀，則"吾"下之"□□□也"四字，"幽"下之"兮"字，又均可以上下句法推得之。暮下一本有也字，與上下句法合，今亦

· 318 ·

據補。

惜往日

被離謗而見尤 離一作讒

案《七諫·沈江》曰"正臣端其操行兮，反離謗而見攘"，與此"何貞臣之無辠兮，被離謗而見尤"語意酷似。疑此文被爲反之訛。反訛爲皮，因改爲被也。"反離謗而見尤"與《惜誦》"紛逢尤以離謗兮"語亦相仿。一本以"被離"義複而改離爲讒，朱本從之，殆不可憑。

身幽隱而備之

案備字無義，疑當爲避，聲之誤也。（俗讀避備聲相亂。《韓非子·守道》篇"立法非所以備曾史也"，宋本備作避。《呂氏春秋·節喪》篇"姦邪盜賊寇亂之患，慈親孝子備之者，得葬之情矣"，俗本備作避。《淮南子·主術》篇"閨門重襲以備姦賊"，備今亦誤作避。）"慙光景之誠信兮，身幽隱而避之，臨沅湘之玄淵兮，遂自忍而沈流"者，避謂避光景，有慙於光景，故欲避之而隱身於玄淵之中也。《史記·賈生傳》《弔屈原文》曰："襲九淵之神龍兮，沕深潛以自珍，彌融爚以隱處兮，夫豈從蝦與蛭螾。"《正義》引顧野王曰："彌，遠也。融，明也。爚，光也。没深藏以自珍，彌遠光明以隱處也。""彌融爚"《漢書》作"蟺蠾獺"，注引應劭曰："偭，背也"。案彌偭一聲之轉，背與遠離義近，背之亦即避之。彼言背絕光明以從神龍於九淵之下（《悲回風》"蛟龍隱其文章"），此言避去光景而自隱於玄淵之中，義可互參。

諒聰不明而蔽壅兮 一云不聰明

案《廣雅·釋詁》四曰："聰，聽也。"聰不明即聽不明。《易·噬嗑》上九《象傳》曰："何校滅耳，聰不明也。"釋文引馬注曰："耳無所聞。"《夬》九四《象傳》曰："聞言不信，聰不明也"，正義曰："聰，聽也"。是"聰不明"爲古之恒語。一本作"不聰明"（朱燮元本、大小雅堂本同），朱子又疑當作"諒聰明之蔽壅兮"，均非。

· 319 ·

背法度而心治兮 _{治一作殆}

案《韓非子·用人》篇曰"釋法術而用心治"，語意與此同。一本治作殆，非是。

橘頌

類可任兮 _{一云類任道兮}

案當從一本作"類任道兮"。道與醜韻。如今本，則失其韻矣。精讀爲縉，赤黃色也。"縉色內白"猶李尤《七歎》云"金衣素裹"。任猶抱也。（《詩·生民傳》）此言橘之爲物，焜煌其外，潔白其裏，如抱道者然也。王注曰"故可任以道而事用也"，是王本尚不誤。朱本、元本亦作"類任道兮"。

不終失過兮 _{一云終不失過兮}

案一本作"終不失過兮"，於文爲順，當從之。王注曰"終不敢有過失也"，是所據本未倒。《草堂詩箋》一《與李十二白尋范十隱居》注引亦作"終不失過兮"。朱燮元本、大小雅堂本同。朱本、元本及《困學紀聞》一〇引并作"終不過失兮"，"終不"二字是，"過失"二字倒。

悲回風

傷太息之愍憐兮 _{憐一作歎}

案作"愍憐"者是也。《九辯》曰"心閔憐之慘悽兮"，愍憐即閔憐。慧琳《一切經音義》八九引此作憫憐，憫閔同。一本作愍歎，蓋涉王注"憂悴重歎"之文而誤。

居戚戚而不可解 _{一無可字}

案"居"與上下文"愁""心""氣"諸字義不類。王注曰"思念憔悴，相連接也"，疑居爲思之誤。又案"不"下當從一本刪"可"字。"思戚戚而不解"，與上文"愁鬱鬱之無快"（之一作而），下文"心鞿羈而不開"，（原誤形，詳下條。）"氣繚轉而自締"，句法一律。《文選》謝靈運《遊南亭詩》注、潘安仁《悼亡詩》注、陸士衡《答

· 320 ·

張士然詩》注引并無可字。朱燮元本、大小雅堂本同。

心鞿羈而不形兮 形一作開

案形當從一本作開，字之誤也。（開缺損成开，後人妄沾彡旁以爲形字。）王注曰"肝膽係結，難解釋也"，正以"難解"釋"不開"之義。朱本、元本、王鏊本、朱燮元本、大小雅堂本并作開。

淩大波而流風兮托彭咸之所居

案此處紆娛居三字爲韻，依二進韻例，當係脱去二句。考《離騷》"吾將從彭咸之所居"，與此"托彭咸之所居"語同。彼言彭咸所居，實指崑崙上層之天庭，則此言彭咸所居，亦當指下文"高巖之峭岸"，"雌蜺之標顛"云云，而後文攄虹、捫天、吸露、漱霜、依風穴、馮崑崙，皆既至彭咸所居後之所從事。然則所謂"淩大波而流風"者，乃造彭咸之過程，非謂彭咸所居即在水中也。然以彭咸所居之遠，造之之過程，似又不祇淩波流【游】風一事，故疑此處所脱二句，當在"淩大波"與"托彭咸"二句之間。

忽傾寤以嬋媛 一作撣援

案嬋媛當從一本作撣援，詳《離騷》"女嬃之嬋媛兮"條。

重任石之何益 一云任重石

案當從一本作"任重石"。任猶抱也。"任重石之何益"，猶蔡邕《吊屈原文》曰"顧抱石其何補"。王注曰"雖欲自任以重石"，是王本正作"任重石"。朱本、朱燮元本、大小雅堂本并同。

心絓結而不解思蹇産而不釋 一本無此二句

案二句正文及注皆互見《哀郢》篇中。陸侃如氏云：二句本《哀郢》文，後人誤加於此。依章句例，凡已注者皆不再注。本篇若原有此二句，則注當云"皆已解於《哀郢》中"。今則逐字加注，且與《哀郢》注同，可證正文及注皆自《哀郢》移此。案陸説是也。古音釋在魚部。（本篇《惜誦》叶釋白，《哀郢》叶蹠客薄釋，《招魂》叶托索石釋，《大招》叶酪薄釋。）此與支部之積擊策迹適愬相叶，與古韻不合。是亦二句爲後人私加之確證。然以二進韻例推之，此處蓋本有二句，而今本脱之，後人始以《哀郢》語補入耳。

· 321 ·

遠遊

怊惝怳而乖懷

案"乖懷"二字無義。乖當爲永，字之誤也。《詩·卷耳》曰"維以不永懷"，《正月》曰"終其永懷"。此與《九懷·匡機》"永懷兮內傷"并用《詩》語。永懷與遙思對文。今本作乖，蓋以二字形近，(《韓詩外傳》一"客之行差遲乖人"，《列女傳·辯通》篇乖作永。) 又涉注文"志乖錯也"而誤。《文選》謝玄暉《郡內登望詩》注，王質《詩總聞》——《沔水》注引并作永。朱本、元本、王鳌本、朱燮元本同。

聞赤松之清塵兮　塵一作虛

案《列仙傳》上《赤松子傳》："赤松子者，神農時雨師也。……往往至崑崙山上……隨風雨上下。"《師門傳》曰："一旦風雨迎之。"他書亦每言神人出入以風雨。《九歌·大司命》曰："令飄風兮先驅，使涷雨兮灑塵。"清塵猶灑塵也。(《韓非子·十過》篇"風伯進掃，雨師灑道"，《淮南子·原道》篇"令雨師灑道，使風伯掃塵"，《文選·東京賦》"清道案列"，清道亦即灑道。) 此言赤松清塵，謂其乘風雨飛昇耳。(《史記·司馬相如傳》"犯屬車之清塵"，《文選·七發》"雜杜若，蒙清塵"，均以清爲形容詞，與此義迥異。) 一本塵作虛，非是。《文選》潘安仁《懷舊賦》注、盧子諒《贈劉琨詩》注、謝玄暉《和伏武昌登孫權故城詩》注引亦作塵。各本并同。

晨向風而舒情　晨一作長

案晨當爲長，字之誤也。向風舒情，奚必晨旦？一本作長爲允。朱本、元本作"長向風"，與一本合。《文選》魏文帝《雜詩》注，張孟陽《七哀詩》注并引作"向長風"，亦通。

夕晞余身兮九陽　兮一作乎

季君鎮淮云：兮當從一本作乎。《離騷》於二句分用"於""乎"二介詞時，例上句用於，下句用乎。(案詳《離騷》"朝吾將濟於白水兮"條）本篇仿《離騷》而作，此等語法，猶不失屈子軌範。"朝發軔於太儀兮，夕始臨乎於微閭"，（釋文："於，於其切。"案"於微閭"三字一名，即《爾雅》之"醫無閭"。於微，醫無，一聲之轉。）"軼迅風於清源兮，從顓頊乎增冰"，其明證矣。此文"朝濯髮於湯谷兮，夕晞余身乎九陽"亦然。今本乎作兮，傳寫之誤耳。案季說是也。本篇句中例不用兮字。《文選》張平子《思玄賦》注、盧子諒《贈劉琨詩》注、《海錄碎事》一、《山谷內集》三《次韻張詢齋中晚春》注并引作乎，與一本合。

淩天地以徑度

俞樾云：天地當作天池。天池亦星名。《九歌·少司命》"與女沐兮咸池"，注曰"咸池，星名，蓋天池也"，《九思·疾世》曰"沐盥浴兮天池"。案俞說是也。《哀時命》曰"勢不能淩波以徑度兮"，語與此相似，可證此言度亦謂度水。

意恣睢以担撟　撟一作矯

案《補注》引釋文担音丘列切。《文選·射雉賦》"眄箱籠以揭驕"，徐注曰"揭驕，志意肆也"，又曰"《楚辭》揭驕作拮矯"。李注引《楚辭》曰："意恣睢以拮矯。"案"志意肆"之義與王注"縱心肆志"合，"拮""揭"與釋文丘列切之音合，是担即拮，揭之借字。《集韻》担拮并同揭，音丘傑切，是也。担本音多旱切。担與揭（拮），於韻為陽入對轉，於聲由端知變見溪。（《說文》覞從見聲（見母），重文作䙬，從旦聲（端母），晢從折聲（知母），古文作喆，當從吉聲（溪母）。）《史記·司馬相如傳》《大人賦》"掉指橋以偃蹇兮"，《索隱》曰"指，居桀切"。（今本《史記》無此文，見本書洪《補注》引。）案"指"知紐，古讀歸端，此音居桀切，亦猶担之音丘列切。"指橋"亦即"拮撟""揭驕"耳。要之，形況之詞，本無定字。本篇担撟字徐李二注引作拮，但取音同，不妨兩是。學者若以丘列切之音罕聞而疑担為拮之誤字，則過矣。

張咸池奏承雲兮二女御九韶歌使湘靈鼓瑟兮令海若舞馮夷

案此文當作"張《咸池》奏《承雲》兮，令海若舞馮夷，使湘

· 323 ·

靈鼓瑟兮，二女御九韶歌"，夷與上文妃韻，歌與下文蛇韻也。今本"令海若"句與"二女御"句誤倒，則失其韻矣。

玄螭蟲象并出進兮

案象疑當爲豸，字之誤也。豸俗作豖，與象形近，故誤爲象。(《唐大詔令集》《舊唐書·韋陟傳》《吉溫傳》吳豸之，《郎官石柱題名》作豖，《全唐詩》又誤作象。)《說文》曰"豸，獸長脊，行豸豸然"，《繫傳》曰"豸豸，背隆長貌"。"玄螭蟲豸并出進兮，形蟉虬而逶迤"，蓋指魚龍漫衍之戲，《西京賦》所謂"巨獸百尋，是爲曼延"是也。王本作象，注中一説謂象爲罔象，失之。

卜居

往見太卜 一本此句上有乃字

案當從一本補乃字。《御覽》七二六、《合璧事類後集》九引亦有。《文選》及朱本、元本、王鏊本、朱燮元本、大小雅堂本并同。

將氾氾若水中之鳧乎 一無乎字

案當從一本删乎字。"將氾氾若水中之鳧，與波上下，偷以全吾軀乎"十八字總爲一句。《御覽》七二六、《合璧事類別集》六九引亦無乎字。朱本同。

龜策誠不能知事 一云知此事

案當從一本增此字。詹尹但言龜策不能知屈原所問之事，非謂凡事皆不能知也。《御覽》七二六引有此字，《文選》亦有。朱燮元本、大小雅堂本并同。

漁父

聖人不凝滯於物 《史記》作夫聖人者

案《史記》有"夫""者"二字，語意較明，當從之。

何故深思高舉自令放爲 <small>《史記》作何故懷瑾握瑜而自令見放爲</small>

案"深思高舉"謂自放，與下文"自令放"爲被放之意齟齬。《史記》作"何故懷瑾握瑜而自令見放爲"，於義爲長，當從之。王注曰"獨行忠直"，似所據本亦作"懷瑾握瑜"。

而蒙世俗之塵埃乎 <small>一無而字</small>

案當依一本刪而字。"安能以皓皓之白，蒙世俗之塵埃乎"，與上文"安能以身之察察，受物之汶汶乎"，句法一律。《文選》無而字。《類聚》六、《白帖》三、《御覽》三七、《史記·屈原列傳索隱》、《文選》鮑明遠《擬嵇中散言志詩》注、《山谷內集》一三《再次韻兼簡履中南玉》注、又二〇《題淡山巖》注所引亦并無。

九辯

登山臨水兮送將歸

案《御覽》四八九，《初學記》一八，《白帖》五、又三四，《文選·秋興賦》注引并無兮字，則以"憭慄兮若在遠行登山臨水送將歸"作一句讀，於義似勝。

泬寥兮天高而氣清 <small>清古本作瀞</small>

劉永濟氏云：清爲淸之通借。（《莊子·人間世》篇"爨無欲清之人"，釋文曰"清，涼也"，《呂氏春秋·有度》篇"清有餘也"，高注曰"清，寒也"，皆應作淸。）一本作瀞，當爲淸之或體。《說文》曰："淸，冷寒也，楚人謂冷曰淸。"案劉說是也。《唐韻》清，七正切，淸，七定切，音同，是清淸一字。諸書清字訓涼訓寒者，均當爲淸之省。《書鈔》一五四、《類聚》三、《初學記》三、《御覽》二五、《合璧事類前集》一四、《文選·秋興賦》注、江文通《雜體詩》注、《山谷內集》注二《贈惠洪》注、李璧《王荆公詩注》三八《登中茅山》注、王得臣《麈史》中引并作清。曹植《秋思賦》曰"雲

古典新义

高氣静兮露凝衣",疑所見即作瀞之本,而讀瀞爲静也。王注曰"秋高氣朗,體(《山谷内集》注一次《韻劉景文登鄴王臺見思》注引作氣)清明也",讀清如字,則與下句清字韻複矣。(本書同字例不連叶。《離騷》"來吾道夫先路,……既遵道而得路",上路讀爲輅,"豈唯是其有女,……孰求美而釋女",下女讀爲汝,本篇"沆寥兮天高而氣清,寂寥兮收潦而水清",上清讀爲清,皆其例。詳《離騷》"昔三后之純粹兮……"條。)

坎廩兮貧士失職而志不平 廩一作壈

案壈廩正借字。《文選》作壈。《類聚》五五、《初學記》一八、《御覽》二五引并同。原本《玉篇·車部》引作轥,轥與壈通。

惆悵兮而私自憐

案而字疑衍。句中兮字本兼具虚字作用(詳《九歌》"君回翔兮以下"條),"惆悵兮私自憐",猶"惆悵而私自憐"也。《文選》孫子荆《征西官屬送於陟陽候作詩》注、陸士衡《挽歌》注、張平子《四愁詩》注引并無而字。(《西征賦》注引又有而字,無兮字,正以此兮字本具"而"之作用,故誤改之。)

鴈廱廱而南遊兮 廱一作嗈

案一本作嗈,正字。《書鈔》一五四,《御覽》二五引并作嗈。《文選》作雍,同。

悲憂窮戚兮獨處廓 戚一作慼,《文選》作慽。

案慽正字,"悲憂"與"窮慽"對文。一本讀戚如字,因改寫作慼,則與悲憂義複矣。

竊獨悲此廩秋 廩一作凜

案凜正字。《類聚》三,《白帖》三,《御覽》二五,《海録碎事》二,《合璧事類前集》一四,《文選》潘安仁《閑居賦》注,《草堂詩箋》三一《詠懷古迹》箋、又三七《宿花石戍》箋,《五百家注韓集》一《秋懷詩》注、又三《感春》韓注,史容《山谷外集》注五《次韻感春》注、又六《定交詩》注引并作凜。《文選》亦作凜。朱燮元本、大小雅堂本同。

收恢台之孟夏兮 _{台一作炱}

案"收恢台之孟夏兮,然欿儚而沈藏"二句,猶言夏去而秋冬遞來,"收"斥秋言,"沈藏"斥冬言也。然孟夏始去,不能遽及秋候。疑孟當爲盛,字之誤也。《尚書大傳》"夏者假也,吁荼萬物而養之外者也",鄭注曰"吁荼讀爲嘘舒",又"陽盛則吁荼萬物而養之外也",注曰"吁荼氣出而溫",是吁荼之義猶鬱蒸也。"恢台""吁荼"一語之轉。台本作炱,正字。恢炱字俱從火,故有鬱蒸之義。盛夏陽氣鬱蒸,焅然酷熱,故曰"恢台之盛夏"。若爲孟夏,則不得言"恢台"矣。《類聚》三引孟正作盛,是其確證。

塊獨守此無澤兮

案通審全文,本篇蓋旅途中所作。上文云"皇天淫溢而秋霖兮,后土何時而得漧",方恨積雨難霽,道途泥濘,無時得漧,則下文不得又有"無澤"之嘆。疑無當爲蕪之省借,或誤字。《風俗通義·山澤》篇曰:"水草交厝,名之爲澤。"久雨則百草怒生,潢潦渟渚而成斥鹵,"蕪澤"正言其水多也。王注曰"不蒙恩施,獨枯槁也",殊失其義。(此意何君善周所發。)

鳳愈飄翔而高舉

案《御覽》九一五、《事類賦注》一八引翔并作翱,殆是。"飄翱"疊韻連語。

泊莽莽與壄草同死 _{泊一作汨}

案泊疑當從一本作汨。汨猶忽也,語助詞,有"出其不意"之意。凡上句言"願",下句多言事與願違。此曰"願徼幸而有待兮,汨莽莽與壄草同死",願汨對言以見意。

願自往而徑遊兮

案"徑遊"無義。遊當爲逝,字之誤也。(《九懷·陶壅》"吾乃逝兮南娭",《九歎·遠遊》"旋車逝於崇山兮",逝并一作遊。《九歎》章目《遠逝》一作《遠遊》,《遠遊》一作《遠逝》。)逝,去也。"願自往而徑逝",猶言願自往而直去耳。《抽思》曰"願徑逝而未得兮",《七諫·怨世》曰"絕橫流而徑逝",皆言"徑逝"。而《七諫·怨思》

・327・

曰"願壹往而徑逝兮，道壅絶而不通"，與此曰"願自往而徑逝兮，路壅絶而不通"，文句幾於全同，尤本篇字當爲逝之佳證。

滅規矩而改鑿

案鑿當爲錯，聲之誤也。（鑿錯二音古書往往相亂。《史記·晉世家》出公名鑿，《六國年表》作錯，是其比。）古韻錯在魚部，鑿在宵部。此本以錯與上文固相叶，後人誤改作鑿，以與下文教樂高叶，則固字孤立無韻矣。《離騷》曰"固時俗之工巧兮，偭規矩而改錯"，《七諫·謬諫》曰"固時俗之工巧兮，滅規矩而改錯"，本篇上文曰"何時俗之工巧兮，背繩墨而改錯"，語意俱與此同，而字皆作錯。《文選·思玄賦》注引此文作錯，尤其確證。

願托志乎素餐　釋文作食音孫

案餐當爲飧。《說文》餐重文作湌，與飧形聲俱近，故相涉而誤。古韻飧餐異部。此與溫垠春爲韻，是字當作飧。若作餐，則失其韻矣。釋文作食，亦飧之訛，故音孫。龔頤正《芥隱筆記》引《九辯》作飧，所見本不誤。

泊莽莽而無垠　泊一作汨

案泊當從一本作汨。"寒充倔而無端兮，汨莽莽而無垠"，二句意近平列。充倔義猶莽莽，（《方言》四"布而無緣……自關而西謂之祔褴"，充倔與祔褴同，無邊緣貌也。莽莽即茫茫，無涯際貌也。）無端猶無垠，（端謂端崖，垠謂垠鄂。）寒與汨皆語助詞也。（詳上"汨莽莽與墜草同死"條）《芥隱筆記》引作汨，與一本合。

無衣裘以御冬兮　御一作禦

案御通禦。《書鈔》一二九引亦作禦。

靚杪秋之遙夜兮

案靚讀爲靖。《方言》一曰"靖，思也"，《文選·思玄賦》李注曰"靖與靚同"。"靚杪秋之遙夜"猶言思量末秋將至，晝漸短而夜漸長也。《文選》謝靈運《登臨海嶠初發彊中作與從弟惠連見羊何共和之》詩注、《山谷內集》注一《戲答俞清老道人寒夜》注、及《芥隱筆記》引靚作覯，非是。蓋一本靚訛作覯，隋唐間人誤以

· 328 ·

靚覯爲一字，（曹憲《博雅音》靚音狄。《集韻》《類篇》并承之，遂云靚一音狄，與覯同。然其説實誤，詳王氏《廣雅疏證》。）故或改書作覯也。

焱壅蔽此明月

案焱當爲歘，字之誤也。歘脱爛成焱，又以形近誤爲焱。張衡《思玄賦》曰"歘神化而蟬蜕"，《後漢書·何進傳》曰"不臨喪，不送葬，今歘入省，此意何爲"，歘與忽音義并同。字一作欻。玄應《一切經音義》六引《蒼頡篇》曰："欻，卒起也。""歘壅蔽此明月"，猶下文"卒壅蔽此浮雲"。《類聚》二引正作歘，是其確證。

雲蒙蒙而蔽之……或黙黙而汙之

案"蔽""汙"於韻不叶，初疑二字必有一誤。繼而思之，乃知不然。蔽古讀爲 *-ad，汙讀爲 *-o。然二韻後皆有餘聲"之"字，其聲母爲 *t-。"蔽"之韻尾輔音 *-d，因與"之"之聲母 *t- 相毗鄰而失去（語言學家稱此類爲"接置省略""Jux tapositional elision"），則 *-ad 變爲 *-a 矣。此以失去韻尾輔音之蔽（*-a）與汙（*-o）通叶，正猶下文瑕（*-o）與加（*-a）通叶也。

竊不自聊而願忠兮 聊一作料

案料聊正借字。料猶慮也，"不自料"即不自謀慮。朱本亦作料。

瞭冥冥而薄天 瞭一作杳

案《文選》江文通《從冠軍建平王登廬山香鑪峰》詩注引亦作杳。杳正字。（互詳《哀郢》"瞭杳杳而薄天"條。）

今誰使乎譽之 譽一作訾

朱子初謂訾訓相度，於義爲長，又與知叶，（案知訾亦祇韻近通叶，説詳下。）作訾者是。繼又見下文"得之""郭之"相叶，理不可曉，遂不得不謂二"之"字爲韻，因以彼例此又謂此文二"之"字亦自成韻，故譽亦無煩改作訾。案朱子後説非也。之字非韻，理無可易。（凡句末有語助詞者，皆以上一字爲韻，毛先舒《韻學通指》所謂"餘聲韻"是也。）下文"得之""郭之"爲韻者，得乃將之訛（説詳下），將與郭韻也。此文本自作訾，"知之"與"訾之"，支脂合韻。訾訓相，見《呂氏春秋・知度》篇高注。"無伯樂之善相兮，今誰使乎譽之"，"相"與"譽"爲互文也。王注曰"後世歎譽，稱其德也"者，訾又訓歎（《漢書・禮樂志》注曰："訾，嗟歎之詞也。"），注乃以"歎譽"釋"訾"字，非謂正文本有譽字也。後人不察，或援注中"譽"字以改正文，過矣。王鏊本、朱燮元本、吉藩本、大小雅堂本并作訾，與一本合。

惟著意而得之

案得字於義難通，又與郭不叶。疑得當爲將，字之誤也。（草書將作𢪛，得作𢪛，形近。）將讀爲獎。（《漢書・衡山王賜傳》"皆將養勸之"，注曰"將讀曰獎"。）"惟著意而獎之"，願君留意而有以獎勵己之忠行也。（互詳上條。）

通飛廉之衙衙 通一作道

案通當爲道，字之誤也。（《管子・輕重甲》篇"鷗雞鵠鴇之道遠"，《韓非子・外儲説右》篇"甘茂之吏道穴聞之"，《呂氏春秋・知己》篇"壞交道屬"，《淮南子・主術》篇"百官循道"，《史記・天官書》"氣來卑而循車道者"，道今本皆訛作通。）道與導同。此文屬與道對，屬謂屬續於後，道謂導引於前也。吳仁傑《兩漢刊誤補遺》一〇、袁文《甕牖閒評》一并引作道，《玉篇・行部》《廣韻》八語并引作導，所據本皆不誤。

前輕輬之鏘鏘兮 輕一作輊

案輊當爲輕，字之誤也。（隸書輕或作輊（《劉衡碑》《馮煥碑》），與輕形近。）《説文》曰"輕，輕車也"，《招魂》"軒輬既低"，注曰"軒輬皆輕車名"。輬爲輕車，故曰輕輬。下文曰"後輜乘之從從"，輜乘謂重車。（《左傳・宣十二年》"楚重至於邲"杜注曰"重，輜重也"，《釋名・釋車》曰"輜車，載輜重臥息其中之車也"。）車行輕者宜在前，重者宜在後，故曰："前輕輬之鏘鏘兮，後輜乘之從從。"若作輊，則爲車行後頓之狀，無論"輊輬"連文，已近不辭，即與下句輜乘之文亦不相偶稱。朱本、朱燮元本、大小雅堂本并作輕輬，與一本合。

招魂

朕幼清以廉潔兮身服義而未沫主此盛德兮牽於俗而蕪穢上無所考此盛德兮長離殃而愁苦

案此段與全篇文意不屬，疑本《大招》或《九辯》亂詞，誤竄於此。又"主此盛德兮"句法獨短，句上疑缺二字。"長離殃而愁苦"句不入韻，以下似仍有脫文。

掌夢上帝其難從 一云其命難從一云命其難從

案疑當從一本於帝下增命字。全文讀爲"掌夢。上帝命其難從！"言己職在掌夢，不習招魂之術，是以上帝之命，殆難聽從也。又一本亦有命字，惟誤倒在"其"下耳。《文選》及朱本、朱燮元本、大小雅堂本亦倒。

若必筮予之恐後之謝不能復用

案若字上疑脫"帝曰"二字。此數句又帝語。"若"斥巫陽。謝，凋謝也。言帝謂巫陽曰"汝必須筮予之，不則恐後時而魂魄凋謝，不堪復用"也。上文巫陽已辭帝不能從命，此文帝再曉巫陽以必須筮予之故，下文"巫陽焉乃下招"則巫陽卒從帝命而往也。諦審全文，必增"帝曰"二字而後問對之意乃明。

去君之恒幹何爲四方些 一作何爲乎四方，乎一作兮

案"爲"下當從一本補"乎"字。《海錄碎事》九上引乎作兮，與又一本同。兮即乎之誤字。

十日代出流金鑠石些

案古言天有十日，更番運照，則一時仍祇一日，此猶常態也。又言十日并出（《莊子·齊物論》篇、《淮南子·本經》篇、《御覽》三引《逸周書》），則十日同時俱出，故其爲熱酷烈，異於常時。此曰"流金鑠石"，似代當爲并之訛。"十日并出，流金鑠石"，猶《淮南子·本經》篇言"十日并出，焦禾稼，殺草木"也。今本作代，或後人習聞代出之説而妄改。《類聚》一、《白帖》一、《御覽》四、

《合璧事類前集》一一、《文選》劉孝標《辨命論》注、《草堂詩箋》二八雷箋、《五百家注韓集》五盧仝《月蝕詩》孫注引俱作并，可據以正今本之誤。

彼皆習之魂往必釋些 _{皆一作自}

案自字義似較長。王注曰"言彼十日之處，自習其熱"，是所見本亦作自。

歸來往恐危身些 _{一云魂兮歸來}

案此處六段分言四方上下，每段末句皆作"歸來兮……"。此"歸來"下亦當補兮字，方與上下文句一律。一本作"魂兮歸來"，亦誤。

此皆甘人

案依上來五段句例，此下似脫"□□□□些"（原文此處為"□"）五字。

歸來恐自遺災些 _{一作歸來兮}

案一本作"歸來兮"，是。上文"歸來兮恐自遺賊些"，語意與此同，而句中亦有兮字，可資參證。

川谷徑復

五臣注曰："徑，往也。"（此據洪氏《補注》引，今本《文選》六臣注中無此文。）案徑無往義，徑即往之訛。隸書徑或作徑，與往形近易混。（上文"歸來恐自遺災些"，王注曰"往必自與害，不旋踵也"，此本往即誤作徑。）然此文王注訓徑為過，則所見本已誤。

文異豹飾

案"文異豹飾"文不成義，疑當作"文豹異飾"。古書多言文豹。《莊子·山木》篇曰"夫豐狐文豹棲於山林"，《說苑·政理》篇曰"翟人有封狐文豹之皮者"，《三國志·魏志·東夷傳》曰"土地饒文豹"，而《拾遺記》一曰"帝乃更以文豹為飾"，與此語意尤近。王注曰"言侍從之人皆衣虎豹之文，異采之飾"，是王本正作"文豹異飾"，惟以"虎豹之文"釋"文豹"為未允耳。原本《玉篇·白部》引與今本同，則誤自六朝已然。

鵠酸臇鳧

梁章鉅曰："以上下句例之，當是'酸鵠臇鳧'。"案梁說是也。王注曰"言復以酸酢烹鵠爲羹，小臇臛鳧"，是王本不誤。《類聚》二五引亦作"酸鵠臇鳧"，尤其確證。

歸來反故室敬而無妨些　一云歸反故室無來字

案自"魂兮歸來，入修門些"以下并亂詞凡五段，除此段外，末皆云"魂兮歸來……"。疑此本作"魂兮歸來，敬而無妨些"，與前後各段文句一律。今本"反故室"三字蓋涉上下文"反故居些"而衍。後人見"魂兮歸來反故室，敬而無妨些"句法冗長，乃或刪"魂兮"二字如今本，或又刪來字如一本也。然觀王注云云，則此文之奪亂，蓋自漢已然。

肴羞未通

陳本禮云：通當爲徹，避漢諱改。案陳說是也。《儀禮·大射儀》"乃徹豐與觶"，鄭注曰"徹，除也"。

菎蔽象棊　菎一作琨一作箟

案菎當從一本作箟，涉下蔽字從艸而誤也。王注曰"菎，玉也。蔽，簙箸，以玉飾之也。或言菎蕗，今之箭裏也"，下注曰"以菎蕗（原誤落）作箸，象牙爲棊"。案下注從本注後說，得之。注文兩"菎蕗"亦當作箟簬。（《韻語陽秋》一七引下注如此，《西溪叢語》下引作箟簬。）箟簬即箘簵，竹名也。箟蔽謂以箟簬之竹爲簙箸。《白帖》三三、王應麟《急就篇補注》三、葛立方《韻語陽秋》一七引并作箟。朱本同。

娛酒不廢

王注曰："或曰'娛酒不發'。"案發廢正借字。發謂酒醒。《晏子春秋·諫上》篇曰"景公飲酒，三日不發"，又曰"君夜發不可以朝發"，皆謂酒醒。《賈子新書·先醒》篇曰"辟猶俱醉而獨先發也"，先發即篇名之先醒也。（以上說本汪中《經義知新記》）王注訓發爲旦，引《詩》"明發不寐"爲證不知《詩》"明發"亦本訓醒，則先儒汪中馬瑞辰等已發其覆矣。

古典新义

蘭膏明燭華鐙錯些 鐙一作雕

案鐙當從一本作雕。王注曰"言鐙錠盡雕琢錯鏤，飾（此下原有設字，從朱熻元本、大小雅堂本删）以禽獸，有英華也"，此以"雕琢錯鏤"釋"雕錯"二字。知之者，《類聚》八〇、《初學記》二五并引正文作"華銅錯"而《類聚》復引注作"銅琢錯鏤"，明是以"銅琢錯鏤"釋"銅錯"。作銅之本既以"銅琢錯鏤"釋"銅錯"，則作雕之本乃以"雕琢錯鏤"釋"雕錯"明矣。考周同二字，古每通用。（《離騷》"何方圜之能周兮"，周一作同。《七諫·謬諫》"恐矩矱之不同"，同一作周。《莊子·徐無鬼》篇"德不能周也"，釋文本周作同。又《讓王》篇"乃自投椆水"，釋文椆又作桐。《古文苑·梁王菟園賦》"白鷺鵰桐"即鵰雕。）是銅與鋼（雕）古字亦當通用。《列女傳》三《魯臧孫母傳》曰"食我以同魚"，又曰"同者其文錯"，《御覽》七六三引上同字作銅，《玉燭寶典》四引曹大家注曰"魚鱗有錯文"。案銅與鋼通，鋼又與雕通，而雕錯一義。魚鱗有錯文者謂之銅魚，即雕魚矣。然則《招魂》一本作"銅錯"，一本作"雕錯"，字異而義實不異。後人但知銅爲金名，而不知字亦與鋼通，因據注中"鐙錠"之文改銅爲鐙，謬矣。夫王注云云，但以上文有"蘭膏明燭"之語，故知所謂"華雕錯"者必指鐙錠而言，奚必正文果有鐙字哉？要之，此文作銅作雕皆是，惟不得作鐙耳。注云"雕琢錯鏤"，是王本當作雕。唐寫本《文選》亦作雕。

菉蘋齊葉兮白芷生

案菉，王芻，陸生之草，不得與蘋齊葉。菉當讀爲綠。"綠蘋"與"白芷"對文。齊，列也（《淮南子·原道篇》高注），列，布也。（《廣雅·釋詁三》）"綠蘋齊葉"言蘋葉生而布列於水上也。唐寫本《文選集注》引陸善經本菉正作綠。

君王親發兮憚青兕

案本篇亂詞逐句有韻，獨此句兕字不入韻。疑"憚青兕"當作"青兕憚"，先還先憚四字爲韻也。憚讀爲殫。《爾雅·釋木》釋文引《字林》"殫，斃也"，《左·襄二十七年》"單斃其死"，單亦斃也，單與殫同。"青兕殫"即青兕斃耳。

目極千里兮傷春心

王注曰："或曰'蕩春心'。"案別本作蕩最是，謂搖蕩春心也。今作傷者，蓋涉下文"哀江南"而誤。實則此哀字讀爲依，(《淮南子·說山》篇"鳥飛反鄉，兔走歸窟，狐死首丘，寒將翔水，各哀其所生"，《文子·上德》篇哀作依。《漢書·天文志》"後聚十五星曰哀烏郎位"，《晉書·天文志》作依烏郎府。)"魂兮歸來哀江南"，言歸來依江南而居也。(王注訓蕩爲滌，云"可以滌蕩愁思之心"，亦未允。)

大招

魂魄歸徠無遠遙只

案全篇皆云"魂乎歸徠"，惟此及後文作"魂魄歸徠"，疑魄皆乎之誤。精氣曰魂，形體曰魄。人死魂氣散越，離魄而去，故祭有招魂復魄，(見《周禮·夏采》先鄭注，《儀禮·士喪禮》後鄭注。)謂招魂使復歸於魄，非招魄也。此云"魂魄歸徠"，則并魄亦招之。揆諸事情，庸有當乎？

魂乎歸徠無東無西無南無北只 一云無東西而南北只

案此下一段分言東西南北四方之害，以戒魂勿往。於"南有炎火千里，蝮蛇蜒只"上則曰"魂乎無南"，於"西有(原誤方，詳下)流沙，漭洋洋只"上則曰"魂乎無西"，於"北有寒山，連龍赩只"上則曰"魂乎無北"。獨於"東有大海，溺水浟浟只"上，乃不曰"魂乎無東"，而曰"魂乎歸徠，無東無西，無南無北只"。揆諸詞例，已爲不倫，況北字又不入韻哉？今疑古本祇作"魂乎無東"四字，與餘三方詞例一律。其"歸徠"二字及"無西無南無北只"等七字，皆後人援王注而妄沾。不知注云"無散東西南北，四方異俗，多賊害也"，乃總釋以下之辭。讀者不悟，據以補苴正文，斯爲蛇足矣。朱子又欲於"東有大海"上別補"魂乎無東"四字，亦非。

螭龍并流上下悠悠只

案流游古通，(《漢書·項籍傳》"必居上游"，注引文穎曰"游或作流"。)謂螭龍相傍而浮游也。王注曰"復有螭龍神獸，隨流上下，并行遊戲"，似以"并行遊戲"釋"并游"二字。(游遊通)然則王本字正作游。

山林險隘 林一作陵

案山石巉巖，可言險隘，林薄則否。林當從一本作陵。陵林聲近，古書往往相亂。《莊子·齊物論》篇"山林之畏佳(崔嵬)"，奚侗云當爲山陵，《吕氏春秋·禁塞》篇"爲京丘若山陵"，注"……故謂之京丘，若山陵高大也"，注陵字今本誤作林，《六韜·絕糧》篇"依山林險阻，水泉林木而爲之固"。《通典》五七引作山陵，并其比。(漢鐃歌《上陵》篇，余謂即上林(詳《樂府詩箋》)，則又林誤爲陵之例。)《六韜》語意與此全同，而陵亦誤林，尤本書林當爲陵之佳證。

西方流沙

案方疑當爲有，字之誤也。(篆書 ᙏ 壞爲 ᙘ，與 ᙙ 形近。)"西有流沙"與上文"東有大海"，"南有炎火千里"，下文"北有寒山"，句法一律。

魂魄歸徠閒以静只

案魄當爲乎，詳上"魂魄歸徠無遠遥只"條。

魂兮歸徠恣所擇只 一作魂乎歸徠

案全篇皆作"魂乎歸徠"。此兮字當從一本作乎，以歸劃一。

思怨移只 古本作怨思移只

案"思怨"二字當從古本乙轉。王注曰："移，去也，言美女可以忘憂，去怨思也。"是王本"怨思"二字未倒。

曲屋步㙴宜擾畜只

案本篇通例，每換一韻，皆殿之以"魂乎歸徠，□□□只"(原文此處為"□")二句。此處獨無，蓋傳寫脱之。當補入。

鶗鴻羣晨

案此文曰"鶗鴻羣晨",下文曰"鴻鵠代遊",兩鴻字複出,必有一誤。然古書多言"鴻鵠",罕言"鶗鴻",疑鶗鴻之鴻爲鶴之誤。鶗雞與鶴,其鳴皆以晨夜,故曰"鶗鶴羣晨"。(晨即《書·牧誓》"牝雞無晨"之晨,謂晨鳴也。)《七諫·自悲》曰"鶗鶴孤而夜號兮",亦鶗鶴并舉,是其明證。王注曰"鴻,鴻鶴也",疑本作"鶴,鳴鶴也"。(《易·中孚》九二"鳴鶴在陰",《張衡·思玄賦》"鳴鶴交頸"。)下注曰"言鶗雞鴻鶴,羣聚候時","鴻鶴"亦當爲"鳴鶴",下文"鶴知夜半,鶗雞晨鳴,各知其職也",可證。

魂兮歸徠正始昆只 兮一作乎

案兮當從一本作乎,詳上"魂兮歸徠恣所擇只"條。

尚賢士只 一云尚進士只,一云進賢士只

案尚,舉也。(《廣雅·釋詁二》)"尚賢士"與"禁暴苛"對舉,猶後文"舉傑壓陛"與"誅譏罷"對舉,尚賢即舉傑也。一本作"尚進士",一本作"進賢士",蓋涉注文"楚方尚進賢士"而誤改。王得臣《麈史》中引亦作"尚賢士"。各本并同。

禁苛暴只

案"苛暴"當爲"暴苛"。苛與罷麼施爲等字爲韻,如今本則失其韻矣。王注曰"禁絶苛刻暴虐之人",似王本已倒。

魂乎徠歸國家爲只

案全篇皆作"魂乎歸徠",此及後文"魂乎徠歸"亦當作"歸徠",以與全篇一律。朱本不誤。

登降堂只 降一作玉

案降當從一本作玉。宋玉《風賦》曰:"然後倘佯中庭,北上玉堂,躋於羅帷,經於洞房,迺得爲大王之風也。"此楚國宮禁殿堂之稱玉堂者也。(《韓非子·守道》篇亦云"人主甘服於玉堂之中"。)"三公穆穆,登玉堂"與下文"諸侯畢極"對舉。三公登堂,諸侯畢至,(《爾雅·釋詁》:"極,至也。")事爲同類,彼但言至不言往,則此亦當但言登不言降。王注曰"上下玉堂,與君議政",此本敷

古典新义

衍辭義，但取便文，不爲典要，後人乃援注中"下"字以改正文"玉"爲"降"，其失也迂。

魂乎徠歸尚三王只

案"徠歸"當作"歸徠"，詳上"魂乎徠歸國家爲只"條。朱本不誤。

惜誓

白虎騁而爲右騑

案騑字不入韻，疑此下脱去二句。

循四極而回周兮

案《御覽》九一五，《事類賦》一八注引并作周回，《類聚》九九引作周迴。然班彪《覽海賦》曰"歷八極而迴周兮"。"周回""回周"，倒順兩用，均無不可。《白帖》九四引此作迴周，朱本作回周并與今本合。

見盛德而後下

案《白帖》九四，《御覽》九一五引見并作覽，疑是。賈誼《吊屈原賦》曰"鳳皇翔于千仞兮，覽德煇而下之"，或即此文所本。（本篇與賈誼賦語意頗同，王逸引或説遂以本篇爲賈作，無據。）

招隱士

谿谷嶄巖兮水曾波 曾一作增

案《文選》作層。原本《玉篇·山部》、《文選》郭景純《遊仙詩》注引并作增。曾與層增并通。

憭兮栗 栗一作慄

案唐寫本及今本《文選》并作慄。朱燮元本、大小雅堂本同。《合璧事類別集》三八引亦同。栗慄通。

虎豹穴 穴一作岈

案穴疑爲突之壞字。"虎豹突"與上文"虎豹嘷",下文"虎豹鬥"句法同。"虎豹突,叢薄深林兮人上慄"者,謂虎豹奔突,人懼而攀登林木以避之也。(互詳下條。)今本突壞爲穴,則與下句文意不貫。王注依壞文釋之曰"穿嶙(二字原倒,從段玉裁乙正)岈也",一本又據王注改正文爲岈,(《文選》及朱燮元本、大小雅堂本并同。)則歧中之歧矣。唐寫本《文選》仍作穴,引五臣本,陸善經本并同。又案以"猨狖羣嘯兮虎豹嘷","虎豹鬥兮熊羆咆"二句例之,"虎豹突"上疑脱"□□□兮"(原文此處爲"□")四字。"罔兮沕,憭兮慄,□□□(原文此處爲"□")兮虎豹突",與上文"塊兮軋,山曲岪,心淹留兮洞慌忽"句法一律。

叢薄深林兮人上慄 上一作之

案上猶升也,謂人攀升林木之上,則惴慄而懼也。《淮南子·齊俗》篇曰:"深谿峭岸,峻木尋枝,猨狖之所樂也,人上之而慄。"(《莊子·齊物論》篇曰"木處則惴慄恂懼,猨猴然乎哉",即此所本。)"人上慄"猶言"人上之而慄"也。一本上作之,無義,疑"之"爲"止"之誤,然亦非本書之舊。《簡齋詩集》箋注一八《獨立》注又引人作又,亦誤。唐寫本及今本《文選》并作"人上慄",朱本、朱燮元本、大小雅堂本并同。(互詳上條。)

樹輪相糾兮林木芘骫

案"樹輪相糾"無義,疑當作"輪囷相糾"。鄒陽《獄中上梁王書》曰"輪囷離奇",枚乘《七發》曰"中鬱結之輪囷",左思《吳都賦》曰"輪囷糾蟠",咸以"輪囷"狀樹幹盤曲之貌。本篇"輪囷相糾",義同。《御覽》九五三引作"樹輪囷以相糾兮",雖衍樹以二字,而囷字猶未脱。此當刪樹字,從《御覽》補囷字。

青莎雜樹兮薠草靃靡 薠一作蘋

案一本薠作蘋,非是。《説文》:"薠,青薠似莎者。"《淮南子·覽冥》篇"路無薠莎",(二字原倒,從王引之乙轉。)高注曰"薠讀猨猴蹯躁之蹯,狀如葳,葳如葭也"。《漢書·司馬相如傳上》

"薛莎青薠"，注曰"薠，似莎而大"。莎薠同類，故每并稱。此亦與莎并稱，則字本作薠無疑。且薠狀如葴荵，乃得從風動搖，其狀靃靡然。若作蘋，則不當言"靃靡"矣。《文選》作薠。唐寫本同，又引騫公音煩。《御覽》九〇六引亦作薠（引注亦云音煩），《海錄碎事》二二下、《合璧事類別集》三八引并同。朱本、朱燮元本、大小雅堂本亦同。

七諫

初放

堯舜聖已沒兮孰爲忠直 一無聖字

案當從一本刪聖字。此蓋涉下章"堯舜聖而慈仁兮"而衍。

死日將至兮與麋鹿同坑

案坑俗阬字。《文選》劉孝標《廣絕交論》注引作阬，當據正。

舉世皆然兮余將誰告 舉一作與

王注曰："舉，與也。言舉當世之人皆爲佞僞。⋯⋯"案正文舉當作與，注"舉，與也"當作"與，舉也"。惟正文作"與"用借字，故注以正字"舉"釋之。若正文本作"舉"，則字義已明，無煩訓釋，更無以借字"與"轉釋正字"舉"之理。亦惟正文作"與"，注以"舉"訓之，下文乃得承之而以"舉當世之人"重申正文"與世"之義。反之，若依今本正文作"舉"，注以"與"訓"舉"，則下文當云"與當世之人"，不得反言"舉"矣。疑一本作"與"，王本作"舉"，後人以一本改王本正文，又乙注文"與舉"二字以就之。其下文"舉當世之人"仍出"舉"字，則又改而未盡改者也。

上葳蕤而防露兮

案蕤，俗蕤字。原本《玉篇·自部》、《類聚》八九、《事類賦》二四注、《文選》王仲宣《公讌詩》注引并作蕤，當據正。

沈江

脩往古以行恩兮

案脩當爲循，字之誤也。（循以形近誤爲脩，又改寫作修。《管子·形勢》篇"抱蜀不言而廟堂既修"，王念孫云修爲循之誤。《莊子·大宗師》篇"以德爲循"釋文、《天地》篇"循于道之謂備"釋文并曰"循本作修"。《淮南子·詮言》篇"則動靜循理"，《韓詩外傳》二作修理。本篇下文"明法度而修理兮"，修亦循之誤（詳下條），尤爲佳證。）"循往古以行恩"謂遵從往古之道以行恩也。

明法度而修理兮 一云法令修而循理兮

案當從一本作"法令修而循理兮"。修，整也，循，順也，謂法令整飭而順理也。今本此文亦循先誤爲脩，轉寫爲修，後見下文已云"修理"，乃又改上文"法令修"爲"明法度"以避複也。

百草育而不長 育一作堕

案育疑當從一本作堕。堕爛奪成育。與育形近，故轉寫爲育。堕，解也，（《大戴禮記·盛德》篇注"堕，解堕也"。）脱也（《方言》十二），言百草枯槁而葉脱節解也。（《周語》中"本見而草木節解"，《悲回風》"蘋蘅槁而節離"。）

孤聖特而易傷 一云聖孤特

案當從一本作"聖孤特"，與上句"眾并諧"之文對舉以見意。王注曰"雖有聖明之智，孤特無助，易傷害也"，是王本正作"聖孤特"。

原咎雜而累重 原一作厚

案原當從一本作厚。咎雜猶鳩雜也。（咎九二聲通用。《爾雅·釋水》曰"水醮曰厬"，《説文》引厬作沈。《釋水》又曰"沈泉穴出，穴出，仄出也"，《説文》曰"厬，仄出泉也"。是厬沈二名，《爾雅》、《説文》互易。《九歎·惜賢》"盪渨湋之姦咎兮"即姦究。）《莊子·天下》篇曰"九雜天下之川"，釋文"九本一作鳩，聚也"。案雜亦聚也。厚，多也（《考工記·弓人》注）。"厚咎雜而累重"，猶言多其聚積，則所負累者重也。

· 341 ·

赴湘沅之流澌兮

案"湘沅"當作"沅湘"。湘爲南楚諸水之大名，諸湘有沅湘、江湘、瀟湘，猶沅水、江水、瀟水，故沅可稱沅湘，而不可稱湘沅。《離騷》"濟沅湘以南征兮"，《九歌·湘君》"令沅湘兮無波"，《九章·懷沙》"浩浩沅湘，分【汾】流汨兮"，《惜往日》"臨沅湘之玄淵兮"，皆稱沅湘。其稱湘沅者，惟此及《九歎·思古》"回湘沅而遠遷"二例。然本篇《哀命》"上沅湘而分離"，《九歎·遠遊》"殞余躬於沅湘"，仍作沅湘，是知《七諫》《九歎》兩"湘沅"仍"沅湘"之誤倒。（互詳《懷沙》"浩浩沅湘分流汨兮"條。）

怨世

然蕪穢而險巇

案原本《玉篇·山部》、《文選》禰正平《鸚鵡賦》注、劉孝標《廣絕交論》注引巇并作巘。巇與巘通。

獨冤抑而無極兮傷精神而壽夭皇天既不純命兮余生終無所依 一本無上四句

案夭依無韻，疑此非本篇文。一本無此四句，近是。

怨思

子推自割而飤君兮 一云推自割而食君兮

案飤食同。推上當從一本刪子字。《惜往日》王注引此作"推自割而食君"，《玉燭寶典》二引作"推割宍而食君兮"，并無子字，與一本合。疑子字後人擅增。

讒諛進而相朋 朋一作明

案明當從一本作明，字之誤也。明猶宣揚也。"相明"與上"不見"對舉。且明與廂翔韻，若作朋，則失其韻矣。

道壅絕而不通

案此章視他章特短，疑以下尚有脫文。

自悲

邪氣入而感内兮施玉色而外淫

案"感内"二字當互易，"施"字當移居"玉色"下。"邪氣入而内感"，"玉色施而外淫"，文相偶儷。王注曰"言讒邪之言雖自内感"，可證王本"内感"二字猶未倒。

雜橘柚以爲囿兮　囿一作圃

案囿當從一本作圃。養禽獸處曰囿，（玄應《一切經音義》一二引《三蒼》。）樹果蓏曰圃（《周禮·太宰》鄭注）。此曰"雜橘柚"，則字當作圃，明甚。

列新夷與椒楨

案《御覽》九七三引新作辛。辛新正借字。（《涉江》"露申辛夷死林薄兮"、《文選·風賦》注、《笛賦》注并引作新夷。）又案《説文》曰"楨，剛木也"，與椒不同類。"椒楨"并舉，頗似不倫。《御覽》九七三引楨作檳，於義爲長。檳即檳榔，其實可以調味，故與椒連言。今本作楨，蓋以楨檳形近，又涉下文"哀居者之誠貞"而誤。

謬諫

年滔滔而自遠兮　遠一作往

案自疑當爲日，字之誤也。（《九歎·逢紛》"意曖曖而日頹"，日一作自。）"年滔滔而日遠兮，壽冉冉而愈衰"，"日""愈"二字并用，與《自悲》"故人疏而日忘兮，新人進而俞（一作愈）好"，《九辯》"衆踥蹀而日進兮美超遠而逾（一作愈）邁"，詞例正同。"日遠"之文，本書屢見。《惜誓》曰"處衆山而日遠"，《哀時命》曰"處卓卓而日遠兮"，《九歎·離世》曰"身容與而日遠"。本篇一本遠一作往，則又與《九辯》"年洋洋而日往兮"語意尤近。朱燮元本、大小雅堂本并作日遠，是其確證。

·343·

安得良工而剖之　剖一作刑

案剖當從一本作刑。《廣雅·釋詁三》曰："刑，治也。"《周禮·大司寇》曰"以佐王刑邦國"，即治邦國。（鄭注曰"刑，正人之灋也"，案正亦治也。詳下。）又《詩·思齊》"刑于寡妻"，釋文引《韓詩説》及《孟子·梁惠王上》篇趙注并曰"刑，正也"，《廣雅·釋詁一》同。正亦治也。《呂氏春秋·順民》篇高注曰："正，治也。"《離騷》曰"不量鑿而正枘兮"，即治枘。此本作"安得良工而刑之"，刑之即治之。且刑與上文聽韻，若作剖，則失其韻矣。王注曰"剖猶治（本誤作活，從諸本訂正）也"，剖亦刑之誤。知之者，張揖作《廣雅》，盡采王注，（有説別詳。）上揭《釋詁》訓刑爲治，即用本篇注文也。

同類者相似　似一作仇

案似當從一本作仇。仇，匹也。"同音者相和，同類者相仇"，句法一律，和與仇義亦近。學者讀仇爲仇敵之仇，文義不洽，因改作似，失其本真矣。

音聲之相和兮言物類之相感也

案"感也"不入韻，句法亦不類。當係舊注文，本作"言音聲之相和，物類之相感也"，寫者誤爲正文，遂改如今本。然王逸有注，是誤在王前矣。

亂詞

鸞皇孔鳳日以遠兮畜鳬駕鵝雞鶩滿堂壇兮

案二句當依後文句法，作"鸞皇孔鳳兮日以遠，駕鵝雞鶩兮滿堂壇"。此本仿《涉江》"鸞鳥鳳皇，日以遠兮，燕雀烏鵲，巢堂壇兮"四句。今本"駕鵝"上衍"畜鳬"二字，（鳬即駕之誤而衍，畜字援注文增。）兩兮字又援《涉江》而誤倒在句末，則與後文句法不一律矣。

黿鼉游乎華池

案以上下文義推之，此上似脱"□□□□□兮"（原文此處为"□"）七字。

哀時命

杼中情而屬詩 杼一作抒

案杼抒通《文選》班孟堅《兩都賦序》注引亦作抒。

左袪挂於榑桑 挂一作絓

案挂絓通，《御覽》九五五引亦作絓。

璋珪雜於甑窒兮 一作珪璋

案《初學記》一九、《錦繡萬花谷續集》五、《廣韻·十二齊》引并作珪璋，與一本合。惟《御覽》二〇六引作璋圭，然三八二仍作圭璋，圭珪同。疑一本是。

不獲世之塵垢 垢一作埃

案垢當從一本作埃。埃與革得雔息韻。若作垢，則失其韻矣。《漁父》曰"安能以皓皓之白，而蒙世俗之塵埃乎"，即此所本。

虹霓紛其朝霞兮

案霞字無義。《類聚》二引霞作覆，近是。今作霞者，形近而誤。蓋虹形穹然下偃，如覆篷狀，故曰"虹霓紛其朝覆"。王注曰"日未明旦，復有朝霞"，是王本已誤。

上要求於仙者 求一作結

案"要求"於義難通。"求"當從一本作"結"。王注曰"上則要結仙者"，是王本正作要結。

騎白鹿而容與

案"與"字不入韻，此下疑有脱句。

遂悶歎而無名 歎一作漠，一作嘆

案"悶歎"非無名之貌歎當從一本作嘆。此以嘆誤爲嘆，因轉寫作歎。（上文"嘆寂默而無聲"，嘆一作漠，一作歎，各本遞訛之迹，與此正同。《九懷·昭世》"浮雲漢兮自娛"漢今本誤作漠。《九思·疾世》"踰隴堆兮渡漠"，漠又誤作漢。）悶漠雙聲連語，猶俶嘆也。《詩·抑》曰"莫捫朕舌"，（傳"莫，無也。捫，持也"，誤甚。）《淮南子·精神》篇曰"芒芠漠閔"，"悶漠"即"莫捫""漠閔"，語有倒順耳。王注曰"心遂煩悶，傷無美名"，讀悶如字，釋歎爲傷，是所見本已誤。

九懷

匡機

來將屈兮困窮 來一作求，一作永。

案來求皆無義，當從一本作永。《莊子·大宗師》篇子來，《淮南子·精神》篇作子求，崔譔引《淮南》作子永，《抱朴子·博喻》篇亦作子永。來求永三字互譌，與此例同。

蓍蔡兮踊躍

案《文選·西京賦》"博耆龜"，注曰"耆，老也，龜之老者神"，引本書作耆。洪興祖據此謂蓍當爲耆，是矣。然竊疑耆龜即《天問》之鴟龜，耆鴟古音近。（《說文》坻重文作渚，《涉江》"邸余車乎方林"，邸車即楮車。）《選》注訓耆爲老，似猶未諦。今本耆作蓍者，蓋王注訓耆爲筮，後人遂改從艸以就之也。

通路

騰蛇兮後從 一云從後

案"後從"當依一本乙轉。"騰蛇兮從後，飛駏兮步旁"，文相偶儷。

悲命兮相當 相一作所

案"相"當從一本作"所"。所當猶所值也。

危俊

徑岱土兮魏闕 闕一作國

案疑當作"徑代山兮魏魏"。洪興祖曰："注云'北荒'，疑岱本代字。"案"岱土"當作"代山"。"岱"即"代山"二字之誤合，"土"又"山"之訛而衍。王注曰"行出北荒，山高桀也"，但言山高而不及城闕，是王本無闕字。"魏闕"蓋本作"魏魏"。魏魏即巍巍，山高貌也，故注曰"山高桀"。古書於叠字中下一字，每祇作"二"，最易奪失。此文奪去下魏字，不成文義，今本作闕，一本作國，皆讀者以意妄補也。

昭世

浮雲漠兮自娛

王注曰："或曰'浮雲漢'，漢，天河也。"案漠爲漢之形誤。（莫莫二形易混，詳《哀時命》"遂悶歎而無名"條。）"浮雲漢"與"登羊角"文相偶。（羊角，風名。注以爲山名，非是。）《張衡·思玄賦》曰"浮雲漢之湯湯"，語與此相似。

進瞵盼兮上丘墟 進一作集

案疑當作"集瞵盼兮丘墟"。"進"爲"集"之誤，（《離騷》"欲遠集而無所止兮"，集一作進，《九思·怨上》"進惡兮九旬"，進一作集。）"上"即"丘"之誤而衍。集謂雨集，（《孟子·離婁下》篇"七八月之間雨集"，《文選·四子講德論》"莫不風馳雨集"。）集猶降也。《文選·甘泉賦》曰"璧馬犀之瞵䏔"，注引《埤蒼》曰"瞵䏔，文貌"。《景福殿賦》曰"文彩璘斑"，《西京賦》曰"瓀珉璘彬"，薛注曰"璘彬，玉光色雜也"。"瞵盼"與"瞵䏔""璘斑""璘彬"字異義同。此承上文言流星如雨，墜於丘墟之上，其光瞵盼然也。

尊嘉

余悲兮蘭生 生一作萃，一作悴

案王注曰"哀彼香草，獨隕零也"，"隕零"之語與"生"義相左。疑生當爲芷，字之誤也。此以芷缺損成止，與生形近，遂改爲生。一本作萃若悴，與生之字形俱不近，蓋皆探注義而臆改。

運余兮念茲

案王注曰"轉思念此，志煩冤也"，疑正文余下脫思字。

濱流兮則逝

案則當爲側，字之誤也。（《莊子·列禦寇》篇"醉之以酒而觀其側"，釋文"側或作則"。）側有隱藏諸義。《惜誦》曰"願側身而無所"，《七諫·哀命》曰"遂側身而既遠"，《謬諫》曰"願側身巖穴而自托"，側身并猶隱身，藏身也。《淮南子·原道》篇"側谿谷之間"，高注曰"側，伏也"，伏亦隱也，藏也。王注曰"意欲隨水而隱遁也"。正以"隱"釋"側"，疑王本不誤。

援芙蕖兮爲蓋 一云援英兮爲蓋，一云拔英

案本章通以五字爲句，獨此句溢出一字，疑"芙蕖"當從一本作一"英"字。《廣雅·釋草》曰"英，蒻也"。蒻謂蒲蒻。《周禮·醢人》先鄭注曰"蒲蒻入水深，故曰深蒲"，後鄭注曰"深蒲，蒲始生水中子"，又注《考工記·輪人》曰"今人謂蒲本在水中者爲弱（蒻）"。案凡草木初生者曰英，（《管子·禁藏》篇注"英謂草本之初生也"。）蒻爲蒲本之初生者，故亦謂之英。此曰"援英兮爲蓋"，實承上"抽蒲兮陳坐"而言，英即蒲英，謂編蒲英以爲蓋也。學者不曉英義，輒改爲芙蕖，過矣。《類聚》八二引亦作"援英兮爲蓋"。《御覽》九九九引英作董，形近而誤。然王注曰"引取荷華以覆身也"，則所據本已誤。

陶壅

意曉陽兮燎寤

案陽讀爲暢。《文選》王子淵《洞簫賦》"時橫潰以陽遂"，注曰"陽遂，清通貌"，朱駿聲亦云陽借爲暢。曉暢猶通達也。（《蜀志·諸葛亮傳》曰"曉暢軍事"，即通達軍事。）《佩文韻府·十一軫》引此正作曉暢。

乃自軫兮在茲 自軫一作息軫

案"自軫"當從一本作"息軫"，并字之誤也。（自即息之壞。

俗書軫或作軨，故誤爲詠。）軫者，《考工記·輿人》曰"軫之方也，以象地也"，蓋輿下之材，合而成方，名曰軫。意義擴大，則通謂輿爲軫，又或直呼車爲軫。（《後漢書·左周黃列傳論》："往車雖折，來軫方遒。"《九歎·遠遊》"結余軫於西山兮"，軫一作車。）"息軫"猶停車也。班彪《冀州賦》曰"遂發軫於京洛"，猶發駕也。車止謂之息軫，猶車發謂之"發軫"矣。朱燮元本、大小雅堂本作息軫，不誤。

九歎

逢紛

馳余車兮玄石步余馬兮洞庭平明發兮蒼梧夕投宿兮石城

案本篇兮字無在句中者。此當作"馳余車於玄石兮，步余馬於洞庭，平明發於蒼梧兮，夕投宿於石城"。今本四於字誤爲兮，乃刪一三兩句末之兮字以避複也。《太平寰宇記》補闕一一三岳州華容縣引一二兩句兮字皆作於，《文選》謝靈運《登臨海嶠初發疆中作與從弟惠連見羊何共和之》詩注引末句兮亦作於是其確證。

離世

暮去次而敢止 去一作者

案暮當爲莫。去爲者之誤，者爲著之省。（《管子·揆度》篇"重門擊柝不能去，亦隨之以法"，《路史·後紀十一》注引去作者。）著，附也，近也。"莫著次而敢止"謂銜絕馬逸，附近次舍之人莫敢制止之也。《御覽》三五八引去作着，即著之俗字，是其確證。

怨思

顧屈節以從流兮 顧一作願

案顧當從一本作願，字之誤也。"願屈節以從流兮，心聟聟而不夷"，與上文"欲容與以竢時兮，懼年歲之既晏"，文相偶儷，願亦欲也。《九辯》曰"願自往而逕逝（原誤遊）兮，路壅絶而不通，欲循道而平驅兮，又未知其所從"，本篇《憂苦》曰"願寄言於三鳥兮，去飄疾而不可得，欲遷志而改操兮，心紛結其未離"，句法與此并近。

遠逝

杖玉華與朱旗兮　華一作策

案華疑當從一本作策。策可言杖，華則不然。王注曰"杖執美玉之華"，華亦當作策。朱燮元本、大小雅堂本并作策，與一本合。

承皇考之妙儀　妙一作眇

案眇妙正借字。眇儀猶遠儀也。王注曰"上以承美先父高妙之法"，此妙字當從一本作遠。"高遠之法"即眇儀也。

憂苦

葛藟虆於桂樹兮　虆一作纍

案虆疑本作纍。（王注"虆，緣也"，亦當作纍。）此涉上藟字而誤加艸頭。《類聚》八九引亦作纍，與一本合。

愍命

姿盛質而無愆

案"姿盛質"當作"姿質盛"。王注曰"姿質茂盛"，是王本未倒。

挾人箏而彈緯

案原本《玉篇·系部》，《文選》曹子建《箜篌引》注，《贈丁廙詩》注引緯并作徽。緯與徽通。《管子·事語》篇"女勤於緝績徽織"，徽織即緯織，是其證。（《玉篇》引彈作張，疑誤。）《選》注又引人箏作秦箏，未知孰是。

熊羆羣而逸囿　逸一作溢

案逸爲溢之借字。應瑒《西狩賦》"驚飆四駭，衝禽驚溢"，即驚逸。溢囿者，一本注曰"滿溢君之苑"，是其義。

思古

回湘沅而遠遷

案"湘沅"當作"沅湘",詳《七諫》"赴湘沅之流澌兮"條。

仳倠倚於彌楹

案王注曰"彌猶徧也,……仳倠醜女反倚立徧兩楹之間,侍左右也",疑王本於作而。(下文"咎繇棄而在壄",一本作棄於外野。)此涉上句於字而誤。

遠遊

朝西靈於九濱 西一作四

案西當從一本作四,此涉下文"西山"而誤。"馳六龍於三危兮,朝四靈於九濱",文相偶儷。王注"召西方之神會於大海九曲之涯也",西亦當作四。夫曰"會於大海九曲之涯",則不祇一神明甚。朱燮元本、大小雅堂本俱作四,與一本合。

建虹采以招指 一作采虹

案"虹采"當從一本作"采虹"。《文選》沈休文《早發定山詩》注引作綵虹。采綵同。

囚靈玄於虞淵

案"靈玄"當作"玄靈"。王注曰"玄帝之神",是王本正作玄靈。

何騷騷而自故 故一作苦

案故當從一本作苦。

譬彼蛟龍乘雲浮兮 一云譬彼雲龍無乘雲浮兮一句

案以下文韻例推之,此當依一本改"蛟"爲"雲",刪"乘雲浮兮"四字。"譬彼雲龍,汎淫頒溶,紛若霧兮,澩滆轇轕,雷動電發,馺高舉兮",龍與溶韻,轕與發韻,"霧兮"則隔二句與下文"舉兮"韻。今本增"乘雲浮兮"一句,則失其韻矣。王注曰:"譬若蛟龍,潛於川澤,忽然乘雲,汎淫而遊,紛紜若霧,而乃見之也。"今"雲"作"蛟","龍"下有"乘雲浮兮"四字,即依注文竄改。

古典新义

沛濁浮清 沛一作棄

案沛當爲抪。《淮南子·説林》篇曰："游者以足蹙，以手抪。"《字鏡》抪同撥。撥有棄義，故注訓"抪濁"爲"棄濁穢"。今本字作沛，蓋涉下三字從水而誤。一本援王注逕改爲棄，尤謬。

九思

逢尤

吕傅舉兮殷周

案"吕傅"疑當作"傅吕"，傅寫誤倒也。上云"思丁文兮聖明哲"，先武丁（注訓丁爲當，謬甚），後文王，此云"傅吕舉而殷周興"，先傅説，後吕望，二句相承爲文也。某氏注（《九思叙》曰"竊慕向襃之風，作頌一篇，號曰《九思》，以裨其辭。未有解説，故聊叙訓誼焉"。玩《叙》意，《九思》注斷非王逸自作，故注中説義與正文乖謬者，每每而是。）曰"吕，吕望，傅，傅説"，先吕後傅，是所見本已倒。

怨上

進惡兮九旬 惡一作思，進惡一作集慕，九旬一作仇荀

案當從一本作"進思兮仇荀"。洪興祖云仇荀謂仇牧，荀息，是也。《公羊傳·莊十二年》曰："'宋萬弑其君捷，及其大夫仇牧。''及'者何？累也。弑君多矣，舍此無累者乎？孔父荀息皆累也。舍孔父荀息無累者乎？曰：有。有則此何以書？賢也。何賢乎仇牧？仇牧可謂不畏彊禦矣。其不畏彊禦奈何？萬嘗與魯莊公戰，獲乎莊公。莊公歸，散舍諸宫中，數月然後歸之。歸反，爲大夫於宋，與閔公博，婦人皆在側。萬曰：'甚矣，魯侯之淑，魯侯之美也！天下諸侯宜爲君者，唯魯侯爾！'閔公矜此婦人，妒其言，顧曰：'此

· 352 ·

虜也。爾虜焉知？（知本作故，從《春秋繁露》、《韓詩外傳》改。）魯侯之美惡乎至？'萬怒，搏閔公，絶其脰。仇牧聞君弑，趨而至，過之于門，手劍而叱之。萬臂搬仇牧，碎其首，齒著乎門闔。仇牧可謂不畏彊禦矣。"僖十年《傳》曰："'晉里克弑其君卓子，及其大夫荀息。''及'者何？累也。弑君多矣，舍此無累者乎？曰：有。孔父仇牧皆累也。舍孔父仇牧無累者乎？曰：有。有則此何以書？賢也。何賢乎荀息？荀息可謂不食其言矣。其不食其言奈何？奚齊，卓子者，驪姬之子也，荀息傅焉。驪姬者國色也，獻公愛之甚，欲立其子，於是殺世子申生。申生者，里克傅之。獻公病將死，謂荀息曰：'士何如則可謂之信矣？'荀息對曰：'使死者反生，生者不愧乎其言，則可謂信矣。'獻公死，奚齊立。里克……弑奚齊，荀息立卓子。里克弑卓子，荀息死之。荀息可謂不食其言矣。"（又桓二年《傳》曰："'宋督弑其君與夷，及其大夫孔父。''及'者何？累也。弑君多矣，舍此無累者乎？曰：有。仇牧荀息皆累也……"）案仇牧荀息，咸死君難，《公羊》再三稱之。本篇曰"進思兮仇荀"，即用《公羊》義。"進思兮仇荀"與下"退顧兮彭務"，語意相對，言進則思慕仇荀之效忠死難，退則眷懷彭務之抗節赴淵。（彭務説詳下條。）下文又云"擬斯兮二蹤，未知兮所投"，"二蹤"一斥仇荀與彭務，言仇荀死難，彭務赴淵，二者異趣而皆賢，已則不知何所適從也。今本"思"誤爲"惡"，"仇荀"誤爲"九旬"，某氏注遂因文立義，解爲"九旬之飲而不聽政"，甚矣其謬也。朱燮元本、大小雅堂本作"進慕"，亦通。（孫詒讓説同。）

復顧兮彭務 復一作退

案復當從一本作退。退小篆作㣟，漢隸作㣟（《張表碑》《梁休碑》）若㣟（《祝睦碑》），與復形近，故傳寫多亂之。某氏注曰："彭，彭咸，務，務光，皆古介士，耻受汙辱，自投於水而死也。""退顧彭務"與"進思仇荀"，對舉以見義，説具上條。今本退誤作復，則失其義矣。朱燮元本、大小雅堂本并作退（孫詒讓説同）。

古典新义

疾世

從邛遨兮棲遲 一云從盧敖兮

案"邛遨"疑當從一本作"盧敖"。盧敖，古方士之求神仙者，嘗周行四極，遇仙人若士於蒙穀之上，事見《淮南子·道應》篇。"赴崐山兮馽騄，（馽當讀如罬（之戍切），"馽騄"叠韻連語，行遲也。《周禮·大司馬》注曰："擁讀……如涿鹿之鹿……擁者止行息氣也。""馽騄""涿鹿"音同，馽騄之義亦猶擁也。《廣韻》曰："趯趯，兒行"，趯趯即馽騄之倒語，"小兒行遲"與"止行息氣"之義亦近。某氏注訓馽爲絆，訓騄爲駿馬名，謬甚。）從盧敖兮棲遲"，文相偶。今本"盧敖"誤作"邛遨"，某氏注以邛爲獸名，謂"馽騄從邛而棲遲顧望"，支離繳繞，失之遠矣。朱爕元本、大小雅堂本作盧敖。

時昢昢兮旦旦 昢昢一作朏朏，旦旦一作且且

案"昢昢"當從一本作"朏朏"。《説文》曰："朏，月未盛之明也。從月出聲。"（《説文》無昢字，《玉篇》《字鏡》《廣韻》《集韻》均有。）朱爕元本、大小雅堂本并作朏朏。"旦旦"當從一本作"且旦"。（《詩·東門之枌》"穀旦於差"，釋文引《韓詩》旦作且，《庭燎傳》"央，且也"，釋文且本作旦。）朱爕元本正作且旦。

憫上

覩斯兮偒惑 一云疾斯兮偒忒

案《哀歲》曰"睹斯兮嫉賊，心爲兮切傷"，與本章"覩斯兮偒惑，心爲兮隔錯"，句法一律。疑一本覩作疾，非是。朱爕元本、大小雅堂本并作覩。

冰凍兮洛澤

案"洛澤"當爲"垎澤"。《玉篇》曰："垎澤，冰貌。"（《説文》曰"垎，土乾也"，一曰堅也，洛垎聲同義近。）"霜雪兮灌澄，冰凍兮洛澤"，文相偶。灌澄爲霜雪貌，則洛澤爲冰貌矣。注曰"洛，竭也，寒而水澤竭成冰"，讀洛爲涸，又訓澤爲水，并依誤文爲説，

失其義矣。《新撰字鏡》二"水部",《廣韻·十九鐸》《集韻·十九鐸》引并作洛澤,當據正。

蹠跙兮寒局數獨處兮志不申 一云蹠跙兮數年

案本篇通例,奇句或有韻,或無韻,偶句則必有韻。獨此處"蹠跙兮寒局數"爲奇句(全章中第二十五句),有韻,"獨處兮志不申"爲偶句(全章中第二十六句),無韻,與例不符。疑二句當倒轉。如此則奇偶互易,奇無韻而偶有韻矣。且惟"蹠跙兮寒局數"句在下,與後文"年齒盡兮命迫促"句相連,故一本得誤以"年"屬上讀,而作"蹠跙兮數年"。審如今本,"數""年"二字部居懸絕,則一本所誤者爲不可能矣。

年齒盡兮命迫促

案全篇各章之句數,皆爲二之倍數,(《逢尤》三十六句,《怨上》四十二句,《疾世》四十句,《遭厄》三十四句,《悼亂》四十二句,《傷時》四十四句,《哀歲》四十六句,《守志》四十句,《亂詞》六句。)惟本章三十七句,獨爲例外。疑本章原三十八句,今本脫去一句,乃餘三十七耳。至所脫之句,疑在"年齒盡兮命迫促"下。知之者,上文方有錯簡(詳上條),以常情推之,脫文當即在其鄰近。然詞賦之文,類皆兩句一意,此處上文"庇廕兮枯樹,匍匐兮巖石","獨處兮志不申,蹠跙兮寒局數(縮)",下文"魁壘擠摧兮常困辱,含憂强老兮愁不樂","鬚髮薴領兮鬢顥(二字原倒,詳下條)白,思靈澤兮一膏沐",皆兩句合明一意,詞具義足,無待補苴。惟"年齒盡兮命迫促"一句,詞意奇零,無所附麗,然則所脫者,或即此句之配偶句歟?復以"蹠跙兮寒局數,年齒盡兮命迫促"二句必須毗連推之,則所脫之句,必在"年齒……"句之下,抑又可知。

鬚髮薴領兮顥鬢白

案"顥鬢白"疑當作"鬢顥白"。某氏注曰"顥,雜白也",《玉篇》曰"顥,髮白貌"。案《爾雅·釋草》曰"薰,白華荂",《說文》曰"縹,帛青白色也","驃,黃馬發白色,一曰白髦尾也",《釋名·釋地》曰:"土白曰漂。"凡從票之字多有白義,故髮白謂之顥。

"鬖髮蓋領兮鬢顥白"者，"蓋領"同義，（某氏注曰："蓋，亂也。"領讀爲萃，《説文》曰："萃，艸貌，讀若領。"）"顥白"同義，文相偶也。今本"顥鬢"二字誤倒，則不惟與"蓋領"之詞例參差，且循文釋義，試讀"顥鬢白"爲"白鬢白"，復成何語乎？

遭厄

鴉鵬遊乎華屋　鴉一作鴨

案字書無鴉字，當依校注作鴉，鴉即鷗俗字（《篇海》《類篇》鴉與鷗同）。然鳥名無鷗鵬，而以下文雞鶩例之；鷗鵬似亦不得解爲鷗與鵬二鳥。疑鷗當從一本作鶻。《詩·小宛傳》曰："鳴鳩，鶻雕也。"鵬與雕同，鶻鵬即鳴鳩。《離騷》曰："雄鳩之鳴逝兮，余猶惡其佻巧。"此以鶻鵬喻讒佞，義蓋本之《離騷》。朱燮元本、大小雅堂本作鶻鵬。

悼亂

菅蒯兮壄莽　壄一作野

案壄古野字。"野莽"無義。壄當爲槱，字之誤也。《説文》曰"菽，細艸叢生也"，"茂，艸豐盛也"，槱菽茂同。《説文》又曰"舜，葈草也"，《廣雅·釋訓》曰"舜舜，茂也"，舜莽同。"菅蒯兮槱莽，藿葦兮仟眠"，文相偶。槱莽雙聲阡眠疊韻，皆草豐盛貌。今本訛作"壄莽"，則與"仟眠"之詞不相偶稱矣。

垂屣兮將起　垂釋文作圅測夾切

案垂當從釋文本作圅，字之誤也。（漢《富春丞張君碑》垂作舌，與圅形近。）圅即舌字（見《廣韻》）。《淮南子·要略》篇曰"禹身執虆舌，以爲民先"，《漢書·楚元王傳》"根舌地中"，《儒林傳》"首舌泥中"，今本舌並作垂，誤與此同。舌屣者，《漢書·地理志》下注曰"屣謂小履之無跟者也"，舌與插同。屣無跟，但以足插入，曳之而行，故曰舌屣。《莊子·讓王》篇曰"原憲華冠縰履杖藜而應門"，釋文引《通俗文》曰"履不著跟曰屣"，《文選·長門賦》曰"蹉履起而徬徨",《漢書·雋不疑傳》曰"躧履起迎",縱跳躧同。舌屐猶跳履也。《韓詩外傳》二曰:"於是伊尹接履而趨遂適於湯。"接捷通,(《左傳》《春秋經》莊十二年"宋萬弒其君捷",僖三十二年"鄭伯捷卒",文十四年"晉人納捷菑于邾",捷《公羊》并作接。)捷插亦通。(《儀禮·士冠禮》"捷柶興",《禮記·樂記》"猶捷也",釋文并云"捷本作插"。)舌屐猶接履也。《外傳》九又曰"夫志不得,則扱(今本作授,《佩文韻府》四紙引作投,皆字之誤)履而適秦楚耳。"扱插亦通。(《禮記·內則》注"猶扱也",釋文曰"扱本作捷,一本又作插"。)舌屐又猶扱履也。

跓俟兮碩明 碩一作須

案碩當從一本作須。須,待也。"跓俟兮須明",猶《憫上》曰"待天明兮立蹠躅"也。朱燮元本、大小雅堂本并作須,與一本合。

傷時

百贄易兮傅賣 傅一作傳

案贄俗貿字。傅當從一本作傳,讀爲轉,已詳洪注。(《文子·微言》篇"百里奚傳賣"。)朱燮元本、大小雅堂本并作傳,與一本合。

才德用而列施 德一作得

案德讀爲得,列讀爲烈,言賢才得用而功烈施於後世也。

忽飆騰兮浮雲 一云忽飆騰兮雲浮

案"浮雲"當從一本乙轉。"飆騰"與"雲浮"對文。司馬相如《大人賦》曰"焱風涌而雲浮",句法與此同。又此文以娛、能(讀爲耐)、浮、萊、台五字之幽合韻。今本"浮"倒在"雲"上,則失其韻矣。朱燮元本、大小雅堂本并作"雲浮",與一本合。

哀歲

草木兮蒼唐 唐一作黃

案疑蒼唐即摧穨,語之轉也。一本唐作黃,蓋後人臆改。朱燮元本、大小雅堂本仍作蒼唐。

守志

目瞥瞥兮西没

案目當爲日，涉下瞥字從目而誤。《說文》曰："瞥，……一曰財見也，又目翳也。"此以"瞥瞥"形容日銜山欲墜之狀，妙得神理。"日瞥瞥兮西没，道遑迴兮阻艱。"（原誤歎，詳下條。）言日暮道險，與《九歎·遠逝》"日杳杳以西頹兮，路長遠而窘迫"，語意同。

道遑迴兮阻歎

案歎當爲艱，形近而誤。說具上條。

敦煌舊鈔本楚辭音殘卷跋 附校勘記

敦煌舊鈔《楚辭音》殘卷，不避隋唐諱，存者八十四行，起"駟玉虬以乘鷖兮"，迄"雜瑤象以爲車"，凡釋《離騷》經文一百八十八，注文九十六，希世瓌寶也。卷藏巴黎圖書館。王重民先生近校書巴黎，始發之叢殘中，并據卷中"兹"字下"騫案"云云，定爲隋釋道騫撰《楚辭音》，又以"珵"下云"郭本止作程"，謂即郭璞《楚辭注》之孑遺，《巴黎敦煌殘卷叙録》九，見《圖書季刊》二卷三期。其説皆灼然有據，無可易者。夫自漢王逸以下逮宋之洪朱，約及千載，爲《楚辭》學者，代有名家，而郭注騫音之名，尤赫然在人耳目。顧其書自唐中葉以還，似已蕩然靡存，而史志所臚，空有其目，譬如豐碑載塗，徒足令人欷歔憑吊耳。孰謂騫音殘卷，一旦發現，而郭注鱗爪，復在其中，是非旦暮之遇乎？自殷虛之役以來，數十年間，驚人之事多矣。即以重民先生近所剔發於巴黎者言，此尺幅斷軸，亦毫末之於馬體而已。然而於《楚辭》之學已不啻啓一新紀元。重民先生之功爲不朽矣！比因友人葉公超先生郵書巴黎，代請副本。重民先生乃慮移寫失真，餉以影片。歡慶感激，夫復何言？既拜領嘉貺，尋繹終朝，驚喜稍定，乃記其一得之見如次。尚幸重民先生有以教之。

以今本《楚辭章句》校此卷，注"邑於緍"，卷緍作"緢"，以《左傳》《史記》證之，疑係誤字。説詳《校勘記》。注"不可卒至"，明正德本《楚辭》及唐寫本《文選集注》至并作"徧"，今卷亦作"徧"，則卷是而今本非也。自餘異文，十九勝於今本，以其義雖不殊而字則近古，説亦具《校記》中。至夾注中往往引《章句》語，其有裨於校勘者，"筳"下引王逸曰"筳，小破竹也"，與《文昌雜録》二所引正同。今本破作"折"，蓋蒙下文"結草折竹以卜曰篿"而誤。以上爲卷中涉於《離騷經》與《章句》本身之可紀者。然卷之價值尚不在此。

"埋"下引郭本作"程"，郭本當指郭璞《楚辭》注，重民先生既發之矣。然而謂"郭璞《楚辭注》存留於今日者，此爲惟一鱗爪"，則未必然。

"兹"字下：郭云："止日之行，勿近昧谷也"；"鳩"字下：郭云："凶人見欺也"；"鳩"字下：郭云："姦佞先己也"。案"止日"句釋經文"望崦嵫而勿迫"也，"凶人"句釋"鳩告余以不好"也，"姦佞"句釋"恐鵜鳩之先鳴"也。既皆冠以"郭云"，則非郭注而何？取彼隻字，捨此全句，皆千慮之一失已。雖然，謂郭書之存於天壤間者，祇此卷中數語，猶未諦也。曩嘗欲雜采由漢至隋間詩文家用《楚辭》與王逸異義者，理而董之，如清儒之於羣經者之爲，輯爲"《楚辭》遺説考"。年來羅掘所及，於郭璞亦得一事焉。《文選·江賦》曰"悲靈均之任石，歎漁父之櫂歌"，李善注曰：

《楚辭》曰："名余曰正則，字余曰靈均。"又曰："望大河之洲渚，悲申徒之抗直，今作迹。驟諫君而不聽，重任石之何益？"又曰："懷沙礫而自沈兮，不忍見君之蔽壅。"《史記》曰："屈原作《懷沙》賦，懷石自投汨羅。"懷沙即任石也，義與王逸不同。

案李善謂王郭異義，是也。"重任石之何益"，《悲回風》文。王逸注曰："任，負也。百二十斤爲石。言己數諫君而不見聽，雖欲自任以重石，終無益於萬分也。"舊校石一作"秙"。《説文》："秙，百二十斤也。"是王讀石爲秙。若郭賦上下文所隸事，如陽侯、奇相、禹、伙飛、要離、周穆王、鄭交甫，皆與江相關，而此又與"歎漁父之櫂歌"相爲偶句,是其解《楚辭》"任石"爲抱石沈江,審矣。作賦用《楚辭》義如此,注《騷》時不宜自異。然則《江賦》此句,可視爲郭氏《楚辭》遺説,亦即其《楚辭注》義矣。愚意郭書之在海内,名雖亡,實亦未嘗盡亡。重民先生倘不以爲謬乎?

卷中所存佚書,郭氏《楚辭注》而外,似尚有宋人所稱無名氏之《離騷釋文》。"鵙"字下曰:

文釋曰:"鷤鵙一名鵙,今謂之伯勞,順陰氣而生,賊害之禽也。王逸以爲春鳥,謬矣。《廣》疋:'鴨䳏,布穀也。'案江之意,秋時有之。《詩》云'七月鳴鵙',《毛傳》云'鵙,伯勞也',《箋》云:'伯勞鳴,將寒之候。'"

案"文釋"似非人名。注《漢書》者有文穎,然"釋"之與"穎",形聲俱遠,無緣致誤。竊意"文釋"當爲"釋文"之倒。其書洪補注屢引之。隋唐志不載。《郡齋讀書志》《直齋書録解題》并有《離騷釋文》一卷,《解題》云:"古本,無名氏,洪氏得之吴郡林虙德祖。其篇次不與今本同。"案《釋文》篇次異於今本,而與王逸注暗合,又據洪所引,率多古文奇字,蓋隋唐以前舊籍也。騫公所引,必此書無疑。第宋人云其書無名氏。今細審前揭騫公語,上引《釋文》駁王逸曰"王逸以爲春鳥謬矣",下云"案江之意,秋時有之",則江是《釋文》作者之姓矣。

《釋文》今既不傳,此條又不見於洪氏所引,而作者姓氏久湮,復獨賴此卷存之,斯不僅爲遺説考之新資料,抑亦好古者之所當共慶者與!

其他所引古籍尚有《尚書》三則,內二則有《僞孔傳》。《毛詩》五則,皆有傳,一則有箋。《左傳》并杜注一則,《公羊傳》一則,《論語》并孔注一則,《世本》一則,《穆天子傳》并注一則,《山海經》三則,內二則有注。《漢書》并《文穎注》一則,《淮南子》二則,內一則有許注。司馬相如《賦》一則,《爾雅》,《方言》各二則,《説文》六则，《廣雅》十三則，《蒼頡篇》《埤蒼》《聲類》《字書》各一則，《字林》三則，《字詁》二則。以上《世本》、《淮南》許注并《蒼頡篇》以下皆佚書，當有裨於輯佚工作，自餘諸書，或亦有裨於校勘。叢脞嬰身未暇覆案也。至引《相玉書》一則，與王注所引微有出入，既不明言轉引王注，其果出自原書與否，蓋難言之。

卷中文字頗有移寫失次者，上揭"文釋"二字，是其一端。然尚有舛誤甚於此者。"鴆"字下曰：

文沁徒蔭二反。《廣疋》曰："其雄曰運日，其雌曰陰諧。"《山海經》曰："女几之山，多鴆。"郭璞曰："大如鵰，紫綠色長頸，赤喙，食虵。"《淮南子》作雲日，字或作鴆日。或土俗云，"千年潭鳥成同力，千年同力作暈日"。字郭云凶人見欺也，成鴆鳥也，三千歲也，亦不詳審斯言之虛實。

自"千年""同力"下，文義不屬，試乙正之如次：……《淮南子》作雲日，字或作鴆日，或作暈日。〔字〕此字上下皆無所附麗，疑衍。土原作土，俗土字。俗云，千年潭鳥成同力，千年同力成鴆鳥也，三千歲也，亦不詳審斯言之虛實郭云："凶人見欺也。"

《嶺南異物志》曰："檀雞，鴆鳥之別名。"檀雞即潭鳥亦即鴆鳥也。鴆潭音同覃部，轉入寒桓，則爲"檀"。《名醫別錄》："鴆鳥，毛有大毒，一名鴆日。"陶注曰："鴆日，大如黑倉雞，……作聲似云同力，故又名同力鳥。"是鴆也，潭也，同力也，一物而異名，故知此當以"千年潭鳥成同力，千年同力成鴆鳥"相承爲文。唯"三千歲"之三似當作二，不則"土俗云"下或尚有脫文。

至於所注音讀二百八十餘事，自爲討治隋唐古音之正確資料。事涉專門，力有未逮，故缺而弗論云，民國二十五年三月十八日。

校勘記《四部叢刊》本《楚辭章句》用《楚辭音》殘卷校

日忽忽其將暮 卷作莫

望崦嵫而勿迫 卷作奄兹

案今本下文注引《禹大傳》"泃盤之水，出崦嵫之山"，唐寫本《文選集注》殘卷作奄兹，宋胡穉《簡齋詩集箋注》五引同。

吾將上下而求索 卷作索

案此求索本字，見《説文》、《廣雅》。經傳皆用索，用索者此爲首見。

〔注〕不可卒至 卷作徧

案明正德刊本《楚辭》亦作徧，唐寫本《文選集注》同。

總余轡乎扶桑 卷作搃

案明隆慶夫容館重雕宋本、朱氏集注本、錢氏集傳本、唐寫本《文選集注》并作搃，《文選》陸士衡《前緩歌行》注引同。

聊逍遥以相羊 逍遥一作須臾　卷作頯臾，云本或作消摇。

案義仍是逍遥，作頯臾者，古字假借。本書《九思·守志》篇："涉蠻山以逍遥"，注：消遥須臾也。

雷師告余以未具〔注〕言己使仁智之士 卷作知

紛總總其離合〔注〕總總猶僔僔聚貌 卷僔僔下引此注，末有也字。

案夫容館本亦有也字，《文選·甘泉賦》注引同。

相下女之可詒 詒一作貽　卷作貽。云又詒同。

案正德本亦作貽。

吾令蹇脩以爲理〔注〕伏羲時敦朴 卷作戲

雄鳩之鳴逝兮《釋文》雄作鴡　卷作鴡

案此古字之僅見者。

鳳皇既受詒兮 卷於此詒字下出遺字

案騫公所據本此處似有注"詒，遺也"。今本脱之。

留有虞之二姚〔注〕因妻以二女而邑於綸 卷作緡

案少康食邑，《左傳·哀元年》及《史記·吳太伯世家》字并作綸，無作緡者。此似誤。正德本作綸緡，則又合二本而并存之。

363

古典新义

理弱而媒拙兮〔注〕拙鈍也 卷作頓

案唐寫本《文選集注》亦作頓。經傳每叚頓爲鈍。《左傳·襄四年》"甲兵不頓"，《戰國策·秦策》"吾甲兵頓"，《漢書·賈誼傳》"莫邪爲頓兮"。

好蔽美而稱惡卷作偓，云又稱同。

案偓稱正借字。

索藑茅以筳篿兮卷作萦

〔注〕筳小折竹也卷筳字下引作破

案宋龐元英《文昌雜錄》二引亦作破。

〔注〕楚人名結草折竹以卜曰篿卷篿字下引無以字

何所獨無芳草兮草一作艸　卷作艸

爾何懷乎故宇宇一作宅　卷作宅，云如字，或作宇音。

世幽昧以眩曜兮眩一作眃　卷作眃

孰云察余之善惡〔注〕屈原答靈氛曰卷作曾

案會古答字，《爾雅》有之，然已訛作曾，從田，於義無施。他書用古字者莫不皆然，蓋習非勝是，沿誤久矣。作曾者平生惟此一見。六書命脈，不絶如縷，真堪一字千金矣。

恐鵜鴂之先鳴兮鵜一作鴨　卷作鴨

案《史記·曆書索隱》、《漢書·揚雄傳》注、《後漢書·張衡傳》注、《爾雅翼》、任淵《山谷内集注》十二并引作鴨。鵜鴨陰陽對轉。

惟此黨人之不諒兮諒一作亮　卷作亮

荃蕙化而爲茅卷作蓀

椒專佞以慢慆兮慆一作謟　卷作謟，云又慆，宜作滔，同他牢反。

案《類聚》八九、《文選·祭屈原文》注、《海錄碎事》五引并作謟，《書鈔》三〇又引作謟，誤。

芬至今猶未沫〔注〕芬芳勃勃……勃一作浡　卷作浡浡

精瓊靡以爲粻〔注〕精鑿也卷作糳

案糳鑿正借字。

· 364 ·

载《大公报·图书副刊》（民国二十五年四月二日）及《图书季刊》第三卷第一第二期合刊。（民国二十五年三月出版，国立北平图书馆编印，上海世界文化合作中国协会发行。）

釋黽

　　銅器中有銘識作黽者，宋人釋"子孫"，其妄不足辯。近時羅振玉釋"子黽"，郭沫若釋"天黿"，孫海波釋"大黽"。羅氏無説。郭説曰：天黿即軒轅也。《周語》"我姬姓出自天黿"，猶言出自黃帝。十二歲之單閼即十二次之天黿，近年據余考知實當於十二宮之獅子座軒轅。由姓氏演爲星名者，與商星同。《兩周金文辭大系考釋》三一《獻侯鼎》

　　孫説曰：上作大當是天或大字。下實黽形，且已有壺底飾文及《泉屋清賞》所載蛙形虺龍文盤之飾文二黽形，與此并合。果族徽也，當釋"大黽"，《地志》有大黽谷可證也。《古文聲系》自序

　　案《説文》"黿，大鼈也"，欲知郭説信否，當一詳審此文下半所象是否鼈形。考彝銘中原始圖形文字與此近似者約有四類：

（一）　　　🐸　　　　🐸　　　　🐢　　　　🐢
　　　　弟龜鼎　　　弟龜爵　　弟龜父丙殷　　弟龜父丙鐙
　　　（《代》二,一二）（《續殷》下二〇）（《續殷》上四二）（《夢坡》二,二二）

（二）　　🐢
　　　　鼈父丙鼎
　　　（《代》二,二一）

（三）　　🐢
　　　　? 父已觶
　　　（《續殷》下五七）

· 366 ·

（四）

    黽父辛卣 黽父丁鼎二 黽父辛鼎一 黽且乙角
   （《攀》一,四）（《代》二,二一）（《代》二,二一）（《續殷》下四三）

  圖（一）大都四足向前，有尾，確象龜形。圖（二）與圖（一）同，惟喙加長，殆即鼈也。圖（三）二足向前，二足向後，且無尾，疑是昆蟲而非水族，其名不可確指。圖（四）亦無尾，惟後二足特長，或反拱於後，或迴抱於前，其爲黿鼉之屬，一望而知。銘識之 ，就余所檢獲之四十九例觀之，參看文末附圖其下半之蟲形，無一有尾者，而就中其後二足迴抱於前者纔兩見，餘則悉反拱於後，此於黿鼉之形，尤爲逼肖。然則此字郭氏所釋不如羅孫爲長明矣。至於孫釋爲大，得之。惟讀爲"大黽"二字，則非，蓋字實從大從黽之黿也。知之者，同例之字有從大從豕者，

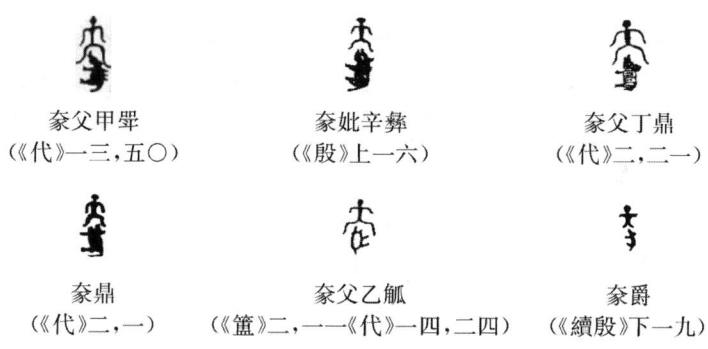

  豙父甲斝   豙妣辛彝   豙父丁鼎
 （《代》一三,五〇） （《殷》上一六） （《代》二,二一）

   豙鼎   豙父乙觚   豙爵
 （《代》二,一）（《簠》二,一一《代》一四,二四）（《續殷》下一九）

即卜辭 字，當釋豙。又有從大從羊者，

    牽鼎   牽鼎
   （《代》二,一）   （《代》二,一）

· 367 ·

古典新义

諦審其獸形，與《亞羊尊》之❉（《亞羊尊》，《筠》一三，五）無異，故知窜即《説文》牽字。大本人形，此處未必爲大小之大，然許君訓牽爲小羊，終覺可疑。窜從大黽，猶家從大豕，牽從大羊矣。

雖然，窜字別無所見，何以知古必有此字乎？欲釋此疑，請先讀《秦公殷》：……乍作盄宗彝，曰卲皇且，嬰嚴獄各；曰受屯魯多釐，眉壽無疆；睑霊才在天，高弘又有慶慶，窜圄有四方。案"以卲皇祖，嬰嚴獄各"，與"以受屯魯多釐，眉壽無疆"語勢平列，"卲"與"受"之主格皆秦公也。下文"睑霊在天"之上不別出主格，明其主格仍是秦公。然秦公以作器之生人，而言在天，揆之恒情，必不可能。因悟古天大同字，而❉立從大一，此天字實當讀爲立，立古位字，"睑霊在天"即"睑霊在位"也。《井人娑鐘》"霊處宗室"，霊亦處也。《師俞殷》"天子其萬年眉壽黃耈，睑在立位"，《伯楙虘殷》"萬年眉壽，睑在立位"，與此語意不殊，而《秦公鐘》全篇與殷文大同，彼正作"睑霊在立位"，尤其確證。

知"睑霊在天"，在天即在位，且屬秦公言，則下文"高弘有慶，窜圄四方"亦當屬秦公，蓋二句之上仍未別出主格也。"窜圄四方"之窜，自宋薛尚功釋奄，相沿無異説，近儒王國維始改讀爲造，其言曰："窜圄四方"當是造有四方，余意《詩·皇矣》《無競》案當作《執競》"奄有四方"之奄，殆此字之訛，蓋形相近也。

案王蓋因讀"睑霊在天"之天如字，解爲皇祖之靈在天，遂謂"窜圄四方"亦指祖言，故釋爲造有四方。不知四方非可造者，藉曰可能，亦惟天神能之，在天之皇祖必無造四方之理，且銘文此數句本皆屬秦公言，秦公尤不能造有四方也。"造有四方"之語本嫌不辭，故郭氏改釋爲"造佑四方"，然其蔽亦坐誤認此句主格爲皇祖，故失與王同。余意"窜圄四方"宋人讀爲"奄有四方"，詞意順適，實不可易。《秦公鐘》"睑霊在位，高弘有慶，匍有四方"之語與殷文全同，惟變窜爲匍，蓋因窜讀爲奄，匍讀爲撫，奄撫一義，《詩·韓奕傳》："奄，撫也。"故字得互易耳。至《詩》之"維此王季，……奄有四方"《大雅·皇矣》篇，"自彼成康奄有四方"《周頌·執競》篇，"自生后稷，奄有下國，……奄有下土，纘禹之緒"《魯

· 368 ·

頌·閟宮篇》，"奄有龜蒙，遂荒大東，至於海邦，淮夷來同，莫不率從，魯侯之功"同上，"方命厥后，奄有九有域"《商頌·玄鳥》篇。并他書之"皇天眷命，奄有四海，爲天下君"《書·大禹謨》篇，"王用奄有四鄰"《逸周書·皇門》篇，凡此讀奄如字，訓爲撫，亦莫不貫通，若改奄爲寵，讀寵爲造，反滋滯礙矣。《秦公鐘》又云：不顯皇祖受天命，寵有下國。"寵有下國"亦即《閟宮》篇之"奄有下國"也。

然則寵曷爲而得讀爲奄？將謂《詩》《書》是而誤在金文耶？曰：金文與《詩》《書》皆是也。《説文·大部》"奄，覆也，大有餘也，又欠也，錢坫、朱駿聲、朱琦并疑欠爲久之訛，近是。從大從申，申，展也。"案申古電字，奄字從申，無由見義，許説殆不足據。余謂奄即金文寵字，從屯爲黽之省變，其證有三。試觀下圖：

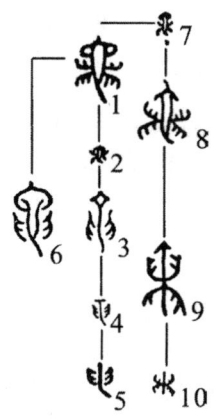

1. 秦沂陽刻石寵字所從　2.《邵黛鐘》鼂字所從
3.《古文四聲韻》繩字所從　4. 臨虞高宮鐙二寵字所從
5. 小篆奄字所從　6. 汗簡黽字
7.《邵黛鐘》寵字所從　8.《秦公殷》寵字所從
9. 陶文寵字所從　10.《秦三年戈》寵字所從

黽得變爲屯，則寵亦可變爲奄，此奄從黽省，驗諸字形而有據者一也。明母古與影母通，杳窈窅今音或讀作 m-，冤當從免聲，《説

古典新义

文》"冤,屈也","俛,低頭也",《楚辭·懷沙》"冤屈而自抑",《史記》作俛詘,是冤從兔爲免之訛。毐於改切而槑莫亥切,嫛於盈切而瀴莫迥切,殳莫勃切而頍烏没切,㫚武延切而趣於塞切,以上并《廣韻》冥忙經切而幎娟營切《集韻》,并其例證。觀諧黽聲之蠅音余陵切,鼃黿并音以證切,以上并據《廣韻》繩或借爲揚,《左傳·莊十四年》"繩息嬀以語楚子",《吕氏春秋·古樂》篇"乃作詩以繩文王之德",錢繹云,二繩字并借爲揚,《逸周書·皇門》篇"乃維有奉狂夫,是陽是繩",陽與揚通。案繩古蓋如蠅,故得轉爲揚,猶《方言》十一云"蠅,東齊謂之羊"也。知黽古音亦讀影母。黽之聲母既爲影,其韻母復由蒸轉侵,即與奄同。此奄從黽省,核諸字音而益信者二也。《老子》十四章"繩繩不可名",釋文引簡文注"繩繩,無涯際之貌",《説文·大部》"奄,大有餘也"。《廣雅·釋器》"黳,黑也",《説文·黑部》"黫,青黑也"。《説文·黽部》"鼆,冥也",《廣雅·釋詁四》"晻,冥也"。《太玄》五《沈》"好蠅惡粥",注"蠅,懷也",《左傳·文十八年》"掩賊爲藏",注"掩,匿也",懷匿義近。奄及從奄之字與從黽之字往往同訓,此奄從黽省,衡諸字義而仍合者三也。奄從黽省,既如上述,而鼀亦從黽,是奄鼀二字,例得通用,金文之"鼀有四方","鼀有下國",經典作"奄有四方","奄有下國",其故在此。

雖然,謂鼀奄二字通用則可,謂鼀即奄字則不可。金文鼀字從穴,古人穴居,故穴與宀同。《邵黨鐘》《秦三年戈》及陶文鼀字并從宀不從穴,與《説文》同。鼀竈當爲一字。而義復爲函蓋,以意逆之,當爲庵之别構,經典作奄,則庵之省。《説文》無庵字,許君蓋以奄爲庵,故訓覆,引申爲大,爲久。《衡方碑》"庵離寢疾",庵離即奄留,此用本字僅見之例。至奄字本作奄,從大從黽,大即人,乃國族名,省變爲奄,又加邑作郁,《説文·邑部》"郁,周公所誅郁國,在魯"是矣。郭氏知奄爲氏族,此其特識突過前人,至讀爲"天黿"二字,則尚無確證。孫氏讀爲"大黽",古國族未見有稱大黽者,引谷名爲證,亦近牽合,故亦不敢苟同。

補記

　　《古文四聲韻》有黽字作🔲，《廣韻》靈字古文作䨼，《古文四聲韻》作鼅，并即金文《叔夷鎛》之🔲字之省。凡此亦皆黿省爲黾之比。文成，不及補入，附記於此。

附圖

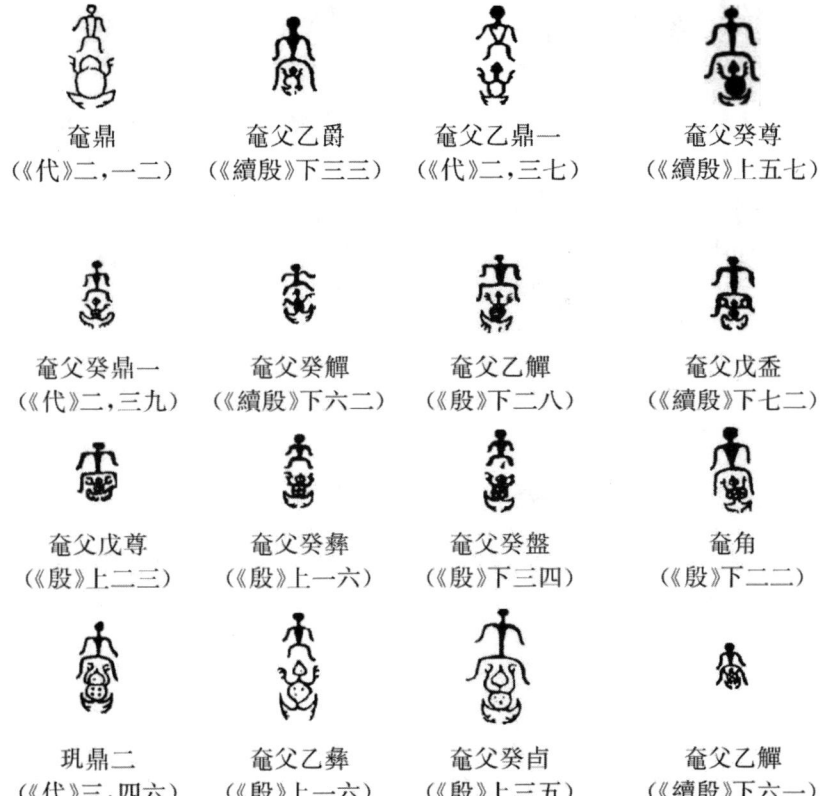

古典新义

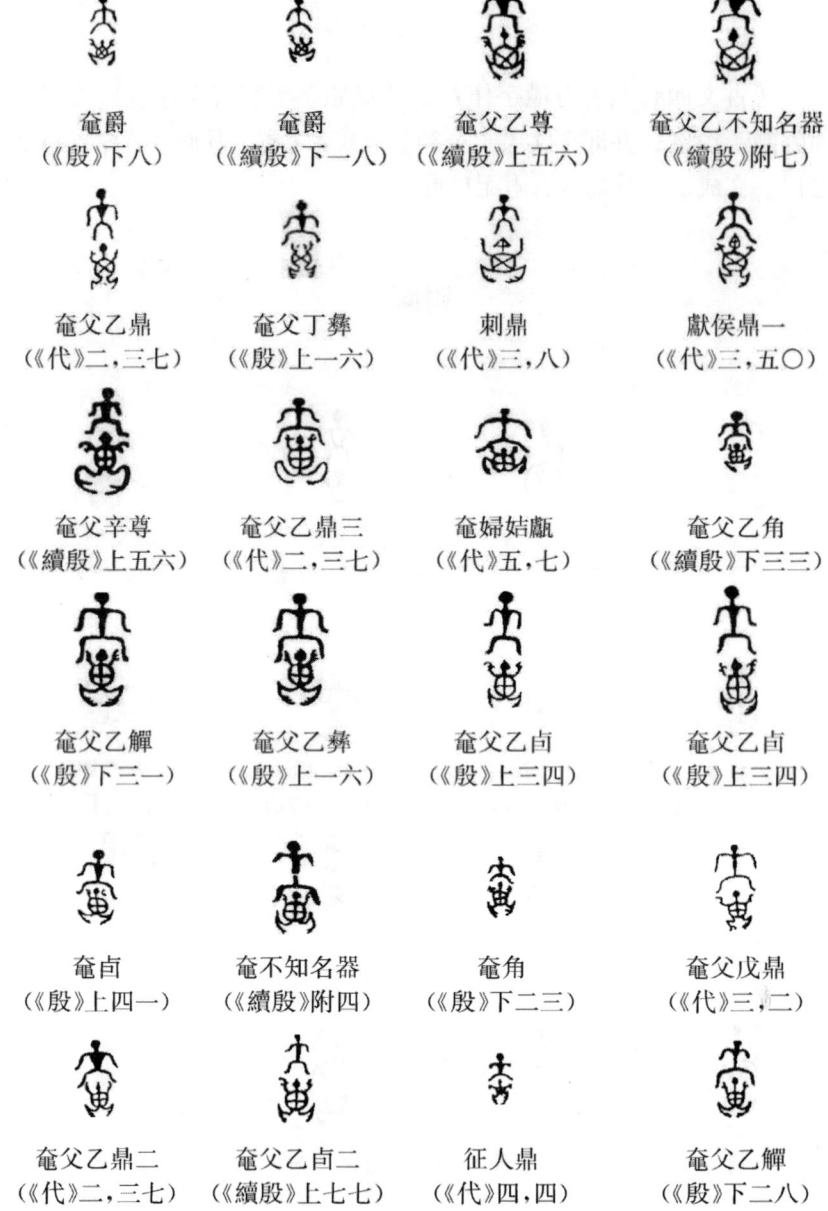

釋壹

奄卣　　　　　奄爵　　　　　奄父戊卣　　　奄殷
(《殷》上二九)　(《續殷》下一九)　(《殷》上三四)　(《續殷》上三六)

奄父癸鼎二　　奄父乙卣一　　奄父乙殷　　　奄觚
(《代》二,三九)　(《續殷》上七七)　(《殷》上一二)　(《殷》下二五)

奄不知名器
(《續殷》附四)

釋省徣　契文疏證之一

卜辭𥄉𥄎二形，羅振玉釋相，他家皆釋省。又有𥄗字，諸家或釋省王襄，釋徣郭沫若前説，或釋循葉玉森、容庚、孫海波，或釋德孫詒讓、羅振玉，或釋直郭俊説，釋值商承祚，其參差如此。今案𥄉從目從丨，像目光所注，煩其筆畫則爲𥄎，確係省視字。然卜辭凡言省似皆謂周行而省視之，觀諸辭言"往省""出省"之多可知。故字又作𥄗，從彳，示行而視之之意。此字以今隸定之，當書作徣，若嫌今無此字，則如王氏逕書作省，亦無不可。徣，後變作巡。《禮記·祭義》"君巡牲"，即《周禮》之"省牲"，《説文》"巡，視行皃"。有説別詳。蓋以字體演進之程序言之，徣誠爲省之孳乳，若以卜辭文義觀之，則毋寧謂省爲徣之媰也。至卜辭此二字之義訓，雖皆導源於省視，然亦有去本義略遠者，諸家未之深究，故其説此字，多未得其環中。今就諸辭中出省徣二字而文義復稍完具者五十餘例，比類觀之，定其義訓，證諸彝器經傳，有確信而無可疑者三事焉，述之如次：

一曰：省，巡視也。

（1）庚寅卜，貞叀𢀖人，令省在南面。十月己巳卜，貞令𢀖省在南面。十月　《前》四，一一，五；《前》五，六，二。郭氏復合。

（2）……翌𢀖令省在南面。十月。《續》五，一五，九

（3）……南面省……《前》四，一一，六

（4）丁亥卜，㱿貞省至于啇。《佚》五七，五三二；《續》三，一四，二

面，羅釋鄙，甚確。《國語·吳語》注曰："鄙，邊邑也。"

· 374 ·

釋省省　契文疏證之一

有辭曰"貞乎从丑酉𠂤不重啚三邑"《前》七，二一，四，是啚即邊邑之鄙無疑。《禮記·月令》"四鄙入保"，《國語·周語》"立鄙食以守路"，注"鄙，四鄙"。四鄙，即東西南北四鄙。卜辭中除上揭各辭稱南鄙外，又有稱東鄙西鄙者：

"……曰：辛丑，月㞢。……告曰：東啚。……"《佚》一〇，六一

"□亥（原文此处为□），月㞢。壬寅，王亦冬終月𡊮。東啚𢦏二邑。（下略）"《菁》二

"（上略）沚䟽告曰：土方正征我東啚，𢦏二邑，𢀛方牧我西啚田。"《菁》一

是四鄙之稱，殷世已有之。《月令》："孟夏之月……命司徒巡行縣鄙，命農勉作，毋休于都。""巡行縣鄙"，即卜辭之省鄙也。《帚婦鼎》"王令帚婦農省北田四品"，《荀子·王制》篇"省農功"二省字義同。

省一作眚。

（５）□午卜，䚄貞今春王眚方，帝受我□。《簠》游一，一；《續》五，一四，四

（６）戊寅卜，亙貞眚方。《簠》游一，二

（７）貞王勿眚方。《簠》游二，九

（８）□□卜，□貞□吞。貞疾止趾隹㞢有旹。貞眚方。《拾》一〇，五

（９）眚方。寅。《簠》游一，四；《續》五，九，三

省方之語，經傳習見。《易·觀》曰"先王以省方觀民設教"，《復》曰"后不省方"，《楚辭·天問》曰"禹之力獻功，降省下土四方"，《淮南子·精神》篇曰"禹南省方"，注"巡狩爲省，省視四方也"，《文選·東京賦》曰"省方巡狩"。（５）"今春王眚方，帝受我□"，我下一字疑是年。因知省方亦與農事有關，與上省鄙性質略同。以上凡言省鄙，字皆作省，眚方字皆作眚，然在意義上省眚實無大別。

（１０）貞勿求季于邦土社。省。《前》四，一七，三

（１１）貞王勿往省黍。《佚》三六，四九二

（12）□亥卜，王白[?]䅹䅹，其受[?]又祐。《續》五，六，四；《佚》八七，九六六

以上諸辭均與農事有關，諸省字義當與前同。

（13）丁卯卜，[?]貞王往省牛。《前》三，二三，二

（14）貞勿往省牛。貞王往省牛。《前》三，二三，三

（15）貞王勿往省牛于𦣞。《佚》一，四

以上諸省字亦訓巡視。惟羅振玉、商承祚并謂省牛即《周禮·大宗伯》《小宗伯》之"省牲"，則似未諦。案《周禮·充人》曰："掌繫祭祀之牲牷。祀五帝則繫於牢，芻之三月。……凡散祭祀之牲，繫於國門使養之。展牲則告牷。……"《肆師》注曰"展，省閱也"是展牲即省牲。《公羊傳·宣三年》"帝牲在于滌，三月"，注曰"滌，宮名，養帝牲三牢之處也"。《獨斷》上曰："帝牲，牢三月，在外牢一月，在中牢一月，在明牢一月，謂近明堂也。"養牲之處，近則密邇明堂，遠亦不過國門，然則省牲不用遠行，明矣。後世之制如此，殷制理亦宜然。今卜辭曰"往省牛"，曰"往省牢于𦣞"，𦣞者，他辭曰：

"戊午王卜，貞田𦣞，往來亡[?]。王𠂤曰吉。"《前》二，三一，三

"戊申王卜，貞田𦣞，往來亡[?]。王𠂤曰吉。"《前》二，一六，一

"戊申王卜，貞田𦣞，往來亡[?]。王𠂤曰吉。"《甲》二，一九，一；《前》二，三八，五

"辛巳卜在𦣞，貞王田率衣，亡[?]。"《前》二，四三，一

"辛酉卜在𦣞，貞王田衣逐，亡[?]。"《前》二，一五，一

𦣞爲田獵之地，而往𦣞又必須卜問往來亡災，是其地去國都頗遠，因之，卜辭之"省牛"非《周禮》之"省牲"，亦可斷言。余意《禮記·中庸》"日省月試"，注"考校其成功也"，《詩·無羊序》"宣王考牧也"，此省牛蓋即考牧之事歟。

二曰：省，田獵也。

(16) 貞王獸㕦唐禮。貞王往獸。貞王往省。貞其雨。《卜》別二，一二，四

"往省"與"往獸狩"并舉，是省亦狩也。

(17) 戊王叀田省，亡戈。其獸，亡戈，吉獻。《佚》二四，二一三

(18) 射鹿；𢽳禽。王其射麐鹿，亡戈，𢽳。其獸，亡戈。□□田省，亡戈。《拾》六，三

卜辭動詞之田皆當讀爲畋，名詞之田亦謂獵獸之地，非田疇之田也。此曰"叀田省"，叀義與往略近，田爲名詞，猶言往田中獵獸，故與"獸""射鹿"并舉。又曰"省田"，則謂獵於田中也：

(19) 丙辰卜，永貞乎省田。《前》五，二六，一

(20) 貞□乎𢽳畢省田。《藏》一一四，四

(21) ……勿乎省田。二月。《契》二三，二○三

(22) 壬，王从省田。于□王迪省田。《後》下二○，四

(23) 辛，王从省田，其每。《後》上三○，六

(24) 从省田。《佚》一一，六八

(25) □日入，省田，濕日，不雨。翌日，辛，王其省田，烟入，不雨。《佚》二七，二四七；《卜別》一，八，六

或出所省之田名，曰"省某田"：

(26) 從省盂田，從。《續》三，二三，六

(27) 從省盂田。《戬》一一，八

(28) 王其省𤴓田，温日，亡戈。《庫》五二，一○九○

曰"叀某田省"：

(29) 王叀盂田省，亡戈。《戬》一一，七；《續》三，二五，六

(30) 叀盂田省，亡戈。《佚》七五，八○○

(31) 叀盂田省，亡戈。《拾》六，二

(32) 叀盂田省。《佚》一一，六八

(33) 叀𤴓田省，亡戈。《拾》六，二

(34) 叀𤴓田省，亡戈。《甲》一，九，一一

· 377 ·

古典新义

（35）叀🀆田省。《佚》七五，八〇〇

（36）叀宫田省。《佚》一一，六八

（37）叀🀆宫田省，亡才。《庫》一〇，一六五

（38）叀宫🀆田省，弗每，亡𢦔，湄王大吉。《佚》八六，九五一

🀆字奇詭，以文義求之，疑田之繇文。他辭曰"從省田，其每"上揭（23）例，曰"從田，其每"，《續》五，二四，九；又《庫》一〇九，一六九九異版同辭。曰"……從射，其每"《庫》三，二八，曰"王弗每，禽"《後》上一二，一，此亦曰"弗每"，又其證也。盂田，噩田，宫田，確係殷人田獵之地，他辭曰：

"戊申卜，貞王其田盂，亡𢦔。"《後》上一四，一二

"戊戌王卜，貞田噩，往來亡🀆。王🀆曰吉。隻獲狐狼一。"《前》二，四一，八

"戊戌王卜，貞其田噩，往來亡🀆，丁酉王卜，貞迺于宫，往來亡🀆。乙未王……，往來亡🀆……，剔二。"《前》二，三一，四

略舉數例，已足互證。

（39）王叀……□田省。……。……宫田，不雨。《佚》三一，二九五

（40）今日乙，王從省🀆又有🀆，其雨。從噩田，其雨。王其省噩田，湄日，亡𢦔。從省🀆又🀆，其雨。《庫》五二，一〇九〇

上文（22）（23）（24）曰"从省田"，（26）（27）并曰"从省盂田"，此又"从噩田"與"省噩田"并見，是从與省義近。《詩·還》"并驅從兩肩兮"，《傳》"從，逐也"，从即從字。𩨂乳爲蹤，又變作踵，《説文·足部》"踵，追也"。追逐爲獵獸之手段，故田獵又謂之从。他辭曰：

"王其田斿，不冓大雨。从射斿鹿。其戡，亡𢦔。"《佚》一八，一四九

"王自往从獸。九月。"《續》一，一〇，四；《佚》又一五，一一五

"之日王往于田，从畝京，允隻獲𥏫二，雉十。"《續》三，四三，六

"之日王往于田，从東，允隻豕三。十月。"《甲》二，二二，一〇

"戊申……千習……🔲🔲東□自西从于之，🔲執。"《前》六，四六，五

"……中貞。翌其乎獸□从。"《前》六，四九，七

并其確證。從義既明，則凡曰"省从"者，省亦謂田獵也。

（41）貞翌癸丑，王勿往省从。《簠》游二，一一；《續》三，三六，六

（42）不省从。《後》下三，九，三

（43）□□卜，□貞王往省从南。《藏》二六八，一

（44）□□卜，韋貞王往省从西，告于大甲。《後》上一，一四

（45）貞王往出省从西，告于祖丁。《佚》六一，五五八

（46）丁酉卜，㱿貞王往省从西，大……。《簠》游二，七

（47）王往省从西。王往出省。王往省。《佚》四一，三八二

以上論卜辭省字有田獵義，就卜辭本身觀之，亦既堅確不可移易矣。雖然，猶有外證焉。《禮記·玉藻》"唯君有黼裘以誓省"，注"省當爲獮，獮，秋田也"。又《明堂位》："是故夏礿，秋嘗，冬烝，春社，秋省，而遂大蜡，天子之禮也。"注："省讀爲獮，獮，秋田名也。"案《爾雅·釋天》："春獵爲蒐，夏獵爲苗，秋獵爲獮，冬獵爲狩。"蒐苗獮三字，論其意義，當屬一系。蒐之言搜也，《穀梁傳·桓四年》釋文引《爾雅》麋氏本，蒐又作搜。凡有所搜求者，必周行偵察之。田獵謂之蒐，殆即此義。因之，蒐或與閱互訓，《左傳·成十六年》注"蒐，閱也"，昭七年注"閱，蒐也"。閱者，《漢書·車千秋傳》注"閱，經歷也"，《管子·度地》篇注"閱謂省視"，經歷而省視之，既蒐之義。苗之言覝也。《書·堯典》"竄三苗于三危"。《山海經·海外南經》作三毛，《説苑·修文》篇引《春秋傳》"苗者毛也"。《説文·見部》"覝，擇也，讀若苗"，擇與視義相因，《説文》"罤，司（伺）視也"。故《廣雅·釋詁一》又曰："覝，視也。"今口語曰瞄，即視察審諦之謂，實苗之形聲孳乳字。變作覝，從毛與從苗聲同，從見與從目義同。古者田獵謂之苗，苗即瞄字耳。曰蒐，曰苗，義并與視相關。省亦視也，

古典新义

是秋田之名，字本當作省，鄭君顧謂省當爲獮，昧其本根矣。

三曰：狩，征伐也。

（48）庚申卜，㱿貞今春王狩伐土方。庚申卜，㱿貞今春……狩。《甲》一，二七，一一

（49）庚申卜，㱿貞今春王狩土方，受㞢。庚申卜，㱿貞伐土方，受㞢。《甲》二，九，三

（50）貞王狩土方。王从葴。貞王勿狩土方。《前》七，七，四

（51）勿狩土方……。……再冊王勿狩……狩土方。《前》七，一二，四

（52）壬辰卜，㱿貞今春王狩土方，受㞢。癸巳卜，㱿貞今春王狩土方，受㞢。《簠》游一，三；《續》三，一〇，一

（53）貞王狩土方。《佚》四，三〇

（54）貞多□不其狩伐𢀛方。《藏》一九二，三

（55）……鷥……狩伐羌方。《前》六，六，二

羌字作𦍌，即𦍌《後》上二七，一〇𦍌《戬》二三，六之變體。卜辭羞作𦍌，《前》一，三六所從之𦍌與此作𦍌者，結體尤肖，此特改欹置者爲正置耳。葉玉森釋蒙，非是。𦍌方，卜辭屢見。

（56）丁未卜，王貞余由羌狩。《拾》五，一

此羌字作𦍌，不從人，當即前之羌方。

（57）□卜，貞孜匡于□□，王狩𢀛方，受辰年。（下略）《庫》七〇，一五一七

（58）伐狩往于來叹㞢昌邊傅衛，又戈。《後》下二二，一六

（59）狩伐并見，（48）（54）（55）狩伐連文，（58）又作伐狩，是狩義與伐同。試徵之於金文，《敔鼎》曰："師雒父狩衛討至於默舒。"衛，郭沫若初讀道國之道，繼改讀爲討，證以師雒父見於他器者悉爲武將，而舒復世爲周敵，則後説爲長。郭知狩衛之義爲征討，顧必欲認狩爲直字，則未免膠執之見。又《中鼎》曰："隹王令南宮伐反虎方之季，王令中先省南或𦥑行，𢆶王應在夔𨿳墟貝山。"《中甗》亦曰："王令中先省南或𦥑行，𢆶應在岀。"此所紀

380

則明爲征伐之事，二省字並與卜辭之𤯌同。又《虢鼎》曰："王令趙𢦏東反尸夷，虢肇從趙征，攻𩰤無啻敵，省𠛬尸夷身，孚俘戈。"𢦏，郭據魏石經《春秋》捷字古文作𢦏，釋爲捷，得之。《周書·謚法》篇："捷，克也。"《淮南子·兵略》篇"百族之子，捷捽招杅船"，注"捷，疾取也"，克與疾取并與征伐義相通。下尸字刻本誤作人。"省于尸夷身"，猶言傷及夷身。此義爲省伐之引申，書傳則多以眚爲之。

　　以上金文省省諸字與卜辭合者也。再驗之於經籍。《周禮·大司馬》之職曰："以九伐之灋正邦國：馮弱犯寡則眚之，賊賢害民則伐之，暴內陵外則壇憚，先鄭讀壇爲憚。案《國語·晉語》五"大罪伐之，小罪憚之"，是其義也。之，野荒民散則削之，負固不服則侵之，賊殺其親則正征之，放弒其君則殘之，犯令陵政則杜屠，後鄭謂杜爲"杜塞使不得與鄰國交通"。案犯令陵政之罪甚大，若僅杜塞之，則其罰過輕。杜當爲屠，屠杜古通，《左傳·昭九年》屠蒯，《禮記·檀弓下》作杜蕢。之，外內亂鳥獸行則滅之。"眚，伐，壇憚，削，侵，正征，殘，杜屠，滅，九者并舉而總名之曰九伐，是眚亦伐也。惠士奇謂眚爲治其罪，即《詩·常武》"省此徐土"之省。案省眚古本同字，《詩》"省此徐土"，正謂伐此徐土；治其罪之說，義轉迂闊。《大司徒》"七曰眚禮"，二鄭并訓爲殺禮。案眚亦即省字，殺滅之殺謂之省，猶殺伐之殺謂之省。凡此又經籍省眚二字與卜辭合者也。

　　問者曰：如上所述，則巡視，田獵，征伐三者皆謂之省或𤯌，三事而總爲一字，此其故可得而聞乎？對曰：一字含有三義，正爲古者三事總爲一事之證。上世地曠人稀，林菁邃密，封豕長蛇，出沒無常，故民罕遠行，行必結徒侶，備器械，且行且獵，既以自衛，兼利其皮肉角齒之屬，以爲衣食日用之資也。後世人君出游，省視四方，謂之巡狩，明行不空行，有行必有狩矣。遊獵所屆，或侵入鄰境，獵弋之事，即同於劫掠，山林所有，皆民生所資，故不容異族捕取。於是争端即肇，戰事生焉。故遊田與戰争，亦不分二事。典籍所載，司馬之職，掌兵事，亦掌田事，禡禱之祭，爲田祭，亦爲兵祭，并其明驗。後世儒者，不明其故，輒曲爲之說，惟《易·明夷》"明夷于南狩"，王注曰"狩者征伐之類"，斯爲一語破的。

補記

《臣卿鼎》曰"公遣省自東，在新邑"，此省字爲巡省。《俎子鼎》曰"丁卯，王命俎子迨西方于省"，此省字則謂征伐。"于省"與《詩》"于征""于狩"詞例同。

釋朱

《說文·木部》"朱，赤心木也，松柏屬，從木，一在其中。"案此說解，學者多疑之。謂當與松楠檜樅柏諸文爲伍，今本失其舊次者，段玉裁説也。謂本作"朱，木心也"，引《禮記》"松柏有心"之文，今本乃經後人改竄者，俞樾説也。謂朱爲株之初文者，戴侗及近人郭沫若説也。謂朱爲珠之初文者，近人商承祚説也。今案"松柏屬"三字，似後人所沾，自餘皆許舊文。許説亦自不誤。云"赤心木"者，赤心二字，義別有在，非中心赤色之謂。諸家不達此二字之義，遂滋疑惑，此自諸家之誤會，許君不受咎也，請申論之。

一 何謂"赤心"

金文心作◆或作◆，余謂◆爲心臟字，◆爲心思字。◆象心房之形，◆爲聲符兼意符。◆者，籤之初文心籤古音同部，今字作尖。《釋名·釋形體》："心，纖也，所識纖微無不貫也。"阮元云，《釋名》此訓，最合本義，《説文·心部》次於"思部"，"思部"次於"囟部"，"糸部"細字即從囟得聲得意，故知心亦有纖細之義。案阮説是也。心從◆會意，故物之纖銳者得冒心名。棗棘之芒刺謂之心。

《易·坎》"寘于叢棘"，虞注"坎多心，故叢棘"。又《説卦》"坎，……其于木也，爲堅，多心"，虞注"堅多心，棗棘之屬"。松針亦謂之心。《禮記·禮器》篇："松柏之有心也，貫四時而不改柯易葉。"《説文·木部》：

· 383 ·

"樠，松心木。"此心字亦謂尖心，説詳下。陸機《演連珠》："勁陰殺節，不凋寒木之心。"棘之芒刺謂之心，因之棘亦曰心。《爾雅·釋木》："樸樕，心。"《詩·召南·野有死麕》篇正義引孫炎曰"樸樕一名心"，又引某氏曰"樸樕，椒樕也，有心，能耐溼，江淮間以作柱𣐳"。

合棘與心二字爲複合名詞，則曰棘心。《詩·邶風·凱風》篇："凱風自南，吹彼棘心，棘心夭夭，母氏劬勞。"《儀禮·特牲饋食禮記》："棘心匕刻。"《詩》"棘心"，舊皆以爲中心之心，惟阮元、徐灝知爲尖心之心。案如舊説，則心在木内，風安得吹之乎？其誤誠不待辯。然如阮徐二家以心爲芒刺，則不知風之所吹，何獨在刺而不及枝葉？且《詩》曰"棘心夭夭"，夭夭乃屈折之貌，刺受風吹，又安得夭夭之狀乎？今讀"棘心"爲複合名詞，與下章"棘薪"同例，則二句文義皆安。《儀禮》之"棘心"，義與《詩》同。知之者，棘之芒刺，長不盈寸，不中爲匕，更無由刻爲龍頭也。棘從并束，古蓋亦讀如束即刺本字，與赤同音，故"棘心"又訛變爲"赤心"。《詩·小雅·大東》篇"有捄棘匕"，《傳》"棘，赤心也"。

案《詩》之"棘匕"，即《儀禮》之"棘心匕"，毛以赤心釋棘，猶《爾雅》以心釋樸樕也。以其叢生，故曰"樸樕"，以其多芒刺，故曰"棘"，一曰"心"，合二名爲一名以便稱謂，則曰"棘心"，聲之訛變，又曰"赤心"，其實一而已矣。

二　漢魏人及許君用"赤心"之義

自"棘心"變爲"赤心"，赤與赤色字混而心之義亦以晦，故降及漢世，"赤心"之語雖存，而義則若存若亡。

《周禮·朝士》注："樹棘以爲位者，取其赤心而外刺，象以赤心三刺也。""赤心三刺"者，古之遺語，本謂以棘刺之者三，即《書·堯典》"扑作教刑"之謂也。然鄭似未達此義，觀其以"赤心"與"外刺"對舉，則是析心與刺爲二事，謂在内之心與在外之刺耳。

· 384 ·

《淮南子·時則》篇"十一月官都尉,其樹棗",高注"棗取其赤心也"。案樹棗,取其有芒刺,可以威衆也。高注簡略,不知其意果如此否。以上鄭高兩注,於"赤心"古義,知之與否,並在疑似之間。《易·坎卦》虞注:"坎多心,故叢棘,棘之心赤。"《左傳·昭四年》正義引服注:"棘矢者,棘赤有箴。"此皆不明赤義者也。《初學記》二〇引《春秋元命苞》:"樹棘槐,聽訟於其下。棘,赤心有刺。言治人者,原其心,不失赤實,示所以刺入其情,令各歸實。"此説赤心二義,兩失之者也。

"赤心"一語,漢魏人所用,有類似合於古義者,有部分的合於古義者,有全乖古義者,既如上述。然則許君説朱爲赤心木,彼"赤心"二字,用古義乎,用訛誤之義乎?曰:許君用古義也。何以知其然哉?《説文·木部》:"樠,松心木。"案《漢書·西域傳》下"山多松樠",《玉篇》"欙,松樠也",并以松樠連文,《後漢書·馬融傳》"陵喬松,履脩樠",又以松樠對舉,是樠爲松類。許書樠篆次於松檜之間,解爲松心木,亦謂樠爲松類也。蓋此木葉作針形似松,故曰松心木。樠爲松心木,猶下文檜爲柏葉松身,樅爲松葉柏身矣。若謂樠之似松,惟在幹之中心,而其外見之部分皆不與,則木之似松者衆,獨樠而已乎?且松之異於他木者,莫著於其葉,因之,木之有針葉者,即以松例之,理亦至明,夫"樠松心木""朱赤心木",詞例不殊,許君於松心木既已用尖心義,則赤心木之心字,其不謂中心,可知。要而言之,木身之具有尖刺狀者二,古皆曰心,一爲松屬之葉,所謂松心是也,一爲棘屬之芒,所謂棘心是也。赤心即棘心。許君於樠曰"松心木",於朱曰"赤心木"者,謂樠之葉似松,朱之芒似棘耳。

既以朱爲赤棘心木,是朱之有心,與松心異類,必不又以朱爲松柏屬,以自相牴牾,因知,今本《説文》"松柏屬"三字,必後人不明赤心之義,因傅合《禮記》"松柏之有心也"一語,而妄增之如此,抑又可知。

三　朱有刺義

　　赤心即棘心，亦即刺，既如上述，然則許君訓朱爲赤心木，猶言有刺之木矣。欲知此説信否，可先於朱之諸孳乳字驗之。《説文·口部》："咮，鳥口也。"《廣雅·釋親》："𰀀，噣，喙，口也。"《一切經音義》一引《字書》："𰀀，鳥喙也。"𰀀即觜嘴，從朿，朿即刺之初文。《廣雅·釋器》"石箴謂之𰀀"，《爾雅·釋草》"𰀀，莿"，注"草刺針也"。鳥口謂之𰀀，亦謂之咮，是朱有刺義，其證一。

　　《廣雅·釋詁一》："誅，責也。"責從朿聲，亦有刺意。誅之爲責，亦猶咮之爲𰀀矣。以言抨擊人謂之責，亦謂之誅，是朱有刺義，其證二。

　　《廣韻》："筞，策也。"策亦從朿聲，蓋古馬策以棘爲之，故《楚辭·九章》曰"施黃棘之枉策"。策謂之筞，亦猶筞謂之咮，責謂之誅矣。所以刺馬使行者謂之策，亦謂之筞，是朱有刺義，其證三。

　　朱與殳通，《書·堯典》殳斨，《漢書·古今人表》作朱斨，《詩·邶風·靜女》篇"靜女其姝"，《説文·女部》引作㛅，《書·堯典》之驩兜，《尚書大傳》作鴅吺，鄒漢勛謂即丹朱，并其證。《説文·殳部》："殳，以杖殊人也。禮：殳以積竹八觚，長丈二尺，建於兵車。旅賁亦以先驅。"又"木部"："杸，軍中士所持殳也。"《釋名·釋兵》："殳矛：殳，殊也。長丈二尺而無刃。有所撞挃於車上，使殊離也。"《廣雅·釋詁一》"挃，刺也"，劉謂殳"有所撞挃於車上"，正謂殳之用主於刺，故其物亦謂名刺杖。《太平御覽》七一〇引《新序》："昌邑王置積竹刺杖二枚。"《説文》謂殳爲"以杖殊人"，又言其制"積竹八觚"，是積竹刺杖即殳矣。兵器之可以刺人者謂之殳，或杸，猶鳥喙可以啄傷人者謂之𰀀也。刺杖謂之殳，殳與朱通故許劉并以殊詁殳，是朱亦有刺義，其證四。《説文·歹部》"殊，死也"，《集韻》引《廣雅》"殊，殺也"，并刺義之引申。

　　木屬之名，其字從朱者，則有茱萸。茱萸有吳茱萸，食茱萸二種。

食茱萸者，落葉亞喬木，高丈餘，有刺。《廣雅·釋木》："椴，檖，茱萸也。"陳藏器《本草拾遺》："檖子，……木高大，莖有刺。"又謂之椴。椴之言殺也，殺義與刺相因，茱萸謂之椴，猶誅殊謂之殺矣。木之有刺者，謂之茱萸，是朱有刺義，其證五。

由上觀之，朱有刺義，較然明白。然則朱之爲木，有刺之木也。古語本或呼木之芒刺曰"赤心"，故許君訓朱爲赤心木。訓詁之精，令人驚絶。許書顧可輕議哉？

四　朱爲何木

朱爲木名，不見於經傳。以聲求之，疑即柘木。朱在侯部端母，柘在魚部定母，最相近，朱轉爲柘，固自可能。株邑一曰柘城。《元和郡縣志》七："宋州柘城縣，本陳之株邑，《詩·陳風·株林》刺靈公是也。至秦爲柘城縣，後漢屬陳郡，其羅城即古株邑故城是也。"又："故柘城，在（寧陵）縣南七十里，陳之株邑。"是其比也。柘木者，《詩·唐風·山有樞》篇正義引陸機疏："樞，其鍼刺如柘，其葉如榆。"朱有刺，柘亦有刺，而二字復聲近可通，朱柘一木，殆無可疑。《後漢書·郡國志》注："陳有株邑蓋朱襄之地。"《路史·前紀九》"朱襄氏都於朱"，注"朱或作株"。

劉羅二氏并謂陳之株邑即朱襄氏故地，說似可信。竊疑朱本木名，一稱朱襄，邑與氏皆以木得名也。朱柘聲近，襄桑聲近。朱襄殆即柘桑。《說文·木部》："柘，柘桑也。"王筠曰："木理枝葉皆不相似，以蠶生而桑未生，先濟之柘，故被以桑名。"又曰："性同而形不同，則殊異其詞，如'楊，木也'，'檉，河柳也'，'柳，小楊也'，以其皆可以爲栖棬也，'檿，山桑也'，'柘，柘桑也'，以其皆可以飼蠶也。"案王說甚晰。柘朱一木，柘一曰柘桑，猶朱一曰朱襄矣。木之以柘名者，又有柘榆。柘榆有刺，《廣雅·釋木》："柘榆，梗榆也。"《說文·木部》"梗，山枌榆，有束刺，莢可以爲蕪荑也。"

其實辛香。《爾雅·釋木》"無姑，其實夷"，注："無姑，姑榆也，生山中，莢原誤葉，從《急就篇補注》引改。圓而厚，剥取皮合漬之，其味辛香，所謂蕪荑。"此并與茱萸相似，而柘榆與茱萸聲復相近，疑二者本異物而同名。若然，則柘榆一作茱荑，與柘桑一作朱襄，其例正同，因之朱之即柘，又得一證。

五　朱木與朱色

《説文·糸部》："絑，純赤也。《虞書》丹朱字如此。"案朱色字，經傳皆作朱，無作絑者，吉金文亦然。是絑即朱之後起形聲字。丹朱字壁中古文作絑，正朱絑一字之證。既知朱色字古祇作朱，則朱色與朱木之關係必甚密切。因之，吾人説朱字，苟不能明其所以孳乳爲朱色字之故，則直認其説爲無價值可矣。雖然，如余所説，既不以許書"赤心木"之赤爲赤色，將毋使朱木與朱色之因緣轉益疏遠，而余説遂亦爲之根本動搖乎？曰：否否！吾不曰朱即柘乎？《太平御覽》九五八引《四民月令》："柘染色黄赤，人君所服。"《本草》："柘木染黄朱色，謂之柘黄，天子服柘黄。"《封氏聞見記》四："赭，赤也。赭黄，黄色之多赤者，或謂之柘木染。"案凡表采色之名，多以染料之名名之，而古人染料取諸植物者尤夥。柘木即朱木，朱可以染，故爲木名，又爲色名。《詩·秦風·終南》篇"顔如渥丹"，釋文引《韓詩》丹作沰，《韓詩外傳》二又引作赭。《説文》丹訓赤石，赭訓赤土，沰與丹赭并通，是沰亦赤色。蓋礦物之可以染赤者謂之沰，植物之可以染赤者則謂之柘，其例一也。雖然，石赤古音全同，柘既爲朱之轉，則朱赤殆亦本爲一語乎？

釋爲釋豕

釋爲

卜辭曰：

"乙丑卜，㱿貞我叀完爲。"《後》下一〇，一三

"囗囗卜，㱿貞卜叀完爲。"同上

"丁卯卜，㱿貞我叀完爲。"孫氏引明義士藏版

"乙丑卜，㱿貞我叀完爲。"同上

"丙申卜，㱿貞由完爲。"《前》五，三〇，四

"丁酉卜，㱿貞由完爲。"同上

"由完爲。"《後》下一〇，一一

"丁未卜，㱿貞我爲完。"《後》下一〇，一三

"丁未卜，㱿貞我爲完。"明義士藏版

"丁未卜，㱿貞勿爲完。"同上

"乙丑卜，㱿貞我勿爲完。"同上

"丁卯卜，㱿貞我勿爲完。"同上

"貞勿爲完。"《後》下一〇，一一

"勿爲完。"《後》下一〇，一三

以上各辭孫海波先生釋之曰："云'我爲賓'，'我勿爲賓'，猶言'我其爲客'，'我其弗爲客'，賓即賓客之義也。"《卜辭文

字小記》，載《考古》第三期。案孫說未確。稱"爲完"者七例，稱"完爲"者，益以孫所未引之"貞宙完爲"《庫》一〇七，一六八七且八例，"爲完"可訓"爲客"，然則"完爲"亦可訓"客爲"乎？余謂完他辭多作㝅，一作㝁《甲》二，一，一三，又作㝅《前》七，二〇，二，皆用爲動詞，此作完亦非例外。其含義，在此因文辭過簡，未可確指，要不外賓儐擯等文所有諸義。"爲"乃"完"之賓格，當爲名詞，即嬀姓之嬀。嬀古衹作爲，金文《陳子子匜》《司寇良父壺》及《殷》并以爲爲嬀，《論語·述而》篇"不圖爲樂之至於斯也"，釋文"爲本作嬀"，孔子因聞韶而有此語，韶爲舜樂，而舜嬀姓，則一本作嬀，不爲無據。并其比也。卜辭爲字或爲人名，或爲國族名，或爲地名，亦無從肊度。《書·堯典》"釐降二女于嬀汭"，《史記·陳世家》"昔舜爲庶人時，堯妻之二女，居於嬀汭，其後因以爲氏姓，姓嬀氏，諸書或言舜姚姓，姚即嬀字，余別有說。然則此字殆與傳說中之舜有關，此亦研究古史之新資料也。至卜辭"賓嬀"或作"嬀賓"者，"賓"爲外動詞，古代文法，例得倒置於賓格之前，而在否定語中尤爲習見。"我勿嬀賓"即"我勿賓嬀"，猶《詩》之"亦不女從"即"亦不從女"，"天不我將"即"天不將我"也。若釋"爲賓"爲"爲客"，則"爲"爲繫詞 Copula，"賓"爲名詞性的表詞，二者斷不容倒置。此本我國文法中不易之定律，今但舉古書中"爲賓"二字連用者二事：爲賓爲客，獻醻交錯，《詩·小雅·楚茨》名者實之賓也，吾將爲賓乎？《莊子·逍遙遊》篇試將二"爲賓"易爲"賓爲"，復成何文義？此事關係古代文法者甚鉅，故爲詳辯之如此。又爲字於卜辭中除上揭各辭外，尚未一見，而各辭中之爲實當讀爲嬀，是就目前所知，卜辭中尚無訓作爲之爲字，此又古文字學中之一有趣現象也。參追記（一）。

釋豕

卜辭🔾, 🔾, 🔾三文諸家一概釋豕。今案🔾🔾有并見於一辭者見下引8、17二例。是二字有別。至🔾雖未見與🔾并用，然以🔾🔾異字推之，則🔾腹下一畫，必亦非虛設。唐立厂先生嘗爲余言：此字象豕腹下有根器之形，當釋豭。案家卜辭或作🔾《前》四，一五，四，金文作🔾《枝家卣》作🔾《小臣告鼎》作🔾《量禹》作🔾《叔向毁》且有直作🔾者《頌鼎》，而許君復謂家豭省，則唐釋殆確，惟卜辭豭字有作🔾者《拾》四，二，如唐説則不得不委爲誤刻耳。要之，釋🔾爲豭，不爲無據。今所欲論者，🔾二形顯然有別，似亦不當同字。余初疑卜辭十作丨，又有合書之例，因之🔾即有讀"十豕"如🔾爲十牛之可能，三🔾亦有讀"十三豕"如二🔾爲十二月者之可能。及見諸辭中有曰"十🔾"者見下引4、25二例，曰"十白🔾"者見下引15、16二例，遂知合文之説不能成立。且以🔾或作🔾，🔾或作🔾之例衡之，🔾而果爲十豕之合文，即應有作🔾者。然此例從未一見。此亦前説之一反證也。今案腹下一畫與腹連着者爲牡豕，則不連者殆即去勢之豕，因之，此字即當釋爲豕。許君謂豕爲"豕絆足行豕豕，從豕繫二足"，此蓋不得其解而妄以🔾等字之義説之。實則豕之本義，當求之於經傳之椓及劓斀等字。

《詩・大雅・召旻》篇"昏椓靡共"，《傳》"椓，夭椓也"，《箋》"昏椓皆奄人也，昏，其官名也，椓，椓毀陰者也"。《書・吕刑》篇"爰始淫爲劓，刵，椓，黥"，鄭注"椓，破陰"。《堯典》正義引鄭本作劓。《説文・支部》："斀，去陰之刑也。"引《書》作斀參追記二。案椓劓斀并與豕音同義通。豕去陰之稱，通之於人，故男子宮刑亦謂之豕。《詩》《書》作椓，用借字。毛訓椓爲夭椓，夭者折也，椓讀爲豕，故曰夭椓。鄭訓椓爲椓毀陰，又曰破陰，則讀椓如字，不若毛義爲長。

鄭作劓，許作斀者，并後起形聲字。許君訓斀爲去陰刑，固無可議，特不知豕乃其最初文耳。豕之聲轉爲斀，《詩・周頌・有客》篇"敦琢其旅"，

古典新义

敦亦琢也。豕之轉豙猶琢之轉敦。《廣韻》引《字林》曰"豙，去畜勢也"，《説文·豕部》"貁，豩豕也"，趙宧光云：方言或讀若敦，《易·大畜》釋文引劉表曰"豕去勢曰貁"。豙旁轉爲犒，《廣雅·釋嘼》"吴羊犗曰犒"，犒爲犒之訛，犒之言劊也，斷也。《莊子·説劍》篇"試使士敦劍"，司馬注"敦，斷也"，犒之訓斷亦猶敦之訓斷。犒對轉爲貁。《説文·豕部》："貁貁也。"貁之言墮也，《方言》十二"墮脱也"。豕之本義既爲去陰之豕，則卜辭之 ◇ 就其字形所示，釋爲豕字，最爲確切。去陰之豕，自無性別可言，故卜辭犰𤝞二字，絶無從豕作者。且卜辭中所見鳥獸之名，除一部分用爲人名國族名地名者外，其用爲普通名詞者，要不外祭祀所用之牲與畋獵所獲之禽。卜辭此字果爲去勢之豕，則必爲牲而非禽，蓋田獵所獲，決無既劇之豕也。今檢各書，凡辭中出豕字者，悉移録於下：

  1. 辛巳卜，㕣貞㫚三犬，寮五犬五豕，卯四牛。一月。《前》七，三，三

  2. 庚戌卜，㕣貞寮于西㗊一犬一南，寮四豕四羊南二，卯十牛南一。《庫》一二八，一九八七

  3. 壬午卜，㕣貞寮三豕，卯一羊。寮三豕三犬，卯一羊。《庫》一〇九，一七〇一

  4. □辰卜，設羊寮十豕洋卯……《藏》八，六三

  5. 壬辰卜，翌甲午寮于蚰羊业又豕。《後》上九，一一

  6. 今丁酉夕，寮豕方帝。《佚》五四，五〇八

  7. 貞业于祖乙。貞寮豕。《續》一，一五，三

  8. 寮于東母……豕三豕三。《藏》一四二，二

  9. 貞寮㕣业又豕。《續》一，一，四

  10. 丙戌卜，貞車犬业又豕帝。《前》七，一，二

  11. 甲戌卜，业丑在今日。重豕。《後》上五，四

  12. 甶豕司衒，吉。《前》六，二三，一

  13. 貞甶……豕，令……。《藏》二一三，二

  14. □午卜，方帝，三豕业又犬卯于土社宰庫，莽雨。《佚》五，四〇

釋爲釋豕

15. 貞䰜豕百。九月。《前》六，四二，八

16. 丙午卜宄貞㞢于祖乙十白豕。《前》七，二九，二

17. 貞㞢于祖乙十白豕。《續》一，一五，一

18. 丁巳卜貞帝禘雉。貞帝禘雉三羊三豕三犬一豕。《前》一，一七，五

19. □酉貞福……豕……。《戩》四五，三

20. 癸卯卜酌，求貞乙巳自甲廿示一牛□羊一□□巍宰五豕十。《續》一，二，四

21. ……帝禘既餼，……于豕二羊。《藏》一七八，四

22. ……㞢貞御……嬉豕于䍩。《藏》二七二，二

23. □□其至致二白豕父甲。《前》八，五，四

24. ……□母……豕。《拾》一一，七

25. ……于……十豕㞢又南。《庫》一一六一，七七三

26. ……豕二䍩《佚》六五，六二一

1至9曰𢊾，10至13曰叀，14曰卯，皆祭祀用牲之法。15䰜一作䰜《前》六，四三，一，與金文𠤳字同意，當釋盉，《說文》盉訓調味，此殆亦用牲之法。16、17之㞢，18之禘，19之福，20之酌皆祭名，21之既疑當讀《論語·八佾》篇"子貢欲去告朔之餼羊"之餼，《說文》槩餼并爲氣之重文，《儀禮·聘禮記》"曰如其饗既之數"，注"古文既爲餼"。"帝既"謂禘祭所用之餼也。22之䍩，23之父甲，24之□母，皆被祭者之名。又22御訓進御，御豕與23致豕同誼。25與南并舉，南于卜辭習見，每爲祭祀所用之物。26與䍩并舉，字不可識，然非畋獵所得之生物則可斷言。綜之，二十六條中絕對無一卜問畋獵之辭，卜辭中凡從豕之字與田獵有關者，若埶（逐）、䵻、𧱞、霖及𧲂，亦皆從豕不從豕。反之其爲卜問祭祀之辭，則什九確有明徵，此正與吾人釋𢒕爲豕之假設密合。意者祭祀用牲，本尚肥腯，而既劇之豕，膚革尤易充盈，故殷人祭祀，多用豕爲牲歟？姑記之以俟續證。

追記

（一）爲字又見契二三，一九九，云"辛……貞……爲"，字形與上揭各例同，亦當釋媯。又《通纂書後》引劉氏《善齋藏片》云"己丑卜，彭貞其爲且丁祭衣御"，字作 ，結體已變，與金文爲字相近。董彥堂先生以爲祭名，近是。

（二）《周禮·司刑》注引《尚書大傳》"男女不以義交者，其刑宫觸"，楊遇夫先生云，觸爲歜之借字，去陰之刑也，其説至確。

釋圝

一

　　《說文·口部》曰："囮，譯也，從口化聲。率鳥者繫生鳥以來之名曰囮，讀若譌。圝，囮或從繇。又音由。"案"又音由"三字似後人所沾，然其音不誤。[①] 譌由一聲之轉，譌訓詐，由之爲言誘也，[②] 誘亦詐也。然則因聲求義，率鳥之說當較近古，顧亦非其朔。何以明之？古爲字本作敍若豢（圖一），從手從象。金文又有𤕨（圖四）𤕧（圖五）𤕪（圖六）𤕫（圖七）諸字，吳大澂或釋譌，云通作繇，舉《說文》囮讀若譌，重文作圝爲證。案吳說甚精，而未達一閒，譌繇本係一字，無取通假也。《師寰𣪘》"淮尸夷𤕧我員晦臣"，王國維釋繇，云與《兮甲盤》"淮尸舊我員晦人"語同，繇舊聲近字通，<small>案繇舊不祇聲近，說詳下。</small>《彔伯𣪘𣪘》"王若曰：'彔伯𣪘？ 譯！……'"容庚亦釋繇，云與馬本《書·大誥》"王若曰'繇！……'"語同。案之文義，王容釋繇，良是，然必謂非譌字，則拘。蓋字本作𤕧，隸定當作𤕧，𤕧省系則爲譯譌，省象則爲繇，論其本根，繇譌仍係一字，故繇變作繇，《說文》圝字從之，而讀若譌也。《正字通》

[①] 《北戶錄》一引《字林》，曹憲《廣雅音》、《龍龕手鑑》并音由。
[②] 《說文揄》之重文作抽，又作搯。

· 395 ·

古典新义

有圖字，云同囮，從縣與金文合，當即圖之正體。圖從口從縣，縣爲䚻之省，已如上説，然則此字當何所取義乎？《通鑑·口①紀》注曰："安南出象處曰象山，歲一捕之。縛欄道旁，中爲大穽，以雌象行前爲媒。遺甘蔗於地，傅藥蔗上，雄象來食蔗，漸引入欄，閉其中，就穽中教習馴擾之。始甚咆哮，穽深不可出，牧者以言語諭之，久則漸解人意。"口象欄形，縣則手牽象而以言語教諭之，制字之意，與殊方土俗捕象之法悉合，然則圖之本義爲象圖明矣。蓋依字形所示，圖之中心意義，本指既捕後教習馴擾之事，擴大言之，凡誘致生象之事，及其所用之媒并欄穽之屬諸邊緣意，亦俱謂之圖也。考吾國上古北方本嘗産象，②以卜辭金文爲字，及文獻中殷人服象③象爲舜耕④諸傳説證之，象蓋嘗一度爲吾先民之重要牲畜，故捕象之事，有其專字。至遲戰國時，中原已不復有象，⑤而媒翳之事，後世施諸

---

① 桂馥《説文義證》引，不詳何紀。行篋無《通鑑》，容後補檢。
② 詳 Laufer: Ivory in China，及徐中舒《殷人服象及象之南遷》。（《中央研究院歷史語言研究所集刊》二本一分）
③ 《吕氏春秋·古樂》篇："成王立，殷民反，王命周公踐伐之。商人服象爲虐于東夷，周公遂以師遂之，至於江南。乃爲三象以嘉其德。"《孟子·滕文公下》篇："周公相成王，誅紂伐奄，三年討其君，驅飛廉於海隅而戮之，滅國者五十，驅虎豹犀象而遠之。天下大悦。"徐中舒曰："《吕氏春秋》與《孟子》并爲戰國末年之書，其時服象之事，早已軼出黄河流域居民記憶之外，必不能臆造此傳説也。"案徐説是也，《吕覽》所記，明係象戰，（象戰之法，春秋時楚人猶用之，見《左傳·定四年》。）《孟子》"虎豹犀象"并舉，蓋皆以助戰，説詳拙著《象舞考》。（未刊）
④ 《越絶書》八"當禹之時，舜死蒼梧，象爲民田也"，《論衡·書虚》篇，"傳言舜葬於蒼梧下，象爲之耕"；《史記·五帝本紀集解》引《皇覽》"傳曰舜葬蒼梧，象爲之耕"；《類聚》一一引《帝王世紀》"（舜）葬于蒼梧九疑山之陽，是爲零陵，謂之紀市，在今營道下，有羣象爲之耕"。以上皆言舜死後，象爲之耕。惟唐陸龜蒙《象耕鳥耘辯》云："世謂舜之在下也，田於歷山，象爲之耕。"案象耕之事，未聞其審。王充以爲象蹈土躈，若耕田狀，壤靡泥易，人隨種之，若海陵麋田之類，（語在《論衡·書虚》篇）理或然歟？鼎文有𤉢字（圖八），從豪（爲）從𦥑。力古耒字（徐中舒説），𤉢象衆耒齊耕之意，蓋即古犂字，卜辭"大令衆人曰，𤉢田，其受年，十一月"（《續》二，八八，五；陳夢家引）即犂田也。鼎文從𦥑，自是耕田之意，其從爲不知取役象之意，抑謹訓"作爲"。如前説，則𤉢亦古犂字，從象猶從牛，此固古用象耕之佳證。然如後説，讀爲"孝弟力田"之力，亦無不可。然則象耕之事，究無明徵，象耕傳説，但足證古有役象代勞之事耳。
⑤ 《韓非子·解老》篇，"人希見生象也"，是至遲戰國時中原已無象。然前引《吕覽》《孟子》二説俱云周公驅象，似傳説謂北方無象，自周公始，則此物春秋時蓋已絶迹於中原矣。

· 396 ·

釋圙

捕鳥者，尤爲普遍，故許君遂謂"率鳥者繫生鳥以來之名曰囮"也。其又訓譯者，圙譯一聲之轉，（《廣韻》麾餘昭切，是其比。）又圙一曰媒，譯之爲用亦猶媒也，故圙亦可訓譯。且古稱譯一曰象"象胥：掌蠻夷閩貉戎狄之國使，掌傳王之言而諭説焉，以和親之"《周禮·秋官·象胥》；"傳言以象"《大戴禮記·小辯》篇；"五方之民，言語不通，嗜欲不同，達其志，通其欲，東方曰寄，南方曰象，西方曰狄鞮，北方曰譯"《禮記·王制篇》；①"凡冠帶之國，舟車之所通，不用象譯狄鞮，方三千里"《吕氏春秋·慎勢》篇。象即圙也。以語音言之，《説文》像從象聲，讀若養，卜辭耆甲，《史記》作陽甲，是象古讀或歸喻母，圙象一聲之轉，《説文》"勢，繇緩也"，圙轉爲象，猶繇轉爲勢。以字形言之，圙爲象之滋乳字，譯謂之象，即圙之省耳。夫圙訓譯，而譯一曰象，此亦圙從譶省，本義當爲象媒之塙證。雖然，圙之訓譯，究係義之引申。許君"率鳥"云云之義雖未塙，然其事之性質，去捕象猶未遠，乃以此爲別義，而以譯爲正義，斯爲本末倒置矣。又於字圙象形，當爲正體，囮形聲，當爲別構，許以圙爲囮之重文，亦未允。

---

① 寄疑即羈。羈之言掎也，謂掎其腳也。《周禮·羅氏》注："置其所食之物於絹（羂）中，鳥來下，則掎其腳。"《史記·司馬相如傳》"射麋腳麟"，《集解》"腳，掎足也"，《説文》"馻，相掎馻也"。馻與腳同，漢鐃歌《艾如張》："山出黃雀亦有羅，雀已高飛奈雀何，爲此倚欲，誰肯磽室。"倚欲當爲掎馻之誤。狄鞮蓋即躔，躔之言纆也，謂係其躔（蹄）也。《周禮·羅氏》："掌攻猛鳥，各以其物爲媒而掎之。"《説文》"纆，繫，纆也，一曰維也"，"繫，繫纆也"。繫躔即係蹄，《趙策三》："人有所置係蹄者而得虎，虎怒，決蹯而去。"或單曰蹄，《莊子·外物》篇，"蹄者所以在兔"，釋文"蹄，兔罝，係其腳，故曰蹄也"。寄與狄鞮均捕鳥獸之器，可證象即圙。至譯，則《説文》已訓圙爲譯，圙訓譯，則譯亦可訓圙矣。原始心理仇視異族，至儕之於禽獸，此亦一例也。

· 397 ·

《太平御覽》二六引《桓階別傳》載魏文帝賜階詔曰："其賜射鹿師二人并給媒。"是捕鹿亦用媒。吕溫《由鹿賦》序曰：貞元丁卯歲，予南出襄樊之間，遇野人繫鹿而至者，問之。答曰："此爲由鹿，由此鹿以誘致羣鹿也。"[①]案此解非是，由即圂之假音字，故《萬象名義》曰："圂，圂，鹿媒。"然鹿媒之名，於語雖可與象媒通稱，於字則似仍有專體。卜辭有麇字（圖九），與麛（圖一一）同義，商承祚釋阱。案當即麌字。卜辭字從鹿在凵中，凵即凹字，[②]象陷阱形。凵幽聲同，故小篆變從幽。麌象鹿在幽凵中，與圂同意，而音讀復同，是麌即圂鹿專字矣。據《通鑑》注所紀安南捕象之法，知凡媒之以類相誘者，皆以雌誘雄。[③]《說文》："麀，牝鹿也。"重文作麔。蓋麌鹿之法，亦以牝爲媒，以誘致其牡，故即呼牝鹿爲

---

① 《唐文粹》七。
② 凹字見《神異經》及江淹《青苔賦》。《集韻》"凹，窊也"，於交切。
③ 《說文》謀古文作𧮪。媒母本一字，高禖即先母，是其比。捕鳥獸者以雌誘致其雄謂之媒，媒亦母耳。

釐，字遂亦變作麐。① 許君以麐爲正體，釐爲重文，亦誤。

書傳紀捕鳥用媒之事尤夥，② 今但擧其名稱之有專字可考者。《北戶錄》一引《淮南萬畢術》曰："鴟鵂致鳥，取鴟鵂，折其大羽，絆其兩足，以爲媒，張羅其旁，衆鳥聚矣。"案《說文》："舊，鴟舊，舊留也。"重文作鵂，《廣韻》鴟鵂同，《字鏡》《萬象名義》并鴟鵂同，鴟俗鴟字，是鴟鵂即鴟鵂，亦即鴟舊也。卜辭舊或作𦫳（圖一〇），與麐作麕同意，③ 是小篆舊從臼與麐從幽者，義亦不殊。麐爲圖鹿專字，舊亦圖萑專字矣。金文、小篆舊并從臼聲，以舀亦從臼聲而音以周切證之，知臼古讀亦或歸喻母，然則舊與圖古亦同音，故《兮甲盤》"淮尸舊我員晦人"，《師袁殷》作"繇我員晦臣"。王氏以爲舊繇音近相假，實則音同義通耳。④《爾雅·釋鳥》"怪鴟"，郭注"即鴟鵂也，見《廣雅》，今江東通呼此屬爲怪鳥"。《篇海》有鴅字，音休，云"怪鳥"。案鴅亦鵂字，鵂爲舊之重文，而舊圖音義同，鵂一作鴅，猶圖一作囮矣。要之，舊爲置媒以捕鴟鵂之專字。古人視鴟鵂爲美饌，⑤ 貪其味，故求之數，求之數，故需別制專字以

---

① 《漢書·霍去病傳》"麐皋蘭下"，注"麐謂苦擊而多殺也"，《廣韻》麐同鏖，案麐形爲鏖之省，義則借爲麐。蓋獵者同麐落穽後，隨即苦擊之，故戰時苦擊而多殺謂之麐。

② 《周禮·翟氏》："掌攻猛鳥，各以其物爲媒而掎之。"《北戶錄》一："雷羅數州，收孔雀雛養之，使極馴擾，致於山野間，以物絆足，傍施羅網，伺野孔雀至，則倒網掩之無遺。"韓翃《送丹陽劉太真詩》："開籠不奈鴨媒嬌。"

③ 卜辭從凵之字，或於凵中著數點，即臼之所從出。卜辭舊或作𦫳（圖一〇），麐亦或作麕（圖九），故知二字必係同義。

④ 對將被誘捕之新鳥言之，則已捕而嘗經馴擾，可用爲媒之鳥謂之舊是新舊之舊，本與圖義相通。金文以繇爲舊，非無故也。

⑤ 書傳每言食鴞若梟。《莊子·齊物論》篇"見彈而求鴞炙"，《大宗師》篇"予因以求鴞炙"，《楚辭·大招》"炙鴰烝鳧"，舊校一作梟，《禮記·內則》"鵠鴞胖"，舊注"胖，脅側薄肉，不可食"，案胖不可食，則餘肉皆可食也，《淮南子·說林》篇，"鼓造辟兵，壽盡五月之望"，高注"鼓造蓋謂梟，……今世人五月望作梟羹"，《漢書·郊祀志上》"祠黃帝用一梟破鏡"，孟康注"梟鳥食母，破鏡獸食父，黃帝欲絶其類，使百吏祠皆用之"。如淳注，"漢使東郡送梟，五月五日作梟羹，以賜百官，以其惡鳥，故食之也"，《詩·墓門》疏引陸機《詩疏》："鴞……其肉甚美，可爲羹臛，又可爲炙，漢供御各隨其時，唯鴞冬夏常施之，以其美故也。"案舊說鵂（舊）梟鴞異物。然上揭諸書梟鴞錯出，而《爾雅》以梟鴟爲怪鴟（《釋鳥》"怪鴟，梟鴟"郭注誤以爲二鳥，朱駿聲云，怪鴟即梟鴟，猶上文狂即茅鴟，下文鷎即劉疾。）《廣雅》復以鴟鵂爲怪鴟，是鵂梟鴞三名原可通稱。蓋鵂爲舊之別，梟即鵂之省，鴞又梟之別，舊（鵂）梟鴞一字，本鴟屬諸鳥之類名，後始分屬三鳥也。古所謂舊（鵂），當即後世所謂梟若鴞，古無梟鴞字，通以舊（鵂）爲梟若鴞也。

名其事也。

《文選》潘岳《射雉賦》曰："恐吾游之晏起，慮原禽之罕至。"徐爰注："游，雉媒名，江淮間謂之游，游者，言可與游也。"《賦》又曰："良游呃喔，引之模翳裏。"李注"良游，媒也"。案游亦圖之假音字，徐說非是。然雉於古人生活中爲用至宏，而捕雉用媒之法，逮今猶存，疑雉媒之名，初亦有專字。《爾雅》釋鳥雉屬有鷂雉，又云："江淮而南，青質五采，皆備成章，曰鷂。"案鷂與圖字根同，當即圖雉專字。雉之兩性相誘，端在羽毛，意者五采皆備成章，則美而善誘，故捕雉之媒，獨用此類歟？江淮間呼雉媒曰游，又呼青質五采之雉曰鷂。游鷂音同，實一語耳。

總上所述，象媒謂之圖，鹿媒謂之麙，鷗鵠之媒謂之舊，雉媒謂之鷂。象服役作，鹿與鵠雉可資饌食，并其齒角皮羽之屬，莫不有利於民生，然則圖麙舊鷂四名之各有專字，殆有經濟的意義存焉。

二

舜弟名象，傳説舜服象而受其害[①]，又云象爲舜耕。舜嬀姓，字本袛作爲[②]，古爲字從手從象，本義爲服象以役作。嬀姓一曰姚

[①] 舜弟象即長鼻獸之象，故其封國曰有鼻（《漢書·武五子·昌邑王哀傳》《後漢書·東平憲王蒼傳》《袁紹傳》），其墟曰鼻墟（《水經·湘水注》下引王隱《晉書·地道記》），其地有鼻亭（《後漢書·袁潭傳》注），其神曰鼻亭神（《史記·五帝紀正義》引《括地志》）。《楚辭·天問》"舜服厥弟，終然爲害"，即舜服象也。

[②] 金文《陳子子匜》嬀作爲。卜辭諸爲字，除《通纂》書後引劉氏善齋藏片一例外，餘均應爲嬀，詳拙著《釋爲》。（《考古》第六期；本集頁五三七乙）

姓①，姚繇由音近②，嬀一作姚，猶譌一作繇，圖讀若譌又讀若由矣。陳爲舜後，其國境於《禹貢》稱豫州，《說文》"豫，象之大者"③。由上觀之，舜曰虞舜者，虞即虞人之虞，掌鳥獸之官也。《書》所謂"納于大麓，烈風雷雨弗迷"者，亦惟一富有經驗之獵人乃能爾。繼舜爲虞者爲益。《史記·秦本紀》曰："帝舜乃妻之（大費）姚姓之玉女，大費拜受。佐舜調馴鳥獸，鳥獸多馴服。是爲柏翳，舜賜姓嬴氏。"案柏翳即伯益，前人辯之已審。④伯益娶姚姓之女，即娶舜之女，故得繼舜之緒業而爲虞。實則依母系社會言之，舜家（女適男曰嫁，男適女曰家⑤，家猶今入贅）於姚姓之女，生女，益又家之，益即舜之繼承人，舜爲虞，宜乎益亦爲虞矣。母系社會，夫從妻姓，惟受封有土者始別受姓焉。益家於姚姓之女，本姓姚，以受封之故而賜姓嬴，故又爲嬴姓。益本姓姚，故一曰化益，⑥化兆古本同字，金文兆從丿從化（圖一二）可證。姚姓即嬀姓，說已詳上，而化爲古字音同義通，是姚益一曰化益，正猶姚嬀爲一姓，繇與譌，圖與囮，

---

① 《說文》"嬀，虞舜居嬀汭，因以爲姓"；又"姚，虞舜居姚墟，因以爲姓"。《水經·沔水注》："漢水又東逕嬀虛灘，……或作姚虛，故後或姓姚，或姓媯。嬀姚之異是妄，未知所從。"案《左傳》於虞稱姚，哀元年"虞思於是妻之以二姚"是也，於陳稱嬀，莊二十二年"有嬀之後，將育于姜"是也，是姚嬀之分，由虞陳爲二國，因字各異體以示別也。實則皆舜後，理當同姓，姚之與嬀，貌異而實同耳。

② 《說文》"䠥，跳也"，又"䌛，一曰緧十絃也"。"綃，綺絲之數也"。《荀子·榮辱》篇"其功盛姚遠矣"，注"姚遙同"，《漢書·禮樂志》《郊祀歌》"聲遠姚"，即遠遙也。《廣韻》桃同愮。

③ 象豫對轉字，《易·豫》"利建侯行師"，豫即象樂之象，《象傳》曰"雷出地奮豫，先王以作樂崇德，殷薦之上帝，以配祖考"，猶《春秋繁露·三代改制質文》篇言"武王受命，……作象樂，繼文以奉天"也。詳拙著《周易閒詁》（未刊）。金文《公伐郘鐘》及鼎爲作𧰼（圖二），《𧰼伯殷》像作𧰼（圖三），《录伯䓙殷》䌛作謠（圖四），《量𣪘》作謠（圖五），所從之幺即小篆予字所由出，而《录伯䓙殷》所從尤酷似小篆幻字，幻即倒予也。疑豫本作豫，亦即謠字所從之繇，古予系一字，小篆變作予，許君遂以爲純聲符，非是。豫（繇）即象之繁文，賈達以爲大象，亦肊說也。

④ 《史記·秦本紀索隱》。

⑤ 《周書·諡法》篇"未家短折曰殤"，《離騷》"及少康之未家兮，留有虞之二姚"。《淮南子·齊俗》篇"待西施絡墓而爲配，則終身不家矣"，家猶娶也。

⑥ 《世本》《漢書·律曆志》。

均爲一字也。《吕氏春秋·勿躬》篇稱"伯益作井",《淮南子·本經》篇曰:"昔者蒼頡作書,而天雨粟,鬼夜哭,伯益作井,而龍登玄雲,神棲昆侖。智能愈多而德愈薄矣。"案作井與作書并稱,是井即穽,所謂機穽[1]是也,故曰"智能愈多而德愈薄",若水井,則不足以言智能矣。益爲虞人之官,故《傳》言益始作穽。金文鷖與舊通（詳上）,《易·井》初六"舊井无禽",即鷖穽耳。穽稱鷖穽,而鷖之重文作囮,然則謂化益之化即囮之省,而嬀字所從之爲即鷖之省,亦無不可。

以上關於舜益之各種傳説,其所反映狩獵時代之文化,固甚彰著。更觀乎舜象關係之密（惟象耕之説不足信）[2],則其時北方產象之多可知。夫森林爲象類蕃息之必要條件,原始森林之普遍存在,亦正狩獵時代之生活環境也。觀卜辭中貞捕象之辭,纔寥寥數見"由捕象……隻象"《前》四,四四,二;"今月其雨,隻象"《前》三,三一,三;"于癸亥省象,易日"《粹》六一〇;"其來象"《後》下五,一一。知殷商時象已漸次南徙,蓋其時去舜益已遠,山林既啓,農事日興,社會景象已迥不侔也。

三

鳥獸爲人誘致其異性之同類者,在象曰鷖,在鹿曰麚,在鷗鶡曰舊,在雉曰鷎,充類言之,則人之以異性相誘者,宜亦得此稱,《廣雅·釋詁一》曰:"媱,婬也。"是也。《文選》江文通《雜體詩注》引《高唐賦》曰:昔先王游於高唐,怠而晝寢,夢見一婦人,自云"我帝之季女,名曰瑶姬,未行而亡,封于巫山之臺,聞王來遊,願薦枕席"。王因幸之。案媱之爲言嬌也,言以淫行誘人也。[3]今呼妓

---

[1]《後漢書·文苑·趙壹傳》"機穽在下",注"機,捕獸機檻,穽,穿地陷獸"。

[2] 此時縱有農業,亦僅具萌芽。象爲舜耕之傳説,本係晚起,藉曰可信,亦衹能如王充所説麋田之類。

[3] 陳夢家讀瑶爲滛,見《高禖郊社祖廟通考》。（《清華學報》十二卷三期）字書無滛字,蓋淫之誤,文中引《方言》亦誤淫爲滛。

女爲媱子，是其義。《山海經·中山經》曰：“姑媱之山，帝女死焉，其名曰女尸，化爲䔄草，……服之媚于人。”姑媱山之帝女，即巫山之帝女，是瑤姬字正當作媱。《博物志》六作古䛬①，尤爲近古，蓋䛬本䚻之省，字變作䚻，用於人事，始加女作媱耳。

　　風謠之謠，蓋亦出於䚻。疑謠字本當作䛬，小篆言誤爲缶，遂加言作謠。䛬者䚻之省，䚻又䚻之省也。䚻䛬同字見上，謠出於䚻，故䛬言一曰謠言，《史記·趙世家》：“民䛬言曰：‘趙爲號，秦爲笑，以爲不信，視地之生毛。’”《風俗通·六國篇》作“童謠曰”，是其例。謠之字源出於䚻，本義當爲男女相招誘之歌，故嚴格言之，惟說風情之謠乃爲謠之正體，②其他性質之民謠童謠皆其變體也。先秦古書所載歌辭稱謠者，如《穆天子傳》三：“天子觴西王母于瑤池之上，西王母爲天子謠曰：‘白雲在天，山陵自出，道里悠遠，山川閒之，將子無死，尚復能來。’天子答之曰：‘予歸東土，和治洽諸夏，萬民平均，吾顧見汝，比及三年，將復而野。’”此雖不涉綺語，然亦男女相要約之辭，於謠之本義，庶幾近之。

　　要而言之，神女之以淫行誘人者謂之瑤姬，草有服之媚於人，傳爲瑤姬所化者謂之䔄草，男女相誘之歌辭謂之謠，并今人呼妓女曰媱子，③皆䚻義之引申也。

二十九年三月晉寧旅次

---

①　《搜神記》十四作舌埵，即古瑶之誤。
②　風亦謂男女相誘。《書·費誓》“馬牛其風”，正義引賈逵曰“風，放也，牝牡相誘謂之風”；《左傳·僖四年》“風牛馬不相及”，服虔注與賈同。（案《晉語四》“男女相及，以生民也”，韋注“相及，嫁娶也”，此及字義同。）《左傳·昭元年》：“女惑男，風落山，謂之蠱。”《後漢書·樂成靖王傳》《安帝詔》“風淫於家”。男女相誘謂之媱，亦謂之風，其歌辭謂之謠，亦謂之風。《漢書·藝文志》“自孝武立樂府而采詩謠，於是有代趙之謳，秦楚之風”，風亦謠也。引申之，則風俗一曰謠俗，《漢書·李尋傳》“參人民謠俗”，是矣。
③　俗又謂狡獪多詐之人曰油子，疑亦䚻義之引申。

釋齲

［圖］《前》六，五四，四

上一字《殷虛文字類篇》入《待問》篇，《甲骨文篇》入《坿錄》，于省吾釋齹，云即齹即齞，蠽齹謂齒參差，又云蹉跎就足言，蠽齹就齒言，則似又謂蠽齹爲失齒，猶蹉跎爲失足也。案于説非是。初期文字往往一字數義數讀，後世更於其形體亦各加區別，故古者一字往往當於後世數字。即就［圖］之一形言之，或爲虫，或爲它，或爲蟲，或爲蜀，或爲蚰，或爲蜎，或爲禹，其流萬端，其源則一而已爾。學者若狃於近習，一概以虫若它釋之，則拘於墟矣。

金文《秦公毁》禹字作［圖］，從［圖］從［圖］。［圖］其本形，［圖］即又，象人手執之，與［圖］加［圖］作［圖］同意。［圖］之本形既祇作［圖］，則［圖］於此即禹之初文。［圖］與［圖］同。此從［圖］從［圖］，當即齲字。《説文》"齲，齒蠹也"，重文作齲。《釋名·釋疾病》："齲，齒朽也，蟲齧之齒缺朽也。"《篇海》有齵字，云"齒病朽缺也"，丘主切，即齲之異文，從虫從齒與契文合尤爲此字當釋齲之切證。

齲一作齵，亦可證此虫即禹之初文。他辭有卜疾齒之文，"甲辰卜□貞［圖］疾，齒隹……"《粹》一五一九此卜齲猶卜疾齒耳。若齒參差或失齒，則焉用貞卜哉？

釋余

↑↑亝

亝之繇化，一變而爲㐬，再變而爲余，時賢類能言之，然未有質言其本係何物者。有之，蓋自郭沫若始。郭氏以余爲琮之初文，即玉笏。① 斯説也，竊嘗疑之。

請先考亝與余之關係，以證亝之確當釋余。亝之狀上爲鋭角形，下有柄。從余之字多與此意相合。

《淮南子·兵略》篇"剡㯱棪，奮儋钁，以當脩戟强弩"，高注"㯱棪鋭也"，《廣雅·釋詁四》"攙、捈、剡、鐵、鋭也"，《廣韻》"梌，鋭也"。棪捈梌同。《廣雅·釋器》："琮、珽，笏也。"《廣雅·釋草》："荼、苵，茅穗也。"《士喪禮》《既夕記》注，《吳語》注并云"荼，茅秀也"。《漢書·禮樂志》"顔如荼"，注曰"荼者今俗所謂兼錐也"。荼苵同。案《漢書·天文志》"有三星鋭曰罰"，注"上小下大，故曰鋭"。上揭高注《淮南》釋棪，《廣雅》釋捈，《廣韻》釋梌并爲鋭。此棪（捈梌）之爲物，與亝之形合，一也。《廣雅》訓琮珽爲笏。據鄭注《玉藻》，珽即大圭，杼上爲椎首，荼（琮）圜殺其首，不爲椎頭，此特謂琮首之角度不若珽之鋭耳。實則琮珽雙聲，本皆圭類。《白虎通·瑞贄》篇"珪者兑鋭上"，《莊子·馬蹄》篇李注"鋭上方下曰珪"，《周禮·大宗伯》鄭注"圭鋭，象春物初生"。珽琮蓋皆鋭首而略有程度之差別耳。此琮之爲物與亝

---

① 郭沫若著《古代銘刻彙考續篇》《釋非余》。

之形合，二也。《廣雅》訓荼爲茅穗，鄭注《禮經》，韋注《國語》并訓荼爲茅秀，秀亦穗也。顏注《漢書》謂俗呼荼爲蒹錐，錐狀正合茅穗之形。此荼（荼）之爲物亦與𠂉之形合，三也。農具之筡（棕），禮器之瑹（瑹），植物之荼（荼），其狀皆銳首，與𠂉之形密合，而字皆從余，是學者謂𠂉爲余之初文，信而有徵矣。

然則余之本義，究指何物？觀𠂉之筆意與茅穗之形相距最遠，一望可知。茅穗稱荼，但以其形相彷彿，而余之本義不指茅穗，蓋可斷言故欲求余之本義，植物之荼，可置勿論。所爭者惟在農具之筡（棕）與禮器之瑹，孰近本真耳。

禮儀之飾器無不起源於實用之工具，此器物演化之通例也。準此言之，禮器之瑹決不能早於農具之筡。然《淮南》所説農具之筡，似仍非此物之最初形態。《兵略》篇説陳勝舉兵"伐檧棗而爲矜，周錐鑿而爲刃，剡撕筡，奮儋钁，以當脩戟强弩"，高注不釋筡義。《廣韻》"遂竹名，又杖也"，《集韻》遂本作筡，是筡蓋竹杖，削其端爲銳鋒，可以刺物者也。此其形雖與𠂉之銳首相仿，然論其全形猶未切合。竊謂余之本義當指畬刀。元稹《酬樂天得微之詩知通州事因成四首》詩曰"田仰畬刀少用牛"。古未有犁時，以刀耕，其刀即余也。以余耕田謂之畬，故畬田之刀謂之畬刀。畬字之最早見於記載者皆作動詞用，義爲發土除草。

《周頌·臣工》："嗟嗟保介，維莫之春，亦又何求如何新畬？"①新與畬皆動詞也。《説文》曰"新，取木也"，《小雅·大東》"薪是穫薪"，新薪同。殺草與殺木皆曰新，新畬之新謂殺草也。新爲殺草，則畬義可知。《易·无妄》六二："不耕穫，不菑畬。"② 董遇注曰："悉耨曰畬。"案《説文》"薅，拔去田草也"，籀文作茠，《廣雅·釋詁三》"柆，除也"，耨薅茠柆并同。董以耨訓畬，張以除訓柆，

----

① 《傳》"田二歲曰新，三歲曰畬"，鄭釋"如何新畬"爲"如新田畬田何"？案《詩》曰"如何新畬"，如何疑問副詞，則新畬必係動詞。毛鄭不諳文法其誤明甚。

② 馬鄭注以畬爲三歲田，虞又以爲二歲田，均誤以爲名詞。實則耕穫菑畬四字皆動詞。董云"菑，反草也"，亦是。

·406·

是畬之言猶除也。除訓治，《説文》"畬，三歲治田也"，"治田"之義最古，"三歲"者後儒緣飾經書之曲説。①

知畬本訓除草，則余之本義亦可知。上文云古未有犂時，以刀耕，而其刀即余。然則余殆即犂之前身歟？試觀♀♀♀諸字，無不與犂之形制吻合。♀之形無論矣。♀長其豎畫以入△中，象木柄入鑿處也。發土除草之具，其柄宜曲，曲則用力少而功多，♀之豎畫引而左折，象其柄曲也。由此又進一步，柄之曲由一曲變爲二曲：⌒。余之發展殆已達到其最高階段。至此，再益以衡軛而以牛負而引之，即爲犂矣。②

在人類未知使用金屬之先，余必係石製。石製之余，即琫之濫觴矣。《禮記·玉藻》記琫之型類曰："天子搢珽，方正於天下也。諸侯荼（琫），前詘後直，讓於天子也。大夫前詘後詘，無所不讓也。"疑珽當余中之♀，荼前詘後直，當余中之♀。所謂"前詘後詘"者亦荼也，不言荼者省文，此當余之二曲其柄者，如上圖，後世之如意蓋亦出於此。鄭注云③與經文不合，蓋瞽説也。

① 《詩·采芑》"薄言采芑，于彼新田，于此菑畝"，此新田菑畝自是田名。昔儒徒以《臣工》"如何新畬"之新同於《采芑》"新田"之新，遂亦讀新畬爲名詞，而强分菑，新田，畬爲一二三歲之田，其説甚爲無謂。

② 元詩"田仰畬刀少用牛"，用牛謂以牛犂之。畬刀與牛對舉，可證畬刀之用同於犂。《廣雅》攙捈并訓鋭，《廣韻》"鑱，吳人謂犂鐵也"，鑱攙通，犂鐵謂之攙，亦可謂之桧矣。

③ 鄭云："珽之言挺然無所詘也。或謂之大圭。長三尺，於杼上又廣其首方如椎頭，後則恒直。荼讀爲舒遲之舒，舒儒者，所畏在前也。詘謂圜殺其首，不爲椎頭諸侯唯天子詘焉，是以謂笏爲舒。大夫奉君命出入者也上有天子，下有己君，又殺其下而圜。"

釋羔

上一字舊釋羔，或釋岳或釋峇。案審形，釋羔爲是。《説文》羔從照省聲，照從昭聲，是羔古音當讀如昭。羔即昭明也其字從火，與昭明之義合。書傳言昭明者，或爲星名，《史記·封禪書》："昭明星，大而白，無角，乍上乍下，所出國起兵多變。"《索隱》引《春秋合誠圖》："赤帝之精，象如太白，七芒。"或爲殷之先祖，《荀子·成相》篇："契玄王，生昭明，居於砥石，遷于商。"《史記·殷本紀》："契子昭明。"或爲古天子。《史記·對禪書》"豐鎬有昭明天子辟池"，《索隱》引樂彥引《河圖》"熒惑星散爲昭明"。案昭明天子似即《始皇本紀》之鎬池君。羔鎬聲近，羔一曰昭明，蓋猶鎬池君一曰昭明天子邪？案卜辭祀羔十九用侑祭用，禘者纔一見：

"丙侑羔矢囧……"《戩》二一，八

"侑于羔？"《佚》八五四；又八四一；《前》一，五一，一略同

"辛亥卜又侑于羔。"《戩》九，七

"侑于羔，從才雨。"《後》上二二，二

"癸巳貞：既侑于河，于羔？"《佚》一四六

"庚午侑于羔，又從才雨？"《後》上二二，三

"癸酉卜貞；侑于羔三小宰？卯三宰？"《前》七，二六，一

"丙辰卜囧貞：帝于羔？"《纂》別二田中之二

"……羔，侑五宰，囧五牛？"《佚》一四六

而袞祭例皆用於天帝及自然勢力之神，是卜辭之羔當係星名。羔昭一字，本訓光明，此星"大而白"，故曰羔，又曰昭明傳説中殷人所祭之自然神多變爲殷之先祖，故昭明又爲契子。既爲殷之先祖，其人之身分必爲帝王，故昭明又爲古天子。雖然《河圖》猶稱昭明爲熒惑所化，可見既經人格化後，其自然勢力之本然身分，猶未可泯也。

或問羔從羊。何所取義？曰：字本不從羊。❦當分爲二，上〰與〰同意，象火燄剡上之形，下❦即草。全字隸定之可作燓若燚。燒草之光不能大故昭之爲明本訓小明，而假爲星名尤爲切合。❦之結體既易誤認爲❦，昭之音讀復與羔同故字遂訛爲羔，而義則訓爲小羊也。

· 409 ·

釋桑

卜辭有󱀀字，舊釋桑，甚塙。隸書枲蓋從此出有又加口者，自二口以至五口不等，大都加口愈多者，其木形詭變亦愈甚。通校諸形，括爲四類，各示一例如下方：

󱀀《前》六，五三，七　　󱀀《前》四，四七，一
󱀀《前》二，三五，六　　󱀀《後》下三五，一

此等諸家皆釋噩，今案亦桑字也，隸定當作𣐹。卜辭中所見此字，除一部分因上下文多損缺，義難探究者，自餘用法，計有五種。凡此釋噩或不成文義，或義似可通而了無左證反之，若釋桑，則無不詞怡理順矣。

一曰桑，桑木也。

1. 聂桑于宗。《佚》五六三

宗謂宗廟。聂即登，祭名，卜辭屢見。他辭曰聂禾，曰聂黍，曰聂來𠭯，曰聂米，聂桑亦其類矣。

2. ……㱿桑其礿。兄辛　《後》上七，一〇

㱿，地名，他辭"其田㱿，禽"《庫》六，七七可證。礿與聂同。"㱿桑其礿兄辛"，猶言礿㱿桑于兄辛也。

二曰桑，桑林也。

3. 其寅于桑，叀大牢。《粹》四七〇

《吕氏春秋·慎大》篇："立成湯之後於宋以奉桑林。"案桑林，殷之社，故武王立湯後以奉祀之。知之者，《墨子·明鬼下》篇"燕之有祖澤，當齊之社稷，宋之桑林，楚之雲夢也"，是桑林即宋之社，

·410·

其證一。《呂氏春秋·順民》篇"天大旱，五年不收，湯乃以身禱於桑林"，《左傳·襄十年》正義引《尚書大傳》作"禱於桑林之社"，《藝文類聚》一二引《帝王世紀》同，《路史·餘論六》曰"桑林者社也"，其證二。《卜辭》言祀桑用賓祭，牲用太牢，其隆重如此，今謂桑即桑林，亦即殷人之社庶幾足以當之。《論語》載宰我對哀公問社，云"殷人以柏"，其説無徵，蓋妄言之矣。

三曰桑，桑田，地名。

卜辭桑字用爲地名者最多，今於此類，但就其辭例不同者各舉數版，不能備也。或曰"于桑"，猶言在桑也。

4. 于榆　于桑《佚》一〇二

5. 于□亡𢦏　于桑亡𢦏　于孟亡𢦏　《佚》二五四

或曰"在桑"：

6. 丁亥卜在桑，貞王今夕亡畎。《甲》二，二五，一五

7. 癸巳王卜在桑，貞旬亡畎。《簠》地一，五

地名曰桑者，實殷人游畋之所，下列各辭可證。

8. 辛丑卜，貞王田于桑，往來亡巛。弘吉。《前》二，三五，六

9. 丁□王卜，貞其田于桑，往來亡巛。《續》三，一六，三

10. 辛未卜，何貞王其田桑亡巛。《前》四，四一，四

11. 壬戌卜，貞王其田桑亡巛。《戩》一〇，六；《續》三，一七，六；又《續》三，一七，二并同

12. 戊子王卜，貞田桑，往來巛。王凪曰弘吉。丝御隻狀狼一。《佚》四三四

13. 戊□王卜，貞田桑，往來亡巛。王凪曰吉。丝御隻豕三。《續》三，一七，四

14. 丁亥王卜，貞田桑，往來亡巛。王凪曰吉。隻兔七雉卅。《簠游》九，八六；《續》三，一八，一

15. 戊辰□在桑□王田□衣□。《前》二，四一，五

遊田之事亦稱獸。

16. 王其獸于桑□獸。《佚》五三

・411・

亦稱逐：

17. 戊午[卜]在桑，貞[ ]逐[囚]《《。《前》二，四一，一
18. [ ]乎菁逐鹿于桑，隻。《續》三，四五，三
19. □□卜，㫃貞[ ]丁巳豖逐[ ]于桑。《佚》六〇五

卜辭逐作𢓞，此省止，與他辭"丙寅卜豖麋，禽"，《佚》四一四"癸酉卜牢豖犀兄侯蓁麋犬，羽日戊寅，王其□□□𥃩□□□罕禽。"《前》二，二三；《後》上一二，一合之豖并當讀爲逐。商承祚謂前者偶未刻全胡厚宣以後者爲誤字例以此證之知二家說未必然。游田又稱省，字讀爲獮。

20. 叀惟桑省，亡𢦏。《甲》一，九，一一
21. 翌日壬王其省桑，㠯不大雨。《佚》九〇一
22. 叀桑田省。《佚》八〇〇
23. 叀桑田省亡𢦏。《拾》六，二
24. 王其省桑田，湄日，亡𢦏。《庫》一〇九〇

或曰"叀桑省"，或曰"叀桑田省"，或曰"省桑"，或曰"省桑田"，是桑即桑田也。古稱田獵之地曰田，桑爲殷人田獵之地，故亦曰桑田。《鄘風·定之方中》云"降觀館于桑"，又云"命彼倌人，星言夙駕，說于桑田"。倌人即館人，桑田即上文之桑。《詩》言文公既望祀楚丘諸山，乃降宿於桑田之館中，其夜適得靈雨，詰朝晴明，遂命館人早駕出遊而止息於桑田之上也。《詩》之桑一稱桑田，既與卜辭密合，而衛復爲殷故地，然則卜辭之桑田即《詩》之桑田，的矣。

四曰桑，動詞，采桑也。

25. 丁巳卜，㫃貞乎弓□蠶奚弗桑。《藏》一八五，三

"蠶""桑"二字并見於一辭，爲此字當釋桑之鐵證。經傳桑字作動詞用者，如《魏風·十畝之間》"桑者閑閑兮"，"桑者泄泄兮"，《呂氏春秋·察微》篇"其處女與吳之邊邑處女桑於境上"，《穆天子傳》五"以觀桑者"，注"桑，采桑也"，胥是。

26. [ ]辛巳卜[ ]貞桑。受方又祐。《前》六，三九，六

此桑字亦當訓采桑，惟似指躬桑之禮。《月令》："季春之月，……"

412

后妃齋戒，親東鄉躬桑。"注曰："后妃親采桑，示帥先天下也。東鄉者，鄉時氣也。"卜辭曰"桑"，又曰"受方祐"，疑後世后妃躬桑之禮濫觴於此。

五曰桑讀爲喪，動詞，喪亡也。

27. 貞我其桒眔人。《佚》四八七

28. 貞弗售。貞其桑眔。貞弗其受屮又祐。貞其嬉㱿。《佚》五一九

29. 貞晕其桑眔。《佚》五四九

30. 貞其桑眔。《佚》五一九

31. 壬戌卜，今夕亡𡆥。其桑眔。壬戌卜不桑眔。《纂別》一，六，一六

32. ☐貞竝亡㐺 巛，不桑眔。《後》下三五，一

33. ☐戠桑眔。《粹》一一九

34. ☐于滴☐桑人☐。三月。《前》六，二，五

35. 癸未貞☐希亡☐。其自卜又有來𡆥。☐☐貞☐壴㱿，允☐桑自師。《粹》一二五三

36. 丁未卜，王貞般不隹桑羊，凵舌（許）若諾。《前》八，一一，四

37. 貞戌其桑☐。《甲》二，一八，二〇

此類王襄釋喪，允爲卓識。惟字仍是桑，卜辭桑喪一字，此類則當讀爲喪耳。28"桑眔"與"弗受屮又""嬉"并貞，35"桑自"與"又來卜咎""壴"并貞，31"不桑眔"與"亡卜"并貞，32"不桑眔"與"亡㐺"并貞，其義皆爲凶咎，是桑即喪亡之喪無疑。古者喪禮器用多以桑木爲之。《儀禮·士喪禮》"醫竿用桑"，注曰"桑之爲言喪也"《公羊傳·文二年》"虞主用桑"，注曰"桑猶喪也"。鄭何兩注并以喪釋桑，實則二字不但音同，古字本亦同也。卜辭時代桑喪一字，金文始分爲二。

☐《毛公鼎》 ☐《桓子孟姜壺》 ☐《喪叟𨧢鈚》 ☐《佘卅鉦》

☐《量侯殷》 ☐《旂鼎》 ☐《井人安鐘》

此金文喪字，從㗊桑從亡，乃桑之孳乳字。喪字從㗊而讀與桑同，

413

古典新义

古禮復以桑象徵喪事，此亦卜辭衆口叢聚木間之文即桑字之佳證。

以上除7、10二例字作❉，舊已釋桑外，其餘衆口叢聚木間之緐文，舊所釋爲噩者；今并改釋爲桑，此於探究殷代經濟狀態，關係頗大，不特於卜辭中增一可識之字而已也。考卜辭有字作✦《藏》一八五，三酷肖蠶形，舊釋蠶，今以同辭又有桑字即上揭25例證之，益知舊釋不誤。他辭又有"蠶示"《後》上二八，六，"蠶堂"《拾》一三，八以及從蠶之嬬字《前》六，五一，五，復證以殷虛殘繭之發現，知當時養蠶之事已甚發達。夫蠶事已臻發達，而謂爲數巨萬之甲骨中，僅有作❉之桑字寥寥數見，寧非異事？今依余釋，增出桑字幾以百計，庶幾此疑可以渙然冰釋矣。

附錄

釋嬠

卜辭從桑之字有✦《前》二，九，二✦《前》六，一三，四《甲骨文編》俱入《附錄》。案左半即❉之省。字從桑從女，當釋嬠。原辭簡略，摹本亦漶漫難識，未能探其義蘊也。

釋曓

金文昧爽字作✦《免毁》《金文編》二釋曧，云從日從曧。郭書作曧云从日噩省聲《考釋》八九，案隸定作曧可也，字實從日從桑，當釋曓。《集韻》"睙曓，暴騻也"，別一義。

釋噩

[圖]《噩侯殷》　[圖]《噩侯鼎》

上二字舊釋噩。容庚依《說文》釋罞，云："從品從屰。吅品同意。喪《毛公鼎》作𠾵，嚚《說文》或作𡥈。《爾雅·釋天》'太歲在酉曰作噩'，釋文'噩本作罞'，《史記》作鄂，是噩即罞，又孳乳爲鄂也。傳寫少訛。"案容說是也，而未盡。此與卜辭桑爲同字而異義異讀。小篆[圖]省，[圖]即木形之訛變。《桓子孟姜壺》喪字偏旁作[圖]，其間之[圖]極易訛變成[圖]。至《噩侯鼎》[圖]字與《旂鼎》喪字偏旁[圖]形之近似，尤顯而易見。要之桑噩初係一形從木會意者讀息郎切則爲桑字，從品會意者讀五角切則爲噩字。聲義既異形亦隨之漸歧而爲二，逮至小篆以下，形聲義三者皆異，而桑噩同源之迹乃杳不可尋矣。

前說桑噩二音各異，雖然異則異矣，非謂二者之間絶無聯繫也。以聲言之，《說文》罞從屰聲，讀五各切，疑母。然朔從屰聲，又讀所角切，心母。心母則與桑息郎切爲雙聲。以韻言之，噩在魚部，桑在陽部，魚陽爲對轉。《說文》顙額互訓，《方言》十"中夏謂之額，東齊謂之顙"。《廣韻》額五陌切，與噩同音。《玉篇》"頞，面醜也"，《集韻》頞同顎，《玉篇》顎一作顬。《廣雅·釋詁二》："頟，醜也。"桑變爲噩，蓋猶顙變爲額，頞變爲頟歟？

或問桑噩音讀之連繫，既聞命矣，其轉變之過程可得聞乎？曰：審音之學，非所究心，不敢妄測，雖然，請嘗試言之。桑心母，噩疑母，

·415·

古典新义

其去固甚遠，然若以泥母爲介，未嘗不可以溝通之。《説文》桑從叒聲："叒，日初出東方暘谷所登榑桑叒木也。"書傳皆作若，而灼切，泥母。桑變爲噩，蓋由桑轉爲叒，又由叒變爲噩也。

釋 "不㞢䇂"

　　卜辭有術語曰"不㞢䇂"，或緐縟其體作"不㞢䇂"《前》八，四，三，或變易其文作"不㞢䇂"《藏》一三四，三，或省略其辭曰"不㞢"，《甲》一，二，一五；又二，一九，二四；又二，一九，二五；《佚》五〇，四六五；又五七，五三二；《庫》一〇一，一六四二。皆橫書之。"㞢䇂"二字，釋者八九家，聚訟數十載，衆說紛紜，事同射覆。不幸而皆未中也。今案"不㞢䇂"既可省爲"不㞢"，是䇂於句中爲賓格，於字當爲名詞。㞢位於副詞不字之下，賓格之上，則當爲動詞。二字之詞性既定，乃可進而求其形音義。

　　首說䇂字。

　　此字孫詒讓釋黽，聞宥董作賓從之，而郭沫若力斥其非，謂當釋黽。案黽黽二字，相混已久，此字以形求之，誠與黽爲近，然意中亦未嘗不可指黽，蓋"不㞢䇂"既爲占卜之術語，則以常識推之，此字焉得與黽無關？雖然，竊意釋黽釋黽，皆有未諦。考此字結體，可分箸橫筆與不箸者二類。今就《甲骨文編》所收者計之，字中箸二橫作䇂者二十三，箸一橫作䇂者十，共三十三，而直作䇂者纔十一，其比數當三與一而強，是有橫者爲正體，而二橫尤備，無橫者其變體也。字中加橫，若非虛設，則此字之義或當於橫中求之。

· 417 ·

古典新义

又考"不⿱㕣黽"之語每見於兆璺之旁，意者㣋即兆字，二横以示龜上見兆之意歟？

龜黽古字不分，前已言之，今謂黽兆亦未始有别。從黽之字，如鼀音直遙切，䵷音則到切，鼇音七宿切，并據《廣韻》其音皆與兆近，此何故歟遙嘗試推之，古黽字祗作㣋，而上來諸字所從之黽，則㣋之後身，實古兆字，自㣋㣋，二形相混，篆書一概作黽，於是㣋之形湮而徒寄其聲於此數字中也。黽亦兆字，凡有五證，述之如次：

《邵黨鐘》"大鐘八聿肆，其䵷四鐯"，郭沫若據薛書《裵石磬》曰"自作遴磬"，謂䵷即遴磬，案郭説得之。《周頌·有瞽》篇曰"應田縣鼓，鞉磬柷圉"，䵷磬，遴磬，即鞉磬也。《傳》分鞉與磬爲二，而謂鞉爲鞉鼓，非是。知之者，鞉鼓即縣鼓，陳奐辯之甚審，此鞉若爲鼓，則縣鞉并出爲不辭矣。且上句應，田，縣皆鼓，下句亦不煩再言鼓。實則《詩》以"鞉磬"與"柷圉"對舉，柷圉爲一物，鞉磬亦一物矣。《説文》鞉爲鞀之重文，其籀文作磬，磬蓋鞉磬專字。此以䵷磬，一作鞉磬證黽即兆，一事也。

《考工記·辀人》："龍旂九斿以象大火也，鳥旟七斿以象鶉火也，熊旗六斿以象伐也，龜旐四斿以象營室也。"案此四旗者，即《禮記·曲禮上》所謂："前朱雀而後玄武，左青龍而右白虎。"龍之爲青龍，鳥之爲朱雀，不待論。熊之爲白虎，以同類相亂，亦無足異。惟龜謂之玄武，其義雖明。今謂龜黽古字每不分，玄武即玄黽，黽武一聲之轉，猶捫黽，耿黽一曰蝦蟆，鼅蟆也。黽冥音同通用。《左傳·定四年》之冥阨即《戰國策·楚策》之鄳阨《史記·春申君傳》之黽隘。故玄武又變爲玄冥。《淮南子·天文》篇"北方水也，其帝顓頊，其佐玄冥，……其獸玄武"，玄冥玄武并屬北方，明爲一名之分化。《説文·黽部》"鼆，冥也，讀若黽蚌之黽"，《左傳·文十五年》"一人門于句鼆"，釋文鼆本作黽。案黽加聲作鼆，鼆又省形作冥，黽，鼆，暨玄冥之冥，總一字耳。要之龜黽本已混淆，故北方之獸，或以爲龜，或以爲黽，

· 418 ·

兼言其色則曰玄黽，字之變則爲玄冥，聲之轉又爲玄武，其又或以爲龜蛇二獸者，似屬後起。《考工記》之龍旂，鳥旟，熊旗，龜旐，《周禮·司常》則曰交龍爲旂，鳥隼爲旟，熊虎爲旗，龜蛇爲旐，皆一獸衍而爲二也。知北方之獸或以爲黽，則其旗名曰旐之故，可得而言。蓋黽兆不分，既如上說，此旗畫黽爲象，故謂之旐也。四旗之中，畫黽者謂之旐，猶畫鳥者謂之旟，舉即譽耳。此以旐爲畫黽之旗證黽即兆，二事也。

《說文》"頫，低頭也，從頁逃省，《太史卜書》頫仰字如此，揚雄曰人面頫"，重文作俛，今字又作俯。案此字例當以兆爲聲，而《玉篇》音靡卷切，今又讀匪父切，自來說者紛紛，咸未闚其窾要。今謂此字所從之兆亦黽字也。以聲言之，黽免音近義通，《詩·谷風》"黽勉同心"，釋文"黽勉猶勉勉也"，娩訓生子，嫝訓懷孕，義亦近。頫古當作頵，故重文作俛。其又作俯者，則俛之音轉，俛謂之俯猶掤謂之拊矣。以義言之，頫訓低頭，正受義於黽。《詩·新臺》篇"得此戚施"，《傳》"戚施不能仰者"，《國語·晉語四》"戚施不可使仰"。案戚施者，《說文·黽部》引《詩》作䵴鼀，字并從黽，而《太平御覽》九四九引《韓詩》薛君《章句》云即蟾蜍，蟾蜍固黽類也。龜黽之屬，性不能自仰，故《毛傳》《國語》云云。黽性能俯不能仰，因之黽有俯義，兆黽同字，故制字從光從頁以表低頭之意。此以頫字從兆而其聲與義并得之於黽，證黽即兆，三事也。

《山海經·北山經》"洧水其中多鱃黽"，注"鱃似鮎，黽，鼃黽，似蝦蟇，或曰鱃黽一物名耳"。案或說是也。《爾雅·釋魚》"鯶大鱃，小者鮡"，注"鱃似鮎而大，白色"，《爾雅》之鱃即《山海經》之鱃，是《山海經》之黽即《爾雅》之鮡矣。黽爲魚名，字當作鼅。《釋魚》又曰"鼅，小魚"，《家語·屈節》篇"魚之大者名鱒，其小者名鼅"。案鱒即鱃，《楚辭·離騷》注"楚人名被爲帬"，《說文》帬讀若阡陌之陌，《國語·周語》魯懿公名戲，《漢書·古今人表》作被，并鱃鱒聲通之比。"鼅即黽魚專字，亦即鮡字也。鼅郭音繩則與鮡一聲之轉。此以鼅一作鮡證黽即兆，四事也。

《說文·黽部》："鼂，匽鼂，讀若朝。揚雄說匽鼂蟲名，杜

· 419 ·

林以爲朝旦，非是。"《廣韻》作鼂，字從日，引《蒼頡篇》云"蟲名"，晁下云"上同"。《漢書‧景帝紀》"御史大夫晁錯"本傳作鼂。此以鼂字一作晁證黽即兆，五事也。

由上觀之，黽兆古爲一字，確無可疑，是則𪓑字釋黽而音讀若兆，固無不可，然終不若逕釋爲兆，蓋卜辭別無兆字，說者或以 ⺁⺁ 若 公 當之，并無確據也。若嚴格言之，則𪓑爲兆之正字，而𪓑則黽字，就中復有作 𧉪 者，《藏》二三，二又似龜字，龜黽之別，其要在有尾與無尾，金文可證。此二者或爲𪓑之訛變，或爲其假借，均未可知，要并當讀爲兆。孫郭二氏一律釋龜或黽，斯爲皮相矣。

此字結體抽象，最難辨識，余嘗苦思半載最後始悟及《詩‧小旻》篇"我龜既厭，不我告猶"之語，因疑"不𪓑兆"與"不告猶"或不無關係。"告猶"之語，亦見《尚書》。《大誥》："王若曰：'大誥猷爾多邦。'"馬本作誥繇，此疑即占卜術語"告猶"之衍變，詳下特下一字仍當以作繇爲正，繇即卦兆繇辭之繇，其作猶若猷者，俱屬假借。繇兆音義俱通，《方言》一"跳，跳也，陳鄭之間曰跳"，又十"窕淫也，沉湘之間，謂之窕"，《廣雅‧釋詁四》"姚，長也"，《莊子‧秋水》篇注"遙，長也"，《說文‧木部》"櫾，崐崙河隅之長木也"，《荀子‧榮辱》篇"其功盛姚遠矣"，注"遙同"。《漢書‧禮樂志》"雅聲遠姚"，金文訛繇同字，舜嬀姓，一曰姚姓，姚即繇字耳。《漢書‧禮樂志》"銚四會員十二人"，注引韋昭曰"銚國名，音繇"。以上并繇兆聲通之證。《禮記‧月令》"命太史釁龜筴占兆"，注"占兆，龜之繇文"，《左傳‧閔二年》"成風聞成季之繇"，注"繇，卦兆之占辭"，僖四年"且其繇曰"，注"繇，卜兆辭"，襄十年"姜氏問繇"，注"繇，兆辭"。以上并繇兆義通之證。蓋龜之璺坼謂之兆，其占兆之辭謂之繇，實則兆繇古本一音一義，其後乃分化爲二耳。卜辭曰"𪓑兆"，《詩》曰"告猶"，《書》曰"誥繇"，兆與繇猶若爲一語，則𪓑與告誥音義當亦不遠。夫就字形觀之，釋𪓑爲告

· 420 ·

釋"不〇"

誠，誠難徵信。然前揭〇之變體有作〇之例，其字確有告音，〇既可假爲〇，作〇者僅一見，故暫定爲借字。則〇音亦近告，從可知矣。請言其詳。

〇者，卜辭執圉諸字俱從此，故知字確當釋羍。《說文》："羍，所以驚人也，從大從〒。一曰大聲也。……一曰讀若瓠，一曰俗語盜不止爲羍，讀若籋。"案卜辭〇字爲獨體象形，許君說小篆從大從〒，其誤不待辯。至所說羍字二音三義，則皆可信。首論二音，（一）讀若瓠，（二）讀若籋。籋音即執字所從得聲，此最易明。瓠音則自來學者多疑之。今案瓠在魚部，而從羍之圉罨等字亦并在魚部，是羍讀若瓠固無可疑。《漢書·王子侯表上》"瓝節侯息"，注"瓝即瓠字也"，瓝字從羍而與瓠同，此羍本有瓠音之確證。次論三義（一）所以驚人也，（二）大聲也，（三）盜不止。盜不止之說未詳。其曰"所以驚人也"者，"羍部"六文可證。罨下曰"司伺視也，從目從羍，今吏將目捕皋人也"，執下曰"捕皋人也，從丮從羍，羍亦聲"，圉下曰"囹圉所以拘皋人，從囗從羍"，?下曰"引擊也，從羍攴見血也"，報下曰"當皋人也，從羍從㕚，㕚服皋也"，籋下曰"窮治皋人也從羍人言竹聲"，重文作?。統觀諸義，羍當是刑具之屬，古字作〇，象形，故曰"所以驚人"，驚猶警也。曰"大聲也"者，罨從羍而罨與皋古字通，羍即古皋字，亦即噑字也，《虞書》皋陶，《列女傳》作罨陶，《詩·鶴鳴》篇"鶴鳴于九皋"，漢《孫叔敖碑》"收九罨之利"，九罨即九皋，《荀子·王霸》篇"罨牢天下而制之"，《後漢書·馬融傳注》引作皋他若皋與澤通之例尤多，殆不勝舉，凡此并罨皋古通之證。《儀禮·士喪禮》"曰'皋某復'，三"，注"皋，長聲也"，《周禮·樂師》"皋舞"，注"皋之言號"，案皋讀爲噑，故訓長聲，訓號，許書一說羍訓大聲，即皋噑之本字。《廣韻》"㦟"，古勞切，《集韻》作㦬，一作㦟，是皋古字當祇作本，其異體之皐祇作夲，本夲并羍之省變也。因思許書羍一曰讀若瓠，以讀若字有義之例推之，似當云讀若呱。《詩·生民》"后稷呱矣"，本書"口部""呱，小兒號聲"。呱轉爲皋噑，猶呼轉爲號也。由是觀之，許書"一曰大聲也"下又似當補"讀若皋"三字。知羍有皋音，則"羍部"罨籋?報諸字

· 421 ·

之語根乃明。許君謂籥從竹聲，而睪下敖下報下均不云何聲。實則籥與睾音全同。睪古音仍當在幽部，《說文》"睪，司伺視也"，《廣雅·釋詁三》"覞，見也"。義同。從目與從見同，夲即睾字矣。敖報與睾亦同韻母，惟聲母變耳。此三字實皆從夲得聲，許君不知夲有睾音，故有此誤。

璞堂雜識

乾

　　《説文》："乾，上出也。從乙，乙，物之達也，倝聲。""乙，象春草木冤曲而出，陰氣尚彊，其出乙乙也。"案曰"上出"，曰"物之達"，皆謂草木茁生，與乙之説解合。乙之本義，是否如此，姑置勿論，若草木茁生乃地之象，此釋坤字則可，今以釋乾，不亦舛乎？實則乾倝一字。古稱北斗一曰倝，又謂天隨斗轉，故以倝爲天之象徵而稱天爲倝，《楚辭·天問》"倝維焉繫"，猶《淮南子·天文》篇"天維絕"矣。乾即倝字，故乾爲天。古天官家謂北斗當中土之西北隅，乾即斗，故爲西北之卦。《象傳》曰"天行健，君子以自強不息"，又曰"終日乾乾，反復道也"，正謂北斗轉旋，周而復始，終古不息也。又乾之籀文作𩰓，從晶，疑與晶同。晶古星字，商籀文作𩰓，卜辭作𩰓《佚》五一八，亦從此，商亦星名也。籀文乾從晶，是乾倝同字，即北斗七星之舊名，益有據矣，説詳《釋乾》。

龍〔《乾》〕

　　《乾卦》言龍者六，<small>內九四"或躍在淵"雖未明言龍，而實指龍。</small>皆謂東

古典新义

方蒼龍之星，故《彖傳》曰"時乘六龍以御天"也。《史記·封禪書正義》引《漢舊儀》"龍星右角爲天田"。九二"見龍在田"，田即天田也。《説文》"龍……春分而登天，秋分而潛淵"，亦謂龍星。九五"飛龍在天"，春分之龍也，初九"潛龍勿用"，九四"或躍在淵"，秋分之龍也。《史記·天官書》："東宫蒼龍房心，心爲明星，大星天王，前後星子屬，不欲直，直則天王失計。"是龍欲曲不欲直，曲則吉，直則兇也。上九"亢龍有悔"，用九"見羣龍无首，吉"。亢有直義，亢龍猶直龍也。羣讀爲卷，羣龍即卷龍，《詩·九罭傳》"袞衣，卷龍也"，《説文》"袞，天子享先王，卷龍繡於下幅，一龍蟠阿上鄉"。卜辭龍字或尾交於首，屈身如環，殆所謂卷龍歟。卷龍其狀如環無端，不辨首尾，故曰无首，言不見首耳。龍欲卷曲，不欲亢直，故亢龍則有悔，見羣卷龍無首則吉也。《易》義與《天官書》相會。《乾卦》所言皆天象，所謂"仰則觀象於天"者是矣。

輿尸〔《師》〕

《師》六三"師或輿尸"，六五"弟子輿尸"。案《易》爻辭每用殷及殷末周初故事。《楚辭·天問》"武發殺殷何所悒，載尸集戰何所急"，《淮南子·齊俗》篇"武王伐紂，載尸而行"。《史記·龜策列傳》："文王興卒聚兵，與紂相攻，文王病死，太子發代將，號爲武王，載尸以行，四字原在"文王病死"下，今以意移正。戰於牧野。""輿尸"猶載尸，疑此用武王事。不則當時有此習俗，《易》所言，即不實指武王，亦可與武王事互相印證也。

素履夬履〔《履》〕

《履》初九"素履往，无咎"，九五"夬履貞厲"。案《周禮·屨人》：

· 424 ·

"掌王后之服屨，赤舄，黑舄，赤繶，黄繶，青勾，素屨，葛屨。"《説文》："屨，履也。"素屨夬履疑即素屨葛屨，夬葛古音同也。素履即絲履，素履貴，葛履賤也。

見豕負塗〔《睽》〕

《睽》上九："見豕負塗，載鬼一車，先張之弧，後説之弧，匪寇婚媾，往遇雨，則吉。"案《詩·漸漸之石》"有豕白蹢，烝涉波矣，月離于畢，俾滂沱矣"，《傳》"將久雨，則豕進涉水波"。《太平御覽》一〇引黄子發《相雨書》"四方北斗中無雲，唯河中有雲，三枚相連，如浴豬豨，三日大雨"，《錦繡萬花谷前集》一引□□□"夜半天漢中黑氣相逐，俗謂之黑豬渡河，雨候也"。《詩》波字當讀爲陂，涉陂猶渡河也。舊説皆謂負塗爲負泥塗，涉陂與負塗相爲因果，然則"見豕負塗"乃將雨之象，故下云"往遇雨"。於象離爲目，目即見，又爲大腹，大腹即豕，兌爲澤，澤即陂，見豕在澤中即見豕涉陂矣。

或益之十朋之龜弗克違〔《損》《益》〕

《損》六五《益》六二并云"或益之十朋之龜，弗克違"，舊讀"或益之，十朋之龜，弗克違"。案此當讀"或益之十朋之龜，弗克違"。益與錫通，《放叔殷》"⿰钅彔貝十朋"，⿰钅彔古益字，益貝即錫貝也。此曰"或益之十朋之龜"，亦即錫之十朋之龜。崔憬説十朋之龜爲價值十朋之龜，雙貝曰朋，王引之從之，是也。違猶拒也。"弗克違"即不能拒。言有以十朋之龜錫我者，雖欲拒而弗受，不可得也。

據于蒺藜〔《困》〕

《困》六三："困于石，據于蒺藜，入于其宮，不見其妻，凶。"案古者宮室之牆垣，其上必施蒺藜荊棘之屬以嚴禁禦。《詩·墻有茨》"墻有茨，不可掃也"，《傳》"茨，蒺藜也"，又曰"墻所以防非常"。《周禮·囿師》"茨墻則翦闔"，注"茨，蓋"。案以茨蓋墻謂之茨。茨墻所以防人之逾越，故事屬囿師之職。《尚書大傳·夏傳》"天子諸侯必有公桑蠶室，就川而爲之，築宮仞有三尺，棘墻而外閉之。"《戰國策·趙策一》"公宮之垣皆以狄荻蒿苦楛楚廥之"，楛楚亦棘類也。國邑之城郭亦施茨棘。《穀梁傳·成二年》"壹戰縣地五百里，焚雍門之茨"，注"雍門，齊城門，茨，蓋也"。《管子·度地》篇"城外爲之郭，郭外爲之土閬，地高則溝之，下則隄之，命之曰金城，樹以荊棘上相穡原作稴，注同，幷從張文虎改。著者，所以爲固也"，注"稽，鉤也，謂荊棘刺條相鉤連也"。《易》曰"困于石，據于蒺藜"者，纍石爲墻，上施蒺藜，逾墻而入，故據于蒺藜也。逾牆而"入于其宮，不見其妻"，此其事蓋即《孟子》所謂"逾東家牆而摟其處子"之類歟？

附□〔《易緯乾坤鑿度》〕

《易緯乾坤鑿度》以□爲古天字，其說似譎而實正。天古作 從大象立人形，從象人首，首謂之顛，顛天音同，天即古顛字。《禮記·月令》疏引《春秋說題辭》"天之爲言顛也"，《說文》《廣雅·釋言》幷云"天，顛也"，此雖尋常聲訓之法，然實已以今字釋古字，特諸家未必自覺耳。《說文》顛頂互訓，實係一字，而頂尤古於顛。何以明之？頂從丁，而丁古作□，與天字所從不異。丁天音亦同，是丁之古文□，於形爲古文天之省，於義亦古顛字也。頂從丁與□

同，從頁與大同，頂當爲天之或體。顛假真爲丁以爲聲符，則又頂之或體，故當後起。要之，天丁并即古頂顛字，天地之天則義屬引伸，丙丁之丁則名由假借，均非其朔。《易緯》以囗爲天，實以丁爲天，丁天既爲一字，則《易緯》之説，實有至理存焉，故曰似譎而實正也。

直方〔《坤》〕

《坤》六二："直方大，不習，无不利。"熊氏《經説》曰："鄭氏《古易》云，《坤》爻辭履霜，直方，含章，括囊，黄裳，玄黄協韻，故《象傳》《文言》皆不釋大，疑大字衍。"案大蓋即不之訛衍。荀爽《九家易》并釋方爲四方，是也。古直省同字，直方蓋即省方，《觀》象傳"先王以省方觀民設教"，《復》象傳"后不省方"，《淮南子·精神》篇"禹南省方"，義并與此同。卜辭作偟方，云"囗午卜殼貞今春王偟方，帝受我囗"《簠游》一、一，"貞王偟方，受虫右"《珠》一，"貞王偟方"《簠游》二、九，"戊寅卜亘貞偟方"《簠游》一、三，"貞偟方"《拾》一〇、五，"偟方，寅"《簠游》一四。省方即巡狩，《文選·東京賦》："省方巡狩。"巡狩之事，勞民傷財，不宜常行，故曰"不習，无不利"也。

見金夫不有躬〔《蒙》〕

《蒙》六三"見金夫，不有躬，无攸利。"案"金夫"，"不有躬"，語皆無義，疑夫當爲矢，躬當爲弓，并字之誤也。金矢即銅矢，謂銅鏃之矢《孟子·離婁下》篇"抽矢扣輪去其金"，即去其鏃也。《噬嗑》九四"得金矢"。《蒙》下坎互震，上艮互離，《蒙》六三即《噬嗑》九四，故皆云金矢。

"不有弓"即無有弓，有矢無弓，不能射，故無所利也。《説

· 427 ·

卦傳》"坎於木爲堅多心"，謂棘也，《九家逸象》坎爲叢棘，義同。古矢以棘爲之，坎爲棘即爲矢。《說卦》坎又爲弓今本"爲弓輪"當作"爲弓爲輪"，《九家》坎爲弧，弧亦弓也。此《易》象之最明白易曉者，惜今本爻辭訛舛，遂致文不成義而象亦無所取證焉。

光亨〔《需》〕

《需》："需有孚，光亨，貞吉。"案《易》卦爻辭無稱"光亨"者，而"元亨"之語屢見，光當爲元之誤。

有言〔《需》《訟》《明夷》《震》《漸》〕

《需》九二，《訟》初六"小有言"，《明夷》初九"主人有言"，《震》上六"婚媾有言"，《漸》初六"小子厲，有言"。案言皆讀爲愆。言辛古當同字，《說文》"辛，辠也，讀若愆"。《詩·雲漢》"昭假無贏"，馬瑞辰釋無贏爲無過，余謂語與《烈祖》"鬷假無言"同，無言即無愆，愆亦過也。字或逕作愆，《抑》"不遐有愆"，猶《下武》"不遐有佐差"，《泉水》"不瑕有害"，有愆亦謂有過。又或作遣，卜辭"重哥不益，隹之有遣"《後》下三，一〇，"出祟艱，……亡終遣"北大藏骨，金文"大保克芍亡遣"《大保毁》，"王饗酒，遹御，亡遣"《遹毁》，遣即譴字，譴愆音義不殊，當係同語。《易》凡言"有言"讀爲有愆，揆諸辭義，無不允洽。《需》九二："需于沙，小有言，終吉。"言與吉對文以見義，猶《蠱》九三"小有悔，无大咎"也。象曰"需于沙，衍在中也"，正以衍釋言，衍即愆字。九三象"需于泥，災在外也"，語例與上爻同，衍災互文，中外對舉也。《訟》初六"不永所事，小有言，終吉"，象曰"不永所事，訟不可長也，雖小有言，其辯明也"，謂雖暫涉獄訟，小有災禍，而終得昭雪，言與吉亦對文。《明夷》初九"君子于行,三日不食,有攸往,主人有言",言君子處悔吝之中,三日不食,苟有所適,其所主之家亦將因以得過也。主字詳《經義述聞》《震》上六"震不于其躬,于其鄰,无咎,婚媾有言",己身无咎而婚媾有過,即《震》"不于其躬,于其鄰"之謂,此與《漸》初六"小子厲濿,有言,无咎",皆有言與无咎對舉,與《需》《訟》之"有言終吉"詞例亦同。

窒惕〔《訟》〕

《訟》:"訟有孚,窒惕,中吉終凶。"案窒讀爲侄,《損》象傳"君子以懲忿窒欲",釋文引孟本作侄。又《廣雅·釋詁三》"侄,很也",《論語·陽貨》篇"惡果敢而窒者",以窒爲之,并其比。《廣雅·釋詁二》"侄怙,懼也",是侄有懼義。正義:"惕,懼也。"侄惕雙聲連語,不分二義。舊均誤以窒與惕字各爲義,而釋文一讀"有孚窒"句,"惕中吉"句,尤謬。近于省吾又讀窒惕爲至易,以"有孚至易"四字爲句,亦未諦。案有孚與侄惕,一吉一凶,二事對立,下文"中吉終凶"即承此言之,如于說,則失其義矣。

執言〔師〕

《師》六五"田有禽,利執言,无咎",禽釋文引徐本作擒。案言當讀爲訊。言從辛,辛辛古同字,而辛卂音同《說文》卂讀若莘,《爾雅·釋地》"東陵阠",錢大昕謂即《左傳·成二年》之莘。是古音言訊亦近。音近則義通,故訊問之訊謂之言,《爾雅·釋言》"訊,言也"。俘訊之訊亦謂之言。《虢季子白盤》"執訊五十",《不嬰設》《師寰設》《兮甲盤》"折首執訊",《詩·出車》《采芑》"執訊獲醜",《皇矣》"執訊連連",執言即執訊也。《兮甲盤》"折首執訊,休亡愍",與《易》"執言无咎"語意詞例并同。古者田獵戰伐本爲一事，觀軍戰斷耳以計功，田獵亦斷耳以計功，而未獲之前，田物謂之醜，敵衆亦謂之醜，既獲之後，田物謂之禽，敵衆亦謂之禽，是古人視田時所逐之獸與戰時所攻之敵無異，田而獲禽猶之戰而執訊矣。《易》曰"田有禽，利執言无咎"者，謂田事多獲爲軍中殺敵致果之象耳。正義曰："禽之犯苗，則可獵取，叛人亂國，則可誅之。此假他象以喻人事，故利執言无咎。己不直則有咎，今己得直，故可執此言往問之而无咎也。"以田獵與誅叛逆并言，蓋因卦名曰師而推知之，此誠近是，餘說皆疏。其釋"執言"爲"執此言往問之"，則與《詩》《鄭箋》訓訊爲言而釋爲言語之言，同爲不達言字之誼。

小畜大畜

《說文》引《魯郊禮文》畜從兹從田。案金文小篆并從玄，兹玄形有繁有簡，義則一而已矣。《說文》"兹，艸木多益也"，是畜之本義當爲種植。牧畜牲畜字本作獸，省作嘼，今通以畜爲獸若嘼也。《易》小畜大畜字皆用本義。知之者，《小畜》曰"密雲不雨，自我西郊"，雨所以長養百穀者也。《大畜》曰"不家食"，蓋謂耕而食於田野，《詩》所謂"饁彼南畝"也。《西溪易說》引《歸藏》作小毒畜，大毒畜，《周易啓蒙翼傳》引小作少，小少同字。毒畜疊韻連語，毒亦畜也。《說文》"毒厚也，害人之草往往而生"，案字本從丰豐，與畜從兹訓草木多益者同意，是毒之訓厚，本謂草厚。《歸藏》畜作毒畜，亦《易·畜卦》主言種植之證。小畜大畜并下體乾，《路史·發揮》引《歸藏逸象》乾爲禾，又其驗矣。

尚德載〔《小畜》〕

《小畜》上九"既雨既處，尚德載"，《呂氏音訓》引晁氏曰："德，子夏傳京虞作得。"案載讀爲菑，《詩·載芟》"俶載南畝"，《箋》"俶載尚爲熾菑"，《良耜》"俶載南畝"，《箋》"熾菑是南畝"，是其比。《无妄》"不菑畬"，釋文引董遇曰"菑，反草也"，《爾雅·釋地》"田一歲曰菑"，郭注"今江東呼初耕反草爲菑"，《說文》"菑，才_{今誤作不}耕田也"，是菑即耕。《畜卦》主言種植，"既雨既處，尚德菑"者，處俞樾訓止，是也。德載當讀爲得菑，言雨後尚得施耕也。凡耕必待雨，《齊民要術》一引《氾勝之書》"天有小雨，復耕和之"是矣。卦辭"密雲不雨"謂初九，初九不雨，不得施耕，至上九而終得雨，故仍得耕焉。舊讀載如字，未允。近于省吾復讀爲哉，亦非，《易》辭簡練，不用語尾也。

蔑曆

金文多見"蔑曆"之語，自來説者皆不得其義，今案《說文》"衊，污血也"，《漢書·梁平王襄傳》"汙衊宗室"，注"衊謂塗染也"，《說文》"䗩，羊凝血也"，重文作盬，《廣雅·釋器》"䗩，血也"，《北戶錄》引《證俗音》"南方謂凝牛羊鹿血爲䗩"，蔑衊一字，曆䗩同音，_{曆《唐韻》《集韻》并口三切，䗩《北户錄》引《説文》口紺反}。蔑曆殆即衊䗩，以血釁之之謂也，凡紀册命之銘多言蔑曆，意者册命皆行於祖廟，而人臣入祖廟，當被除不潔，故必先釁之也，姑記之以俟證。

《說文》"曆，和也，從甘從厤，厤，調也，甘亦聲"，《證俗音》云"凝牛羊鹿血爲䗩"，似謂和三物之血而凝之，若然，則字仍當以作曆爲正。

古典新义

[𡿪]

《㽦叔毁》有[𡿪]字，即益之古文[𡿪]字，《漢書·百官公卿表》伯益字作[𡿪]。《說文》臨籀文作[𡿪]，是[𡿪]即益字，明甚。《說文》乃以[𡿪]爲嗌之籀文非是。化布曰"[𡿪]六化"，"[𡿪]四化"，[𡿪]即賄，與鎰同。字從[𡿪]即[𡿪]之訛變，[𡿪]又訛爲[𡿪]也。

[𡿪]從〇從[𡿪]，[𡿪]與[𡿪]朋相似，象貫貝之形，疑古賏字。《說文》："賏，頸飾也，從二貝。""嬰，頸飾也，從女賏。賏，貝連也，賏亦聲。"案賏嬰一字。《荀子·富國》篇"是猶使處女嬰寶珠也"，注"嬰，繫於頸也"。賏爲女子之飾，故字或從女。[𡿪]從〇[𡿪]賏，古音賏在耕部、[𡿪]益在支部，支耕爲陰陽對轉，是[𡿪]乃從[𡿪]得聲。[𡿪]從古文賏，賏爲繫頸之飾，故[𡿪]孳乳爲縊，以繩繫頸以自殺也；又爲搤，以手捉喉也。《韓非子·說難》篇："夫龍之爲蟲也，柔可狎而騎也。然其喉下有逆鱗徑尺，若有人嬰之者，則必殺人。"嬰猶搤也。《呂覽·本生》篇："始生之者天也，養成之者人也，能養天之所生而勿攖之，謂之天子。"案攖之扼之也。

捉喉之義又孳乳爲嗌，嗌也；又爲齸，麋鹿屬吞芻而反出嚼之也。嗌又訓咽喉，乃嗌義之引伸，去[𡿪]之本義已遠。《說文》乃以[𡿪]爲嗌之籀文，云"上象口，下象頸脈理也"，其誤甚顯。

《至毁》文曰："佳王三月初吉癸卯，㽦叔□□于西宮，[𡿪]貝十朋。"字則讀爲易。易益音同義通。《廣雅·釋詁二》："益，加也。"《易·損》六五"或益之十朋之龜，弗克違，元吉"，《益》六二"或益之十朋之龜，弗克違，永貞吉"。益之即易之也。《孟子·萬章下》篇"賜之則不受"，注"賜者謂禮之橫加也"。易錫予之義與加相近，故益可假爲易。

益從水皿，乃溢之本字，與[𡿪]迥別。從益之縊、搤、齸、嗌，皆叚益爲[𡿪]。惟謚之義爲死後加號，爲益之本義。鼶䠱二文未詳。以上皆見《說文》。他若《士虞禮》記"取諸左臑上"，注"臑，胆肉也"亦假益爲㽽。《儀禮·喪服傳》"朝一溢米,夕一溢米",釋文引王肅、劉逵、袁準、孔倫、葛洪并云"滿手曰溢。"

《小爾雅·廣量》"一手之盛謂之溢",案猶握也,亦假爲㽽。

玆古

《師旂鼎》或釋旂爲旅,非。"白懋父迺罰復玆古二百孚"。玆古二字舊無釋。案古讀爲居。《說文》"居,美石也"。又"琚,佩玉"。今作"琚,瓊琚"。此從《詩·木瓜》釋文引。《大戴記·保傅》篇"琚瑀以雜之",注"琚瑀總曰玭珠,赤者曰琚,或曰石次玉"。居琚蓋爲一字。玆即《說文》系之籀文孫字。系居即聯繫成串之琚也。《文選·吳都賦》"松梓古度"。注"古度,樹也,不華而實,子從皮中出,大如安石榴,正赤,初時可煮食也"。案古度疑即琚樹,其子色赤如琚,故名。又珊瑚之瑚似亦即琚字,珊瑚色亦赤也。

霝龠

《大克鼎》:"易女史小臣,霝龠,鼓鍾。"案《師嫠𣪘》"嗣乃祖舊官小少輔傅𠳄鼓鐘",郭沫若謂鼓鐘爲官名,是也。《大克鼎》以霝龠與史小臣,鼓鍾并舉,史小臣及鼓鍾皆官名,則霝龠亦官名也。考龠侖古似一字,故從龠之字與從侖之字每同訓。《說文》:"淪,潰也。"《廣雅·釋詁二》:"淪,潰也。"《方言》十三"踚,行也"。《廣雅·釋詁一》:"踚,行也。"《孟子·滕文公上》篇"淪濟潔"注"淪,治也"。《莊子·知北遊》篇"汝齊戒疏淪而心",疏淪即疏通治理之謂。《呂氏春秋·行論》篇"以爲堯失論",注"論,猶理也"。理亦治也。《莊子·知北遊》篇釋文:"淪,潰也。"《後漢書·陳寵傳》注:"論,決也。"潰決義同。《呂氏春秋·古樂》篇:"黃帝命伶倫與榮將鑄十二鐘,以和五音,以施英韶。"伶倫《漢書·律

· 433 ·

古典新义

曆志》作伶綸，《古今人表》作泠淪。伶倫古之樂官，蓋即霝龠。霝令古通，龠侖亦本同字，故霝龠變爲伶倫。《廣韻》綸又音鰥，《集韻》睔古患切，并與官音近，故伶倫一曰伶官。《詩·簡兮序》"仕于伶官"，《箋》"伶人樂官也，伶氏世掌樂官而善焉，故後世多號樂官爲伶官"。案伶氏以官爲氏，非官以氏得名也。鄭説非是。《爾雅·釋詁》"貉縮，綸也"，是綸有縮義。郭注"綸，繩也"，《釋器》"繩之謂之縮之"，綸縮皆訓繩，此亦二字義通之證。《廣雅·釋詁二》"綰，縮也"。《説文》"掄，貫也"。玄應《音義》二十引《淮南》許注"綰，貫也"。《玉篇》同。倫之通官，猶綸之通綰，掄之通綰也。又據上文侖龠本一字，侖通官，則龠亦當通官。《方言》十三："䠛，行也。"《廣雅·釋詁一》："逭，行也。"玄應《音義》二五引《通俗文》："以湯煑物曰瀹。"《爾雅·釋草》釋文引《字林》："瀹，煑也。"《説文》："𤆵，䰞也。"䰞亦煑也。《文選》鮑明遠《樂府》注引《易》鄭注："齊魯之間，名門户及藏器之管曰籥。"《書·金縢》："啟籥見書。"鄭注："籥，開藏之管也。"門户藏器之籥謂之管，樂器之籥亦謂之管。《詩·賓之初筵》："籥舞笙鼓。"《箋》："籥，管也。"《穀梁傳·宣八年》"萬入去籥"，注"籥，管也"。《周禮·笙師》注："籥如篴。"《廣雅·釋樂》："龠謂之笛。"而《周禮·小師》注："管如篴而小，并兩而吹之。"此與籥爲編管者正合。然則籥與管本爲一物。《禮記·明堂位》之"葦籥"，即《穆天子傳》之"荻管"矣。

總上所述，龠侖本同字，而侖古音一讀如官，故龠亦或讀如官。以此證知霝龠，伶倫、伶官，字雖屢變，總一名耳。

侖一讀如官，緣於複輔音 kl，其理至明。龠侖同字者，龠喻母字，古讀 d-，侖來母字讀 l-，d-l- 發聲部位同，故每不分也。今福建江西方音猶如此。

叔督裻淑

古人字曰伯仲叔季，伯長季少，仲即中字，次在伯季之中，故謂之仲。叔亦居中，與仲義當無別。古音東幽二部每相轉，仲在東部，叔在幽部，叔蓋即仲之轉。本自一語，故義靡區分。《莊子・養生主》篇"緣督以爲經"，釋文引李注，《文選・魏都賦》注引司馬注并云，"督，中也"；《靈樞經》"頸中央之脈謂之督脈"。《國語・晉語》"衣之偏裻之衣"，注"裻在中，左右異，故曰偏"。《説文》"裻，一曰背縫"；"裻，衣躬縫也，讀若督"；裻當爲裻之重文。督裻并從叔聲，而皆訓中，實亦中之轉耳。又古語曰不淑，淑義亦當爲中。不淑猶言罔極，極亦訓中也。凡言天不淑者，如《禮記・曲禮》注："相傳有弔辭云：皇天降災，子遭罹之，如何不淑。"《左傳・莊十年》："天作淫雨，害于粢盛，若之何不弔。"弔淑古字通。哀十六年"旻天不弔"，《詩・節南山》"不弔昊天"，并猶"昊天罔極"也。凡言人不淑者，如《詩・中谷有蓷》"遇人之不淑矣"，猶《氓》篇"士也罔極"也。中正義近，不淑罔極之訓不中，即不正。《爾雅・釋詁》"督，正也"，淑之訓正，猶督之訓正也。正義又與善近，《廣雅・釋詁一》："衷，善也。"故引申之淑又有善義。經傳言不淑不弔，舊胥訓善，本不誤。王國維始訾其失，殆未深考耳。

金文仲叔皆作中弔◆，中爲本字，◆爲假音，然細審字形，似亦有義可尋。蓋取丨在乙中，與"中"之結體略近。後世改書作叔，則純然義存乎聲，形非所論矣。

鼠 ◆◆◆◆

金文鼠從羽，陳夢家云："羽爲聲符，《説文》昱從立聲，卜辭作翌，或直作羽，是羽古一讀如立，而翌中之立則爲注音聲符。

· 435 ·

古典新义

羽本音立，又加立爲聲符，其用同於注音。立鼠音同，是知鼠本以羽爲聲也。"案陳説郅確。余謂羽即鼠之初文。鼠爲獸毛之名，《説文》"鼠，毛鼠也"，《廣雅·釋器》"鼠，毛也"，《通俗文》"豬毛曰獵"。鼠鼠獵同。亦爲鳥羽之名，《七發》"翠鼠紫纓"，鼠謂鳥羽，此古語之孑遺也。又案卜辭翌又作翊，昇習本一字，《説文》習從白非是。而《廣韻》載從習聲之摺翻磍歃犢等字并有盧合切之音，習亦當從羽聲，習而音盧合切，此亦羽古一讀如鼠之證也《廣韻》鼠一作毣。

鼠

鼠字金甲文不見，《説文》作🐭云象形，今案非象形，下半之🐭與鼠所從者同，即羽字，鼠羽同部，鼠當是從臼羽聲也。

正

甲金文正作🔲，或省作🔲。疑古有🔲字，象人正立之形，🔲即🔲之省，猶🔲之省作🔲也。以許書之例言之，正當云"從止🔲聲"，🔲古丁字也。

勇

金文有慼字，與《説文》勇之重文同。蓋勇戎古本一字。戎從戈從🔲干，本會意字。變🔲爲用，則爲形聲。其義引申爲勇力之勇，始又變戈爲力，以甬代用也。《廣雅·釋詁一》"從慼，勸也"，涌今皆作愿。《説文》愿爲勇之古文，勸即推動之意，《廣韻》"摵，推也"，愿蓋摵之別體。

· 436 ·

退

　　《說文》"[𢓇]却也,一曰行遲也,從彳從日從夊",重文作遂,古文作遂。朱駿聲云"夊亦聲,夊,行遲曳夊夊也",至確。夊者[屮]之變,[𠃜]即止字,止即足也。以音求之,夊即今語腿字,以形求之,即退本字也。腿謂之脚,猶退謂却。何以明之?退後之意,不可象形,乃倒[屮]爲[𠃜]以示向後之意。上下前後,誼本相通。退爲退後_{後亦從倒止},從倒止以示向後,猶各(落)夆(降)之從倒止以示向下也。退字從日乃注聲符也。從日之字,如曻_{吐盍切},沓_{徒合切},曩,濕_{他合切},習,慴褶熠并_{徒協切},習曩實同字。替_{他計切},是,承旨切旦_{得按切},并從晶之疊_{徒協切},皆讀舌頭音,與退_{他內切}之發聲同,是退當從日聲也。蓋夊_{夊侈端母}本有聲而不顯,故又加日爲聲符以注明也。卜辭有[𢓇]字,準此言之,當釋退矣。

　　前文未明重文從內之理,今案內泥母,退透母,部位同,例得相通。而《廣韻》"笍,陟衛切",在端母,尤內字古或讀舌頭之明驗。因悟前揭諸字所從之日即日月之日,日,泥母,其轉入舌頭,與內之轉入舌頭正相符,故退從日聲,或從內聲也。他若濕音他合切,而《說文》納訓"絲溼_濕納納也",《楚辭·九歎·逢紛》篇"衣納納而掩露",注"納納,濡溼貌也",實則納即濕字。_{從日與從內同,從絲與從糸同}。又《史記·司馬相如傳》"禺禺鱸魶"《漢書》作䱱,此亦皆日內聲通之證也。

　　雖然復一從內,不但以聲通之故,義亦通也。內入古同字。出則進,入則退,義本相通。故復又從內也。

復

　　復本字作夏,金文從畐聲,然畐亦注聲,夊本有聲也。夊古作[𠃜]亦蹼之初文,蹼本凡足之稱,後乃專以名鳥足。木足謂之趿_{一作柎},

古典新义

跗蹼聲同，本一字也。《說文》"叕，行叕叕也，從夂，闕，讀若僕。"案叕亦從夂聲。《爾雅·釋鳥》"鳧雁醜，其足蹼"，注"脚指間幕蹼屬相著"。又"蝙蝠服翼"，蝙蝠即編蹼，編者聯也，蝙蝠之翼如鳧雁之足，故名，服翼即蹼翼也。

後

後所從之夂亦本後字。复之注聲符爲富，亦即厚字所從得聲者，明富有厚音而夂亦有厚音。後厚音同。複厚同義，福厚亦同義。

朘

《老子》五十五章"未知牝牡之合而全作"，全一作朘，又作峻。釋文引《說文》"朘，赤子陰也"，《玉篇》同，今本《說文》無此字。顧本成疏引《字林》，"峻，小兒陰也"。强本榮注"峻，童兒陰也"。案《說文》"脽，𡰪也"，今俗亦呼男陰爲脽詳《新方言》。脽《說文》示隹切朘釋文引《說文》又子壘反，新附子回切，《廣韻》臧回切。音同脂部，朘即脽之別構。然脽字本祇作隹。隹鳥古同字，俗正呼男陰爲鳥也。《老子》以爲赤子陰，則猶俗謂小兒陰曰雞兒，曰麻雀。要之，脽之本字當作隹，以爲男陰專字，始加肉作脽，其別構作朘者，夂聲字如菱息遺切挼子對切等并讀入脂部，與隹音同。而儁俊同字，鐫鋑同字，按訓推，并隹夂可通之證。故脽亦得假從夂聲作朘也。一作峻，《廣韻》引《聲類》及《玉篇》又出別體屡字，從血若尸與從肉同。其又作全者，從隹之雋徂兖切，及從雋之鐫子泉切腨昨兖切縳昨管切瘬徂兖切，并從夂之鋑朘子泉切俊此緣切痠酸霰狻素官切，皆讀入寒部，與全同部。故脽若朘皆可假全爲之。寒對轉入歌故朘峻一音子和切。釋文峻子和反引《說文》朘亦子和反。

· 438 ·

无妄

《易》卦"无妄"猶無福也。卦辭曰"其匪正有眚，不利有攸往"，有眚即无妄，故"不利有攸往"。《象》曰："无妄之往，何之矣？""天命不祐，行矣哉？""天命不祐"正釋无妄，二矣字當訓乎。六三"无妄之災"，无福故爲災也。九五"无妄之疾，勿藥有喜"，无福之疾，匪藥可治也。故《象》曰："无妄之藥，不可試也。"上九"无妄，行有眚，无攸利"，與卦辭同意。故《象》曰："无妄之行，窮之災也。"大象"天下雷行，物與（虞訓舉）无妄，先王以茂對時，育萬物"，初九"无妄，往，吉"，《象》曰"无妄之往，得志也"，此二處尚不可解。釋文"馬鄭王肅皆云妄猶望，謂无所希望也。"《大戴禮·文王官人》篇"故得妄譽"，朱駿聲云借爲望。《史記·春申君傳》无妄作毋望，《漢書·谷永傳》"遭《无妄》之卦運"，應劭曰："无妄者，无所望也。萬物無所望於天，災異之最大者也。"此解最確。"无望"古之成語，《詩·宛丘》"洵有情兮，而無望兮。"

嘂

《毛公鼎》"金嘂"夢家釋呦，云讀若鼬，即《小戎》"鋈以觼軜"之軜。案右半從㠯從㠪，㠪古羽字，《説文》㠯從反巳（ᘉ），殷周古文已作㠯作ᘉ，正一形之倒順，而辰巳字則作子，又作㝎即《説文》子之籀文𢀓，是巳㠯子𢀓一字。《説文》"鼬，毛鼬也，象髮在囟上，及毛髮鼬鼬之形也，此與籀文子字同[意]。從段補。"夢家云從籀文子省。證以金文㝎《鼬季鼎》字等形，其説是也。今按《毛公鼎》嘂從㠯，㠯與𢀓同，既如上述，是嘂即嚻字無疑。《廣韻·二十八盍》"嚻，齧聲"，《洞簫賦》"瀏若折枚"，注"瀏，聲也"。案嚻瀏同。夢家但讀其音若鼬，未達一間也。嘂即韘之借字。訂正《篇海》：

· 439 ·

古典新义

"鞗、馬靭,本作鋚,通作鞗。"《廣韻》"鞗,馬靭也","靭,勒也"。靭爲靷之訛,《說文》"靷,柔革也","鞅,頸靷也"。"靬,鞥内環靷也",鞥,車鞁具也。"鞗,勒靷也。"案勒靷爲絡頭之革,《說文》:"勒,馬頭落銜也。"頭面無別,故亦謂之鞗。《周禮·巾車》:"厭翟勒面繢總,要車彫面鷖總。"注:"勒面,謂以如玉龍勒之韋爲當面飾也。彫者畫之,不龍其章。"《隋書·禮儀志》載北周五路有彫面,注"刻漆韋爲當顱",面與鞗同。勒靷謂之鞗,蓋即勒面彫面之類。頸靷爲繫頸之革,頸飾謂之纓,鞅纓聲之轉,故亦謂之鞅。《釋名·釋車》:"鞅,嬰也,喉下稱嬰,言纓絡之也。"《周禮·巾車》注"纓,今馬鞅"。《文選》張衡《西京賦》薛注"纓,馬鞅也"。案《說文》"絉,纓卷(桊)也","纓,冠系也。"鞅與絉同。鞅在馬頸下,如人之有冠纓然,故名。許鄭劉薛四家之說最確。鞅之言翁也。《說文》:"泱,滃也。"《周禮·酒正》"三日盎齊",注"盎猶翁也,成而翁翁然,葱白色,如今酇白矣"。《說文》:"翁,頸毛也。"《山海經·西山經》"有鳥焉,黑文而赤翁",注"翁,頭下毛也"。《文選·七發》"翠鬣紫纓",注"鬣,首毛也",亦斥鳥言。鞅謂之鞗,猶翁謂之鬣矣。《國語·楚語》"使長鬣之士相焉",注"長鬣,美須頿也"。《左傳·昭七年》"使長鬣者相",注"鬣,須也"。馬頸繫鞅纓,若有須鬣者然,故鞅謂之鞗矣。鞗訓靷,而勒靷頸靷均稱靷,《毛公鼎》以"攸鋚勒,金𩊠,金雁膺",連文,既已有勒,則此鞗字自當指頸靷而言。勒在頭,鞗在頸,膺在胸,敍次井然,其設辭之密如此。夢家讀此字爲軥,音雖相近,而案之《詩》義未能盡合,故弗敢苟同云。

· 440 ·

大豐殷考釋

乙亥，王又有大豐。

郭沫若曰："'大豐'亦見《麥尊》，彼銘云'王桒于舟爲大豐'。余意當即大封，《周禮》'大封之禮合衆也'。"案郭謂大豐即大封，似未確。"大封"之文見於經典者：《周禮》大宗伯之職"（軍禮）大封之禮，合衆也"，注："正封疆溝塗之固，所以合聚其民。"同上"王大封則告后土"疏"謂封建諸侯也"。同書《大卜》"凡國大貞，卜立君，卜大封則眡高作龜"，注："卜大封，謂竟界侵削，卜以兵征之，若魯昭元年秋，叔弓帥師彊鄆田是也。"《詩·周頌·賚序》"大封于廟也"《箋》："大封，武王伐紂時，封諸臣有功者。"《左傳·昭三十年》，"（吳）二公子奔楚，楚子大封而定其徙"，注"大封，與土田定其所徙之居"。據此，則大封者，告于后土，祭于宗廟，封建諸侯之禮也。

邦國初建，封疆溝塗，容有錯互不正者，當合軍以治之，故又爲軍禮。因之，建國之後，境界侵削，而以兵征之，亦謂之大封。大豐者，《麥尊》曰："迨王客葊京酌祀。雩若翌日，才璧雝，王桒丮舟爲大豐，王躲大龏鷖禽。医桒丮赤旂舟，從。"《詩·靈臺》正義引《五經異義》："《韓詩》說曰：辟雍者，……所以教天下春射秋饗，尊事三老五更。"辟廱即泮宮，詳下。《說文》："泮，諸侯饗射之宮。"《麥尊》言王在辟廱爲大豐，射大鷖，明是饗射之類，與大封不侔也。因疑《麥尊》及此器之"大豐"，仍當從孫詒讓讀爲大禮。《周禮》大宗伯之職"治其大禮詔相王之大禮"，小宗伯之職"詔相祭祀之小禮，凡大禮佐大宗伯"。注皆謂羣臣之禮爲小禮，則人君之禮爲大禮，可知。饗射亦大禮之一也。

王凡三方。

孫詒讓釋凡爲同，固自可通，惟無以解於"三方"之文。郭釋風，讀爲諷，并謂三方斥東南北，周人在西，故僅言三方。然宗周之器言四方者多矣，又將何辭以解？竊謂《麥尊》紀王在辟雍乘舟爲大豐，此亦言大豐，則凡疑當讀爲汎，傳王在辟雍中汎舟也。汎舟而言三方者何？漢以來學者咸謂天子曰辟雍，諸侯曰泮宫，此蓋漢初禮家，規放故事，以辟雍見於《大雅》，泮宫見於《魯頌》，遂以二者分屬於天子諸侯。實則魯本用天子禮，而他國復不聞有泮宫者，是辟雍泮宫，名異而實同，或因方音殊絶，遂致周魯異名耳。辟泮雙聲，義復相通，《廣雅·釋詁四》"辟，半也"，《泮水箋》"泮之言半也"。其爲一語之轉，甚明。卜辭雍作🔲，宫作🔲，并從🔲，金文皆變作🔲是雍與宫亦本一語，宫聲變而爲雍，猶之籀文容從公聲也。知辟雍即泮宫，而《泮水箋》曰："泮之言半也，半水者，蓋東西門以南通水，北無也。"則是辟雍之水亦半圓形之水。水形半圓，故但得三方，方猶《詩》"彼汾一方"，"在水一方"之方。如鄭說，即東西南三方。毁文曰"王汎三方"，猶言王遍遊辟雍之水矣。

王祀𠂤天室，降天亾又王衣祀𠂤王不顯考文王，事喜上帝。文王監才上。

劉心源曰："天亾，據文義決是作器者名。亾通無，《古今人表》賓須亾費亾極，《左傳》并作無，《姓考》'天，黄帝臣天老之後'，則此銘爲天姓亾名。'又王'讀'佑王'，謂助祭也。"郭曰："'天室'亦謂天亾之室，猶《庚嬴卣》言'王迨于庚嬴宫'，《豆閉毁》言'王各于師戲大室'也。"案劉謂天亾爲人名，良是。惟所引《姓考》，後世陋書，不足據爲典要。彝器中作器人名曰天某者，如《天禾毁》曰"天禾乍父乙障"《續殷》上四四，《天尹鐘》曰"天尹乍元弄"《十二家》契一，《天棘父癸爵》曰"天棘父癸"《續殷》下三五，又有單曰天者，如《天尊》曰"天乍从"《貞》七、六，其類尤不勝枚舉。凡此皆殷周間器，正劉說之佳證也。天亾蓋一字一名，劉以爲天姓亾名，亦非。室猶廟也。王於天室衣祀文王，是天亾當與周同姓，且爲宗子也。降字諸家皆屬上讀，最誤。降有授與之義，《宗周鐘》"降余多福"，《克盨》"降克多福"，《大保敦》"王降征令丂太保"是也。令亦授與之義，《中齋》"王令大史兄裹土"，《傳卣》"師田父令小臣傳非余緋琛"，《獻彝》"楷伯令乎臣獻金車"，《變敦》"王令變在戴市，旂"，《康鼎》"命汝幽黃，鋚革"，是也。授與之令謂之降，命令之令亦謂之降。古字混用，此類甚多。《國語·周語中》"王降狄師以伐鄭"，猶言王命狄師以伐鄭也。敦文曰"降天亾又王衣祀丂王不顯考文王，事喜上帝"，謂令天亾助王衣祀于文王，并事喜上帝也。下文"王降亾助爵復橐"，亦謂王令天亾助爵復橐也。

"衣祀"孫詒讓、王國維并讀爲"五年而再殷祀"之殷祀。柯昌濟據卜辭或稱"肜衣"，謂衣與肜日之禮相須而行，殷衣雙聲，衣之字訓，亦有殷重之誼。案柯說精審，月即反身字，《詩·大明傳》"身，重也"，則殷亦當有重疊之義。衣殷古通，衣祀即重疊祀之之語也。下文曰循，曰賡，曰三衣王祀，文義正相承貫也。

郭讀喜爲熹，于省吾、吳闓生讀饎，并通。

不顯王乍出，不䜓王乍虡，不克三衣王祀。

出，諸家或釋省，或釋相，案釋省近是。卜辭作 _㞢，作 _㞢，金文作 _㞢，小篆省旹盾諸文并從此出。卜辭又有 _神 字，則循字所從出。_{葉玉森正釋循}。金文出多可釋盾，讀爲循。《大盂鼎》"雩粵我其遹出先王受民受疆土"，《宗周鐘》"王肇遹出文武堇勤疆土"，并當釋爲"遹循"。《爾雅·釋詁》"遹，循也"，《克鐘》"王親令克遹涇東至于京𠂤"，_{遹正訓循}。二字同義，故每連文。字一作"率循"，《書·顧命》"率循大卞"是也。金文出又作徝，《寢鼎》"師雒父徝衛至于默"，亦即循衛至于默也。本器"不顯王乍出，不䜓王乍虡"，當讀爲"丕顯王且循，丕肆王且賡"。肆有廣大之義，丕肆與丕顯對文。循猶追述也_{《禮記·少儀》"勿循往"疏}，追述與賡續義近。循賡皆指殷祀言。二句連下"不丕克三衣殷王祀"讀，猶言王一祀再祀以至三祀也。丕有乃義見《經傳釋詞》，丕克之丕當訓乃，《書·盤庚》"予丕克羞爾用懷爾然"，丕克連用與此同。《洪範五行傳》"我民人無敢不敬事上下王祀"，蓋祀于先王曰王祀。此曰"三衣王祀"，猶言"三衣祀"耳。

丁丑，王鄉大宜。

上文乙亥，乙字拓本漶漫，諸家釋乙。若然，則自乙亥至丁丑適爲三日。蓋乙亥一祀，丙子再祀，丁丑三祀而畢，乃饗大宜也。宜俎古同字，此當讀爲王饗大俎，猶《遹殷》之"王饗酒"，《大鼎》之"王饗醴"也。

王降亾助爵儥橐。

降訓令，見前。助讀爲加，加爵恒語。儥字不識，當爲動詞。橐疑爲觴。橐觴魚陽對轉。宕從石聲是其比觴籀文作𧣻，從爵省，故此與爵對舉。

隹朕有慶。

"有慶"見《秦公殷》，䜌古慶字。"隹朕有慶"句法與《伯姦殷》"隹匄萬年"同。

每敭王休弔隓皀。殷

隓讀爲奠。奠，祭也。凡金文言作某器，器名上一字多係表器之用，如殷曰"鼒殷"，曰"饙殷"，曰"旅殷"，曰"宗殷"。見《陳逆殷》。宗亦祭名，或釋爲宗廟用殷亦可。曰"嘗殷"《召伯虎殷》，曰"用殷"，而亦曰"隓殷"。鼎曰"饙鼎"，曰"善鼎"《郘伯鼎》善膳同，曰"飤鬲"《鄭勇句父鼎》䰞鬲字，曰"造鼎"《蘆太史申鼎》造祐同，而亦曰隓鼎。鬲曰"薦鬲"，曰"羞鬲"，而亦曰隓鬲。盤曰"盥盤"，曰"盥沬盤"，而亦曰隓盤。壺曰"醴壺"，曰"媵壺"，曰"弄壺"，而亦曰隓壺。他若鍴曰"祭鍴"，鑪曰"灰鑪"，鑑曰"御鑑"，而《箒侯殷》曰"祭器八殷"，《因胥鐘》曰"祭器鐘"，《陳侯午鐘》曰"祔器錸鐘"，其義尤爲顯白。惟《庚午鼎》"用乍父乙尊"，《善鼎》"用乍宗室寶尊"。尊字皆在句末，說者或以爲彼器名上尊字亦爲器名之證。此亦未之深考也。《天尊》曰"天作从旅"，《魯生鼎》

曰"乍壽母䵼",《穌䣈妊鼎》曰"乍虢妃魚母䵼",《不壽鼎》曰"用乍寶",《伯筬段》曰"其乍西宫寶",旅下、兩䵼下、兩寶下,明爲省去器名,則上舉二例尊下亦當有省文也。因知《宰甫鼎》"用乍寶齍",《呂鼎》"用乍寶齍",《且子鼎》"用乍父乙齍",齍下及兩齍下,亦并省去器名。

禺邗王壺跋

　　右器銘曰："禺邗王于黄池，爲趙孟庎邗王之惥金，台爲祠器。"英國葉慈教授，暨國人唐蘭、陳夢家二氏遞有考釋，而馬衡、容庚二氏亦各有説。葉氏云趙孟即趙鞅，魯哀公十三年前四八二，黃池之會，吳晉争長，趙鞅與其事，銘中所紀，即此役也。其説不可易。葉氏又謂禺雄音近通假，禺即王孫雄，邗當讀爲捍。馬氏讀禺爲遇，唐氏從之，又云邗爲攻吳之合音，邗王即吳王。陳氏則主禺假爲吳，舉《戰國策·趙策》"吳干之劍"，《吕氏春秋·疑似》篇"劍之似吳干者"，讀禺邗與吳干同，禺邗王即吳王夫差。案陳説得之。庎字葉無釋，唐讀擯介之介，陳云庎爲介之孳乳字，與匄通，當訓賜予。案陳此説亦是。《詩·小明》《既醉》"介爾景福"，《既醉》"介爾昭明"，《雝》"介以台繁祉"，《酌》"是用大介"，介并訓賜予，字一作塈作溉，《摽有梅》"頃筐塈之"，《匪風》"溉之釜鬵"，是也。詳《詩經新義》。陳引《七月》"以介眉壽"爲證，則以匄取之匄爲匄予之匄，舉例未確。惥爲惕之别構，惕錫古通，《易·夬》"惕號"，釋文"荀翟本作錫"，是其比。惟葉唐二氏并讀爲錫賞之錫，則釋字是而義訓非。余意錫當用本意，《説文》："錫，銀鉛之間也。""錫金"謂錫與金也。金即銅，銅中加錫，是爲青銅，即鑄器所用矣。東周器銘每詳載所用金質之成分，《曾伯霥簠》曰"余擇其吉金黃鏞"，《邵黛鐘》曰"乍爲金鐘，玄鏐鏞鋁"，《郘公牼鐘》曰"玄鏐膚吕"，《郘公華鐘》曰"擇辟吉金，玄鏐赤鏞"，并頃所見長沙蔡氏藏劍曰"玄鏐非緋吕"，胥是。此曰"錫金"，詞質而例同，

·446·

禺邗王壺跋

亦東周風尚也。容氏讀悬如字，訓爲敬，其意似即指今人稱奉獻曰敬之敬。此則以近世俗語釋彝器古文，不知淵雅如容氏者何以出此，而精思如陳君復冒然從之，亦可怪駭！爲化古同聲通用，此銘上爲字當讀爲化，即黃白變化之化。"化錫金"者，化合錫與黃銅，使成青銅也。爲化爲動詞，陳氏以爲介詞，誤甚。其文中通釋銘文曰"吳邗王于黃池，爲因趙孟介予邗王之惕金，以爲作祠器"，下文又謂全辭應讀作"禺邗王于黃池，以趙孟介邗王之惕金爲祠器"。前釋"爲"爲"因"，實於文不順，故後又改釋爲"以"。然銘文"台以爲祠器"，句中本有"以"字，果如所釋，則通上句當讀爲"以趙孟所邗王之惕金以爲祠器。"如此，兩"以"字又嫌相複，勢必刪去其一，意者既不欲捨其自增之"以"，乃不得不犧牲銘中固有之"以"歟？然觀其文法表解中不列上"爲"字，則實際上又未嘗不刪其自增之"以"。陳氏考證史實，多有心得，然於銘辭實未能盡通其讀，故其分析文法愈詳，愈不免於捉襟見肘。今依鄙見，列表如下：

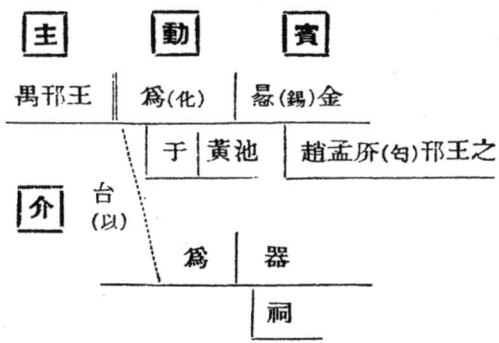

· 447 ·